Weitere Titel des Autors:

Historische Romane:

Das Spiel des Alchimisten
Der Sohn des Tuchhändlers
Die Teufelsbibel (auch als Hörbuch erhältlich)
Die Wächter der Teufelsbibel (auch als Hörbuch erhältlich)
Die Erbin der Teufelsbibel
Die Pforten der Ewigkeit
Der letzte Paladin
Krone des Schicksals

Kinder- und Jugendbücher:

Last Secrets – Das Rätsel von Loch Ness
Last Secrets – Das Geheimnis von Atlantis

RICHARD DÜBELL

ZORN DES HIMMELS

Historischer Roman

BASTEI LÜBBE TASCHENBUCH
Band 17397

Dieser Titel ist auch als E-Book erschienen

Vollständige Taschenbuchausgabe
der bei Lübbe Hardcover erschienenen Hardcoverausgabe

Copyright © 2014 by Bastei Lübbe AG, Köln
Textredaktion: Dr. Kai Lückemeier, Gescher
Dieses Werk wurde vermittelt durch die
Literarische Agentur Thomas Schlück GmbH, 30827 Garbsen
Titelillustration: Johannes Wiebel, punchdesign, München
unter Verwendung von Motiven von Shutterstock.com
Umschlaggestaltung: Johannes Wiebel, punchdesign, München
Satz: Dörlemann Satz, Lemförde
Gesetzt aus der Berkeley Oldstyle
Druck und Einband: C. H. Beck, Nördlingen
ISBN 978-3-404-17397-6

2 4 5 3 1

Sie finden uns im Internet unter www.luebbe.de
Bitte beachten Sie auch: www.lesejury.de

Ein verlagsneues Buch kostet in Deutschland und Österreich
jeweils überall dasselbe.
Damit die kulturelle Vielfalt erhalten und für die Leser bezahlbar bleibt,
gibt es die gesetzliche Buchpreisbindung. Ob im Internet, in der Großbuchhandlung, beim lokalen Buchhändler, im Dorf oder in der Großstadt –
überall bekommen Sie Ihre verlagsneuen Bücher zum selben Preis.

Katastrophen bringen das Beste und das Schlimmste
im Menschen hervor. Für all die,
die beides überstanden haben.

AUS ZEITGENÖSSISCHEN CHRONIKEN:

»Am Maria Magdalenatag und am folgenden Tag fiel ein
außerordentlicher Wolkenbruch, welcher den Meynstrom
so sehr anschwellte, daß der selbe allenthalben weit aus seinem
Bette trat, Äcker und Weingärten zerstörte und viele Häuser
samt Bewohner fortriß. Auch die Brücke in Wirczpurg sowie
die Brücken anderer Meynstädte wurden durch die Wuth
des Gewässers zertrümmert.«
(Chronik der Stadt Würzburg)

»Am dritten Tag vor Maria Magdalena biß auf ihren tag
ist der Meyn so groß gewesen, daß das waßer ganz und
gar umb Sassenhusen ist gangen und zu Franchenfurt
in alle kirchen und gaßen«
(Abschrift der Rheinischen Naturforschenden Gesellschaft
aus Frankfurter Chroniken)

SCHAUPLÄTZE DER HANDLUNG

MITTELALTERLICHE NAMEN	HEUTIGE NAMEN
Meyn	Main
Sassenhusen	Sachsenhausen
Meynze	Mainz
Wirczpurg	Würzburg
Franchenfurt	Frankfurt
Sweinfurt	Schweinfurt
Hasefurthe	Haßfurt
Bamberc	Bamberg
Walberhusen	Mariaburghausen
Silberburch	Straßburg (Strasbourg)
Mägdeburch	Magdeburg
Brendanburch	Brandenburg
Egra	Eger/Cheb
Gelsterbach	Kelsterbach

DRAMATIS PERSONAE

ERFUNDENE PERSONEN

PHILIPPA
Die Fährmannstochter findet heraus, was hinter
der Flussbiegung liegt

MATHIAS
Ein Mann, der von einer einzigen Erinnerung getrieben wird –
weil er alle anderen vergessen hat

NESSA HARTRAD
Eine reiche Bürgerstochter auf der Suche nach dem Mann
ihres Lebens

ALBRECHT
Der Verlobte Philippas neigt zur Selbstüberschätzung

RUPPRECHT
Der Vorsteher der Sassenhusener Schifferzunft lässt sich
nicht auf den Arm nehmen

HILPOLT MEESTER
Der Anführer der kaiserlichen Garde kennt nur ein Ziel:
seinen Herrn zu schützen

GOTTFRIED VON EPPSTEIN
Der Stiftspropst sucht sich den schlechtesten Zeitpunkt
für eine gut gemeinte Tat aus

BALDMAR HARTRAD
Ein ehrgeiziger Patrizier mit einem weiten Herzen

BERNHARD ASCANIUS
Der Sohn des letzten Askaniers hat große Hoffnungen

HISTORISCHE PERSONEN

KAISER LUDWIG I. VON WITTELSBACH,
GENANNT LUDWIG DER BAYER
Ein gebannter Kaiser sucht nach einem Ausweg

KARL VON LUXEMBURG,
KÖNIG VON BÖHMEN
Ein realpolitisch denkender Herrscher auf dem Weg
nach oben

FRIEDRICH VON HUTTEN
Reichsschultheiß der Stadt Franchenfurt von 1341 bis 1346

15. Juli 1342

1.

Gottes Zorn entlud sich in der Morgendämmerung.

Er kam mit einem Grollen, als würde der Himmel aufgerissen. Er kam mit Blitzstrahlen, die die Erde spalteten. Er kam mit Wassermassen, die den Boden in einen reißenden Fluss verwandelten, Mensch und Tier und Pflanze überschwemmten, überspülten, ertränkten. Er kam mit einer Urgewalt, die selbst den Ungläubigsten davon überzeugte, wie zornig der Herr war über die Gottlosigkeit von Kaiser und Papst, von Ritter und Priester, von Kaufmann und Bettler. Er toste, brüllte und röhrte, er brachte Häuser und Kirchen zum Einsturz, verschlang ganze Wälder und begrub fruchtbare Felder unter erstickendem Schlamm, bis auch der letzte Sünder sich schreiend zusammenrollte und seine Seele in Todesangst diesem zornigen Gott empfahl.

Es war Gottes Zorn, aber er war nur ein Vorspiel zu dem, was noch kommen sollte.

2.

Die Reisegruppe war am Morgen des vorigen Tages in Bamberc aufgebrochen. Sie hatte es mit letzter Kraft vor das Zisterzienserinnenkloster Walberhusen geschafft, gegenüber der kleinen Stadt Hasefurthe am Meyn. In der Tageshitze waren die Zugtiere ebenso träge die Straße entlanggeschlurft wie die Menschen. Als sich am Nachmittag drückende Schwüle in die Hitze gemischt hatte, war der Treck so gut wie zum Stillstand gekommen. Seit Tagen schleppten sie sich durch dieses Höllenwetter: knochentrockene Vormittage, drückende Nachmittage und schwüle Nächte. Die Stimmung war gereizt. Wäre nicht der Mann mit der weißen Tunika gewesen, der sich vor ein paar Tagen zu der Gruppe gesellt hatte und der ständig einen Scherz auf den Lippen führte, wären vermutlich bereits Tätlichkeiten ausgebrochen.

Die Gruppe bestand aus mehreren Reisegesellschaften. Den größten Teil bildeten die Warentrecks kleinerer und größerer Handelshäuser, daneben gab es ein paar Wanderbauern, die ihre verdorrenden Pachtfelder aufgegeben hatten, und eine Gauklertruppe mit einem räudigen alten Bären und einem missgebildeten Mann als Attraktion. Der Missgebildete reiste in einem Käfig auf Rädern, der von dem Bären gezogen wurde. Die Beine des Krüppels waren zwei nutzlose Stummel, seine Arme endeten dort, wo bei anderen Menschen der Ellbogen war, in zwei großen, fein geschnittenen Händen mit langen kräftigen Fingern, sein Gesicht war wie aus einer Wurzel geschnitzt und seine Laune so übel, dass sogar die Mitglieder seiner Truppe die Nähe des Käfigs mieden. Da die Gaukler am Ende des mehrere hundert Schritt langen Trecks reisten und in einer Glocke aus beißendem, knochentrockenem Straßenstaub marschierten, der sich am dichtesten um den Käfig ballte, konnte man seine Stimmung verstehen.

Das Zentrum des Reichs war von Gott verlassen. Das Frühjahr war so nass gewesen, dass die Felder sich in Schlammlandschaften verwandelt hatten und alles, was darauf zu wachsen versuchte, verfaulte. Danach war die Hitze gekommen. Sie hatte den knietiefen Schlamm in eine Masse verwandelt, die so hart war wie Stein, an der Oberfläche in ein Netzmuster aus trockenen Schollen zersprang und von jedem Wind zu hohen Staubwolken aufgewirbelt wurde, die sich über alles Grün legten, welches das Frühjahr überlebt hatte. Wo das Getreide nicht am Halm verdorrte, erstickte es. Der Himmel hing darüber wie eine riesige matte Glocke aus Hitze und Erbarmungslosigkeit, tiefblau am Morgen, silberweiß über den Tag und dramatisch rot und gelb gefärbt am Abend. Wer abergläubisch genug war, behauptete, es sei der Widerschein des riesigen Feuers, das jenseits der Himmelssphäre brannte und die Schöpfung verzehrte. Wer gläubig genug war, war überzeugt, dass das Jüngste Gericht bevorstand. Und mit jedem erstickend heißen Tag wurde die Schar der Apokalyptiker größer, sowohl unter den Wundergläubigen als auch unter den Frommen.

Seit Wochen war kein Tröpfchen Regen gefallen. Flussübergänge, die so tief zu sein pflegten, dass die Fährleute ein besonderes Geschick brauchten, um ihre Fahrzeuge auf die andere Seite zu bugsieren, hatten sich in Furten verwandelt, die man zu Fuß überqueren konnte – wenn man es schaffte, die steilen, trockenen, bröckelnden Ufer hinunter- und wieder hinaufzugelangen. Wer unterwegs war, zog durch eine Landschaft aus Ocker und Braun und Grau; wer in seiner Stadt blieb, keuchte in den engen Gassen wegen der Hitze, die von den Hauswänden abstrahlte. Die Gassen selbst, eng und schattig angelegt, um Kühle zu spenden, hatten ihre Funktion längst verloren und waren heiße Schluchten zwischen flimmernden Dächern und knackenden Kirchtürmen.

Die Zisterzienserinnen betrieben ein Pilgerhospiz und eine Herberge außerhalb des Klausurbereichs des Klosters. Beide waren kaum belegt.

»Das Gesindel«, sagte der Herbergswirt zum Treckführer, dem Kaufmann, dessen Ware den größten Wert hatte, »muss draußen übernachten. Anordnung von der Mutter Oberin. Tut mir leid.« Er wies auf die Gaukler, die abseits der Reisegesellschaft standen und so staubbedeckt waren, dass ihre bunten Lumpen einheitlich grau aussahen.

Der Anführer der Schaustellertruppe, der Gauklerkönig, nickte gleichmütig. Er wusste, dass Leute seines Standes keine andere Behandlung erwarten durften.

Dann sah der Wirt auf, weil ein weiterer Reisender auf ihn zugetreten war. Der Mann führte ein verschwitztes, schaumbedecktes Pferd am Zügel. An seinem Sattel hing ein Schwert, dessen Scheide er mit dem weichen weißen Ledergurt des Schwertgehänges festgebunden hatte. Auf einer Rolle hinter dem Sattel, die aus einer Decke und einem ebenfalls weißen Mantel zu bestehen schien, thronte ein Helm, dessen Metall vom Staub stumpf geworden war. Der Reisende trug einen schmutzigen weißen Waffenrock über einem Hemd, dessen Ärmel er so weit aufgerollt hatte, wie es seine muskulösen Arme zuließen. Der Waffenrock hatte über dem Herzen ein schwarzes Balkenkreuz aufgenäht, ansonsten war keinerlei Wappen zu erkennen. Der Wirt beugte den Kopf. Jeder kannte die Ritter mit den schwarzen Kreuzen auf den Tuniken – Kaiser Ludwig förderte ihren Orden, so gut er nur konnte.

»Herr Deutschritter«, sagte der Wirt. »Für Euch wird die Äbtissin ein eigenes Lager bereiten wollen. Ich sende jemanden zu ihr.«

Der Ordensritter nickte. »Hört sich gut an. Ich werd's aber nicht nehmen.« Er deutete auf eine Frau, deren Gewänder ebenso staubbedeckt wie die aller anderen, aber teurer waren. Die Frau saß auf dem Boden neben ihrem Pferd und rang nach Atem. Sie hatte ein hochrotes Gesicht. Ein älterer Mann in ebenso wertvoller Gewandung bemühte sich um sie, auch zwei junge Mägde flatterten um sie herum. »Meister Wackermann hat seine Gattin auf diese Reise mitgenommen«, erklärte der Ritter. »Sie ist hochschwanger. Wenn also die Äbtissin das Lager für mich gefunden hat, wird Wackermanns Frau darauf ruhen. Alles klar?«

»Die Mutter Oberin«, sagte der Wirt und hörte sich etwas steif an, »wird für eine Schwangere gewiss auch ein gutes Lager bereiten lassen, ohne dass man sie hinters Licht führen muss.«

»Ein so gutes wie für einen Ritter des Deutschen Ordens?«

Der Wirt schüttelte den Kopf. Der Ordensritter grinste. Er wandte sich ab und trat zu der auf dem Boden sitzenden Frau, bückte sich und hob sie hoch. Sie war nicht mehr die Jüngste und auch keine Schönheit. Ihr verschwitztes Gesicht war eine Maske aus grauem Staub, geröteter Haut und den darauf festgeklebten Haarsträhnen, die sich aus ihrem Gebende gelöst hatten. Sie schlang die Arme um seinen Nacken und schloss matt die Augen.

»Ich nehme sie«, sagte ihr Ehemann. »Es ist mir peinlich, wenn Ihr sie tragt.«

»Meister Wackermann«, erklärte der Ritter, »seit ich zu Euch gestoßen bin, suche ich nach einem Vorwand, Eure schöne Gattin wenigstens einmal in den Arm zu nehmen.«

Der Händler wusste nicht, was er antworten sollte, aber die Umstehenden lachten. Jemand rief: »Keine Sorge, Wackermann, die Deutschritter leben im Zölibat.«

Der Ordensritter zwinkerte. »Ja, das erzählen wir überall herum.«

Noch mehr Gelächter antwortete. Der Wirt machte ein erstauntes Gesicht. Die Deutschritter standen im Ruf, ernsthaft und streng zu sein. Dieser hier war hingegen mit der ganzen Reisegesellschaft gut Freund. Er trug die schwangere Händlersgattin in den Schankraum der Herberge, wo es auch nicht kühl, aber wenigstens schattig war.

»Wo wollt Ihr nächtigen, Herr?«, fragte der Wirt den Ordensritter. »Ich könnte Euch mein eigenes Quartier …«

»Bleibt ruhig in Eurer Flohfalle liegen, Herr Wirt«, sagte der Ritter gutgelaunt. »Ich finde ein Lager unter den Sternen. Kümmert Euch nur um mein Pferd.«

Der Wirt trat mit ihm nach draußen. Beide blickten in den Himmel. Die Dämmerung war noch weit, aber so etwas wie eine Ahnung von Finsternis lag bereits im Südosten.

»Sterne?« Der Wirt deutete auf den Horizont. »Mir scheint, da braut sich was zusammen. Wär nicht das erste Mal in dieser Gluthitze und macht die Nächte noch drückender. Und bis zum Morgen – puff! – löst es sich ohne einen Tropfen Regen auf! Gott zürnt uns.«

»Gott wird schon wissen, was er tut«, entgegnete der Ritter. »Und was die kommende Nacht betrifft: Habt Ihr irgendwas im Fluss liegen?«

»Mein Boot«, erwiderte der Wirt mit befremdetem Unterton. »Wenn der Fährbetrieb in der Pilgersaison überlastet ist, hilft mein Sohn dem städtischen Fährmann aus. Habt Ihr es nicht gesehen?«

»Hab ich«, erwiderte der Ritter. »Zieht es lieber an Land.«

Der Wirt nickte gehorsam, allerdings mit der Miene eines Mannes, der einen für ihn unsinnig klingenden Rat sofort wieder vergessen würde. »Die Äbtissin wird nach Eurem Namen fragen, Herr«, sagte er dann.

»Ich bin Bernhard Ascanius.«

Der Wirt horchte beim Klang des Namens auf. Er stand für

einstige Größe und späteren Niedergang. Er machte den Mund auf, um etwas zu sagen, dann schloss er ihn wieder.

»*Sic transit gloria mundi*«, bemerkte der Ordensritter. »Wolltet Ihr das sagen, Herr Wirt?«

»Äh?«

»›So vergeht der Ruhm der Welt‹?«

»Nie im Leben, Herr.«

»Wenn das Abendmahl aufgetragen wird, ruft mich.«

3.

Die Nacht sank herab wie eine bleierne Faust, die das Land mit drückender Wärme umklammerte und erstickte. Als der Morgen des 16. Juli anbrach, wurden die Tiere in den Stallungen unruhig. Die Schweine quiekten und rannten gegen die Pferche; die Pferde schlugen aus und versuchten sich gegenseitig zu beißen. In der ersten Dämmerung konnte man eine mächtige Wolke sehen, die im Südosten über dem Horizont stand. Ihr oberer Teil war plattgedrückt wie der Amboss eines Schmieds, als würde sie am Gewölbe des Firmaments anstoßen. Der Amboss leuchtete golden vom Licht der Sonne, die noch unter dem Horizont hing und bald aufgehen würde; der untere Teil war schwarz und wetterleuchtete. In der Düsternis, die noch über der Landschaft lag, sah der beleuchtete obere Teil der Wolke aus wie eine Feuerwalze, die noch im Äther hing, aber drohte, auf die Welt herabzukommen. Wenn die zunehmend nervösen Tiere einmal kurz still waren, konnte man das Grollen hören, das von der Wolke kam und den Anschein erweckte, als würde sie sich auf rollenden Felsen vorwärtsbewegen – Felsen, die so groß sein mussten wie ganze Städte.

Kaum jemand hatte ein Auge zugetan während dieser Nacht, und als die Tiere mit ihrem Lärm begonnen hatten, waren auch die letzten unruhigen Schläfer erwacht. Der Wirt trat vor das äußere Tor der Klostermauer und stieß dort auf den Deutschordensritter mit dem Namen des alten, fast erloschenen Fürstengeschlechts der Askanier. Der Ritter starrte in den Himmel. Gemeinsam beobachteten sie die Wolke, das Wetterleuchten, lauschten dem Grollen.

»Sind alle wach?«, fragte Bernhard Ascanius.

Der Wirt nickte. Vom Lager der Schaustellertruppe kam der Gauklerkönig herangeschlendert. Er drehte sich beim Gehen immer wieder über die Schulter um und musterte den Himmel. »Sieht übel aus«, sagte er, als er beim Wirt und Bernhard Ascanius angekommen war. »Wie ein riesiges Hornissennest. Ich hab sowas noch nie gesehen.« Er machte das Kreuzzeichen.

»Bringt euch lieber im äußeren Klosterhof in Sicherheit«, sagte der Ritter.

Der Wirt blickte ihn überrascht an. »Ich bedaure, aber ich darf fahrendes Volk nicht hinter die Mauer lassen. Die Äbtissin ...«

Der Ritter ignorierte ihn. Er sah den Gauklerkönig an. »Tut, was ich sage«, befahl er.

Der Gauklerkönig zögerte, aber dann nickte er und strebte davon. Der Wirt schien zu überlegen, ob er protestieren sollte, dann wandte er sich ab, ohne etwas zu sagen. Bernhard Ascanius musterte ihn von der Seite und lächelte knapp. »Ihr habt Euer Boot noch im Fluss liegen«, sagte er.

»Ja, äh ...«, erwiderte der Wirt. »Ich bin gestern nicht mehr dazu gekommen ...«

»Kommt mit, ich zeige Euch was.«

Sie gingen die paar Dutzend Schritte zum Flussufer. Der Wirt machte ein fassungsloses Gesicht, als er sah, dass der gestern sich noch träge in seinem Flussbett dahinwälzende Meyn inzwischen wesentlich wilder und schneller floss. In der Düsternis des von der riesigen Wolke noch verborgenen Sonnenaufgangs war das Wasser schwarz. Das Boot zerrte an seiner Kette. Einzelne Trümmerstücke, unkenntlich in der Dunkelheit, klopften und krachten gegen den Rumpf des Bootes, bevor die Strömung sie weitertrieb.

»Ich rufe meinen Sohn!«, stammelte der Wirt.

Nicht lange danach sprang der Wind auf. Die Gaukler, die unter sich diskutiert hatten, ob sie der Anweisung des Ordensritters folgen und damit riskieren sollten, sich den Zorn einer Zisterzienseräbtissin zuzuziehen, starrten sich gegenseitig an, dann begannen sie hastig, ihr Lager abzubrechen. Der verkrüppelte Mann in seinem Käfig fluchte, als sein Heim hin- und hergeworfen wurde. Der alte, räudige Bär war nervös und wehrte sich gegen das Geschirr, das man ihm überstreifen wollte. Er schnappte mit seinem zahnlosen Maul und den Pranken, aus denen die Krallen gezogen worden waren, und ließ den Käfig schaukeln.

Am Ufer des Flusses kämpften der älteste Sohn des Wirts und zwei der Klosterknechte gegen die Naturgewalten, um das Boot aus dem Wasser zu bergen. Aber sie konnten nicht richtig Fuß fassen, weil das Ufer dort, wo noch kein Wasser hingekommen war, trocken und bröckelig unter ihren Füßen nachgab. Wenn sie hingegen in den Fluss stiegen, drohte die Strömung ihnen die Füße wegzuziehen. Das Boot tanzte an der Kette, als sei es zum Leben erwacht.

Der Wind wirbelte das trockene Erdreich auf; Staub und Sand zunächst, dann, je mächtiger er wurde, kleine Steinchen. Sie prasselten gegen die Klostermauern, gegen die Gebäude und in die Gesichter der Händler, die ihre Karren hektisch in die Deckung der Hauswände und der Mauer des Klosterhofs zu bugsieren versuchten. Eine gepichte Plane über einem der Karren riss sich an einem Ende los und flatterte knallend herum wie ein schwarzer Drachenflügel, bis man sie wieder bändigen konnte. Drüben in Hasefurthe, auf der nördlichen Seite des Meyn, erwachten die ersten Kirchenglocken und läuteten Alarm.

Die Wolke ragte jetzt scheinbar direkt über dem Kloster auf.

Bernhard Ascanius, der geholfen hatte, die Händlerkarren in Sicherheit zu bringen und nun die Klosterknechte anwies, jedes einzelne brennende und schwelende Feuer – im Kamin in der Schankstube, in der Schmiedeesse, an allen Fackeln – auszulöschen und jemanden ins Kloster zu senden, um die Nonnen dazu zu bewegen, diesem Beispiel zu folgen, hatte trotz der Backofenhitze, mit der der Wind heranfauchte, seinen Mantel übergeworfen und seinen Kopf mit einem Tuch umhüllt. Der Mantel war aus schwerem Stoff, er flatterte um die muskulöse Gestalt des Ordensritters und brachte ihn ins Stolpern.

Der Regen begann ohne Vorwarnung. Es war kein Regen. Es war eine Wand, die der Wind vor sich hertrieb. Es war ein Wasserfall, der aus dem Himmel stürzte. Im einen Moment hatten die Menschen überrascht auf den Boden geblickt, auf dem plötzlich kleine Explosionen entstanden waren, zerplatzende Wassertropfen, die den Staub in die Höhe schleuderten. Im nächsten Moment war es, als seien sie in einen heulenden, tobenden Strom gefallen, der um sie herum schäumte. Ein Blitz flackerte auf, schlug in der Nähe ein, erschütterte den Boden und ließ einen Donnerschlag aufbrüllen, der körperlich spürbar war.

Die Gaukler ließen alles liegen, was sie noch nicht zusammengerafft hatten, und rannten. In der Herberge schrien die Gäste auf. Am Fluss rutschte einer der Klosterknechte aus und stürzte in den Meyn, aber der Sohn des Wirts und sein Kumpan bekamen ihn zu fassen und zogen ihn wieder heraus. Entsetzt sahen sie, dass entwurzelte Bäume im Fluss herantrieben, gegeneinander stoßend, aus den Fluten auftauchend und wieder hineinklatschend wie Wassermonster. Die Stämme leuchteten weiß im Stakkato der Blitze, die nun herniedergingen; die Mahlwirkung des Wassers und der anderen Stämme hatten die Rinde abgerieben. Der Geruch von frisch geschlagenem Holz wehte heran. Fluchend überließen die drei jungen Männer das Boot seinem Schicksal und hasteten durch den brutalen Wolkenbruch in Richtung Klostertor. Das Wasser prasselte auf sie ein wie Millionen winziger Fäuste; die Regentropfen waren eiskalt.

Die Gaukler kämpften sich durch die Wasserwand. Der Bär hatte seinen Widerstand aufgegeben und rannte mit seinen menschlichen Kameraden um sein Leben. Der Käfig hinter ihm hüpfte auf und ab. Der verkrüppelte Mann fiel darin herum. In der Eile hatte man den Käfig nicht richtig an den Bären angeschirrt, so dass das Tier ihn mehr hinter sich herschleifte als zog.

Bernhard Ascanius, der sich unter den Bogen des Klostertors zurückgezogen hatte und dennoch bis auf die Haut durchnässt war, blickte an sich hinab, als er noch mehr eiskalte Nässe an seinen Füßen spürte. Er stand in einem flachen, schäumenden, klirrend kalten Bach, der bis über seine Knöchel reichte und oben zu seinen flachen Lederstiefeln hineindrang. Das Wasser, das aus dem Himmel strömte, konnte von der knochentrockenen Erde nicht aufgenommen werden. Es lief in die Spalten und Risse an der Oberfläche, schäumte wieder daraus hervor, wurde zu einem Rinnsal, einem Bach, einem riesigen See, der vom Sturm aufgepeitscht und durch das Gefälle des Geländes in Richtung Meyn geschwemmt wurde. Ein paar von den Gauklern taumelten und fielen hin; das Wasser spritzte um sie herum auf und zerrte sie mit sich. Es hatte eine Strömung, die der des Flusses kaum noch nachstand, und es stieg mit jedem Herzschlag, gefüttert von den ungeheuren Mengen, die aus der Wolke fielen. Ein Blitz schlug mit einem monströsen Krachen drüben in Hasefurthe in einen der Wachtürme der Stadtmauer und schleuderte Ziegelsteine und Schindeln durch die Luft, Flammen flackerten auf und verloschen sofort wieder. Die Kinder der Gaukler schrien; wer immer ihnen am nächsten war, zerrte sie aus der schäumenden Wut des Flutwassers und schleppte sie mit sich.

Im Licht eines weiteren Blitzes sah Bernhard das Dach des Schweinestalls, der an die Außenseite der Klostermauer angebaut war, einbrechen. Das Quieken der Schweine klang wie Entsetzensschreie. Er sah helle Leiber sich in den Wassermassen herumwälzen, als gleich darauf eine der Seitenwände zusammensackte. Die Schweine schlugen um sich und versuchten zu schwimmen. Ein weiterer Blitz traf einen der beiden großen Bäume, die sich am Fähranleger der Stadt am jenseitigen Ufer erhoben. Bernhard sah seine Krone auseinanderplatzen, sah flammende Trümmerstücke davonwirbeln, sah sie verlöschen, noch bevor sie auf den Boden fielen. Die Glocken der Stadtkirche und der Kathedrale außerhalb der Stadtmauern dröhnten und läuteten, waren aber über das Brausen des Wassers und die Donnerschläge kaum zu vernehmen.

Der Ordensritter trat aus seiner Deckung und griff wahllos nach den herantaumelnden Gauklern, packte sie und schob sie hinter die Klostermauern. Im Hof der Herberge stand das Wasser zwar auch knöcheltief, aber die Mauer brach hier die Gewalt der Strömung. Das Wasser schwappte lediglich vom Wind aufgepeitscht hin und her. Wer dort war, war zunächst in Sicherheit. Der Bär mit seiner Last näherte sich, brüllend und um sich schnappend; plötzlich verlor er den Boden unter den Füßen. Als er wieder auf die Beine kam, war das Geschirr gerissen, der Käfig lag auf der Seite, ein von spritzendem, aufschäumendem Wasser umspültes Hindernis, das von der Strömung zum Meynufer gespült wurde. Der Bär floh in die fallende Wasserwand hinein und war schon nach einem Dutzend Sprünge nicht mehr zu sehen.

Bernhard Ascanius riss sich den Mantel von den Schultern und rannte in die brüllenden Elemente hinaus. Der Regen war so heftig, dass er kaum Luft holen konnte. Das Tuch, das er um sein Gesicht gewickelt hatte, riss sich im Sturm los und flog davon, obwohl es mit Wasser vollgesaugt war wie ein Schwamm. Der auf der Seite liegende Käfig bewegte sich immer schneller mit der Flut, drehte sich um sich selbst, schien nicht mehr über den Boden zu schleifen, sondern bereits zu schwimmen. Der Krüppel klammerte sich an die Käfigstangen und brüllte. Bernhard sah seine großen Hände wie weiße Krabben um die Holzstangen gekrallt.

Der Käfig war kein Gefängnis, sondern diente dem Schaueffekt. Der Krüppel konnte jederzeit heraus, wenn er wollte. Aber das Behältnis war auf die Seite gekippt, auf der sich die Käfigtür befand. Er war tatsächlich ein Gefangener seiner Behausung und trieb mit ihr auf den Meyn zu. Er war nicht dumm. Er wusste, dass er dem Tod in die Augen sah. Bernhard hörte ihn hysterisch schreien; er brüllte ein ums andere Mal »Heilige Maria Mutter Gottes, heilige Maria Mutter Gottes …!«.

Bernhard erreichte den Käfig, aber er hatte keine Chance, ihn zu stoppen. Die Flut reichte bereits an seine Knie. Er fiel und kämpfte sich wieder aus der brodelnden Wasser- und Schlammflut. Im zuckenden Blitzlicht sah er die aufgerissenen Augen des Krüppels.

»Lass die Gitterstäbe los, damit ich sie einschlagen kann. Dann hol ich dich raus!«, brüllte er dem Missgebildeten zu.

Der Krüppel schüttelte voller Panik den Kopf. Der Käfig drehte sich halb herum mit einer so raschen Bewegung, dass Bernhard das Gleichgewicht verlor und ins Wasser geschleudert wurde. Der Käfig schob ihn vor sich her, prustend zog er sich daran hoch. Das Meynufer war so nahe, dass ein Pfeilschuss von dort ihn erreicht hätte. Er schwang sich auf den Käfig.

»Lass los!«, schrie er erneut.

Der Krüppel klammerte sich umso stärker fest. Er spuckte und hustete. Bernhard drosch ihm mit der Faust auf die Finger. Der Mann kreischte auf, sein Griff löste sich, sein missgestalteter kleiner Körper fiel wie ein Sack in das schäumende Wasser, das seinen Käfig zur Hälfte füllte. Er kam nicht wieder an die Oberfläche. Bernhard richtete sich auf, kämpfte um sein Gleichgewicht und zerbrach dann mit einem Tritt die hölzernen Gitterstäbe. Der Krüppel kam zum Vorschein und zog sich prustend und spuckend an Bernhards Beinen in die Höhe. Der Ordensritter bückte sich und hob ihn hoch. Er sah sich um.

Das Ufer des Meyn war inzwischen kaum noch einen Steinwurf entfernt. Erneut drehte die rollende, brodelnde Flut den Käfig herum. Bernhard fiel halb in das Behältnis. Der starre Körper des Krüppels glitt aus seinen Armen, prallte auf den Rand des Kastens, stürzte von ihm herunter. Bernhard streckte blitzschnell die Hand aus und bekam eine andere, eiskalte Hand zu fassen. Er schüttelte das Wasser aus seinen Augen, seinen Haaren, starrte in das Gesicht des Krüppels, hinter dem das Ufer immer näher heranrückte. Die groben, finsteren Züge des Missgestalteten waren inzwischen zu einer Maske der Angst erstarrt.

Der verkrüppelte Mann war schwer. Seine Hand war schlüpfrig. Der tosende Fluss war ganz nahe.

Wenn Bernhard zusammen mit dem Krüppel im Fluss ertrank, würde seine Mission gescheitert sein. Die Zukunft des Reichs hing von seiner Sendung ab. Er starrte dem Krüppel in die Augen. Der Krüppel erfasste die Botschaft, die in Bernhards Blick zu lesen war, und begann zu schreien.

Bernhard öffnete die Faust und sprang vom Käfig hinunter. Aus dem Augenwinkel sah er den Kasten kippen, sah etwas daran hängen wie eine missgestaltete Puppe, hörte das Krachen, als der Käfig auf das Fährboot prallte und es zerschmetterte, sah Trümmerstücke im Brodeln verschwinden und glaubte, noch ein letztes Mal eine weiße Hand ins Leere greifen zu sehen, dann riss ihm das Wasser erneut den Boden unter den Füßen weg. Torkelnd kam er auf die Beine, fühlte den Aufprall eines anderen Körpers und wäre beinahe wieder gefallen, aber jemand hielt ihn fest.

Der Sohn des Wirts und einer der Gaukler hatten sich lange Seile um die Hüften gebunden und waren Bernhard in den Strom, in den sich das Gelände vor dem Kloster verwandelt hatte, gefolgt. Andere Männer sicherten sie an den Stricken. Zusammen kämpften sie sich zurück in die Sicherheit des Torbogens. Bernhard Ascanius blickte sich mehrfach um, als ob er hoffe, eine kleine, verkrüppelte Gestalt über das Ufer kriechen zu sehen, aber da war nichts außer dem peitschenden Regen und der Flut, die in die Dunkelheit strömte.

4.

Am späten Vormittag, die Niederschläge hatten inzwischen aufgehört, kam die Sonne hinter den letzten Wolkenfetzen hervor, und sofort begann die Hitze von Neuem. Das Unwetter hatte keine Erleichterung gebracht. Um die Herberge herum war das Gelände eine Wüste aus ausgedehnten Pfützen und Schlamm. Die Gaukler pickten resigniert darin herum, in dem vergeblichen

Versuch, Überreste der Habe zu finden, die sie nicht mehr hatten retten können. Die Frauen und Kinder hatten über den Tod des Krüppels geweint. In Hasefurthe läuteten die Totenglocken ohne Unterlass. Es hatte auch drüben in der Stadt Verluste gegeben.

Die Waren der Handelsleute waren vollkommen durchnässt. Die Fuhrknechte breiteten diejenigen Dinge, die getrocknet werden konnten – hauptsächlich Tuche, Ton- und Glaswaren und Leder – über die Karren oder hängten sie über die niedrigeren Abschnitte der Klostermauer. Heute würden die Kaufleute nicht mehr weiterreisen. Auch der Rest der Reisegesellschaft hatte beschlossen, wenigstens noch einen Tag zu bleiben.

Bernhard Ascanius schwang sich in den Sattel. Wackermann, der Händler mit der schwangeren Frau, blickte zu ihm auf. »Wollt Ihr nicht auch einen Tag ruhen, Herr Deutschritter? Ihr seid ebenso durchnässt wie meine Ware.«

Bernhard schüttelte den Kopf. »Ich muss jemanden in Franchenfurt finden«, sagte er. »Eine Verabredung, die nicht warten kann.«

»Ihr seid nicht schuld am Tod des Krüppels«, sagte der Kaufmann leise.

Bernhard ignorierte die Aussage.

Wackermann scharrte mit dem Stiefel über den Boden. »Ich danke Euch für alles. Wenigstens kann man nach so einem Unwetter sagen, dass die Luft wieder etwas reiner und das Unglück vorüber ist.«

Bernhard musterte den Mann. Schließlich streckte er die Hand aus und verabschiedete sich von ihm. »Ihr wisst nicht, was auf Euch zukommt«, sagte er, aber es klang nicht verächtlich, sondern bedauernd. Er trieb sein Pferd an und galoppierte über die dampfende Schlammlandschaft davon.

17. Juli 1342
ALEXISTAG

1.

Manchmal überfiel ihn die Panik ganz unvermittelt.

Dann spürte er, wie ihm der Schweiß ausbrach, wie sich seine Wahrnehmung der Dinge verzerrte, wie ihm schwindlig wurde, wie sein Herz zu rasen begann, bis ihm die Luft wegblieb. In seiner Mitte tat sich eine gräßliche Leere auf. Der Drang, sich zusammenzurollen, den Kopf in den Armen zu bergen und vor Furcht zu schreien war beinahe übermächtig. Dem Drang zu widerstehen und stattdessen mit der Tätigkeit fortzufahren, die er gerade verrichtete, kostete so viel Kraft wie einen Berg abzutragen.

Mittlerweile wusste er, wie er mit diesen Attacken umgehen konnte. Der Kampf dauerte jedes Mal kürzer – ein Zeichen, dass ein Teil von ihm langsam gesundete. Doch wie kurz er auch dauerte, er war ihm immer zu lang. Während dieses Kampfes nicht einfach in den nächsten Fluss zu springen, um sich und sein Elend selbst zu ertränken, war ebenso schwer wie die Anstrengung, sich die Not nicht anmerken zu lassen. Zu der heulenden Furcht, die ihn erfüllte, gesellte sich nämlich stets die Vorstellung, wie es wäre, wenn er nie mehr vollständig heil würde – wenn diese Panikattacken von nun an zu seinem Leben gehörten.

Er saß ganz still, während er die Panik zurückdrängte. Der Schweißfilm auf seiner Stirn fühlte sich trotz der heißen Sommerbrise kalt an. Er konzentrierte sich auf den Begriff, der am engsten mit der Panik verbunden war, weil er gelernt hatte, dass dies ihm half, wieder ruhig zu werden. Es war wie die Angst vor einem Kampf – wenn man sich auf das Gefecht konzentrierte, wurde die Furcht leichter erträglich. Wieso ihm ausgerechnet diese Analogie immer in den Sinn kam, war ihm unklar.

Er schlug die Augen erst wieder auf, als er das sichere Gefühl hatte, dass die Umgebung nicht mehr wie ein Albtraum auf ihn wirken würde – ein Albtraum, der sich aus lauter ganz alltäglichen Dingen zusammensetzte: aus der Straße, die ein paar Mannslängen entfernt durch die hitzeflirrenden Felder führte;

aus den vom Staub grauen Hecken, die Gemarkungsgrenzen und Grundbesitz markierten; aus vereinzelten müden Bäumen, die den Rodungen entgangen waren, weil ihr Holz nicht brauchbar war oder weil sie Wegkreuze behüteten; aus den Gebäuden des Dorfes, dessen Strohdächer in der Hitze knisterten; aus der silbergrau gewordenen Holzpalisade, die das Dorf umgab wie eine niedrige Stadtmauer und nur dort eine Lücke hatte, wo die Straße in das Dorf hinein- und auf der anderen Seite wieder herausführte. Eine Art Torbau schützte beide Durchgänge, die offenstehenden Tore würden nachts geschlossen werden.

Er hörte die Stimmen der Männer und Frauen, die im Dorf in den Gärten arbeiteten, und die der anderen, die auf den Feldern rackerten und versuchten, das im Frühjahr in Regen und Kälte verfaulende und jetzt in der erbarmungslosen Sommerglut verbrennende Getreide zu retten. Wenn die Panik ihn im Griff hatte, pflegten die Stimmen der Menschen nur wie von weiter Ferne zu ihm zu dringen, und als redeten sie in einer Sprache, die er nicht verstand. Das leise Läuten der Glocken, das von der Stadt kam, deren Türme und Bauten nicht mehr weit vom Dorf entfernt in der flimmernden Morgenhitze tanzten, verwob die fremde Sprache zu einem beängstigenden, verwirrenden Geräuschmuster.

Seine Brust hob und senkte sich noch immer krampfhaft, aber er hatte die Attacke im Griff. Es war nur eine Frage der Zeit, wann die nächste kommen würde. Er rollte den Namen, auf den er sich konzentriert hatte, in seinem Geist herum, wie man einen Bissen im Mund herumschiebt, von dem man weiß, dass er eigentlich ungenießbar ist, dass man ihn aber trotzdem wird verzehren müssen.

Franchenfurt.

Warum die Stadt wichtig war, wusste er nicht. Er wusste nicht einmal, warum ihr Name ständig in seinen Gedanken war und weshalb sie mit der Angst verbunden war, der er immer wieder zum Opfer fiel. Was dort geschehen war oder noch geschehen würde – er hatte nicht die geringste Ahnung. Noch weniger war ihm klar, welche Rolle er selbst dabei spielte.

Aber er war auf dem Weg dorthin, weil es der einzige Anhaltspunkt war, den er hatte, und weil er verzweifelt hoffte, dass sich dort das Rätsel lösen lassen würde, zu dem ihm sein Leben geworden war. Dann würde auch die Angst endlich vergehen.

Er erhob sich von dem Platz im verdorrten Gras neben der Straße, auf dem er sich niedergelassen hatte, als die Panikattacke gekommen war. Hier hatten die Bauern ein paar Fischteiche angelegt. Vermutlich waren natürliche Quellen vorhanden gewesen, die die Teiche speisten. Die Quellen waren noch nicht versiegt, aber sie schienen schwächer geworden zu sein, denn ihre Kraft reichte nicht mehr, den Pegelstand zu halten. Die sengende Glut, die seit Wochen über diesem Teil des Reichs lag, trocknete auch die Fischteiche des Dorfs schneller aus, als frisches Wasser nachströmen konnte. Der Schatten, den die darum herum gepflanzten Pappeln und Weiden warfen und der das Wasser vor Verdunstung schützen sollte, war jämmerlich; die Bäume hatten ihre Blätter zusammengerollt, um sich vor Austrocknung zu bewahren. Am Rande der drei Teiche war bereits die nackte Uferböschung zu sehen, die ansonsten vom Wasser verdeckt wurde – das Erdreich war grau und von Rissen durchzogen.

Er trat an einen der Weiher heran und starrte in das stille Wasser, das den wolkenlosen, in der Hitze weiß glühenden Himmel widerspiegelte und so leblos aussah wie flüssiges Silber. Tote Fische schwammen auf der Oberfläche. In Fischteichen trieb immer mal der eine oder andere tote Fisch auf dem Wasser. Hier aber war es ein halbes Dutzend. Ihre Schuppen glänzten silbern im Sonnenschein. Vögel hatten ihre Augen herausgepickt. Das Wasser im Fischteich stank.

Er betrachtete die Fische und spürte erneut die Panik anklopfen, doch er schaffte es, sie zu verdrängen. Dann wandte er sich seinem Spiegelbild zu. Ein hagerer, bartstruppiger Mann mit schmutzigem Haar und zerschlissener Kleidung starrte aus dem Wasser heraus. Er kannte den Mann nicht. Er wusste nicht, wie alt er war, wo er geboren war, wo er lebte, womit er normalerweise sein Tagewerk verbrachte; ob irgendwo noch irgendjemand war, der an ihn dachte, der ihn vermisste, der ihn liebte. Er wusste nicht einmal, wie der Mann, den sein Spiegelbild zeigte, hieß.

Alles, was er hatte, war der Name dieser Stadt: Franchenfurt.

»Wer bin ich?«, fragte er sein Spiegelbild. Es antwortete nicht. Es wusste es genauso wenig wie er.

18. Juli 1342

1.

Wenn ihre Seele in Aufruhr war, suchte Philippa den Fluss auf. Dann setzte sie sich in das alte Boot, das schon ihrem Großvater gehört hatte, ruderte den Meyn hinauf, ließ sich von der Strömung hinuntertragen, ruderte wieder flussaufwärts und vertraute sich erneut der Strömung an. Das konnte sie stundenlang tun. Das Gefühl, mitten auf dem Fluss zu sein, weder hierhin noch dorthin zu gehören, mit dem Strom zu treiben und gleichzeitig erfolgreich gegen ihn anschwimmen zu können, beruhigte ihr Herz und ließ sie glauben, dass auch in ihrem Leben alles möglich war. Das Plätschern der Wellen kam ihr wie eine Stimme vor, die zu ihr sprach. Sie konnte nicht verstehen, was die Stimme sagte, aber sie half ihr dabei, ihre Gedanken zu ordnen. Im stürmischen Herbst war die Stimme laut, als gäbe sie Befehle auf einem unsichtbaren Turnierplatz; im nassen Frühling flüsterte sie mit dem Rauschen der Millionen von Regentropfen, die in den Fluss fielen; an stillen, sonnigen Sommertagen war sie ein Flüstern, das man nicht hören konnte, wenn man nicht wusste, dass es da war. Im Winter vermisste Philippa den Fluss schmerzlich und gehörte zu den Ersten, die sich nach der Schneeschmelze wieder auf seine Wasser wagten.

Dann schob sie das Boot ihres Vaters vom Fähranlegeplatz vor der Mauer Sassenhusens in den Meyn, genau wie an diesem Morgen, legte die Riemen in die Dollen und ruderte gegen die Strömung an. Der Meyn war auf der Sassenhusener Seite flacher als gegenüber, daher blieb sie in der Nähe des Südufers. Hier war die Strömung langsamer als auf der gegenüberliegenden Seite, wo auch die Fahrrinne für die größeren Wasserfahrzeuge und das tägliche Marktschiff zwischen Franchenfurt und Meynze ausgehoben war. Die unterschiedlichen Fließgeschwindigkeiten des Wassers sorgten dafür, dass auf der Sassenhusener Seite immer wieder kleine Strudel und Gegenströmungen entstanden; wer die Oberfläche des Flusses zu lesen wusste, konnte diese Erscheinungen nutzen, um mit weniger Kraftaufwand vorwärtszukommen.

Die Brücke ragte wuchtig und hoch auf und sah mit den beiden Brückentürmen an jedem Ende und der neu erbauten Katharinenkapelle wie eine Burg aus, die sich aus dem Wasser erhob. Unter den Brückenbögen war auch auf der Sassenhusener Seite die Strömung stärker. Philippa legte sich ins Zeug, atmete die Kühle unter dem breiten Steinbogen und den Geruch von nassem, schlicküberzogenen Stein und genoss beides. Als sie auf der anderen Seite ins Freie kam, brannte die Sonne sofort wieder auf den Rücken ihres Kittels. Bis zum Mittag mochten es noch drei oder vier Stunden sein, und schon war die Hitze so groß wie in normalen Zeiten in der Mitte des Tages. Die Ostseite der Brücke lag im prallen Morgensonnenschein, aber der weiße, gestaltlose Sommerhimmel ließ den Stein stumpf und die Schatten um die kantigen Konturen der Türme und der Kapelle flach wirken. Die Schiffe, die sie durch die Brückenbögen hindurch flussabwärts über den Meyn fahren oder im Hafenbecken liegen sah, waren vom Glitzern des Sonnenlichts auf dem Wasser umgeben und bildeten klobige Umrisse gegen das Flimmern.

Gleich nach der Brücke ragte die Meyninsel aus dem Wasser, schmal und langgestreckt und mit Gebüsch bestanden. Der Brückenpfeiler, über dem sich seit ein paar Jahren die Katharinenkapelle direkt auf der Brücke erhob, stützte sich auf das Westende der Insel; ihre Ostspitze lenkte das Wasser je nach Wasserstand entweder in den engen Kanal zwischen der Insel und dem Sassenhusener Ufer und verwandelte ihn in eine Stromschnelle, oder in die ausgehobene Fahrrinne, die auf der Franchenfurter Meynseite den Schiffsverkehr ermöglichte. Letzteres war die Regel bei Niedrigwasser, so wie jetzt nach der wochenlangen Trockenheit. Zu ihrem Erstaunen stellte Philippa einen wesentlich stärkeren Strömungswiderstand beim Rudern durch den Kanal fest, als sie erwartet hatte. Der Wasserstand war niedrig, aber dennoch fühlte es sich an, als fließe mehr Wasser als in der letzten Zeit den Meyn herab. Philippa hatte gehört, dass es im Südosten des Reichs Unwetter gegeben hätte, mit Regenfällen, die Flüsse und Bäche über die Ufer hatten treten lassen. Hier in der Mitte des Reichs war davon nichts zu spüren – es sei denn, die stärker gewordene Strömung hatte damit zu tun.

Bei den Eichenpfählen, wenige Dutzend Ruderschläge flussaufwärts, die noch immer aus dem Wasser ragten und die Stelle markierten, an der früher die Furt durch den Fluss gegangen war, brach sich das fließende Wasser und erleichterte ihr das Fortkommen wieder. Bald danach wandte sich die Stadtmauer Sassenhusens vom Fluss ab, in Richtung Süden; auf der Gegenseite bog die Franchenfurter nahezu spiegelbildlich scharf nach Norden ab und ließ die Hütten und Häuser des Fischerfelds außerhalb ihrer Ummantelung liegen. Felder rahmten jetzt den Fluss ein, und Hecken, die die Felder unterteilten. Philippa ruderte, bis sie das Panorama von Franchenfurt zu ihrer Rechten und Sassenhusen zu ihrer Linken in der Morgensonne betrachten konnte, verbunden durch den kühnen Bau der Brücke. Ihr Vater hörte es ebenso ungern wie die anderen Fährleute und Fischer der Zunft, deren Vorsteher er war – aber es war die Brücke, die den Lebensnerv der durch den Fluss getrennten Stadtteile bildete, und nicht das ständige Kommen und Gehen der Fährboote. Die Fähren waren ein Überbleibsel aus der Zeit, in denen es nur die Furt gegeben hatte und danach die wacklige Holzkonstruktion, die der jetzigen Brücke vorangegangen war. Die Brücke war alle paar Jahre von Frühlingshochwassern beschädigt worden und bis zum Abschluss der Reparaturarbeiten unpassierbar gewesen. Sich durch die Furt, deren Wasser einem manchmal bis zum Hals ging, zu kämpfen, war nicht jedermanns Sache. So hatten die Fährleute ihre Wichtigkeit beweisen und eine eigene Zunft gründen können. Doch der Übergang über den Meyn war nicht nur die Klammer, die Franchenfurt und Sassenhusen zusammenhielt, sondern er verband auch den Norden des Reichs mit dem Süden. Daher hatten der Stadtrat, die weltlichen und die kirchlichen Fürsten in seltener Einmütigkeit die Anstrengung zuwege gebracht, eine steinerne Brücke zu bauen. Die Gelder dafür und für ihren Unterhalt waren sowohl aus den Einnahmen der Franchenfurter Münze wie aus Ablassvereinbarungen der Kirche gekommen.

Nun stand sie seit fast siebzig Jahren, die steinerne Brücke, und nur ein einziges Mal, vor knapp vierzig Jahren, hatten Hochwasserschäden sie für eine Weile unpassierbar gemacht. Philippas Vater, Rupprecht, war damals ein Knabe gewesen, kaum alt genug, um im Fährboot seines Vaters mitzufahren – dem Boot, in dem Philippa nun saß und mit dem Philippas Großvater den relativen Wohlstand der Familie begründet hatte. Die Fährmannszunft hatte damals bewiesen, wie wertvoll sie in Krisenzeiten war, und so gab es sie immer noch, obwohl die Brücke längst wieder die Hauptverkehrsader bildete. Aber die Erinnerung an die Katastrophe von 1306, bei der Treibeis und Wasser den größten Teil der Brücke samt den beiden Brückentürmen zum Einsturz gebracht hatten, war noch lebendig. Und sollte einer der Stadträte sie dennoch vergessen und die Frage stellen, warum die Zunft mit Steuereinnahmen der Stadt ausgestattet wurde, um ihre ärmeren Mitglieder zu unterstützen, musste man ihn nur auf die Brücke führen. Dort stand noch immer ein Pfeiler im Gerüst – Mahnmal der Ausbesserungsarbeiten, die nicht abgeschlossen waren. Dennoch ließ sich nicht leugnen, dass der Einfluss der Fährmannszunft so schwach war wie schon lange nicht mehr – zwei Generationen ohne Schäden an der Brücke hatten ihr Ansehen spürbar verringert.

Philippa ließ sich von der Strömung wieder mit zurücknehmen, nachdem sie dem Fluss noch um die nächste Biegung gefolgt war. Wenige Riemenschläge genügten ihr, um das Boot auf Kurs zu halten. Der Anblick der Brücke hatte sie ganz aus ihren Gedanken gerissen. Sie hatte eigentlich nicht über die schwindende Bedeutung der Zunft nachdenken wollen, sondern über ihre eigene Zukunft. Diese hatte heute, nach dem Gespräch, das ihr Vater beim Morgenmahl mit ihr geführt hatte, erstmals eine klare Kontur bekommen. Es mochte gut sein, dass diese Bootsfahrt zu den letzten gehörte, die ihr vergönnt waren. Die Tage ihrer Freiheit waren gezählt.

»Ich dachte, du magst Albrecht?«, hatte Philippas Vater überrascht gesagt, als sie ihm in keinesfalls zweideutigen Worten erklärt hatte, was sie von seinen Heiratsplänen hielt.

Ja, sie mochte Albrecht, der nur wenig älter war als sie und den sie von Kindheit an kannte. Sie mochte ihn sogar so sehr, dass sie ihm bereits gestattet hatte, sie zu küssen, unter dem Hemd ihre Brüste zu streicheln, mit dem Finger ihre Jungfräulichkeit zu erforschen und ihrerseits ausprobiert hatte, wie hart und wie lange man den Riemen eines Mannes massieren musste, bis das Boot seiner Ekstase das Ufer erreichte und einem die Finger mit heiß hervorschießendem Samen verklebte. Nicht, dass sie ihrem Vater das verraten hätte.

Doch das alles bedeutete nicht, dass sie Albrechts Ehefrau werden und ein Leben zwischen Herd und Kindbett führen wollte, alle zwei Jahre schwanger und daher alle zwei Jahre dem Tod auf der Schippe sitzend. Das Beispiel ihrer Mutter hatte Philippa gereicht.

»Albrecht hat einen guten Posten bei Baldmar Hartrad«, hatte ihr Vater von Neuem angefangen. Philippa hatte aufgehorcht, als ihr Vater hinzugefügt hatte: »Da ist er oft auf Reisen – Baldmar begleitet die meisten seiner Handelstrecks noch selbst.« Hatte Rupprecht damit sagen wollen, dass sie auch in einer Ehe mit Albrecht, der der Scharführer der persönlichen Leibwache des erfolgreichen Fernkaufmanns Baldmar Hartrad war, weitestgehend ihre eigene Herrin sein würde? Oder dass die Chance bestand, ihren zukünftigen Gatten auf diesen Reisen zu begleiten?

Sie hatte es nicht herausgefunden, denn ihr Vater, der ihr Schweigen falsch aufgefasst hatte, war plötzlich ärgerlich geworden und hatte hervorgestoßen, dass sie mit ihrem sehnigen, zähen Körperbau den hochgezüchteten Pferden glich, mit denen die Herren ins Turnier ritten, und dass sie deshalb froh sein konnte, dass er nicht nur einen Pferdeknecht als Bräutigam für sie gefunden hatte.

Sie hob die Riemen ins Boot und gestattete dem Boot zu treiben. Frustriert betrachtete sie ihre kräftigen, braungebrannten Hände, fuhr sich über die ebenfalls braungebrannten Unterarme, die aus den zurückgeschobenen Ärmeln des Unterkleids ragten, umarmte sich unwillkürlich und fühlte die Härte von Muskeln und Sehnen unter ihrer Haut. Ihr Vater hätte das nicht sagen sollen – niemand war unglücklicher darüber als sie selbst, dass sie nicht so zart und weiß aussah wie die Töchter aus den reichen Häusern.

Aber vielleicht hätte sie auch nicht in ebenso jäh aufflammendem Zorn erwidern sollen, dass er sie ebensowenig zur Ehe würde zwingen können, wie er es schaffte, den Stadtrat zu überzeugen, dass die Fährmannszunft wichtiger war als die Brücke.

Sie seufzte.

Der Tag hatte nicht gerade gut begonnen.

Warum konnte sie ihre spitze Zunge auch nicht im Zaum halten? Ihre Bemerkung hatte ihren Vater ebenso getroffen wie die seine sie. Was die Neigung betraf, schnell in Zorn zu geraten und dann mit Worten wie Schwertklingen um sich zu schlagen, waren sie zweifelsfrei Vater und Tochter. Dabei bestand nicht der geringste Zweifel daran, dass Rupprecht seine Tochter abgöttisch liebte und sie ihn ihrerseits für den besten Mann hielt, den es je in ihrem Leben geben konnte.

Das Schicksal hatte sie früh auf sich zurückgeworfen, den Vater, dessen Frau bei der Geburt des zweiten Kindes ums Leben gekommen war und auch das Neugeborene mit ins Grab genommen hatte, und die Tochter, in deren Erinnerung das Schluchzen ihres Vaters bei der Beerdigung stärker ins Gedächtnis eingebrannt war als die Stimme ihrer Mutter, die sie in den Schlaf gesungen hatte. Rupprecht hatte danach nie mehr eine Frau genommen und seine Tochter als alleinstehender Witwer aufgezogen. Um das Gerede in der Nachbarschaft hatte er sich nie gekümmert, so wie Philippa sich jetzt nicht um den Klatsch kümmerte, dass sie mit zwanzig Jahren schon überreif für die Ehe sei und ihr zukünftiger Ehemann als Erstes das alte Boot würde versenken müssen, damit er sie bei Heim und Herd halten konnte.

Das Boot folgte der Strömung, die in die Biegung hineinlief und es nahe ans Südufer schwemmte. Eine alte Pappel war dort schon während der Regenstürme im Frühjahr umgestürzt und ragte in den Flusslauf hinein. Niemand hatte sie geborgen, so wie niemand sie gefällt hatte, als sie noch gestanden hatte; Pappelholz wurde entweder verheizt oder für die Herstellung von Körben und Holzschuhen verwendet. Die Baumeister waren daran kaum interessiert.

Dem Holzhunger der wachsenden Stadt waren bereits die meisten Bäume in weitem Umkreis um Franchenfurt zum Opfer gefallen. Mit den Auwäldern hatte es begonnen, weil sich die Stämme umso schneller wegschaffen ließen, je näher sie am Wasser wuchsen. Der einzige nennenswerte Wald in unmittelbarer Nähe zur Stadt war der kaiserliche Jagdbann Dreieich, dessen Ausläufer auf dem Mühlberg direkt vor den südlichen Toren Sassenhusens endeten. Philippa glaubte sich erinnern zu können, dass sie als Kind zusammen mit ihrem Vater unter weit überhängenden Uferbäumen auf dem Fluss dahingeglitten war, in tiefem grünen Schatten und umgeben vom Duft nassen Erdreichs, feuchten Holzes und kühlen Wassers. Heute gab es nur noch vereinzelte Relikte vom früheren Auwald, etwa wenn Bäume zu knorrig oder jung waren, um gefällt zu werden, oder wenn sie aufgrund der umliegenden Sümpfe schwer zu erreichen waren. Doch auch sie wurden immer weniger, weil die Dürre die Sümpfe ausgetrocknet hatte. Philippa war noch nie in einer anderen Stadt gewesen, aber sie nahm an, dass es nirgendwo im Reich sehr viel anders aussah. Das Holz wurde zum Bauen gebraucht, und außerdem hatte niemand, der sich einmal einen ganzen Tag lang damit geschunden hatte, einen alten Baumriesen zu Fall zu bringen, besondere Sympathie für Bäume.

An der alten Pappel hatte sich im Lauf der letzten Monate allerlei Treibgut gesammelt. Irgendwann würde sein Gewicht zu groß werden und die letzten toten Wurzeln, die den gefallenen Baum mit dem Ufer verbanden, abreißen. Dann würde der Fluss alles mit sich nehmen. Noch bildete die Anschwemmung eine kleine Halbinsel, auf der Wasservögel brüteten. Entweder waren sie Philippa zuerst nicht aufgefallen, oder sie waren erst in der letzten halben Stunde gekommen: die Raben, die darüber auf- und niederflatterten.

Sie trieb das Boot mit ein paar Ruderschlägen zu der Anschwemmung. Was hatten die verdammten Viecher gefunden? Philippa hasste Raben, seit sie als Kind mit angesehen hatte, wie die schwarzen Vögel am Ufer einen angeschwemmten Sack aufgepickt und darin eine Handvoll halb ertränkter Kätzchen gefunden hatten. Eines der Tierchen war noch am Leben gewesen, aber bis Philippa die Raben vertreiben und zu ihm hatte laufen können, hatten die Vögel es schon getötet.

Die Raben hüpften auf den im Wasser liegenden Stamm der Pappel und starrten sie feindselig an. Unter faulendem Gras und Algen, beklebt mit Blättern und Unrat, erhob sich ein Buckel, auf den die Raben herabgestoßen waren. Philippa streckte einen Riemen aus und stieß an das seltsame Treibgut.

Der Buckel wälzte sich herum. Ein weißes Gesicht mit einem hervorquellenden blinden Auge, umringt von aufgedunsenem Fleisch, kam an die Oberfläche und versank wieder darunter. Leichengeruch stieg auf.

Philippa zuckte zurück. Unwillkürlich tat sie ein paar Ruderschläge. Das Boot wurde von der Strömung erfasst und trieb um die Schwemmlandinsel herum, drehte sich mit dem Bug in den Strom. Die Raben flatterten hoch und nahmen den Streit um ihre Mahlzeit wieder auf. Philippa starrte zu dem langsam zurückfallenden Baum mit seiner Treibgutanschwemmung und dem Leichnam darin. Ihr Herz klopfte heftig.

Es war nicht nötig, so erschrocken zu sein, sagte sie sich dann. Wer auf dem Fluss großgeworden war, hatte seinen Anteil an Wasserleichen gesehen. Und was dort bei der alten Pappel verweste, war nichts weiter als ein totes Schwein. Dennoch waren ihre Hände kalt und zitterten, als sie sich damit übers Gesicht fuhr. In ihrem Magen saß auf einmal ein harter Klumpen.

Im ersten Augenblick hatte sie gemeint, ein menschliches Antlitz starre sie an. Das war der Grund für ihren Schreck, nichts weiter. Das und der Umstand, dass der Tag mit einem Streit begonnen hatte, dass wieder kein Regen in Sicht war, dass die Hitze alles

Leben verdörren ließ und dass sie Angst davor hatte, was die nächsten Wochen und Monate bringen würden.

Jetzt wäre ein Bräutigam nicht schlecht, dachte sie sarkastisch. Um sie kurz in den Arm zu nehmen und sie lachend ein schreckhaftes Ding zu heißen, um die Nachwirkungen des Schocks zu vertreiben.

Schweine fielen normalerweise nicht in den Fluss und ertranken. Aber das tote Tier mochte von einem der Unwetter stammen, von denen Philippa gehört hatte, mochte im Lauf seiner Reise in den Meyn geschwemmt und schließlich hier zur Ruhe gekommen sein, um den Raben ein Festmahl zu bieten.

Sie würde den Fund melden, wenn sie wieder zurück in Sassenhusen war, wie es sich gehörte. Dann konnten sich die Behörden überlegen, ob sie den Kadaver bargen und verbrannten oder ob sie der Natur ihren Lauf ließen. Gott, wie das aufgeschwemmte Gesicht für einen Wimpernschlag demjenigen eines Menschen geglichen hatte! Philippa hoffte, dass der Anblick sie nicht heute Nacht im Traum heimsuchen würde. Ihr fiel ein, dass der Magdalenentag kurz bevorstand. Dem Volksglauben nach brachte er Unglück. War das tote Schwein etwa ein böses Vorzeichen dafür?

Weil es ihr plötzlich so schien, als wäre körperliche Anstrengung das beste Mittel gegen einen Alptraum, stemmte sich Philippa in die Riemen, bis ihr Körper schweißgebadet war. Das Boot schoss über die Oberfläche des Meyns dahin wie ein Pfeil.

Sie hörte erst auf zu rudern, als sie bereits nach Luft ringen musste. Da war sie schon bei den Eichenpfählen der ehemaligen Furt angekommen. Hier erblickte sie einen etwas verwahrlost aussehenden Mann, der bis zu den Knien im Wasser stand, sich an einen der Pfähle klammerte und dabei so wirkte, als würde er weitergehen wollen.

Philippa trieb das Boot zu ihm hin. Der Mann sah auf.

»Die Furt gibt's nicht mehr, weißt du«, sagte sie im unverbindlichen Plauderton.

»Ach«, erwiderte er.

Er war bärtig und trug Kleidung, die bessere Tage gesehen

hatte, bevor er sie auf einer offensichtlich langen Reise Tag und Nacht getragen und auf diese Weise ruiniert hatte. Sein Gesicht war schmal, sein Haar verfilzt. Philippa dachte unwillkürlich, dass es ihm nicht schaden würde, wenn er in den Meyn fiele und einmal gründlich mit Wasser in Kontakt käme.

»Der Wasserstand ist zwar niedrig«, erklärte sie, »aber ohne zu schwimmen kommst du trotzdem nicht rüber. Genau deshalb haben wir die Brücke gebaut.«

Der Mann betrachtete die Brücke, als sähe er sie zum ersten Mal, aber als er sich wieder ihr zuwandte, konnte sie ein kaum sichtbares Lächeln auf seinem Gesicht erkennen. Es hellte seine Züge auf, als würde in eine schattige Ecke plötzlich die Sonne scheinen. »Ja«, sagte er, »man sollte meinen, dass eine Brücke genau für so etwas gebaut wurde.«

»Ich bin froh, dass wir da einer Meinung sind«, versetzte sie spöttisch, aber auch sie lächelte jetzt. Mit Erstaunen bemerkte sie, dass ihr Schreck über den Fund des Kadavers abgeklungen war. »Wo kommst du her?«

Er deutete vage flussaufwärts. »Aus dem Osten.«

»Hast du etwas von den Unwettern mitbekommen, die dort getobt haben sollen?«

Das Lächeln auf seinem Gesicht erlosch, als habe sie etwas gesagt, das ihn beunruhigte. »Nein«, erklärte er dann langsam. »Das heißt ...«, er schüttelte sich und schnaubte dann wie jemand, der einen halbgaren Gedanken vertreibt. »Nein«, wiederholte er.

Philippa wurde ebenfalls ernst. »Na gut. Wie auch immer – hier kommst du nicht über den Fluss. Du musst die Brücke nehmen.«

»Ich hab kein Geld für den Brückenzoll«, sagte der Mann.

»Dann, schätze ich, wirst du in Sassenhusen bleiben dürfen.«

»Du könntest mich hinüberrudern«, schlug der Fremde vor.

»Ich wette, du hast auch das Geld für den Fährdienst nicht.«

Der Mann zuckte mit den Schultern. »Sag mir deinen Namen, dann zahle ich dich aus, sobald ich Geld habe.«

»Selten so gelacht.«

Der Fremde betrachtete Philippa so nachdenklich und mit immer ratloser werdender Miene, dass sie Mitleid empfand. Statt ihn – mit dem üblichen Stolz der Bewohner des südlichen Stadtviertels – zu fragen, was es denn drüben so Schönes gäbe, das er nicht auch hier bekommen könne, meinte sie in versöhnlichem Ton: »Du kannst versuchen, dich einem Kaufmann oder einem Bauern als Träger anzudienen. Oder als Karrenschieber. Oder du schleppst jemandem seine alte Mutter auf die andere Seite. Dann schließt er dich vielleicht in den Zoll, den er bezahlen muss, mit ein.«

Der Fremde kratzte sich am Kopf. »So was geht?«, fragte er.

Philippa musterte ihn erstaunt. Wo kam der Mann bloß her, dass ihm solche einfachen Gesetzmäßigkeiten des menschlichen Zusammenlebens fremd waren? Hatte er sein bisheriges Leben hinter Klostermauern verbracht? Oder behütet in einer Adelsfamilie? Aber er sah weder nach einem Mönch aus – auch wenn er zweifellos wie einer roch – noch nach einem Herrn. Nach einem Herrn schon gar nicht.

»Versuch dein Glück!«, rief sie. Sie hatte das Boot die ganze Zeit mit Riemenschlägen auf der Stelle gehalten; jetzt trieb sie es wieder vom Ufer weg, um sich die letzten paar hundert Schritt zum Fähranleger tragen zu lassen.

»Wie heißt du, dass ich mich bei dir bedanken kann, wenn es klappt?«, rief er ihr nach, während der Fluss sie mitnahm.

»Philippa, die Tochter von Rupprecht, dem Fährmann. Und du?«

Er blinzelte wie jemand, der eine unerwartete Frage gestellt bekommen hat, und Philippa dachte, dass er sie über das Plätschern und Rauschen des Flusses und über den Lärm, der von der Brücke herunterdrang, nicht richtig verstanden hatte. Sie wollte ihre Frage schon wiederholen, doch da wandte er sich brüsk ab. Das Letzte, was sie sah, war, wie seine Miene sich noch mehr verdüsterte und seine Schultern herabsanken. Dann watete er ans Ufer und drehte sich nicht mehr zu ihr um.

2.

Capitaneus Hilpolt Meester befand sich im Ratssaal der Stadt Franchenfurt und sprach leise mit dem Stadtrat. Er schwitzte, weil er sich vor den Reihen der geschnitzten Chorstühle fühlte wie ein Sünder vor dem Tribunal, und außerdem, weil er gezwungen war, leise zu sprechen. Hätte er sich nicht gezügelt, hätte er gebrüllt, und wenn Hilpolt Meester brüllte, flohen neue Rekruten der kaiserlichen Leibgarde samt Panzerhemd und Waffen die Bäume hinauf. Der Capitaneus ahnte aber, dass er bei den selbstzufriedenen Pfeffersäcken, aus denen der Stadtrat bestand, mit Brüllen gar nichts erreichen würde. Außerdem hatte der Kaiser ihn gebeten, so freundlich wie möglich aufzutreten.

Kaiser Luwig hatte zu einer Versammlung der Kurfürsten gerufen. Das Treffen sollte hier in Franchenfurt stattfinden. Da es eine inoffizielle Angelegenheit war, die nicht an die große Glocke gehängt werden durfte, zogen zum militärischen Schutz des Kaisers kein Ritterheer und keine Soldatenhaufen auf, und um das Gelingen der Versammlung kümmerten sich nicht wie üblich ein Reichsmarschall, ein Kämmerer, ein Seneschall, ein Mundschenk und ein Brotmeister mit ihren jeweiligen zahllosen Bediensteten. Nein, Hilpolt Meester und seine Männer waren dafür zuständig.

Und für die Bewachung der Stadt. Und für die Beruhigung der Bürger. Und für die Regelung des Verkehrsflusses durch die wenigen Gassen, die nicht aus Sicherheitsgründen abgeriegelt werden sollten. Und dafür, dass keine Schiffe im Hafen anlegten, die nicht vorher vom Bug bis zum Heck durchsucht worden waren. Und dafür, dass niemand durch all diese Vorsichtsmaßnahmen beleidigt wurde oder dass der Handel in der Stadt, die dem Kaiser sehr am Herzen lag, mehr als nötig beeinträchtigt wurde. Und natürlich dafür, dass sich der Herrscher und die Kurfürsten wohlfühlten und die Situation so wirkte, als habe der Kaiser alles wie immer im Griff, während ihm in Wirklichkeit das Wasser bis zum Hals stand.

Noch was?

Ach ja, und dafür, dass der Kaiser diese Versammlung nicht

nur erfolgreich, sondern auch lebend wieder verließ. Es gab da Gerüchte über Attentatspläne ...

Was hatte der Graf von Hohenlohe, des Kaisers Marschall, vor der Abreise Hilpolt gefragt: »Wisst Ihr, worum ich Euch bei dieser Reise beneide?«

»Keine Ahnung«, hatte Hilpolt erwidert.

»Um gar nichts«, hatte der Marschall geantwortet und vor Lachen einen Schluckauf bekommen.

Der Franchenfurter Rat bestand aus zweiundvierzig Mitgliedern und setzte sich aus den gewählten Vertretern des städtischen Patriziats und den Handwerkern der ratsfähigen Zünfte zusammen. Ihnen stand als Vertrauensmann des Kaisers der Reichsschultheiß vor. Augenblicklicher Schultheiß war Friedrich von Hutten. Kaiser Ludwig, in seiner unerschütterlichen Zuneigung zu allem, was mit Franchenfurt zu tun hatte, hatte in ihm einen Mann gewählt, der noch kaufmännischer dachte als die Patrizier und beinahe immer auf Seiten der Stadt war, es sei denn, deren Interessen liefen seinen Bemühungen, durch Zu- und Verkäufe von Richterämtern immer reicher zu werden, zuwider. Da aber der Franchenfurter Rat wusste, was man an Friedrich von Hutten hatte, bemühte man sich, seine persönlichen Lebenspläne nicht zu durchkreuzen. Hilpolt Meester, der nicht Capitaneus geworden wäre, wenn er nicht in der Lage gewesen wäre, sich aus wenigen Eindrücken sofort ein Bild von einer Situation machen zu können, schloss dies aus der ausgesuchten Höflichkeit, mit der die Räte den Schultheiß und dieser sie behandelte.

»Ich verstehe zum Beispiel nicht«, sagte Friedrich von Hutten, an Hilpolt Meesters gewandt, »wieso diese Versammlung unbedingt *geheim* sein muss. Warum beruft der Kaiser nicht einen ordentlichen Reichstag ein? Das würde Geld in die Kassen der Stadt bringen.«

»Sobald Seine Majestät hier vor dem Rat spricht, könnt Ihr ihn das selbst fragen«, erwiderte der Capitaneus. »Wenn er nicht einmal Euch den Grund genannt hat, warum sollte er ihn dann mir erzählen, der ich nur der Hauptmann seiner Leibgarde bin?«

Natürlich war Hilpolt in Wirklichkeit durchaus eingeweiht. Tatsächlich verbrachte er mehr Zeit an der Seite des Kaisers als dessen Kanzler, weil die Leibgarde auf jeder Reise dabei war – und Kaiser Ludwig war ständig auf Reisen, um das Reich zusammenzuhalten. Wie sollte er da nicht eingeweiht sein in die Dinge, welche den Kaiser bewegten? Aber er würde dem Schultheiß nicht auf die Nase binden, dass sich Kaiser Ludwig der Unterstützung der Kurfürsten keineswegs sicher war und es nicht riskieren konnte, von ihnen bei einem ordentlichen Reichstag öffentlich bloßgestellt zu werden, indem sie ihm für seine Politik die Unterstützung verweigerten. Karl von Luxemburg, seit einem Jahr Regent an Stelle seines erblindeten Vaters Johann, des Königs von Böhmen, und Papst Klemens VI. hatten sich gegen den Kaiser zusammengetan, und diese Achse war stark genug, um die Loyalität der Kurfürsten auf eine harte Probe zu stellen. Doch der Kaiser ließ sich nicht unterkriegen und hatte dem jungen Karl, den er verachtete, und dem prasserischen Papst in Avignon, der in der ganzen Christenheit verhasst war, den Kampf angesagt.

Die beiden Opponenten Ludwigs hatten den Fehdehandschuh aufgenommen. Der Papst ließ es sich nicht nehmen, den Kaiser jeden Sonntag beim Gottesdienst aufs Neue in den Kirchenbann zu tun. Was der schlaue, gern im Verborgenen wirkende Karl gegen Ludwig unternahm, ließ sich weniger genau feststellen. Das Gerücht, dass ein Meuchelmörder auf den Kaiser angesetzt sei, ließ sich jedenfalls nicht bis zu Karl zurückverfolgen – ein Beweis mehr für Hilpolt Meester, dass der Luxemburger dahintersteckte und dass man das Gerücht ernst nehmen sollte.

Nimm dazu die Berichte von geradezu apokalyptischen Unwettern, die sich im Südosten des Reichs ereignet haben sollen, und den Umstand, dass der Kaiser mit dem Schiff angereist war, erfahrungsgemäß nicht gerade der sicherste Platz auf Erden, wenn sich ein Sturm erhob ... und dann frag mich noch einmal, was an meiner Aufgabe beneidenswert ist! Hilpolt Meester musste an sich halten, um seine säuerliche Feststellung nicht laut hervorzustoßen.

»Aber wenn der Kaiser schon nicht dafür sorgen will, dass Geld nach Franchenfurt kommt, warum wird uns der Verdienst noch zusätzlich erschwert?«, fragte Friedrich von Hutten.

Hilpolt wusste genau, worauf der Schultheiß anspielte, ließ sich aber nicht erweichen. »Die Sperrung der Tore wird so vorgenommen, wie ich angeordnet habe«, sagte er. »Schlag Mittag morgen werden die Tore entlang des Meyns sowie im Norden die Katharinenpforte geschlossen.«

»Aber wenn die Katharinenpforte geschlossen wird, kommt der Pferdehandel zum Erliegen. Der Pferdemarkt ist direkt vor dem Tor! Und er ist eines der Standbeine des städtischen Handels!«

Ja, und das andere Standbein ist der Weinmarkt bei der Leonhardspforte, dachte Hilpolt, der sich eingehend über die Verhältnisse in der Stadt informiert hatte. Aber es wird insofern Gerechtigkeit herrschen, als dass ich die Leonhardspforte auch schließen lasse. Er seufzte innerlich. Auf einer Liste all der Dinge, die der Capitaneus in seinem Leben wirklich nicht brauchte, stand diese Besprechung heute ziemlich weit oben.

»Wir lassen nur die Bornheimer Pforte im nördlichen Mauerring und die Brücke offen«, fuhr er fort. »Damit können wir halbwegs kontrollieren, wer in die Stadt kommt und wer sie verlässt.«

»Wozu ist denn diese enge Überwachung nötig?«, rief Friedrich von Hutten. »Bei einem Reichstag werden die Tore doch auch nicht geschlossen!«

Ich würde die Tore auch bei einem Reichstag dichtmachen, wenn die Nachrichtenlage so wäre wie hier, dachte Hilpolt. Laut sagte er: »Die Sicherheit des Kaisers und die Ungestörtheit der Gespräche haben Vorrang.«

»Ja«, knurrte einer der Stadträte erbittert, »Vorrang vor unseren Geschäften.«

Normalerweise hätte sich Hilpolt vor dem Mann aufgebaut und sein Gesicht ganz nah an dessen Gesicht gebracht, bis sich ihre Nasenspitzen beinahe berührten, und hätte dann in voller Lautstärke gebrüllt: »Genau, die Sicherheit des Kaisers geht über das Geldverdienen!« Doch so, wie die Dinge lagen, musste er die Bemerkung ignorieren, wie der Kaiser es von ihm erwartete.

»Wenn nur zwei Tore offen sind, wird es ein schreckliches Gedränge vor diesen Toren geben – in jeder Richtung«, gab der Schultheiß zu bedenken.

»Besonders, weil wir uns jeden Einzelnen, der hereinwill, genau anschauen werden«, sagte Hilpolt mit einer gewissen Befriedigung. »Um Euren Stadtknechten diese Mühen zu ersparen, werden *meine* Männer den Oberbefehl über die beiden Tore erhalten.« Und auf die ist Verlass!, dachte Hilpolt.

Die Leibgarde bestand aus den vierten und noch späteren Söhnen der mit Kaiser Ludwig verbündeten Adligen. Jeder von ihnen war durch das harte Training gegangen, das ein Ritter absolvieren musste, sobald er als achtjähriger Knabe den heimatlichen Hof verließ; jeder von ihnen hatte die Schwertleite bekommen. Aber das Vermögen, das nötig war, um sie zu rüsten und zu bewaffnen, damit sie als fahrende Ritter in die Welt hinausziehen konnten, hatten ihre Väter nicht mehr aufbringen können. Der erste Sohn trat immer das Erbe an, der zweite Sohn bekam eine Karriere in der Kirche bezahlt und der dritte die Ausrüstung für sich und seinen Knappen. Für alle weiteren Nachfahren war einfach nichts mehr übrig, besonders wenn auch noch Töchter da waren, für die man die Mitgift beiseitelegen musste. Kaiser Ludwig verschaffte diesen jungen Männern eine Stellung, indem er – durch die vielen Anfeindungen seitens der Kirche und der habsburgischen Konkurrenz gewitzt – eine Leibgarde unterhielt. Capitaneus Hilpolt Meester, seines Zeichens einziger Sohn, aber der eines Ritters, der ärmlicher gelebt hatte als seine Pächter, war der Anführer dieser Männer. Nur wer vor seinem Auge bestand und den gnadenlosen Drill, dem er alle Rekruten unterwarf, klaglos akzeptierte, wurde in die Truppe aufgenommen. Wer einmal zu Hilpolt Meesters Schar gehörte, dem spendierten Grafen und Bischöfe bei Reichstagen die Getränke, und Lästermäuler wurden still und verschwanden schnell in der Menge, wenn sich einer von ihnen blicken ließ. Jeder Leibgardist hätte sich jederzeit für den Kaiser –

und für Hilpolt Meester! – ausdärmen, vierteilen und an die Stadtmauer hängen lassen.

»Wie bitte? Die kaiserliche Garde soll die Tore befehligen? Das ist eine Demütigung für unsere Bürger!«

»Lieber gedemütigt als verantwortlich dafür, dass dem Kaiser etwas zustößt.«

»Ihr redet dauernd von der Gefahr für Seine Majestät!«, fuhr der Stadtrat auf, der Hilpolt schon vorhin aufgefallen war. »Ihr tut ja, als ob er sich hier im Feindesland befände und nicht unter Menschen, die ihn lieben, weil sie ihm so viel verdanken!«

»Gerade deshalb solltet Ihr die Maßnahmen zum Schutz Seiner Majestät gutheißen«, versetzte Hilpolt.

Ein Mann stand auf, der unter den Räten in der dritten Bankreihe saß, unter den Vertretern der Handwerkszünfte. Er war groß und muskulös und besaß ein wettergegerbtes, braunes Gesicht mit einem Schopf gesträubten grauen Haars darauf. »Wie ist das«, fragte er, und Hilpolt konnte ihm anmerken, dass er seine Wut nur mühsam zügelte, weil er vermutlich ahnte, welche Antwort er bekommen würde, »mit dem Fährverkehr zwischen Sassenhusen und Franchenfurt? Wo sollen die Fähren anlegen, wenn Ihr die Leonhardspforte schließen wollt?«

»Die Fähren legen nirgends an, weil der Fährverkehr auch eingestellt wird«, sagte Hilpolt.

Der Lärm daraufhin war so laut, dass, sollte irgendjemand wegen des unmöglich gemachten Weinmarktes Beschwerde einlegen, Hilpolt ihn nicht hören konnte. Wie es schien, hatte die Fährmannszunft eine vielköpfige Fraktion im Stadtrat.

»Das wagt Ihr nicht!«, rief der Grauhaarige.

»So? Na seht mal an. Ich hab es schon gewagt. Ab heute Mittag.«

Hilpolts Widersacher ballte die Fäuste. »Und was ist mit den Fischern?«

»Was soll mit den Fischern sein?«

»Wie wollt Ihr unterscheiden, ob es eine Fähre ist, die den Meyn überquert, oder ein Fischerboot?«

Mit dem Gefühl, sich genau dorthin zu bewegen, wo sein Widersacher ihn haben wollte – und der Erkenntnis, dass er an *dieses* verdammte Problem bislang nicht gedacht hatte –, sagte Hilpolt: »Der Fischfang wird ebenfalls eingestellt, solange der Kaiser hier ist.«

Ein paar von den Stadträten stießen empört die Luft aus. »Und was sollen die Menschen essen, die sich kein Fleisch leisten können?«, rief der Mann mit dem grauen Haarschopf.

»Vielleicht hätten sie dran denken sollen, in den letzten Tagen ein paar Fische mehr zu fangen und sie einzulagern?«, zischte Hilpolt, der nun auch lauter wurde.

»Wisst Ihr, was aus Fischen wird, die bei dieser Hitze nicht frisch gegessen werden?«, schrie Hilpolts Widersacher.

»Nein, aber ich weiß, was ich mit Leuten mache, die ihre verdammten Fische über die Sicherheit des Kaisers stellen«, brüllte Hilpolt. Bis jetzt war er auf einem Hocker neben dem Schultheiß gesessen, nun sprang er auf.

»Wenn Ihr die Fischerei und den Fährverkehr untersagt, legt Ihr die Stadt in Fesseln!«

»Nein, ich lege bloß die Geschäfte von ein paar Schuppenkratzern und Kahnfahrern lahm!«, schrie Hilpolt. Er wusste im selben Moment, dass er zu weit gegangen war. Die wütende Verachtung, die in seinen Worten mitschwang, zeigte den Ratsmitgliedern, dass er ihre Nöte allesamt nicht für voll nahm, ob es sich nun um Schuppenkratzer, Kahnfahrer, Pfeffersäcke oder sonst etwas handelte, was sich in dieser Stadt in Zünften organisierte und für so wichtig hielt wie den lieben Gott. Er murmelte einen Fluch und setzte sich wieder hin.

»Leuten wie Euch verdankt es der Kaiser, dass sich sein Volk dem zukünftigen König von Böhmen zuwendet!«, sagte der Mann mit dem grauen Haarschopf. Erneut ächzten die Stadträte, aber diesmal, weil einer der ihren zu weit gegangen war.

Hilpolt stand wieder auf, langsamer diesmal. »Wie ist Euer Name?«, fragte er.

Die Männer, die neben Hilpolts Widersacher saßen, zogen

ihn an der Tunika, um ihn zum Hinsetzen zu nötigen und so zu demonstrieren, dass er nachgab und sich unterwarf. Hilpolts Widersacher schüttelte sie ab und straffte sich. »Ich bin Rupprecht, Zunftmeister der Fährleute und Fischer«, sagte er bestimmt.

»Zunftmeister Rupprecht«, erwiderte Hilpolt, »höre ich noch einmal so etwas von Euch, sitzt Ihr in Eisen im Turm, und ich pfeife darauf, ob Ihr Euch dann auch bemüßigt fühlt, Euch auf die Seite Luxemburgs zu schlagen.«

Die beiden Männer starrten sich über den Raum hinweg an. »Ihr habt hier keine richterlichen Befugnisse«, sagte Rupprecht mit erstickter Stimme.

»Ich nicht, aber der Schultheiß, und ich gehe davon aus, dass er weiß, was er angesichts verräterischer Bemerkungen zu tun hat.«

Friedrich von Hutten wand sich. »Großer Gott, Rupprecht, setzt Euch wieder hin. Die Gemüter kochen hier in der Stadt, werter Capitaneus, bitte berücksichtigt das. Die Hitze und alles … wollen wir so tun, als sei das alles nicht gesagt worden, ja?«

Einer der Stadträte in der vorderen Bankreihe stand ebenfalls auf. Er breitete beschwichtigend die Arme aus. »Lasst Euch versichern, dass die Worte, die im Zorn gesprochen wurden, nicht bedeuten, dass die Stadt nicht etwa geschlossen an der Seite Seiner Majestät stehen würde«, sagte er. »Und ich spreche nicht nur für die Kaufmannsfamilien, sondern auch für das Handwerk, und ich bestätige Euch außerdem, dass Zunftmeister Rupprecht und seine Leute treu dem Kaiser dienen und es hier nicht um Seine Majestät, sondern nur um die Unbequemlichkeiten geht, die die Sicherheit unseres allergnädigsten Herrn uns aufbürdet.«

»Wohl gesprochen, Baldmar Hartrad«, sagte der Schultheiß. Er wandte sich an Hilpolt. »Wohl gesprochen, nicht wahr?«, wiederholte er.

Hilpolt achtete weder auf ihn noch auf den eloquenten Stadtrat aus dem Patriziat, der sich wieder setzte. Er starrte dem Fährmann weiterhin ins Gesicht und ahnte, dass Rupprecht das Blickduell nicht abbrechen würde, bis ihnen beiden die Augen austrockneten. Der Anführer der kaiserlichen Leibgarde, der schon über Turnierplätze hinweg Kontrahenten mit heruntergeklappten Visieren dazu gebracht hatte, die Blicke abzuwenden, schien einen ebenbürtigen Gegner gefunden zu haben. Widerwillige Achtung regte sich in Hilpolt für den Zunftmeister. Er war froh, dass jemand die Tür aufriss und hereinplatzte und seinen Namen rief.

Hilpolt wandte sich ab. Der Ankömmling war sein Locotenente, sein Stellvertreter in der Leibgarde. »Was gibt's?«, schnappte er.

»Schwierigkeiten auf der Brücke«, meldete der junge Mann.

»Mit jemandem, der in die Stadt will?«

»Ja, Capitaneus.«

»Werft ihn in den Meyn.«

»Ein Geistlicher ist in die Sache verwickelt«, gab der Locotenente zu bedenken.

»Ein Pfaffe? Wie heißt er?«

»Gottfried von Eppstein. Er ist der Stiftspropst«, sagte der Locotenente.

Diesmal stöhnten alle Stadträte und der Schultheiß einmütig.

Hilpolt nutzte die Gelegenheit, aus dem Ratssaal zu entkommen, in dem Temperaturen wie in einem Backofen herrschten. »Ich schau mir das mal selber an«, knurrte er und fasste an seinen Schwertgurt. Als er ins Leere griff, fiel ihm ein, dass er seine Waffe draußen abgelegt hatte, um den Frieden des Ratssaales nicht zu brechen. Vielleicht war es besser, er ließ sie gleich ganz im Rathaus, sonst geschah noch ein Unglück.

In den Gassen hing der Gestank brackigen Wassers aus den Brunnen der Stadt, ganz so, als würde bald das Wetter umschlagen. Hilpolt Meester bemerkte, wie ein pochender Kopfschmerz hinter seiner Stirn entstand. Er fluchte und eilte hinter dem Locotenente und dem Soldaten her, der von der Brücke hierher gelaufen und den Locotenente alarmiert hatte. Unter seiner teuren Tunika mit dem doppelköpfigen Adler, dem Wappentier Kaiser Ludwigs, klebte sein Hemd schweißnass an seinem Körper.

3.

Der Rat, den die junge Frau im Boot ihm gegeben hatte, war vermutlich gut. Aber der Gedanke, die Brücke zu betreten, ließ ihn unruhig werden. Brücken und er vertrugen sich nicht gut, das war ihm auf dem Weg hierher klargeworden. Er musste sich zwingen, nicht in Panik zu verfallen, wenn er eine davon überquerte. Warum das so war, wusste er nicht. Es war mit all dem anderen, was seine Persönlichkeit betraf, im Dunkel der Amnesie verschollen. Er atmete tief durch und mischte sich in das Gedränge.

Angesichts der vielen Leute, die über die Brücke wollten, schien es Kandidaten genug zu geben, denen er seine Hilfe aufdrängen konnte. Wieso hatte er sich dann so unfreundlich von der jungen Frau abgewandt, als sie ihn nach seinem Namen gefragt hatte? Eigentlich sollte er doch darüber hinaus sein; eigentlich sollte er sich mittlerweile daran gewöhnt haben, auf solche Fragen den Namen anzugeben, den die Nonnen ihm gegeben hatten, von dem er tief in seinem Herzen wusste, dass es nie und nimmer der seine war.

Mathias.

Die Nonnen hatten ihn Mathias genannt.

Er hieß nicht Mathias.

Aber wie sicher konnte ein Mann sich sein, der alles vergessen hatte, was mit ihm zusammenhing? Der am Anfang sogar Schwierigkeiten gehabt hatte, eine Sprache zu verstehen, bis sich irgendetwas in seiner Seele verschoben und wenigstens die Erinnerung daran freigegeben hatte, dass er eine Muttersprache besaß und darüber hinaus noch Latein verstand?

Vor sich, nur durch den Fluss getrennt, hatte er Franchenfurt gesehen, und direkt davor die junge Frau in ihrem Boot, die auf eine praktische, zupackende Weise hübsch ausgesehen hatte und freundlich gewesen war. Seine Unsicherheit, die unbestimmte Angst vor dem nächsten Panikanfall und die Scham darüber, dass er nichts, überhaupt *nichts* mehr war, hatten ihn dazu gebracht, sich abzuwenden.

Er atmete tief durch, bevor er sich in das Gedränge auf der Brücke schob. Mathias. Er musste nur sagen: Gott zum Gruß, mein Name ist Mathias, darf ich Euch helfen? Und dazu lächeln. So wenig er über sich selbst wusste, eines war ihm doch in der Zeit klargeworden, die seine Erinnerung zurückreichte: Etwas musste an seinem Lächeln sein, das die Leute für ihn einnahm, selbst wenn er wie jetzt bärtig und schmutzig und abgerissen daherkam. Die Wirkung seines Lächelns erstreckte sich auf Männer wie auf Frauen. Er dachte daran, dass von dem Dutzend Klosterschwestern, das sich um ihn bemüht hatte, nachdem er *aufgewacht* war, im Lauf der Wochen über die Hälfte ihm deutlich zu verstehen gegeben hatte, dass sie nicht Nein sagen würden, sollte er sie auffordern, sich in der Nacht zu ihm zu schleichen.

Ausgerechnet die Priorin, die vom Alter her seine Mutter hätte sein können, hatte sich ihm so vehement aufgedrängt, dass er nachgegeben und mit ihr mehrere so leidenschaftliche Nächte verbracht hatte, dass sich seine Lenden jetzt noch regten, wenn er daran dachte.

Dann kamen ihm andere Bilder in den Sinn. Er erinnerte sich daran, wie er sie zuletzt gesehen hatte. Er dachte an die Kälte ihrer Haut, als er die Decke über sie gezogen und ihre Hände berührt hatte. Ihre geschlossenen Augen, ihr starres Gesicht. Sie war so bleich gewesen. Ein Schauer lief seinen Rücken hinab.

Er empfand Beklommenheit. Alles, was gewesen war, bevor er auf dem Karren, auf dem man ihn ins Kloster gebracht hatte, zu sich gekommen war, war weg. Alles. Seine ganze Identität. Der Sinn seines Lebens. Alles, bis auf ein Wort, von dem er manchmal das Gefühl hatte, es sei mit blutigen Narben in sein Gehirn gegraben: Franchenfurt.

Und deshalb schob er sich jetzt durch das Gedrängel auf der Brücke über den Meyn, sagte sich seinen angenommenen Namen vor, bedauerte, dass er die junge Frau im Boot nicht freundlicher behandelt hatte, und versuchte, sich für kurze Zeit einem Herrn anzudienen, um in die Stadt zu gelangen.

Was er dort tun würde? Keine Ahnung. Er hoffte, dass er es

wie durch eine Eingebung erfahren würde, wenn er durch die Gassen der Stadt ginge, und versuchte die Furcht zu verdrängen, dass es ihm nie einfallen würde. Dass er sich am Ende der kurzen Reise befand, zu der sein Dasein geworden war. Dass er seine verbleibenden Jahre als Geist würde verbringen müssen, der kein altes und kein neues Leben hatte und nichts als ein Schatten war, den Gott und der Teufel gleichermaßen vergessen hatten. Gedanken wie diese konnten die nächste Panikattacke auslösen. Der Schweiß, der ihm unter der Kleidung über die Haut rann, war eiskalt, aber er lächelte um sein Leben und fragte jeden, bei dem es passend erschien: »Kann ich Euch helfen? Mein Name ist Mathias. Wenn Ihr mich mit in die Stadt nehmt, dann werde ich gerne ...«

»Was?«, fragte ein Bauer mit einem Karren Heu und einer beeindruckenden Ansammlung von Warzen im Gesicht.

»Euren Karren schieben helfen?«, schlug Mathias vor.

»Schön und gut«, sagte der Bauer, »aber wie du siehst, geht hier gar nichts weiter. Du kannst mir höchstens helfen, neben meinem Karren zu stehen, und das kann ich alleine und will dafür auch nicht den Brückenzoll für dich bezahlen.«

»Irgendwann muss es ja wieder weitergehen.«

Der Bauer wandte sich an die Umstehenden. »Habt ihr gehört? Ein Neuer!«

»Was ist denn los? Warum steht der ganze Verkehr?«

Der Bauer deutete nach vorne, wo sich nach einem knappen Drittel der Brückenlänge ein Bau erhob, der die Brücke mit einem Torbogen überspannte. Zwischen dem Bau und dem Brückenturm am diesseitigen Ufer stauten sich Fußgänger, Reiter und Karren. Das Gedränge reichte bis in die Gasse zurück, die zum Brückenturm führte. Hinter dem Bau war die Brücke leer. Weder kam von drüben jemand herüber, noch schien jemand den Torbogen des Gebäudes in Richtung Franchenfurt zu passieren.

»Was weiß ich? Es heißt, seit zwei Tagen sind Soldaten des Kaisers in der Stadt. Vielleicht halten die alles auf.« Der Bauer schielte in den gleißenden Himmel, nahm seine Filzkappe ab,

fuhr sich durch sein schweißnasses Haar und setzte die Kappe wieder auf. Sie wies einen dunklen Rand aus Schweißflecken auf.
»Was für ein Dreck, einen hier in der Sonne braten zu lassen. Frag selber, wenn du bis nach vorne durchkommst.«
»Was ist das für ein Bau da auf der Brücke?«
»Das ist die Katharinenkapelle. Wurde erst vor vier Jahren hingestellt. Wenn der Stadtrat gewusst hätte, dass irgendwelche kaiserlichen Schwertträger sie mal dazu benutzen, den Verkehr aufzuhalten, hätte man sich's wahrscheinlich nochmal überlegt.«

Mathias bedankte sich bei dem Bauern und schob sich durch die Menge nach vorn. Ein paar besser gekleidete Männer machten Anstalten, ihn aufzuhalten, ließen ihn aber dann vorbei. So, wie er aussah, würden die Soldaten bei der Katharinenkapelle ihn ohnehin nicht passieren lassen, da konnte man ihn auch getrost vordrängeln lassen.

Der Tordurchgang wurde von Soldaten bewacht, die alle eine einheitliche ockerfarbene Tunika mit einem schwarzen Doppelkopfadler trugen, auf dessen Brust ein weiß-blaues Rautenmuster eingestickt war. Mathias starrte das Wappen an, weil sich bei seinem Anblick etwas in seinen verschütteten Erinnerungen regte – ein Fünkchen, das kurz aufleuchtete, keine Nahrung fand und wieder verglomm. Frustriert biss er die Zähne zusammen. Die Soldaten waren aber nicht das Problem. Das Problem waren die beiden vierrädrigen Lastkarren, die eine unter Decken und Rupfensäcken verstaute Fracht trugen, den Durchgang für alle Nachfolgenden versperrten und von einem halben Dutzend waffenstarrender Männer flankiert wurden. Kurze Schwerter an den Hüften, zusätzliche Dolche an den Gürteln und daneben hängende Wurfäxte in Schlaufen ließen sie bei jedem Schritt klinkern wie eine ganze Schmiedewerkstatt. Fünf von ihnen trugen einen kurzen Spieß über den Schultern und machten durch die Lässigkeit ihrer Trageweise klar, dass sie harte Burschen waren. Keiner von ihnen besaß ein Panzerhemd, aber sie hatten einheitliche Beckenhauben mit Nasenschützern und unter ihren bunten Tuniken trugen sie Steppwämser. Unter ihren Helmen konnte man gepolsterte Bundhauben erkennen, in denen es so heiß sein musste wie in der Hölle, die Hände ihres offensichtlichen Anführers steckten in Panzerhandschuhen. Sie stellten ihre Profession »Kaufmannsmiliz« so unübersehbar zur Schau, als würden sie eine Standarte mit dieser Aufschrift über den Köpfen wehen haben.

Mathias gelang es, sich in die vorderste Reihe der Gaffer zu drängen, die um die Streithähne herumstanden. Doch bevor er die Umstehenden fragen konnte, was sich abspielte, erhielt er einen Stoß in den Rücken. Ein älterer Mann in schlichten, aber auffallend elegant geschnittenen Kleidern schob sich an ihm vorbei ins Freie. Der Mann drehte sich entschuldigend zu ihm um.

»Verscheihung«, sagte der Mann, musterte ihn, zog eine Augenbraue hoch und rümpfte die Nase, setzte noch einmal mit einem »Verscheihung, mein Schohn« nach und stolzierte zu den Streitenden, sich dabei die Stelle des Gewandes abputzend, mit der er Mathias berührt hatte. Mathias fuhr sich übers Gesicht, wo er den Sprühregen abbekommen hatte, der die Entschuldigung begleitet hatte. Ein Mann, der nicht viel besser gekleidet war als Mathias, grinste.

»Der hochwürdige Stiftspropst«, sagte er. »Die Bauern bitten ihn im Frühjahr immer, den Segen über ihre Felder zu sprechen, weil sie die Saat danach nicht mehr bewässern müssen.«

Der Stiftspropst? Wenn ein Mann in der Lage war, ihn mit in die Stadt zu nehmen, dann ein hochrangiger Geistlicher. Mathias folgte ihm, bevor er richtig darüber nachgedacht hatte.

Vorne tippte der Anführer der Kaufmannsmiliz dem Wachführer auf das Wappen auf dem Brustteil der Tunika und rief: »Und wenn du meinst, du kannst dich hier aufspielen, du halbe Portion, weil du den Adler auf deinem Waffenrock hast, dann bist du schief gewickelt! Das beeindruckt hier überhaupt niemanden.«

»Das sollte es aber, du Narr, das ist nämlich das Wappen Seiner kaiserlichen Majestät!«

»Ich steck dir das Wappen Seiner kaiserlichen Majestät gleich dahin, wo die Sonne nicht scheint, wenn du uns nicht auf der Stelle durchlässt.«

»Und ich sage: Legt eure Waffen ab und lasst uns die Ladung durchsuchen, dann können wir uns drüber unterhalten, ob wir euch reinlassen.«

Mathias ahnte, dass die zwei Streithähne diesen Punkt des Gesprächs nicht zum ersten Mal erreicht hatten. Die Gesichter beider Männer waren hochrot. Der kaiserliche Soldat wirkte trotz des Panzerhemds, dessen Kapuze er in den Nacken geschoben hatte, schmaler als der Milizanführer, dessen Armmuskeln man sogar unter dem Steppwams erkennen konnte. Mit seinen breiten Schultern und den schmalen Hüften war er gebaut wie die Statue eines heidnischen Gottes. Mathias konnte erkennen, dass der Milizanführer Widerstand nicht gewöhnt war und wenn, dann allenfalls von Leuten, die Reißaus nahmen, bevor es ernsthaft zum Kampf mit ihm kam. Er gehörte zu den Männern, die selten kämpfen müssen, weil ihre Gegner das Risiko nicht eingehen wollen, von ihnen erbarmungslos grün und blau geprügelt zu werden.

Der Stiftspropst, der nicht gemerkt hatte, dass Mathias ihn eingeholt hatte und eben ansprechen wollte, baute sich zwischen dem Soldaten und dem Milizführer auf. Mathias trat einen Schritt zurück. Der Stiftspropst funkelte den Soldaten an.

»Warum geht esch nicht weiter?«, fragte er. »Wasch ischt dasch Problem?«

Der Soldat blinzelte, als ihn die feuchte Aussprache des Stiftspropsts traf. »Tretet zurück und miscscht euch nicht ein«, sagte er gereizt und fuhr sich mit der Hand über das Gesicht.

Der Stiftspropst stemmte die Arme in die Hüfte. »Ich kann eine höfliche Antwort erwarten!«, verlangte er. »Ich bin Schtiftschpropscht Gottfried von Eppschtein!« Angesichts der Ruppigkeit des Soldaten war er erstaunlich ruhig.

»Wir regeln das allein, Hochwürden!«, brummte der Milizanführer. »Ohne Gottes Hilfe.«

Gottfried von Eppstein wandte sich an den Milizführer. Er zog eine ungnädige Miene. »Nicht Gott kommt dir schu Hilfe, Albrecht, schondern die Kirche in Geschtalt meiner Wenigkeit!«

Jemand aus der Menge sagte leise, aber so, dass Mathias es noch hören konnte: »Ich hätte nicht gedacht, dass er da einen Unterschied macht.« Der Stiftspropst verstand es entweder nicht, oder er ignorierte es.

Gottfried von Eppstein hatte ein langes Gesicht mit zwei tiefen Falten, die sich von seinen Nasenwurzeln zu den Winkeln eines breiten Mundes zogen, geblähte Nüstern und tiefliegende Augen, was ihm Ähnlichkeit mit einem Pferd verlieh. Seine übermäßig großen gelben Zähne, die ihm eine Sprechweise verliehen, als habe er Steine im Mund, verstärkten diesen Eindruck nur noch. Auf Mathias machte er den Eindruck eines Mannes, der von der Wichtigkeit seiner Sendung so überzeugt ist, dass er gar nicht bemerkt, dass die Umwelt diese Überzeugung nicht unbedingt teilt. Versuchten solche Menschen Macht an sich zu reißen, endete es meistens tragisch. Der Stiftspropst versuchte seine vorgebliche Wichtigkeit einzusetzen, um Konflikte zu lösen, was vermutlich meistens komisch endete.

»Wenn Ihr hier was zu sagen habt, Hochwürden, dann sagt dem Holzkopf, dass wir ihn und seinen Knabenchor nicht reinlassen, solange sie das ganze Waffenzeug am Gürtel tragen.« Der kaiserliche Gardist schien ebenso wie der Stiftspropst gewillt, den Vorfall nicht eskalieren zu lassen. Er musste genaue Anweisungen haben, wie er sich zu verhalten hatte.

»Natürlich habe ich hier wasch schu schagen, mein Schohn!«, erklärte Gottfried von Eppstein. Das Gesicht des Soldaten zuckte bei jedem Zischlaut reflexhaft zusammen.

»Ich geb dir gleich einen Holzkopf!«, rief der Anführer der Kaufmannsmiliz, den der Stiftspropst Albrecht genannt hatte.

»Albrecht und die Männer schollen paschieren«, befahl der Stiftspropst. »Ihr Herr ischt Baldmar Hartrad, er schitscht im Rat und wird schich verbürgen.«

»Dann soll mir das der ehrenwerte Rat Baldmar Hartrad selber sagen«, verlangte der Soldat. »Ich habe meine Anweisungen, und die lauten, dass keine Waffen in der Stadt erlaubt sind und dass Fracht zu durchsuchen ist.«

»Dasch kann ich arrangschieren«, behauptete der Gottesmann. »Lascht schie durch, und ich schende euch den Rat Hartrad.«

»Die Reihenfolge muss anders herum sein«, beharrte der Soldat. Er gab einem seiner Männer ein knappes Zeichen, und dieser drehte sich um und lief eilig über die Brücke in Richtung Stadt. Mathias nahm an, dass nun irgendein Vorgesetzter benachrichtigt wurde, dass sich die Kirche in einen Vorgang einmischte und dieser dadurch zu eskalieren drohte. »Tut mir leid, Hochwürden.«

»Na gut, dann lascht mich durch, ich schuche den Rat und bringe ihn her.«

Der Soldat nickte. »Breitet die Arme aus, Hochwürden, damit ich Euch abklopfen kann. Tut mir leid, aber Befehl ist Befehl.«

Stiftspropst Eppstein gehorchte und lächelte dabei milde – jetzt ganz der Mann, der eine schwierige Situation dank der Kraft seiner Persönlichkeit gemeistert hatte. Er ging sogar so weit, Albrecht gönnerhaft zuzunicken, während der Wachführer ihn durchsuchte.

»Jetzt reicht's«, befand Albrecht. »Männer, mir scheint, wir haben lange genug gewartet. Jetzt kriegen diese Angeber, was sie verdienen, nämlich was aufs Maul.«

Er trat einen Schritt vor und hob die gepanzerte Faust. Der Soldat fuhr überrascht in die Höhe und zog den Stiftspropst unabsichtlich mit sich. Albrecht holte aus zum Schlag.

Mathias sah die gepanzerte Faust heranfliegen und das Gesicht des Stiftspropsts in deren Weg geraten. Der Panzerhandschuh bestand aus vielen einzelnen Metallplättchen, die auf dickes Leder aufgenäht waren, die Knöchel waren runde Metallbuckel. Wenn diese Faust das Gesicht des Stiftspropsts traf, brauchte dieser sich nie wieder über die vielen großen Zähne in seinem Mund Gedanken machen. Allerdings würde ihn nachher auch seine eigene Mutter nicht mehr wiedererkennen.

Dann keuchte die Menge auf. Mathias stellte fest, dass jemand den Schlag mit der bloßen Hand abgefangen hatte und die Faust mit dem Panzerhandschuh festhielt. Und dieser Jemand war er.

Albrecht blinzelte ihn überrascht an. Der Wachführer der Soldaten war ebenso fassungslos. Stiftspropst Eppstein stolperte über die Füße des Wachführers und setzte sich auf den Hintern.

Albrechts kantige Züge verzerrten sich, während Mathias sich fragte, welcher Teil seines Selbst ihn dazu gebracht hatte, mit dieser blitzartigen Reaktion einzugreifen – und wie es ihm hatte gelingen können. Er war erstaunter als Albrecht und der Wachführer zusammen. Albrecht versuchte seine Faust zurückzuziehen, um noch einmal zuzuschlagen und diesmal Mathias' Gesicht zu Brei zu zermalmen, aber Mathias ließ nicht los.

»Wir wollen jetzt ganz ruhig bleiben«, hörte er sich sagen.

Albrecht schrie auf und entriss seine Hand mit Gewalt dem Klammergriff. Mathias sah ihn sein Kurzschwert herauszerren. Die Zuschauermenge keuchte erneut – und keuchte dann ein drittes Mal, als das Schwert nach ein paar blitzschnellen Handbewegungen von Mathias im hohen Bogen davonwirbelte. Die Zuschauer sprangen beiseite. Die Waffe schlitterte über das Pflaster der Brücke und schlug dabei ein paar Funken.

Mathias' Herz klopfte wie wahnsinnig. Er hatte das Gefühl, dass seine eigenen Augen seinen Handbewegungen nicht hatten folgen können. Was war das? Wieso konnte er das?

Albrecht, dessen rechter Arm herabhing, als sei er lahm geworden, trat mit vollem Schwung zwischen Mathias' Beine. Er schrie »Ha!« und starrte dann nach unten auf seinen Stiefel, der keineswegs bis zum Rist in Mathias' Weichteilen steckte, sondern vielmehr in dessen Händen. Mathias zog sie ruckartig nach oben und verdrehte sie gleichzeitig gegeneinander, so dass Albrecht nach einer vollendeten Rolle in der Luft mit dem Bauch auf das Pflaster prallte.

Mathias hob die Hände und trat einen Schritt zurück. Ihm war schwindlig. Er hatte den Eindruck, dass sich jemand seines Körpers bemächtigt hatte. Albrecht grunzte und wälzte sich herum. Der Wachführer, der Stiftspropst, alle Umstehenden starrten Mathias an wie einen Geist. Er fühlte, wie die Panik nach ihm griff – und fühlte sie wieder erlöschen, als Albrecht auf die Beine kam und auf ihn zurannte wie ein angreifender Stier.

Aus dem Gleichgewicht bringen!
Sichern!
Er hörte die Stimme in seinem Kopf und fühlte seinen Körper gehorchen. Er trat einen Schritt beiseite. Albrecht änderte die Richtung. Mathias glitt wieder in die alte Position, und Albrecht versuchte sich erneut anzupassen, aber er war schon zu nahe heran und geriet aus dem Tritt. Mathias griff nach dem Halsausschnitt seiner Tunika und seinem Unterarm.
Vorwärtsbewegung ausnutzen!
Beschleunigen!
Mathias machte eine halbe Drehung und zog Albrecht mit. Das Gewicht des großen, muskulösen Mannes und seine Geschwindigkeit wirkten wie ein Schwungrad.
Über die Brüstung helfen!
Albrecht prallte gegen die niedrige Brüstung auf der Ostseite der Brücke und wurde vom Schwung darüberbefördert. Alles war so schnell gegangen, dass Albrechts Kopf erst jetzt herumflog und sein Mund sich zu einem fassungslosen »Oh!« öffnete. Gleich danach war er weg, und nach einem Herzschlag absoluter Stille hörte man unten im Meyn ein Platschen.

Die Zuschauer rannten zur Brüstung und starrten nach unten.

Von dort kamen ein Prusten und weiteres Platschen und der entsetzte Schrei: »Ich kann nicht …!« Der Rest ging im Gurgeln unter, das unter dem Brückenbogen hervorhallte.

Die Zuschauer stürzten hinüber zur Westseite der Brücke und lehnten sich über die Brüstung.

Die Soldaten mit dem Wappen Kaiser Ludwigs auf den Tuniken reagierten schnell. Sie stießen ein paar Gaffer beiseite, dann schossen die mit Ledersäckchen beschwerten Enden von dicken Rettungsseilen hinaus ins Leere und tauchten ins Wasser. Es waren zwei Taue; je zwei Soldaten stemmten sich gemeinsam mit einem davon an der Brüstung ein. Unten wurde Albrecht sichtbar, den der Fluss unter dem Brückenbogen heraustrug – spritzend und platschend und voller Panik. Er ging immer wieder unter und kämpfte sich an die Oberfläche zurück.

»Ich kann nicht schwimmen!«, schrie er mit überschnappender Stimme.

»Schnapp dir ein Seil!«, brüllte der Anführer der Soldaten.

Albrecht griff nach beiden Tauen und klammerte sich daran fest. Er spuckte Wasser. Seine Augen waren groß und weiß in seinem Gesicht. Mit vereinten Kräften hievten die Soldaten ihn nach oben und zerrten ihn über die Brüstung. Albrecht spuckte noch mehr Wasser aus und saß dann, an die Brüstung gelehnt, in einer immer größer werdenden Lache aus Flusswasser, die aus seiner Kleidung, vor allem aber aus seinem vollgesaugten Steppwams rann. Seinen Helm hatte er verloren, ebenso beide Panzerhandschuhe. Er schnappte nach Luft wie ein gestrandeter Fisch, zappelte aber weniger. Seine Kraft schien ihn fürs Erste verlassen zu haben, sein Gesicht war bleich. Seine Männer standen bei den beiden Karren und musterten ihn ratlos und erschrocken. Auch ihnen war die Lust auf Prahlerei offensichtlich vergangen. Keiner machte Anstalten, auf den gefallenen Helden zuzugehen.

Der Wachführer der Soldaten wandte sich an Mathias, der nun ins Zentrum der allgemeinen Aufmerksamkeit rückte. Finger deuteten auf ihn. Bis auf den Wachführer, dessen Gesicht misstrauisch verzogen war, grinsten alle. Die Sympathie war auf seiner Seite: Er hatte eine gute Vorstellung geliefert. Der Stiftspropst gaffte Mathias mit offenem Mund an – was bei Gottfried von Eppstein aussah, als hinge ein offenes Scheunentor in seinem Gesicht – und klopfte sich dabei zerstreut seine Kleidung sauber.

»Was war das denn?«, fragte der Wachführer in einem gefährlich leutseligen Ton.

Mathias verfluchte sich dafür, derart die Aufmerksamkeit auf sich gezogen zu haben. Was würde die Menge tun, wenn herauskam, dass er sein Gedächtnis verloren hatte? Dass er auf die Fragen des Wachführers, die gleich kommen würden, kaum antworten konnte? Irgendwann würde das Lachen, das am Anfang entstünde, in die Erkenntnis umschlagen, dass Mathias den Wachführer nicht zum Besten halten wollte, und dann würde unweigerlich der Ruf kommen: »Ein Besessener!« Ob er dann immer noch die Sympathie der Meute besaß? Oder ob nicht eher Steine fliegen würden?

Mathias gestikulierte hilflos zu Albrecht, dessen Lebensgeister langsam zurückzukehren schienen, denn er hatte damit begonnen, Mathias anzustarren und seine Fäuste zu ballen. »Ich wollte ...«

»Es geht nicht darum, was du mit dem Hitzkopf gemacht hast«, sagte der Wachführer, »sondern *wie* du es gemacht hast. Ich hab so was noch nie gesehen.«

»Er ist über seine eigenen Füße gefallen«, erklärte Mathias lahm.

»Genau so sah es aus«, entgegnete der Wachführer unbeeindruckt. Er musterte Mathias von Kopf bis Fuß. »Sag mir doch mal schön, wo du herkommst und wie du heißt, Freundchen.«

Mathias holte Luft. »Ich heiße Mathias. Ich komme von ...«, er deutete flussaufwärts und nannte die letzte große Stadt, die er passiert hatte, aber es war nicht der Ort, von dem er aufgebrochen war, »... Sweinfurt.« Es war auch nicht der Ort, an dem das Nonnenkloster stand, sowenig wie das Nonnenkloster der Ort war, von dem er aufgebrochen war. Dort war er nur wieder zu sich gekommen. Ebensowenig wie seinen Namen wusste er, wo sein Weg begonnen hatte.

»Und was willst du hier?«

Wenn ich das wüsste, dachte Mathias. Laut sagte er: »Ich suche eine Arbeit.« Es hörte sich am unverfänglichsten an und war jedenfalls besser als alles, was der Wahrheit irgendwie näher gekommen wäre.

»Hast du jemanden in der Stadt, der für dich bürgt?«

»Ja, mich«, sagte Stiftspropst Gottfried von Eppstein zu Mathias' Überraschung und zum offensichtlichen Erstaunen aller. Der Stiftspropst musterte Mathias. »Der Schlag hätte mich getroffen, nischt wahr?«

Mathias zuckte mit den Schultern. »Wahrscheinlich«, sagte er.

»Alscho hat diescher Mann mich beschützt, und nun schütsche ich ihn«, erklärte der Stiftspropst dem Wachführer. »Unter dem Schutsch der Kirche schteht er damit auch. Gibt esch dagegen wasch einschuwenden?«

Der Wachführer zog ein Gesicht. »Jede Menge, aber Ihr untersteht leider nicht meinem Befehl.«

Gottfried von Eppstein nickte Mathias zu. »Folge mir, mein Schohn.« Die Soldaten vor dem durch die beiden Karren verstellten Torduchgang traten auf einen widerwilligen Wink des Wachführers beiseite und gaben die Lücke frei, durch die man sich an den Karren vorbeiquetschen konnte.

Gottfried von Eppstein wandte sich an Albrecht, der sich mittlerweile aufgerappelt hatte. »Baldmar Hartrad wird von deinem Benehmen hören«, drohte er.

Albrecht ignorierte ihn und starrte Mathias an. »Wir zwei haben uns nicht zum letzten Mal getroffen.« Seine Augen flackerten.

Mathias zuckte mit den Schultern. Er hätte gerne eine witzige Erwiderung gemacht und konnte den Zuschauern ansehen, dass sie auf eine warteten. Sie hätte die Meute noch mehr auf seine Seite gebracht. Aber alles, was ihm einfiel, war, dass er nun zwar die Stadt betreten konnte, aber dass sich an dem Loch in seinem Gedächtnis nichts geändert hatte und dass nun alles möglicherweise noch schwieriger war als zuvor, weil er sich einen Feind gemacht hatte.

4.

Bis Hilpolt Meester die Brücke erreichte, hatten der Stiftspropst und sein Schützling sie bereits verlassen. Der Capitaneus ließ sich vom Wachführer schildern, was geschehen war und warum es einen Stau auf der Brücke gegeben hatte und war dankbar dafür, in dem immer noch triefenden Anführer der Kaufmannsmiliz jemanden zu finden, an dem er seinen Unmut abreagieren konnte. Nach einer halben Minute Gebrüll in derselben Lautstärke, die

die neuen Rekruten in der Leibgarde erfuhren, wenn sie einen Fehler machten, knickte der Muskelprotz ein und ließ es zu, dass Hilpolts Männer die Waffen einsammelten und die Karren durchsuchten.

Es stellte sich heraus, dass die ganze Angelegenheit viel Lärm um nichts gewesen war. Die Karren enthielten völlig harmlose Handelsware. Als Hilpolt, dessen Schreib- und Lesevermögen nur so weit wie unbedingt nötig ausgebildet war, zusammen mit dem Wachführer die Geleitbriefe studierte, erkannte er, dass es sich um eine Fracht für Baldmar Hartrad handelte, den Mann, der im Stadtrat versucht hatte, auf die aufgebrachten Zunftmitglieder mäßigend einzuwirken.

Verdammt! Hilpolt und seine Männer hatten genau dem Burschen Schwierigkeiten bereitet, der sich öffentlich auf ihre Seite geschlagen hatte.

Hilpolt fühlte große Lust, den Wachführer zusammenzustauchen, aber er riss sich zusammen. Der Mann hatte richtig gehandelt. Es war die Situation, die problematisch war, nicht das Verhalten der Soldaten. Er schluckte auch den Befehl hinunter, den er ursprünglich hatte geben wollen, nämlich die Karren beiseitezuschieben und warten zu lassen, bis zuerst alle anderen das Tor passiert hätten. Wie die Sache stand, hielt er es für besser, auf diese Schikane zu verzichten. Das Volk auf der Brücke murrte zwar, dass diejenigen, die den Stau verursacht hatten, nun als Erste durch das Tor durften, aber das Gemurre war halbherzig. Mit dem Herzen waren die Leute vor der Katharinenkapelle immer noch bei dem Vorfall, der sich zugetragen hatte, und immer wieder fanden sich ein paar Witzbolde, die sich an die Brüstung stellten und vorspielten, wie der neue Schützling des Stiftspropsts den Milizhauptmann von Baldmar Hartrad in den Fluss befördert hatte.

Schließlich rief einer der Komödianten etwas und deutete ins Wasser. Hilpolt drängte sich durch die Gaffer, die sich sofort wieder an die Brüstung stellten. Der Kadaver eines Schweins war unter einem Brückenbogen herausgetrieben und schaukelte langsam flussabwärts. Ein Dutzend Raben saß auf ihm oder flatterte über ihm auf und ab und pickte das aufgequollene Fleisch. Während die Umstehenden sich eher neugierig zeigten und darüber diskutierten, was geschehen musste, damit ein Schwein ertrank, sank Hilpolts ohnehin schon schlechte Laune ins Bodenlose. Er hatte plötzlich das Gefühl, ein unheilvolles Zeichen zu sehen.

»Wünscht Ihr, dass wir auf den zerlumpten Kerl in der Obhut des Stiftspropsts ein Auge haben, Herr?«, fragte der Wachführer, als der Kadaver außer Sicht geraten war und der Verkehr durch den Torbogen langsam in Fahrt kam.

Hilpolt nickte geistesabwesend.

»Möchtet Ihr jemanden zu Seiner Majestät senden, um ihm Meldung zu machen?« Der Stimme des Wachführers war anzuhören, dass er in diesem Fall gern den Boten gespielt hätte. Kaiser Ludwig war bei der Leibgarde nicht nur beliebt, sondern stand auch im Ruf, großzügig zu sein. Es mochte sein, dass ein Schmuckstück den Besitzer wechselte oder dass der Kaiser sich wenigstens den Namen des Boten merkte.

Hilpolt dachte an das zerknitterte, freundliche, müde Gesicht des Kaisers. Es würde bei einer Meldung wie dieser ein paar Falten mehr bekommen, die ein mildes Lächeln hineinkniff, und dann würde der Kaiser sagen, dass, wenn der Mann aus irgendwelchen Gründen eine Gefahr darstellen sollte, er sich vollkommen auf Hilpolt Meester und seine Leibgarde verlassen würde. Und welcherart konnte die Gefahr schon sein? Wäre der Fremde ein gedungener Mörder, hätte er sich in den Streit auf der Brücke ganz bestimmt nicht eingemischt. Dennoch ... es ging hier nicht um Kleinigkeiten, sondern in letzter Hinsicht immer um das Leben des Kaisers. Unwillkürlich blickte er in den silbern gleißenden Himmel. Das Gefühl, dass sich etwas duckte und zum Sprung ansetzte wie ein gewaltiges Ungeheuer, bereit, über die Stadt herzufallen, ließ den Capitaneus nicht los. »Ich gehe selber zu ihm«, brummte er.

Erneut wurden Rufe laut, und Leute deuteten zum Meyn hinunter. Hilpolt seufzte. »Was ist nun wieder? Noch ein totes Schwein?«

Aber es war ein Bootswrack, das kieloben unter der Brücke hindurchtrieb und sich in den Strudeln nach den Brückenpfeilern gemächlich drehte. Die aufgeregten Stimmen verstummten und machten einer betroffenen Stille Platz. Eine Seite des Boots war zerschmettert; nur der natürliche Auftrieb des Holzes hielt es überhaupt an der Oberfläche. Es sah aus, als hätte eine monströse Faust es gepackt und mit der Wut eines Dämons zermalmt.

5.

Der Stiftspropst war kein Narr, das wurde Mathias klar, je länger er ihm zuhörte auf dem Weg von der Brücke zum Dom. Er wirkte nur wie einer, weil er das Herz auf der Zunge trug und eher seinen Eingebungen folgte als kühler Berechnung. Je mehr Mathias dies klar wurde, desto weniger fiel ihm der Sprachfehler Gottfried von Eppsteins noch auf – und er überlegte, ob er sich dem Geistlichen anvertrauen konnte. Gottfried hatte offenbar beschlossen, Mathias zu vertrauen – konnte Mathias riskieren, das Vertrauen zurückzugeben?

Dann sprach der Stiftspropst weiter, und Mathias erkannte, dass Gottfried nicht nur ein integrer, sondern auch ein tiefgläubiger Mensch war; vor allem aber einer, der sich eine Mission auferlegt hatte und überzeugt war, damit die Christenheit retten zu können.

»Sie alle haben die Macht vor den Glauben gesetzt«, erklärte Gottfried von Eppstein. »Es geht ihnen nur noch um die Frage, wer das Reich regiert – der Kaiser oder der Heilige Vater. Dabei hat das Reich bereits einen Herrscher: Jesus Christus! In ihren Herzen wissen sie es, aber sie haben ihre Herzen verschlossen. Das Herz vor dem Herrn zu verschließen ist aber eine Sünde. Und dafür straft Gott die Menschen, so wie die Schafe darunter leiden müssen, wenn ihr Hirte nicht fähig ist, sie zu führen. Versteh mich nicht falsch, mein Sohn: Ich bin durchaus der Meinung, dass diese Fehlerhaftigkeit die Kirche genauso trifft wie die Welt. Der Kaiser und der Papst sind beide im Zustand der Sünde.«

»Wenn Ihr Euch in den Kopf gesetzt habt, einen der beiden zum Nachgeben zu bringen ...«, sagte Mathias und ließ den Rest ungesagt. Während seines Aufenthalts bei den Nonnen hatte er gelernt, was er zweifellos vorher bereits einmal gewusst hatte, nämlich wie desolat der Zustand des Reichs war wegen des mittlerweile jahrzehntelangen Zerwürfnisses zwischen dem Stuhl Petri und dem weltlichen Thron. Kaiser Ludwigs Versöhnungsversuche waren alle gescheitert; seine offene Kriegserklärung an den damaligen Papst Johannes, nämlich die Erhebung eines ehemaligen Franziskanermönchs zum Gegenpapst, war ebenfalls im Großen und Ganzen ohne Wirkung geblieben – jedenfalls ohne positive Folgen für den Kaiser. Mittlerweile hatte Ludwig mit dem dritten feindlich gestimmten Papst zu tun – nach dem starrsinnigen, jähzornigen Johannes und dem überforderten und von der französischen Krone abhängigen Benedikt intrigierte nun der korrupte Clemens »der Prasser« gegen den Herrscher des Römischen Reichs. Diese relativ nüchterne Betrachtungsweise des Konflikts hatte Mathias von der Priorin des Nonnenklosters gelernt, und die Lektionen waren ihm im Bett erteilt worden. Mathias war anfangs davon ausgegangen, dass die Priorin, hätte man ihr eine offizielle Stellungnahme abverlangt, anders gesprochen hätte. Mittlerweile hatte er gelernt, dass auch große Teile der Geistlichkeit von den Machtspielen aus Avignon genug hatten und eher auf des Kaisers Seite standen als auf der des Papstes.

An all diese Dinge zu denken machte Mathias jedoch unsicher. Was wusste er von den politischen Verwicklungen, außer dem Wenigen, das ihm in zärtlichen Stunden gesagt worden war? Was stimmte an dieser Darstellung, und was nicht? Er hatte das Gefühl, einmal ein Mann gewesen zu sein, der eine eigene Meinung besessen hatte. Das war vorbei. Er war ahnungsloser als der ärmste Bauer, der tagein, tagaus bis zu den Knien im Schlamm steckte. Er hatte noch nicht einmal gewusst, dass sein Körper Bewegungsabläufe gespeichert hatte, mit denen er einen bewaffneten, größeren und weitaus kräftigeren Mann innerhalb von zwei Herzschlägen unschädlich machen konnte.

Gottfried schnaubte. Er ließ nicht erkennen, ob ihm die Angst, die Mathias wieder befallen hatte, aufgefallen war. »Sie müssen dazu gebracht werden, ihre Herzen wieder zu öffnen und ihre Demut vor Gott anzuerkennen«, sagte er. »Ein Zeichen muss gesetzt werden, das Gott wohlgefällig betrachtet – und das den Heiligen Vater dazu zwingt, den Kaiser als Bruder in die Arme zu schließen.«

»Das heißt, dieses Zeichen müsste von Kaiser Ludwig ausgehen.«

Gottfried nickte und winkte gleichzeitig ab. »Ich weiß, der Kaiser ist schon mehrfach auf den Heiligen Stuhl zugegangen. Gerade das macht mich zuversichtlich, dass er sich meinem Vorschlag nicht verweigern wird. Das und die Tatsache, dass es ein Zeichen sein wird, das den Kaiser nicht vor dem Papst demütigt, sondern ihn im Gegenteil als aufrechten Christen zeigt.«

»Und was für ein Zeichen habt Ihr da im Sinn, Hochwürden?«

Gottfried von Eppstein blieb stehen. Er wies auf die Brücke, die sie mittlerweile hinter sich gelassen hatten. »Diese Brücke«, erklärte er, »verbindet den Norden und den Süden des Reichs miteinander. Verstehst du die Symbolwirkung? Sie ist eine Brücke der Einigkeit, sie ist eine Klammer, die alles zusammenhält. Ich werde eine große Prozession durch die Stadt veranstalten, und dann werde ich einen Gottesdienst auf der Brücke abhalten, um Gott um Vergebung zu bitten für die Irrtümer seiner Vertreter auf Erden. Alles, was ich wünsche, ist, dass Kaiser Ludwig diesem Gottesdienst beiwohnt. Ich werde für ihn das Knie beugen, ich werde für ihn öffentlich den Papst anrufen, die Hand auszustrecken, ich werde mich für ihn demütigen. Er wird nicht das Gesicht verlieren. Von Rechts wegen dürfte ich weder die Prozession noch die Messe halten – Franchenfurt steht noch unter dem Interdikt des Papstes. Aber wenn genügend Gläubige daran teilnehmen, ist es eine gewaltige Botschaft nach Rom, dass der Heilige Vater dem Kaiser endlich die Hand reichen soll.«

»Was sagt der Stadtrat dazu?«

Der Stiftspropst zeigte für einen Moment eine irritierte Miene, aber dann gewann er seine Zuversicht zurück. »Ich habe meinen Vorschlag bestimmt schon zwanzig Mal vorgetragen. Ich werde es auch noch ein einundzwanzigstes Mal tun.«

Mathias wurde plötzlich klar, dass der Rat der Stadt eine ganz eigene Auffassung von Gottfried von Eppstein haben musste. Dort hielt man ihn mit Sicherheit nicht für integer und aufrecht, sondern für ungeheuer lästig.

»Hochwürden, der Stadtrat wird das nie erlauben, solange der Kaiser und seine Soldaten in der Stadt sind. Ihr habt doch gesehen, wie streng die Sicherheitsmaßnahmen sind. Eine Prozession und ein öffentlicher Gottesdienst unter freiem Himmel auf der Meynbrücke – das wäre ein absoluter Albtraum für die kaiserliche Garde.« Woher weiß ich das?, fragte er sich im Stillen. Woher kamen all diese Fünkchen und Fetzchen Erinnerung, die immer häufiger auftraten, seit er hier in Franchenfurt angekommen war? Was hatte es mit der Stadt auf sich, dass er sich gezwungen gefühlt hatte, hierherzukommen? Was gab es hier, dass seine bloße Anwesenheit einen langsamen, stockenden Heilungsprozess in Gang zu setzen schien?

Er wurde sich bewusst, dass der Stiftspropst etwas gesagt hatte. »Hm?«, machte er verlegen.

»Ich sagte: Dann werde ich direkt mit dem Kaiser sprechen.«

»Da habt Ihr Euch ja was vorgenommen.«

»Mit deiner Hilfe, mein Sohn, wird es mir gelingen.«

»Mit meiner Hilfe?«, entfuhr es Mathias.

Der Stiftspropst grinste. »Wenn es sich bis zum Anführer der kaiserlichen Garde herumspricht, wie du heute für mich eingetreten bist – und wie du mit Albrecht umgesprungen bist, gegen den keiner in der Stadt hier auch nur in freundschaftlichem Wettbewerb anzutreten wagt, wird sich der Kaiser ganz gewiss für dich interessieren.« Gottfried von Eppstein grinste noch breiter und schlug Mathias freundschaftlich auf die Schulter, dann wandte er sich ab und schritt in die nächste Gasse hinein, offensichtlich überzeugt, dass Mathias ihm folgen würde. »Und sei es nur, um sich zu vergewissern, dass du das Herz auf dem rechten Fleck hast. Aber keine Sorge, ich werde dich begleiten und ihm versichern, dass du nicht der Meuchelmörder bist, der einem Gerücht zufolge auf den Kaiser angesetzt sein soll.«

Der Stiftspropst blieb stehen und drehte sich mit erstaunter Miene zu Mathias um. »Was ist? Kommst du? Ich dachte, du müsstest Hunger haben. Und ich brenne darauf zu erfahren, welches gütige Geschick dich nach Franchenfurt geführt hat.«

Aber Mathias war jeder Appetit vergangen. Angst kroch in ihm hoch. Bei dem Wort »Meuchelmörder« war ihm gewesen, als sei ein Licht in einem Winkel des pechschwarzen Raums aufgeleuchtet, der sein Gedächtnis bildete. Es war aufgeleuchtet und gleich wieder verloschen. Doch es hatte lange genug gebrannt, um eine furchtbare Ahnung zu wecken: An seinen Händen klebte Blut.

6.

Kaiser Ludwig hatte in der Ordenskommende der Deutschritter in Sachsenhausen Quartier bezogen, wie er es immer tat, wenn er in Franchenfurt weilte. Er hörte sich den Bericht Hilpolt Meesters ruhig an.

»Ihr wollt mir doch sicher nicht raten, dieses Treffen abzusagen, mein lieber Capitaneus?«, fragte der Kaiser, nachdem Hilpolt geendet hatte.

»Ich erinnere mich, diese Empfehlung schon gegeben zu haben, bevor wir hierherkamen, wenn Euer Majestät diese Bemerkung gestatten.«

Der Kaiser schmunzelte. Dann machte er eine weitausholende Armbewegung. »Ich bin hier unter Freunden. Was soll mir geschehen?«

»Ein einzelner Feind unter hundert Freunden genügt.«

»Mein lieber Capitaneus, Eure Sorge rührt mich. Aber *meine* Sorge betrifft den Fortbestand des Reichs und den meiner Krone. Ich kann dieses Treffen mit den Kurfürsten auf keinen Fall absagen. Es ist wichtig, ihre Loyalität zu festigen. Ich verlasse mich darauf, dass Ihr diesen einen Mann, von dem Ihr mir erzählt habt, im Auge behaltet und eingreift, falls er irgendeine Dummheit vorhaben sollte. Vermutlich ist er einfach nur ein Unglücksrabe, der hofft, hier in Franchenfurt wieder auf die Beine zu kommen. Ich fürchte, dass viele Bauern aufgeben müssen, weil in diesem Jahr keine Ernte mehr zu erwarten ist. Wer weiß, wie viele dieser armen Teufel täglich in die Stadt kommen, um nach irgendeiner Arbeit zu suchen.«

»Was man so von den Stadtwachen hört ...«, bestätigte Hilpolt widerwillig.

Der Kaiser seufzte. »Seht Ihr! Und Ihr wollt mir dauernd einreden, dass ich mich zu fürchten hätte. Ich weigere mich aber, mich zu fürchten. Gott hat mir eine Aufgabe gegeben, und die kann ich nicht lösen, wenn ich Angst habe.«

»*Ich* habe Angst um Euer Majestät«, sagte Hilpolt schlicht und aus vollem Herzen. »Alle Männer Eurer Garde würden glücklich ihr Leben für Euch opfern, einschließlich mir. Aber wenn es stimmt, was die Gerüchte sagen – nämlich dass Karl von Luxemburg einen Meuchelmörder gedungen hat –, und Ihr Euch weigert, Euch von uns so beschützen zu lassen, wie es nötig wäre, dann nehmt ihr unseren Klingen die Schneide und unseren Händen die Kraft, Eure Schutzengel zu sein.«

Der Kaiser beugte sich nach vorn und klopfte Hilpolt auf die Schulter. Der Capitaneus fühlte wie immer eine heiße Welle von Zuneigung zu seinem Herrscher in sich aufsteigen. »Die wahre Kraft steckt in Eurer Treue, mein Lieber. Ich bin froh, Euch zu haben.«

Hilpolt wusste nicht, was er sagen sollte. Gewiss hatte der Kaiser recht. Innerhalb der Komturei, in der der Herrscher sich die meiste Zeit aufhielt und in der auch die Gespräche mit den Kurfürsten stattfinden würden, konnte Hilpolt für seine Sicherheit garantieren. Aber was, wenn der Kaiser sich in den Gassen der Stadt aufhielt? Gut, die Garde konnte sich so eng um ihn scharen, dass kein Mann mit einer Waffe zum Kaiser durchdringen würde und es selbst für einen Bogenschützen auf irgendeinem Dach schwer würde, ihn zu treffen. Doch Ludwig hatte bereits Befehl gegeben, dass die Garde bestenfalls nur einen lockeren Ring um ihn bilden durfte und Bittsteller, die sich ihm nähern wollten, nach Möglichkeit durchzulassen waren. Ludwig wollte den Bürgern Franchenfurts zeigen, wie sicher er sich in ihrer Mitte und der von ihm so geliebten Stadt fühlte – und dass er keine Furcht hatte, weil es für ihn nichts zu fürchten gab, denn Gott war auf seiner Seite. Wie Hilpolt und seine Männer unter diesen Umständen einen auf den Kaiser gezielten Pfeil abfangen oder einen Angreifer niederringen konnten, war dem Capitaneus schleierhaft.

Er zog etwas Beruhigung aus der Tatsache, dass es in Franchenfurt eine Deutschordenskommende gab. Ebenso wie es das Gerücht vom Meuchelmörder im Auftrag Karls von Luxemburg gab, gab es ein weiteres Gerücht, dass Ludwig neben seiner Garde eine Elitetruppe aus ausgesuchten Ordensrittern unterhielt, die im Verborgenen blieben und sich bei seinen öffentlichen Auftritten verkleidet unters Volk mischten. Manchmal, so sagte man, verrichteten sie geheime Aufträge oder dienten dem Kaiser als Kuriere in kniffligen Situationen.

Hilpolt fühlte keine Eifersucht; wenn das Gerücht stimmen sollte, diente es eher zu seiner Beruhigung. Der Kaiser konnte nicht genug geschützt werden. Er hätte an Ludwigs Stelle nicht anders gehandelt.

»Mein lieber Capitaneus«, sagte der Kaiser, »bitte gebt meinem Schultheiß und dem Stadtrat bei eurer nächsten Besprechung zu verstehen, ich wünsche, dass man all jene, die ihre Existenz verloren haben und ihr Heil in der Stadt suchen, großzügig behandelt. Man soll versuchen, Arbeit für sie zu finden, und wenn keine da ist, sie mit sinnvollen Tätigkeiten zu beschäftigen. Meinetwegen sollen sie die Stadtmauer verstärken oder die Stadtgräben ausheben. Der Stolz fähiger Männer zerbricht, wenn ihre Kraft nicht gebraucht wird und sie stattdessen Almosen nehmen müssen. Ich komme für die Bezahlung derjenigen Arbeiten auf, die keinen Gewinn erwirtschaften.«

Hilpolt Meester nickte. Sie wechselten noch ein paar Sätze über eine der Lieblingsbeschäftigungen des Kaisers, die Bärenjagd, dann machte sich Hilpolt Meester auf den Weg zurück nach Franchenfurt. Während er in Richtung Brücke lief, fragte er sich, ob er dem Kaiser nicht doch von der phänomenalen Kampfkunst dieses sonderbaren Fremden hätte berichten sollen, den Gottfried von Eppstein unter seinen Schutz gestellt hatte. Er hatte es vorgehabt, es sich aber dann verkniffen. Der Kaiser hatte Sorgen genug, und wenn man es genau nahm, war der Mann ein Thema, um das die Garde sich kümmern sollte, nicht Seine Majestät persönlich.

Er wischte sich den Schweiß aus dem Gesicht und fühlte ihn unter seiner Tunika über seine Haut rinnen; das Hemd klebte schon wieder an seinem Leib. Auch die Lederwicklung an seinem Schwertgriff war dunkel von Schweiß; getrocknete Salzränder zogen ein unschönes Muster darüber. Die Hitze schien noch zugenommen zu haben – oder war es lediglich schwüler geworden? Er beobachtete mit zusammengekniffenen Augen einen kleinen Vogelschwarm, der über den Hausdächern flatterte. Die Vögel hielten eine sich ständig verändernde Ordnung ein, die nur einem erfahrenen Krieger nicht als Unordnung erschien, und strebten eilig in Richtug Nordwesten davon.

Hilpolt sah sich um. In den Schatten der Häuser standen Schweine und Ziegen. In jeder Stadt liefen Tiere herum, die aus ihren Pferchen in den Hinterhöfen der Bürgerhäuser entkommen waren und um die sich so lange niemand kümmerte, bis sie eine Plage wurden oder ihr Besitzer einen Braten für den Feiertag brauchte. Befremdet erkannte Hilpolt, dass sie nicht wie sonst matt und dösend auf dem Boden lagen, sondern sich ruhelos auf den Beinen hielten und die Köpfe wie suchend drehten. Die Schweine schnupperten, die Ziegen schüttelten ihre Ohren, und wenn sie einander zu nahe kamen, wurden sie aggressiv.

Sollte er sich jetzt auch noch um die Viecher Sorgen machen? Er hatte genug Schwierigkeiten am Hals! Seufzend und schwitzend stapfte der Capitaneus von Kaiser Ludwigs Garde zur Brücke über den Meyn, wissend, dass in Franchenfurt schon wieder mindestens fünf Probleme auf ihn warteten.

7.

Philippa hatte, nachdem sie nach Hause zurückgekehrt war, aus Zwiebeln, Knoblauch, frischen Bohnen, Haferbrei und Milch einen Eintopf zubereitet. Zu dem Haus, das sie mit ihrem Vater Rupprecht direkt an der Sassenhusener Stadtmauer bewohnte, gehörte ein kleiner Garten in bester Lage, nur ein paar Dutzend Schritte entfernt vom Meyn. Ihre kleine Parzelle lag in einer Reihe weiterer Gärten, die alle zu den Häusern auf der anderen Seite der Mauer gehörten, in denen die Familien der erfolgreicheren unter den Fischern, Fährleuten und Flößern lebten. Trotz der langen Trockenheit waren die Gärten in einem vergleichsweise guten Zustand, weil sie ohne Schwierigkeiten mit dem Meynwasser versorgt werden konnten und weil sich die Frauen und Töchter der Familien darin abwechselten, auch die Nachbarsgärten zu bewässern. Trotzdem waren die Zwiebeln und Knoblauchknollen in diesem Jahr klein, hart und scharf und die Bohnen holzig.

Rupprecht stocherte mit dem Löffel in seinem Teller herum und förderte einen faserigen Brocken zutage. Philippa fühlte seine Musterung. Keiner von beiden hatte sich beim anderen für die bösen Worte von heute Morgen entschuldigt, und da Philippa nachdenklich von ihrem Ausflug und Rupprecht ärgerlich aus der Ratssitzung zurückgekommen war, war die Atmosphäre weiterhin gespannt.

»Fleisch am Werktag?«, fragte Rupprecht ungnädig und hob seinen Löffel anklagend hoch.

»Weißköpfchen«, versetzte Philippa.

Ihr Vater starrte sie mit einem Ausdruck des Horrors an. Philippa seufzte.

In einem abgegrenzten Teil des Gartens pflegten Rupprechts und Philippas Hühner zu scharren. Es waren immer um die zehn Weibchen und ein Hahn. Die Tiere versorgten den Haushalt mit Eiern und ab und zu mit Fleisch und Federn. Es waren stämmige Tiere mit einem weiß-braun, schwarz-weiß oder schwarz-braun gesprenkelten Gefieder, die sich auf den ersten Blick alle ähnelten, während jedes bei genauerem Hinsehen seine ganz eigene Physiognomie besaß.

»Du hast sie geschlachtet? Mitten unter der Woche?«, rief Rupprecht.

»Sie lag tot im Hühnerhaus, als ich zurückkam«, entgegnete Philippa. »Die anderen hatten schon an ihr herumgepickt. Hätte ich das Fleisch wegwerfen sollen?«

»Woran ist sie denn gestorben?«

Philippa zuckte mit den Achseln. Von einer Nachbarin hatte sie erfahren, dass aus deren Wurf von sechs Ferkeln vier über Nacht gestorben waren. Es schien, als ob die Hitze auch den Tieren die Lebenskraft raubte – die ganz Jungen und die Alten waren wie stets die ersten Opfer. Weißköpfchen, das Huhn, war bereits drei oder vier Jahre alt gewesen. Philippa war erschrocken gewesen, als sie das tote Tier gefunden hatte. So unwichtig der Tod eines Huhns oder eines frisch geworfenen Ferkels auch schien, Philippa kam er wie ein böses Omen vor. Doch auf welches Ereignis mochte dieses Vorzeichen deuten? Der abgerissene Mann an der alten Furt kam ihr wieder in den Sinn. Der Gedanke an ihn hatte sie schon den ganzen Vormittag beschäftigt.

»Wir leben wie der Kaiser!«, sagte Rupprecht anklagend, den Löffel mit dem Fleischfetzen darauf noch immer erhoben, und riss Philippa damit aus ihrem Brüten.

»Probiert das Fleisch erst, und dann sagt das nochmal«, erklärte sie unfreundlich.

»Oh.« Rupprecht kaute auf dem zähen Brocken herum. Philippa wusste, dass sie nicht unbedingt die beste Köchin der Welt war – um es genau zu nehmen, nicht einmal die beste Köchin in der Gasse; wenn schon ein Superlativ angebracht war, dann eher in der anderen Richtung. Aber aus dem zähen, grauen Fleisch des Huhns hätte auch der Leibkoch des Kaisers nichts Anständiges zubereiten können. Nicht, dass Rupprechts anklagender Blick allzu große Beschämung in ihr ausgelöst hätte. Sie war mit den Gedanken nicht bei der Mahlzeit.

Der Mann am Meynufer ließ Philippa nicht los. Nicht wegen seiner zerlumpten Kleidung. Menschen, die so abgerissen daherkamen wie er, sah man in der letzten Zeit häufig. Auch nicht wegen seines seltsamen Versuchs, den Meyn über die alte Furt zu überqueren. Es war vielmehr etwas in seinem Gesicht, in seinen Augen gewesen, das sie während ihres flüchtigen Wortwechsels über die Rufdistanz hinweg berührt hatte. Er hatte beinahe gewirkt wie jemand, der nicht von dieser Welt war. Nein, falsch. Er hatte gewirkt wie jemand, der der Welt abhandengekommen war und der versuchte, wieder zurückzufinden.

Philippa hatte Erfahrung mit Menschen, die der Welt verloren gegangen waren. Ihr Vater hatte so ausgesehen nach dem Tod ihrer Mutter und wirkte manchmal noch immer so, wenn er auf etwas stieß, das die Erinnerung an sie wieder zum Leben erweckte. Eine Welle heißer Liebe für Rupprecht schoss plötzlich in ihr empor, und sie bedauerte von Herzen, dass sie ihm nicht die Tochter war, die er sich wünschte.

Rupprecht schluckte das Fleisch hinunter. Es schien ihn daran zu erinnern, dass dies nicht der erste zähe Brocken war, den er heute hatte schlucken müssen, denn er ließ den Löffel sinken, und sein Gesicht verfinsterte sich noch mehr.

»Der Kaiser will den Fährverkehr über den Meyn einstellen lassen«, grollte er.

»Der Kaiser selbst oder seine Leibgarde?«

»Wo ist denn da der Unterschied, he?«

»Nessa sagt, dass der Capitaneus der Garde viel mehr Aufhebens um die Sicherheit Seiner Majestät macht, als es dem Kaiser recht ist.«

»Weil deine Busenfreundin Nessa so gut darüber Bescheid weiß ...!«

»Sie weiß so gut darüber Bescheid wie Ihr, Vater. Ihr sitzt mit Baldmar Hartrad im Stadtrat, sie sitzt mit ihm am Esstisch.«

Rupprecht musterte seine Tochter mit einem wütenden Blick, dem Philippa standhielt.

Baldmar Hartrad gehörte zu den reichsten Kaufleuten Franchenfurts. Er zählte zu der gleichen Riege wie Heile Dymar, dessen Haus hier in Sassenhusen stand und der es sich hatte leisten können, der Deutschordenskommende für ihren Kirchenbau vor ein paar Jahren eine neue Kapelle zu stiften. Seine Stimme im Stadtrat hatte Gewicht, obwohl er selbst außer dem Ratssitz kein Amt innehatte. Nessa, Baldmars Tochter, war Philippas engste Vertraute. Auf den ersten Blick schien es, als würden in dieser Freundschaft zwei grundverschiedene Welten aufeinanderprallen, die des reichen Patriziers und die des hart schuftenden Fährmanns, aber in Wahrheit waren sich die Welten von Baldmar Hartrad und Rupprecht sehr ähnlich. Beide hatten nur ein Kind, eine Tochter; beide hatten nach dem Tod ihrer Frauen nicht mehr geheiratet und ihre Töchter allein großgezogen; und beide waren es gewöhnt, mit ganzer Kraft, vollem Herzen und wenn es sein musste auch unter Einsatz ihrer Gesundheit ihrem Lebensunterhalt nachzugehen. Ihre Welten hatten sich vor einigen Jahren berührt, als gute zweihundert Mannslängen flussabwärts von der Brücke ein Unglück geschehen war: Ein großes, schwer beladenes Floß hatte sich beim Treideln auf einer Seite des Flusses losgerissen, dann das Ochsengespann auf der anderen Seite in den Meyn gezogen und anschließend ein zweites Floß gerammt und beinahe zerschmettert. Beide Flöße waren, nachdem sich die Flößer mit einem Sprung ins Wasser gerettet hatten, steuerlos und ineinander verkeilt davongetrieben – eine Gefahr für alle Wasserfahrzeuge, der man vom Land aus nicht Herr werden konnte. Die Flöße hatten Ware von Baldmar Hartrad transportiert, der bereits am Anleger bei der Leonhardspforte darauf gewartet hatte und nun entsetzt mitansehen musste, wie sein Vermögen den Fluss hinuntertrieb und sogar drohte, noch größeres Unheil anzurichten.

Rupprecht, dessen Fähren an diesem Tag alle auf dem Fluss gewesen waren, hatte das Unglück ebenfalls verfolgt und war mit allen Booten hinterhergeeilt. Seine Fährleute hatten die Flöße unter Kontrolle gebracht und es geschafft, sie am Ufer auflaufen zu lassen, ohne etwas von der Fracht zu verlieren oder weitere Schäden zu verursachen. Baldmar Hartrad hatte die Männer großzügig entlohnt und kein Hehl daraus gemacht, dass Rupprecht sich durch seine rasche Reaktion und seine Beherrschung der Lage seine ungeteilte Hochachtung erworben hatte.

Rupprecht, grimmiger und weniger geschmeidig als der Patrizier, hatte mit der Bewunderung Baldmars nie etwas anfangen können, weshalb sich die kurz aufkeimende Freundschaft nie weiterentwickelt hatte. Dafür waren die Töchter der beiden Männer zu Freundinnen geworden. Überdies hatten die Ereignisse auf dem Fluss dazu geführt, dass Philippa und Albrecht sich kennen- und schätzen gelernt hatten. Die Oberhäupter beider Familien fanden sich dagegen in der letzten Zeit immer häufiger auf gegensätzlichen Positionen wieder.

»Baldmar«, grollte Rupprecht, »kann man bald zu den Nasenlöchern des Kaisers rausschauen sehen, so tief ist er ihm in den Hintern gekrochen. Ist auch kein Wunder. Die Pfeffersäcke profitieren von der zusätzlichen Frühjahrsmesse, die der Kaiser der Stadt gewährt hat. Und davon, dass sich die Stadt hat zusichern lassen, dass im Umkreis keine weiteren Messen gewährt werden, die der hiesigen gefährlich werden könnten!«

»Soweit ich weiß, profitiert das Fährgeschäft ebenfalls davon«, warf Philippa ein.

Doch Rupprecht hatte nicht zugehört. »Baldmar und die anderen glauben auch noch, der Kaiser gewähre ihnen diese Privilegien, weil er die Stadt ins Herz geschlossen hat! Dabei geht es ihm nur darum, an allen Ecken und Enden seine Macht zu sichern. Er spielt doch bloß alle gegeneinander aus – so wie er die Häuser Habsburg und Luxemburg gegeneinander ausspielt. Aber jetzt ist er einen Schritt zu weit gegangen. Jetzt hat er sich nämlich das Tirol unter den Nagel gerissen und damit den einzigen vernünftigen Weg durch die Berge nach Rom, indem er die Tiroler Herzogin mit seinem Sohn verheiratet hat, obwohl die nach Kirchenrecht noch gar nicht von ihrem Ehemann Johann Heinrich von Luxemburg geschieden ist ...«, Rupprecht holte aufgebracht Luft, »... und muss nun die Kurfürsten wieder auf seine Seite bringen, damit sie wegen seiner Rücksichtslosigkeit nicht zu Karl von Luxemburg überlaufen.« Der Fährschiffer warf den Löffel auf den Tisch und zog eine verächtliche Miene.

Jemand polterte und hustete auf der Türschwelle und entband Philippa auf diese Weise von einer Antwort auf die Tirade ihres Vaters. Nach einem Höflichkeitsmoment öffnete sich die Tür, dann bückte sich der Ankömmling herein. Als er sich wieder aufrichtete, schien es, als würde er jeden Moment mit dem Kopf gegen die niedrige Decke stoßen. Er räusperte sich. »Gott gebe dir einen guten Tag, Rupprecht«, sagte er. »Und dir auch, Philippa.«

Philippa lächelte. Sie war aufgestanden. »Heute so förmlich, Albrecht?«, fragte sie und genoß den hungrig-verliebten Blick, den Albrecht ihr schenkte – bis sie sich wieder daran erinnerte, dass ihre Heirat mit ihm beschlossene Sache und ihr ungebundenes Leben demnächst zu Ende war. »Hab dich lange nicht gesehen.«

»Ich habe einen Warentreck von Silberburch hierher begleitet. Das hat gedauert. Ich bin erst heute Morgen angekommen.«

»Oh. Es soll einen Zwischenfall auf der Brücke gegeben haben, heißt es in der Nachbarschaft. Hast du davon was mitbekommen?«

»Nein«, sagte Albrecht zögerlich und kratzte sich dabei heftig den Stoppelbart um Mund und Kinn herum.

Rupprecht deutete auf den Tisch. »Setz dich«, sagte er. »Philippa, gib ihm einen Löffel und eine Schüssel. Philippa hat heute Fleisch auf den Tisch gebracht. Am Werktag! Wir wollen die Sünde nicht noch größer machen, indem wir das Essen verderben lassen. Wenigstens schmeckt es gut.«

Philippa musterte ihren Vater überrascht. War das ein Wiedergutmachungsversuch dafür, dass er sie, seit er sich zum Essen niedergesetzt hatte, nur angefeindet hatte? Oder wollte er Albrecht auf den Arm nehmen? Beides war nicht ungewöhnlich für Rupprecht, aber doch äußerst selten.

Albrecht setzte sich und tauchte den Löffel tief in die Schüssel, die Philippa ihm füllte. Er kaute auf einem offensichtlich besonders zähen Stück Fleisch herum, schluckte mühsam und strahlte danach Philippa an: »Es schmeckt himmlisch.«

Rupprechts Gesicht war so betont neutral, dass Philippa ahnte, wozu diese kleine Scharade gedient hatte – um ihr zu zeigen, dass sie mit Albrecht als Ehemann leichtes Spiel haben würde, weil er sie vergötterte. Es brachte ihren Ärger aufs Neue hervor.

»Der kaiserliche Capitaneus wurde aus der Ratssitzung geholt wegen einer Sache auf der Brücke«, sagte Rupprecht dann. »Der ganze Verkehr soll aufgehalten worden sein, habe ich später gehört. Da hast du ja Glück gehabt, dass du nicht steckengeblieben bist. Irgendwie soll der Stiftspropst auch etwas damit zu tun gehabt haben.«

»Ach, das!« Albrecht winkte ab. »Irgend so ein zerlumpter Fremder hatte Schwierigkeiten mit der Torwache bei der Katharinenkapelle. Nicht der Rede wert.«

»Und was ist aus dem Fremden geworden?«, fragte Philippa und hoffte, dass sie nicht zu interessiert geklungen hatte. Sie ahnte, dass sie den Fremden kannte.

Offensichtlich hatten weder Rupprecht noch Albrecht Verdacht geschöpft. Rupprecht stocherte in seiner Schüssel herum, während er auf Albrechts Antwort wartete. Der hob nicht einmal den Kopf, als er schulterzuckend entgegnete: »Der Stiftspropst hat ihn unter seine Fittiche genommen.«

Bildete Philippa es sich nur ein, oder hatte sich Albrechts Gesicht dunkel gefärbt? Aber Baldmar Hartrads Milizhauptmann blickte sie nicht mehr an, sondern aß sich in Windeseile bis zum Boden der Schüssel durch, wenn auch der eine oder andere

Mundvoll nur mühsam hinunterrutschte. »Ich wollte fragen«, sagte er dann, »ob du mit ein paar Fährleuten zur Sicherheit bereitstehen kannst. Ich bin mit Baldmars Wagen vorausgefahren, aber es kommt noch ein Floß mit weiteren Gütern, wahrscheinlich morgen im Lauf des Tages.«

»Ha!«, stieß Rupprecht hervor. »Die kaiserliche Garde will ab morgen Mittag allen Schiffsverkehr einstellen lassen. Das kann Baldmar vergessen.«

Albrechts Gesicht verfinsterte sich. »Was glauben diese Kerle eigentlich, wer hier in Franchenfurt das Sagen hat?«

»Frag das deinen Herrn.«

»Ich bin sicher, Baldmar Hartrad tut das, was für die Stadt am besten ist«, erklärte Albrecht steif. Er stand auf. »Was soll ich ihm jetzt ausrichten?«

»Sag ihm, meine Leute stehen so lange bereit, wie die Garde den Schiffsverkehr erlaubt. Was danach passiert, weiß ich auch nicht.« Es hörte sich so an, als hätte Rupprecht in Wahrheit sagen wollen: Was dann passiert, hat der Kaiser selbst zu verantworten.

Philippa fragte: »Vater, es wird doch keinen Aufruhr geben?«

»Warum fragst du mich das?«

»Weil ich befürchte, dass unsere Stadt in Schwierigkeiten gerät«, sagte Philippa, »wenn die Fährleute und Fischer sich gegen die kaiserlichen Befehle auflehnen, die von den Kaufleuten mitgetragen werden.«

Rupprecht winkte schnaubend ab. »Wir haben uns auch gegen den Bischof in Meynz aufgelehnt und Erfolg damit gehabt.«

»Aber da sind alle Kaufleute und der Stadtrat hinter Euch gestanden«, konstatierte Philippa nüchtern.

Tatsächlich hatten sich erst im Jahr zuvor alle Franchenfurter, die vom Fährverkehr lebten oder auf ihn angewiesen waren, gegen den Meynzer Bischof aufgelehnt – und da alle erfolgreichen Kaufleute in dieser Gruppe vertreten waren, somit der gesamte Stadtrat, hatte der Kirchenmann nachgeben müssen. Es war um die Abgaben gegangen, die der Bischof verlangt hatte. Er hatte die Fährgerechtsame, die Oberhoheit über den Fährverkehr auf dem

Meyn, von Kaiser Ludwig als Lehen bekommen und anschließend versucht, damit den größtmöglichen Profit zu machen. Die Fährleute unter Rupprecht und der Stadtrat hatten dem geldgierigen Kleriker die Suppe versalzen. Philippa vermutete stark, dass der Kaiser im Hintergrund die Fäden gezogen und dem Bischof die Nachricht hatte zukommen lassen, dass er im Gerichtsfall auf Seiten der Stadt stehen würde. Doch gegenüber Rupprecht, der überzeugt war, dass nur seine Unbeugsamkeit und die seiner Zunft zum Erfolg geführt hatten, verzichtete Philippa geflissentlich auf Andeutungen dieser Art.

»Die Betonung liegt auf ›hinter uns‹«, knurrte Rupprecht. »Hinter dem breiten Rücken der Fährmannszunft, die dem Bischof stolz in die Augen geblickt hat.«

Albrecht, der dem Schlagabtausch mit peinlich berührter Miene gefolgt war, sah sich um, als suche er etwas; dann schüttelte er sich und stapfte zur Tür. Erst jetzt fiel Philippa auf, dass er weder seinen Helm noch seine Panzerhandschuhe trug. So wie sie Albrecht bisher kennengelernt hatte, trug er beides mit Stolz, wenn er durch die Gassen der Stadt schritt. Er schien selbst überrascht; seine ratlose Geste zeigte, dass er den Helm gesucht hatte, um ihn wieder aufzusetzen.

Philippa stand ebenfalls auf. Ihr Entschluss war innerhalb eines Augenblicks gereift. »Begleitest du mich hinüber?«, fragte sie Albrecht.

Rupprecht sah sie erstaunt an. »Wo willst du denn hin?«

»Zu Nessa«, sagte Philippa kurz angebunden. »Sie stickt an einem neuen Altartuch für den Dom, und ich habe versprochen, ihr zu helfen.«

Nessa Hartrad stickte bereits seit Wochen an dem Tuch herum, kam aber nicht recht damit voran; erst recht nicht, wenn Philippa ihr dabei half, weil die beiden jungen Frauen dann die ganze Zeit kicherten und sich unterhielten, statt zu arbeiten. Dass Philippa ihr heute ihr Kommen angekündigt hatte, war eine glatte Lüge. Es war Philippa nicht leicht gefallen, sie zu äußern.

»Beim Abendläuten bist du zurück!«, befahl Rupprecht.

Philippa nickte. Albrechts Gesicht hatte sich zu einem Lächeln verzogen, als Philippa ihre Bitte geäußert hatte. Er öffnete die Tür und trat, immer noch strahlend, nach ihr auf die Gasse hinaus. Er machte eine einladende Handbewegung in Richtung Brücke, doch dann schien ihm plötzlich etwas einzufallen, denn der freundliche Ausdruck auf seinem Gesicht erlosch.

»Äh ...«, machte er, »wollen wir eine Fähre über den Fluss nehmen?«

»Wozu das denn?«

Albrecht zögerte einen Moment, dann trat er näher an Philippa heran und strich ihr mit einem Finger sanft über den Arm. »Es wäre eine Gelegenheit, zu zweit zu sein«, sagte er.

»Und mit dem Fährmann und einem halben Dutzend anderer Passagiere!«

»Wir könnten dein Boot nehmen. Du musst dich auch nicht anstrengen – ich rudere!«

»Du liebe Güte! *Ich* rudere, wenn es denn schon sein muss.«

Albrecht strich erneut über ihren Arm, eine Geste, die bei einem so großen und muskulösen Mann wie ihm doppelt scheu wirkte. »Bitte«, sagte er. Er lächelte sie an, und sie konnte nicht anders als zurückzulächeln.

Während sie zum Ufer hinuntergingen, fragte Philippa sich, wieso sich ihr Innerstes so sehr dagegen sträubte, mit Albrecht verheiratet zu werden. Sie fand keine Antwort außer der, die ihr Herz ihr einflüsterte. Und ihr Herz sagte: Nein.

8.

Da es um die Mittagszeit war, hatte der Verkehr auf der Brücke nachgelassen. Philippa sah aus dem Augenwinkel, dass die kaiserlichen Wachen bei der Katharinenkapelle gelangweilt an der Brüstung lehnten. Auch der Schiffsverkehr auf dem Meyn war in der Mittagshitze zum Erliegen gekommen. Ihr Boot war das einzige im Wasser, und naturgemäß pfiffen die Wachen und winkten herüber. Eine Frau ruderte einen Mann über den Fluss? Darüber konnte man schon ein paar spöttische Bemerkungen verlieren.

Albrecht saß ganz gegen seine Gewohnheit ruhig im Heck des Boots. Philippa hatte erwartet, dass er ein paar Bemerkungen zurückfeuern würde. Wenn er sich verspottet oder nicht ernst genommen fühlte, kochte der Ärger für gewöhnlich recht schnell in ihm hoch. Aber er schwieg und hatte sich sogar so gesetzt, dass er den Rücken so weit wie möglich der Brücke zukehrte, obwohl das Boot dadurch schräg im Wasser lag und Philippa ihn schon aufgefordert hatte, sich mittiger zu setzen. Erst als sie um die Sandbank unterhalb der Brücke herum waren und Philippa das Boot so nahe an die steinernen Pfeiler steuerte, dass die Strömung der Fahrrinne sie in weitem Bogen direkt zum Fähranleger tragen würde, entspannte er sich. Philippa warf einen kurzen Blick zur Brücke hoch – die Wachen vor der Kapelle konnten sie nun nicht mehr sehen und hatten ihre Aufmerksamkeit auch wieder etwas anderem zugewandt.

Vielleicht war ja Albrechts Bemerkung, dass er nicht in den Vorfall auf der Brücke verwickelt gewesen war, genauso wahrhaftig wie Philippas Behauptung, dass sie sich mit Nessa Hartrad verabredet hatte? Was war geschehen, dass er vermeiden wollte, von den Gardisten erkannt zu werden?

Sie dachte nach. Auf dem Herweg musste er die Brücke genommen haben. Sie korrigierte sich. Was war geschehen, dass er vermeiden wollte, von den Gardisten angesprochen zu werden, solange er in Philippas Begleitung war? Nun, wenn Albrecht dachte, dass eine möglicherweise peinliche Begebenheit nicht binnen kürzester Zeit auch an Philippas Ohren gelangte, täuschte er sich.

Sie fühlte die Berührung seiner Hand auf ihrem Knie. Sie hatte die Beine züchtig geschlossen und ihren Rock bis zu den Knöcheln hinuntergezogen gehabt, als sie mit dem Rudern begonnen hatte, aber mittlerweile saß sie breitbeinig da. Sie schloss die Beine wieder und schüttelte damit Albrechts Hand ab.

»Na!«, sagte sie tadelnd.

»Philippa, das ist doch nicht das erste Mal, dass ich dich anfasse. Und wir haben uns schon ganz anderswo angefasst ...« Albrecht grinste vertraulich.

»Aber nicht mitten auf dem Fluss!«

»Ich würde dich gerne wieder mal so ... anfassen«, murmelte Albrecht. »Und von dir ...«

»Der Tag wird kommen«, sagte Philippa. Sie hatte es ironisch klingen lassen wollen, aber tatsächlich hatte die Erinnerung an die Lust, die sie empfunden hatte, ihrer Stimme einen verlangenden Unterton gegeben. Dann erkannte sie, dass sie Albrecht unfreiwillig geradezu eingeladen hatte, jene Frage zu stellen, die ihm vermutlich auf der Zunge lag, seit er vorhin ihr Haus betreten hatte.

»Es liegt an uns, ihn kommen zu lassen«, sagte er. »Hat dein Vater mit dir gesprochen?«

Es nützte nichts, sich hinter gespieltem Unverständnis zu verstecken. »Über unsere Heirat?«

»Ja.«

»Hat er.«

»Und? Was sagst du?«

»Hab ich was dazu zu sagen?«

Albrecht musterte sie mit betroffenem Gesicht. »Das hört sich an, als würde dir der Gedanke nicht gefallen!«

Nun versuchte Philippa es doch mit einer Ausflucht. »Mir gefällt nicht, dass mein Vater für dich fragt.«

Albrecht erwies sich als hartnäckiger, als sie gehofft hatte. Er strahlte sie an, legte die Hand erneut auf ihr Knie und sagte: »Philippa, willst du mich heiraten?« Sein Gesicht wurde noch betroffener, als sie mit der Antwort zögerte.

Hatte er eine Lüge verdient? Nein, gewiss nicht. Er hatte nie irgendetwas getan, das sie empört oder verletzt hätte oder ihr Anlass gegeben hätte, ihn abstoßend zu finden.

Hatte er unter diesen Umständen die Wahrheit verdient? Erst recht nicht!, dachte Philippa niedergeschlagen.

»Albrecht ...«, begann sie.

»Wenn du nicht willst, dann sag es mir. Ich will dich zu nichts zwingen.« Albrechts Stimme hätte nicht schmerzvoller klingen können, wenn ihm jemand dabei das Messer ins Herz gestoßen hätte.

»… du willst doch nicht, dass ich dir antworte, während ich mich noch darüber ärgere, wie grob mein Vater mir die Neuigkeit mitgeteilt hat?« Sie zwang sich zu einem Lächeln. Oh du Feigling, dachte sie dabei, es wäre besser, wenn du ihm die Wahrheit sagen würdest, auch wenn er sie nicht verdient hat! »Und du möchtest doch sicher auch, dass ich dir antworte, wenn wir wirklich zu zweit sind …«

Albrechts Miene hellte sich auf bei seiner Annahme, dass eine – natürlich positive! – Antwort auf seinen Antrag von Intimitäten begleitet werden würde. Philippa verfluchte sich innerlich.

»Pass auf!«, rief Albrecht plötzlich.

Erschrocken sah Philippa, dass eine ineinander verkeilte Masse aus Gestrüpp, Ästen und zerschmetterten Baumstämmen hinter einem der Brückenbogen hervorkam und, sich langsam um sich selbst drehend, auf das Boot zutrieb. Sie tauchte die Ruder tief ein und zerrte heftig an den Riemen. Das Boot begann, von ihren ruckartigen Bewegungen zu schaukeln. Die schwimmende Treibholzinsel war in jeder Abmessung drei, vier Mannslängen breit. Mit knapper Not konnten sie dem Hindernis ausweichen. Albrecht, der sich mit weißen Knöcheln am Bootsrand festhielt, starrte ihm hinterher, als es auf Armlänge an ihnen vorbeigetragen wurde. »Verdammt!«, flüsterte er. Philippa sah es auch: die zerborstene Flanke eines Wagens war Teil der Masse. Das Rad war gebrochen, seine Speichen reckten sich zwischen entrindeten Ästen, nassem Heu und den zackigen Sparren eines in sich verdrehten, knochenweißen Baumstamms in die Höhe.

Philippa drehte sich um und merkte, dass sie drauf und dran waren, am Fähranleger vorbeigetragen zu werden. Sie steuerte gegen, aber es war nicht einfach. Die Strömung war nicht die, die der Main sonst bei diesem Wasserstand aufwies. Was war mit dem Fluss los? Unruhe stieg in ihr auf, die sie schon empfunden hatte, als sie heute Morgen den Kadaver des Schweins gefunden hatte. Ein paar hektische Ruderschläge lang sah es so aus, als würde die Strömung das kleine Boot zwischen die Weinschiffe schwemmen, die unterhalb der Leonhardspforte festgemacht waren, doch dann bugsierte Philippa das Fahrzeug längsseits des Kais. Ein Dockarbeiter, der müßig herumgestanden hatte, warf ihr ein Tau zu, und gemeinsam mit Albrecht zog sie das Boot eng an die Mauer heran. Der Arbeiter vertäute es an einem der Pfosten, die in regelmäßigen Abständen entlang des Kais standen. Albrecht kletterte an Land und reichte Philippa eine Hand, um ihr aus dem Boot zu helfen. Als er in seinem Beutel kramte, um dem Dockarbeiter eine Münze zu geben, winkte dieser ab, grinste dann aber dankbar, als Albrecht darauf bestand. Philippa nickte, als der Mann ihr zuzwinkerte. Jeder hier kannte die Tochter des Zunftmeisters.

Sie wandte sich ab und schaute dem schwimmenden Hindernis nach, das von der Strömung weitergetragen wurde. Ihr Herz klopfte schneller als sonst, und ihre Hände zitterten von der unerwarteten Kraftanstrengung, die es gekostet hatte, das Boot zum Fähranleger zu steuern. Die Oberfläche des Meyns mit seinen Strömungen und Gegenströmungen, seinen Strudeln und seinen unterschiedlichen Wellen glitzerte in der Sonne. Die schwimmende Insel, die sie beinahe zum Kentern gebracht und möglicherweise sogar unter die Wasseroberfläche gedrückt hätte, wenn sie ihr nicht in letzter Sekunde hätten ausweichen können, war kaum mehr zu sehen. Alles sah ganz harmlos aus. Aber Philippa hatte auf einmal das Gefühl, dass nichts harmlos war. Der Fluss war immer so etwas wie eine Heimat für sie gewesen, manchmal sogar mehr Heimat als ihr Elternhaus, zum Beispiel wenn sie und Rupprecht wieder einmal aneinandergeraten waren.

Und nun misstraute sie dem Fluss plötzlich. Sie fühlte sich wie jemand, der nachts in seinem Bett erwacht und auf einmal überzeugt ist, dass ihn das Haus, in dem er ruht, töten will.

Philippa erschauerte.

Sie fühlte einen Rippenstoß und schaute zu Albrecht auf.

Er deutete den Fluss hinunter. »Das war knapp«, sagte er. »Ein Glück, dass ich das Ding noch rechtzeitig gesehen habe. Hast du den zerstörten Wagen …?«

»Hab ich«, stieß Philippa hervor. Sie wollte nicht darüber reden, nicht, solange die Beklommenheit nicht vergangen war.

»Wo es den wohl ins Wasser gespült hat? Und wie? Man mag es kaum glauben, dass Wasser die Kraft hat, einen Wagen von der Straße zu schwemmen.«

Philippa erwiderte nichts. Sie wusste, welche Kraft das Wasser hatte, und wünschte sich, Albrecht würde den Mund halten.

»He«, sagte er stattdessen und beugte sich herab, um ihr ins Ohr zu raunen. »Wahrscheinlich sind wir nur um Haaresbreite dem Tod entronnen. Stell dir vor – zu sterben, noch bevor wir verheiratet sind!« Seine Stimme klang betont dramatisch. Sonst konnte er sie mit solchen Übertreibungen zum Lachen bringen; heute weckten sie nur Zorn in ihr. »Vielleicht«, fuhr Albrecht fort, »möchtest du mir im Angesicht unserer wundersamen Rettung doch eine andere Antwort geben als vorhin?«

Philippa trat einen Schritt beiseite und sah zu ihm auf. »Wieso wolltest du mit mir nicht über die Brücke gehen?«, fragte sie wütend.

Albrecht war aus dem Gleichgewicht gebracht. »Was?«

»Und wieso hast du dich so weggedreht, dass die Torwachen dein Gesicht nicht sehen konnten?«

»Äh? Hab ich doch gar nicht …«

»Wir sind noch gar nicht verheiratet, und du hast schon Geheimnisse vor mir?«

»Aber Philippa … Ich wollte doch nur mit dir allein sein.«

Unwillkürlich wandte Philippa sich ab und sah zu dem Dockarbeiter hinüber. Dieser grinste über die ganze Breite seines Gesichts und rollte mit den Augen. Philippa wusste, dass sie ihn nur zu fragen brauchte. Vom Fähranleger bei der Leonhardspforte hatte man einen hervorragenden Blick zur Brücke hinüber. Wenn der Arbeiter schon den ganzen Morgen hier war, würde er vermutlich wissen, was geschehen war.

So gehört sich das in einer Ehe, sagte sie sich sarkastisch. Der Mann hat Geheimnisse, und die Frau spioniert ihm hinterher.

Auch Albrecht hatte sich zu dem Dockarbeiter umgedreht. »Mach, dass du wegkommst!«, rief er plötzlich und trat einen drohenden Schritt auf den Arbeiter zu. Dieser zuckte erschrocken zusammen und wich ein paar Schritte zurück.

»Was soll das, zum Henker?«, rief Philippa.

»Bekomme ich jetzt eine andere Antwort oder nicht?«, stieß Albrecht hervor.

»Du willst eine andere Antwort?«, erwiderte Philippa, so zornig wie sonst nur, wenn sie mit ihrem Vater stritt. »Dann frag eine andere Frau!«

9.

Philippa hätte gerne von sich gesagt, dass sie Nessa Hartrads strahlende Schönheit neidlos anerkannte. Aber das wäre eine Lüge gewesen. Sie beneidete Nessa um ihr wallendes brünettes Haar, ihre helle, makellose Haut, ihre dunklen Augen, ihre vollen Lippen. Neben ihr kam sie sich wie ein Bauerntrampel vor mit ihren gebräunten Unterarmen, den Sommersprossen auf den Wangen, ihrem Haar, das weder blond noch braun war und ihr ständig ins Gesicht hing. Davon abgesehen liebte sie Nessa, wie sie eine Schwester geliebt hätte. Sie war sicher, dass es nichts gab, was ihre Freundschaft jemals stören würde – und als Nessa jetzt in die große Stube im ersten Geschoss des Hauses kam und sie sofort umarmte, fiel einiges von dem Ärger und der Unruhe ab, die der Tag Philippa bisher beschert hatte.

Albrecht hatte sie bis zum Haus Baldmar Hartrads begleitet, das am Samstagsberg direkt an der Ecke der Schiedsgasse lag – als schweigender, schmollender Aufpasser. Er hatte sie wortlos stehengelassen, kaum dass sich die Dienstboten Baldmars ihrer angenommen und Nessa benachrichtigt hatten.

»Mein Vater und deiner sind heute in der Ratssitzung mal wieder unterschiedlicher Meinung gewesen«, sagte Nessa.

Philippa seufzte: »Ich hab's schon gehört.«

Sie fühlte die Musterung ihrer Freundin, während sie gemeinsam die Treppe zu Nessas Gemach hochstiegen. »Und was war sonst noch los?«, fragte Nessa.

»Unsere Väter sind sich zwar in allem uneins«, murrte Philippa, »aber irgendwie sind sie wohl übereingekommen, dass ich Albrecht heiraten soll.«

Philippa wandte sich um, weil Nessa plötzlich eine Treppenstufe zurückgefallen war. Nessa zerrte an ihrem Rock herum – wie es schien, war sie auf den Saum getreten. Sie inspizierte den Saum mit gerunzelten Brauen und fragte dabei, ohne aufzusehen: »Ja und? Ich dachte, du magst Albrecht?«

»Ja, ich mag ihn. Aber muss ich ihn deswegen heiraten?«

Nessa strich den Rock glatt und kam zu Philippa herauf. Sie hakte sich bei ihr unter und zog sie weiter bis zum Dachgeschoss. Als sie in ihrem Gemach angelangt waren, wo eine Zofe an dem Altartuch stickte, das Nessa sich vorgenommen hatte, setzte Philippa sich auf eine Kleidertruhe. Ihre Freundin hockte sich aufs Bett. Die Zofe erhob sich fragend. Nessa nickte ihr zu, und die junge Frau verließ die Kammer. Philippa und ihre Freundin waren unter sich.

»Willst du dich gegen den Wunsch deines Vaters auflehnen?«, fragte Nessa.

»Ich lehne mich andauernd gegen seine Wünsche auf.«

»Und manchmal aus schierem Prinzip«, ergänzte Nessa mit schiefem Lächeln.

Philippa seufzte erneut. Wo Nessa recht hatte, hatte sie recht. »Hast du schon davon gewusst?«, fragte sie. »Ich meine, da sich Albrecht ja die Erlaubnis deines Vaters einholen musste ...«

»Hab ich nicht«, entgegnete Nessa.

Philippa zuckte mit den Schultern. »Sonst hättest du es mir ja wohl auch gesagt.« Aber tatsächlich war sie sich da nicht so sicher. Philippas Freundschaft zu Nessa machte vor einem Thema halt: den intimen Geständnissen. Philippa war überrascht gewesen, wie gehemmt Nessa reagiert hatte, als sie ihr von den Zärtlichkeiten berichten wollte, die sie mit Albrecht ausgetauscht hatte. Nessa war rot geworden und hatte Philippa schon nach ein paar Sätzen gebeten, aufzuhören. Wie es schien, fühlte Nessa sich nicht berechtigt, an Philippas Liebesleben teilzuhaben – oder es stieß sie ab. Philippa war enttäuscht gewesen. Tatsächlich hatte sie es auf unklare Weise erregt, ihrer Freundin zu schildern, wozu sie sich hatte hinreißen lassen. Überdies hatte Nessa nicht lange zuvor einem kichernden Bericht ihrer Zofe darüber, wie einer von Baldmars Schreibern versucht hatte, sie in einem Lagerraum zu verführen und dabei ziemlich weit gekommen war, ohne Hemmungen zugehört. Aber Philippa schrieb Nessas Zurückhaltung dem Umstand zu, dass sie als Nessas Freundin einen anderen Stellenwert hatte als die Zofe und Nessa es schlicht als ungehörig empfand, Philippas intime Geheimnisse zu erfahren.

»Ich habe es zum ersten Mal vorhin gehört«, sagte Nessa. »Warum freust du dich nicht?«

»Tatsächlich habe ich mich gerade eben mit Albrecht gestritten, weil er mir die Zusage entlocken wollte, dass ich ihn heiraten würde. Als ob ich dabei was zu sagen hätte ...«

»Das ist doch anständig von ihm, dass er dich auch noch fragt. Hast du sie ihm verweigert?«

Philippa nickte. In einer Mischung aus Befriedigung und Wehmut berichtete sie Nessa, was geschehen war. Die Schilderung brachte die Erinnerung an den Beinahe-Zusammenstoß mit der Treibholzmasse hervor, und sie sagte: »Der Fluss ist seit heute morgen unheimlich. Ich habe östlich der Stadt den Kadaver eines ertrunkenen Schweins gefunden. Auch die Strömung ist nicht so, wie sie sein sollte, und das ganze Treibholz mit dem zerstörten Wagen darin.«

»Aber willst du Albrecht nun heiraten oder nicht?«, erkundigte sich Nessa zu Philippas Erstaunen. Genau diese hartnäckige Neugier hatte sie doch bisher vermissen lassen, wenn es um solche Dinge ging! Sie betrachtete ihre Freundin von der Seite. Mittlerweile hatten sie sich nebeneinander auf die Truhe gesetzt und den Stickrahmen zu sich herangezogen. Sie arbeiteten an beiden Enden des Bildes des heiligen Bartholomäus, welches das Altartuch zieren sollte. Nessa zog den Faden durch das Tuch, ohne Philippas Blicke zu erwidern.

»Nie im Leben«, erwiderte Philippa und war noch erstaunter über ihre kategorische Antwort als über Nessas Frage.

»Autsch«, sagte Nessa und saugte an ihrem Finger. Auf dem Altartuch blühte ein kleiner Blutfleck auf. Nessa rollte mit den Augen und hielt sich den gestochenen Finger vor die Nase. Als sie darauf drückte, trat ein Blutstropfen aus. Sie leckte ihn ab. »Mist!«, brummte sie.

Ein paar Augenblicke trat Schweigen ein. »Wegen des Flusses«, nahm Philippa den Gesprächsfaden wieder auf, »ich hab ihn noch nie so erlebt. Der Pegel ist gestiegen seit gestern, aber das kommt schon mal vor, ohne dass es regnet ... aber nicht, wenn die ganze Gegend seit Monaten keinen Tropfen Regen mehr gesehen hat. Normalerweise müsste der Pegel weiter fallen oder wenigstens gleich bleiben. Und irgendwie habe ich auch das Gefühl, dass das Wasser heute Morgen kälter war als vorher ...«

Nessa hatte ein Tuch hervorgeholt, mit Spucke befeuchtet und tupfte jetzt an dem Blutfleck herum, den sie auf der Stickerei hinterlassen hatte. Sie schien nicht zugehört zu haben. »Ist Albrecht sehr enttäuscht?«, fragte sie.

Philippa blinzelte und versuchte sich erneut auf den Themawechsel einzustellen. »Er ist so sauer wie immer, wenn etwas nicht so läuft, wie er es sich vorstellt. Du kennst ihn ja.«

»Eigentlich kaum. Papa mag ihn zwar, aber ...«

»Aber du bist die Tochter, und er ist der Knecht«, führte Philippa den Satz zu Ende.

Nessa verzog peinlich berührt das Gesicht. »Das heißt nicht, dass mein Vater dich geringschätzt, weil er einer Heirat Albrechts mit dir zugestimmt hat. Es ist nur, ich meine ...«

»Nessa«, sagte Philippa beschwichtigend, »dein Vater hält den größten Teil der Stadt in seiner Hand, und meiner nur das Ruder seiner Fähre. Wir kommen aus verschiedenen Welten.«

Nessa sah zu Boden. Ihre Wangen waren vor Verlegenheit rot geworden. Philippa zog sie zu sich heran und legte ihre Stirn an die Nessas. »Es macht mir nicht das Geringste aus, solange du und ich Freundinnen bleiben«, sagte sie.

Nessa lächelte und tätschelte ihre Hand. »Ich werde immer deine Freundin sein«, erwiderte sie.

»Worüber ich mir wirklich Gedanken mache, ist das Verhalten des Meyns«, erklärte Philippa. »Ich bin auf dem Fluss aufgewachsen, und so hab ich ihn noch nie erlebt.«

»Mein Vater sagt, es gibt Geschichten von Unwettern im Südosten.«

»Wir hatten früher auch schon Unwetter, und der Fluss war nie so wie heute.«

Nessa stach die Nadel mit Schwung durch das Tuch und setzte zu einem neuen Kreuzstich an. »Was sagt dein Vater?«

»Ich hab noch nicht mit ihm darüber gesprochen. Er war heute auch noch nicht auf dem Fluss. Zur Ratsbesprechung ist er über die Brücke gegangen. Aber ich könnte vielleicht einen von den anderen Fährleuten fragen, ob sie das gleiche ...«

»Nein, ich meine: wegen Albrecht. Dass du ihn nicht heiraten willst.«

»Nessa, wenn es irgendwas gibt, worüber ich heute nicht mehr reden will, dann ist das Albrecht!«

»Na gut.« Nessa beugte sich wieder über ihre Arbeit.

»Er wird mich nicht zwingen, ihn zu heiraten«, sagte Philippa nach einer Weile. »Glaube ich wenigstens.«

Sie dachte nach. Konnte sie sich da so sicher sein? Rupprecht war zurzeit so nervös und mürrisch, wie sie ihn selten erlebt hatte. Wenn sie ihn noch weiter reizte, würde er vielleicht das Verlöbnis, von dem bis jetzt nur er, Baldmar Hartrad und die beiden prospektiven Brautleute wussten, öffentlich machen, und dann konnte Philippa nicht mehr zurück, ohne ihren Vater, Albrecht und sich selbst in Franchenfurt und Sassenhusen unmöglich zu machen. Und wenn sie sich ganz nüchtern fragte: Was gab es wirklich gegen eine Ehe mit Albrecht einzuwenden?

Dass sie eine Freiheit verlor, die alle anderen jungen Frauen ohnehin nicht besaßen, ohne deshalb unglücklich zu wirken? Und verlor sie sie wirklich? War es nicht vielmehr so, wie ihr Vater gesagt hatte – dass Albrecht die meiste Zeit des Jahres auf Reisen war und sie zu Hause im Wesentlichen würde tun und lassen können, was sie wollte, solange sie nicht Schande über ihr Haus und ihren Mann brachte? Würde sie nicht die Vorteile einer Ehe haben, ohne die meisten Nachteile erdulden zu müssen? War einer der Vorteile nicht, einen Mann zu haben, der sie so sehr begehrte, dass er sich bei den Zärtlichkeiten, die sie ausgetauscht hatten, von ihr hatte leiten lassen und ihr Vergnügen bereitet hatte und erst in zweiter Linie an seine eigene Lust gedacht hatte? Aus den Unterhaltungen mit anderen jungen Frauen – abgesehen von Nessa! – wusste sie, dass ein solches Verhalten durchaus unüblich für junge Männer war. Tatsächlich gab es für sie an Albrechts Seite mehr zu gewinnen als zu verlieren. Der Preis, den sie zahlte, war gering im Vergleich zu dem, was sie dafür bekam.

Der Preis, den sie würde zahlen müssen, waren die Träume, die sie von ihrem Leben gehabt hatte. Es waren keine konkreten Vorstellungen, es war mehr ein Gefühl. Das Gefühl, dass ihr Leben ein weißes Tuch war, so wie das Altartuch hier im Rahmen, bevor es bestickt worden war. Es hätte alles Mögliche werden können – ein Wandschmuck, ein Kopftuch, ein Banner, das Wappen auf einer Tunika. Erst als sie und Nessa mit ihrer Stickerei begonnen hatten, war die Entscheidung gefallen, dass es ein Altartuch werden würde. Wenn sie Albrecht heiratete, würde ihr Leben, dieses wunderbare, alle Möglichkeiten, alle Chancen bergende weiße Tuch, bestickt werden, und damit würden alle Alternativen verloren gehen. Und es würde nicht sie sein, die die Nadel führte, sondern ihr Ehemann.

Statt in ihrem Boot dem Fluss zu folgen und nachzusehen, was hinter der nächsten Biegung verborgen war, würde sie in regelmäßigen Abständen im Kindbett liegen und den Tod herausfordern. Der Fluss trug sie in ihrem Boot der Zukunft entgegen; der Gevatter mit der Sense sorgte nur dafür, dass ihre Zukunft gar nicht stattfand.

Vor ihrem inneren Auge tauchte der zerlumpte Mann auf, den sie am Flussufer getroffen hatte. Auf einmal wusste sie, wieso sie seit dem Morgen immer wieder an ihn gedacht hatte. Er hatte sie an das weiße Tuch erinnert. Es war der Blick in seinen Augen gewesen ... Sie konnte es nicht beschreiben, weil die Worte dafür in ihrer Welt nicht vorkamen, aber sie hatte das Gefühl gehabt, jemand stehe vor ihr, für den jeder Tag war, als würde er die Welt neu kennenlernen. Der Fremde schien die Personifikation dessen zu sein, was sie mit ganzem Herzen glaubte: dass ein Mensch nicht im Voraus wissen sollte, was hinter der nächsten Flussbiegung auf ihn wartete, sondern sein Boot nehmen und es erforschen musste.

Sie hatte Albrecht nie von ihren Träumen erzählt. Er hätte sie nicht verstanden. Ebensowenig ihr Vater. Oder Nessa. Aber sie hatte das unbestimmte Gefühl, dass der Fremde sie verstehen würde.

Philippa steckte die Nadel im Tuch fest und lehnte sich zurück. Es war ihr unangenehm, aber sie würde ihrer besten Freundin nun eine Lüge auftischen. Offen gestanden war sie aus keinem anderen Grund hierhergekommen. »Ich weiß nicht«, sagte sie. »Bist du dir sicher, dass wir die Darstellung des heiligen Bartholomäus richtig machen?«

Nessa hielt inne. Sie musterte das Wenige, das von dem Heiligen bisher sichtbar geworden war. Die Farbe rot überwog. Bartholomäus' Martyrium war die Häutung bei lebendigem Leib gewesen. »Meinst du nicht?«, fragte sie.

»Wenn das Tuch dem Stiftspropst nicht gefällt, haben wir nicht nur die ganze Arbeit umsonst gemacht, sondern auch noch deinen Vater geärgert, der das Tuch als Spende für den Dom betrachtet.«

»Oh!«

»Na ja, wir müssen es eben riskieren«, sagte Philippa und beugte sich wieder über das Tuch. Nessa hielt ihre Hand fest. Es gab Philippa einen kleinen Stich, zu sehen, wie perfekt ihr Manöver funktionierte. Nessa vergötterte ihren Vater.

»Was ist schlimmer?«, fragte ihre Freundin. »Die Überraschung zu zerstören, die mein Vater Hochwürden Gottfried bereiten möchte, oder am Ende mit einem Altarbild anzurücken, das ihm nicht gefällt?«

Philippa zuckte mit den Schultern und fühlte sich wie die größte Lügnerin aller Zeiten. »Was denkst du?«

10.

Bernhard Ascanius erreichte Franchenfurt auf einem Pferd, das große Flocken Schaum schwitzte. All seine Muskeln schmerzten, sogar die, von denen er nicht gewusst hatte, dass er sie besaß. Die versuchte Rettung des Krüppels bei dem Unwetter vorletzte Nacht und der scharfe Ritt von Walberhusen nach Franchenfurt hatten ihren Tribut gefordert. Das Pferd ließ erschöpft den Kopf hängen und trottete hinter ihm her, als Bernhard abstieg und es auf die Brücke führte. Die frühe Nachmittagssonne brannte auf das Pflaster und auf Bernhards Gesicht. Er hatte das Tuch nicht mehr gefunden, das im Sturm davongeflattert war, und in der Hitze hatte er den Helm nicht tragen wollen. Die leichte Bundhaube, die zu seiner Ausrüstung gehörte, hatte sein Haupt vor der Sonneneinstrahlung geschützt, aber nicht seine Stirn, seine Wangen oder seinen Nasenrücken. Mittlerweile lag sie wie ein nasser, dreckiger Lappen auf seinem Kopf; er hatte sie oft genug verwendet, um sich den Schweiß damit abzutrocknen.

Die Wachen, die den Durchgang durch die Brückenkapelle besetzten, trugen die goldfarbenen Tuniken des Kaisers und das kaiserliche Wappen: Gardisten. Normale Soldaten hätten keine gleichfarbigen Gewänder getragen. Zu seiner Freude hatten sie ein Wasserfass in den Schatten des Durchgangs gestellt, von dem sie ihm zu trinken boten, als er näher schlurfte. Bernhard war sich sicher, dass sie bei einem normalen Reisenden nicht so großzügig gewesen wären. Die weiße Tunika mit dem schwarzen Kreuz darauf brachte einem Ordensritter viele Vorteile, allerdings um den Preis des heiligen Schwurs, lebenslang zu dienen. Das Wasser war schon viel zu lange in einem Holzfass gewesen; es schmeckte brackig und war warm. Dennoch trank Bernhard in durstigen Zügen, nachdem er zuerst etwas in seine Handfläche geschüttet und seinem Pferd zum Auflecken dargeboten hatte.

Rechts neben dem Torchurchgang der Kapelle war eine Handvoll Männer damit beschäftigt, mit langen Stangen nach unten zu stochern. Bernhard beugte sich über die Brückeneinfassung. Vor einem der Pfeiler hatte sich Treibholz verfangen. Die Männer versuchten es zu lösen, bevor der Druck auf den Pfeiler zu stark wurde. Bernhard sah, dass jenseits des Torchurchgangs einer der Brückenpfeiler in einem Gerüst steckte. Offenbar war die Brücke seit Längerem beschädigt, und man wollte keine weiteren Schäden dadurch riskieren, dass man das angeschwemmte Treibholz achtlos sich selbst überließ. Bernhard musste an das Unwetter von vorgestern denken. Noch mehr aber musste er an Prag denken. Trotz der Hitze rann ihm bei der Erinnerung daran ein kalter Schauer über den Rücken.

»Seid Ihr von der hiesigen Ordenskommende, Herr Ritter?«, fragte der Anführer der Wachmannschaft.

Bernhard schüttelte den Kopf. »Nein, ich komme von der Komturei in Mägdeburch.«

»Wenn Euch jemand den Weg zur Kommende hier zeigen soll? Der Kaiser residiert dort, seit wir vorgestern angekommen sind. Ihr wollt ihn sicher begrüßen. Oder ihm die Nachrichten aus Mägdeburch bringen, die Ihr dabei habt.« Der Wachführer lächelte.

»Wie höflich man hier über seine Absichten ausgefragt wird«, erwiderte Bernhard und lächelte zurück.

Der Wachführer zuckte mit den Schultern und sah Bernhard unvermindert freundlich, aber mit ungebrochener Aufmerksamkeit an. Bernhard zog sich die Bundhaube vom Kopf und goss sich das restliche Wasser aus der Schöpfkelle über das Haar. Er schloss genießerisch die Augen, als es ihm über Stirn und Wangen in den Kragen rann. Zwei Gardisten stellten einen Ledereimer vor Bernhards Pferd auf den Boden. Bernhard nickte ihnen dankend zu. Das Pferd steckte die Schnauze hinein und soff gierig.

»Die Nachrichten aus Mägdeburch sind nichts Besonderes«, erklärte Bernhard. »Der Handel gedeiht wie in allen Hansestädten, die Kaufleute sind fett, die Huren teuer, und die Kirchen glitzern vor Geschmeide.«

Der Wachführer sah ihn erstaunt an, dann begann er zu lachen. »Die Huren sind hier auch teuer«, sagte er und musterte Bernhard mit einem verstohlenen Blick, den der Ordensritter gut genug kannte. Er bekam ihn von all jenen, die er mit seiner Leutseligkeit und seinen respektlosen Bemerkungen überraschte. Die Vorstellung, dass Deutschordensritter nur gravitätisch einherschritten und lediglich würdevolle Monologe von sich gaben, war weit verbreitet. Tatsächlich gab es genug solcher Charaktere im Orden. Es gab aber auch die Männer, die wie Bernhard der Ansicht waren, dass dem Orden zu dienen nicht bedeutete, dass man jedem anderen die Würde des eigenen Amts ständig vor die Nase halten musste.

»Teuer, hm? Wie immer mein verdammtes Glück«, seufzte Bernhard.

»Ich dachte, als Ordensritter hätte man ein Keuschheitsgelübde zu leisten?«

»Na, eben«, erklärte Bernhard. »Wie viel Geld ich mir hier spare, indem ich *nicht* zu einer Hure gehe! Was bin ich Euch für das Wasser schuldig?«

»Fühlt Euch eingeladen«, sagte der Wachführer.

»Und wie hoch ist der Brückenzoll?«

»Wollt Ihr nach Franchenfurt hinein? Ich dachte, Ihr wolltet zur Ordenskommende?«

»Nein«, lachte Bernhard, »*Ihr* wolltet, dass ich zur Kommende gehe. Ich habe aber vorher noch etwas zu erledigen in der Stadt.«

Der Wachführer dachte einen Moment lang nach. »Ich bin sicher, dass der Deutsche Orden nirgendwo Brückenzoll bezahlt.«

Bernhard holte ein paar Münzen aus seiner Börse und drückte sie dem Gardisten in die Hand. »Da habt Ihr recht. Aber wenn die Huren hier schon so teuer sind und heute offenbar mein Glückstag ist, was das Sparen angeht ...« Er zwinkerte dem Wachführer zu. Dieser trat beiseite und ließ Bernhard passieren. Der Ritter zog sein Pferd am Zügel, doch dann wandte er sich noch einmal um. Er konnte sich zwar nicht vorstellen, dass *er*, der Anlass seiner Mission, wie ein normaler Reisender über die Brücke gekommen war, aber eine Frage konnte nicht schaden.

»Ich möchte mich in Franchenfurt mit einem Mann treffen, vielleicht habt Ihr ihn gesehen? Er kann noch nicht lange vor mir eingetroffen sein. Etwas größer als ich, *so* ein Kreuz, kurze braune Haare und ein Bart um Mund und Kinn. Grüne Augen. Auf der linken Seite fehlt ihm das Ohrläppchen.«

Der Wachführer dachte nach und betrachtete dabei Bernhards Ohren. Bernhard grinste. »Ja, ich weiß, solche Visagen gibt's im Dutzend. Abgesehen davon, dass ich meine beiden Lauscher noch intakt habe, könnte ich mich selbst beschrieben haben.

»Und bis auf den Bart. So jemanden habe ich nicht gesehen, aber wir können die Augen für Euch offenhalten.«

Bernhard nickte ihm zu. Er wusste, dass die Aussage des Wachführers gar nichts bedeutete. *Er* konnte auf vielen Wegen in die Stadt gelangt sein. Nach allem, was Bernhard wusste, konnte er sogar schon einen Weg gefunden haben, sich zu Kaiser Ludwig zu schleichen. Aber dann wäre hier längst schon der Teufel los gewesen. Nein, Bernhard musste sich darauf verlassen, dass er rechtzeitig angekommen war. Sicherheitshalber würde er sich in Franchenfurt umhören, und dann würde er sich selbst auf den Weg zum Kaiser machen. Und wenn *er* dann eintraf, würde es zu spät sein für *seine* Pläne.

Sag seinen Namen, befahl er sich im Stillen. Sag: Christian von Brendanburch. Sag: mein *Halbbruder* Christian von Brendanburch. Mein Halbbruder, der sich dem falschen Herrscher verschrieben hat und Unglück über unser Geschlecht, unseren Namen, unser Land und das ganze Reich bringen will.

Aber um das zu verhindern war Bernhard Ascanius nach Franchenfurt gereist.

Der Jäger war angekommen.

11.

Mathias beendete seine Erklärung. Der Stiftspropst starrte ihn mit offenem Mund an. Aus Verlegenheit nahm Mathias den Weinbecher und trank einen weiteren tiefen Schluck. Der Wein war sauer geworden in der Hitze, außerdem stieg er ihm bereits zu Kopf. Er hätte Gottfried nichts erzählen sollen, verdammt!

»Und du kannst dich an *nichts* erinnern, was vor deinem Aufwachen im Kloster war?«, fragte Gottfried von Eppstein.

Mathias schüttelte den Kopf. Zu seiner Verlegenheit gesellte sich Entsetzen, als ein Gedanke plötzlich in ihm aufstieg: Er würde den Stiftspropst töten müssen, wenn dieser Anstalten machte, ihn als Besessenen einsperren zu lassen. Woher kam so ein Gedanke? Aus welchen finsteren Grüften seiner Vergangenheit konnte die Eingebung stammen, das Leben eines Mannes auszulöschen, der ihm geholfen hatte!

»Aber – das ist ja unglaublich!«, stieß der Stiftspropst hervor. »Weißt du, was du bist? Du bist der sprichwörtliche verlorene Sohn! Du bist ein Mann, der so unschuldig ist wie ein Kind. Du bist der lebende Beweis, dass man die Vergangenheit hinter sich lassen und wieder ganz von vorne anfangen kann.«

»Ich hab mir das nicht ausgesucht, Hochwürden!«, rief Mathias.

»Nein. Aber Gott hat dich ausgesucht.« Gottfried von Eppstein machte das Kreuzzeichen, dann blickte er gegen die Decke des Raums. »Danke, Herr! Danke!«

»Wofür bedankt Ihr Euch, Hochwürden?«

»Verstehst du denn nicht? Der Streit zwischen dem Kaiser und dem Heiligen Vater, der das Reich zerreißt, kommt daher, dass keiner dem anderen die Vergangenheit vergeben will. Papst Clemens ist noch nicht einmal ein Vierteljahr im Amt. Er hat den Kaiser nie getroffen, aber er hält die Beschuldigungen seiner Vorgänger gegen ihn aufrecht. Kaiser Ludwig wiederum wirft dem Heiligen Vater das Verhalten früherer Päpste vor. Beide müssten einfach nur die Vergangenheit begraben und von vorne anfangen.«

Mathias erhob sich unwillig von der Bank, auf die der Stiftspropst ihn gesetzt hatte. Der Tisch ruckelte, Mathias' Becher fiel um, und der Wein ergoss sich über die Tischplatte. Gottfried von Eppstein schien es nicht einmal zu bemerken. Auf seine Weise war er genauso erregt wie Mathias.

»Ihr wollt mich dem Kaiser vorführen!«, stieß Mathias erbittert hervor. »Ich soll ihm als Beispiel dafür dienen, dass man auch ohne die Vergangenheit weiterleben kann. Wie ein Krüppel, der von Gauklern als schauderhafte Attraktion mitgeführt wird ...«

»Nicht als Attraktion, als rettender Engel für das Reich!«

»Ich bin aber weder das eine noch das andere! Ich bin ...«, Mathias brach ab. Er versuchte es von Neuem. »Ich bin ...«, er spürte, wie ihn die Kraft verließ. Er setzte sich wieder hin und griff nach der Tischkante, weil der Raum sich zu drehen begann. Die Panik kletterte wieder in ihm hoch. Mathias krallte die Finger in das Holz, bis es wehtat, um die Angst auf Abstand zu halten.

»Der Herr sei deiner Seele gnädig«, sagte Gottfried mitleidig. »Ich glaube, ich habe keine Ahnung, wie es ist, mit deinem Schicksal zu leben.«

»Nein«, flüsterte Mathias, »das habt Ihr nicht.«

Der Stiftspropst stellte den Weinbecher wieder hin und wischte mit der Handkante über den Tisch, um den verschütteten Rebensaft auf den Boden zu fegen. Dann goss er neuen Wein nach und stellte den Becher vor Mathias. »Die Vergangenheit macht uns zu dem, was wir sind, und die Gegenwart bestimmt, was wir in der Zukunft sein werden«, murmelte er. »Ich kann dir deine Vergangenheit nicht wiedergeben, so leid es mir tut.«

Mathias schüttelte wild den Kopf. Er ließ die Tischplatte nicht los. Der Raum kam langsam wieder zur Ruhe, auch die Panik stieg nicht mehr weiter. Er fühlte sie noch, so wie man das eiskalte Wasser fühlt unter der Eisschicht, auf die man sich gewagt hat, obwohl sie eigentlich zu dünn ist, um zu tragen. Sein Magen war ein Stein, sein Herz pochte langsam und schwer.

Gottfried sagte: »Aber ich kann dir in der Gegenwart eine Aufgabe geben, die dir wieder eine Zukunft gibt.«

»Ich brauche keine Aufgabe«, entgegnete Mathias störrisch. »Ich will mein Leben wieder.«

»Vielleicht ist es dir bestimmt, das alte zurückzulassen und ein neues zu beginnen. Ich bin überzeugt, dass Gott dich hierher gesandt hat. Hast du nicht gesagt, dass der Name Franchenfurt in deinem Gedächtnis war, ohne das du wusstest, woher der Drang kommt, hierher zu reisen? Ich sage dir, woher er kommt: Es ist die Stimme des Herrn, die dir den Namen eingeflüstert hat.«

Mathias atmete tief durch. Er wagte es, die Tischplatte loszulassen. Seine Hand war verkrampft, so sehr hatte er sich festgehalten. Als er die Finger streckte, knackte jedes Gelenk. Er griff nach dem Becher und nahm einen hastigen Schluck. Der bitter-saure Geschmack des verdorbenen Weins brachte ihn ein weiteres Stück in die Realität zurück und drängte die Panik noch mehr in den Hintergrund. Überrascht bemerkte Mathias, dass sie ihm diesmal ein Geschenk zurückgelassen hatte.

»Wenn ich die Messe auf der Brücke halte und Kaiser Ludwig neben mir stehen wird – dann wirst du neben ihm stehen! Er wird deine Hand halten. Er wird dich als den von Gott gesandten Boten anerkennen, der du bist. Und die Botschaft, die der Kaiser damit nach Rom und an das gesamte Reich sendet, wird sein: Gott will, dass wir die Vergangenheit ruhen lassen. Siehe, Christenheit, ich habe den Wink des Herrn verstanden.«

»Ihr geht offenbar davon aus, dass der Kaiser genau das tut, was Ihr Euch wünscht«, murmelte Mathias geistesabwesend. Das Geschenk der abschwellenden Panikattacke war so unerwartet, dass er sich fragte, ob es nicht einfach eine Auswirkung dieses Gesprächs war. Aber es fühlte sich nicht so an. Das Gefühl war stattdessen das gleiche, das er gehabt hatte, wenn er an Franchenfurt gedacht hatte.

»Der Kaiser«, erwiderte Gottfried zuversichtlich, »erkennt eine Gelegenheit, wenn sie sich ihm bietet, keine Sorge.«

Mathias dachte: Ja, und irgendetwas in mir hat auch die Gelegenheit erkannt. Aber wozu?

Das Geschenk war das Wissen, dass er hierhergekommen war, um vor dem Kaiser zu stehen. Nicht Franchenfurt war sein Ziel gewesen, sondern Kaiser Ludwig. Aber weshalb? Und woher hatte er gewusst, dass der Kaiser in Franchenfurt sein würde? Er hatte es nicht gewusst – oder hatte er lediglich vergessen, dass er es gewusst hatte?

Weshalb war es wichtig, dass er so nahe an den Kaiser herankam? Mathias starrte in sich hinein, in die Finsternis, die sein Gedächtnis war, beschwor weitere Gedanken aus der Vergangenheit, sich zu enthüllen. Aber nichts zeigte sich.

»Wirst du mir helfen, mein Sohn? Wirst du *dir* helfen? Wirst du Gottes Plan erfüllen, der sich in deiner Gegenwart zeigt?«

Bevor Mathias antworten konnte, trat ein Dienstbote in den Raum und hustete höflich. Gottfried wandte sich um. »Ja?«

»Es ist Besuch gekommen, Hochwürden.« Der Dienstbote deutete auf Mathias. »Für *ihn*.«

12.

Hilpolt Meester setzte sich auf den Hocker und besetzte damit das einzige weitere Sitzmöbel, das im Hause Gottfried von Eppsteins neben der kurzen Bank am Tisch stand. Der Capitaneus war überrascht darüber, wie bescheiden der Stiftspropst lebte. Sein Haus, in der Predigergasse östlich des Doms gelegen, war schmal und dunkel, die Stube im ersten Stock klein; man konnte erkennen, dass Gottfried oder einer der Vorbesitzer einen Teil davon abgemauert hatte, um mindestens einen zusätzlichen Raum zu gewinnen. Fach- und Mauerwerk waren unverputzt, die wenigen Wandteppiche waren nicht dazu angetan, eine prunkvolle Atmosphäre zu schaffen.

Der Stiftspropst lehnte an der Fensterwand – gerade weit genug entfernt, um Hilpolts Bitte, mit dem Fremden allein sprechen zu können, zu entsprechen, und doch nah genug, um fast jedes Wort zu hören. Hilpolt konnte es nicht ändern und wollte es auch nicht; was er auszusprechen dachte, war eine Warnung, und es konnte nicht schaden, wenn der Stiftspropst sie auch mitbekam. Immerhin ging es um seinen Schützling.

»Man sagt, dass du besondere Fähigkeiten besitzen sollst«, erklärte Hilpolt seinem Gegenüber. Er hatte sich nicht vorgestellt. Es war keine Unhöflichkeit, sondern der erste Test.

Der Fremde drehte den Weinbecher nervös in der Hand, aber er wich Hilpolts Blick nicht aus. »Sagt wer?«, fragte er.

»Meine Männer an der Katharinenkapelle.«

»Nein«, erwiderte der Fremde. »Ich meine: Wer sagt zu mir, dass man sagt, ich hätte besondere Fähigkeiten?«

Hilpolt grinste in sich hinein. Der Fremde hatte den ersten Test bestanden. Dies bewies noch nicht, dass er ein aufrechter Mann war, es zeigte lediglich, dass er ein *Mann* war. »Verzeihung«, sagte er gelassen. »Ich bin Capitaneus Hilpolt Meester, der Anführer der kaiserlichen Garde.«

Der Fremde nickte. Dann sagte er: »Ich habe keinen Eurer Männer angegriffen.«

»Sicher nicht«, grollte Hilpolt. »Sonst würdest du nicht hier sitzen. Oder jedenfalls nicht in einem Stück.«

»Was wollt Ihr dann von mir?«

»Ich möchte hören, woher du das kannst.«

»Woher ich was kann?«

Hilpolt nahm den Becher, der vor ihm stand und schleuderte dem Fremden den Wein blitzschnell ins Gesicht; dann warf er den Becher hinterher. Der Fremde wich gedankenschnell aus. Nur ein paar Tropfen der Flüssigkeit trafen ihn, der überwiegende Teil des Schwalls platschte hinter ihm auf den Boden. Aber da hielt der

Fremde schon den Becher in der Hand, den er aufgefangen hatte. Erst jetzt kam ein empörter Ausruf von der Fensterwand.

»Das!«, sagte Hilpolt mit grimmiger Befriedigung.

»Ich erlaube nicht, dass Ihr so mit einem Gast unter meinem Dach umgeht!«, rief Gottfried von Eppstein und stürzte herbei. Dann blieb er stehen, als ihm aufging, wie übermenschlich schnell der Fremde reagiert haben musste. Er blinzelte überrascht.

Der Fremde stellte den Becher auf den Tisch. Er war blass geworden. »Ihr verdreht da etwas, Capitaneus Hilpolt Meester«, begann er heiser. »Auf der Brücke habe ich mich meiner Haut erwehrt und versucht, Schaden von Stiftspropst von Eppstein abzuwenden. Hier in diesem Raum habe ich auf einen Angriff von Euch reagiert. Seit wann gerät der in Verdacht, der sich verteidigen muss?«

»Solange ich für die Sicherheit des Kaisers verantwortlich bin, ist jeder unter Verdacht. Und ich wüsste zu gern, wo du diese Fähigkeit erworben hast.«

»In einem Nonnenkloster«, sagte der Fremde.

Hilpolt grinste. Irgendwie gefiel ihm der Mann. Er ertappte sich dabei, dass er zu hoffen begann, mit seinem Verdacht ausnahmsweise einmal danebenzuliegen. »Die Nonnen sind auch nicht mehr das, was sie mal waren«, erwiderte er.

»Ich interessiere mich nicht für Euch, nicht für den Kaiser, nicht für den Papst, Capitaneus. Ich habe genug mit mir selbst zu tun.«

»Das sieht man. Gleich wirst du mir erzählen, dass du unverschuldet in Not geraten bist.«

»Wer sagt, dass ich in Not bin?«, fragte der Fremde.

»Du trägst also nur deine alten Sachen auf?«

»Meine guten Sachen hebe ich mir für den Kirchgang auf.«

Sie starrten sich an. Hilpolt legte beide Hände flach auf den Tisch. »Du hast ein schnelles Mundwerk, Fremder, aber gut. Ich hab gesehen, was ich sehen wollte. Vielleicht hast du mir gerade eben keinen Mist erzählt. Ich bin geneigt, dich beim Wort zu nehmen. Aber lass dir eines gesagt sein: Solltest du irgendwas hier in

Franchenfurt vorhaben, was mir nicht passt, dann hast du mich schneller wieder am Hals, als dir lieb sein kann. Und dann wirst du mir auch keinen Mist mehr erzählen können, weil ich dir mit dieser Faust den Hals umdrehen werde.«

Er wandte sich ab und sah sich dem Stiftspropst gegenüber, der ihn finster anstarrte. »Ich habe Euch nicht in mein Haus eingeladen, damit Ihr den Mann bedroht, der unter dem Schutz des kirchlichen Asyls steht.«

»Hochwürden, dieser Mann ist in Eurem Haus und nicht im Dom, also kann er sich nicht auf das kirchliche Asyl berufen. Wenn ich möchte, ziehe ich ihn an den Ohren hier raus. Und ich schwöre, das tue ich, wenn er auch nur falsch zu atmen wagt. Passt besser auf, mit wem Ihr Euch einlasst!«

»Das muss ich mir von Euch nicht sagen lassen, Capitaneus.«

»Ich würde Euch trotzdem raten, meine Worte nicht zu vergessen.«

Hilpolt drehte sich um und stapfte zur Tür. Er blieb stehen, als der Fremde ihm nachrief: »Capitaneus?«

Hilpolt drehte sich um. »Ja?«

Der Fremde strich sich mit einer nervösen Geste das Haar zurück, aber seine Stimme war ruhig, als er sagte: »Ich bin nicht Euer Knecht, Capitaneus. Sollten wir uns noch einmal begegnen, erwarte ich, dass Ihr mich so höflich anredet wie ich Euch.«

Hilpolt Meester erkannte den Klang, den nur ein Mann in seiner Stimme mitschwingen lassen konnte, der nicht in der Gosse oder im Schweinestall aufgewachsen war. Er erkannte ihn, weil er tagtäglich mit Männern zu tun hatte, die diesen Klang ebenfalls in der Stimme hatten, und weil seine eigene Stimme ihn ebenfalls besaß, wenn er wollte. Dabei sah der Fremde noch immer so abgerissen, erschöpft und schmutzig aus wie zuvor.

»Wie Ihr wünscht«, sagte Hilpolt, verbeugte sich knapp und ging hinaus. Die beiden jungen Frauen, die in Begleitung des Dienstboten die Treppe heraufkamen, nahm er kaum wahr. Sie wichen ihm aus, als er die Stufen hinunterpolterte.

Hilpolts Gedanken waren bei dem Fremden. Sieh an, dachte

er, da ist jemand auf weißem Leinen geboren worden und nicht auf dreckigem Stroh. Aber die Erkenntnis, dass der Fremde adliger Herkunft war, interessierte ihn nur in zweiter Linie. Als dieser sich das Haar zurückgestrichen hatte, hatte er sein linkes Ohr entblößt, und Hilpolt hatte gesehen, dass dem Mann dort das Ohrläppchen fehlte. Aber das war nicht das, was ihn veranlasst hatte, fürs Erste zurückzustecken. Es war das eingebrannte Zeichen gewesen, das unter dem Ohr des Fremden war. Hilpolt hatte es bereits mehrfach gesehen. Die Männer, die es trugen, galten als die Besten der Besten. Als Fanatiker, die einer Mission, die sie sich auferlegt hatten, bis in den Tod folgten und die aus dem Grab zurückkehren würden, wenn sie sie noch nicht erfüllt hatten.

Das Zeichen war ein Kreuz, und die Männer, an denen Hilpolt es gesehen hatte, waren Deutschordensritter gewesen.

13.

Der Dienstbote des Stiftspropsts trat in den Saal und hustete, um auf sich aufmerksam zu machen. Philippa und Nessa blieben in dem dunklen, engen Flur stehen. Nessa blickte noch immer über die Schulter zur Treppe.

»Das war der Hauptmann der kaiserlichen Garde!«, sagte sie, offenbar beeindruckt.

Philippa konzentrierte sich auf die Stimmen, die sie aus der Stube des Stiftspropsts hörte. Sie kannte beide. Das Genuschel Gottfrieds von Eppstein war unverkennbar, obwohl es einem kaum noch auffiel, wenn man ihm länger zuhörte. Die andere Stimme war die des Fremden, der sie dazu bewogen hatte, sich einen Vorwand auszudenken, um mit Nessa an diesen Ort zu kommen.

»Ich bringe Euch nur Schwierigkeiten, Hochwürden«, hörte sie den Fremden sagen. »Es ist besser, ich gehe.«

Der Dienstbote hustete nochmals. »Es ist jemand für Euch angekommen, Hochwürden.«

»Wer immer es sein mag, jedenfalls kommt Leben ins Haus«, sagte der Stiftspropst aufgeräumt. »Zwei Besucher hintereinander, das sind ja fast mehr als bei der heiligen Messe im Dom.«

Der Dienstbote winkte den beiden jungen Frauen und trat beiseite. Der Fremde blickte Philippa mit einer verblüfften Miene an, in die sich Wiedersehensfreude mischte. Philippa nickte ihm zu und stellte fest, dass sich ein Lächeln auf ihr Gesicht gestohlen hatte. Das Lächeln spiegelte sich in seinen Zügen wider. Philippa knickste vor dem Stiftspropst und wies dann auf Nessa, die das Altartuch trug.

»Wir wollten Euch etwas fragen, Hochwürden – aber Ihr müsst zuerst versprechen, dass Ihr niemandem sagt, dass wir hier bei Euch waren.«

Gottfried von Eppstein zog eine Braue hoch. »Und weshalb?«

»Weil«, seufzte Nessa, »wir Euch jetzt ein Geheimnis meines Vaters verraten, der sehr unglücklich wäre, wenn er davon erführe.«

»Weswegen wir Euch auch zusätzlich noch bitten müssen, so zu tun, als wärt Ihr überrascht, wenn Ihr später einmal das Geschenk bekommt«, fügte Philippa hinzu. Sie hatte den Eindruck, dass ihre und Nessas Erläuterungen nicht unbedingt sinnerhellend waren, aber ihre Aufmerksamkeit war auf den Fremden gerichtet, der den Tisch beiseiteschob und hinter ihm hervorkam.

»Und so, als ob ihr Euch freut«, ergänzte Nessa, »aber deshalb sind wir ja da.«

»Deshalb seid ihr da?«, wiederholte Gottfried von Eppstein etwas ratlos.

»Damit Ihr Euch freut.«

»Wenn Ihr das Geschenk bekommt.«

»Von dem mein Vater nicht wissen darf, dass Ihr wisst, dass Ihr es bekommen werdet.«

»Ich muss am Anfang irgendetwas nicht mitbekommen haben«, vermutete der Stiftspropst.

Nessa warf dem Fremden, der ein paar Schritte entfernt stand und die Szene beobachtete, einen misstrauischen Blick zu und drückte die in ein weißes Leintuch eingewickelte Stickerei an die Brust. Der Mann nutzte die Gelegenheit und wandte sich an den Stiftspropst.

»Ich werde Euer Haus verlassen, bevor es noch mehr Schwierigkeiten gibt«, sagte er. »Ich danke Euch für Eure Hilfe.«

Nein!, dachte Philippa und sah ihn schockiert an. Wie soll ich dich wiederfinden, wenn du dieses Haus verlässt?

»Nein«, sagte auch der Stiftspropst. »Nicht ich bin es, der hilft, sondern du hilfst mir! Und deshalb bitte ich dich, nicht zu gehen. Flieh nicht vor der Aufgabe, die Gott dir gestellt hat.«

»Ich fliehe nicht. Ich sorge lediglich dafür, dass Ihr Euch nicht die Feindschaft des Capitaneus zuzieht. Hochwürden, wenn ich er wäre, würde ich mir auch misstrauen. Er hat noch nicht einmal unrecht.«

»Misstrauen?«, mischte Philippa sich ein. Sie hörte Nessa überrascht einatmen. Sie benahm sich ungehörig, aber darin wenigstens hatte sie jahrelange Übung. »Weshalb? Hat er dich auch nach deinem Namen gefragt und keine Antwort bekommen?«

Der Fremde musterte sie erstaunt. Seine Brauen zogen sich zusammen, aber er wirkte nicht ärgerlich, sondern eher verlegen. Im trüben Licht in der Stube des Stiftspropsts wirkte er jünger als draußen im Sonnenlicht, wo jede erschöpfte Furche in seinem Gesicht zu sehen gewesen war.

»Du kennst diesen Mann, Philippa?«, fragte Gottfried von Eppingen.

»Ich würde ihn kennen, wenn er sich die Mühe gemacht hätte, mir seinen Namen zu verraten, nachdem ich ihm den meinen sagte!«

»Philippa!«, sagte Nessa. »Du vergißt dich!«

Der Fremde blinzelte krampfhaft bei Nessas Bemerkung. Er wandte sich Philippa zu und sagte ein paar Herzschläge lang nichts, dann murmelte er: »Vielleicht wollte ich dir nur keinen falschen Namen nennen.«

»Woher kennst du ihn, Philippa?«, fragte der Stiftspropst,

offensichtlich bemüht, die Kontrolle über das Gespräch zurückzuerlangen.

Philippa und der Fremde hatten ihre Blicke ineinander verklammert. »Dann hättest du mir einfach deinen wahren Namen sagen können«, meinte Philippa.

Der Fremde sagte fast unhörbar: »Ich kenne ihn nicht.«

Philippa starrte ihn mit offenem Mund an. Der Fremde zuckte mit den Schultern. »Wenn es danach geht, woran ich mich erinnere, bin ich noch kein halbes Jahr alt.« Er schien seinen eigenen Worten nachzulauschen, und Philippa hatte das deutliche Gefühl, dass er sich fragte, wieso er ihr dieses Geständnis gemacht hatte.

»Was ist dir zugestoßen?«, fragte sie.

»Ich weiß es nicht.«

»Philippa!«, rief Nessa, nun sichtbar verärgert. Sie rollte die Augen bedeutungsvoll in Richtung des Pakets, das sie in den Armen trug.

»Wir haben uns heute Morgen am Flussufer getroffen«, erklärte Philippa dem Stiftspropst, dessen Blicke zwischen ihr und dem Fremden hin- und hergewandert waren wie die eines Zuschauers bei einem Handflächenspiel.

Der Fremde straffte sich. »Danke für Euer Vertrauen, Hochwürden. Gott behüte Euch.« Er verbeugte sich und machte sich auf den Weg zur Tür.

»Und wie lautet nun der Name, den du dir gegeben hast?«, fragte Philippa hastig, um ihn aufzuhalten.

Gleichzeitig redete auch der Stiftspropst auf ihn ein: »Bitte! Geh nicht. Du musst doch sehen, dass Gott dich gesandt hat!«

Der Fremde blieb stehen und blickte irritiert von Philippa zu Gottfried. Die beiden wechselten einen Blick.

»Bitte!«, wiederholte der Stiftspropst. »Wenigstens so lange, bis du eine Mahlzeit zu dir genommen und mir noch einmal zugehört hast!« Hastig wandte er sich die jungen Frauen. »Was kann ich für euch beide tun? Sagt schnell …!«

Nessa funkelte den Fremden noch misstrauischer an als zuvor

und drückte das Paket noch fester an sich. Der Fremde zögerte einen Augenblick, dann seufzte er und stapfte zur Fensterwand hinüber. Er sah demonstrativ nach draußen. Nessa legte das Paket auf den Tisch und schlug das Leintuch auseinander, nachdem sie sich nochmals vergewissert hatte, dass der Fremde nicht versuchte, das darin versteckte Altartuch zu erspähen. Philippa stand abseits und betrachtete den Rücken des bartstruppigen Mannes. Sie hoffte, dass er sich umdrehen würde.

Und tatsächlich – als würde er den Blick in seinem Nacken spüren, wandte er sich langsam um. Philippa senkte den Kopf und wurde rot. Als sie wieder hochsah, waren seine Augen immer noch auf sie gerichtet. Ein Lächeln zuckte in seinen Mundwinkeln. Philippa, die wusste, dass es schicklich gewesen wäre, sich hochmütig abzuwenden, erwiderte das Lächeln. Der Fremde machte eine kaum merkliche Kopfbewegung zum Tisch. Philippa stellte fest, dass Nessa sie wütend anstarrte und darauf wartete, dass sie ihren Teil zu dem Gespräch beitrug. Sie räusperte sich und trat rasch zu ihrer Freundin.

14.

Als sie wieder in der Predigergasse standen, wo Nessas Zofe, die aus Schicklichkeitsgründen ebenfalls mitgekommen war, im Schatten an der Hauswand lehnte und sich Luft zufächelte, sagte Philippa: »Lass uns ein paar Augenblicke warten.«

»Worauf?«, fragte Nessa, die wieder guter Laune war, nachdem der Stiftspropst sich über das beabsichtigte Geschenk Baldmar Hartrads bewegt und von der Arbeit der beiden jungen Frauen beeindruckt gegeben hatte.

Philippa sagte mehr zu sich selbst als zu ihrer Freundin: »Er wird nicht hier bleiben. Der Stiftspropst wird ihn nicht umstimmen können. Er war nur zu höflich, in unserer Gegenwart die Bitte Gottfrieds auszuschlagen.«

»Was? Wir sollen auf diesen Lumpenkerl warten?«

»Ja«, sagte Philippa, weil es keine bessere Antwort gab.

Nessa schien fassungslos. »Willst du ihn vielleicht auch nochmal ansprechen?«

»Natürlich, sonst macht es ja keinen Sinn, auf ihn zu warten.«

»Philippa, du benimmst dich wie jemand, der ..., der ...«

»Der keinen Anstand hat? Ist es das, was du sagen wolltest?«

»Der sich zumindest nichts daraus macht!«

»Nessa, du musst kein einziges Wort an ihn richten! Und ich ...«

»Was?«

»Ich will nur wissen, wie er heißt. Ich frage ihn nach seinem Namen, sonst nichts. Einverstanden?«

»Warum ist dir das denn so wichtig?«

»Keine Ahnung. Aber es ist mir wichtig.« Weil hinter der Flussbiegung ein Abenteuer wartet, dachte sie. Weil ich das Gefühl habe, dass *er* das Abenteuer sein könnte.

Nessa schüttelte den Kopf. »Du bringst mich heute so richtig in Verlegenheit.«

»So wie du mich mit deiner Fragerei, ob ich Albrecht nun heirate oder nicht«, sagte Philippa, ohne nachzudenken.

Nessa schluckte. Sie versuchte, etwas zu erwidern, brachte aber nichts heraus. Philippa fühlte sich schlecht, als sie die Verlegenheit ihrer Freundin bemerkte. »Entschuldige ...«, murmelte sie hilflos.

Nessa kam zu keiner Antwort, weil der Fremde aus der Tür kam. Er wirkte überrascht, die beiden jungen Frauen zu sehen. Philippa trat ihm sofort in den Weg.

»Wie wirst du dich nun nennen?«, erkundigte sie sich ohne lange Vorrede. Sie hörte Nessa über ihre neuerliche Taktlosigkeit stöhnen.

Der Fremde zog die Schultern hoch. »Warum möchtest du das wissen?«

»Ha!«, machte Nessa.

»Weil ich nicht ›der Kerl, der fast in der alten Furt ertrunken wäre, wenn ich ihn nicht aufgehalten hätte‹ denken will, wenn ich an dich denke«, entgegnete Philippa leise.

Sein Gesicht nahm einen betroffenen Ausdruck an. »Und wieso denkst du an mich?«

»Ich sagte: *wenn* ich an dich denke«, erklärte Philippa mit dem letzten Rest weiblicher Würde, den sie zusammenraffen konnte.

Der Fremde zögerte lange. »Mathias«, sagte er dann.

»Ist doch ein ehrlicher Name. Was hast du dagegen?«

»Es ist nicht meiner.«

»Woher willst du das wissen, wenn du sonst nichts weißt?«

Mathias starrte sie mit offenem Mund an. Philippa wurde klar, dass er sich diese Frage noch nicht gestellt hatte.

»Philippa, wir wollten jetzt gehen«, mahnte Nessa.

»Ich weiß es einfach«, erklärte Mathias.

»Na gut. Wo willst du bleiben, nachdem du die Gastfreundschaft des Stiftspropsts ausgeschlagen hast?«

Er fragte nicht einmal, woher Philippa die Gewissheit nahm, dass er es getan hatte. »Ich finde etwas.«

»Mit dem Capitaneus auf den Fersen, der nicht weiß, ob er dir trauen soll, und der bestimmt keine Träne vergießt, wenn dir in irgendeiner dunklen Gasse die Kehle durchgeschnitten wird.«

»Was mir bisher klargeworden ist«, seufzte Mathias, »ist lediglich, dass ich mir keine allzu großen Sorgen machen muss, dass irgendein Angreifer mir auch nur ein Haar krümmen könnte.«

»Jetzt höre ich Albrecht aus dir sprechen«, spottete Philippa.

»Wer ist Albrecht?«

»Albrecht ist Philippas Verlobter!«, mischte Nessa sich ein. »Und wir gehen jetzt.«

»Albrecht *meint*, er sei mein Verlobter«, erklärte Philippa und senkte die Augen nicht vor Mathias' Blick.

»Philippa!«, rief Nessa.

»Ich kann dir eine Bleibe anbieten«, sagte Philippa hastig. »Zum Haus meines Vaters gehört ein Bootsschuppen. Er ist nicht unbedingt gut gebaut, und das Dach ist nicht dicht, aber es sieht ja nicht danach aus, als ob es demnächst regnen wollte.«

»Philippa, bist du verrückt geworden?«, zischte Nessa.

»Und ein weiterer Vorteil ist«, redete Philippa weiter, als ob Nessa nichts gesagt hätte, »dass wir auf der Sassenhusener Seite wohnen. Die kaiserliche Garde hat sich bis jetzt kaum bei uns blicken lassen, weil in unserem Viertel die Deutschordenskommende steht und der Capitaneus wahrscheinlich denkt, dass die Deutschritter den Kaiser ebenso gut beschützen wie seine Männer. Du hast also Ruhe vor ihm.«

»Der Kaiser ist in der Komturei?«, fragte Mathias.

»Sieh mal an, dass es einen Kaiser gibt, weißt du also.«

»Philippa«, sagte Mathias, und es gab ihr einen merkwürdigen Stich, als sie ihn ihren Namen zum ersten Mal sagen hörte, »du weißt nicht, worüber du spottest.«

Sein Ernst ließ ihre Aufgekratztheit verfliegen. »Dann erkläre es mir«, sagte sie, bevor sie sich selbst aufhalten konnte. »Lass mich dir helfen.«

»Warum?«

Bevor Philippa antworten konnte, fühlte sie sich von Nessa unsanft beiseitegezogen. »Wir gehen jetzt!«, zischte Nessa. Sie erdolchte Mathias mit einem Blick. »*Jetzt!*«

Philippa riss sich unwillig von ihr los, aber ihr wurde klar, dass ihre Freundin recht hatte. Sie benahm sich, als hätte Anstand, Moral und gute Sitte keinerlei Bedeutung. Sie räusperte sich und neigte leicht den Kopf vor Mathias. »Frag nach Rupprecht dem Fährmann. Oder frag nach mir. Mein Angebot bleibt bestehen.«

»Welches?«

»Such es dir aus«, sagte Philippa, dann folgte sie Nessa, die mit so schnellen Schritten und so schweigsam in Richtung ihres Hauses strebte, dass Philippa endgültig erkannte, *wie* wütend ihre Freundin auf sie war.

15.

Am Nachmittag hockte Philippa an der Floßlände auf der Sassenhusener Seite und schmierte die Lederschlaufen, die an ihrem Boot als Ruderdollen dienten. Die Stadtmauer von Sassenhusen warf einen kurzen Schatten, in den Philippa ihr Boot gezerrt hatte, um der prallen Sonne zu entgehen. Sie wusste selbst nicht, warum sie plötzlich das Bedürfnis empfunden hatte, sich um seine Funktionsfähigkeit zu kümmern. Das Gespräch mit Mathias und der anschließende Zank mit Nessa hatten sie verunsichert. Normalerweise wäre sie in diesem Gemütszustand auf den Fluss gerudert. Aber diesmal war das Bedürfnis dazu ausgeblieben – und von der Sorge ersetzt worden, dass etwas an ihrem Boot defekt sein könnte. Sie zerrte mit aller Kraft an den Bootsdollen. Sie hielten. Mit der hohlen Hand schöpfte sie altes, ranzig gewordenes Schmalz aus einem Tiegel und massierte es in die bereits fettglänzenden, geschmeidigen Lederschlaufen ein. Nachher würde sie noch die Ruder auf Risse und Schwachstellen überprüfen.

Im Lauf der letzten Stunden war noch mehr Treibholz herangeschwemmt worden. Die Brückenwächter waren unablässig damit beschäftigt, die Pfeiler davon zu befreien. Selbst die kaiserlichen Gardisten packten mit an, wenn sie gerade keine Reisenden inspizieren mussten. Auf dem Fluss hielten Bootsleute mehrere kleine Wasserfahrzeuge durch beständige Paddelschläge auf der Stelle; Zimmermannsgesellen saßen darin und gaben den Bootsleuten Anweisungen, den einen oder anderen gutgewachsenen Stamm anzusteuern, den die Brückenwächter freigestochert hatten. Ihre Meister standen auf der Brücke und riefen ihnen zu, welche Stämme sie für gut hielten. Sie betrachteten das unerwartete Treibgut offenbar als Geschenk. Die ausgewählten Stämme wurden mit dem Boot ins flache Wasser auf der Sassenhusener Seite bugsiert, wo Helfer sie bargen.

Philippas Vater war wieder in die Stadt hinübergegangen, um einer neuerlichen Ratssitzung beizuwohnen. Von Nessa hatte sie sich im Unfrieden verabschiedet, genauso wie heute Mittag von Albrecht. Und Mathias war – wie ihr hätte klar sein müssen – ihrer Einladung nicht gefolgt. Philippa kniff die Augen zusammen und betrachtete das Glitzern des Wassers und das geschäftige Treiben auf dem Fluss. Sie fühlte sich unvermittelt allein und beklommen.

Als sie sich vom Meyn ab- und den beiden Rudern zuwandte, die im Kies lagen, sah sie ihn. Mathias hockte in zwei Dutzend Schritten Abstand auf den Fersen und betrachtete ebenfalls das Wasser. Sie hatte keine Ahnung, wie lang er schon da war. Als ob er ihren Blick gespürt hätte, drehte er den Kopf und sah sie an.

»Du weißt nicht, worauf du dich einlässt«, sagte er.

»Dann sag es mir.«

Er erhob sich. Seine Bewegung wirkte geschmeidig, doch als er über den Kies näher kam, hinkte er leicht. Er betrachtete das Boot, dann den Schmalztiegel und zuletzt Philippas Hände. Sie sah voller Verlegenheit, wie fettglänzend und schmutzig sie waren, und ballte sie zu Fäusten.

»Du machst das Boot wieder heil?«

»Ich sehe nur zu, dass es gut gewartet ist. Es war nicht beschädigt.«

»Das unterscheidet das Boot und mich.«

Philippa richtete sich auf. Sie stellte mit leiser Beschämung fest, dass sie es mit weitaus weniger Grazie tat als Mathias. Er folgte ihr, als sie zum Fluss hinunterging, um ihre Hände mit Wasser und Sand zu säubern. Sie betrachtete ihn von der Seite. Seine Aufmerksamkeit war auf die Brücke gerichtet, und sie konnte sehen, dass sein Gesicht sich spannte.

»Woran denkst du gerade?«, fragte sie. Plötzlich erinnerte sie sich daran, dass Albert heute auch schon ein Problem mit der Brücke gehabt hatte. Aber Mathias' Miene lud nicht zu einem Scherz ein.

Er atmete tief ein und stieß die Luft wieder aus. »Die Brücke ...«, murmelte er. »Irgendwas ist mit der Brücke, aber ich weiß nicht, was.«

Philippa sah sich um. Sie waren allein. »Willst du mir erzählen, was mit dir geschehen ist?«

Er nickte, stand aber auf. »Nicht hier und jetzt. Der Fluss ..., ich traue ihm nicht.«

Noch heute Morgen hätte Philippa aufgebracht entgegnet, dass der Fluss ihr Freund war. Aber nun war sie nicht mehr so sicher. Erst jetzt ging ihr auf, wie sehr dieser Gefühlsumschwung sie verunsicherte. Mathias drehte sich um und deutete auf eine bewaldete Kuppe. »Wie heißt der Hügel dort?«

»Der Mühlberg.«

»Ich würde gern hinaufsteigen. Kommst du mit?«

»Mathias, ich kann nicht so einfach mit dir durch die Gassen laufen – mit einem fremden Mann!«

Mathias musterte sie. Mit Erstaunen erkannte sie, dass er enttäuscht war. »Du hast recht«, sagte er. Er wandte sich abrupt ab und ließ sie stehen.

Philippa stand ein paar Herzschläge lang verblüfft da. Ihr fiel ein, dass er sie schon einmal so hatte dastehen lassen, heute Morgen am Flussufer. Sie biss die Zähne zusammen, tauchte die Hände noch einmal ins Wasser und lief ihm nach. Er blieb stehen, als sie ihn am Ärmel zupfte. Doch als sie ihm mit ihren nassen Händen durch sein Haar fahren wollte, hielt er ihre Handgelenke so schnell fest, dass sie die Bewegung gar nicht richtig hatte wahrnehmen können.

»Au!«, sagte sie.

Er lockerte seinen Griff. »Verzeih.«

»Komm schon, lass mich los.«

»Was hast du vor?«

»Das wirst du gleich sehen.« Sie kämmte ihm das Haar mit den Fingern aus der Stirn. Es war fettig und schmutzig genug, dass es zusammen mit dem Wasser an Philippas Händen dort blieb, wo sie es hinstrich. Dann zog sie ihn zu ihrem Boot zurück, bückte sich und schöpfte Schmalz aus dem Tiegel. Sie verstrich es auf seinen Händen. Er betrachtete die Bescherung und schnupperte daran.

»Puh!«, machte er.

Philippa stemmte die Hände in die Hüften. »Glaub bloß nicht, dass *du* gut riechst!«

»Warum hast du das alles gemacht?«

»Weil jeder Mann, der von der Arbeit auf dem Fluss lebt, sich das Haar so kurz schneidet, dass es ihm nicht in die Augen fallen kann – weil es einen nämlich wahnsinnig macht, wenn man es nicht zurückstreichen kann, weil man beide Hände zum Rudern braucht. Was deine Hände betrifft: Jetzt sehen sie so aus, als seien sie voller Blasen, und du hättest sie mit Schmalz eingerieben, um die Blasen zu heilen.«

»Und weshalb sollen meine Hände so aussehen?«

»Weil du der neue Fährmann bist, den mein Vater eingestellt hat, obwohl du keine Ahnung von deiner neuen Arbeit hast, weswegen ich, die Tochter des Zunftmeisters, dich unter meine Fittiche genommen habe und mit dir zuerst mal auf den Mühlberg steige, um dir einen Überblick über das Stück Fluss zu geben, auf dem du dich in der nächsten Zeit bewegen wirst.«

»Ach«, machte Mathias, aber sein Lächeln zeigte sich endlich wieder. »Die Tochter des Zunftmeisters persönlich nimmt mich unter ihre Fittiche?«

»Mach dir mal keine falschen Hoffnungen«, sagte Philippa und lächelte zurück.

16.

Der Wildbann Dreyeich war ein riesiges Waldgebiet, dessen nördliche Ausläufer auf dem Mühlberg über Sassenhusen endeten. Der Kaiser besaß das alleinige Jagdrecht, ein von ihm eingesetzter Vogt auf einem Jagdhof verwaltete die Ländereien und verhängte Strafen über diejenigen, die sich der Wilderei oder des Waldfrevels schuldig machten. Philippa kannte einige junge Männer, die ihre Arbeit als Schiffer oder Fährmänner hatten aufgeben müssen, weil sie beim Wildern ertappt worden waren und die rechte Hand dafür verloren hatten. Ansonsten versahen der Vogt und die ihm unterstellten Forstmeister ihre Aufseherpflichten auf Weisung des Kaisers eher nachsichtig, besonders im Umgang mit Franchenfurtern und Sassenhusenern, denen es erlaubt war, herabgefallenes Holz für ihre Öfen im Wald zu sammeln. Wer sich strikt an die Regeln hielt und auch der Verführung widerstand, Eicheln aufzusammeln, auf die die Deutschordenskommende für ihre Schweinezucht Anspruch erhob, konnte den kaiserlichen Beamten ohne Furcht entgegentreten.

Nach dem Fluss war der Mühlberg Philippas zweitliebster Aufenthaltsort. Von ihm aus konnte sie eine ziemliche Strecke des Meyns überblicken, was ihre Neugier auf diejenigen Teile des Flusses, die nicht einmal von hier zu sehen waren, noch mehr steigerte.

Sie traten durch die Roderpforte, das südlichste der Stadttore, auf die Straße hinaus, die an der Mauer entlang von Ost nach West verlief. Jenseits der Straße begann der Wald. An seinen Ausläufern war er lichter, hier wurde er von Birken, Kiefern und Holunderbüschen bestimmt. Unter den Bäumen duftete es nach Harz und trockenen Nadeln; Kiefernzapfen lagen überall verstreut, die Schuppen in der Hitze weit geöffnet. Der Boden knisterte unter ihren Füßen, als sie die Anhöhe erklommen.

»Hier genügt ein Funke, und der Wald ist ein Flammenmeer«, murmelte Mathias.

»Oh – vielen Dank, dass du mir das gesagt hast. Ich wollte gerade damit beginnen, mich wohlzufühlen.«

Mathias zuckte mit den Schultern. Philippa führte ihn bis zu der Stelle, an der die Stadtmauer einen Bogen nach Norden beschrieb und zum Meyn hinunter verlief. Dann blieb sie einfach stehen und gab ihrem Begleiter Zeit, den Anblick in sich aufzunehmen. Zu beiden Seiten hin verlor sich der Fluss in weiten, glitzernden Schlingen im Sonnendunst. Die Farben des Landes waren grau, braun und gelb, nur die Waldstücke setzten dunkle Akzente. Die Luft flimmerte. An klaren Tagen sah man hier meilenweit. Heute – und an jedem Tag der letzten Wochen – verschwamm der Blick im Wabern der Hitze. Betroffen stellte Philippa fest, dass die Betrachtung der Szenerie ihre Unruhe noch verstärkte. Erst jetzt wurde ihr bewusst, wie verheert die Umgebung von der Trockenheit war. Der Fluss lag in der erschöpften Landschaft wie eine atmende, wartende Schlange. Wartend ... doch worauf?

Sie drehte sich zu Mathias um. Aber der stand nicht mehr hinter ihr. Er war ein paar Schritte beiseitegetreten und starrte auf den Meyn hinab. Seine Fäuste waren geballt, seine Körperhaltung verkrampft.

»Was ist los?«, fragte sie ihn.

»Der Fluss«, murmelte er. »Ich habe das Gefühl, dass ich mich an etwas erinnern sollte, wenn ich ihn so sehe, funkelnd in der Sonne. Aber ...«

»Was?«

»Es gelingt mir nicht. Vielleicht ...« Er kniff die Augen zusammen, legte den Kopf schief, rahmte den Anblick mit den Händen ein, dann seufzte er. »Nichts. Irgendetwas müsste anders sein, aber ich weiß nicht was. Der Fluss, die Stadt, diese einfarbige, eintönige Landschaft, die Brücke – mir ist, als hätte ich das schon einmal gesehen, doch das Bild ist falsch.« Er schüttelte den Kopf und wandte sich ab. »Nichts, gar nichts!«, stieß er hervor. »Ich fühle mich wie ein Narr, der im Dunkeln herumtappt!«

»Vielleicht musst du einfach nur länger hinsehen.«

»Ich habe hier schon eine ganze Stunde gestanden, als ich die Stadt heute Morgen erreichte.« Mathias deutete auf die Straße, die sich um die südliche Stadtmauer herumzog. »Vom Sonnenaufgang bis zur ersten Hitze war ich an genau dieser Stelle und dachte mir: Gleich, gleich setzt meine Erinnerung wieder ein! Natürlich tat sie es nicht.«

Mathias wandte sich ab. Er setzte sich auf den warmen Waldboden und lehnte sich an einen Kiefernstamm. Philippa hatte den Eindruck, dass er dem Ausblick bewusst den Rücken zukehrte.

»Warum bist du dann noch einmal mit mir heraufgekommen,

wenn du schon ...?«, begann sie, brach dann aber ab. Es war zu offensichtlich. »Du hast gehofft, dass deine Erinnerung vielleicht beim zweiten Mal zurückkommen würde.«

»Ich hoffe mit jedem Atemzug«, sagte er schlicht, ohne zu ihr aufzublicken.

»Woran erinnerst du dich?«

Mathias klaubte einen Kiefernzapfen auf und spielte damit. Schließlich warf er ihn in einer Gefühlsaufwallung so weit weg, dass er bis zur Straße hinunterflog und dort hüpfte und kollerte und schließlich in den Stadtgraben rollte. Philippa sagte nichts, aber sie bezweifelte, dass selbst ein Hüne wie Albrecht den Zapfen so weit hätte schleudern können. Sie sagte sich, dass sie Angst haben sollte, hier ganz allein mit einem Mann, der offensichtlich nicht Herr seiner Sinne und womöglich von einem bösen Geist besessen war, der im nächsten Moment zu einem rasenden Berserker werden konnte, der eine Kraft und eine Geschicklichkeit besaß, die sie noch nie zuvor gesehen hatte. Doch sie hatte keine Furcht. Und sie hatte auch nicht den Eindruck, dass Mathias ein Wahnsinniger war. Sein Geist war verwundet, seine Seele möglicherweise krank, aber selbst in diesem Zustand und in all seiner zerlumpten Hagerkeit strahlte er mehr Lebenskraft aus als so mancher, der sich seiner Gesundheit rühmte.

Der Fluss hätte dich heranführen sollen, dachte sie, hinter der nächsten Biegung hervor, um die ich noch nicht gerudert war. Dann fiel ihr ein, dass eine Straße nichts anderes als ein Fluss war und ebenfalls Biegungen besaß, hinter denen das Abenteuer wartete, das für Philippa schlicht »das Leben« hieß. Sie lächelte, strich den Rock glatt und setzte sich neben Mathias.

»Du bist heraufgekommen, um zu sehen, ob du dich nicht doch erinnerst«, sagte sie. »Ich bin mitgekommen, weil ich von dir hören will, was dir zugestoßen ist. Du hattest deine Chance. Jetzt bin ich dran.«

Mathias musterte sie von der Seite. Ein schwaches Lächeln huschte über sein Gesicht. »Der Mann, der dich mal zur Frau bekommt, muss ein sehr gefestigter Charakter sein.«

»War das eine Beleidigung?«

»Nein, das war ein Kompliment.«

»Ich wette, du hast vergessen, dass deine Komplimente sich wie Beleidigungen anhören.«

»Ich wette, du hast vergessen, dass du einen Verlobten namens Albrecht hast und dich eigentlich nicht mit mir hier herumtreiben solltest.«

Philippa holte Luft und verstummte wieder. Sie spürte einen heftigen Stich ihres Gewissens, aber seltsamerweise regte sich ihr Schuldgefühl mehr wegen Nessa als wegen Albrecht. Was immer sich in ihrer Miene widergespiegelt haben mochte, Mathias' Lächeln nahm eine etwas verlorene Note an, und er wandte sich von ihr ab und blickte nun doch auf den Fluss hinaus.

»Wir beide sollten nicht hier sein«, erklärte Philippa schließlich. »Ich, weil es sich nicht schickt, und du, weil du anderswo ein Leben hast, das dir verloren gegangen ist.«

»Womöglich stamme ich von hier«, sagte Mathias. »Immerhin war der Name ›Franchenfurt‹ so ziemlich die einzige Erinnerung, die mir von Anfang an geblieben war.«

»Nein. Du redest nicht wie jemand von hier.«

»Wie rede ich dann?«

Philippa wollte antworten: *Wie jemand, der von nirgendwoher kommt*, aber sie verschluckte es. Es hätte nicht unpassender sein können, auch wenn es stimmte. Mathias' Worten war kein Dialekt anzumerken, den sie hätte zuordnen können, und in einer Stadt wie Franchenfurt hörte man die Sprachen aus dem ganzen Reich und weit darüber hinaus.

»Die Nonnen sagten, eine Gruppe reisender Händler hätte mich auf einem Karren zu ihnen gebracht«, sagte Mathias nach einer sehr langen Pause. »Es muss einer der ersten Warentrecks gewesen sein in diesem Jahr. Ich hatte Glück. Wären sie nicht unterwegs gewesen, wäre ich neben der Straße gestorben.«

»Welche Nonnen?«, fragte Philippa verwirrt.

»Es waren Zisterzienserinnen. Das Kloster war klein, vermutlich eine Tochtergründung irgendeiner großen Abtei. Ich habe nie nachgefragt. Und leider haben die Nonnen die Leute, die mich zu ihnen brachten, nicht gefragt, aus welcher Richtung sie gekommen waren. Deshalb weiß auch ich nicht, woher ich gekommen bin, bevor ich irgendwo am Wegesrand aufgegriffen wurde.«

Philippa wartete, bis Mathias einen neuen Kiefernzapfen aufgenommen und frustriert davongeschleudert hatte. Dann sagte sie geduldig: »Wo liegt das Zisterzienserinnenkloster?«

»In der Nähe von Egra.«

Philippa zuckte mit den Schultern. Von einem Ort dieses Namens hatte sie nie gehört. Mathias schien ihre Ratlosigkeit zu bemerken, denn er deutete nach Osten, erklärte sich aber nicht näher.

»Und du weißt nicht, was dir zugestoßen ist? Bist du überfallen worden? Bist du krank geworden?«

»Ich habe keine Ahnung. Mein jetziges Leben beginnt mit dem Zeitpunkt, an dem ich im Kloster zu mir kam und die Nonnen damit begannen, mich gesund zu pflegen. Ich hatte ein verletztes Bein, eine ausgerenkte Schulter, die Haut hing mir in Fetzen vom Leib, meine Schädelknochen waren angeknackst, mehrere Rippen gebrochen, ich hatte Fieber und erbrach tagelang alles, was sie mir einflößten.« Er fuhr sich über seine hageren Wangen. »Glaub mir, verglichen mit dem Anblick, den ich im Kloster bot, stehe ich jetzt richtig gut im Futter.«

»Meine Güte. Wie lange ist das her?«

»Vier Monate.«

Philippa wäre beinahe aufgesprungen. »Vier Monate!? Und nach all diesen Verletzungen läufst du schon wieder herum? Wie weit ist es denn von diesem Kloster bis hierher?«

Mathias dachte einen Moment lang nach. »Zwei Wochen Fußmarsch. Ich weiß es so genau, weil ...«

»... weil du die Strecke zu Fuß gelaufen bist.«

Mathias zuckte mit den Schultern. Philippa konnte es nicht fassen. Unter den Fährleuten gab es kaum jemals Verletzungen, die von der Arbeit herrührten. Wenn eine Fähre kenterte, konnte der Fährmann entweder schwimmen, dann rettete er sich ans

Ufer, oder er konnte es nicht, dann brauchte er sich über Verletzungen keinerlei Gedanken mehr zu machen. Kenterte die Fähre im Winter, war die Wahrscheinlichkeit groß, dass das kalte Wasser ein Fieber hervorrief, an dem er später starb. Das war aber auch alles. Auf dem Entladedock bei der Leonhardspforte gab es allerdings immer wieder böse Unfälle, vor allem mit dem Ladekran und den immens schweren Weinfässern. Die Dockarbeiter waren robuste Burschen, doch auch sie brauchten mehr als vier Monate, um sich von Verletzungen, wie Mathias sie geschildert hatte, vollständig zu erholen. Der Fremde war in jeder Hinsicht ungewöhnlich.

»Und der Name Mathias?«, erkundigte sich Philippa zögerlich.

»Die Nonnen haben ihn mir gegeben. Es ist nicht meiner. Oder jedenfalls fühlt er sich nicht so an. Als ihnen klar wurde, dass ich mich an meinen Namen nicht erinnern konnte, benannten sie mich nach dem Namenspatron des Tages, an dem ich ins Kloster gebracht wurde.« Er schnaubte. »Mathias, der dreizehnte Apostel. Der Mann, der eigentlich nicht dazugehört. Die Schwestern hätten es sich nicht passender ausdenken können!«

»Sie haben dich gerettet.«

»Ich wollte auch nicht undankbar klingen!«

»Was geschah dann?«

»Wann? Du meinst, als ich wieder auf eigenen Beinen stehen konnte? Das Kloster war klein und ein reines Frauenkloster. Was hätten die Schwestern tun sollen? Sie haben Erkundigungen eingezogen, soweit es ihre Klausur erlaubte, aber ich wurde nirgendwo vermisst, hatte anscheinend keine Spuren hinterlassen, konnte aus jeder der acht Himmelsrichtungen gekommen sein ... Es ist, als ob ich in die Welt *gefallen* wäre, Philippa. Und nur, wenn ich plötzlich bemerke, dass ich irgendetwas Ungewöhnliches kann, so wie das hier« – er warf einen Kiefernzapfen senkrecht in die Luft und starrte dann Philippa in die Augen, einen Herzschlag später kam der Kiefernzapfen wieder herunter und fiel Mathias genau in die Hand, ohne dass er den Blick von ihr abgewendet hätte –, »dann weiß ich, dass ich vorher ein Leben gehabt haben muss.«

Philippa bedachte ihren Begleiter mit einem warmen Blick. Was für ein grauenhaftes Gefühl, dachte sie bei sich, in die Welt *gefallen* zu sein! Genau so hatte er es genannt. Sie konnte es sich nicht anders vorstellen denn als Gefühl einer bodenlosen, schrecklichen Angst. Ihr Herz ging noch weiter auf für diesen ruhigen, abgerissenen, erschöpften Mann und die stille Würde, an der er sich trotz seiner Lage festhielt.

»Die Nonnen boten mir an, als Klosterknecht bei ihnen zu bleiben. Ich nahm ihr Angebot an, weil ich hoffte, dass früher oder später mein Gedächtnis zurückkehren würde. Tat es aber nicht.«

»Und so bist du aufgebrochen, weil alles, was du hattest, der Name einer Stadt war.«

Mathias nickte. »Franchenfurt. Ich verließ das Kloster, als mir klarwurde, dass ich dort niemals meine Erinnerung zurückbekommen würde – und als ich wieder so weit hergestellt war, dass ich meinem Körper die Strapazen zutrauen konnte.«

»Und sonst erinnerst du dich an nichts, was mit Franchenfurt zu tun hätte?«

Er zögerte. Sie schrieb es seinem Versuch zu, irgendetwas dem Vergessen zu entreißen, dass sich in seiner Seele breitgemacht hatte. »Nichts.«

»Willst du zu einem der Stadtärzte gehen? Wir haben ein paar sehr gute Ärzte hier, sogar ein paar Juden!«

»Und wie soll ich das bezahlen? Abgesehen davon, dass jeder Arzt einen wie mich sofort beim Rat melden würde, und wer weiß, ob man mich dann nicht einsperrt. Oder als Besessenen aus der Stadt peitscht.«

»Was willst du dann tun?«

Mathias seufzte. Er massierte mit beiden Händen sein Gesicht und starrte dann zum Fluss hinunter. »Ich weiß es nicht.«

»Aber du musst doch einen Plan haben!«

»Einen Plan? Mein Plan ist herumzulaufen und zu hoffen,

dass ich auf irgendetwas stoße, das mir die Tür aufschließt zu dem Menschen, der ich noch vor fünf Monaten gewesen sein muss.«

»Ich helfe dir«, sagte Philippa, ohne nachzudenken.

»Ach, Philippa«, sagte Mathias, und zum ersten Mal war in seinem Lächeln reine Wärme, »du hilfst mir doch schon, indem du mich in eurer Bootshütte unterkriechen lässt und mir vertraust, ohne mich zu kennen.«

»Das eint uns, wie es scheint«, erklärte Philippa. »Du kennst dich ja selbst auch nicht.«

»Und was willst du sonst für mich tun?«

Philippa überlegte, aber eigentlich lag ihr die Antwort bereits auf der Zunge. Sie stammte aus einem Gespräch zwischen dem damaligen Altmeister der Fährmannszunft und ihrem Vater, das Philippa als damals zehnjähriges Mädchen belauscht hatte. Philippas Vater war gedrängt worden, wieder zu heiraten; einer der Meister der an die Fährmannszunft angeschlossenen Flussschiffer war gestorben, und seine Witwe erneut unter die Haube zu bringen war auf Dauer billiger als ihr die Rente ihres Mannes aus der Zunftkasse zu zahlen. Nicht, dass Philippa dieser Hintergrund damals klar gewesen wäre; mittlerweile verstand sie das Wirken innerhalb einer Zunft besser und war stolz auf ihren Vater, der derartige Kleinlichkeiten nach seiner Wahl zum Zunftvorsteher abgeschafft hatte. Jedenfalls hatte der Altmeister etwas gesagt, das dennoch wahr gewesen war. Ruprecht hatte erklärt, dass er durchaus in der Lage sei, seine Tochter anständig zu erziehen; der Altmeister hatte erwidert, dass es ihm nicht um die Tochter, sondern um den Vater ging: *Ein Mann muss ein Weib haben, dem er abends im Bett seine Sorgen erzählen kann, damit er am Morgen das Herz frei hat, um eine Lösung dafür zu finden.*

»Ich werde dir zuhören«, sagte sie.

»Wer sagt, dass ich dir etwas erzählen will?«

»Du hast mir schon etwas erzählt.«

Mathias warf ihr einen seiner Seitenblicke zu; so kurz sie waren, schienen sie doch tiefer zu gehen als manch lange Prüfung.

»Und sonst niemandem«, sagte er. »Der Stiftspropst weiß nur, dass ich mein Gedächtnis verloren habe. Die Geschichte dahinter kennen nur die Nonnen bei Egra und du.«

»Wenn du mir das erzählt hast, kannst du mir auch alles andere erzählen«, sagte Philippa mit der Endgültigkeit einer universalen Schlussfolgerung.

»Hast du auch manchmal *nicht* das letzte Wort?«

»Selten«, erklärte Philippa.

17.

Auf dem Weg zurück hinter die Stadtmauer kamen ihnen bei der Roderpforte Menschen entgegen. Philippa hielt eine Frau mit Schürze und verrutschter Haube auf, deren Wangen rot glühten.

»Was ist los?«, fragte sie.

»Kindchen, der Teufel war im Teich der Deutschherren!«, rief die Frau und blieb keuchend stehen. »Er hat alle Fische getötet.«

»Was!?«

»Komm mit, wenn du's mir nicht glaubst. Da, schau, die glauben es auch!« Die Frau deutete mit triumphierender Miene auf zwei Männer in den weißen Mänteln der Ordensritter, die ihre Pferde durch die immer größer werdende Schar der Neugierigen lenkten, die zum Tor hinausdrängten. Die Mienen der beiden Ritter wirkten besorgt.

Philippa drehte sich zu Mathias um. Dessen Augen folgten den beiden Deutschrittern, als sähe er Männer wie sie zum ersten Mal. Als er Philippas fragenden Blick bemerkte, schüttelte er sich und zuckte dann mit den Schultern.

Die Frau mit der verrutschten Haube war mit allen anderen zum Tor hinausgeeilt. Die Zahl der Schaulustigen wurde weniger. Ein schwitzender, rundlicher Pfarrer in einer staubig-schwarzen Soutane kam herbeigehastet, zwei Ministranten im Schlepptau, von denen einer ein Kruzifix an einer langen Stange hielt, wie man es im Frühjahr zum Einsegnen über die Felder trug. Der andere schleppte eine Truhe. Der Pfarrer blieb bei Philippa stehen und japste nach Luft.

»Kannst du mir sagen, was hier los ist, meine Tochter?«, fragte er keuchend. »Jemand ist in die Kirche gekommen und hat gerufen, dass der Teufel bei der Deutschherrenmühle gesehen worden sei.«

»Wir wissen so wenig wie Ihr, Hochwürden«, antwortete Philippa.

Der Pfarrer seufzte theatralisch, schlug das Kreuzzeichen über Philippa und Mathias und hastete der Menge hinterher.

Die beiden wechselten einen Blick.

»Tote Fische in einem Teich …«, sagte Mathias langsam.

»Erinnert dich das an etwas?«, fragte Philippa leise.

»Nein, keine Erinnerung. Etwas, das ich gesehen habe. Auf dem Weg hierher in einem Dorf. Gestern, um genau zu sein.«

»Tote Fische?«

»Komm mit«, sagte Mathias. Er lächelte erneut. »Wir wollen nicht die einzigen sein, die dem Teufel nicht beim Baden im Mühlteich zugesehen haben.«

Die Deutschherrenmühle lag im Osten Sassenhusens knapp außerhalb der Stadtmauer. Die Deutschritter hatten sie vor über fünfzig Jahren den damaligen Besitzern, einem alten Franchenfurter Patriziergeschlecht, abgekauft und in ein lukratives Anwesen verwandelt. Das Wasser für das Mühlrad kam von einem kleinen See, dem Mühlteich, der wiederum von Quellen im Mühlberg gespeist wurde und daher stets klar und frisch war. Die Deutschritter hatten Fische im See ausgesetzt und einigen wenigen handverlesenen Fischern die Konzession erteilt, die Tiere in kleinen Mengen zu fangen und auf dem Markt zu verkaufen. Die Fische waren gut und sündhaft teuer; der gesamte Fischbestand stellte ein beträchtliches Vermögen dar.

Doch jetzt schwammen die Tiere mit den Bäuchen nach oben auf der Oberfläche des Sees, ein silbrig schimmernder Belag aus Leibern, die da und dort noch zuckten und gut die Hälfte des gesamten Sees bedeckten. Es war ein Anblick, der einen erschauern ließ. Das Wasser des Sees, der wegen der Quellen kaum unter der Trockenheit gelitten hatte und dessen Pegelstand nur wenig gefallen war, hatte seine Klarheit eingebüßt. Es war eine graue, brackige, schlammige Brühe. Waren die Fische deswegen verendet?

Die Gaffer bildeten einen dichten Ring um den See, aber Philippa war es gewöhnt, sich durch Menschenmengen zu drängeln. Als sie direkt am Ufer stand, nahm sie den Geruch wahr. Das Wasser roch nach einer Mischung aus nasser Erde, fauligem Schlamm und Jauche.

»Das ist der Gestank des Teufels«, flüsterte jemand in der Nähe und bekreuzigte sich.

Mathias war Philippa gefolgt. Er starrte mit unverhohlener Fassunglosigkeit in den Mühlteich. »Großer Gott«, flüsterte er.

»Hat das gestern in dem Dorf auch so ausgesehen?«, fragte Philippa, kaum weniger fassungslos.

»Nein, es waren nur ein paar Fische. Aber das Wasser, das wirkte so ähnlich wie hier.«

Philippa dachte einen kurzen Moment lang nach. »Du bist aus östlicher Richtung gekommen, nicht wahr?«

Mathias nickte.

»Der Meyn fließt auch von Ost nach West. Und er hat den ganzen Tag schon Dinge herangetragen, die man sonst nie sieht – ganze Treibholzinseln, Trümmerstücke, den Kadaver eines Schweins ... Mathias, was geht hier vor?«

Mathias antwortete nicht. Auf der anderen Seite des Sees kam Bewegung in die Szene. Bei der Mühle war der beleibte Pfarrer zu den beiden Deutschrittern und dem Müller getreten. Offenbar bot er ihnen an, über den Fischkadavern ein Gebet aufzusagen. Die Ritter zuckten mit den Schultern. Einer von ihnen stapfte zum Ufer des Sees und ging in die Hocke. In einer Hand hielt er einen kurzen hölzernen Rechen, den der Müller vermutlich sonst dazu benutzte, Tang, Gras und Blätter aus dem Wasser zu schöpfen. Er rührte mit resignierter Miene in den toten Fischen herum. Ein paar Tiere schlugen reflexhaft mit den Flossen. Sein weiter weißer Mantel, den er vor dem Hinhocken hinter sich gebauscht hatte, entfaltete sich plötzlich und rutschte mit einem Ende in den Teich, bedeckte ein paar Fischkörper, sog sich dann voll und tauchte unter die Oberfläche. Der Deutschritter bemerkte es und stand ärgerlich auf. Der nasse Mantel klatschte um seine Stiefel.

Bei der Mühle breitete der Pfarrer die Arme aus und begann zu beten.

Plötzlich hörte Philippa, wie Mathias an ihrer Seite keuchte. Seine Hand schloss sich um ihren Unterarm, ohne dass er es zu merken schien, denn seine Blicke zuckten von dem Deutschritter zu dem Pfarrer und zurück, dann stöhnte er auf und sank in die Knie. Er ließ Philippa nicht los, deshalb war sie gezwungen, sich zu bücken, um nicht vornüber zu fallen.

»Mathias!«, rief sie entsetzt.

Ihr Begleiter sah nicht zu ihr hoch. Sein Gesicht war bleich geworden, auf seiner Stirn glitzerten Schweißperlen. Einige der Umstehenden musterten ihn mit einer Mischung aus Neugier, Befremden und Misstrauen.

»O Gott«, murmelte Mathias, »o Gott.«

Panik stieg in Philippa auf, als sie bemerkte, dass Tränen über seine Wangen liefen. Er wäre gänzlich zu Boden gesackt, wenn sie ihn nicht gehalten hätte. Sie kauerte sich neben ihn. »Mathias, was hast du?«

»O mein Gott, die Menschen, all die Menschen«, wisperte Mathias.

Ein bulliger Mann beugte sich zu ihnen herunter. »Was hat der Kerl?«, fragte er grob.

Philippa blinzelte zu dem Sprecher hoch. Seine Grobheit ließ ihren Jähzorn hochschießen, doch dann fiel ihr ein, was Mathias vorhin im Wald gesagt hatte: dass man ihn für einen Besessenen halten und vielleicht aus der Stadt peitschen würde. Das von wohligem Grusel und Aberglaube hochrote Gesicht der Frau bei der Roderpforte erschien vor ihrem geistigen Auge; Leute wie sie und der grobe Bulle dort würden die ersten sein, die mit den Fingern auf ihn zeigen und brüllen würden, dass man ihn aus der Stadt jagen müsse.

»Ich dachte, er sei schon vom Fieber genesen«, sagte Philippa. »Hilf mir mal, ihn aufzurichten!«

Der bullige Mann wich zurück und hob die Hände. »Fieber?«, fragte er.

»Fast alle, die er angesteckt hat, haben überlebt, also zier dich nicht«, stieß Philippa hervor.

Der Grobian wich noch weiter zurück. »Fieber?«, rief er erneut.

Eine Gasse bildete sich unter den dicht an dicht stehenden Schaulustigen am Ufer des Sees. Philippa legte sich Mathias' Arm um die Schulter und zog ihn mit sich hoch. Sie spürte das Klopfen seines Herzens wie Paukenschläge. Er hatte die Augen geschlossen und atmete durch zusammengebissene Zähne. Sein Körper war verkrampft und hart. Er stolperte neben ihr her wie ein Betrunkener. Sie spürte noch eine Weile die Blicke der Gaffer im Rücken, doch dann hörte sie den Pfarrer laut »Ave Maria!« rufen. Als sie sich umwandte, hatten die Menschen beim Mühlteich ihre Aufmerksamkeit wieder dem Gebet zugewendet.

Sie hatte zur Roderpforte gehen wollen, doch dann wurde ihr klar, dass die Wachen dort äußerst misstrauisch sein würden, wenn sie Mathias in diesem Zustand sahen. Keuchend wandte sie sich nach rechts, in Richtung des Flusses. Die Stadtmauer Sassenhusens ging oberhalb der Brücke bis ans Ufer und besaß deshalb dort kein Tor, so dass sie an dieser Stelle die Stadt nicht wieder betreten konnten. Aber vielleicht – hoffentlich! – besserte sich Mathias' Zustand. Vage wurde ihr bewusst, dass es alte Gewohnheit war, die sie bewogen hatte, sich zum Fluss zu wenden. Der Meyn war ihre Zuflucht und ihr Heim, wenn eine Situation sie überforderte. Aber war der Fluss immer noch ihr Freund?

Mathias stemmte plötzlich die Füße gegen den Boden und atmete tief durch. Als er den Arm von ihrer Schulter nahm und Philippa ihn losließ, blieb er schwankend stehen. Er schüttelte den Kopf. Langsam kehrte die Farbe in sein Gesicht zurück. Er starrte sie wortlos an. Durch die Schmutzschicht auf seinem Gesicht liefen die hellen Spuren der Tränen.

Philippa brauchte nicht zu fragen, was mit ihm los gewesen war. Sie war sicher, das Richtige zu ahnen. »Hast du dich an etwas erinnert?«

Er deutete zum Ufer hinunter. »Lass uns dorthin gehen«, krächzte er.

Am Ufer des Meyns fiel er auf die Knie, schöpfte Wasser mit beiden Händen und spritzte es sich ins Gesicht. Dann hob er den Kopf zum Himmel und schloss erneut die Augen.

»Ich weiß nicht, ob es eine Erinnerung war«, murmelte er kaum hörbar. »Aber es war ein Bild: ein Priester, der Gebete aufsagt und dabei ins Wasser blickt. Und dann ein zweites Bild: Hunderte von Körpern auf einem weißen Grund, weiß wie der Mantel des Deutschritterordens.«

»Waren das denn auch tote Fische?«, flüsterte Philippa.

»Nein, tote Menschen«, sagte Mathias. »Tot und nackt und so grau wie die Bäuche der Fische. Doch die Erde, auf der sie lagen, war weiß wie Schnee.«

»Vielleicht war es Schnee?«, fragte Philippa in aller Unschuld.

Erneut wich die Farbe aus seinem Gesicht. »Schnee? Aber woher? Schnee und tote Menschen … Und das Wasser und der Priester?« Er hämmerte so hart gegen seine Stirn, dass Philippa zusammenzuckte. »Verdammt, gib endlich preis, was du dort drin vor mir versteckst!«, knirschte er. Er ließ sich nach vorn sinken und krallte die Hände in den Kies. Wasser quoll zwischen den Steinen hervor. Der Meyn, nur einen guten Schritt entfernt, floss ungerührt an ihnen vorüber. »Ich will mein Leben zurück!«

Philippa griff die Not Mathias' direkt in die Seele. In Ermangelung von etwas anderem, das sie hätte tun können, schöpfte sie Wasser in die hohle Hand und wischte damit über Mathias' Gesicht, wo er mit seinen eigenen Händen nicht gewesen war und der Schmutz eine graue Schmierschicht bildete. Er ließ es geschehen, als wäre ihre Berührung eine Art von Trost. Sie kämmte ihm das nasse Haar nach hinten und sah zum ersten Mal, dass ihm auf der linken Seite das Ohrläppchen fehlte und dass unter seinem Ohr eine Brandwunde auf seinem Hals war, die wie ein Kreuz aussah. Sie fragte nicht nach, woher die Verbrennung kam, weil sie zu wissen glaubte, was er sagen würde: »Ich weiß es nicht.«

Nach einer Weile richtete er sich halb auf und hielt ihre Hand fest. Er schien sich wieder gefasst zu haben. »Danke, dass du mich gefunden hast«, sagte er leise.

»Ich werde noch viel mehr finden«, erwiderte sie mit einem sarkastischen Unterton, den sie bewusst verwendete, weil sie ihrer Stimme sonst nicht sicher gewesen wäre. »Als Erstes saubere Kleidung für dich. Deine Lumpen verbrennen wir, gesetzt den Fall, dass so viel Dreck und alter Schweiß überhaupt Feuer fangen. Und was dich betrifft: Für dich finden wir ein Bad, nämlich die Badestelle, die mein Vater flussabwärts von der Sassenhusener Fähranlegestelle hat errichten lassen. Es wird Zeit, dass du riechst wie ein Mensch und nicht wie ein Ziegenbock.«

»Ich bin sicher, dass es Zeiten gab, in denen ich hübschen jungen Frauen mit einem heißen Blick den Atem nahm statt mit meinem Körpergeruch«, seufzte Mathias und probierte ein Lächeln.

»Du findest mich also ... hübsch?«, fragte Philippa atemlos.

»Ja, außerordentlich.«

Sie konnte ihre Verlegenheit nicht länger unterdrücken und strich sich ungeschickt eine Haarsträhne aus der Stirn. Ihr war klar, dass auch Albert sie hübsch fand, aber im Gegensatz zu Mathias hatte er es ihr nie gesagt. Sie versuchte in Mathias' Blicken zu lesen und stellte fest, dass sie ihm gerade nicht in die Augen schauen konnte. Noch verlegener als zuvor räusperte sie sich.

»Erstaunlich«, sagte Mathias. »Einmal hab ich das letzte Wort.«

Es dauerte ein paar weitere Herzschläge, aber dann war Philippa wieder die Alte. »Das vorletzte«, sagte sie.

18.

Hilpolt Meester beobachtete die Männer, die auf dem riesigen Treibholzhaufen herumkletterten, während sie versuchten, ihn irgendwie vom Brückenpfeiler zu lösen. Den ganzen Tag waren mehr oder weniger große schwimmende Inseln aus verkeilten Baumstämmen und Schwemmgut an der Stadt vorbeigetrieben. Sie hatten Neugierige angezogen. Offenbar hatten die Franchenfurter ihren Fluss schon lange nicht mehr so gesehen. Einige der Eichenpfähle, die ein paar Dutzend Schritte flussaufwärts der Brücke den Verlauf der früheren Furt markierten, waren aus der Verankerung gerissen worden. Die Reihe der Pfähle war mittlerweile so zahnlückig wie ein alter Totenschädel.

Der Nachmittag war schon weit fortgeschritten, und die Schatten wurden länger, aber jetzt, mitten im Sommer, war die Dunkelheit in weiter Ferne. Die Männer konnten noch gut und gern drei, vier Stunden unbehindert arbeiten. Das würden sie auch müssen, denn diese große Ansammlung aus Treibholz begann den Bogen zu gefährden, der sich auf den belagerten Pfeiler stützte. Es musste auch ausgerechnet diese Stelle sein, an der sich das Schwemmgut verfangen hatte – der einzige Brückenpfeiler, der seit der letzten Beschädigung noch immer im Gerüst war!

Capitaneus Meester hätte, wäre er ein weniger pragmatischer Mann gewesen, meinen können, das Unglück habe es auf ihn persönlich abgesehen. Wenn der Pfeiler einstürzte, würden der Brückenturm und die Katharinenkapelle mit einstürzen. Die wichtigste Straßenverbindung zwischen dem Norden und dem Süden des Reichs wäre damit auf Monate unterbrochen und auf Jahre hinaus nur eingeschränkt passierbar. Ganz abgesehen davon, was passieren würde, wenn sich währenddessen Menschen auf der Brücke befanden. Hilpolt hatte sich geschworen, dass, wenn so etwas schon geschehen musste, es nicht geschehen würde, solange *er* und die Garde hier waren. Und deshalb hatte er, nachdem seine Männer ihn auf die Lage aufmerksam gemacht hatten, den Stadtrat mehr oder weniger gezwungen, Arbeiter zu rekrutieren. Auf die Frage, woher diese Arbeiter denn kommen sollten – natürlich hatte sie der verdammte Zunftmeister der Fährleute gestellt –, hatte sich Hilpolt einmal mehr dazu hinreißen lassen, eine giftige Antwort zu erteilen. »Nehmt die Dockarbeiter, die haben ab morgen sowieso nichts mehr zu tun, wenn ich den Schiffsverkehr eingestellt habe«, hatte er geknurrt.

Jetzt stand er an der Reling und schaute auf das halbe Dutzend Männer hinab und war sich des Hasses bewusst, der ihm entgegenschlug, wann immer einer von ihnen hochblickte. Der große Verladekran bei der Leonhardspforte stand still. Hilpolt wusste, dass weiterer Ärger auf ihn wartete, diesmal von Seiten der Schiffsmeister, denen der Wein in den Bäuchen der Schiffe wegen der Hitze sauer wurde.

Alle Arbeiter waren angeseilt. Hilpolt hatte darauf bestanden, obwohl die Männer darüber beinahe noch mehr gemurrt hatten als über den Auftrag an sich. Sie waren erfahren darin, unter schwierigen und gefährlichen Umständen schwere Lasten zu bewegen, und sich dabei zu sichern widersprach ihrem Stolz; ihr Sprecher hatte Hilpolt dies unmissverständlich mitgeteilt. Hilpolts Antwort an den Sprecher war ebenso unmissverständlich gewesen: Maul halten und sichern!

Hilpolt seufzte. Er hatte das Gefühl, dass er den Franchenfurtern nicht besonders viele Gründe lieferte, ihn zu mögen.

Einer der Arbeiter versuchte, mit einer Axt eine besonders zäh verkeilte Masse aus Ästen, Stämmen und sonstigem Treibgut zu lösen. Der größte Teil des Treibholzhaufens lag reglos aufgetürmt vor dem Brückenpfeiler. Nur an den Rändern, wo das Wasser vorbeischäumte, bewegten sich einzelne Trümmerstücke mit den Wellen, lösten sich oder blieben schwingend und schlagend stecken. Dort, wo der Arbeiter mit der Axt hantierte, tauchte ein massiver, weißgeschälter Baumstamm immer wieder unter die Wasseroberfläche, kam triefend hervor wie ein Flussungeheuer, schüttelte sich und tauchte erneut unter. Das Gestrüpp um ihn herum hielt ihn fest, aber nicht fest genug, um seinen gefährlichen Tanz zu stoppen. Der Arbeiter hatte richtig erkannt welche Gefahr er bedeutete. Die Stelle war nahe am Mauerwerk des Brückenpfeilers, das Gerüst hing direkt darüber. Wenn der Baumstamm sich zu weit aufbäumte, würde er das Gerüst beschädigen. Es galt, ihn zu befreien, bevor eine unerwartete Welle oder Strömung es taten – und zwar auf eine Weise, die unberechenbar war.

»Aufpassen da unten!«, brüllte Hilpolt und lehnte sich über die Brüstung. »Wenn er loskommt, wird das Treibgut rund um ihn herum locker!« Er machte eine Kopfbewegung zu der Zweiergruppe, die das Sicherungsseil des Arbeiters hielt. Er hatte jeweils einen städtischen Brückenwächter und einen Mann aus der Garde dazu eingeteilt. Falls wirklich etwas geschah, sollten die Bürger der Stadt sehen, dass Hilpolts Männer nicht nur lästige, sondern auch lebensrettende Pflichten erfüllten. Die beiden fassten das Sicherungsseil fester.

Der Arbeiter unten warf ihm einen Blick über die Schulter zu, der die Verachtung jedes Experten für die unerbetenen Ratschläge eines Laien enthielt. Er war noch jung und besaß das Selbstbewusstsein eines Mannes, der noch nie miterlebt hatte, wie zu große Selbstsicherheit einem Kameraden zum tragischen Verhängnis geworden war. Mit mächtigen Schägen hackte er weiter auf die Äste ein. Der Baumstamm kam aus dem Wasser, schüttelte sich, schien Atem zu holen und tauchte klatschend wieder ein. Der Treibholzhaufen zitterte – die Axtschläge hatten dem Stamm bereits mehr Spielraum verschafft. Der Arbeiter schwankte und suchte sich schnell einen besseren Stand. Die beiden Brückenwächter hatten das Seil unwillkürlich straffer angezogen, und jetzt ruckte der Mann unten ungeduldig daran, um mehr Spielraum zu bekommen.

»Langsam, mein Junge!«, rief Hilpolt und vergaß, dass er es nicht mit einem seiner Rekruten zu tun hatte. Ohne es zu wollen, ballte er die Fäuste.

Die Meute der Gaffer auf der Brücke war erstaunlich klein. Alles in allem mochten es keine zwanzig Leute sein, die den Arbeiten zuschauten. Hilpolt fragte sich, ob die meisten jetzt in der Abendmesse waren – der Zeitpunkt wäre richtig gewesen. Dann fiel ihm ein, dass er keine Glocken gehört hatte. Das Interdikt des Papstes gegen den Kaiser konnte die Frommen zwar nicht davon abhalten, in die Kirche zu gehen, und die kaisertreuen Pfarrer nicht daran hindern, wenigstens eine rudimentäre Messe zu lesen – aber die Glocken waren stumm geblieben. Normalerweise wären Aktivitäten wie die hier, besonders wenn sie einen gewissen Nervenkitzel versprachen, angetan gewesen, eine große Menge Schaulustiger anzulocken. Hilpolt versuchte den Gedanken daran zu verdrängen, dass der Grund dafür ein noch größeres Problem irgendwo in der Stadt sein mochte, welches die Meute angelockt hatte.

Der junge Arbeiter unten auf dem Treibholzhaufen zerrte jetzt zusammen mit einem Kameraden an einem sperrigen Ast. Er hieb mit raschen Schlägen die hervorstehenden Zweige ab. Der große Baumstamm hob sich plötzlich mit einer Seitwärtsbewegung aus dem Wasser heraus. Die Gaffer schrien auf, die beiden Arbeiter duckten sich. Der Baumstamm vollführte eine Halbkreisbewegung, als habe er absichtlich versucht, die Arbeiter zu zerschmettern, dann klatschte er wieder in den Fluss zurück, wobei er ruckte und tanzte und Teile des Haufens in Bewegung setzte. Die Arbeiter begannen zu taumeln, Sicherungsseile wurden gestrafft. Der junge Mann verlor den Boden unter den Füßen und wurde ein paar Ellen weit hochgezogen, so heftig riss seine Sicherungsmannschaft am Seil. Der andere Arbeiter, ein älterer Mann, gewann von allein einen sicheren Halt. Der junge Mann fluchte und verlangte, heruntergelassen zu werden. Die Gaffer lachten und klatschten. Der Treibholzhaufen ächzte und knarrte, Wasser spritzte auf. Etwas war in Bewegung geraten.

»Gut gemacht«, knurrte Hilpolt, der den Atem angehalten hatte. Die Wächter am Seil sahen sich an und grinsten dann erleichtert, bevor sie ihren Schützling wieder nach unten ließen.

»Nicht, was den Baumstamm betrifft«, sagte jemand mit gelassener Stimme neben Hilpolt.

Er drehte sich um. Ein Mann war neben ihn getreten, ohne dass der Capitaneus es bemerkt hätte. Hilpolt schrieb es dem Umstand zu, dass er durch das Beinahe-Unglück abgelenkt gewesen war. Der Neuankömmling beugte sich über die Brüstung und spähte nach unten.

»Sie haben den Stamm gelockert, aber nicht befreit«, sagte er. »Er kommt nicht mehr so weit aus dem Wasser, dafür gefährdet er die Stabilität des Haufens. Wenn er diese Stelle«, er deutete auf eine wirre Masse neben dem Punkt, an dem die Arbeiten herumgehackt hatten, »zerschmettert, hält ihn nichts mehr unter der Oberfläche. Dann schießt er heraus wie ein Pfeil, aber einer, der so viel wiegt wie hunderttausend Pfeile auf einmal.«

Hilpolt musterte den Mann. Er war in ein schmutziges, rost- und ölfleckiges Hemd gekleidet, das ihm bis zu den Knien ging, dazu trug er lederne Beinlinge und kniehohe Stiefel. Die Ärmel des ehemals weißen Hemds waren aufgekrempelt und zeigten mächtige, sehnig-muskulöse Unterarme. Er war kein Bürger, das sah man auf den ersten Blick; er wirkte wie ein Soldat, der Gambeson, Kettenhemd und Wappenrock abgelegt hat. Sein Haar war kurz geschnitten, sein Gesicht sonnenverbrannt, auf dem Nasenrücken schälte sich die Haut. Der Mann ließ die Musterung über sich ergehen und nickte dann gemessen: »Capitaneus.«

Richtig, dachte Hilpolt: Soldat. Aber kein Fußkämpfer oder Söldner. Die Stiefel zeigten, dass der Mann normalerweise zu Pferd unterwegs war. Er trug keinen Gürtel, was bedeutete, dass er sich normalerweise einen Schwertgurt um die Hüften legte, den er nun, innerhalb der Stadtmauern, abgenommen hatte. Ein Ritter, aber einer, der nicht genug Geld hatte, um sich einen Schmuckgürtel, eine kleidsame Tunika oder modisch flache Spitzschuhe zu kaufen. Also vermutlich ein dritter oder vierter Sohn, genauso wie Hilpolt und seine Gardisten. Mit anderen Worten: jemand, der Hilpolt gefiel. »Herr«, erwiderte er und neigte ebenfalls den Kopf.

»Man hat mir gesagt, Ihr seid der Anführer der kaiserlichen Garde«, sagte der Mann.

»Stimmt«, erwiderte Hilpolt und hoffte, dass er nun nicht gefragt werden würde, ob er noch einen Mann in der Garde brauchen konnte. So sympathisch ihm der Unbekannte auf Anhieb auch war – er würde das Gesuch ablehnen. Niemand kam in die Garde, dessen Treue Hilpolt Meester nicht erst monatelang eingehend überprüft hatte. Er war beinahe erleichtert, als die Antwort lautete:

»Ich beneide Euch nicht darum in diesen Zeiten.«

»An den schweren Zeiten wächst der Charakter.«

Der Unbekannte grinste. Hilpolt konnte nicht anders; er fragte: »Was treibt Ihr hier in Franchenfurt?«

»Bin erst heute angekommen. Ich suche jemanden. Mit Eurer Brückenwache habe ich schon ...«

Er kam nicht weiter, weil ein Aufschrei aus der Zuschauermenge ihn unterbrach. Hilpolt fuhr herum. Er sah, wie die beiden Wächter am Sicherungsseil des jungen Mannes nach vorn stolperten, weil ein mächtiger Ruck ihnen das Tau beinahe aus den Händen gerissen hätte. Hilpolt fiel fast über die Brüstung, so schnell lehnte er sich darüber. Von unten begann das Schmerzgebrüll.

»Verflucht!«, zischte der Capitaneus.

Auf einen Blick war ihm klar, was passiert sein musste. Die Bewegungen des Baumstamms hatten eine Stelle im Treibholzhaufen gelockert. Der junge Dockarbeiter war auf das labile Geflecht getreten, das Schwemmgut hatte sich verschoben, und er war eingesackt. Er steckte bis zur Brust im Geäst und brüllte. Einer der scharfkantigen Äste musste ihn aufgespießt oder ein Bein aufgeschlitzt haben. Das Wasser des Meyn war zu schlammig und an der Unfallstelle zu bewegt, als dass man Blut hätte sehen können, aber Hilpolt als erfahrener Soldat konnte sich vorstellen, was passierte, wenn ein Körper durch frisch gesplittertes Holz rutschte. Entsetzt musste er mitansehen, wie sich der große weiße Baumstamm langsam aus dem Wasser hob, keine zwei Schritte von dem verunglückten Dockarbeiter entfernt. Seine Kameraden hatten sich bei seinem ersten Schmerzensschrei vor Schrecken niedergekauert und hielten sich mit den Händen am Geäst fest. Keiner von ihnen konnte ihm zu Hilfe kommen. Der Baumstamm würde ganz herauskommen, und wenn er wieder zurückfiel, würde er den jungen Mann erschlagen.

Die Wächter am Sicherungsseil griffen ins Tau.

»Nein!«, schrie der Neuankömmling, bevor Hilpolt reagieren konnte. Er hatte recht – wenn sie am Seil zogen und den Dockarbeiter herauszureißen versuchten, würden die Äste, zwischen denen er steckte, seine Haut in Fetzen reißen.

Der Baumstamm kam aus dem schäumenden Wasser heraus, ein Ungetüm, ein Leviathan. Das Wasser strömte von ihm herunter. Befreit von seinem Druck, erhob er sich mit der Schnelligkeit eines Lebewesens.

Dann wurde Hilpolt klar, dass der Neuankömmling nicht wegen der Gefahr gerufen hatte, dass die Äste den unglücklichen Dockarbeiter aufspießten. Das Seil, das ihn hätte halten sollen, aber durch sein ungeduldiges Ruckeln seine Straffheit verloren hatte, hatte sich in einem der Balken des Gerüsts verfangen. Dieser war zu schwer, als dass die Wächter am Sicherungsseil ihn hätten lockern können. Aber wenn der Baumstamm auf den feststeckenden Dockarbeiter fiel und ihn samt dem Sicherungsseil nach unten riss, war genügend Wucht vorhanden …

Der Dockarbeiter stockte in seinem Gebrüll, als der Baumstamm sich vor seinen Augen aus dem Wasser schob, triefend, seine geschälten Flanken schimmernd im Sonnenlicht. Er hob die Hände vors Gesicht, stumm vor Entsetzen.

Es geschah langsam und doch ungeheuer schnell. Der Stamm bäumte sich auf, ruckte herum, stöhnte, krachte, tanzte einen Herzschlag lang in der Strömung. Wasser spritzte bis zur Brüstung hoch.

»Zieht!«, schrie Hilpolt den Männern an den Sicherungsseilen zu. Es war egal, wie die Äste den Verunglückten zurichteten. Wenn der Stamm ihn traf, war sein Schicksal besiegelt. Der Aufprall würde zudem den Schwemmholzhaufen zerschmettern, das Seil würde das Gerüst herunterreißen, und auch die anderen Arbeiter würden zum Tod verurteilt in einem Mahlstrom aus schäumendem Wasser, herunterfallenden Balken, rollenden Ästen und zersplitterten Trümmern.

Der Unbekannte stürzte zu den beiden Wächtern, die das Seil

des Verunglückten hielten, und packte mit an. Erst jetzt schrie die gesamte Zuschauermenge auf, als wären alle bisher gelähmt gewesen vor Schreck.

Die anderen Arbeiter wurden von den Füßen geholt und durch das Geäst gerollt und geschleift, bis sie an Höhe gewannen. Je zwei Männer konnten einen dritten ohne große Probleme halten, aber ihn so schnell wie möglich nach oben zu ziehen, erwies sich als gar nicht so leicht. Die Unglücklichen prallten gegen das Gerüst und gegen die Flanken des Brückenpfeilers. Der Baumstamm vollführte eine halbe Drehung. Der verunglückte Dockarbeiter kreischte und kam bis zu den Knien aus der Falle heraus, in der er steckte. Hilpolt sah zerfetzte Kleidung, nackte weiße Haut, in der sich klaffende, ausgewaschene Wunden auftaten, die sich blitzschnell mit Blut füllten und den Schaum nun doch rot färbten. Der Baumstamm ächzte und fiel herab wie der Knüppel eines unsichtbaren Riesen.

Hilpolt wusste nicht, was sich mehr in seine Erinnerung eingraben würde: das nach oben gerichtete Gesicht des Dockarbeiters, die Augen voller Horror aufgerissen, bevor er unter dem Baumstamm verschwand; das schreckliche Ächzen des Gerüsts, das sich schüttelte und dabei Balken und Bretter bis weit in den Fluss hinausschleuderte, bevor es in sich zusammensackte; das Krachen, mit dem einzelne Steine aus dem Pfeiler gesprengt wurden; das Wasser, das um den Baumstamm herum aufspritzte bis weit über die Höhe der Brüstung hinaus und das nicht schlammig, sondern rot vor Blut war; oder die Schreie von zwei weiteren Dockarbeitern, die vom herabstürzenden Gerüst wieder mitgerissen wurden.

Er sah die Männer an den Sicherungsseilen dieser beiden Unglücklichen zu Boden stürzen. Sie ließen die Seile nicht los und wurden über das Pflaster der Brücke mitgeschleift. Ohne nachzudenken warf er sich auf die nächsten beiden und griff ebenfalls nach dem Seil, aber er wurde gnadenlos mitgeschleift von dem Gewicht des zusammenbrechenden Gerüsts, das den Arbeiter am anderen Ende des Seils unter sich begrub, und prallte gegen die Brüstung. Das Seil raste wie feurige Klingen durch ihre Fäuste, deshalb konnten er und die Wärter nichts anderes tun als loszulassen. Das Tau schlug noch einmal aus wie eine Schlange, dann verschwand es über die Brüstung nach unten. Das Gerüst schmetterte mit ohrenbetäubendem Knallen und Reißen in den Treibholzhaufen, ließ ihn förmlich explodieren. Hilpolt sprang auf, der Schmerz in seinen aufgerissenen Händen war vergessen. Er wollte über die Brüstung starren, aber jemand zerrte ihn zurück und rettete ihm damit das Leben, denn mit einem Wasserschwall, der wie ein Brecher vor der Brücke in die Höhe stieg, wirbelten Trümmerstücke in die Höhe. Sie hätten jedem, der sich zu weit vorbeugte, den Kopf abgerissen. Die Zuschauer weiter vorn warfen sich zu Boden. Äste und Bruchstücke knallten gegen die Brüstung, gegen die Brückenflanke, sprangen über das Pflaster. Wasser prasselte herunter.

Hilpolt rollte sich herum und starrte in das Gesicht des Neuankömmlings, der ihn gerettet hatte. Ein weiterer Wasserschwall brach über der Brüstung zusammen und durchnässte die beiden Männer aufs Neue. Die Brücke bebte, und Hilpolt glaubte zu spüren, wie weitere Steine aus dem beschädigten Pfeiler gerissen wurden. Prustend und triefend kam er auf die Beine und schaute sich um.

Sechs Männer waren auf seinen Befehl nach unten geklettert, um das Schwemmholz zu beseitigen. Drei von ihnen waren gerettet worden; sie lagen keuchend neben ihren Sicherungsmannschaften, die sie in letzter Sekunde über die Brüstung gezerrt hatten, die Seile noch immer um die Brust geschlungen. Einen hatte Hilpolt unter dem zermalmenden Baumstamm verschwinden sehen, das lebensrettende Seil eines anderen war ihm aus der Hand gerissen worden. Er beugte sich über die Balustrade und sah voller Unglauben den sechsten Arbeiter dicht über der Wasseroberfläche an seinem Seil baumeln, die Arme schützend über den Kopf gehoben. Er war einer der beiden, die vom herabfallenden Gerüst mitgezogen worden waren, aber wie durch ein Wunder schien keiner der Balken ihn ernstlich getroffen zu haben. Noch während Hilpolt gaffte, ließ der Arbeiter die Arme sinken und stierte nach oben. Außer einer oberflächlichen Schramme im Gesicht schien er keine Verletzung davongetragen zu haben. Hilpolt drehte sich zu den Wächtern um, die an seinem Sicherungsseil gewesen waren, und sah sie an der Brüstung kauern, einer über dem anderen, und das Seil festhalten und ihn mit aufgerissenen Augen anstarren.

Der Neuankömmling beugte sich neben Hilpolt über die Brüstung. »Bist du in Ordnung?«, rief er zu dem baumelnden Arbeiter nach unten.

»Ja«, kam die schwache Antwort, und dann: »Heilige Maria Mutter Gottes!«, immer und immer wieder. Der Mann stand unter Schock.

Die Zuschauer, die sich mehrheitlich aufgerappelt hatten, begannen zu jubeln. Zwei Männer waren umgekommen, aber einer war wundersamerweise gerettet worden – die Begeisterung, so taktlos sie angesichts der beiden Toten erschien, war ehrlich.

Die Wächter, die das Seil des Geretteten hielten, begannen zu grinsen, als sie verstanden, dass ihr Schützling noch am Leben war.

»Holt ihn rauf, aber vorsichtig«, befahl Hilpolt. Er musste sich gegen die Brüstung lehnen, weil seine Knie nachgeben wollten. Unter ihm floss der Meyn wieder ruhig und frei dahin. An den Schwemmholzhaufen erinnerte nur noch eine lange Riege von Treibgut, das den Meyn flussabwärts trieb und im goldglänzenden Licht des späten Nachmittags geradezu friedlich wirkte. Irgendwo dazwischen befanden sich die zerschmetterten Körper von zwei Männern, die noch leben würden, wenn Hilpolt Meester nicht den Befehl gegeben hätte, die Gefahr für den Brückenpfeiler zu beseitigen – eine Gefahr, die nun, nach dem Zusammenbruch des Gerüsts, noch größer geworden war, weil es schwere Schäden an der Integrität des Pfeilers angerichtet hatte. Hilpolt fluchte leise und ausgedehnt vor sich hin, bis ihm wieder zu Bewusstsein kam, dass er nicht allein war.

»Danke«, sagte er dann zu dem Neuankömmling.

Dieser lächelte schief. »Es scheint mein Schicksal zu sein, dass ich auf dieser Reise dauernd durchnässt werde«, sagte er. »Vor zwei Tagen das Unwetter, und jetzt das hier ...«

»Wie heißt Ihr?«

»Bernhard Ascanius.«

»Ascanius?«

Der Unbekannte seufzte. »Ja, es gibt noch ein paar von unserem ach so großen Geschlecht, Capitaneus, nur dass wir nicht mehr ach so groß sind.«

»Ich wollte keine Andeutung machen.«

»Ich weiß.«

Zu seiner eigenen Überraschung hörte Hilpolt sich sagen: »Wenn Ihr ein Unterkommen sucht – die Garde kann Männer wie Euch brauchen.« Er verstummte, aber nun war es gesagt. Unbeholfen setzte er hinzu: »Natürlich nur, wenn Eure Treue ...«

»Oh, meine Treue gilt dem rechtmäßigen Herrn des Reichs«, sagte Bernhard Ascanius. »Vielen Dank, Capitaneus, aber mein Weg ist ein anderer.«

»Vielleicht führt er uns ja nochmal zusammen«, sagte Hilpolt.

»Das kann gut möglich sein«, erwiderte Bernhard Ascanius, und Hilpolt war ratlos, weil er das Gefühl hatte, dass Bedauern und Wehmut in diesen Worten mitschwangen.

Er blickte dem Mann nachdenklich hinterher, der scheinbar gelassen von der Brücke zurück in die Stadt schlenderte. Ein älteres Paar kam herbeigeeilt, die Gesichter angstverzerrt. Hilpolt wusste, dass er gleich einem Vater und einer Mutter gegenüberstehen würde, deren Sohn zermalmt und tot mit einem Haufen Abfall den Fluss hinuntertrieb.

Er straffte sich.

Da sah er plötzlich seinen Locotenente im Laufschritt von Franchenfurt her auf die Brücke stürmen, das Ehepaar überholen und ihn »Capitaneus! Capitaneus!« rufen. In diesem Augenblick wusste er, dass sein Verdacht, ein weiteres Problem habe die Schaulustigenmeute auf der Brücke in Grenzen gehalten, richtig gewesen war.

19.

Der Capitaneus und sein Stellvertreter liefen nebeneinander her in die Stadt hinein. Je mehr Hilpolt Meester erfuhr, desto schneller rannte er.

»Aber es ist bei den zwei Brunnen im östlichen Stadtgebiet geblieben?«, keuchte er.

»Jedenfalls waren es nur die zwei, als ich losrannte, um Euch zu holen«, keuchte der Locotenente zurück.

Hilpolt versuchte, gleichzeitig Luft zu holen und zu denken. Es erwies sich als zunehmend schwierig. Das Kettenhemd schnürte ihm den Atem ab, und der Schweiß troff ihm in den Bart, als hätte ihm jemand einen Eimer Wasser ins Gesicht geschüttet. Er würde den Kaiser nochmals bitten, die Pferde benutzen zu dürfen, bevor ihn noch der Schlag traf. Ludwig hatte seine Garde ersucht, die Pferde in den Ställen der Ordenskommende zu lassen und sich zu Fuß in der Stadt zu bewegen wie die Bürger, um keine Ressentiments hervorzurufen.

Um nicht *noch mehr* Ressentiments zu provozieren als die, die er ohnehin täglich generierte, dachte Hilpolt resigniert.

Während Hilpolt die Arbeiten am Brückenpfeiler beaufsichtigt hatte, war eine der Bewohnerinnen der kleinen Hüttensiedlung direkt außerhalb des Mauerrings, dem sogenannten Fischerfeld, zu dem dortigen Ziehbrunnen gegangen, um Wasser zu holen. Sie hatte den Eimer hinabgelassen, hatte ihn eintauchen lassen, hatte ihn hochgezogen, hatte sich über den Gestank nach altem Schlamm und Jauche gewundert, der ihr plötzlich in die Nase gestiegen war – und hatte aufgeschrien, als sie gesehen hatte, was sie nach oben befördert hatte.

»Hier rein«, japste der Locotenente. »In die Arnspurcer Gasse!«

»Ich kenne den Weg«, stieß Hilpolt hervor und dachte an den seltsamen Fremden, den der Stiftspropst unter seine Fittiche genommen hatte. Das Haus Gottfried von Eppsteins lag in der Predigergasse, die von der Arnspurcer Gasse abzweigte. Die Tore der kleinen Niederlassung des Zisterzienserklosters Arnspurc, das der Gasse den Namen gegeben hatte, waren verrammelt. Als Hilpolt vor einigen Stunden auf dem Weg zu Gottfried von Eppstein hier vorbeigekommen war, waren die Tore noch offen gewesen. Das Tochterkloster war nicht eine der gewöhnlichen Filialgründungen der Zisterzienser; es beherbergte vielmehr die Verwaltung des Besitzes, den der Arnspurcer Ordenszweig in der Umgebung Franchenfurts besaß, und Räumlichkeiten für den Abt, wenn dieser zu Messezeiten in der Stadt war. Sonst herrschte an diesem Ort ein ständiges Kommen und Gehen von Pächtern, Verwaltern und Geschäftspartnern. Die Klosterknechte und Mönche, die hier Dienst taten, schienen jedoch auf Nummer sicher gegangen zu sein, als das Geschrei losgegangen war. Kein gutes Zeichen!

»Wo ist der verdammte zweite Brunnen?«, stöhnte Hilpolt.

»Dort vorn.«

Die Arnspurcer Gasse öffnete sich zu einem kleinen, ungepflasterten Platz, hinter dem sich direkt die östliche Stadtmauer erhob. Ein zweiter Brunnen befand sich dort, eine niedrige, ummauerte Wasserstelle mit einem Dach darüber und dem üblichen Kurbelmechanismus. Hilpolt und sein Stellvertreter rannten auf den Platz und blieben dann stehen. Wenigstens hundert Menschen drängten zwischen den Häuserfassaden und der Mauer. Gemurmel wurde laut, als die ersten Gaffer die beiden kaiserlichen Gardisten erkannten.

Der Locotenente hatte zwei Gardisten ins Fischerfeld geschickt, als ihm von dem kleinen Auflauf berichtet worden war, der sich um den dortigen Brunnen gebildet hatte. Noch während er darauf gewartet hatte, Meldung zu bekommen, war innerhalb der Mauern weiteres Geschrei ertönt. Diesmal hatte er selber nachgesehen, zusammen mit einer Handvoll Männer – und verstanden, was die Aufregung verursacht hatte.

»Seht Euch das an«, sagte er und nahm den auf dem Brunnenkranz stehenden Eimer auf, nachdem er und Hilpolt sich durch die Menge gedrängt hatten. Er schüttete den Inhalt vor Hilpolts Füße.

Die Neugierigen begannen zu flüstern. Etliche machten das Kreuzzeichen. Hilpolt betrachtete den stinkenden Auswurf vor seinen Füßen grimmig. Er hatte so etwas noch niemals gesehen. Ihm wurde kalt in der schwülen Hitze.

Der Auswurf bestand nur zum Teil aus Wasser. Der Rest war ein obszöner, ineinander verschlungener, aufgedunsener Haufen aus bleichen nackten Gliedmaßen, Schwänzen, Krallen, warziger Haut, struppigem Fell, blinden Augen und aufgerissenen Mäulern voller geschwollener Zungen.

»Der Teufel«, sagte jemand.

Hilpolt fuhr herum. Wenn so ein Gerede begann, führte das immer zu einem bösen Ende – und Hilpolt war klar, dass er das unter allen Umständen verhindern musste. »Der Teufel hat damit gar nichts zu tun!«, rief er wütend. »Ihr habt eure Brunnen schlecht gebaut!«

»Der Teufel hat auch den Teich der Deutschherrenmühle verseucht!«, schrie jemand. »Alle Fische sind verreckt Und als der Pfarrer der Dreikönigskirche eine Hostie ins Wasser warf, begann es zu kochen, und der Teufel selbst sprang heraus und erdrosselte den frommen Mann!«

»Hast du das gesehen?«, schrie Hilpolt zurück.

So leicht ließ sich der Rufer nicht einschüchtern. »Nein, aber viele andere, und der Leichnam des Pfarrers liegt bereits in der Kirche aufgebahrt.«

»Die alle zufällig nicht hier sind, möchte ich wetten«, brummte Hilpolt. Dann stieg er auf den Brunnenrand, so dass alle ihn sehen konnten. Das Gemurmel in der Menge schwoll kurzfristig an, wurde dann aber leiser, als er mit erhobenen Händen um Aufmerksamkeit bat. »Der Teufel«, rief Hilpolt, nachdem er die Spannungspause so lange wie möglich hinausgezögert hatte, »hat damit überhaupt nichts zu tun! Wenn ihr die Brunnen flach gebohrt habt, dann werden sie von vielerlei Wassern gespeist. Auch von Wasser, das vom Fluss her in unterirdischen Kammern bis zu ihnen fließt. Den ganzen Tag lang ist auf dem Meyn jede Menge Unrat herbeigeschwemmt worden.« Er fragte sich, ob er erwähnen sollte, was vorhin bei der Brücke geschehen war, fand aber, dass es besser wäre, es unerwähnt zu lassen. »Vielleicht ist das der Grund dafür, warum diese beiden Brunnen verseucht worden sind. Und der Fischteich der Deutschherren. Dort sind die Forellen des Ordens erstickt. Hier das ganze Ungeziefer, das in den Schächten lebt – die Kröten und Frösche und Lurche, und die Ratten.« Er wies auf den gräßlichen Haufen toter kleiner Leiber. »Aber der Teufel hat damit nichts zu tun. Der Teufel ist gar nicht hier. Er ist da, wo der Feind des Kaisers ist, weil er weiß, dass er sich bei den treuen Untertanen unseres Herrn nicht zu blicken lassen braucht!«

Er warf seinem Stellvertreter einen kurzen Blick zu und sah diesen unterdrückt grinsen. Aus der Menge kam keine Erwiderung. Wer wollte schon laut ausrufen, dass er unter diesen Umständen den Teufel doch gesehen hatte, und damit andeuten, dass es auch Gegner des Kaisers in Franchenfurt gab?

»Aber es ist ein böses Omen!«, rief eine Stimme aus der Menge.

»Ein böses Omen?« Hilpolts Blick fiel in diesem Moment auf einen beleibten Mann in einer Priesterrobe, der schweißgebadet und schnaufend durch die Arnspurcer Gasse herankam, zwei nicht minder schwitzende Ministranten im Schlepptau. Er kam ihm gerade recht. »Fragen wir einen, der sich damit auskennt!«

Alle Blicke folgten seinem Fingerzeig. Der Pfarrer blieb angesichts der geballten Aufmerksamkeit stehen, als sei er gegen eine Wand gelaufen.

»Hochwürden, kommt näher!«, rief Hilpolt. »Von welchen Schäfchen seid Ihr der Hirte?«

»Ich bin der Pfarrer der Dreikönigskirche in Sassenhusen«, keuchte der dicke Mann.

Hilpolt dachte: Danke, Herr! Laut rief er: »Demnach seid Ihr der fromme Mann, der erdrosselt in seiner Kirche liegt?«

Die Menge begann zu lachen. Hilpolt gestattete sich ein breites Grinsen. Das Schicksal war doch auf seiner Seite und spielte ihm die Lösung für dieses neue Problem in die Hände. Er holte bereits

Atem, um die Gerüchte über die Aktivitäten des Teufels endgültig aus der Welt zu schaffen, als ein Junge die Gasse herabgeeilt kam, an dem Pfarrer vorbeirannte, ohne ihm Beachtung zu schenken, und kurz vor der Menge innehielt.

»Drei Brunnen auf der Westseite der Stadt sind verseucht!«, rief er atemlos und mit weit aufgerissenen Augen. »Nur noch der Brunnen auf dem Samstagsberg hat frisches Wasser!«

Die Zuhörer standen eine Schrecksekunde lang wie erstarrt da, dann begannen sie zu laufen, genau in die Richtung, aus welcher der Junge gekommen war. Sie teilten sich vor dem erschrockenen Pfarrer wie eine Woge vor einem Felsen. Die Ministranten duckten sich. Zehn Herzschläge später standen nur noch Hilpolt, sein Locotenente, der Pfarrer und seine beiden Helfer auf dem Platz.

»Wer ist erdrosselt worden?«, japste der Pfarrer.

Hilpolt beachtete ihn nicht. Das Schicksal hatte nicht seine Probleme gelöst, sondern ihm ein neues beschert. Er ignorierte den Pfarrer und wandte sich an seinen Stellvertreter.

»Lasst den Samstagsbrunnen besetzen«, sagte er. »Er ist der älteste Brunnen der Stadt – wahrscheinlich ist er tiefer gebohrt als die anderen. Wenn es sich herausstellt, dass sein Wasser das einzige ist, das noch trinkbar ist, müssen wir den Zugang versperren.«

Der Locotenente starrte seinen Anführer an. Hilpolt wusste, dass dem Mann niemand zu sagen brauchte, was es bedeutete, wenn die kaiserliche Garde die Franchenfurter nicht mehr in die Nähe ihres einzigen Trinkwasserbrunnens ließ.

»Mist!«, sagte der Locotenente aus vollem Herzen.

»Kann mir jemand sagen, was jetzt wieder los ist?«, klagte der Pfarrer, als die beiden Gardisten an ihm vorbeiliefen.

»Der Teufel, Hochwürden«, versetzte Hilpolt, »der Teufel!«

20.

Als die Schatten lang wurden und die Dämmerung von den Gassen Besitz ergriff, ahnte Hilpolt Meester, dass er die Situation unterschätzt hatte. Das war, als immer mehr Menschen sich zu der schweigenden Menge gesellten, die den Samstagsbrunnen in einem weiten Kreis umstellte. Die Gardisten, die die Wasserstelle bewachten, standen still und scheinbar unbewegt da, aber Hilpolt kannte seine Männer und wusste die Zeichen zu deuten; hier eine geballte Faust, dort ein ständiges Räuspern – die Garde des Kaisers war nervös.

Der Capitaneus wusste, dass die Absperrung des einzigen Brunnens in Franchenfurt, der noch klares Wasser förderte, richtig gewesen war. Zugleich war ihm klar, dass er ein hohes Risiko einging. Mittlerweile hatten die Schilderungen der Ereignisse und die daraus entstandenen Gerüchte jeden Winkel der Stadt erreicht. Jeder Einwohner glaubte etwas anderes: dass der Teufel in der Stadt war und jede Seele darin verderben wollte, dass ein Racheengel des Herrn die Franchenfurter wegen ihrer Treue zum gebannten Kaiser bestrafte, dass Agenten des böhmischen Königs einen Anschlag durchführten, dass die Juden wieder einmal die Brunnen vergifteten … oder dass die kaiserliche Garde dasselbe getan hatte, um die Bewohner auszurotten und damit jede mögliche Gefahr für Kaiser Ludwig zu bannen. Was allen jedoch gemeinsam war, war die Angst. Jedem – und Hilpolt machte da keine Ausnahme – schien es, als habe sich in den vergangenen Wochen etwas aufgestaut, etwas angekündigt, etwas vorbereitet. Was immer es war, es nahm seinen Lauf – und man konnte nur hoffen, dass es nicht in eine Katastrophe mündete.

Vielleicht, dachte Hilpolt, hätte er lieber den Kaiser mit Gewalt auf sein Schiff zerren und mit ihm davonfahren sollen. Aber er hatte gewusst, was der Kaiser davon gehalten hätte, und deshalb lieber dafür gesorgt, dass Ludwig weiter in Franchenfurt bleiben konnte. Er und die Kurfürsten, die ab der kommenden Woche erwartet wurden. Obwohl – wenn sich das Problem mit den Brunnen nicht buchstäblich und in den nächsten vierundzwanzig Stunden klärte, wusste Hilpolt nicht, wie er für Ruhe in der Stadt sorgen sollte.

Eine Schar von Männern erreichte den Platz vor dem Samstagsbrunnen, auf die Hilpolt gerne verzichtet hätte: der Stadtrat, zusammen mit dem Schultheiß. Die Stadtväter hatten inzwischen alle Wasserquellen der Stadt inspiziert. Hilpolt hatte gehofft, dass sie sich nachher irgendwohin zu einer Beratung zurückziehen würden, aber sie hatten offensichtlich den Wunsch verspürt, sich hierher zu begeben, um die Lage noch komplizierter zu machen.

»Ach herrje«, murmelte der Locotenente.

»Was?«, schnappte Hilpolt.

Der Locotenente wies mit dem Kinn auf ein halbes Dutzend Männer, die einen der Stadträte umringten wie eine Leibgarde. Nach einem Augenblick wurde Hilpolt klar, dass die vierschrötigen Burschen genau das waren. Der Stadtrat, den sie behüteten, war Baldmar Hartrad. Offenbar hatte er seine Privatmiliz mitgebracht.

»Der Lange vorneweg mit den Armen wie Baumstämme«, sagte der Locotenente. »Das ist der Kerl.«

»Den unser mysteriöser Fremder namens Mathias in den Meyn befördert hat?«

»Genau der«, brummte der Locotenente. »Albrecht. Ein geübter Störenfried, wenn Ihr mich fragt.«

»Nicht nur er«, seufzte Hilpolt. Er hatte den grauen Schopf gesehen, der zu dem Mann am Ende der Gruppe gehörte. Natürlich musste der Zunftvorsteher der Fährleute auch hier sein. Hilpolt beobachtete, wie die Stadträte sich aufteilten. Etwa die Hälfte begab sich zu der schweigenden Menge und mischte sich darunter, begrüßte Bekannte und begann Gespräche. Um Rupprecht scharten sich besonders viele Menschen. Der Fährmann begann zu reden, aber Hilpolt konnte nicht verstehen, was er sagte. Die Blicke, die Rupprecht zuvor über die Schulter zur kaiserlichen Garde herübergeworfen hatte, sagten ihm, dass nicht allzu viele Freundlichkeiten in seiner Rede gewesen sein konnten. Dort war die Zelle eines möglichen Aufruhrs.

»Ihr könnt das nicht tun, Capitaneus«, erklärte jemand. Hilpolt musterte den Schultheiß, Friedrich von Hutten. »Ihr könnt nicht den einzigen Brunnen in Franchenfurt, der noch Trinkwasser gibt, besetzen.«

»Warum nicht?«, grollte Hilpolt. »Ich tue nur, was Ihr hättet tun sollen.«

»Die Bürger der Stadt vom Trinkwasser abschneiden?«, japste Friedrich. »Das hätte ich tun sollen?«

»Nein«, entgegnete Hilpolt leise und merkte, dass er schon wieder zu schwitzen begonnen hatte. »Ihr hättet den Brunnen besetzen und die Wasserausgabe reglementieren sollen, damit erstens dieser Brunnen nicht von außen verseucht wird, damit es zweitens nicht zu Verteilungsstreitereien unter den Bürgern kommt und damit drittens jeder Haushalt einen Wasservorrat zu Hause hat, wenn der Brunnen hier auch noch ausfallen sollte.«

»Was der Capitaneus da sagt, hat Hand und Fuß«, erklärte Baldmar Hartrad. Seine Privatmiliz hatte sich ungebeten zwischen die Gardisten gestellt und funkelte die Menge feindselig an. Ihr Anführer, Albrecht, stand breitbeinig und mit durchgedrücktem Kreuz da, die Hände hinter dem Rücken zusammengeschlagen.

»Ich dachte, es ginge Euch nur um den Kaiser und die Fürsten«, sagte Friedrich von Hutten.

Das hättest du nicht gedacht, wenn du mit dem Denken bloß mal angefangen hättest, knurrte Hilpolt in sich hinein. Laut sagte er: »Jeder nimmt immer das Schlimmste von mir an.«

Rupprecht löste sich aus der Menge und stapfte auf Hilpolt zu. »Wir fordern, dass Ihr den Brunnen sofort freigebt«, sagte er so laut, dass seine Gefolgsleute in der Meute ihn hörten. Ein paar Rufe – »Recht so, Rupprecht!«, »Lass dir nichts gefallen, Rupprecht!« – waren aus der Menge zu vernehmen.

»Rupprecht«, seufzte Baldmar Hartrad, »der Capitaneus handelt zu unser aller Besten.«

»Er handelt zum Besten des Kaisers!«

»Was für den Kaiser gut ist, ist auch für seine Reichsstadt

gut!«, schnappte Hilpolt und fragte sich, warum ihn die Ruhe immer dann verließ, wenn er mit dem Zunftvorsteher der Fährleute sprach. Rupprecht hatte etwas an sich, das Hilpolts Abneigung weckte. Er argwöhnte, dass er Rupprecht selbst dann nicht gemocht hätte, wenn dieser auf Knien um seine Freundschaft gefleht hätte.

»Die Reichsstadt trägt schon den Kirchenbann, den der Kaiser auf sich gezogen hat!«, versetzte Rupprecht. »Soll sie seinetwegen jetzt auch noch das Verdursten ertragen?«

»Du lieber Himmel, Rupprecht, hörst du dir selber manchmal zu?«, stöhnte Baldmar. »Geh und beruhige deine Leute dort drüben und lass den Capitaneus machen.«

»Sag du mir nicht, was ich zu tun habe. Dass die reichen Händler auf Seiten des Kaisers stehen, ist ja wohl klar.«

»Rupprecht! Ich dachte, wir alle stehen auf der Seite des Kaisers!«

»Ich frage mich langsam, auf welcher Seite der Kaiser steht!«

Die beiden Stadträte starrten sich aufgebracht an. Hilpolt rollte mit den Augen und suchte nach irgendeinem Wort, das die Situation entschärfen konnte. Er hatte das dumpfe Gefühl, dass er an der Anspannung nicht unschuldig war. Hätte er die Feindseligkeiten des Zunftvorstehers der Fährleute mit Gelassenheit vergolten, wäre die Lage vielleicht anders.

Aber konnte er als Capitaneus der kaiserlichen Garde solche Sprüche wie den von gerade eben ignorieren?

»Isch bin schicher, dasch Gott auf unscherer aller Scheite ischt«, machte sich da eine Stimme bemerkbar.

Hilpolt fuhr herum. Ein teuer gekleideter Mann mit einem Pferdegesicht voller Zähne und extrem feuchter Aussprache war herangekommen: Gottfried von Eppstein. Der Stiftspropst nickte allen Anwesenden zu. Als er seine Blicke über die Menge wandern ließ, beugten einige die Köpfe und machten das Kreuzzeichen. Gottfried lächelte gütig. Rupprecht und Baldmar wandten sich ihm zu und wirkten plötzlich wie zwei Kontrahenten, die sich angesichts eines neuen Widersachers verbünden.

Gottfried schien es nicht zu bemerken. »Kann isch behilflisch schein?«, fragte er.

»Hochwürden, hier geht es gerade um etwas anderes als um Eure Idee mit der Prozession!«, sagte Baldmar Hartrad abwehrend.

»Von der wir im Übrigen seit Wochen genug gehört haben«, ergänzte Rupprecht.

Hilpolt hatte das plötzliche Gefühl, dass ein Mann, den diese verdammten Streithähne einhellig ablehnten, niemand anderer als sein Freund sein konnte, auch wenn ihre letzte Begegnung im Haus des Stiftspropst eher verkrampft gewesen war. Außerdem hatte er bemerkt, dass der Stiftspropst offenbar einigen Einfluss auf die Menge hatte. Ihm war auch klar, woran dies lag. Trotz des Kirchenbanns befand sich der Stiftspropst noch in der Stadt und sorgte dafür, dass die Gläubigen ein Mindestmaß an priesterlichem Beistand in Form von kurzen Gottesdiensten erhielten. Mit seinem Sprachfehler und dem Sprühregen, der jeden seiner Sätze begleitete, wirkte er zunächst lächerlich, aber er war es ganz und gar nicht, was auch dazu führte, dass man seine nuschelige Aussprache nach kurzer Zeit vergaß. Hilpolt waren noch nicht viele Kleriker begegnet, die das Wort von der Nächstenliebe ernst genommen hatten. Gottfried von Eppstein gehörte offensichtlich zu der kleinen Zahl derer, die wussten, was Jesus damit gemeint hatte.

»Wenn Ihr könnt, Hochwürden, dann schickt die Menge heim«, sagte Hilpolt mit gedämpfter Stimme zu dem Kirchenmann.

»Die Leute sind besorgt, dass sie kein Trinkwasser mehr bekommen«, erklärte Gottfried.

»Dann sagt ihnen, dass selbstverständlich jeder Trinkwasser bekommt und dass sich so schnell wie möglich alle Haushalte hier einfinden sollen, um eine Ration davon zu schöpfen. Wir haben den Brunnen besetzt, um ihn zu schützen, nicht um die Franchenfurter«, er warf einen giftigen Blick zu Rupprecht, »zum Verschmachten zu verurteilen!«

»Sagt es Ihnen selbst, Capitaneus«, erwiderte Gottfried. »Ihr seid es, dem die Bürger misstrauen, da solltet auch Ihr es sein, der ihnen die Botschaft verkündet, die ihr Misstrauen zerstreut. Ich werde an Eurer Seite sein und Eure Ehrlichkeit bekräftigen.«

Ich brauche niemanden, der meine Ehrlichkeit bekräftigt, wollte Hilpolt am liebsten entgegnen. Aber er wusste, was klug war, und sagte stattdessen: »Danke, Hochwürden.«

Einen Moment lang dachte Hilpolt Meester erleichtert, die Lage wäre gerettet. Doch in genau diesem Augenblick hörte er den hochgewachsenen Muskelprotz aus Baldmar Hartrads Miliz rufen: »Da ist der Stinker! Was hast du hier verloren, du Schweinehund? Und was hast du mit meiner Verlobten zu schaffen?«

21.

Mathias war gewaschen und trug eine halblange wollene, für das Wetter zu warme Tunika über ausgebeulten Beinlingen. Der Kragen war so hoffnungslos ausgefranst und vom Schweiß des Vorbesitzers verfärbt, dass Philippa ihm eine lederne Gugel gereicht und ihn aufgefordert hatte, sie darüberzuziehen. Mathias ahnte, dass er die Schlechtwetterkleidung von Philippas Vater trug, aber er sagte nichts dazu. Was er trug, war besser als alles, was er getragen hatte, seit er im Kloster aufgewacht war.

Er fühlte sich noch unwohler als sonst, während er sich an Philippas Seite durch die Menge schob. Nach seiner Waschung am Fluss hatten sie von jemandem erfahren, dass es in der Stadt drüben einen Auflauf gab, und ohne es miteinander absprechen zu müssen, waren sie dorthin aufgebrochen. Mathias hatte erneut an Kaiser Ludwig denken müssen und dass er irgendwie seinetwegen nach Franchenfurt gekommen war. Er hatte die Möglichkeit in Erwägung gezogen, dass der Auflauf mit dem Kaiser zu tun hatte. Warum Philippa es eilig hatte, den Grund für den Aufruhr herauszufinden, konnte er sich denken. Sie war ein Mensch, der den Dingen auf den Grund ging und in der Tiefe ihrer Seele überzeugt war, dass in dieser Stadt nichts geschehen durfte, ohne dass sie darüber Bescheid wusste.

Mathias' Unwohlsein lag nicht daran, dass er ein Bad im kalten Wasser des Meyn und eine Wäsche mit einer von Philippa ausgehändigten groben Seife hinter sich hatte; oder dass er seine alte Bruche, die er ebenfalls gewaschen hatte, nass wie sie war wieder hatte anziehen müssen und nun spürte, wie sie im Schritt kniff und an seiner Haut rieb. Philippas Vater hatte offensichtlich keine trockene Bruche in seiner Truhe gehabt; oder Philippa hatte sie ihm, dem Fremden, nicht geben wollen. Er hätte sie ohnehin nicht genommen.

Ihm war unwohl, weil er sich fragte, wie er sich so hatte gehen lassen können. Ihm war erst aufgefallen, wie viel Dreck und Gestank an ihm hafteten, als der Meyn alles fortgewaschen hatte. Es musste wohl so sein, dass sein Gedächtnisverlust dazu geführt hatte, dass er sich im wahrsten Sinn des Wortes selbst vergessen hatte. Das Bad hatte das Echo von etwas hervorgerufen, das zu wenig war, um es einen Erinnerungsfetzen zu nennen; aber er war sich nun ziemlich sicher, dass regelmäßige Bäder früher zu seinem Leben gehört hatten.

Die Nonnen hatten übertriebene Körperhygiene als hochmütig und sündig betrachtet. Offensichtlich hatte er in der Zeit, in der er ohne jegliche Erinnerung und vollkommen auf ihre Führung angewiesen gewesen war, ihre Haltung übernommen. Die Kleidung, die sie ihm gegeben hatten, war nicht gereinigt gewesen. Plötzlich ekelte es ihn, dass er sie angezogen hatte, und wenn er daran dachte, dass er sie Tag und Nacht getragen und mit ihr bis hierher marschiert war, ekelte es ihn vor sich selbst. Er horchte in sich hinein. Kroch da eine neue Panikattacke in ihm hoch, ausgelöst durch die Erkenntnis, worauf ein Mensch reduziert werden konnte, wenn er sich selbst aus den Augen verlor?

Die Menschenmenge, durch die sie sich schoben, raubte ihm den Atem, er spürte, wie ihm der Schweiß ausbrach. Er musste den Drang bekämpfen, sich herumzuwerfen und mit Gewalt ins

Freie zu drängeln. Dann stieß Philippa gegen ihn, weil jemand sie gerempelt hatte; sie rief »Autsch!«, und Mathias vergaß die aufsteigende Panik, weil er plötzlich einen Mann vor sich auf dem Boden knien sah, einen Arm grob auf den Rücken verdreht, das schmerzverzerrte Gesicht ihm zugewandt.

Einmal mehr hatte der mysteriöse Krieger, der er früher gewesen sein musste und der irgendwo tief in ihm steckte, durch den Nebel des Vergessens gegriffen und einen Gegner bezwungen, noch bevor es Mathias bewusst geworden war.

»Ich hab's doch nicht mit Absicht getan, verdammt!«, jaulte der Mann vor Mathias.

»Lass ihn los, Mathias«, befahl Philippa.

Ein Ring von Gaffern hatte sich um sie gebildet. Mathias ließ das Handgelenk des Unglücklichen fahren, der in sich zusammensackte und sich die Schulter massierte. Mathias wurde sich bewusst, dass er etwas sagen musste. Dutzende von Augenpaaren betrachteten ihn erstaunt und misstrauisch.

»Wie wär's mit einer Entschuldigung?«, brachte er hervor.

Mathias' unfreiwilliger Gegner kam auf die Beine. »Was? Weil ich sie gestoßen hab? Du lieber Himmel ... Philippa, wer ist der Kerl? Meint er das ernst?« Und zu Mathias: »Wenn du so was nochmal versuchst, du Arsch, wird das nächste Essen, das du zu dir nimmst, ein Brei sein, und alle folgenden auch, weil ich dir nämlich sämtliche Zähne ...«

Der Mann verstummte, weil sich Mathias' Hand um seine Gurgel geschlossen hatte. Er schnappte nach Luft. Die Menge murmelte und rückte näher heran.

»Ich hab noch immer keine Entschuldigung vernommen«, hörte Mathias sich sagen.

»Veit, das ist Mathias, der bei Vater als Fährmann anfangen will«, seufzte Philippa. »Mathias, lass Veit los, weil es Vater nichts nützt, einen neuen Fährmann zu bekommen, wenn dafür ein anderer erdrosselt wird. Und eine Entschuldigung ist nicht nötig. Veit ist so ungeschickt, dass er andauernd jemanden anrempelt.«

Die Männer und die wenigen Frauen um sie herum lachten.

Mathias ließ die Hand sinken, und Veit holte pfeifend Luft und taumelte einen Schritt zurück. Mathias und er starrten sich an.

»Wir sprechen uns noch«, krächzte Veit, drehte sich um und stapfte davon. Die Zuschauer rückten auseinander, um ihn durchzulassen.

Philippa wandte sich mit ärgerlichem Gesicht an Mathias. »Das hier sind alles Angehörige der Zunft oder ihre Freunde«, zischte sie. »Du kannst nicht einfach hergehen und jedem, der dir in die Quere kommt, den Kopf abreißen. Jeder wird sich jetzt an dein Gesicht erinnern. Und ich werde verdammt noch mal meinem Vater erklären müssen, wieso er nichts davon weiß, dass er einen neuen Fährmann einge...«

Was sie noch sagen wollte, erfuhr Mathias nicht. Eine laute Stimme übertönte plötzlich das Gemurmel der Menge. »Da ist der Stinker! Was hast du hier verloren, du Schweinehund? Und was hast du mit meiner Verlobten zu schaffen?«

Als er hochblickte, sah er den Mann, den er heute Morgen in den Meyn geworfen hatte, auf sich zustürmen. Drei seiner Kumpane folgten ihm.

22.

Diesmal war es anders als zuvor. Vielleicht lag es daran, dass er den Angriff auf sich zukommen sah.

Die beiden anderen Male war er überrascht gewesen über das, was sein Körper anscheinend ohne sein Zutun vollbringen konnte. Nun wurde er Zeuge, wie sich eine Tür in ihm öffnete. Vorhin hatte er das Gefühl gehabt, sein innerer Krieger wäre aus einem Versteck herausgekommen. Jetzt war es eher, als trete er in die geöffnete Tür ein und fände sich in einer Waffenkammer wieder, deren Inhalt zu seiner Verfügung stand, samt einer Beschreibung, wie er ihn anwenden sollte.

Albrecht, vor dem sich in der Zuschauermenge eine Gasse bildete, schien plötzlich so langsam voranzukommen, als bewege er sich unter Wasser. Gleiches galt für seine beiden Gefährten und den Capitaneus der kaiserlichen Garde, der sich anschickte, Albrecht hinterherzueilen. Mathias sah sie und wusste genau, wann sie in Reichweite sein würden. Er hatte das Gefühl, sogar zu wissen, mit welchem Fuß sie auftreten würden, wenn der letzte ihrer Schritte sie an ihn herangeführt haben würde. Er hatte ewig Zeit, sich mit ihnen zu befassen. Albrecht war der Erste, der ihn erreichen würde.

Entgegentreten!, befahl die Stimme, die er auch auf der Brücke gehört hatte. Es war seine eigene.

Er tat einen langen Schritt auf den heranstürmenden Albrecht zu.

Bodenhaftung entziehen!

Er warf sich nach vorn und rollte über eine Schulter, Albrecht direkt vor die Füße. Albrecht riss Mund und Augen überrascht auf und machte einen Luftsprung, um über Mathias hinwegzusetzen. Mathias hatte gewusst, dass Albrecht genau das tun würde, noch bevor er sich in Bewegung gesetzt hatte. Er hatte gewusst, wie diese Konfrontation ausgehen würde; er hatte jeden einzelnen Handgriff so vor sich gesehen, als würde das Geschehen bereits ablaufen, nein, als wäre es bereits geschehen, und er rief es sich nur noch einmal in Erinnerung!

Aufstehen!

Fliegen lassen!

Er kam blitzschnell auf die Beine, in dem Moment, in dem Albrecht über ihn hinwegsprang. Der Zusammenprall mit Albrecht war beinahe leicht, weil der schwere, muskulöse Mann noch immer in der Luft hing. Sein eigener Schwung und das Momentum, das Mathias mitbrachte, katapultierten Albrecht senkrecht in die Höhe. Plötzlich flog der Milizhauptmann in Kopfhöhe der Zuschauermenge durch die Luft. Er ruderte mit den Armen. Für Mathias geschah auch das mit zäher Langsamkeit; er fühlte sich wie der einzige rasende Derwisch inmitten einer fast erstarrten Welt.

Er hörte, wie Philippa rief: »Mathias ...«

Von den Füßen holen!
Mathias wirbelte herum und gab dem ersten von Albrechts Kumpanen einen wuchtigen Tritt, gerade als dieser nach einem langen Satz mit einem Fuß auf den Boden traf. Es war, als träfe ihn ein Geschoss von einem Katapult. Er flog seitlich in die Zuschauermenge. Mathias machte eine erneute halbe Pirouette. Richtig, da flog der zweite von Albrechts Männern heran, die Arme ausgestreckt, um Mathias mit einem Hechtsprung zu Fall zu bringen.
Zum Tanz auffordern!
Mathias bekam die Handgelenke zu fassen und ließ sich nach hinten kippen, seine Beine schnellten in die Höhe, als sein Rücken den Boden berührte, und trafen den Milizmann in die Körpermitte. Der Angreifer überschlug sich in der Luft. Mathias ließ die Handgelenke los. Als der Angreifer schwer auf den Rücken prallte, stand Mathias bereits auf den Beinen und wich dem zweiten Milizionär aus, dem der Fußtritt noch nicht genug gewesen war und der erneut auf ihn zustürmte.

»… bist du …«, schrie Philippa.
Den Gaukler machen!
Mathias schritt links an seinem Gegner vorbei und streckte zugleich den rechten Arm aus. Der Arm traf den Angreifer am Hals; seine Beine wurden hochgerissen, und es sah tatsächlich wie ein Akrobatenstück aus, als er um Mathias' ausgestreckten Arm herum einen Rückwärtssalto schlug und danach hart auf das Pflaster knallte.

Mathias fuhr herum, um einem weiteren Angriff zu begegnen.

»… verrückt geworden?«, hörte er Philippa vollenden. Er hörte den Schock in ihrer Stimme, ohne sie ansehen zu müssen. Er hätte den Herzschlag einer Maus eine Elle tief unter der Erde gehört in seinem momentanen Zustand.

Niemand griff ihn an. Albrecht war in eine Gruppe Zuschauer gekracht und hatte ein halbes Dutzend davon zu Boden gerissen. Philippas Verlobter versuchte auf die Beine zu kommen, doch die Zuschauer prügelten bereits auf ihn ein.

Seine beiden Kumpane lagen stöhnend und nach Luft schnappend auf dem Rücken.

Der Capitaneus war fast heran. Mathias ließ sich auf ein Knie sinken und überkreuzte die Arme vor der Brust, eine Geste, von der er eben noch nicht gewusst hatte, dass er sie kannte, und die bedeutete, dass von ihm keine weitere Aggressivität mehr ausgehen würde. Hilpolt Meester öffnete den Mund, um etwas zu rufen, doch da explodierte die Stimmung der Menge.

Mathias war klar, wie es für die Zuschauer aussehen musste: Aus den Reihen der kaiserlichen Garde hatten sich plötzlich drei Männer gelöst, um auf die Menge loszugehen. Der Anführer der Garde stoppte sie nicht, sondern lief ihnen im Gegenteil hinterher. Nicht genug damit, dass die Garde den Franchenfurtern mit ihren Kontrollen das Leben schwer machte und den einzigen klaren Brunnen der Stadt besetzt hatte – jetzt gingen die Gardisten auch noch auf Unschuldige los.

Die unschuldigen Zuschauer verwandelten sich binnen eines Herzschlags in extrem wütende Zuschauer.

Mathias sah die Welle aus Körpern vorwärtsbranden und die Gasse schließen, durch die der Capitaneus heranstürmte. Er sah geschwungene Fäuste, brüllende Münder, zornig funkelnde Augen, verzerrte Gesichter. Hilpolt Meester verschwand in der Meute.

Noch immer schien die Welt langsamer zu sein als Mathias. Er sah den Locotenente der Gardisten einen Arm in die Luft stoßen in dem Befehl, dem Capitaneus zu Hilfe zu kommen, doch für Mathias war es, es müsste die Bewegung Stunden dauern. Er sah die Ratsherren, die erstarrt vor Schreck Zeugen wurden, wie die Situation eskalierte. Er kam mit einer fließenden Bewegung auf die Beine und war bei Philippa, ohne dass er nach ihr hätte Ausschau halten müssen.

Sie öffnete den Mund, um zu schreien.

Er packte sie um die Mitte und hob sie hoch. Er hätte einen Reiter samt Pferd hochheben können in diesem Moment.

Die Menge drang zum Mittelpunkt vor, wo der Tumult begonnen hatte. Mathias trug Philippa in der Gegenrichtung hinaus. Zwei Männer, die auf den dummen Gedanken kamen, auf ihn loszugehen, lagen plötzlich hinter ihm auf dem Boden, unschädlich gemacht von Tritten, über die er nicht einmal hatte nachdenken müssen.

Philippa rief etwas. Mathias hörte nicht auf sie. Sie trommelte mit den Fäusten auf seinen Rücken. Er ignorierte sie.

Ein Knüppel sauste heran, geführt von einem Mann. Aus genau diesem Grund brachte Mathias Philippa in Sicherheit: weil in diesem Getümmel jeder auf jeden losschlug.

Sein Abwehrschlag traf das Handgelenk des Angreifers an der schwächsten Stelle. Der Knüppel wirbelte harmlos davon. Noch bevor sich in dem brüllenden Gesicht des Angreifers das Bewusstsein manifestieren konnte, dass das Handgelenk gebrochen war, war Mathias schon drei Schritte weiter. Er tanzte um zwei Männer herum, die sich über das Pflaster wälzten und aufeinander eindroschen.

Dann waren sie aus dem Hexenkessel heraus. Mathias stellte Philippa auf die Beine. Sie wollte ihn anschreien, doch dann fielen ihre Blicke über seine Schulter, und sie erstarrte. Mathias drehte sich um.

Die Hälfte des Platzes bestand aus einer brodelnden Menschenmenge, die brüllte und geiferte und dabei Fäuste, Stöcke und Knüppel schwang. Der Lärm war schlimmer als bei einem Unwetter. An mehreren Stellen kämpften sich Gardisten in das Gewühl hinein und hinterließen kleinere Gruppen von sich auf dem Pflaster windenden Männern. Die kaiserlichen Soldaten hatten ihre Schwertgürtel beim Brunnen fallen lassen, aber die meisten von ihnen trugen Handschuhe mit Eisenbuckeln auf den Knöcheln und waren nicht zimperlich damit, wohin sie trafen, Hauptsache, sie mussten kein zweites Mal zuschlagen. Im Zentrum des Gewühls kämpfte Hilpolt Meester, der offenbar ganz gut allein zurechtkam und seine Rettungsmannschaften nicht zu brauchen schien.

Noch nicht. Doch nun rückte ein Trupp einfach gekleideter

Männer auf ihn zu. Über ihren Köpfen tanzten die Blätter der langen, eisenharten Holzruder von Meynfähren. Gegen diese Gegner würde sich der Capitaneus nicht lange behaupten können.

»Vater!«, stieß Philippa hervor. An der Spitze der ruderbewehrten Männer drosch sich ein hochgewachsener Graukopf durch die Menge, die Blicke starr auf den Capitaneus gerichtet.

An einer anderen Stelle unweit von Hilpolt Meester richtete ein weiterer einsamer Kämpfer Verheerungen an und türmte einen Ring von niedergestreckten Gegnern um sich auf: Albrecht. Noch während Philippa mit aufgerissenen Augen und Mathias mit einer seltsamen Entrücktheit zusahen, stießen Albrecht und Hilpolt mit den Rücken aneinander. Sie fuhren beide herum und hoben die Fäuste. Albrecht erkannte offenbar, wer da an ihn gestoßen war, und grinste den Capitaneus an. Hilpolt Meester grinste nicht zurück, sondern drosch mit der Faust in Albrechts Grinsen hinein. Albrecht taumelte zurück und wurde von seinen Angreifern niedergerissen. Auch der Capitaneus verschwand unter einem Knäuel Leiber.

»Um Gottes willen!«, schrie Philippa. Mathias packte sie, als sie loslaufen wollte, um sich in die Meute zu stürzen. »Lass mich los, du, du ... Dämon!«

Vorne beim Brunnen wuchtete der Stadtrat, den Philippa als Baldmar Hartrad bezeichnet hatte, den Zieheimer auf den Brunnenrand. Er schüttete den Inhalt mit Schwung über die beiden nächstbesten Kombattanten.

Mathias sah es schwarz und klumpig aufspritzen. Er musste nicht den wilden Schrei des Stadtrats hören, um zu wissen, was geschehen war.

Auch der letzte Brunnen Franchenfurts war nun verdorben.

23.

Mathias spürte, wie die Kraft seine Beine verließ und er sich auf den Boden setzte. Er stierte zum Brunnen hinüber und bemerkte kaum, dass der Kampf so abrupt abebbte, wie er begonnen hatte. Eine Erinnerung hatte sich gemeldet, eine Erinnerung, die anscheinend seit dem Erlebnis beim Fischteich versuchte, hervorzukommen.

Das Weiß des Mantels des Deutschritters ... es war Schnee gewesen, an den ihn der weiße Stoff erinnert hatte. Die Fische ... tote, nackte, bleiche Körper von Menschen im Schnee ...

Schnee sah er auch jetzt vor seinem inneren Auge. Schnee, in den jemand einen Eimer aus einem Brunnen schüttete und ihn damit schwarz färbte. Fäulnisgeruch stieg in seiner Erinnerung auf.

Eine Stimme sagte: *Der Frost muss die Wände der Latrine gesprengt haben. Schon wieder!*

Er verstand die Sprache nicht. Trotzdem wusste er, was gesagt worden war. Weil er die Sprache schon einmal verstanden hatte und es nur vergessen hatte?

Eine andere Stimme meinte: *Wenn die Latrine in den Brunnen herübersickert, muss es noch schneller tauen, als es den Anschein hat.*

Die erste Stimme: *Dieser merkwürdige warme Wind. Wie ein Teufelshauch ...*

Und dann beide: *O Gott, das Eis auf dem Fluss!*

Mathias begann zu zittern. Er sank zur Seite. Ein weiteres Bild blitzte in seinem Kopf auf. Hatte es mit der Unterhaltung der beiden körperlosen Stimmen zu tun? Stand es für sich allein? Was bedeutete es?

Er sah einen schmutzig weißen Wall heranbrodeln, heranschäumen, heranrollen, sah grünes Wasser in einen grauen Himmel spritzen, spürte den Boden, auf dem er stand, beben und rucken, als risse eine unsichtbare Riesenfaust daran. Er hörte Menschen um sich herum kreischen vor Angst, vernahm das monströse Krachen, Reißen und Brüllen des näher rückenden Walls mit dem ganzen Körper, stolperte, weil der Untergrund bockte, als liefe er über den Rücken eines Drachen. Nein, es war kein Drache. Es war eine ... Brücke?

Dann ein Name: Judith.

Er lief über eine Brücke, unter der der Schlund der Hölle schäumte und auf die die Vernichtung in Gestalt des weißen Walls zurollte, aber es kümmerte ihn kaum, weil nur eines zählte: die andere Seite zu erreichen. Mathias wusste, dass die wichtigste Mission seines Lebens davon abhing.

Er sah sich gegen einen Mann kämpfen. Er verspürte Entsetzen darüber, dass dieser Kampf nötig war.

Er sah zwei Kinder, die ihn anstarrten.

Die Menschen auf der Brücke schrien und kreischten. Die beiden Kämpfenden bewegten sich durch das Chaos, wurden getrennt, fanden zusammen, kämpften weiter. Um sie herum herrschte helle Panik.

Die Kinder starrten ihn immer noch an. Dann war der Wall heran.

Die Brücke hielt.

Die Brücke hielt nicht.

Er spürte, wie er flog. Er spürte Kälte, Atemnot, brechende Knochen, höllische Schmerzen. Dann Weiße, endlose Weiße ...

24.

Am ganzen Körper schlotternd, starrte er zu Philippa, die einige Schritte entfernt auf dem Pflaster saß. Ihr Gesicht war bleich, auf ihren Wangen waren hektische Flecken, ihr Haar war zerzaust. An der Schulter ihres Kleids war ein großer Fetzen Stoff herausgerissen.

»Die ... Brücke ...«, hörte er sich sagen. »Judith ...«

»Wer bist du?«, flüsterte Philippa.

Blinzelnd erkannte Mathias, dass ein Mann neben Philippa lag, der leise stöhnte. Mathias fühlte einen dumpfen Schmerz in der Rippengegend, als hätte ihn jemand getreten. Er beugte sich nach vorn.

Der Mann war Veit, der vorhin Philippa angerempelt hatte. Als Mathias näher hinsah, erkannte er, dass die Nase und der Kiefer des Fährmanns gebrochen waren. Seine Augen begannen bereits zuzuschwellen, und ein Riss unter dem einen verriet, dass das Jochbein ebenfalls gebrochen sein musste. Veits Mund war eine blutige Masse, in der sein flacher Atem Bläschen bildete. Er war halb besinnungslos. In einer Faust hielt er den Stofffetzen, der an Philippas Kleid fehlte.

Mathias brauchte Philippa nicht zu fragen, um zu verstehen, was passiert war.

Veit hatte ihn hier auf dem Boden sitzen sehen, anscheinend wehrlos. Er war herangekommen und hatte Mathias getreten. Philippa war dazwischengegangen. Veit hatte sie gepackt und beiseitegestoßen. Dabei war der Stoff ihres Kleides gerissen und ein Fetzen in seiner Hand geblieben. Philippa war zu Boden gestürzt.

Mathias' innerer Krieger schien die Fähigkeit zu haben, auch dann hellwach zu sein, wenn Mathias' Geist ganz woanders weilte. Aber dann fehlte ihm die stoische Zurückhaltung seines Herrn.

Nun war Veit derjenige, der nie wieder etwas anderes als Brei essen würde, weil Mathias ihm alle Zähne eingeschlagen hatte. Und auch wenn seine Verletzungen verheilt waren, würde sein Gesicht auf ewig schief und vernarbt sein.

»*Was* bist du?«, flüsterte Philippa.

»Ich weiß es nicht«, krächzte Mathias.

Philippa raffte sich auf und schritt davon, ohne ihn noch eines Blickes zu würdigen. Die Massenschlägerei vorne beim Brunnen hatte sich aufgelöst. Alle standen nun um die Wasserstelle herum oder massierten sich ihre Beulen und Blessuren. Mathias sah Philippa sich zu ihrem Vater durchdrängen. Niemand achtete mehr auf ihn.

Er rappelte sich auf, trat auf den stöhnenden Veit zu und richtete ihm mit einem Ruck die gebrochene Nase. Mehr konnte er nicht für ihn tun. Der Fährmann keuchte in seiner Besinnungslosigkeit kurz auf, kam aber nicht wieder zu sich.

Mathias schleppte sich davon.

Erst als er über die Brücke auf der Sassenhusener Seite war, brach sein Widerstand gegen die Panikwelle zusammen, die sich ihn ihm aufbaute, seit er aus der plötzlichen Erinnerung zurückgekehrt war. Er schaffte es in das alte Bootshaus an der Stadtmauer, dann lag er zitternd und schwitzend in der hereinbrechenden Dunkelheit und betete zu einem Gott, an den zu glauben ihm zusehends schwerfiel, dass der Anfall auch diesmal irgendwann abklingen würde.

19. Juli 1342

1.

Ludwig von Wittelsbach, sechzig Jahre alt und seit achtzehn Jahren ohne die Gnade Gottes lebend, lauschte der Morgenmesse. Er wusste nicht, ob er durch seine Anwesenheit im Dom Gott erzürnte. Theoretisch musste schon die Lesung der Messe allein den himmlischen Zorn erwecken. Ludwig von Wittelsbach lebte im Kirchenbann, und sein Reich, seine Städte, sein Volk trugen den Bann mit ihm. Gott würde, wenn es stimmte, was die Kirche postulierte, keinem Gebet lauschen, das aus dem Heiligen Römischen Reich in den Himmel aufstieg, auch keinem Gebet aus dem Herzen von Ludwig von Wittelsbach, dem Kaiser, dem Herrn des Heiligen Römischen Reichs.

Ludwig betete dennoch. Er hoffte auf jenes Glaubenspostulat, welches besagte, dass Gott all seine Geschöpfe liebte, ob Sünder oder nicht. Derjenige, der in Wahrheit gegen alle christlichen Gebote verstoßen hatte, war der Papst, nicht er selbst. Aber eine lebenslange Erziehung in Glaubensfestigkeit ließ sich nicht so leicht abschütteln. Und so fiel es Ludwig schwer, die Ehrfurcht vor dem Heiligen Vater tief in seinem Herzen zu unterdrücken – obwohl er wusste, dass Papst Johannes XXII, der ihn gebannt hatte, ein rücksichtsloser Machtpolitiker gewesen war, Papst Benedikt XII., der den Bann erneuert hatte, ein Speichellecker Frankreichs und Papst Clemens VI., der seit zwei Monaten auf dem Stuhl Petri saß und den Kirchenbann in jeder Sonntagsmesse mit beleidigenden Predigten bekräftigte, ein scheinheiliger Verschwender ohne jegliches Mitgefühl. Selbst die Kurfürsten, die traditionell an einer Stärkung der kaiserlichen Position nicht übermäßig interessiert waren und ihn eher als *primus inter pares* betrachteten, hatten von den fortgesetzten Schikanen aus Rom mittlerweile genug – was jedoch keineswegs hieß, dass sie sich nun bedingungslos hinter Ludwig stellen würden. Ihre Haltung konnte ebenso dazu führen, dass sie den Kaiser abwählten, weil der Konflikt das Reich schwächte. Dies zu verhindern war ein nicht unerheblicher Zweck des geheimen Treffens hier in Franchenfurt.

Manchmal hatte Ludwig das Gefühl, dass alles, was er anpackte, danebenging. Er hatte unzählige Male auf friedlichem Weg versucht, mit den jeweiligen Päpsten zu einer Übereinkunft zu kommen. Hätte er stattdessen in Avignon einmarschieren und den Papst mit Gewalt von seinem Thron jagen sollen?

Er hatte einen Gegenpapst eingesetzt und ihn dort auf den Heiligen Stuhl gesetzt, wo er nach alter Überlieferung hingehörte, nämlich in Rom. Doch der von ihm protegierte Nikolaus hatte nicht einmal unter den Römern genügend Anerkennung gefunden, als dass er sich länger als zwei Jahre hätte halten können.

Er hatte die freien Reichsstädte gefördert, und keine mehr als Franchenfurt – und doch waren nun die Franchenfurter verärgert, weil das geplante Kurfürstentreffen ihnen Opfer abverlangte.

Die Fehler setzten sich im Kleinen fort. War es einer gewesen, der Morgenmesse im Dom beiwohnen zu wollen, als er erfahren hatte, dass Stiftspropst Gottfried eine abhielt, ohne sich um das Interdikt zu kümmern? Ludwig brauchte nur einen Seitenblick zu Hilpolt Meester zu werfen, der etwas abseits mit gefalteten Händen vor dem Altar kniete, um zu wissen, welcher Meinung sein Capitaneus war. Hilpolt Meester hatte den Kaiser bis zuletzt davon abzubringen versucht, weil er die Lage in Franchenfurt als zu unsicher einschätzte. Ludwig hatte sich darüber hinweggesetzt, und nun war Hilpolt, eine der treuesten Seelen, die der Kaiser kannte, verletzt und aufgebracht, weil sein Rat offensichtlich wenig Beachtung fand. Ludwig war seinem Einfall gefolgt, weil er den Mut des Dompropstes honorieren und gleichzeitig den Franchenfurtern zeigen wollte, dass er sich furchtlos unter ihnen bewegte. Doch Hilpolt Meester hatte darauf bestanden, die Kirche aus Sicherheitsgründen für alle anderen Besucher zu sperren, und nun war der Dom leer, Gottfrieds Stimme hallte seltsam traurig in der riesigen Halle, und draußen stand das Volk und war ergrimmt, dass ihm eine der ohnehin raren Gelegenheiten, die Messe zu besuchen, nun auch noch versagt wurde.

Vielleicht lauschte Gott doch nicht den inbrünstigen Gebeten, die der Kaiser zu ihm sandte. Vielleicht holte Gott bereits zum Streich aus, um die Menschen im Reich dafür zu strafen, dass ihr Oberhaupt in dem verzweifelten Bemühen, alles richtig zu machen, einen Fehler nach dem anderen beging.

Erneut warf Ludwig seinem Capitaneus einen Seitenblick zu. Hilpolt schien das Signal zu empfangen, denn er wandte den Kopf und begegnete dem Blick seines Herrn. Einen Augenblick lang blieb das harte Gesicht mit dem ergrauenden kurzen Bauernhaarschnitt und dem struppigen Bart finster, dann lächelte Hilpolt dem Kaiser kurz zu und beugte den Kopf. Ludwig wandte sich ab und blickte zum Kruzifix, weil er nicht wollte, dass Hilpolt die plötzliche Gefühlsaufwallung mitbekam, die seine Augen feucht werden ließ. So viele gute Männer hielten ihm die Treue, und wie vergalt er, Ludwig, es ihnen? Indem er ein Versagen an das andere reihte!

Die Stimme des Stiftspropsts verklang, und Ludwig wurde sich bewusst, dass der Mann sich vom Allerheiligsten abgewendet hatte. Gottfried von Eppstein strahlte den Kaiser an, was bedeutete, dass sich sein Gesicht zu zwei freundlichen Augenschlitzen und einem Haufen gebleckter Pferdezähne verzog.

»*Benedicamus Domino!*«, rief der Stiftspropst und beschloss damit die Messe, der wie an Fasttagen das *Gloria* gefehlt hatte – offenbar Gottfrieds Zugeständnis an die Tatsache, dass eigentlich gar kein Gottesdienst hätte abgehalten werden dürfen.

»*Deo gratias*«, erwiderte Ludwig und bekreuzigte sich.

Als er aufstand, war Gottfried von Eppstein zur Stelle und half ihm auf.

»Euer Majestät, ich fühle mich geehrt«, begann der Stiftspropst.

Ludwig schüttelte den Kopf. »Ich danke *Euch*, Hochwürden! Es braucht Mut, eine Messe für einen Mann abzuhalten, den der Heilige Vater jeden Sonntag aufs Neue verdammen lässt.«

»Der Heilige Vater ist im Irrtum«, sagte Gottfried schlicht.

»Wollte Gott, der Heilige Vater würde dies erkennen können, Hochwürden.«

»Ich kenne vielleicht eine Möglichkeit, ihm zu dieser Einsicht zu verhelfen, Euer Majestät.«

Ludwig stutzte und musterte den Stiftspropst. Hilpolt, der herangeschlendert war, nachdem er sich ebenfalls bekreuzigt hatte und aufgestanden war, kniff die Augen zusammen und holte Atem. Bevor Ludwig antworten konnte, sagte der Stiftspropst würdevoll: »Schon wieder seid Ihr in meinem Haus, Capitaneus, und schickt Euch an, etwas Grobes zu mir zu sagen.«

»Das ist das Haus Gottes«, erklärte Hilpolt.

»Umso mehr solltet Ihr darauf achten, welche Worte Ihr wählt.«

»Der Capitaneus hat mein vollstes Vertrauen, Hochwürden«, sagte Ludwig, der Bedauern darüber spürte, dass diese zwei aufrichtigen Männer anscheinend schon einmal aneinandergeraten waren – und dass es wahrscheinlich wegen seiner Sicherheit geschehen war.

»Darf ich Euch schildern, was ich gemeint habe, Euer Majestät?«, fragte der Stiftspropst. Er straffte sich. »Und natürlich auch Euch, Capitaneus?«

»Nur zu«, grollte Hilpolt.

Noch bevor Gottfried etwas sagen konnte, öffnete sich das Kirchenportal. Ludwig hörte das Gemurmel der Menge, die sich vor den Kirchentüren versammelt hatte. Es hörte sich ärgerlich an. Zwei Männer kamen zum Altar. Einer von ihnen trug die Tunika der kaiserlichen Garde und hatte offensichtlich draußen Wache gehalten, der andere war zerzaust und sonnenverbrannt und roch schon von Weitem nach Pferd, Schweiß und langen Tagen im Sattel.

»Ein Bote für Eure Majestät«, meldete der Gardist. Hilpolt nickte ihm zu.

Der Bote sank auf die Knie und hob die gefalteten Hände. Ludwig umfing sie mit der gleichen Geste, mit der er auch einen Vasallen in seinen Dienst nahm und seines Schutzes versicherte.

»Wie lautet deine Botschaft, mein Sohn?«, fragte er. Sein Herz begann schneller zu schlagen. Gab es endlich Nachricht von *ihm*?

Dem Mann, von dessen Existenz nicht einmal Hilpolt Meester wusste? Dem Jäger im Auftrag des Kaisers, der nicht dem Bären oder Hirsch im Wald nachsetzte, sondern Beweisen für ein Komplott, das mehr als alles andere dafür sorgen würde, dass die Kurfürsten sich loyal an die Seite des Kaisers stellten. Es war vereinbart, dass sie sich hier in Franchenfurt treffen oder wenigstens durch eine Botschaft verständigen würden, falls irgendetwas dazwischen kam. Nicht zuletzt das Warten auf diesen Jäger und seine Botschaft hatte Ludwig so lange hier in Franchenfurt festgehalten.

Ludwig nickte dem Stiftspropst höflich zu. »Ihr entschuldigt, Hochwürden?«

Gottfried von Eppstein zog sich demonstrativ außer Hörweite zurück. Hilpolt Meester wartete ab, was der Kaiser in seinem Fall entscheiden würde. Ludwig bat ihn mit einem Kopfnicken, näher zu treten. Er hatte das Gefühl, dass Hilpolt nichts anderes erwartet hatte und dennoch in gewisser Weise überrascht war. Der Capitaneus ahnte offensichtlich, dass Ludwig Pläne schmiedete, die der Garde bisher vorenthalten worden waren. Eine neue Welle von Zuneigung zu dem stämmigen, stets kampfbereiten Anführer der Garde stieg in Ludwig hoch, weil Hilpolt trotzdem in seiner Treue nicht wankte. Nun, wenn jetzt die Botschaft enthüllt wurde, auf die Ludwig wartete, dann sollte der Capitaneus der Erste sein, der sie außer dem Kaiser zu hören bekam.

Als der Bote zu sprechen begann, dachte Ludwig zuerst, das Reich würde angegriffen. Er wurde blass. Dann verstand er, was der Bote ihm eigentlich mitteilen wollte, und er wurde noch blasser.

Der Zorn Gottes, dachte er. Ich habe den Zorn Gottes über das Reich gebracht.

2.

Hilpolt Meester hörte der Schilderung des Boten zu, der atemlos und mit knappen Worten erzählte. Der Reiter war vor mehreren Tagen aus Munichen, der Residenzstadt des Kaisers, aufgebrochen und hatte einige der Dinge, die er schilderte, am eigenen Leib erlebt. Als geschulter Bote verstand er es, nur die Fakten zu nennen und die eigenen Gefühle außer Acht zu lassen, doch Hilpolt hörte trotzdem das Entsetzen des Mannes heraus, und seine eigene Fantasie malte ihm Bilder dazu, die er gar nicht sehen wollte.

Unwetter hatten sich im Süden des Reichs am Fuß der Berge gebildet, beinahe die ganze Strecke entlang. Im Osten hatten sie begonnen.

Hilpolt sah die Wolken vor sich, so, wie der Bote sie beschrieb. Es war zu hören, dass der Mann keine Schilderungen aus zweiter Hand von sich gab. Er sah die schnell ziehenden, dunklen Wolkenfetzen, die mit einer plötzlich aufkommenden morgendlichen Brise heranzogen. Er konnte das Aufatmen der Menschen nachvollziehen, die die kühlere Luft gespürt und in den Himmel gesehen hatten, in der Hoffnung, dass die Dürre nun ein Ende hätte. Die Bauern waren hinausgeeilt, um zu sehen, ob es irgendetwas auf ihren ausgetrockneten Feldern gab, das vor dem erhofften Regen in Sicherheit zu bringen wäre. Die Hirten waren zu den staubigen Wiesen gelaufen, auf denen ihre Schaf- und Ziegenherden verzweifelt nach Nahrung suchten.

Hilpolt konnte das erste nagende Gefühl kommenden Unheils bei den Menschen erahnen, als der Bote berichtete, dass die Hirten die Tiere suchen gehen mussten und sie schließlich in Senken fanden, zusammengedrängt und blökend, als schlichen Wölfe um sie herum, oder in Wäldern, wo sie sich ins Unterholz duckten. Er hörte die Schilderungen von Vogelschwärmen, die plötzlich aufstiegen, als sei der Herbst und die Zeit ihrer Abreise gekommen, und nach Norden flogen.

Dann hatte sich die Brise gelegt, und es war wieder heißer geworden. Heißer, als es zuvor gewesen war, stickiger, feuchtheiß. Die dunklen Wolkenfetzen waren verschwunden und hatten einen seeblauen Himmel zurückgelassen, über den andere Wolken zu ziehen begannen, dicke, weiße, riesige Gebilde, aufgequollen wie Wolle im Wasser. Die Luft hatte sich angefühlt wie ein unsichtbares heißes Tuch, das sich auf die Schultern legte und die Menschen und Tiere niederdrückte. Zugochsen waren stehengeblieben und hatten sich geweigert, weiterzugehen, obwohl ihre Treiber sie blutig peitschten. Reiter waren von ihren Pferden gestiegen und hatten sie am Zügel geführt, während die Tiere stöhnten und der Schweiß von ihren Flanken troff wie Milch.

Hilpolt starrte in die ungläubig aufgerissenen Augen des Kaisers, als der Bote erzählte, dass Feuchtigkeit sich an den metallenen Beschlägen von Türen niedergeschlagen hatte und Kirchenglocken mit einem Netz von träge herabrollenden Wassertropfen überzogen gewesen waren, als hätte das Metall geschwitzt.

Niemand hatte mehr geglaubt, dass die dunklen Wolken am frühen Morgen eine Wetterbesserung angekündigt hatten. In den Dorfkirchen hatten sich die Bauern versammelt, betend, allerdings auch wissend, dass ihre Fürbitten und frommen Gesten nach dem Willen des Papstes wertlos waren. In den Städten hatten die Räte ihr eigentliches Tagwerk niedergelegt und sich in den Ratssälen getroffen, um sich über etwas zu beraten, von dem sie nicht wussten, was es war, aber von dem sie ahnten, dass es über sie kommen würde.

Dann hatte das Grollen des Donners begonnen, das von fern heranrollte und nicht mehr aufzuhören schien. Über den Köpfen der Menschen hatten sich die Wolken immer mehr verdichtet, aber noch schien die Sonne durch die Lücken aus diesem unglaublichen Himmelblau. Am Horizont, wo die Berge waren, war Dunkelheit herabgesunken, über der strahlende Türme aufstiegen und wie Ambosse in das Firmament ragten.

Als Nächstes war Wind aufgekommen, in Böen, die plötzlich aufsprangen und Zäune erst umwarfen und dann in ihren Einzelteilen davonwirbelten. Hütten wankten und stöhnten, Bäume schüttelten sich, Hecken legten sich flach, das dürre Gras wogte wie ein aufgepeitschter See, das Getreide bog sich und knickte und wand sich auf dem Boden, bevor die Halme losrissen und zusammen mit Staub und Steinchen und abgerissenem Laub und Heu durch die Luft schwirrten. Der Staub stieg so hoch wie die Dächer der höchsten Häuser, prasselte gegen Hauswände und Kirchtürme. Dachziegel stellten sich auf wie Hühnerfedern, als der Wind an den Gebäuden in die Höhe fuhr. Blitze zuckten in den Wolkengebirgen, die sich am Himmel vereinigten, und in den aufgewirbelten Staubwänden. Fensterläden und Türen wurden aufgedrückt, Hühnerställe stürzten ein, Böen rollten und schleuderten die toten und sterbenden Tiere über den Boden, gegen Hauswände, ihre Federn wirbelten mit abgerissenem Laub um die Wette.

Und dann kam der Regen. Es war kein Regen, es war eine Flut, die vom Himmel fiel, in die Häuser eindrang, durch die zerborstenen Fensteröffnungen tobte und durch die abgedeckten Dächer rauschte und keinen Unterschied ließ zwischen drinnen und draußen. Hagelkörner kamen wie Geschosse herab, zerfetzten Büsche, entlaubten Bäume, ließen die Kirchenglocken summen, wenn die Böen sie zu den Schalllöchern der Türme hineinpeitschten.

Schlecht gebaute Holzhütten vor den Mauern der Städte fielen in sich zusammen. Morsche Hurden krachten von den Wehrgängen der Stadtmauern und von den Burgtürmen. Die Gassen waren Bäche, die Straßen Flüsse, die Hagel und Regen aufrauten und in die die Balken der zusammenbrechenden Bauten schlugen. Blitze zerschmetterten steinerne Mauerkronen, Kellergewölbe wurden zu Zisternen aus eiskaltem, schlammigem Wasser, und wer dort Schutz gesucht hatte, war verloren.

Und dann, als ob ein Dämon im Vorbeigehen mit dem Schicksal der Menschen gespielt hätte wie ein Kind mit einem Stock in einem Ameisenhaufen wühlt, dann waren die Unwetter weitergezogen auf ihrem Weg von Osten nach Westen, und die Wolken hatten sich aufgelöst, und die Sonne war wieder hervorgekommen.

»Ich habe einen toten Mann gesehen, Euer Majestät«, sagte der Bote. »Er trug nur noch seine Schuhe. Alles andere hatten der Wind und das Hochwasser ihm vom Leib gerissen. Ich habe die zerschmetterten Körper von Pferden und Rindern gesehen, die so aussahen, als seien sie aus großer Höhe herabgestürzt, als habe der Sturm sie davongetragen und irgendwo fallengelassen.«

Ludwig schwieg lange, nachdem der Bote geendet hatte. Schließlich blickte er auf und musterte Hilpolt. Sein müdes, faltiges Gesicht sah noch zerknitterter aus als üblich.

»War es das?«, fragte er leise. »Oder ist diese Verwüstung nur der Auftakt zu einer noch schlimmeren Katastrophe?«

Hilpolt räusperte sich. »Ich denke, das war es«, log er, weil er es nicht übers Herz brachte, dem Kaiser zu sagen, welches Gefühl er in Wahrheit hatte: dass diese Unwetter so etwas Ähnliches waren wie die Vorhut eines Kriegsheeres, die ein bisschen plünderte und ein bisschen zerstörte und Panik verbreitete, bevor das Hauptheer heran war und die Angst und der Schrecken erst so richtig begannen. »Ich glaube sogar, dass damit die Herrschaft dieser endlosen Dürre gebrochen sein dürfte. Ihr kennt das doch, Euer Majestät – wie ein Sommergewitter, das das Wetter ändert.« Im Stillen fragte er sich, welche Vorbereitungen er gegen eine solche Katastrophe treffen sollte, und fand keine Antwort.

Ludwig dankte dem Boten, der beiseitetrat und sich mit beiden Händen durch das verschwitzte Gesicht fuhr. Er schien für die Übermittlung der Neuigkeiten seine letzten Kräfte mobilisiert zu haben und sah nun erschöpft und müde aus. Hilpolt wollte ihn eben nach draußen schicken und ihm auftragen, sich ins Quartier der Garde führen zu lassen, wo er sich stärken konnte, da trat der Stiftspropst aus einer Tür, die wahrscheinlich zur Sakristei führte. Gottfried trug einen tönernen Krug und bot ihn dem Boten an. Der Mann nahm die Gabe mit überraschter Miene an und trank dann durstig. Hilpolts Blicke begegneten denen des Stiftspropsts; er nickte dem Geistlichen dankbar zu, und dieser zuckte nach kurzem Zögern mit den Schultern. Hilpolt lächelte und bekam nach weiterem Zögern ein Lächeln zurück, das dem Gesicht eines

Schlachtrosses alle Ehre gemacht hätte. Der Stiftspropst war offenbar doch ein Mann mit dem Herzen auf dem rechten Fleck.

Als Gottfried an den Kaiser herantrat, honorierte Hilpolt die Mildtätigkeit des Geistlichen dadurch, dass er ihm nicht mehr argwöhnisch den Weg verstellte, sondern sich einfach an die Seite Ludwigs begab.

Was der Stiftspropst ihm damit vergolt, dass er dem Kaiser den absolut hirnrissigsten, undurchführbarsten, sicherheitsmäßig albtraumhaftesten Vorschlag machte, den Hilpolt Meester in all seinen Dienstjahren als kaiserlicher Gardist jemals zurückzuweisen gezwungen gewesen war.

3.

»Euer Majestät, Ihr zieht das doch nicht etwa ernsthaft in Betracht?«, fragte Hilpolt, immer noch fassungslos darüber, dass der Kaiser dem Stiftspropst nicht sofort eine Absage erteilt hatte. Sie ritten nebeneinander über die Brücke nach Sassenhusen hinüber, umringt von Hilpolts Männern.

»Ich habe mir das genau überlegt, mein lieber Capitaneus. Vielleicht ist es wirklich eine Möglichkeit, das Reich und den Heiligen Stuhl miteinander zu versöhnen? Das ist ein noch so großes Risiko wert, meint Ihr nicht?«

Hilpolt biss sich auf die Zunge. Alle Argumente für und wider die Teilnahme des Kaisers an Gottfried von Eppsteins Prozession und öffentlichem Gottesdienst auf der Meynbrücke waren bereits im Dom gesagt worden, zum Teil durchaus in höchster Lautstärke. Es hatte keinen Sinn, alles zu wiederholen. Er wusste, dass er recht hatte mit seinen Einwänden, und der Kaiser wusste es im Grunde ebenso. Aber er kannte seinen Herrn gut genug, um zu wissen, welche Sorgen Ludwig sich machte, dass das Elend des Reichs irgendwie tatsächlich mit ihm und seinem Konflikt mit dem Papst zu tun hatte. Dass das Volk ihn zunehmend ebenfalls dafür verantwortlich machte und zu hassen begann. Und er verstand, dass die Pläne Gottfrieds dem Kaiser eine Möglichkeit gaben, einen erneuten, diesmal vor aller Augen und in tiefster Frömmigkeit vollzogenen Anlauf zu unternehmen, den Konflikt zu beenden.

»Es ist ein bisschen wie beim Gang nach Canossa«, sagte der Kaiser leise. »Indem er sich erniedrigte und seine Standhaftigkeit bewies, konnte sich Kaiser Heinrich aus dem Bann lösen.«

»Ich weiß nicht, ob Ihr Euch erniedrigt, aber ich bin mir sicher, dass Ihr Euch in eine große Gefahr begebt«, brummte Hilpolt.

»Welche Gefahr sollte mir von meinen Franchenfurtern drohen?«, fragte Ludwig. »Und selbst wenn es eine solche gäbe – ich werde mitten auf der Brücke stehen, mit dem Stiftspropst an der einen und Euch an meiner anderen Seite, umringt von Dutzenden von Bürgern. Ihr könnt die beiden Zugänge zur Brücke absperren, wenn die Prozession dort angekommen ist. Wenn jemand dann noch an mich herankommen wollte, müsste er schon mit dem Teufel im Bund stehen.«

»Jemand könnte ein Boot benutzen«, sagte Hilpolt hartnäckig.

»Ich bin sicher, Euch wird auch zur Abwendung dieser Gefahr etwas einfallen.« Der Kaiser lächelte. Hilpolt hatte den Eindruck, dass er seit dem Vorschlag des Stiftspropstes einen Teil seiner guten Laune wiedergefunden hatte – wie ein Mann, der das Gefühl hatte, endlich die Dinge zum Guten wenden zu können.

Ludwig wandte sich im Sattel um und betrachtete die Stadt. »Ich muss diesen Unfrieden beenden, der wie ein Pestgeschwür alles zerfrisst«, murmelte er, so dass nur Hilpolt ihn hören konnte. »Selbst hierher ist er schon vorgedrungen.«

Hilpolt fluchte in sich hinein. Er wünschte, er hätte dem Kaiser nicht von dem Aufruhr auf dem Samstagsberg berichtet. Inzwischen war die Situation ohnehin wieder entspannt. In zwei der städtischen Brunnen konnte wieder klares Wasser gefördert werden. Hilpolt hatte – aus dem Wissen heraus, dass eine solche Geste nötig war – die Garde von der Überwachung der Brunnen abgezogen und sie in die Hände der Stadt gegeben. Und um ehrlich zu sein, erfüllten die Stadtknechte ihre Aufgabe nicht schlechter als die Gardisten.

»So etwas wie gestern auf dem Samstagsberg hätte nicht geschehen dürfen. Es darf nicht noch einmal vorkommen«, sagte Ludwig.

Hilpolt seufzte. Er konnte sich des Eindrucks nicht erwehren, dass der Kaiser das Thema nicht zuletzt deshalb aufgriff, weil er, Hilpolt, damit in die Defensive geriet. Er wusste, dass er die Lage besser hätte kontrollieren sollen. »Und Ihr glaubt, wenn Ihr an dieser Prozession teilnehmt, wird so etwas verhindert?«, fragte er.

»Ja, das glaube ich. Was ist aus diesem Fremden geworden, der die Prügelei angezettelt hat?«

»Er hat sie nicht angezettelt, Euer Majestät, aber ohne ihn hätte sie nicht stattgefunden.«

»Ein Unschuldiger, der trotzdem irgendwie schuld ist? Der Mann ist mir sympathisch, mein lieber Capitaneus. Habt Ihr ihn schon gefunden?«

»Nein, er ist wie vom Erdboden verschluckt. Ich nehme an, dass er die Stadt nach dem Vorfall verlassen hat. Ich bin nicht traurig darüber.«

»Weil es Euch widerstrebt, ihn ins Loch zu werfen?«

Hilpolt nickte. »Von Rechts wegen müsste eigentlich dieser Hitzkopf, der Baldmar Hartrads Miliz anführt, ins Loch. Und jede Stunde einen Tritt in den Arsch bekommen, verzeiht mein Griechisch, Euer Majestät. Aber Baldmar Hartrad ist einer der Hauptunterstützer von Eurer Majestät und kann den Großteil der Bürger im Zaum halten, daher halte ich es für richtiger, den falschen Mann einzukerkern. Ich habe aber dafür gesorgt, dass dieser Idiot diskret aus dem Verkehr gezogen wird.«

»Mein lieber Freund, hat Euch schon jemand gesagt, wie spitz Ihr formulieren könnt, wenn Ihr zornig seid?«

Ludwig grinste, und nach einem Herzschlag zuckte Hilpolt mit den Schultern und grinste zurück. Dann wurde er wieder ernst. »Bitte schlagt Euch das mit der Prozession aus dem Kopf,

Euer Majestät.« Er war es sich schuldig, es noch einmal zu versuchen.

»Ich denke drüber nach, Capitaneus, einverstanden?«, erwiderte Ludwig. »Ich habe noch nichts entschieden.« Dass er Hilpolt nur vertrösten wollte, war so offensichtlich, als hätte es jemand auf seine Stirn graviert.

Der Anführer der kaiserlichen Garde biss die Zähne zusammen. Wieder würde ihm nichts anderes übrigbleiben, als zu versuchen, die Situation so gut es ging unter Kontrolle zu halten. Er dachte daran, dass alle Sicherheitsvorkehrungen auf der Brücke unnütz wären, wenn ein tollkühner Attentäter ein Boot benützte. Hilpolts Bogenschützen würden erst etwas gegen ihn ausrichten können, wenn er auf Bogenschussweite heran war – was bedeutete, dass auch ein Pfeil, den der Attentäter abschoss, sein Ziel finden konnte. Es gab nur eine Möglichkeit, dies so gut es ging zu verhindern. Hilpolt bezweifelte allerdings, dass es viel zum Frieden in der Stadt beitragen würde, wenn er seinen Plan dem Rat unterbreitete.

So wie er bezweifelte, dass der geheimnisvolle Fremde die Stadt verlassen hatte. Sein Instinkt sagte ihm, dass er sich irgendwo versteckt hielt. Der Capitaneus fragte sich, wie in all dem Chaos er sich auch noch darum kümmern sollte. Bernhard Ascanius fiel ihm plötzlich ein – der Mann, der sich als so wertvolle Hilfe bei dem Unfall mit dem Schwemmholzhaufen erwiesen hatte. Er trug den Namen eines großen Geschlechts, von dem außer einer ruhmvollen Vergangenheit nicht viel übrig geblieben war. Bernhard hatte Hilpolts Angebot, in die Garde einzutreten, zwar abgelehnt, aber vielleicht würde er trotzdem geneigt sein, Hilpolt zu helfen – zum Beispiel, indem er versuchte, Mathias aufzustöbern. Bernhard hatte erklärt, dass seine Treue dem rechtmäßigen Herrn des Reichs galt. Würde er sich einer Bitte um Hilfe verweigern?

Der Gedanke an Bernhard Ascanius und den Unfall brachte Hilpolt darauf, dass es noch ein weiteres Argument gegen den Gottesdienst auf der Brücke und des Kaisers Anwesenheit gab:

den beschädigten Brückenpfeiler. Seinetwegen würde nicht gleich die ganze Brücke einstürzen – hoffentlich! –, aber er trug zu der allgemeinen Gefahr bei. Ein Gespräch mit den Baumeistern der Stadt würde nötig sein, um zu erfahren, wie groß die Schäden wirklich waren und was in der Kürze der Zeit dagegen unternommen werden konnte.

Hilpolt Meester versuchte sich damit zu trösten, dass Gottes Fügung ihn nur aus dem Grund ins Zentrum all dieser verworrenen Geschehnisse gestellt hatte, weil er der Einzige war, der damit fertigwerden konnte.

4.

An diesem Morgen begleitete Philippa ihren Vater nach Franchenfurt hinüber. Rupprecht schwieg, als sie nebeneinander auf die Brücke stapften, doch Philippa ahnte, dass er nicht aus Ärger auf sie stumm war. Der Aufruhr gestern und die wütenden Streitereien im Stadtrat, die sich daran angeschlossen hatten, nahmen Rupprechts ganzes Denken in Anspruch. Falls ihm irgendwie zugetragen worden war, dass er angeblich einen neuen Fährmann namens Mathias eingestellt hatte, hatte er nicht darauf geachtet oder es wieder vergessen. Die Verletzungen Veits hatte er offensichtlich der Schlägerei auf dem Samstagsberg zugeschrieben und sich keine Gedanken darüber gemacht, dass der junge Fährmann bei Weitem schlimmer zugerichtet war als alle anderen Kombattanten. Veit selbst hatte nichts dazu verlauten lassen, wer ihn so schwer verprügelt hatte; Philippa hatte ihren Vater heute Morgen ins Haus von Veits Eltern begleitet, wo der junge Bursche das Bett hütete. Er hatte ihr nur einen Blick zugeworfen und dann auf Rupprechts Fragen mit den Schultern gezuckt. Zweifellos war ihm bewusst, dass er es gewesen war, der das Kleid der Tochter des Zunftvorstehers zerrissen und sie zu Boden geschleudert hatte und dass dieser Umstand zur Sprache gekommen wäre, wenn er die Wahrheit über die Tracht Prügel ausgesagt hätte. Philippa hatte Mitleid mit ihm gehabt; Veit sah schrecklich aus.

Bei dem Besuch war ihr aber auch die Erkenntnis gekommen, wie ungerecht sie Mathias gestern behandelt hatte. Der Fremde war nicht bei sich gewesen, als er Veit angegriffen hatte. Und trotzdem hatte er sie beschützt gegen den vermeintlichen Überfall, so wie er auch dafür gesorgt hatte, Philippa außer Gefahr zu bringen, als Albrechts wegen die Prügelei losgegangen war. Er war ihr Ritter gewesen – und sie hatte ihn einen Dämon geheißen und ihn fassungslos auf dem Pflaster sitzen lassen.

Sie schaute über die Schulter zu der Kiesbank vor der Sassenhusener Mauer und zu dem unscheinbaren Holzverschlag, in dem sich das alte Boot befand. Hatte Mathias dort übernachtet? Wenn ihr Vater nicht bei ihr gewesen wäre, hätte sie sich wieder umgedreht, um nachzuschauen. Insgeheim hoffte sie, dass er das Angebot angenommen hatte und dass sie ihn nachher aufsuchen konnte und die Möglichkeit bekam, sich für ihre Grobheit zu entschuldigen. Sie seufzte innerlich. Es war immer dasselbe mit ihr. Ihr Herz war schneller als ihr Hirn und ihr Mundwerk oft flinker als ihre Gedanken.

Ihr fiel auf, dass ihr Vater stehengeblieben und an die Brückenbrüstung getreten war. Sie gesellte sich zu ihm und schaute auf den beschädigten Brückenpfeiler und den Meyn hinunter.

Der Unfall mit dem Treibholzhaufen hatte sich herumgesprochen, aber die Sensation war schnell verblasst angesichts der Neuigkeiten über den Aufstand auf dem Samstagsberg. Ein paar Neugierige spähten gleich Rupprecht und Philippa hinunter, aber es waren wenige. Die meisten Gaffer, die nichts Besseres zu tun hatten, würden auf dem Samstagsberg herumstehen und einander ihre Versionen der gestrigen Ereignisse erzählen; am eindringlichsten würden die Schilderungen derjenigen sein, die gar nicht dabei gewesen waren. Philippa wusste nicht, welche der beiden Angelegenheiten einschneidender war. Der beschädigte Brückenpfeiler unterminierte die Stabilität der Brücke, aber der Vorfall beim Brunnen unterminierte die Stabilität der Franchenfurter Gesellschaft.

»Heiliger Christophorus«, brummte Rupprecht. Er lehnte sich weit über und spähte hinunter.

Auf den ersten Blick schien es so, als ob lediglich ein paar Steine aus dem Pfeiler herausgeschlagen worden waren. Er wirkte zahnlückig wie das Gebiss eines alten Mannes, aber stabil. Doch bei näherem Hinsehen erkannte Philippa, dass einige der Beschädigungen genau an der Wasserlinie lagen und dass der Meyn bereits angefangen hatte, die Löcher auszuschwemmen. Wenn der Pegel wegen der Strudel rund um den Pfeiler kurz absank, konnte man erkennen, dass Wasser aus den Hohlräumen im Inneren des Pfeilers herausströmte. Auch diese Kammern würden weiter ausgespült werden.

Philippa wollte ihren Vater darauf aufmerksam machen, doch Rupprecht hatte dem Pfeiler keine Aufmerksamkeit geschenkt.

»Schau dir den Fluss an«, hörte sie ihn sagen. Seine Stimme klang so, wie sie sie noch selten gehört hatte. Sie blickte auf. Rupprechts Stirn lag in tiefen Falten. Er deutete in Richtung Wasser. »Ich hab das Wasser noch selten so ... dunkel gesehen! Und schau dir an, was er alles mitführt. So viel Schlamm, so viel Schwemmgut findest du nicht mal im Frühling nach der Schneeschmelze.«

»Der Pegel ist nicht viel höher als sonst«, sagte Philippa und erinnerte sich daran, wie sie gestern mit Strömungen hatte kämpfen müssen, die ihr unbekannt gewesen waren.

»Manchmal habe ich ihn so gesehen, wenn schwere Unwetter im Anmarsch waren«, brummte Rupprecht. Er richtete sich auf und legte den Kopf in den Nacken. Der Himmel war so diesig wie sonst auch in den letzten Wochen, die Hitze ebenso spürbar. »Zwei-, dreimal in meinem ganzen Leben vielleicht, nicht öfter.«

»Schau mal«, sagte Philippa leise. Sie hatte eine Ratte erspäht. Das Tier saß auf dem vorspringenden Pfeilerfuß und witterte. Philippa fand einen Kieselstein, der in ihre Handfläche passte, und feuerte ihn auf den Nager ab. Sie verfehlte knapp – aber statt wie erwartet mit einem Satz in den rettenden Fluss zu springen, kauerte sich die Ratte nur zusammen und sträubte das Fell. Sie sah nicht einmal nach oben zu Philippa und Rupprecht, sondern starrte den Fluss an. Philippa bückte sich nach einem weiteren Stein, doch dann hielt sie inne. Sie ahnte, was passieren würde. Die Ratte würde wieder nicht springen. Wenn sie die Wahl hatte, auf einen weiteren Fehlwurf zu hoffen oder wie gewohnt im Meyn Schutz zu suchen, würde sie nicht die Flucht ins Wasser antreten. Irgendwie beunruhigte Philippa diese Beobachtung noch mehr als der Kadaver des toten Schweins gestern.

Ihre Blicke begegneten denen ihres Vaters. Rupprecht zuckte mit den Schultern. »Dreckviecher«, murmelte er. »Komm, ich hab's eilig.«

In den Gassen hing der Geruch fauligen Wassers; auf der Brücke war er nicht wahrnehmbar gewesen. Philippa hatte vorgehabt, ihren Vater bis zum Rathaus zu begleiten und dann zu Nessa Hartrad weiterzugehen. Sie hatte sich vorgenommen, die Verstimmung von gestern wieder beizulegen, und Philippa hatte das Gefühl, dass es an ihr war, den ersten Schritt zu tun. Zu ihrem Erstaunen standen Nessa und ihr Vater in Begleitung von Albrecht vor dem Eingang zum Rathaus und schienen zu warten. Baldmar Hartrads demonstrativ freundlicher Begrüßung ließ sich entnehmen, dass Rupprecht der Mann war, auf den sie gewartet hatten.

»Ich wollte vor der Ratssitzung mit dir reden«, sagte Baldmar wie zur Bestätigung, nachdem er Philippa zugenickt und Rupprecht dann zur Seite gezogen hatte. Der Kaufmann warf den beiden jungen Frauen einen Blick zu. »Lass uns mal beiseitetreten«, meinte er dann mit einer leichten Kopfbewegung. Albrecht, der Philippa mit einer Mischung aus Trotz und Verzweiflung angestarrt hatte, folgte den beiden älteren Männern wie ein Hündchen, das seine Herren um Haupteslänge überragt und zweimal so breit ist und doch mit eingekniffenem Schwanz hinter ihnen herschleicht.

Nessa und Philippa tauschten Blicke. Sie hatten sich bisher nur zugenickt. Philippa, die sich auf dem Weg zum Hartrad'schen Haushalt hatte zurechtlegen wollen, was sie Nessa sagen konnte, war aus dem Konzept gebracht. Nessa schien aufgewühlt. Nach einem kurzen Moment wurde Philippa klar, dass ihre Freundin nicht wütend, sondern nervös war.

»Ich wollte ...«, begannen beide gleichzeitig.

Philippa schloss den Mund. Nessa seufzte.

»Wegen gestern«, stotterte Philippa schließlich. »Ich wollte dir sagen, dass ...«

Sie verstummte erneut. Ihr ging auf, dass sie nicht einmal wusste, wofür sie sich entschuldigen sollte. Nessa hatte angefangen, Sitte und Moral herauszukehren; Philippa hatte sich lediglich um ihre eigenen Angelegenheiten gekümmert. Und wie oft wollte sie heute eigentlich noch zu Kreuze kriechen? Vor Nessa, vor Mathias, vielleicht auch noch vor Albrecht!?

Nessa stieß hervor: »Ein Teil des Stadtrats möchte, dass mein Vater Albrecht die Führung seiner Miliz entzieht!«

»Was sagst du da?«

Nessa nickte aufgebracht. »Weil Albrecht gestern angeblich die Schlägerei am Brunnen angezettelt haben soll.«

»Nessa, Albrecht hat sie wirklich ausgelöst«, sagte Philippa.

Aber ihre Freundin hatte ihr gar nicht zugehört. »Albrecht ist verzweifelt. So eine Demütigung! Mein Vater versucht deinen Vater zu überzeugen, dass er im Rat für Albrecht stimmt!«

Von dort, wo die drei Männer zusammenstanden, hörte Philippa die erhobene Stimme ihres Vaters: »Warum zum Henker sollte ich das tun?«

Nessa legte Philippa die Hand auf den Arm. Selbst durch den Stoff ihres Kleides spürte Philippa, dass die Haut ihrer Freundin ganz kalt war. »Er ist ja immerhin dein Verlobter, nicht wahr?« Es hörte sich beinahe so an, als hoffte Nessa im Grunde ihres Herzens auf eine negative Antwort. Aber bevor Philippa antworten konnte, stieß Albrecht einen Fluch aus und rief:

»Warum solltest du das *nicht* für den zukünftigen Vater deiner Enkelkinder tun, verdammt?«

Zukünftiger Vater von Rupprechts Enkelkindern? Philippa fühlte das Blut in ihre Wangen steigen. Hatte sie Albrecht nicht bei ihrem letzten Zusammensein geraten, er solle eine andere

Frau fragen, wenn er ein bedingungsloses »Ja« als Antwort haben wolle? Und Albrecht redete schon von gemeinsamen Kindern? Der altbekannte Jähzorn begann in ihr zu brodeln.

Baldmar Hartrad sagte scharf: »Albrecht, lass uns allein weitersprechen.«

Nessas Augen weiteten sich. Philippa bezweifelte, dass Baldmar jemals seiner Tochter gegenüber diesen Ton angeschlagen hatte. Albrecht kam herübergestapft, rote Flecken auf den Wangen und ein Glitzern in den Augen, das nur von mühsam unterdrückten Zornestränen herrühren konnte. Zu Philippas Zorn gesellte sich plötzlich ein Gefühl der Verachtung für Albrechts offensichtliches Selbstmitleid.

»Verdammt, ich hab das nicht verdient!«, stieß er hervor.

»Vater ist nervös, Albrecht«, tröstete Nessa den Verlobten ihrer besten Freundin, »er hat es nicht so gemeint.«

Albrecht musterte Philippa. »Warum legst *du* kein gutes Wort für mich ein bei deinem Vater?«

»Brauchst du jetzt auch noch die Fürsprache eines Weiberrocks?«, fragte Philippa.

Albrecht zuckte zusammen, als hätte sie ihm eine Ohrfeige versetzt. Nessa holte empört Luft. Albrecht sagte leise: »Weiß dein Vater eigentlich, dass du dich mit diesem fremden Lumpen herumtreibst?«

Nun war es an Philippa, zusammenzuzucken. Sie hatte nicht mehr daran gedacht, dass das ganze Chaos gestern nur entstanden war, weil Albrecht sie mit Mathias gesehen hatte – und dass ihr Verlobter nur die Sprache darauf zu bringen brauchte, um Philippa in größte Verlegenheit zu bringen. Aber Philippa wäre nicht sie selbst gewesen, wenn sie auf diese unausgesprochene Drohung anders als mit einem Angriff reagiert hätte.

»Meinst du den Lumpen, der mich aus dem Tumult gerettet hat, der nur wegen deiner Hirnlosigkeit entstanden ist?«

»Philippa!«, rief Nessa, und es hörte sich nicht weniger anklagend an als gestern. Philippa wirbelte zu ihr herum und hätte fast irgendetwas gesagt, das sich nicht so schnell wieder hätte zurücknehmen lassen. Aber ihre Wut erhielt einen Dämpfer, als Albrecht mit kratziger Stimme murmelte:

»Warum tust du mir das an, Philippa? Was hab ich Böses getan, außer dich um deine Hand zu bitten?«

»Ich tu dir überhaupt nichts an, Albrecht. Den Ärger, den du hast, hast du dir selbst eingebrockt.«

»Willst du etwa sagen, du hast dich mit dem Fremden getroffen und dich dann auch noch mit ihm in der Stadt blicken lassen?«, rief Nessa schockiert.

»*Ich* will gar nichts sagen«, stieß Philippa hervor. »Ich komm ja auch gar nicht zu Wort, weil ihr beide mir einen Vorwurf nach dem anderen macht. Ja, Nessa, ich habe mit Mathias gesprochen. Er ist kein Lump, sondern ein mutiger Mann! Und ich habe mich mit ihm in der Stadt gezeigt, vor allen Leuten. Tatsächlich habe ich mir nichts dabei gedacht, weil ich bisher immer der Meinung war, dass man sich nur etwas dabei denken sollte, wenn man sich mit einem Mann heimlich irgendwo trifft, wo einen niemand sieht!«

Während Nessa fassungslos nach Luft schnappte, dachte Philippa resigniert bei sich: heimlich, wie zum Beispiel unter den Bäumen des Mühlbergs. Sie hatte Nessa Scheinheiligkeit vorgeworfen, dabei war sie vielleicht die Scheinheiligste von ihnen dreien. Ihr Zorn begann zu verfliegen. Sie ließ den Kopf hängen. »Ach, verdammt«, sagte sie.

Albrecht ballte die Fäuste. »Philippa, ich hab das nicht verdient«, wiederholte er.

»Wer hat schon verdient, was er bekommt?«, fuhr Philippa auf.

»Was ist denn nur los mit dir?«, fragte Nessa. »Ich erkenne dich nicht wieder.«

Ich mich schon, dachte Philippa. Bisher hab ich es nur geschafft, euch einen anderen Menschen zu zeigen als den, der ich bin. »Das ist doch alles nicht wichtig«, sagte sie. »Wichtig ist, was mit dem Fluss geschieht. Habt ihr euch schon mal ...«

»Was dich und mich betrifft, ist für mich das Wichtigste auf der Welt«, fiel Albrecht ihr ins Wort.

Bevor Philippa zu einer Entgegnung ansetzen konnte, traten plötzlich zwei Männer auf sie zu. Einer von ihnen war Friedrich von Hutten, der Schultheiß, der andere Hilpolt Meester. Der Capitaneus der kaiserlichen Garde warf Albrecht einen Blick zu, der diesen die Zähne zusammenbeißen ließ, dann schenkte er den jungen Frauen ein Nicken. Sie knicksten beide.

»Ah«, sagte der Schultheiß und wirkte unglücklich. »Da sind wir ja alle.«

Hilpolt Meester verschwendete keine Worte. Er trat auf Albrecht zu und knurrte nur: »Dein Hintern hängt über dem Feuer, Freundchen.«

Albrecht straffte sich. »Ich bin mir keiner Schuld bewusst, Capitaneus. Wenn Ihr schon einen Verantwortlichen für die Prügelei braucht, dann sucht den Fremden, der«, er warf Philippa einen kurzen Seitenblick zu, »sich seit gestern in der Stadt herumtreibt.«

»Wenn ich ihn gefunden habe, kann er dir im Loch gern Gesellschaft leisten.«

Albrecht blinzelte überrascht. Dann wurde er langsam bleich. »Im ... Loch?«

»Was glaubst du, wo Vollidioten landen, die den kaiserlichen Frieden gebrochen haben?«

»Was? Aber ... Ihr könnt mich doch nicht ins Loch werfen!«

»Ach nein? Warum denn nicht?«

Philippa spürte, wie Nessas Finger sich in ihren Oberarm krallten. Baldmar Hartrads Tochter wirkte nicht weniger entsetzt als Albrecht. Sie selbst hatte den Eindruck, dass die Vehemenz, mit der der Capitaneus auf Albrecht losging, gespielt war. Was sie nicht fühlte, war Mitleid mit ihrem Verlobten. Gott, bist du ein gefühlloses Biest, schimpfte sie im Stillen mit sich. Und ertappte sich im gleichen Moment bei der Hoffnung, dass Mathias dem Capitaneus nicht in die Hände fallen möge. Und beim Nachdenken darüber, wie sie ihm dabei helfen konnte.

»Capitaneus, ich glaube wirklich, dass wir das anders regeln können ...«, begann Friedrich von Hutten.

»Ich bin der Hauptmann von Baldmar Hartrad, dem Stadtrat«, sagte Albrecht. Und dann fügte er zu Philippas totaler Überraschung hinzu: »Und ich werde in ein paar Tagen heiraten. Ihr wollt doch nicht einen Bräutigam von der Seite seiner Braut reißen?«

Philippas Unterkiefer klappte nach unten. Diese elegante Wendung hätte sie Albrecht nie und nimmer zugetraut. Sie bot beiden Seiten eine Möglichkeit, ohne Gesichtsverlust aus der Sache herauszukommen. Hilpolt Meester konnte jetzt augenzwinkernd Gnade vor Recht ergehen lassen, und Albrecht würde immer sagen können, dass er nicht um seine Freiheit gebettelt habe.

Hilpolt wandte sich um. Seine Blicke wanderten zu Nessa.

»Äh, nein«, sagte Albrecht. Er stellte sich ostentativ an Philippas Seite, die zu sehr vom Donner gerührt war, als dass sie hätte reagieren können. »*Das* ist meine Braut, Capitaneus«, sagte er und nahm ihre Hände. Ganz am Rande ihrer Wahrnehmung glaubte sie ein unterdrücktes Schluchzen aus Nessas Richtung zu vernehmen.

»So!«, machte Hilpolt und fasste Philippa ins Auge. »Ihr wollt diesen Stier heiraten?«

»Er will mich heiraten«, hörte Philippa sich sagen. »Ich kann mich nicht erinnern, dass ich schon Ja gesagt hätte.«

»Dein Vater hat Ja gesagt!«, jaulte Albrecht auf. »Deine Antwort spielt gar keine Rolle mehr!«

»Du weißt aber, wie man die Frauen rumkriegt«, bemerkte Hilpolt. Philippa, die kaum glauben mochte, dass sie Albrecht zum zweiten Mal zurückgewiesen hatte, und diesmal sogar vor Zeugen, sah ungläubig, dass der stämmige Gardehauptmann ihr zuzwinkerte.

Nessa, die noch immer an Philippas Seite stand, begann plötzlich zu weinen.

»Was ist los, Kindchen?«, fragte Baldmar Hartrad. Er und Rupprecht traten jetzt ebenfalls an die Gruppe heran.

»Nichts!«, schluchzte Nessa laut und warf ihrer Freundin einen so hasserfüllten Blick zu, dass Philippa der Atem stockte.

»Was können wir für Euch tun, Capitaneus?«, erkundigte sich

Baldmar, nachdem er seine Tochter ein paar Momente lang verdutzt angestarrt hatte.

»Er will mich ins Loch werfen!«, rief Albrecht. »Wegen gestern!«

Baldmar räusperte sich, doch Rupprecht kam ihm zuvor. Er trat dicht vor Hilpolt und schnarrte: »Das ist nicht Eure Sache, sondern die des Stadtrats! Und der Stadtrat wird Albrecht mit einer Ermahnung und einer Buße wegen seiner Gedankenlosigkeit davonkommen lassen. Und damit ist der Fall erledigt!« Er streckte den Kopf vor, bis die Adern an seinem Hals pochten.

Hilpolt Meester machte nicht den Eindruck, als wäre er von Philippas Vater eingeschüchtert. »Es war Sache des Stadtrats, bis der kaiserliche Friede gebrochen wurde!«, entgegnete er. »Jetzt ist es meine Angelegenheit!«

»Ach ja? Wagt es, Hand an Albrecht zu legen, und Ihr werdet sehen, was passiert!«

»Ach ja? Wagt es, mich daran zu hindern!«

»Meine Herren, meine Herren ...«, versuchte Friedrich von Hutten die Wogen zu glätten.

»Capitaneus, Albrecht hat auf meinen Befehl die Garde um den Brunnen verstärkt«, sagte Baldmar, wie immer um einen vernünftigen Ausgleich bemüht. Philippa konnte ihm ansehen, wie schwer es ihm fiel, ruhig zu bleiben. »Er hat gedacht, er würde Euch helfen.«

»Ich bin mir nicht sicher, ob das Wort ›denken‹ in diesem Zusammenhang ganz zutreffend ist.«

»Capitaneus, es nützt niemandem, wenn Ihr den Stadtrat brüskiert«, setzte Baldmar nach.

»Es nützt auch niemandem, wenn ein Ochse wie der hier frei herumläuft und ich ständig fürchten muss, dass er die nächste Dummheit begeht.«

Baldmar seufzte. Rupprecht zischte: »Da ist er nicht der Einzige!«

»Stimmt, Ihr seid ja auch noch da, Zunftmeister«, entgegnete der Capitaneus gallig.

Rupprecht traten die Augen hervor. Philippa zog unwillkürlich den Kopf ein. »So was lasse ich mir nicht bieten!«, brüllte er.

»Und ich lasse es mir nicht bieten«, donnerte Hilpolt zurück, »dass die Bürger einer kaiserlichen Stadt mich dauernd dabei behindern wollen, für die Sicherheit des Kaisers zu sorgen!«

»Ihr benehmt Euch wie ein Tyrann!«

»Ihr benehmt Euch wie jemand, wegen dessen Unzurechnungsfähigkeit Tyrannen manchmal gebraucht werden!«

»Jetzt ist Schluss damit!«, schrie Baldmar Hartrad, und zu Philippas Erstaunen brüllte er fast lauter als die beiden Streithähne. »Ich schäme mich für dich, Rupprecht, aber für Euch, Capitaneus, schäme ich mich auch. Ihr legt Eure Befugnisse zu weit aus. Die Sicherheit des Kaisers ist zu teuer erkauft, wenn der Preis dafür der Unfriede in seiner Stadt ist.«

»Für die Sicherheit des Kaisers ist kein Preis zu hoch«, erwiderte Hilpolt bestimmt, aber er sprach wieder mit normaler Stimme. Seine Schultern hoben sich, dann ließ er sie fallen. »Na gut«, brummte er, »ich komme Euch entgegen. Euer Hauptmann bleibt frei, aber Ihr entbindet ihn von seinen Aufgaben und sorgt dafür, dass seine Waffen meiner Garde übergeben werden. Wenn der Kaiser die Stadt verlässt, kann er sie wiederhaben.«

»Wir haben gerade entschieden, dass Albrecht diese Schande erspart bleibt«, sagte Baldmar.

Hilpolt breitete die Arme aus. »Wollt Ihr jetzt wieder von vorne anfangen?«

»Wir lassen uns nicht diktieren, was wir mit unseren eigenen Leuten tun!«, grollte Rupprecht.

»Ich sorge dafür, dass keiner sein Gesicht verliert!«, knurrte Hilpolt. »Ihr könnt meinetwegen beim Rat sagen, dass ich klein beigegeben habe und dass Ihr, Baldmar Hartrad, es wart, der mich zum Aufgeben gebracht hat. Das ist meine Verbeugung vor Eurem ständigen Bemühen, den Frieden zu wahren, und mein Dank für Eure Loyalität dem Kaiser gegenüber. Euer übereifriger junger Mann hier mag von mir aus seinen Freunden erzählen, dass er seine Aufgaben deshalb ruhen lässt, weil er sich auf seine Heirat in ein paar Tagen vorbereiten möchte. Aber ich will ihn nicht mehr als Anführer einer Truppe von aufgeblasenen Tunichtguten sehen, und ich will auch nicht, dass er die Erlaubnis hat, Waffen zu tragen!«

»Ihr könnt das schon wollen, aber es überschreitet Eure Befugnisse!«, sagte Rupprecht.

Baldmar Hartrad überlegte lange. Schließlich zuckte er mit den Schultern. »Er kann uns zwar nicht zwingen, Albrecht zu suspendieren, aber er kann ihn ins Loch werfen, wenn er ihn des Aufruhrs bezichtigt. So ist das Gesetz, Rupprecht.«

»Aber, Herr ...«, begann Albrecht, der zu ahnen schien, wohin das Ganze führte.

»Ihr seid mir was schuldig, Capitaneus«, sagte Baldmar.

»Herr ...!«, versuchte Albrecht es erneut.

Hilpolt schüttelte den Kopf. »Keiner ist irgendjemandem etwas schuldig, Stadtrat. Es ist lediglich so, dass zwei Männer eine kluge Vereinbarung getroffen haben und dass der Kaiser erleichtert sein wird, das zu hören.«

Oder anders ausgedrückt, dachte Philippa, dass der Kaiser bei der Ernennung des nächsten Schultheißen sich erinnern wird, auf wessen Vernunft er sich in Franchenfurt verlassen kann. Plötzlich fühlte sie doch so etwas wie Mitleid mit Albrecht, der innerhalb dieser wenigen Minuten zum Spielball der Politik geworden war und auf dessen Gesicht sich ein Schweißfilm gebildet hatte, der nicht von der Hitze kam.

Philippa kam es so vor, als sei sie die Einzige, die erkannte, dass Hilpolt Meester es von Anfang an darauf angelegt hatte. Hätte er Albrecht ins Gefängnis gesteckt, wäre dieser zu einer Art Märtyrer geworden, der zwar außer einigen Tagen auf verschimmeltem Stroh und zwischen Ratten nichts Schlimmes hätte erleiden müssen, aber dennoch als Symbol für die Willkürherrschaft der kaiserlichen Garde über die Franchenfurter hätte missbraucht werden können. Der schwelende Unmut hätte sich vermutlich gegen Ludwig gewendet, und schon bald hätte niemand mehr gewusst, dass Albrecht mit seiner Unbedachtheit tatsächlich den kaiserlichen Frieden gebrochen hatte. Vielmehr würde es geheißen haben, die Garde habe einen Mann eingelocht, der nichts Böses verbrochen, sondern lediglich versucht hatte, dem Kaiser in einem Bürgeraufstand beizustehen ... zugegebenermaßen etwas ungeschickt, aber doch mit dem Herz auf dem rechten Fleck. Man hätte die kaiserliche Garde verflucht! Und unterstellt, sie würde sich nur deshalb so tyrannisch aufführen, weil sie die heimliche Zustimmung des Kaisers genoss. Aber so würde keiner einen zweiten Gedanken an Albrecht verschwenden.

»Es ist nur so lange, bis unser allergnädigster Kaiser wieder abreist«, hörte sie Baldmar sagen.

»Ihr entbindet mich von ... von ...?«, stotterte Albrecht.

»Es tut mir leid«, sagte Baldmar.

»Vater, das kannst du nicht tun!«, schrie Nessa.

Hilpolt zog eine Braue hoch. Baldmar schoss einen Blick auf seine Tochter ab, der diese schlucken und verstummen ließ.

»Ich habe das nicht verdient!«, schrie Albrecht auf. »Und du trittst nicht einmal für mich ein, Philippa! Du ... Miststück! Du verlogenes, betrügerisches Miststück!«

»Pass auf, wie du von meiner Tochter sprichst«, rief Rupprecht und sprang vor, eine Faust bereits erhoben.

»Deine Tochter läuft mit einem Fremden in der Stadt herum, von dem niemand weiß, wo er herkommt oder was er vorhat!«, brüllte Albrecht. »Hat sie dir davon erzählt, he? Deswegen ist die Prügelei gestern entstanden! Weil ich ihn mit ihr gesehen habe.« Albrecht verstummte.

Hilpolt Meester legte den Kopf schief. »Ach so, du hast den kaiserlichen Frieden aus persönlicher Eifersucht gebrochen?«, fragte er beinahe freundlich. »Stadtrat, wenn ich Euch nicht schon zugesichert hätte, dass ich diesen Mann Eurer Obhut überlasse, würde ich ihn jetzt an den Ohren zum Kerker schleifen.«

»Philippa, ich hab das doch nur für uns getan!«, heulte Albrecht.

»Nein«, sagte Philippa, »du hast es für dich getan.« Sie sah zu ihrem Vater auf, dessen Miene zu Eis erstarrt war. Innerlich seufzend sagte sie sich, dass ihr das Schlimmste noch bevorstand.

»Ich verlasse mich darauf, dass Ihr Wort haltet, Baldmar Hartrad«, sagte Hilpolt Meester. »Und jetzt lasst uns beraten, was wir wegen der Prozession unternehmen, die der Kaiser heute Morgen dem Stiftspropst genehmigt hat, und wegen des Gottesdienstes auf der Brücke. Der beschädigte Brückenpfeiler muss begutachtet werden. Und selbstverständlich werden alle Boote und sonstigen Wasserfahrzeuge für die Dauer des Gottesdienstes beschlagnahmt. Die schnellsten davon müssen der Garde übergeben werden, damit sie auf dem Fluss patrouillieren kann.« Er machte sich auf den Weg ins Innere des Rathauses.

Bei Rupprecht dauerte es einen Moment, bis sein Bewusstsein die Worte des Capitaneus erfasst hatte. »Was?«, schrie er, dass die Spucke von seinen Lippen flog. »Nur über meine Leiche!«

5.

Hilpolt war einmal mehr unzufrieden mit sich selbst. Er sagte sich, dass er die Angelegenheit vor dem Rathaus besser hätte regeln können. Er hatte erreicht, was er wollte, und auch seine kleine Finte hatte funktioniert, aber insgesamt kam ihm sein Vorgehen nun plump und durchschaubar vor, und die zwanglose Überleitung zur geplanten Beschlagnahmung der Boote war vollkommen fehlgeschlagen.

Er ahnte, dass zumindest ein Mensch sein Manöver mit Albrechts vermeintlicher Einkerkerung durchschaut hatte: dessen Verlobte, die Tochter Rupprechts des Fährmanns. Dass sie gestern in Begleitung Mathias' gewesen war, war Hilpolt neu gewesen. Sie war ihm in all dem Chaos auf dem Samstagsberg nicht aufgefallen.

Geistesabwesend hörte er den Streitereien des Stadtrats zu, ohne sich einzumischen. Vielleicht war es ohnehin besser so.

Friedrich von Hutten zeigte sich aufs Neue von der Situation überfordert und schwieg ebenfalls. Dafür brillierte Baldmar Hartrad in zwei Rollen gleichzeitig: als Verfechter der Freiheit des städtischen Lebens und als loyaler Vertreter der kaiserlichen Anordnungen. Er nutzte sein mit freundlicher Unterstützung von Hilpolt erworbenes Prestige, dass er im Konflikt mit der kaiserlichen Garde unbeugsam die Position des Stadtrats durchgesetzt hatte, weidlich zu seinen Gunsten, und gleichzeitig so, dass die Räte nicht einmal merkten, dass sie bezüglich des Milizhauptmanns Albrecht noch gar nicht einer Meinung gewesen waren. Hilpolt war froh, dass Baldmars Treue zu Ludwig nicht aufgesetzt war, sondern dass er sich ehrlich bemühte, dem Kaiser gerecht zu werden. Wäre der Kaufmann ebenso wie der frustrierte, jähzornige Rupprecht auf die Seite der Opposition gewechselt, hätte Hilpolt in Franchenfurt kein Bein auf die Erde gebracht.

Der Streit tobte inzwischen um die geplante Beschlagnahmung der Boote. Tatsächlich spielte es für die Franchenfurter keine große Rolle, wer während der Prozession und des Gottesdienstes über die Boote befahl, weil Hilpolts Weisungen zufolge sämtlicher Schiffsverkehr im Bereich der Stadt ohnehin heute ab dem Mittagsläuten eingestellt wurde. Aber die Fischer und Fährleute und alle, die sonst irgendwie mit dem Fluss zu tun hatten, fühlten sich in ihrem Stolz verletzt. Das Gebrüll auf einem Schlachtfeld konnte nicht lauter sein als im Ratssaal.

Hilpolts Gedanken waren bei dem Fremden – Mathias. Auch diesmal hatte er ihn nicht in Aktion erlebt, aber wenn er, wie selbst Albrecht hatte zugeben müssen, ihn und zwei seiner Männer innerhalb weniger Augenblicke überwältigt hatte, obwohl er unbewaffnet und auf ihren Angriff nicht vorbereitet gewesen war, dann musste er noch außergewöhnlicher sein als gedacht. Das unter seinem linken Ohr sichtbare Kreuz, eingebrannt auf der Herzseite des Körpers ... der Mann *musste* zur Elite der Deutschordensritter gehören oder gehört haben, es konnte gar nicht anders sein. War es denkbar, dass der Fremde seine Kampfkünste im Heiligen Land erlernt hatte? Der Deutsche Orden war zwar seit dem Fall von Akkon nicht mehr dort aktiv, sondern hatte im Nordosten des Reichs die Heiden missioniert und einen eigenen Ordensstaat gegründet. Aber man munkelte, dass es immer noch Verbindungen gab, zum Beispiel zu den Assassinen, dem Meuchelmörder-Orden. Dessen Anhänger waren den Gerüchten zufolge doch noch nicht ganz ausgerottet, und einige von ihnen hatten sich angeblich den christlichen Ritterorden als Lehrer angedient, um ihre uralten Kenntnisse über die Zeiten zu retten.

Was bedeutete das? Dass Mathias einer von denen war, die Kaiser Ludwigs geheime zweite Leibgarde bildeten, von der auch Hilpolt offiziell nichts wusste? Aber wieso bewegte er sich dann scheinbar ziellos in der Stadt herum, statt sich irgendwo versteckt zu halten? Und hatte er bereits mit dem Kaiser Kontakt aufgenommen? Wusste Ludwig, dass Mathias in Franchenfurt war?

Oder wäre gar denkbar, dass dieser Mathias in Wahrheit der Meuchelmörder war, von dem das Gerücht ging? Den Karl von Luxemburg beauftragt hatte? Jeder Mensch war käuflich – außer Hilpolt Meester! – warum also nicht auch ein Elitekrieger des Deutschen Ordens?

Wer immer dieser Mann war, Hilpolt hatte das Gefühl, dass es ihm besser gehen würde, wenn er ihn unter Kontrolle hatte, bevorzugt an jenem Ort, in den zu bringen er Albrecht angedroht hatte. Entschuldigen konnte er sich immer noch, wenn er den Kaiser zu ihm führte und dieser dann fragte, warum sein treuester Beschützer in Ketten gelegt worden sei. Es war nur die Frage, wie er Mathias am schnellsten finden konnte. Verdammt, er hätte ihn gestern einfach festnehmen sollen in Gottfried von Eppsteins Haus, und pfeif auf das kirchliche Asyl oder die Unantastbarkeit des Stiftspropsts!

Der Locotenente kam herein und eilte auf Hilpolt zu. Der Capitaneus richtete sich erwartungsvoll auf.

»Wir haben ihn gefunden. Er wartet vor dem Rathaus«, murmelte der Locotenente.

Hilpolt klopfte ihm dankbar gegen den Oberarm und stand auf. Der Schultheiß blickte alarmiert zu ihm hoch.

»Macht mal eine Weile ohne mich weiter«, flüsterte Hilpolt ihm ins Ohr. »Ihr habt die Lage ja ohnehin voll im Griff.«

Bernhard Ascanius lehnte nonchalant an der Mauer des Rathauses. Er stieß sich davon ab, als Hilpolt auf ihn zutrat, und schüttelte dem Capitaneus die Hand.

»Freut mich, dass Ihr meiner Bitte gefolgt seid«, sagte Hilpolt. »Habt Ihr den Mann schon gefunden, nach dem Ihr Euch gestern bei meiner Brückenwache erkundigt habt?«

»Nein.«

»Beschreibt ihn mir bitte.«

Die Beschreibung kam so flüssig, dass Hilpolt wusste, sie war schon viele Male aufgesagt worden. »Normale Größe, muskulös gebaut, kurzes braunes Haar, grüne Augen, dichte Brauen, ein Bart um Mund und Kinn ...«, Bernhard zuckte mit den Schultern. »Grundsätzliche Erscheinung: Einer, dem die Frauen zu Füßen liegen würden und jeder Chorknabe dazu.« Seine Stimme hatte sich bei den letzten Worten verächtlich angehört.

»Gibt es auch einen Namen dazu?«, fragte Hilpolt, der wusste, dass sich das Aussehen eines Mannes verändern konnte.

»Christian.«

Hilpolt war enttäuscht. Er hatte gehofft, den Namen Mathias zu hören. Aber so schnell gab er nicht auf.

»Jetzt beschreibe ich Euch jemanden. Normale Größe, hager bis zur Auszehrung, steht ein bisschen schief, halblanges Haar«, er dachte kurz nach, »... entweder schwarz von Natur aus oder dreckig und fettig, Vollbart«, er dachte noch einmal nach, aber es hatte keinen Sinn: »Die Augenfarbe weiß ich nicht. Grundsätzliche Erscheinung: einer, den noch die verzweifeltste Jungfer mit dem Besen von der Türschwelle kehren würde.«

»Hört sich nicht so an, als würde ich ihn kennen«, seufzte Bernhard.

»Unter dem linken Ohr ein eingebranntes Kreuz«, sagte Hilpolt, der sich das Beste bis zum Schluss aufgehoben hatte.

»Hört sich doch so an, als würde ich ihn kennen«, erwiderte Bernhard. Nur ein so guter Beobachter wie Hilpolt hatte das unmerkliche Zucken registrieren können, das durch das Gesicht des Askaniers gelaufen war.

»Ich glaube, jetzt ist der Zeitpunkt gekommen, an dem Ihr eine längere Erklärung abliefern solltet«, meinte Hilpolt. »Nicht zuletzt, um mir zu verraten, warum Ihr das wichtigste Merkmal, nämlich das eingebrannte Kreuz, nicht erwähnt habt.«

Bernhard zögerte einen Augenblick, dann deutete er die Gasse hinunter. »Nicht hier. Auf der Brücke.«

Hilpolt bat seinen Locotenente, an seiner Stelle der Ratssitzung beizuwohnen, deren wüstes Geschrei bis hier nach unten drang. Dann führte er Bernhard zur Brücke. Die Katharinenkapelle verstellte den Blick auf das andere Brückenende. Es war noch immer früh am Morgen und die Brücke voller Menschen, die in beiden Richtungen unterwegs waren. Die meisten der Ausbuchtungen über den Pfeilern waren leer. Im Lauf des Tages würden hier Bader ihr Handwerk verrichten, aber im Augenblick war es zu früh sowohl fürs Zähnereißen und Furunkelschneiden als auch für die Musikanten, die die wohlhabenderen Bader begleiteten und lautstark zu spielen begannen, wenn das Wehgeschrei der Patienten die Interessenten abzuschrecken drohte. Hilpolt und Bernhard stellten sich an die Brüstung der nächstbesten Ausbuchtung und blickten stromabwärts. Hilpolt fand, dass der Fluss heute eine merkwürdige Färbung hatte und unruhiger schien als sonst, denn die Masten der Schiffe am Liegeplatz vor der Leonhardspforte wackelten und tanzten.

»Wir reden von demselben Mann, nicht wahr?«, fragte Hilpolt. Bernhard nickte.

»Was habt Ihr mit ihm zu schaffen?«

Bernhard musterte ihn von der Seite. »Ja«, sagte er nach einigem Nachdenken, »Ihr vor allen anderen solltet Bescheid wissen.«

Der Satz jagte Hilpolt einen kalten Schauer über den Rücken. Dies konnte nur eines bedeuten: Die Sicherheit des Kaisers ...

»Habt Ihr schon von dem Gerücht gehört, dass Karl von Luxemburg nach dem Leben Kaiser Ludwigs trachtet und einen Meuchelmörder beauftragt haben soll?«

Hilpolt nickte mit verbissenem Gesicht.

»Und dass der Kaiser einen Schutzengel hat, von dem nur er und ein paar Ordensobere der Deutschritter wissen – aber nicht mal Ihr, der Anführer seiner Leibgarde?«

»Solange es der Sicherheit des Kaisers dient, ist mir alles recht«, sagte Hilpolt und war bemüht, sich seinen Unmut nicht anmerken zu lassen.

»Dieser Schutzengel ist selbstverständlich ein Deutschritter.« Bernhard sah sich um, dann hob er die linke Hand und drehte die Handfläche nach oben. In ihr prangte eine kreuzförmige rote Brandnarbe.

»Ich dachte, diese Male würden immer an derselben Stelle eingebrannt«, sagte Hilpolt, nachdem er sich von der Überraschung erholt hatte, die in Wirklichkeit keine mehr war.

»Wie viele davon habt Ihr schon gesehen, Capitaneus?«

Hilpolt zuckte mit den Schultern. »Zwei. Und eines davon ist Eures.«

»Wir wissen ja beide, wo Ihr das andere gesehen habt.« Bernhard ließ die Hand wieder sinken. »Man sucht sich die Stelle aus, wenn man in den Kreis derer aufgenommen wird, die würdig sind, es zu tragen. Es muss nur sichtbar und auf der Herzseite des Körpers sein.«

»Wie ist Eures entstanden?«

»Ich habe die Hand auf ein rotglühendes Kreuz gedrückt«, erklärte Bernhard gleichmütig.

Hilpolt schüttelte sich innerlich. »Eure Narbe sieht frischer aus als die andere.«

»In der Handinnenfläche verheilt das Fleisch nur langsam. Ich habe in meinem Eifer nicht genug nachgedacht.« Bernhard lächelte schief.

»Und unser gemeinsamer Freund?«

Bernhard wandte sich ab und starrte wieder auf den Meyn hinaus. Erneut verging eine Weile, bis er sagte: »Das ist der Grund, warum ich so heimlich vorgehe und mich auch noch nicht bei Kaiser Ludwig gemeldet habe. Und warum ich Euch dringend bitten muss, alles, was ich Euch sage, für Euch zu behalten. Christian ist ein Deutschritter wie ich. Aber er hat sich dem falschen Herrn verschrieben.«

»Christian, und wie weiter? Deutschordensritter haben alle einen Namen.«

»Christian von Brendanburch«, sagte Bernhard ruhig, ohne Hilpolt anzusehen. »Oder um es korrekter auszudrücken: Christian Ascanius, Nachfahre von Waldemar Ascanius, dem letzten Markgrafen von Brendanburch. Er ist mein Halbbruder. Wir sind beide Bastarde.«

»Es heißt, dass Markgraf Waldemar kinderlos starb«, erwiderte Hilpolt, nachdem er eine längere Pause gemacht hatte. »Nach ihm wurde sein Vetter Markgraf, er starb aber ein Jahr später. Damit erlosch die Linie, und der Kaiser gab die Markgrafschaft an seinen eigenen Sohn weiter.«

»So vergeht der Ruhm der Welt«, bestätigte Bernhard ohne sichtbare Regung. »Bastarde werden in der Erblinie übergangen. Nicht jedem Bastard muss das gefallen.«

Hilpolt nickte. Es war die natürliche Erklärung dafür, warum ein Mann, der zur Elite der Deutschritter gehörte, plötzlich die Seiten wechselte und sich gegen seinen obersten Lehensherrn, den Kaiser stellte. Hätte er den verdammten Fremden gestern doch nur festgenommen! »Er gab seinen Namen als Mathias an.«

»Wisst Ihr, wo er sich aufhält?«

»Nein. Aber ich wollte Euch bitten, ihn für mich zu finden. Nun erweist es sich, dass Ihr dasselbe Ziel habt.«

»Keine Sorge, Capitaneus. Ich werde ihn finden.«

»Fangt vielleicht bei ...« Hilpolt stockte. Er hatte sagen wollen: Fangt bei der Tochter des Zunftmeisters der Fährleute an. Doch ein Gedanke hielt ihn zurück. Aus dem, was er heute Morgen gesehen hatte, folgerte er, dass Rupprechts Tochter ein Interesse an diesem Mathias oder Christian hatte, das über bloße Barmherzigkeit gegenüber einem mittellosen Fremden hinausging. Würde sie Bernhard verraten, wo er steckte? Eher nicht. Er versuchte sich in Erinnerung zu rufen, wie die Konstellation vor dem Rathaus gewesen war. »Fangt im Haus von Baldmar Hartrad an. Er hat eine Tochter namens Nessa. Sie könnte etwas wissen.«

»Danke«, sagte Bernhard. »Ihr könnt Euch auf mich verlassen.«

»Bringt den Kerl zur Strecke, das ist mir Dank genug.«

»Nichts anderes habe ich vor, Capitaneus.« Bernhard lächelte kalt. »Und erst danach werde ich vor den Kaiser treten und meine Mission als erfüllt ansehen.«

»Ich werde dafür sorgen, dass Euch die Ehre zuteil wird, die Ihr verdient.«

»Oh, es geht nicht um Ehre«, sagte Bernhard. »Es geht um Treue.«

6.

Philippa schaute in die Bootshütte. Der Schuppen war leer. Sie empfand ein Bedauern, das stärker war, als sie selbst gedacht hatte.

An einer Stelle waren die Kieselsteine zusammengescharrt, so als ob jemand versucht hätte, einen halbwegs ebenen Untergrund zu schaffen. Philippa kauerte sich nieder und presste die Hand auf die Stelle. Sie war sicher, dass Mathias sich hier sein Lager eingerichtet hatte.

In der Hütte roch es nach warmem Holz, getrocknetem Wassergras und Fisch, der üblichen schalen Geruchsmischung hier am Flussufer. Philippa kroch nach draußen und sah sich um. Ihr Boot lag wenige Schritte entfernt kieloben, angekettet an seinem Pflock. Sie spähte darunter. Mit hastigem Gekrabbel brachten sich ein paar Ratten in Sicherheit.

Beim Anleger schaukelten die Fähren im Wasser. Unter der Brücke waren die Schatten tief, der Widerschein des Lichts malte Muster auf die Decken der Brückenbögen. Es schien Philippa, als sei das Ufer menschenleerer als sonst, fast wie an einem Sonntag, obwohl heute ein Mittwoch war. Ein Bild drängte sich ihr auf:

dass alle Leute zu Hause saßen und ängstlich warteten, ohne zu wissen worauf. Sie wischte sich den Schweiß von der Stirn. Falls das überhaupt möglich war, schien es ihr heute noch heißer als sonst – und als läge eine drückende Note in der Luft. Der Himmel wies das übliche ausgewaschene Hellblau auf, das er seit Monaten zeigte. Dennoch, irgendetwas war anders. Sie fühlte ihr Herz schlagen. Die Geräusche von der Stadt klangen lauter als sonst und zugleich merkwürdiger, als würde sie in den Trichter einer großen Glocke hineinhorchen, in dem sich der Schall brach.

Kurzentschlossen holte Philippa einen Schlüssel aus ihrer Gürteltasche, bückte sich und öffnete die Kette, mit der das kleine Boot an den Pfosten gefesselt war. Sie drehte es ächzend auf den Kiel, dann zerrte sie es ins Bootshaus und verschloss die niedrige Tür mit der Kette. Danach fühlte sie sich wohler. Sie wusch sich die Hände mit Flusswasser und spritzte sich etwas davon ins Gesicht. Es kam ihr noch immer viel zu kalt vor, und hinterher fühlte sie sich nicht sauberer. Erst als sie wieder hinter der Mauer war, ging ihr auf, dass sie zum ersten Mal im Leben froh war, nicht in der Nähe des Meyns zu sein.

Was geschieht hier?, fragte sie sich beklommen. Oder geschieht es bloß mit mir?

Ihr war, als wäre der Einzige, dem sie diese Frage stellen konnte, ohne für verrückt gehalten zu werden, Mathias. Und bei genauerem Nachdenken wusste sie auch, wo sie ihn finden konnte.

7.

Bernhard Ascanius wartete voller Ungeduld. Er wusste, dass sein Aussehen nicht gerade vertrauenerweckend war. Er hatte die weiße Tunika mit dem schwarzen Kreuz über sein Hemd gezogen, doch mit den Rostflecken und dem Schmutz wirkte sie nicht so würdevoll wie sonst. Die Aussicht aus den Spitzbogenfenstern im Saal des Hauses von Baldmar Hartrad war beeindruckend. Der

Palast eines Bischofs konnte nicht so zentral liegen wie das Domizil des Kaufmanns. Die Fenster seines Hauses waren mit hochwertigem Glas bestückt, das den Blick nur unwesentlich verzerrte. Wahrscheinlich kamen im Lauf des Tages fast alle arbeitenden Bürger Franchenfurts an dem Haus vorbei. Bernhard dachte müßig darüber nach, dass er eigentlich nur hier zu stehen brauchte. Irgendwann würde sein gehasster Halbbruder Christian vorbeikommen, und dann bräuchte er sich nur noch aus dem Fenster auf ihn zu stürzen. Aber zum Warten war keine Zeit. Es war ohnehin erstaunlich, dass Christian noch nicht versucht hatte, zu Kaiser Ludwig vorzudringen. Warum er es noch nicht getan hatte, konnte Bernhard sich nicht denken; aber dass er es noch nicht getan hatte, war sicher, sonst hätte sich ganz Franchenfurt bereits in eine Festung verwandelt, und die kaiserliche Garde würde jeden Winkel durchsuchen und jeden festnehmen, der nicht innerhalb eines Herzschlags die Frage beantworten konnte, wo er wohnte und in der wievielten Generation er schon Bürger der Stadt war.

Hilpolts Schilderung der Vogelscheuche, zu der Christian anscheinend verkommen war, hatte Bernhard mehr überrascht, als er den Capitaneus hatte merken lassen. Was war mit seinem Halbbruder geschehen? War seine veränderte Erscheinung der Grund, warum er so lange vergeblich nach ihm hatte suchen müssen, nachdem er ihn in Prag aus den Augen verloren hatte?

Früher hatte er immer das Gefühl gehabt zu wissen, was Christian plante. Dieses Gefühl war verloren gegangen. Wenn sein Halbbruder irgendein Schelmenstück vorgehabt hatte, war er damit oft genug an Bernhard gescheitert. Außer, wenn sie zu zweit etwas geplant hatten. Der Eimer voller Pferdemist etwa, den sie so über der Stalltür angebracht hatten, dass er sich über dem eingebildeten Sänger ausleerte, der ein paar Tage von ihrem Vater durchgefüttert worden war ... oder wie sie den Küchenmägden die Kleider gestohlen hatten, als diese sich am Fluss gewaschen hatten, und sie nur gegen Zärtlichkeiten wieder herausgegeben hatten – und wie die robusten Mägde dafür gesorgt hatten, dass ihnen dabei Hören und Sehen vergangen war und sie tagelang nur unter Schmerzen hatten Wasser lassen können …

Bernhard verdrängte die Erinnerungen an die gemeinsame Jugend als Bastarde des gleichen Erzeugers, aber unterschiedlicher Mütter am Hof des letzten großen Askaniers, ihres Vaters Waldemar. Sie waren sich so nahe gewesen, er und Christian, doch jetzt waren sie Feinde. Denn das eine große Schelmenstück Christians hatte Bernhard nicht vorausgesehen: dass Christian dem Mann die Treue schwören würde, den Bernhard für den falschen Herrn an der Spitze des Reichs hielt.

Er drehte sich um, einen Moment bevor die beiden Frauen und der Geistliche den Saal betraten; ihre Schritte auf der Treppe vom Obergeschoss hatten sie angekündigt. Die eine Frau war in ein prächtiges Kleid mit engem Oberteil gehüllt, dessen Nähte sich bedenklich um ihren Busen spannten. Die andere war schlank und groß, von ausgesuchter Schönheit und höchstens halb so alt wie ihre Begleiterin. Auf ihrem brünetten Haar war nur ein dünner Schleier festgesteckt, während das Gesicht der älteren Frau von einem Gebende umrahmt und von einer Kappe gekrönt war. Obwohl sie die bei weitem aufwendiger Gekleidete war, wusste Bernhard sofort, wen er vor sich hatte. Er neigte den Kopf vor der jüngeren Frau.

»Nessa Hartrad?«, fragte er.

Die junge Frau nickte. Bernhard blickte ihre Begleiter fragend an. Nessa deutete mit hastigen Bewegungen auf sie. »Meine Amme – unser Hauskaplan.«

Bernhard nickte auch den Dienstboten zu. Beide blieben an Nessas Seite stehen, deren nervöse Gesten verrieten, dass Bernhards Besuch sie verunsicherte. Bernhard ahnte, was der Grund war – er stand dem Augenstern eines Vaters gegenüber, der nach dem Verlust der Mutter die Tochter überbehütete in der Angst, auch sie zu verlieren. Wäre Nessa Hartrads Mutter noch am Leben gewesen, dann hätte sie ihn jetzt begrüßt und nicht die Tochter, auch wenn er explizit nach Nessa gefragt hatte. Nessa hatte kaum Erfahrung darin, mit fremden Besuchern umzugehen.

»Was kann ich für Euch tun, Herr ... Deutschritter?«, fragte Nessa. »Leider ist mein Vater im Rathaus, wenn Ihr ihn sprechen wollt.«

»Ich wollte mit Euch sprechen, Herrin«, sagte Bernhard. »Mein Name ist Bernhard Ascanius.«

»Oh!«

Bernhard nahm an, dass der überraschte Laut sowohl seiner Absicht als auch seinem Namen galt. Er ging nicht darauf ein. »Ich muss Euch etwas fragen, Herrin. Oder besser: Ich muss Euch nach *jemandem* fragen.«

Der Kaplan, der bislang offenbar durch die Präsenz eines Ordensritters gehemmt gewesen war, erinnerte sich daran, dass die Tochter des Hauses sein Schützling war. »Solltet Ihr Eure Frage nicht besser an Herrn Hartrad richten, Herr Ritter?«

»Wenn ich der Meinung wäre, dass Herr Hartrad sie mir beantworten könnte, würde ich Eurem Rat folgen, Hochwürden.« Bernhard lächelte ein Lächeln, von dem er wusste, dass es zugleich höflich und einschüchternd wirkte. Der Kaplan blinzelte.

Nessa straffte sich. »Wenn ich Euch Auskunft geben kann, Herr ...«

»Bernhard«, sagte Bernhard. Er lächelte breiter. Nessa war tatsächlich außergewöhnlich schön. »Namen und Titel sind so sperrig, findet Ihr nicht?«

Die junge Frau hatte anscheinend keine große Erziehung in der Kunst der wortgewandten Konversation erhalten. Sie sagte nur: »Äh ...«

Der Kaplan, der sich darüber im Klaren schien, wer für sein täglich Brot aufkam, unternahm einen neuen Anlauf, seinem Schützling zur Seite zu stehen. »Weshalb glaubt Ihr, dass Jungfer Nessa Euch Auskunft geben kann?«

»Ich glaube es nicht, Hochwürden, ich weiß es.«

Diesmal antwortete ihm ein doppeltes »Oh!«, einmal von Nessa, einmal vom Hauskaplan.

»Ich beschreibe Euch jetzt einen Mann«, fuhr Bernhard fort. »Bitte sagt mir, ob Ihr ihn kennt.«

»Mein Schützling kennt keine Männer«, erklärte der Hauskaplan ebenso forsch wie unzutreffend. Bernhard verzichtete darauf, ihn zu fragen, wofür er sich hielt und ob Nessa noch nie mit ihrem eigenen Vater zu tun gehabt hätte.

Nessa zögerte. Ihre Blicke flatterten über Bernhards Gesicht. Schließlich straffte sie sich. »Ich höre zu, Herr Ritter.«

»Bernhard.« Bernhard deutete bescheiden eine erneute Verbeugung an und dachte bei sich: Etwas weniger jungfräuliche Schüchternheit und etwas mehr Schlagfertigkeit, und deinetwegen würden Kriege geführt, Mädchen! Er begann mit der Wiederholung der Beschreibung, die Hilpolt Meester ihm geliefert hatte, aber er kam nicht weit.

»Das ist der Fremde, der mit ...« Sie schlug sich die Hand vor den Mund.

Bernhard blieb äußerlich höflich-interessiert. Innerlich rief er: Ja! Einen Gulden für deine Weitsicht, mich hierher zu senden, Capitaneus!

»Ihr kennt den Mann?«, fragte er.

Nessa überraschte ihn, indem sie eine Gegenfrage stellte. »Ist er gefährlich?«

Es dauerte einen Moment, bis Bernhard sich gefangen hatte. »Kennt Ihr jemanden, dem er gefährlich werden könnte?«

»Ich denke, ich habe die Frage zuerst gestellt, Herr Ritter.«

Bernhard lächelte. Innerlich verfluchte er sich. Er hatte sie unterschätzt! Was sollte er antworten? Wenn er ihr erzählte, was er Hilpolt Meester berichtet hatte, würde sie vielleicht in Panik geraten oder alle möglichen Nachbarn einweihen. Panik und Tratsch waren das Letzte, das Bernhard brauchen konnte, wenn er seine Mission erfüllen und Christian aufhalten wollte.

»Nicht für Euch«, sagte er. »Und wahrscheinlich auch für niemanden, den Ihr kennt.«

»Warum sucht Ihr ihn dann?«

»Es ist eine ordensinterne Angelegenheit.«

»Mathias ist ein Deutschrittter?«

Verflucht!, dachte Bernhard, ich hab sie nochmal unterschätzt.

»Mathias?«, hakte er nach. Er hatte die Genugtuung zu sehen, wie es in ihrem Gesicht zuckte. Wahrscheinlich hätte sie sich am liebsten auf die Zunge gebissen, ebenso wie er. Sie schwieg.

»Dies hier ist kein Spiel, Jungfer Nessa«, sagte Bernhard förmlich und legte sein freundliches Lächeln ab. »Es ist wichtig, dass ich Mathias finde.«

Sie versuchte seinem Blick zu begegnen, hatte aber nicht lange Erfolg damit. Sie schlug die Augen nieder und sagte: »Ihr werdet verstehen, dass ich zuerst mit meinem Vater darüber sprechen möchte. Er ist Ratsherr dieser Stadt, und wenn von dem Mann, den Ihr sucht, Gefahr ausgeht, muss der Rat gewarnt sein.«

Bernhard musste versuchen, sie davon abzubringen, den Rat nervös zu machen. Er verfluchte sich innerlich nach Herzenslust, dass er die junge Frau aufgrund ihrer Schönheit und scheinbaren Unsicherheit unterschätzt hatte. Wenn er den Stadtrat hätte mit hineinziehen wollen, hätte er sich gleich bei ihm melden können. Verdammt! Es wurde Zeit, dass er Mathias schnappte, die lange Jagd auf ihn hatte seinen Geist offenbar geschwächt.

Da plötzlich wurde ihm klar, dass Nessa log. Mit wem auch immer sie sprechen wollte, es würde nicht ihr Vater sein. Er verbeugte sich. »Ich kann Euren Wunsch nachvollziehen. Ich werde warten, was Euer Vater Euch rät. Darf ich hoffen, Euch heute Abend nochmals aufsuchen zu können?«

Nessa zögerte, dann nickte sie. »Danke.«

Bernhard verabschiedete sich und stapfte durch die Gasse, bis er eine Stelle hinter einer Hausecke fand, von der aus er den Eingang des Hartrad'schen Hauses im Blick behalten konnte, ohne selbst gesehen zu werden. Natürlich würde es einen zweiten Eingang geben, den, den die Lieferanten und Dienstboten nutzten, wenn sie von Besorgungen zurückkamen. Er würde durch den Hinterhof führen. Aber Bernhard war sich sicher, dass Nessa Hartrad ihn nicht benutzen würde. Sie würde das Haus durch das Hauptportal verlassen. Und dann würde sie ihn, ohne es zu ahnen, dorthin führen, wo die Fährte von Christian Ascanius von Brendanburch endlich wieder heiß wurde.

8.

Philippa hatte halb und halb erwartet, dass Mathias plötzlich vor ihr stehen würde wie aus dem Nichts. Mittlerweile traute sie ihm alles zu. Doch er saß nur an einem Baum gelehnt und schaute zu dem Teil des Flusses hinunter, der im Tal hinter der Sassenhusener Mauer sichtbar war. Für Philippa sah es so aus, als sei es der gleiche Baum, an dem sie schon gestern gesessen hatten, nachdem sie auf den Mühlberg gestiegen waren.

Er sah auf, als sie neben ihn trat, und nickte ihr zu.

»Ich wollte dich nicht Dämon nennen«, platzte es aus ihr heraus.

»Vielleicht bin ich einer. Ich bin mir selbst nicht sicher«, erwiderte er.

Philippa setzte sich neben ihn und betrachtete den Fluss. »Was hast du für einen Streit mit Albrecht?«, fragte sie nach einer Weile.

»Ich wusste nicht, dass ich mit ihm Streit habe.«

Philippa schnaubte. »Er ist direkt auf dich losgegangen, kaum dass er dich in der Menge gesehen hatte.«

»Albrecht hat sich gestern mit der Brückenwache bei der Katharinenkapelle angelegt, gerade als ich die Brücke passieren wollte. Ich bin dazwischengeraten.«

»Nur dazwischengeraten?«

»Ich hab ihn von der Brücke in den Meyn geworfen«, seufzte Mathias.

Philippa starrte ihn so lange stumm an, dass Mathias die Arme ausbreitete. »Ich wußte nicht, dass ich es konnte. Es war wie gestern Abend beim Samstagsbrunnen, als plötzlich ...« Seine Stimme verklang vor Philippas Blick.

Doch Philippa hatte ihn nicht aus Zorn stumm angestarrt, sondern weil sie mit ihrer Fassung kämpfte. Auf einmal war es vorbei damit, und sie platzte lachend heraus: »Wie bitte? Du hast ihn in den Fluss geschmissen?«

»Über die Brüstung«, bekannte Mathias.

Philippa lachte noch lauter. Die Vorstellung, wie der ausgemergelte Mathias in seinen verdreckten Lumpen den großen, muskulösen Albrecht über die Brüstung wuchtete und alle mit großen Augen dabei zusahen und wie Albrecht unten ins Wasser klatschte – und wahrscheinlich sofort panisch zu brüllen begann, dass er nicht schwimmen könne –, war zu komisch. »Samt Panzerhandschuhen und Helm und allem?«

»Ich fürchte, einen Teil seiner Ausrüstung hat sich der Meyn geholt.«

»Deshalb hat er seine geliebten Handschuhe nicht mehr. Und deshalb wollte er nicht mit mir über die Brücke gehen – weil ihn die Gardisten verspottet hätten und er nicht wollte, dass ich das mitbekam.«

»Gestern beim Brunnen hat er gerufen, dass du seine Verlobte seist.«

Philippas Erheiterung war schlagartig vorbei. Sie zuckte mit den Schultern.

»Weißt du es nicht?«

»Ich weiß es nicht *mehr*.«

»Weshalb?«

»Weil …, keine Ahnung!« Sie winkte heftig ab. So wie sie vorhin ihr Lachen nicht hatte unterdrücken können, stieg jetzt gegen ihren Willen eine tödliche Verlegenheit in ihr auf, gepaart mit beginnendem Ärger.

»Weil du nicht gefragt worden bist, ob du ihn heiraten möchtest?«

Verblüfft wandte Philippa sich an den hageren Fremden. Er gab ihren Blick ruhig zurück.

»Albrecht und ich sind seit Langem befreundet, und ich habe ihm auch schon ein paar Freiheiten erlaubt.« Philippa hörte sich selbst reden und fragte sich, wieso sie Mathias gegenüber so schonungslos offen war, aber ihr Mund arbeitete anscheinend selbstständig und ohne Rücksprache mit ihr zu halten. »Doch ich habe nie einen Gedanken daran verschwendet, dass mein Vater und sein Herr uns miteinander verheiraten könnten. Wenn mein Vater vorher zu mir gesagt hätte: Pass mal auf, Philippa, du und Albrecht, ihr mögt euch doch, hast du schon mal daran gedacht, mit ihm vor den Altar zu treten und das Ehesakrament zu erfüllen, oder wenn Albrecht mich so etwas Ähnliches gefragt hätte – dann hätte ich wahrscheinlich geantwortet: Ja, warum nicht? Aber Vater und Albrecht sind einfach stillschweigend davon ausgegangen, dass ich dabei nichts zu sagen hätte und mich fügen würde, und nun …« Sie brach ab, weil sie wusste, dass sie ihre Gefühlslage nie mit einfachen Worten würde erklären können.

»Und nun beginnst du plötzlich Seiten an Albrecht zu sehen, die dir gar nicht gefallen und die er auch vorher nicht gezeigt hat, weil er sich seiner Sache immer sicher war. Auf seine Weise kämpft er wahrscheinlich um dich, Philippa.«

»So wird er den Kampf nie gewinnen«, stieß Philippa hervor. Dann seufzte sie und ließ die Schultern sinken. »Mehr als Ärger machen kann ich ohnehin nicht. Wenn Vater beschließt, dass Albrecht und ich heiraten sollen, dann wird es auch so geschehen, zumal auch Baldmar Hartrad als Albrechts Dienstherr schon seinen Segen gegeben hat. Und eigentlich ist Albrecht ja auch kein schlechter Kerl.« Es hörte sich in ihren eigenen Ohren so an, als müsse sie jemand anderen von Albrechts Qualitäten überzeugen, ohne dabei sehr erfolgreich zu sein.

Mathias erwiderte nichts darauf. Plötzlich war Philippa zum Heulen zumute. Erst durch ihre eigenen Worte war ihr plötzlich bewusst geworden, dass sie im Grunde keine Chance hatte. Albrecht würde ihr Mann werden. Und was war daran so schlimm? Na gut, niemand hatte sie gefragt. Aber wenn man sie gefragt hätte, hätte sie Ja gesagt. Also! War sie nur störrisch, weil das Störrischsein einfach ein Wesenszug von ihr war?

Sie sah den im Licht glitzernden Fluss nach Westen davonströmen, bis eine Biegung den folgenden Abschnitt ihren Blicken entzog. Was war hinter der Biegung? Wohin brachte einen der Fluss, wenn man sich ihm anvertraute? Die Ehe mit Albrecht würde keine Reise auf dem Fluss sein, sondern ein Ankerplatz an seinem

Ufer. Ihr restliches Leben würde sie sich fragen, was hinter der Flussbiegung auf sie gewartet hätte.
Wer hinter der Flussbiegung auf sie gewartet hätte.
Mathias?
Aber war es so wichtig, dass das Leben ein Abenteuer war, das ständig Überraschungen bereithielt? Sie wusste, was all ihre Altersgenossinnen geantwortet hätten: Nein. Und würde nicht auch die Ehe mit Albrecht für Überraschungen gut sein? Nicht für Sensationen wahrscheinlich, aber für die kleinen Abenteuer des Lebens, die ebenso zu achten waren wie die großen?

Sie hörte eine angstvolle Stimme, die sie in den letzten beiden Tagen beinahe vergessen hatte, flüstern: Und was, wenn die Überraschung darin besteht, dass der erste Blick ins Gesicht deines neugeborenen Kindes auch der letzte sein wird, weil du im Kindbett stirbst, so wie deine Mutter?

Philippa ballte die Fäuste und drehte Mathias den Rücken zu, weil sie fürchtete, dass Tränen in ihre Augen steigen würden. Waren all diese Überlegungen nicht ohnehin müßig? Hatte sie nicht bereits genug aufs Spiel gesetzt – Albrechts Zuneigung, Nessas Freundschaft, die Achtung ihres Vaters? Einen Moment lang versuchte sie, ihren ganzen Zorn auf Mathias zu richten, der still neben ihr saß. Wenn *er* bloß nicht gekommen wäre!

Aber dann musste sie sich eingestehen: Er hatte gar nichts getan. Alle Schwierigkeiten, die ihr Leben betrafen, hatte sie, Philippa, sich selbst eingebrockt. Es gelang ihr nicht, auf Mathias wütend zu sein. Selbst gestern nach der Prügelei war sie weniger ärgerlich als schockiert gewesen. Mathias war die Verkörperung dessen, was hinter der Flussbiegung lag.

»Irgendwas geht da unten vor«, sagte Mathias unvermittelt.

Das schimmernd-weiße Band des Flusses in seiner Landschaft aus dürren gelben Feldern und trockener Erde war jetzt gesprenkelt mit dunklen Flecken, die sich stromabwärts bewegten. Nach ein paar Augenblicken wurde Philippa klar, dass die Flecken Boote waren, Dutzende von Booten. Rasch stand sie auf, um eine bessere Sicht zu haben, aber das Schimmern des Flusses machte es ihr unmöglich, Genaueres zu erkennen. Immer mehr Kähne wurden sichtbar. Es wirkte, als seien sämtliche Fähr- und Fischerboote gleichzeitig flussabwärts unterwegs, wie bei einer Prozession, nur dass sie nicht geordnet waren.

»Sie bringen die Boote weg«, hörte sie sich sagen, noch bevor die Erkenntnis in ihrem Verstand angekommen war.

»Was bedeutet das?«, fragte Mathias.

»Ich weiß es nicht. Aber wahrscheinlich nichts Gutes«, rief Philippa. »Meine Güte, schau dir das an. Es müssen wirklich *alle* Boote sein.«

Philippa blickte sich um. Dann streckte sie ohne nachzudenken die Hand aus. »Komm mit!«

Mathias ließ sich von ihr auf die Füße ziehen, doch dann ließ er ihre Hand los und eilte neben ihr her, als sie den flachen Hang des Mühlbergs noch weiter emporkletterte. Auf seiner Kuppe wurde der Wald lichter und gab den Blick auf den hölzernen Wartturm frei, der sich dort über die Bäume erhob. Philippa blieb an seinem Fuß stehen und rief hinauf. Ein Kopf mit einem Eisenhut wurde über der Brüstung sichtbar.

»Dürfen wir raufkommen? Ich bin Philippa, die Tochter von Rupprecht dem Fährmann, und das ist unser neuer Fährknecht.«

Ein zweiter Kopf wurde sichtbar. Die Turmwachen verrichteten ihren Dienst stets zu zweit. »Die Fährmannstochter?«, rief der zweite Wächter hinunter. »Immer rauf. Vielleicht kannst du uns erklären, was auf dem Fluss vor sich geht.«

Vom Wehrgang des Turms eröffnete sich Philippa ein atemberaubend weiter Blick auf das Tal, in dem Franchenfurt lag und durch das sich der Meyn in trägen Kurven wand, begleitet von den Treidelpfaden an beiden Ufern. Die Wasseroberfläche schimmerte von dieser Warte aus noch stärker. Eine riesige Flotte kleiner Boote, darunter viele Plätten und Zillen, aber auch etliche Fischerkähne mit einzelnen Masten und bunten Dreieckssegeln, trieb mit der Strömung flussabwärts. Die letzten davon passierten bereits das westliche Ende des Galgenfelds, die ersten waren nur noch kleine Punkte im Gleißen. Philippa brauchte nicht zu zählen. Sie war sicher, dass an keinem der Bootsanleger Sassenhusens und Franchenfurts noch ein einziges Boot zurückgeblieben war. Lediglich die großen Lastschiffe und das mit bunten Wimpeln geschmückte Schiff, auf dem der Kaiser hierhergereist war, lagen noch am Kai vor der Leonhardspforte.

Philippa lauschte. Die meisten Bootsleute sangen, wenn sie ihre Fahrzeuge ruderten. Vielleicht hörte man es nicht bis hier herauf – obwohl der Lärm der Handwerker in den Gassen beiderseits des Meyns deutlich vernehmbar war –, aber Philippa ahnte, dass niemand sang. Es wirkte vielmehr, als würden die Boote in aller Heimlichkeit entführt. Doch die, die sie entführten, konnten eigentlich nur ihre Besitzer sein. Der Kai zwischen der Leonhardspforte und der Heilig-Geist-Pforte war bunt von Zuschauern. Das restliche Ufer und die Brücke wurden von den Bauten und den Tortürmen Sassenhusens verdeckt.

»Was denkst du, was da los ist?«, fragte der eine der beiden Wächter.

Philippa zuckte stumm mit den Schultern. Ein Verdacht kam ihr, der so ungeheuerlich war, dass sie sich instinktiv weigerte, ihn weiterzudenken.

Der andere Wächter holte ein metallbeschlagenes Horn heraus. »Sollen wir Alarm geben?«

»Ja«, sagte Mathias zu Philippas Überraschung. Drei Köpfe wandten sich ihm zu. Doch Mathias blickte nicht nach Westen, den Booten hinterher, sondern nach Osten. Der Wächter mit dem Horn trat vor und lehnte sich über die Brüstung, um Mathias' Blicken folgen zu können.

»Der Herr steh uns bei«, sagte er.

9.

Hilpolt Meester hatte kurz erwogen, nach dem Gespräch mit Bernhard Ascanius wieder in den Ratssaal zurückzukehren, sich dann aber dagegen entschieden. Zum ersten Mal seit Tagen fühlte er sich gut gelaunt. Statt eine neue Runde im Dauerstreit mit den Stadträten auszufechten, hatte er etwas unternommen. Bernhard Ascanius auf die Spur des mysteriösen Fremden zu setzen hatte sich als brillante Idee erwiesen. Ohne den Askanier-Abkömmling wäre ihm nie klar geworden, wie gefährlich dieser Mathias oder vielmehr Christian in Wirklichkeit war. Unglaublich, wie er sich in dem Kerl getäuscht hatte. Trotzdem ärgerte sich Hilpolt nicht, denn er war nicht der Täuschung erlegen, sondern hatte, wenn auch mit fremder Hilfe, das Spiel durchschaut. Und nun würde es kein Spiel mehr geben, jedenfalls nicht für Christian von Brendanburch und seinen verfluchten Auftraggeber in Prag. Bei dieser Partie würde Hilpolt der große Spielverderber sein.

Aus diesem Grund grinste der Capitaneus fröhlich vor sich hin, während er über die Brücke zur Ordenskommende der Deutschritter in Sassenhusen stapfte. Sollte sein Locotenente sich mit dem Stadtrat herumschlagen, es wurde Zeit, dass der Junge mal erfuhr, welche Bürde es manchmal bedeutete, Anführer der kaiserlichen Garde zu sein! Hilpolt war auf dem Weg zu Kaiser Ludwig – nicht, um ihn über Christian und Bernhard ins Bild zu setzen, das würde der Kaiser noch früh genug erfahren, wenn der Möchtegern-Meuchelmörder in Ketten im Gefängnis hockte. Oder, was wahrscheinlicher und wünschenswerter war, wenn er nur noch eine Erinnerung und eine Scharte an Bernhard Ascanius' Schwert sein würde. Hilpolt würde dem Kaiser heute nur berichten, dass er die Situation in der Stadt nach den gestrigen Unruhen noch besser unter Kontrolle hatte, dass er in der Person Baldmar Hartrads einen energischen Verbündeten im Rat besaß und dass das Treffen mit den Fürsten, die in den nächsten Tagen anreisen würden, unter einem guten Stern stand. Der Kaiser würde lächeln, und ein paar Sorgenfalten würden sich in seinem zerknitterten Gesicht glätten. Allein dafür lohnte es sich, durch die Hitze zu marschieren, die noch ärger geworden zu sein schien als in all den Tagen zuvor.

In der Kommende erfuhr er, dass der Kaiser in der Kirche war.

»Er war schon in der Morgenmesse«, bemerkte Hilpolt.

Der Komtur der Kommende, ein grauhaariger Hüne mit Narben im Gesicht und Pranken, mit denen er das Loch in einem Abtritt hätte abdecken können, erklärte milde: »Nichts spricht dagegen, mehrfach am Tag mit Gott zu reden.«

Hilpolt erinnerte sich daran, dass der Deutsche Orden nicht nur Kämpfer wie Bernhard Ascanius in seinen Reihen hatte, sondern auch Männer, die sich in einem frommen Kloster ebenso wohlgefühlt hätten. »Gar nichts«, bestätigte er.

»Der Kaiser betet für die Menschen, die den Unwettern zum Opfer gefallen sind, von denen der Bote erzählt hat.«

Hilpolt nickte und bedankte sich, dann machte er sich auf den Weg zur Kirche. Zwei Ordensritter standen gleich hinter dem Kirchenportal. Sie drehten sich rasch um, als Hilpolt eintrat, entspannten sich aber, als sie den Capitaneus erkannten. Kaiser Ludwig kniete vor dem Altar, den Kopf gesenkt. Hilpolt zögerte. Schließlich entschied er sich dagegen, Ludwig in seiner Kontemplation zu stören. Er bekreuzigte sich und trat wieder nach draußen.

Das Kircheninnere hatte sich durch die wochenlange Hitze aufgewärmt, doch im Vergleich zu draußen war es immer noch kühl. Hilpolt seufzte, als er fühlte, wie ihm der Schweiß ausbrach. Er kannte den Kaiser – wenn dieser sich ins Gebet versenkt hatte, dauerte es eine Weile, bis er wieder daraus hervorkam. Die Aussicht, doch zurück in den Ratssaal zu gehen, besaß keinen gesteigerten Reiz. Unentschlossen sah Hilpolt sich um. Der Sassenhusener Brückenturm ragte hinter dem Dach der Ordenskommende auf. Die Idee, sich dort oben ein wenig Überblick zu verschaffen, kam ihm plötzlich reizvoll vor, auch weil die Möglichkeit bestand, dass auf dem Wehrgang ein Lüftchen wehte, das die Hitze etwas milderte. Vielleicht entdeckte er von dort oben sogar zufällig den verfluchten Meuchelmörder. Wenn er wieder vom Turm herabstieg, würde der Kaiser jedenfalls so weit sein, ihn zu empfangen.

Die Wachen im oberen Teil des Turms hatten eine merkwürdige Auffassung von Pflicht. Hilpolt hatte nur bei der Tordurchfahrt in der Turmbasis seine eigenen Männer postiert, oben taten Stadtknechte ihren Dienst. Niemand nahm ihn in Empfang, als er in die Türmerstube stapfte und dann nach draußen auf den Wehrgang trat. Die Turmwächter starrten alle nach Franchenfurt hinüber, ohne im Geringsten darauf zu achten, was in ihrem Rücken vorging. Sie waren zu dritt.

»Überfall!«, rief Hilpolt, nur mäßig amüsiert.

Die Turmwächter zuckten zusammen und fuhren herum. Als sie Hilpolt erkannten, starrten sie ihn blass und mit großen Augen an.

»Ihr seid alle tot«, erklärte Hilpolt.

Der Wachführer, den eine Binde am Arm kenntlich machte, fing sich als Erster. »Capitaneus«, sagte er, »weshalb lasst Ihr alle Boote wegbringen?«

»Weshalb lasse ich was?«, wiederholte Hilpolt verblüfft.

Der Wachführer deutete hinaus. Sprachlos sah Hilpolt eine Flotte von Booten in allen möglichen Bauweisen, die sich über die halbe Länge des Flusses verteilten und mit dem Strom nach Westen trieben. Die letzten davon passierten eben den äußeren Flankenturm der Stadtmauer, hinter dem sich das Galgenfeld erstreckte. Er brauchte nur ein paar Augenblicke, dann hatte er verstanden, was geschah.

»Ich bring diesen Narren um!«, brüllte er und meinte vor allem Rupprecht, der zweifellos hinter dieser Schandtat steckte. Sein Zorn richtete sich aber auch auf seinen Locotenente, der die Situation im Ratssaal offenbar nicht in den Griff bekommen hatte – und auf sich, weil es in Wahrheit seine eigene Schuld war. Er hätte den Ratssaal nicht verlassen dürfen.

Die Stadtknechte rückten einen Schritt von ihm ab. Einer der drei hatte inzwischen den Blick von dem seltsamen Exodus der

Franchenfurter Fischer und Fährschiffer abgewandt und drehte Hilpolt nun den Rücken zu. »Was zum Henker ist das denn?«, murmelte er plötzlich und schob den Eisenhut aus der Stirn. Doch Hilpolt achtete nicht weiter auf den Mann.

Stattdessen stürmte der Capitaneus in die Türmerstube und rannte dann die Holztreppe hinunter, drei Stufen auf einmal nehmend. Die gesamte Konstruktion bebte. Es war ihm egal. Als er unten aus der Eingangspforte platzte, rissen seine Gardisten unwillkürlich die Schwerter aus den Scheiden, weil sie offenbar dachten, er werde verfolgt.

»Einer von euch zur Ordenskommende! Schnell!«, rief er. »Der Kaiser muss Bescheid wissen.«

Das harte Training der Gardisten zahlte sich aus. Niemand stellte eine überflüssige Frage. Einer von ihnen öffnete die Schleife des Schwertgürtels und reichte das Wehrgehänge einem Kameraden. »Worüber?«, fragte er nur.

»Die verdammten Narren schaffen alle Boote weg. Der Kaiser soll auf keinen Fall die Kommende verlassen!«, sagte Hilpolt und kam gar nicht auf den Gedanken, dass er dem Herrn des Heiligen Römischen Reichs einen Befehl erteilte. »Ihr anderen – schließt das Tor!«

»Jawohl, Herr!«

Hilpolt hastete über die Brücke zur Katharinenkapelle, wo er den Befehl wiederholte. Das Tor beim Brückenturm auf der Franchenfurter Seite ließ er ebenfalls schließen, nachdem er es passiert hatte. Erste aufgebrachte Stimmen wurden laut, als Bürger, die hinüberwollten, abgewiesen wurden. Hilpolt ignorierte sie. Er rannte am Kai entlang, verfluchte zum tausendsten Mal das Kettenhemd, das ihm um die Knie schlackerte, und kam bei der Menschenmenge an, die sich bei der Leonhardspforte versammelt hatte und den Booten hinterherschaute. Nur noch die letzten von ihnen waren zu sehen, der Großteil hatte bereits die erste Flussbiegung passiert. Lediglich das Schiff des Kaisers und der Frachtkahn des Weinhändlers waren zurückgeblieben.

»Wo ist Rupprecht?«, grollte Hilpolt. »Rupprecht der Fährmann?« Als ihm niemand antwortete, brüllte er mit der Stimme, die seine Rekruten in die Bäume zu jagen pflegte: »Rupprecht, komm raus du Feigling! Ich reiß dir die Eier ab!« Seine Wut war umso grenzenloser, als sie hauptsächlich Wut auf sich selbst war.

Jemand sagte: »Rupprecht ist mit den Booten weg.«

Ein anderer ergänzte: »Mit allen Booten.«

»Und mit allen Ruderern, Fährleuten und Fischern«, hörte er eine dritte Stimme.

Hilpolt musterte die Menge. Die meisten von ihnen waren Frauen. Ihm wurde klar, dass es sich um die Mütter, Frauen und Töchter der Männer handelte, die Rupprechts Ruf gefolgt waren und nun flussabwärts trieben. Er spürte neugierige, einige hämische und sehr viele feindselige Blicke auf sich ruhen. Schweiß lief ihm in die Augen. Er wischte ihn weg und bemühte sich, seine Wut in den Griff zu bekommen. »Wo sind sie hin?«

»Dorthin, wo Ihr sie nicht erreichen könnt, Capitaneus.«

Hilpolt schüttelte den Kopf. »Was hier geschieht, schadet der Sicherheit des Kaisers.« Als er es sagte, erkannte er, dass das nicht stimmte. Im Grunde genommen war nur ein neues Gleichgewicht entstanden. Wenn keine Boote mehr da waren, die für einen Anschlag auf den Kaiser benutzt werden konnten, dann musste auch die Garde nicht auf dem Fluss patrouillieren – und dann musste Hilpolt die Boote auch nicht beschlagnahmen. Natürlich konnte ein Angreifer immer noch von außerhalb des Stadtbereichs kommen, aber dann würde er frühzeitig erspäht werden, wenn er auf dem Fluss heranpaddelte.

»Der Kaiser ist in Franchenfurt sicher!«, rief jemand aus der Menge.

Hilpolt atmete tief durch. Er fühlte sich wie ein Idiot. Er hatte Rupprechts Aktion nicht vorausgeahnt, er hatte sie nicht verhindert, und er konnte auch nichts tun, um die Boote zurückzuholen. Das einzige Wasserfahrzeug, das er nun kommandieren konnte, war das Schiff des Kaisers, und mit dem schwerfälligen Kahn auf die Jagd nach den kleinen, wendigen Zillen und Plätten zu gehen, war ein lächerlicher Gedanke. Der Fährmann hatte ihn ausmanövriert. »Ich reiß dir den Hintern auf, Rupprecht«, murmelte er zu sich selbst. Doch auch diese Bekräftigung seines Entschlusses, sich den Zunftvorsteher ganz gewaltig zur Brust zu nehmen, brachte ihm keine Erleichterung.

Er machte sich auf den Weg zurück. Die Menge teilte sich vor ihm. Niemand spottete, aber es gab auch niemanden, der den Kopf vor ihm beugte, so wie es anfangs gewesen war, als die Garde in die Stadt einmarschiert war.

Er hatte die Gruppe der Schaulustigen noch nicht ganz durchquert, als er den Locotenente auf sich zueilen sah, in Begleitung von Friedrich von Hutten und Baldmar Hartrad.

»Capitaneus …!«, keuchte Hilpolts Stellvertreter.

»Ich weiß schon«, winkte Hilpolt ab. Plötzlich fühlte er sich müde. »Die Boote sind weg.«

»Was? Boote? Nein, Capitaneus … Ihr müsst Euch das ansehen.«

Hilpolt folgte den drei Männern zur Brücke. Einige aus der Menge, die die Dringlichkeit in den Worten des Gardisten vernommen hatten, schlossen sich ohne Zögern an. Als Hilpolt mit seinen Begleitern den Tordurchgang des Franchenfurter Brückenturms erreicht hatte, war ihnen fast die gesamte Meute auf den Fersen.

»Lasst sie durch, was soll's schon!«, rief Hilpolt, als die Gardisten versuchten, die Tore vor dem Ansturm zu verschließen. Der Aufstand, den er gefürchtet und vor dem er die Brücke hatte verriegeln lassen, würde nicht geschehen. Rupprecht und seine Leute hatten einen eleganteren Weg gefunden, um zu zeigen, was sie von den Anweisungen der kaiserlichen Garde hielten. Er eilte auf die andere Seite des Tordurchgangs. Baldmar Hartrad stammelte etwas und deutete flussaufwärts. Hilpolt sah es auch. Er blieb stehen und gaffte.

10.

Bernhard Ascanius war Nessa Hartrad ohne Schwierigkeiten gefolgt. Sie war nur kurze Zeit, nachdem er seinen Beobachtungsposten bezogen hatte, in Begleitung einer jungen Frau aus dem Haus gekommen. Die junge Frau war offensichtlich ihre Magd. Dass Nessa auf ihre Amme und den Kaplan als Begleiter verzichtet hatte, verriet, dass die beiden weniger ihre Vertrauten als ihre Aufpasser waren.

Nessa war in den nördlichen Teil der breiten Fahrgasse geeilt. Ein halbes Dutzend guter und weniger guter Schänken befand sich dort links und rechts der Gasse, in der Nachbarschaft von Schmieden, den Werkstätten von Radmachern, Wagnern und Sattlern und einigen Badehäusern von mehr oder minder seriösem Ruf. Eine der Schänken, die unscheinbarste, war Nessas Ziel gewesen. Sie wirkte wie ein Etablissement, das davon lebte, dass die einfachen Handwerker, Fuhrknechte und die Milizen der reichen Kaufleute dort ihren Wein tranken. Diese Sorte Kundschaft verlangte lediglich, dass der Wein nicht sauer war, dass keine Maden im Eintopf schwammen und der Wirt Verständnis zeigte, wenn mal eine Zeche erst mit ein paar Wochen Verspätung bezahlt werden konnte. Bernhard fragte sich, was eine Tochter aus gutem Haus wie Nessa an einen solchen Ort führte. Hielt sich Christian etwa hier versteckt? Sollte er so schnell ans Ziel gelangen?

Nessa blieb neben der Tür stehen und sah sich nervös um. Dann begann sie mit der Magd zu tuscheln und schickte sie schließlich hinein. Sie selbst betrat die Schänke nicht. Bernhard, der seine Tunika ausgezogen hatte und zusammengerollt unter dem Arm trug, schlich näher heran, während Nessa ihm den Rücken zuwandte. Als sie zwei Radmacher-Gesellen zusah, die ein mit einem neuen Eisenreifen bezogenes Rad hin- und herrollten, um zu überprüfen, wie rund es lief, huschte er zum Nebengebäude der Schänke und setzte sich neben einen einbeinigen Bettler, der den vorbeieilenden Passanten resigniert seine Schüssel hinhielt.

»Das iss aber mein Platz«, begann der Bettler ebenso empört wie zahnlos.

Bernhard ließ ein paar Münzen in seine Schale fallen. »Lass mich nur kurz hier verschnaufen, Bruder«, murmelte er »Es soll dein Schaden nicht sein.«

Der Bettler betrachtete erfreut das Almosen. »Macht's Euch bequem, Exzellenz«, mümmelte er.

Bernhard legte die Unterarme auf die Knie und den Kopf darauf, so dass sein Gesicht versteckt war. Sollte Nessa sich zufällig umdrehen und ihr Blick auf ihn fallen, müsste sie schon sehr genau hinschauen, um ihn wiederzuerkennen. Er fühlte sich ziemlich sicher. Außerdem würde er hier alles mithören können, was Nessa mit wem auch immer sprach, sei es die Magd oder jemand, den das Mädchen in der Schänke benachrichtigte. Falls es sich um Christian handelte, würde er aufspringen und mit wenigen Sätzen bei ihm sein, noch bevor er reagieren konnte. Es war ein guter Platz.

Ein Hüne von einem Mann kam nach kurzer Zeit heraus, gefolgt von Nessas Magd. Bernhard musterte ihn aus dem Augenwinkel. Der Hüne schien leicht angetrunken, überrascht und nicht unbedingt erfreut, Nessa hier zu sehen. Bernhard konnte sich nicht denken, wer er war, aber er spitzte die Ohren.

»Du bist betrunken!«, hörte er Nessa sagen.

»Nicht halb so sehr wie ich gern möchte, seit dein Vater mich rausgeschmissen hat«, erwiderte der Hüne mit leicht verschliffenen Konsonanten.

»Vater hat dich nicht rausgeschmissen, sondern nur dem Druck nachgegeben!«

»Jetzt geht's mir doch gleich viel besser«, sagte der Hüne gereizt.

»Wenn der Kaiser wieder abgereist ist, gibt er dir deine Aufgabe zurück – falls du bis dahin nicht zum Säufer geworden bist.«

»Mein Gott, Nessa! Dein Vater und Philippa haben mich behandelt wie den letzten Dreck. Darf ein Mann da nicht mal zum Wein greifen?«

Ein Mann nicht, dachte Bernhard. Nur ein wehleidiger Waschlappen wie du offenbar einer bist.

Statt ihm die verdiente Abfuhr zu erteilen, legte Nessa eine Hand auf den Oberarm des muskulösen Mannes und sagte voller Mitleid. »Ich weiß ja, Albrecht. Ich finde es genauso ungerecht wie du.«

Sieh an, dachte Bernhard.

Der Bettler zupfte an der zusammengerollten Deutschrittertunika, auf die Bernhard sich gesetzt hatte. »Was 'n das da?«, nuschelte er neugierig.

Bernhard reagierte reflexhaft, ohne darüber nachzudenken. Der Bettler quiekte erschrocken, als sein Handgelenk plötzlich in Bernhards hartem Griff steckte und zusammengedrückt wurde.

Albrecht und Nessa fuhren herum und starrten herüber. Bernhard fluchte im Stillen. Er drückte noch stärker zu. Der Mund des Bettlers ging auf, ohne dass ein Laut hervorgekommen wäre. Ohne den Kopf zu heben, stöhnte Bernhard: »Almosen, Leute. Gebt Almosen!«

Die beiden jungen Leute rollten mit den Augen und wandten sich ab. Bernhard ließ das dürre Handgelenk seines Nebenmannes los. »Behalt die Finger bei dir!«, zischte er ihm zu. »Und wenn du schön die Klappe hältst, gibt's nachher nochmal Almosen.«

Der Bettler schniefte und rückte ein wenig von Bernhard ab.

Vorne bei der Schänke sagte Nessa: »Vorhin war ein Deutschritter bei mir, der sich nach Mathias erkundigt hat.«

Bernhard spannte sich an, um kein Wort zu überhören. Albrecht erwiderte: »Einer von den hiesigen?«

»Nein. Albrecht, ich glaube, dieser Mathias hat irgendwas ausgefressen!«

»Ich wusste doch, dass der Kerl nichts Gutes im Schilde führt. Von dem Moment an, an dem ich ihn gesehen habe!«

»Der Deutschritter sucht ihn. Er heißt Bernhard Ascanius.«

»Oh!«, machte Albrecht. Bernhard seufzte in sich hinein.

»Albrecht, wenn die Deutschritter nach Mathias suchen, und

du findest ihn vor ihnen und nimmst ihn fest, dann kannst du der ganzen Stadt und dem Kaiser deinen Wert beweisen. Dann wird Vater nicht erst abwarten, bis sich die Aufregung hier wieder gelegt hat, sondern dir das Amt des Milizhauptmanns sofort wieder anvertrauen, und der Stadtrat wird ihm dabei noch applaudieren. Du wirst sogar mehr Geld als bisher bekommen, da bin ich sicher!«

Albrecht schwieg. Vorsichtig drehte Bernhard den Kopf und spähte hinüber. Der hünenhafte Mann starrte die junge Frau, die ihm bis zum Brustbein ging, nachdenklich an. Das leise Schwanken, mit dem er vorhin gestanden hatte, war vergangen. Ihr Ansinnen hatte ihn offenbar nüchtern gemacht.

Albrecht war also der Milizhauptmann von Baldmar Hartrad. Dieser hatte ihn aus irgendeinem Grund vom Dienst suspendiert, und nun nutzte Baldmar Hartrads Tochter die Gunst der Stunde, um Albrecht eine Chance zur Rehabilitierung zu geben. Warum sie das tat, war für einen geschulten Beobachter wie Bernhard nicht schwer zu erraten: Noch immer ruhte ihre tröstende Hand auf Albrechts Oberarm.

»Du weißt ja, wo du ihn finden kannst«, drängte Nessa.

Bernhard hielt den Atem an.

»Nein, aber ich weiß, wo ich suchen muss«, erklärte Albrecht mit grimmigem Unterton.

Bernhard ließ die Luft wieder entweichen.

»Aber pass auf, Albrecht. Mathias ist auch ein Deutschritter.«

»Was? So abgerissen, wie der aussieht?«

»Ich bin mir sicher!«

»Na wenn schon«, sagte Albrecht und winkte ab. »Ich nehm es mühelos mit zwei von denen auf, selbst wenn du mir eine Hand auf den Rücken bindest.«

»Aber er hat dich doch schon zwei Mal ...«

»Da hat er mich überrascht«, grollte Albrecht. »Diesmal überrasche ich ihn.«

Nessa musterte Albrecht, dann streckte sie plötzlich die Arme aus, zog seinen Kopf zu sich herunter und küsste ihn hart auf den

Mund. Ein paar Passanten pfiffen anerkennend. In einer feineren Gegend der Stadt hätten etwaige Beobachter empört gezischt.

Nessa ließ Albrecht los. Dieser gaffte sie mit offenem Mund an und fuhr sich unbewusst mit der Zungenspitze über die Lippen.

»Hey, Nessa …«, stammelte er dann.

»Pass auf dich auf!«, keuchte sie und warf sich herum. Ihre Magd kam kaum nach, so schnell eilte sie davon. Albrecht blinzelte ratlos und starrte ihr hinterher.

Bernhard hatte zuerst gedacht, Nessa Hartrad und Albrecht wären ein heimliches Liebespaar. Nun wurde ihm klar, dass Albrecht bislang noch nicht geahnt hatte, dass die Tochter seines Herrn ein Auge auf ihn geworfen hatte. Langsam stahl sich ein Grinsen auf das Gesicht des degradierten, allerdings bald möglicherweise schon wieder rehabilitierten Milizhauptmanns von Baldmar Hartrad. Dann verzog sich das Grinsen zu einer bösen Grimasse. Niemand brauchte Bernhard zu sagen, dass Albrecht jetzt an Christian dachte.

Sein Halbbruder hatte den großen Mann also schon zweimal überwältigt? Bernhard traute es Christian ohne weiteres zu. Der Milizhauptmann sollte eigentlich seinem Schöpfer auf Knien danken, dass er noch am Leben war. Bernhard wusste, welch angsteinflößender Kämpfer Christian war. In dieser Hinsicht waren sein Halbbruder und er sich absolut gleich.

Dann ertönte ein merkwürdiger Laut. Albrecht fuhr zusammen. Bernhard schaute erstaunt auf. Der Laut wiederholte sich nach einigen Augenblicken, dann bekam er eine Art Echo von mehreren Seiten, unter anderem aus der Richtung des Torturms am nördlichen Ende der Fahrgasse.

Bernhard sprang auf. Auch wenn er kein Franchenfurter war, wusste er, was los war.

Die Turmwachen gaben Alarm.

11.

Philippa eilte hinter Mathias her, die Leitern des Wartturms hinunter. Mathias machte sich nicht die Mühe, die Sprossen zu benutzen. Er umklammerte die vom vielen Gebrauch glattpolierten Holme und rutschte zum nächsten Zwischengeschoss hinab. Der Alarmton des Horns hallte dumpf im Inneren des Holzbaus wider.

»Was ist das?«, keuchte sie. »Was kommt da auf uns zu?«

»Die achte Plage«, rief Mathias.

Er lief auf die gerodete Fläche hinaus, die den Wartturm umgab. Die Klänge des Horns erschollen hinter ihnen. In den Sassenhusener Tortürmen wurden sie bereits aufgenommen, auch wenn den meisten der dortigen Turmwächter wahrscheinlich noch gar nicht klar war, weshalb der Alarm gegeben wurde. Man zögerte nicht, wenn einer der Wachposten das Signal blies. Ein funktionierendes Alarmsystem basierte auf der Schnelligkeit der Signalweitergabe.

»Die achte Plage?«, rief Philippa. Sie hatte Mühe, Mathias hinterherzukommen. Wenn er eine Weile marschierte, fiel sein Hinken auf, aber wenn er lief, bewegte er sich so leichtfüßig wie ein Windhund. Mathias hielt inne, als er die Bäume erreichte, und wartete auf sie. Sein Gesicht sah ungeduldig aus.

Philippa war außer Atem. Die Hitze schien immer noch drückender zu werden. Selbst unter den Bäumen war die Luft wie ein warmes feuchtes Gespinst, das sich einem um Mund und Nase legte. Der Duft von Harz und trockenem Holz war überwältigend. Als sie wieder zu Atem gekommen war, fiel ihr etwas auf, was noch überwältigender war: die Stille im Wald. Kein Vogel sang, kein Insekt flog. Verwirrt sah sie sich um und lauschte. »Was ist mit den Tieren los?«

»Geht's wieder?«, fragte Mathias. »Wir müssen uns beeilen!«

»Was ist die achte Plage?«, erkundigte sich Philippa, dann fiel es ihr endlich ein. Ihre Augen weiteten sich. Instinktiv drehte sie sich um, um zum Turm zurückzuhasten.

»Nein!«, sagte Mathias. Diesmal war er es, der nach ihrer

Hand griff. »Wir sollten nicht in einem Gebäude sein, in dem wir die Fensteröffnungen nicht verrammeln können, wenn sie kommen. Und auch nicht im Freien. Lauf! Wir müssen hinter die Mauer, bevor sie die Tore schließen.« Er zog sie mit sich.

Von allen Stellen der Stadt stiegen jetzt die Töne der Signalhörner auf. Sie rannten auf die Straße hinaus und auf das nächstliegende Tor zu, die Roderpforte. Torwachen begannen soeben, die schweren Torflügel zu schließen. Es würde gegen diesen Angreifer nichts nützen, aber es war die Standardprozedur. Das trockene Holz knarzte, die Befehle der Scharführer waren harsch. Ein Torwächter hielt ihnen seinen Spieß entgegen und brüllte »Halt!«.

»Philippa, Rupprechts Tochter!«, rief Philippa im Laufen. »Und Mathias, der neue Fährknecht. Lasst uns rein!«

Der Scharführer machte eine zustimmende Kopfbewegung. Philippa warf ihm einen dankbaren Blick zu. »Die Wartturmwächter sind noch draußen!«, keuchte sie.

»Ihr Pech!«, schnarrte der Scharführer. »Was ist eigentlich los?«

Philippa konnte ihm keine Antwort mehr geben, denn Mathias zerrte sie weiter. Sie hasteten durch den dunklen Torgang, in dem die Alarmtöne dumpf widerhallten. Das Signal war das für einen Angriff, dutzendfach wiederholt. Die Torflügel knallten zu, die Ketten, die die schweren eisenverstärkten Riegel in ihre Halterungen fallen ließen, rasselten.

Die Torbesatzung am anderen Ende des Portals ließ sie passieren, dann schlossen sie die Torflügel auf ihrer Seite ebenfalls. Von oben hörte Philippa das Knallen, mit dem hölzerne Laden vor Turmöffnungen gestellt wurden, um sie zu verkleinern, und das Scharren, als Böden aus Erkern gezogen wurden, damit die Besatzung im Falle eines Angriffs nach unten schießen oder Eimerladungen Unrat hinunterschütten konnte.

Eine kurze Gasse führte von der Roderpforte zu einem Platz, von dem vier schmale Straßen abzweigten und in dessen Mitte ein Brunnen stand. Auf dem Platz standen Männer mit Knüppeln,

Dreschflegeln und allem möglichen anderen Gerät, das sich als Waffe verwenden ließ. Einer war auf das Brunnendach geklettert und versuchte Ausschau zu halten, was die Hausdächer und Giebel der umliegenden Bauten verhinderten. Fenster wurden klappernd zugestellt, Kinderweinen verstummte abrupt, als fliehende Mütter mit den verängstigten Sprößlingen in ihre Häuser rannten und die Türen hinter sich verbarrikadierten.

»Bringt euch in Sicherheit!«, rief Mathias, als sie auf den Platz hinausrannten. »Das ist kein Feind, gegen den ihr kämpfen könnt.«

Sie liefen an den überraschten Männern vorbei nach links, auf die Brücke zu. Philippa hatte die Gassen Sassenhusens noch nie so menschenleer gesehen. Erst jetzt spürte sie, wie plötzliche Angst einen Knoten in ihrem Magen bildete. Unwillkürlich wurde sie langsamer. Das Gellen der Signalhörner verstummte, und jetzt hörte sie es: ein Knistern, das die Luft erfüllte, das sich anhörte wie ein stetiger Wind, der durch einen Schilfwald fuhr, nur dass dieser Wind aus harten Panzern und häuternen Flügeln bestand und dass der Angreifer, der sich näherte, den Luftstrom selbst erzeugte, auf dem seine Scharen ritten.

»Weiter!«, rief Mathias. »Kennst du irgendjemanden hier, der uns in sein Haus lässt?«

»Hier oben? Nicht so gut, dass wir beide reinkämen«, erwiderte Philippa. »Du bist ein Fremder!«

»Dann klopf an die nächste Tür, wo du eingelassen wirst.« Mathias ließ Philippas Hand los.

»Nein!« Sie hielt ihn fest. »Schaffen wir's bis zum Haus meines Vaters? Es ist unten am Fluss, direkt an der Mauer.«

»Keine Ahnung.« Aber Mathias griff wieder nach Philippas Hand. Gemeinsam rannten sie aufs Neue los.

Das Knistern wurde lauter. Die Sonne trübte sich plötzlich ein. Philippa renkte sich den Hals aus. Was sie im Osten hinter den Giebeln erblickte, ließ sie stolpern. Es sah aus, als würde der Himmel aufgefressen von einer wirbelnden, dräuenden Masse, die um sich peitschte und mit Fangarmen ausgriff, die aus ihr herauswuchsen und sich auflösten und an anderer Stelle neu bildeten. Das Knistern tat in den Ohren weh. Schreckensschreie wurden überall dort laut, wo Bürger zusammengelaufen waren und das drohende Unheil erkannten. Die Glocken des Doms schlugen an – der Stiftspropst setzte sich über das Interdikt hinweg, aber vielleicht war es auch nicht verboten, mit den Glocken Alarm zu schlagen statt zum Gottesdienst zu rufen. Noch während Philippa und Mathias an ihr vorbeihasteten, begannen auch die Glocken der Deutschritterkirche zu dröhnen.

Die achte Plage.

Da sprach der Herr: Recke deine Hand aus, dass Heuschrecken über das Land kommen ...

Philippa war in der Stadt aufgewachsen. Sie hatte nie einen Heuschreckenschwarm zu Gesicht bekommen. Aber sie war sich sicher, dass auch kein anderer Mensch je einen Schwarm wie diesen gesehen hatte. Er kam heran wie eine lebende Unwetterwolke. Und als sie ihn vom Turm aus zum ersten Mal gesehen hatte, war er ihr vorgekommen wie etwas, das die Hölle selbst ausgespien hatte. Sie konnte kaum einen Gedanken fassen und hätte auch nicht sagen können, was dieses Etwas war, nur, dass der Anblick sie zu Tode erschreckt hatte und dass es den Turmwachen offenbar ebenso ergangen war. Jedenfalls waren sie Mathias' Anweisung, Alarm zu schlagen, ohne Zögern gefolgt.

»Ich hab so etwas noch nie gesehen!«, keuchte sie im Laufen. Dann schrie sie auf, weil auf einmal etwas vor ihr auf den Boden stürzte, eine graue, etwa handspannenlange zappelnde Spukgestalt, die mit glitzernden Flügeln flatterte. Das Geläut der Kirchenglocken gellte zwischen den Häusern und ließ die Ohren dröhnen, und doch glaubte sie, das Knistern von Millionen gleicher Flügelpaare in der Luft zu hören. Sie sprang über das Tier hinweg.

»So sieht es auch üblicherweise nicht aus!«, rief Mathias zurück. »Ein normaler Schwarm ist schon erschreckend genug, aber dies hier ...«

Weitere Tiere fielen zu Boden und flogen wieder auf, die Vorboten einer gigantischen Armee. Philippa schrie erneut auf, weil etwas in ihrem Haar zappelte. Sie fuhr sich mit den Händen hindurch und wäre beinahe gefallen. Mathias blieb stehen und riss sie an sich. Er packte die Heuschrecke, zog sie heraus und schleuderte sie zu Boden. Philippa würgte. Mathias zog sie grob mit sich.

»Wohin?«

Sie deutete in eine enge Seitengasse. »Abkürzung!«, keuchte sie.

Sie bogen ab, als das Tor des Sassenhusener Brückenturms in Sicht kam. Philippa erhaschte einen Blick auf kaiserliche Gardisten und Stadtknechte, die mit den Händen um sich schlugen und auf etwas traten, das um sie herum zu Boden fiel wie ein albtraumhafter Regen. Auch in der engen Gasse fielen die Heuschrecken jetzt vom Himmel. Sie prallten von den Hauswänden ab wie Geschosse und stürzten zappelnd zu Boden. Philippa schüttelte sich, als sie das Knirschen unter ihren Füßen hörte. Sie glitt aus. Mathias hielt sie fest.

»Woher hast du gewusst, dass es Heuschrecken sind?«, rief sie.

»Ich habe so einen Schwarm schon einmal gesehen. Im Heiligen Land. Ich weiß nicht, wie viele es damals waren, aber ich dachte, es müssten alle Heuschrecken der Welt sein. Man konnte kaum noch atmen, und wenn man den Mund öffnete, krabbelten sie hinein. Die Pferde wurden so panisch, dass sie ihre Reiter halb tottrampelten.«

Philippa antwortete nicht. Das Bild, mitten in diesem monströsen Schwarm zu stecken und an Heuschrecken zu ersticken, hatte sie im Griff. Aber es war noch ein anderer Gedanke, der sie stumm machte – vor Verblüffung.

»Es war wie hier«, fuhr Mathias, den das Laufen offenbar in keinster Weise anstrengte, fort. »Abermillionen von Tieren, und wie hier«, er schlug nach einem Insekt, das taumelnd auf ihn zukam, und schleuderte es zu Boden, »wirkten sie völlig erschöpft und planlos. Kaum waren sie weg, kam der schlimmste Sandsturm, den wir alle je erlebt hatten.«

»Dort rechts«, stieß Philippa hervor. Sie bogen in eine Gasse ab, die nach unten führte. Immer mehr Insekten stürzten herab, torkelten in der Luft, fielen auf den Boden. Der Lehmbelag der Gasse war nicht mehr zu sehen, er war eine einzige sich windende, krabbelnde, wuselnde Masse aus Gliedmaßen und zuckenden Flügeln. »O Gott!«, stöhnte Philippa, während sie mitten hineintraten, Tiere zerquetschten, zermalmte Leiber mit ihren Füßen davonschleuderten. Es wurde noch dunkler. Die Kirchenglocken hörten sich inzwischen an, als wären sie mit einem dichten Pelz besetzt, das Geläut klang misstönend. Niemand brauchte Philippa zu sagen, womit die Glocken überzogen waren. Knistern und Rauschen und ein Geräusch wie ein Seufzen erfüllte die Luft, das Seufzen von ungezählten Flügelpaaren, die die Luft peitschten und eine Masse vorantrieben, die vermutlich ein Schiff zum Kentern bringen würde, wenn sie sich darauf niederließ.

Weitere Tiere fielen Philippa ins Haar, doch der Ekel und die Panik waren inzwischen so groß, dass sie nicht mehr schreien konnte. Harte Leiber schlugen ihr ins Gesicht, Flügel flatterten gegen ihre Wangen, Krallenfüße glitten über ihre Haut. Ein trockener Staubgeruch war um sie herum.

»Wie weit ist es noch?«, schrie Mathias und spuckte aus.

»Nicht mehr weit, nächste Quergasse, dann an der Mauer entlang ... in der Nähe des Fähranlegers ...«

»Das schaffen wir nicht«, sagte Mathias und blieb stehen. Philippa, die er an der Hand hinter sich hergezerrt hatte, rannte in ihn hinein. Mathias schlug mit der Faust gegen einen geschlossenen Fensterladen. »Lasst uns rein, im Namen Christi!«

Philippa erkannte trotz der Panik das Haus. »Das ist Volrads Haus!«, rief sie. »Volrad, der Netzmacher.« Nun hämmerte sie auch gegen den Fensterladen. »Volrad, Clara, lasst uns rein. Ich bin es, Philippa!«

Der Fensterladen ging einen Spalt auf. Philippa starrte in das leichenblasse runde Gesicht einer älteren Frau. »Gütiger Himmel, Philippa.«

»Lasst uns rein, Clara.«

»Die Welt geht unter, Philippa.«

»Nein, es ist nur ein riesiger Heuschreckenschwarm«, sagte Mathias. Clara starrte ihn an.

»Er ist unser neuer Fährknecht«, erklärte Philippa verzweifelt. Es spielte schon keine Rolle mehr, welche Lüge sie wem erzählte.

»Heilige Maria Mutter Gottes!« Clara knallte den Fensterladen zu. Ein paar Augenblicke später öffnete sie die Tür. »Schnell, schnell!«

Philippa fühlte sich gepackt und in Claras mächtige Arme geschoben. Mathias drängte die beiden Frauen in eine dunkle, niedrige Stube. Clara stolperte rückwärts. Mathias wirbelte herum und schloss die Tür. Es knirschte. Im Hintergrund des Raums kreischten Kinder auf. Wenigstens zwei Dutzend Heuschrecken zappelten auf dem Boden, torkelten durch den Raum oder prallten gegen Wände. Sie waren bei ihrem Eintreten ebenfalls durch die Tür geschlüpft. Unterhalb des Fensters wanden sich weitere Insekten. Die Kinder kreischten. Philippa erkannte Claras und Volrads fünf Töchter und ihren kleinen Sohn. Vier der Mädchen und der kleine Junge schrien und weinten. Nur eine der Töchter sah Mathias mit großen Augen zu, der schnell durch den Raum schritt und die Insekten zertrat.

»Haltet den Mund, ihr Gören!«, schrie Clara mit sich überschlagender Stimme. Sie stierte Mathias mit noch größeren Augen an als zuvor. Ihre Lippen zitterten.

Das stumme Mädchen sah von den plattgetretenen Insekten zu Mathias, dann drosch sie mit einem Holzschuh auf die letzte Heuschrecke, die direkt vor ihr lag und noch zuckte. Sie sah zu Mathias hoch, und der nickte ihr anerkennend zu – Profis unter sich.

»Gibt es im Erdgeschoss eine weitere Fensteröffnung?«, fragte er dann.

Clara schüttelte den Kopf. Angesichts der Panik, in der die Frau sich befand, fiel Philippas eigene Panik von ihr ab. »Der riesigste Schwarm, den es je gegeben hat, kommt gleich über Franchenfurt«, keuchte sie.

»Heilige Maria Mutter Gottes, steh uns bei«, stöhnte Clara.

Die Kinder, die verstummt waren, schrien, als es gegen die Wände und das Dach zu prasseln begann. Die Häuser hier, so nahe an der Mauer, waren klein, die Decke des Obergeschosses war zugleich die Unterseite des Dachs. Es hörte sich an, als würden Steine gegen das Gebäude geschleudert. Tausende Steine.

»Der Rauchabzug«, rief plötzlich das Mädchen mit dem Holzschuh.

Alle starrten zu der schwarzen Öffnung über der Feuerstelle, die nicht mehr war als ein gemauertes kniehohes Podest mit einem steinernen Kranz. Eine von Claras Töchtern schrie schrill auf, als die ersten zuckenden, krabbelnden Leiber herausfielen. Sie fielen in die Asche auf der Herdstelle. Ihr Flügelschlagen ließ eine graue Wolke hochsteigen – und legte die Glut und ein paar glimmende Holzstücke im Herzen des Aschehaufens frei. Die Glut war noch heiß.

»O Scheiße!«, hörte Philippa sich keuchen, als eine Heuschrecke plötzlich surrend aufstieg, glimmend und eine Rauchfahne hinter sich herziehend. Noch während sie ihr mit offenem Mund nachstarrte, flammte das Feuer in den Holzresten wieder auf. Weitere Heuschrecken stoben davon – brennend, funkensprühend. Immer mehr fielen aus der Kaminöffnung und in die tänzelnden Flammen.

Sie sah in Mathias' Augen. Es brauchte keine Worte, um zu erkennen, dass er die gleichen Bilder vor sich erblickte wie sie.

Die hölzerne Decke, das Fachwerk in den Wänden, die Bodendielen – alles war von der monatelangen Dürre trocken wie Zunder und mit den Fettausdünstungen überzogen, die vom Kochen kamen. Die Heuschrecken, die aus den Flammen entkamen, waren wie Brandpfeile, die durch die Luft taumelten. Eine einzige, die lange genug übersehen wurde, die durch eine der Lücken im Boden fiel und deren glimmender Leib das umgebende Holz in Brand setzte, genügte.

Die Tiere fielen jetzt aus dem Kamin, als hätte sie oben jemand aus einem Sack hineingeschüttet. Das Knistern und Flattern ihrer Flügel schien zu dröhnen. Sie wälzten sich über die Feuerstelle wie eine Art Flüssigkeit, erstickten die Glut, stinkender Rauch stieg auf. Aber eine Handvoll Heuschrecken war brennend aufgestiegen, torkelte durch den Raum, stürzte glimmend zu Boden.

»Schnell!«, rief Mathias. Philippa begann fuchtelnd umherzulaufen. Ihr war klar, was getan werden musste. Ihre Schläge trafen taumelnde Insekten, schleuderten sie zu Boden, Funken und schmorende Teile ihrer Körperpanzer hüpften davon. Mathias war zur Stelle und erstickte Funken und Glimmen mit energischen Tritten. Er holte mit seinen sparsamen, gezielten Bewegungen viel mehr Insekten als sie aus der Luft. Dann drehte er sich einmal um die eigene Achse »Wo sind noch welche?«

Philippa sah mit aufgerissenen Augen, wie ein zuckender, schmorender Insektenleib direkt neben der Herdstelle sich krümmte und dadurch in die Nähe einer fingerbreiten Spalte geriet. Die Heuschrecke würde hineinfallen, ausgerechnet hier, wo das Holz am trockensten war. Sie öffnete den Mund, um eine Warnung zu rufen, und machte gleichzeitig einen Satz in die Richtung der sich anbahnenden Katastrophe, wissend, dass sie nicht schnell genug dort sein würde.

Ein Holzschuh krachte auf die Heuschrecke herab, zermalmte sie und löschte die Funken aus. Claras kleinste Tochter starrte befriedigt auf den schwarzen Fleck. »Noch eine!«, rief sie.

Die Heuschrecken, die zu Hunderten in den Raum gefallen waren, krochen, zappelten und flogen herum, folgten erratischen Kursen. Der Raum war erfüllt von Krallenfüßen, Hautflügeln und einem schwindlig machenden Schwirren und Knistern. Erst jetzt fiel Philippa auf, dass ein paar der Kinder nicht aufgehört hatten zu kreischen. Es stank nach brennenden Insektenpanzern, Asche und Staub und frischen Fäkalien. Nicht alle von Claras Kindern waren schon rein, und die Angst ließ auch bei den älteren die angelernten Reflexe versagen.

»Alle raus hier, ins Obergeschoss«, sagte Mathias, nachdem er sich noch einmal um sich selbst gedreht hatte auf der Suche nach übersehenen Bränden. »Hast du dort Läden vor den Fenstern, Clara?«

»Ja.«

»Dann los. Nach oben!«

Philippa bückte sich nach einem Ledereimer voll trübem Wasser. Sie wuchtete ihn hoch und kippte ihn über der Herdstelle aus. Heuschrecken wurden vom Wasserschwall davongespült, die Holzreste polterten zu Boden. Eine schwarze Brühe, in der sich Kreaturen wanden, floss über die Dielen.

Mathias nickte ihr zu. »So was wird in vielen Häusern passieren«, stieß er hervor.

»Gott steh uns bei.« Sollte das Chaos, das die Heuschrecken verursachten, darin enden, dass sie Franchenfurt in Brand setzten? Philippas Magen krampfte sich zusammen.

Sie sah dem Mädchen mit dem Holzschuh zu, wie es mit einem gezielten Schlag eine Heuschrecke zermalmte und sich schon nach einer neuen umsah. Die Entschlossenheit der Kleinen gab ihr ihre Kraft zurück.

Mathias zog die Kinder auf die Beine und scheuchte sie zur Tür. Clara war wie erstarrt. »Volrad ist mit deinem Vater und den Booten weg«, brabbelte sie. »Er sagte, er gehöre zwar nicht zur Zunft, aber Rupprecht und die anderen hätten recht ...«

»Ins Obergeschoss, Clara«, rief Philippa. Clara erwachte aus ihrer Lähmung, als Mathias ihr ein schreiendes Kind in die Arme drückte. Sie riss eine Tür auf, hinter der eine Holztreppe nach oben führte. Die Kinder rannten an ihr vorbei die Treppe hoch. Clara folgte ihnen, hinter ihr Philippa. Sie drehte sich zu Mathias um, der an der Tür stehengeblieben war.

»Na, komm schon!«, hörte sie ihn sagen. Gleich darauf stürzte das Mädchen mit dem Holzschuh an ihm vorbei. »Noch eine!«, rief sie triumphierend und polterte die ersten Treppenstufen hoch. Mathias zog die Tür hinter sich zu. Auf der engen Holztreppe war es beinahe nachtdunkel. Sie hörte, wie ein einfacher Riegel geschlossen wurde.

»Gegen die Spalten unter der Tür können wir nichts tun«, keuchte Mathias.

Das kleine Mädchen sprang die Stufen hinunter, fiel auf die

Knie und begann, mit dem Holzschuh zu hämmern. »Noch eine!«, rief sie. »Und noch eine!«

»Oder doch?«, sagte Mathias. Philippa konnte erkennen, dass er grinste. Er bückte sich und hob das Mädchen auf. »Los jetzt, du Kriegerin.«

»Noch eine!«, rief die Kleine und drosch gegen die Wand. »Da!«

Philippa fühlte sich vorangeschoben. Am oberen Ende der kurzen Treppe war eine weitere Tür. Sie drückte sie auf und stand in einer geräumigen Schlafkammer mit mehreren Schlafstätten, in die nur durch die Ritzen um den Fensterladen etwas Licht fiel. Noch während sie hinsah, sah sie krabbelnde Bewegungen zwischen den Fugen. Das Prasseln auf dem Dach war wie schwerer Hagel. Clara saß in der hintersten Ecke zwischen zwei Betten und hielt ihre Kinder an sich gepresst. Philippa war sicher, dass sie über das Prasseln der Tierkörper das Rauschen des Schwarms hören konnte, der über die Stadt zog. Es mussten Hunderttausende von Heuschrecken sein, die auf den Gebäuden und in den Gassen landeten, und die wenigsten davon würden sich wieder erheben. Und dennoch würde der Schwarm kaum dezimiert sein, wenn er weiterzog. Für einen kurzen Moment ging Philippa die Frage durch den Kopf, was wäre, wenn der Schwarm nie weiterziehen würde, wenn Franchenfurt und Sassenhusen sein Ziel gewesen waren und wenn die Tiere alles bedecken würden in einer meterhohen, wimmelnden Schicht und sich durch die Dächer fräßen und durch die Vorräte und schließlich, wenn nichts mehr übrig war ...

Der Holzschuh knallte. Philippa schrie auf. »Noch eine«, triumphierte das Mädchen.

»Jetzt ist es aber genug«, sagte Mathias und schloss die Schlafkammertür. Die Kleine stand stolz in der Mitte des Raums, ihren beschmierten Holzschuh in der Hand wie ein Ritter seine Lanze.

Die Luft war voll mit den Geräuschen des Schwarms. Clara wimmerte. Ihre Kinder weinten. Mathias stand beim Fenster und spähte durch die Ritzen hinaus. Die Panik, die wieder von Philippa hatte Besitz ergreifen wollen, als sich ihr das Bild der unter einer lebenden Decke begrabenen Stadt aufgedrängt hatte, ebbte ab, als sie ihn betrachtete. Plötzlich ahnte sie, wie es sein musste, wenn dieser Mann wieder gesund war und wenn man ihn zum Gefährten hatte.

Man würde nie wieder Angst haben vor etwas, weil man wusste, dass er da sein würde und allem gewachsen war. Man würde nicht einmal Angst vor dem Tod im Kindbett haben müssen, weil dort, wo dieser Mann war, selbst der Tod vorher höflich fragte, ob er gelegen komme.

Mathias drehte sich um. Er musste gespürt haben, dass sie dicht hinter ihn getreten war. Das trübe seitliche Licht warf Schatten in die Kerben in seinen Wangen, als er lächelte.

Sie wollte fragen: Weißt du, dass du dich erinnert hast, dass du im Heiligen Land gewesen bist? Weißt du, dass dir plötzlich wieder eingefallen ist, wie der Heuschreckenschwarm dort ausgesehen hat und dass die Tiere vor einem Sandsturm flohen? Es war diese Beobachtung gewesen, die sie vorhin so verblüfft hatte.

Sie wollte fragen: Kannst du dich auch erinnern, was mit der Brücke war, von der du gestern gesprochen hast?

Und vor allem wollte sie fragen: Wer ist Judith?

Aber sie fragte nichts. Sie nahm sein Gesicht zwischen beide Hände und küsste ihn auf den Mund und spürte voller Erregung, wie er sie an sich zog und den Kuss erwiderte. Im Hintergrund ihres Geistes rief eine Stimme: Wenn die Heuschrecken im Heiligen Land vor einem Sandsturm geflohen sind, wovor fliehen sie dann hier? Aber das Rauschen ihres Blutes in ihren Ohren, das der Kuss hervorrief, war lauter, und sie konnte die Stimme nicht mehr hören und vergaß sie.

12.

Hilpolt Meester starrte finster in den dunklen Schacht des Brunnens auf dem Samstagsberg. Er bildete sich ein, krabbelnde Bewegungen zu sehen. In der geradezu unnatürlichen Helligkeit des Sonnenlichts, das von einem jetzt wieder tiefblauen Himmel strahlte, schien der Schacht doppelt so dunkel.

»Fackel«, sagte er.

Jemand schlug Feuer in eine der Fackeln, die sie mitgenommen hatten. Als sie brannte, nahm Hilpolt sie entgegen. Er wechselte einen Blick mit Baldmar Hartrad. Dieser nickte. Das Gesicht des Stadtrats sah bleich aus. Hilpolt ließ die Fackel fallen.

Die beiden Männer und die kaiserlichen Gardisten, die sich mit ihnen zusammen um den Brunnen drängten, verfolgten ihren Fall. Als sie dort aufschlug, wo die Wasseroberfläche hätte sein sollen, brannte sie noch ein paar Herzschläge lang weiter, bevor sie erlosch. Ein merkwürdiger Geruch wie von verbranntem Haar stieg Hilpolt in die Nase.

»Wir kriegen das in den Griff«, seufzte Baldmar. »Ein paar Eimer, ein paar Männer ...«

»So wird es in jedem Brunnen aussehen«, erklärte Hilpolt, vor dessen innerem Auge immer noch das Bild stand, das die Fackel erhellt hatte: Tausende von toten und sterbenden Insekten, die sich an die Wände des Brunnenschachts klammerten und eine dicke Schicht auf der Wasseroberfläche bildeten. Der Abstieg in die Hölle, dachte er, würde so ähnlich aussehen.

»Wir müssen uns zunächst nur um die kümmern, deren Wasser nicht verseucht ist«, sagte Baldmar.

»Richtig.« Hilpolt spürte die Blicke des Locotenente, der neben ihm stand, auf sich ruhen. Der junge Mann erwartete, dass Hilpolt erneut das Kommando übernahm. Hilpolt hingegen war schockiert und ratlos. Der Heuschreckenschwarm war mit geradezu biblischer Wucht über Franchenfurt hinweggezogen, eine dunkle Wolke, aus der zappelnde Tiere regneten, ein Gewittersturm aus Lebewesen, der die Gassen und Hausdächer mit panzerbedecktem, flügelschlagendem Gewimmel bedeckt hatte. Die Tiere waren in Häuser eingedrungen und hatten alle Freiflächen überzogen, in einer Kakophonie aus Knacken, Knistern und Rauschen. Ein paar Menschen waren zu Tode gekommen, hauptsächlich alte und bettlägrige Personen, die vermutlich vor Angst gestorben waren, als die Tiere sie unter sich begraben hatten. Für eine Weile hatte es so ausgesehen, als würde die ganze Stadt bedeckt werden von Panzerleibern, fuchtelnden Krallenbeinen und knackenden Kiefern, als würde alles Leben erstickt werden unter der achten Plage, die Gott schon gegen die Ägypter und jetzt offenbar auch gegen Franchenfurt gesandt hatte.

Hilpolt hatte nichts dagegen unternehmen können. Er war so hilflos gewesen wie nur irgendwer, er, der Mann, in dessen Händen das Wohl des Kaisers lag! Alles, was er hatte tun können, war, nach der Entdeckung des sich nähernden Schwarms über die Brücke zu rennen und in die Deutschritterkirche zu platzen, in der Ludwig immer noch betete, um seinem Kaiser beizustehen. Er hatte allerdings keine Idee, wie er seinen Herrn hätte verteidigen können. Gegen einen solchen Angreifer hatte Hilpolt Meester noch nie gekämpft.

Als dann durch die verschiedenen Dach- und Fensteröffnungen der Kirche die Insekten hereingequollen waren und im Kirchenschiff umhergetaumelt, über Säulen und Heiligenstatuen und den Altar und das große Kruzifix gekrochen waren in immer hektischer wimmelnden Klumpen … da war dem Capitaneus klargeworden, dass noch so viele Anstrengungen von seiner Seite den Kaiser nicht schützen konnten, wenn das Schicksal es anders wollte.

Der Schwarm war weitergezogen, ohne große materielle Verwüstungen anzurichten. Was allerdings erheblichen Schaden genommen hatte, das war das Selbstbewusstsein der Bürger. Hilpolt sah es im Gesicht von Baldmar Hartrad. Er wusste, dass man es auch auf seinem Gesicht sehen konnte. Gleichzeitig war ihm klar, dass er die Fassade weiterhin aufrechterhalten musste.

Hilpolt sah sich um. Dutzende von Menschen waren damit beschäftigt, tote und sterbende Insekten zu Haufen zu kehren. Von den Dächern, von den Fassaden fiel ein lückenhafter Regen von Tieren, die sich nicht mehr festklammern konnten. Es war fast wie auf einem Schlachtfeld, wenn das Gefecht vorüber war. Seltsam daran war nur, dass der Gegner zwar seine Toten hinterlassen hatte und geflohen war, man sich aber trotzdem nicht als Gewinner fühlte.

Hilpolt räusperte sich. Er hatte eine halbwegs klare Vorstellung davon, was von ihm erwartet wurde, doch es fiel ihm schwer, die Erwartung zu erfüllen.

»Na, worauf wartet Ihr dann?«, grollte er. »Räumt die Brunnen und die Straßen. Und sorgt dafür, dass nicht irgendein Idiot auf die Idee kommt, die Haufen mit den toten Tieren anzuzünden. Ein Funkenflug, und wir haben das schönste Inferno, das man sich denken kann. Das Holz ist überall zundertrocken.«

»Wir sind keine Narren«, sagte Baldmar Hartrad vorwurfsvoll.

»Ein Narr ist der, der sich nicht gegen andere Narren vorsieht. Meine Männer werden durch die Gassen patrouillieren und die Augen offenhalten.«

»Ich verstehe ja, dass es Euch nur auf die Sicherheit der Stadt ankommt, aber Ihr könntet manchmal etwas weniger grob sein, Capitaneus.«

»Irgendeiner muss die Dinge beim Namen nennen.«

Der Hauch eines Lächelns huschte über Baldmar Hartrads Gesicht. »Von wem höre ich das ständig? Ach ja, von unserem Freund Rupprecht ...«

Hilpolts Locotenente gab ein Geräusch von sich, das sich wie ein unterdrücktes Lachen anhörte. Hilpolt starrte Baldmar Hartrad an. Ihm wurde klar, dass der Stadtrat recht hatte. Er benahm sich nicht viel anders als der jähzornige Zunftmeister. Abrupt wandte er sich ab und stapfte den Samstagsberg hinunter in Richtung Brücke. Als Hilpolt von der Ordenskommende in die Stadt aufgebrochen war, hatte er den Kaiser nur mühsam davon abhalten können, ihn zu begleiten, um den Bürgern zu demonstrieren, dass er unter ihnen war. Aber Ludwig hatte ihm das Versprechen abgenommen, ihn zu benachrichtigen, sobald er, Hilpolt, die Lage für sicher hielt. Deshalb hatte er vorhin, als die unmittelbare Gefahr vorüber schien, rasch einen seiner Männer in die Kommende geschickt.

Nun kamen ihm der Kaiser und der Komtur der Deutschritter in Begleitung einiger Gardisten schon von der Brücke her entgegen. Ludwig und der Komtur hatten ihre Pferde dabei, führten sie aber am Zügel. Jedes Mal, wenn erschütterte Bürger auf den Kaiser zueilten und vor ihm niederknieten, blieb Ludwig stehen und wechselte ein paar Worte mit ihnen. Er legte die Hand auf gesenkte Köpfe, klopfte auf Schultern und streichelte Kindern, die leichenblasse Mütter ihm entgegenhielten, über die Wangen. Wann immer einer der Gardisten dazwischenzutreten versuchte, schickte ihn der Kaiser mit einem strengen Blick zurück ins Glied. Hilpolt erreichte den Tross um Ludwig, als dieser gerade ein kleines Kind aus den Armen seiner Mutter entgegennahm. Hilpolt wollte schon die Hände ausstrecken, um seinem Herrn das Kind abzunehmen, erhielt dafür aber einen so ungnädigen Blick, dass auch er einen Schritt zurücktrat und strammstand.

»Hab Angst habt«, murmelte das Kind, das höchstens zwei Jahre alt sein konnte.

»Es waren nur Tiere, die wieder weggeflogen sind«, hörte Hilpolt den Kaiser sagen.

»Hab Angst habt.«

»Verzeihung, Euer Majestät«, flüsterte die Mutter und wollte das Kind wieder an sich nehmen.

Ludwig lächelte das Kind an. »Weißt du was?«, sagte er so laut, dass die Umstehenden es nicht überhören konnten. »Ich habe auch Angst gehabt. Aber es war unnötig. Es war nur eine Erscheinung der Natur, nichts weiter. Es war keine von Gott gesandte Plage. Niemand hier hat sich etwas zu Schulden kommen lassen, das Gott erzürnt haben könnte. Niemand. Aber Angst vor etwas Unbekanntem ist ganz natürlich, also brauchst du dich nicht zu schämen. Ich schäme mich auch nicht.«

Das Kind blickte ihn an, ohne etwas zu sagen.

»Wie heißt du überhaupt?«

»Conrad«, stieß die Mutter hervor, als das Kind nichts erwiderte.

»Viele Könige heißen Conrad«, erklärte der Kaiser lächelnd. »Trag deinen Namen mit Stolz.« Er reichte den Jungen zurück, der fortfuhr, den Kaiser zu mustern, als müsse er über dessen Worte noch eine Weile länger nachdenken.

Ludwig nickte Hilpolt zu. Der Capitaneus trat an seine Seite.

»Entschuldigt, mein Freund«, sagte der Kaiser.

»Wofür, Euer Majestät? Ihr habt doch nichts ...«

»Aber ich werde gleich.«

Mittlerweile waren mehrere Dutzend Leute zusammengekommen, und aus den Gassen strömten ständig weitere hinzu. Es schien, als würden die Franchenfurter langsam aus ihrer Erstarrung erwachen. Hilpolt war klar, dass die Anwesenheit des Kaisers in einem ganz erheblichen Maße dazu beitrug.

Ludwig erhob seine Stimme. »Niemand hier hat sich etwas zu Schulden kommen lassen, das ein Strafgericht Gottes rechtfertigen würde! Vielleicht denkt mancher von euch anders. Vielleicht gibt es welche, die glauben, dies sei Gottes Mahnung gewesen, weil euer Kaiser immer noch im Streit mit dem Heiligen Vater liegt und gebannt ist! Aber der Bann ist ungerechtfertigt, und der Heilige Vater ist im Irrtum. Und um euch – und ihm – ein weiteres Mal zu beweisen, wie sehr er irrt, werde ich ...«

Hilpolt zuckte innerlich zusammen. Er wusste, was jetzt kommen würde. Ludwig würde dem größten Sicherheitsalbtraum, den Hilpolt sich vorstellen konnte, stattgeben. So wenig es ihn im Grunde überraschte, so sehr hatte er doch gehofft, dass Ludwig den Plänen des Stiftspropstes am Ende eine Absage erteilen würde. Sollte er den Kaiser unterbrechen? Ihm sagen, dass es nun einen Beweis dafür gab, dass ein Meuchelmörder auf ihn angesetzt war und nur auf eine solche Gelegenheit wartete? Sollte er ihn auf Knien anflehen, den Unsinn sein zu lassen?

Er hörte Ludwig zu, und bei dessen nächsten Worten wurde ihm bewusst, dass der Alptraum noch viel schlimmer war. Die

Garde würde nicht einmal Zeit bekommen, sich vorzubereiten! Tatsächlich gab es nach dem Erlebnis mit den Heuschrecken keinen besseren Zeitpunkt, und doch war er, was Hilpolt anging, der schlechteste, den der Kaiser hatte wählen können.

»… einer Prozession beiwohnen, die euer Stiftspropst, Hochwürden Gottfried, heute zum Läuten der Non abhalten wird. Die Prozession wird beim Dom beginnen und mit einem Gottesdienst auf der Brücke enden. Ich möchte, dass ihr alle kommt. Sagt es euren Familien, sagt es euren Freunden, sagt es euren Nachbarn. Wir werden ein neuerliches Zeichen nach Avignon senden: Der Kaiser ist unschuldig! Das Reich ist unschuldig! Die Bürger des Reichs sind unschuldig! Heiliger Vater, hebt den Bann von meinem gläubigen Volk, damit die Kirchenglocken wieder läuten dürfen. Heiliger Vater, vergebt, was immer Ihr glaubt, das der Kirche angetan worden sei, so wie Jesus vergeben hat, dessen Todesstunde zur Non schlug!«

Die Menge hatte mit angehaltenem Atem zugehört. Keiner war es gewöhnt, den Worten des Herrn des Römischen Reichs zu lauschen. Der Kaiser sprach zu seinen Fürsten, die sprachen zu den Bischöfen, diese zu den Pfarrern, und was dann noch übrigblieb von der ursprünglichen Botschaft hörten die Gläubigen in der Messe. Doch diesmal hatte der Kaiser direkt zu ihnen gesprochen – zu ihnen, den Kleinsten, den Unwichtigsten, denen, von denen die Avignon-treuen Priester erklärten, dass sich der Kaiser um ihr Schicksal nicht kümmere. Und nicht nur das: Der Kaiser hatte sie getröstet, hatte sie aufgerichtet, hatte ihnen Mut gemacht! Der Kaiser! Hier, mitten unter ihnen! Er hatte mit ihnen geredet, von Mensch zu Mensch!

Die Menge, die im Schlepptau des Kaisers vor dem Dom eintraf, zählte mindestens zweihundert Köpfe, und ständig kamen neue hinzu. Die Nachricht von seiner Rede hatte sich wie ein Lauffeuer durch die Stadt verbreitet. Gottfried von Eppstein, offenbar vorgewarnt durch einen Boten des Kaisers, öffnete das Portal und ließ den Herrscher des Heiligen Römischen Reiches eintreten. Als er vor ihm auf die Knie fiel, kniete Ludwig sich ebenfalls nieder und bekreuzigte sich vor dem Kruzifix, das in der Düsternis am Ende des Kirchenschiffs schimmerte. Seite an Seite gingen Kaiser und Stiftspropst dann in das Gotteshaus hinein. Hilpolt zögerte einen Augenblick, dann eilte er ihnen nach, drängelte sich durch die Nachfolgenden und trat an die andere Seite seines Herrn. Ludwig lächelte ihm zu und nickte dankbar.

Vor dem Altar kniete der Kaiser erneut nieder und senkte den Kopf im Gebet. Hilpolt schlug das Kreuzzeichen, beugte das Knie und wandte sich ab, um wenigstens jene rudimentären Sicherheitsvorkehrungen vorzubereiten, die in der Kürze der Zeit möglich waren. Der Stiftspropst zog ihn zu seiner Überraschung beiseite.

»Der Mann, den Ihr bei mir getroffen habt – Mathias!«, flüsterte Gottfried von Eppstein. »Könnt Ihr mir helfen, ihn zu finden? Ich brauche ihn beim Gottesdienst!«

»Den suche ich selber!«, knurrte Hilpolt. »Was wollt Ihr von ihm?«

»Er soll an der Seite des Kaisers stehen. Er ist ein Symbol für ...«

»Er wird nichts dergleichen tun!«, schnappte Hilpolt. »Ich sage euch, was passiert, wenn ich ihn finde. Ich schlage ihn in Eisen und kette ihn im tiefsten Verlies der Stadt an, und wenn er mir nur einen einzigen winzigen Vorwand liefert, töte ich ihn!«

Der Unterkiefer des Stiftspropsts klappte herunter. »Was?«, brachte er heraus.

»Dieser Mathias heißt in Wahrheit Christian Ascanius und ist ein von Karl von Luxemburg gedungener Meuchelmörder!« Hilpolt ließ den Stiftspropst stehen und stapfte durch die Menge davon. Beim Ausgang holte Gottfried ihn wieder ein.

»Selbst wenn das wahr wäre – Mathias weiß es nicht! Er hat sein Gedächtnis verloren.«

Nun war es an Hilpolt, verständnislos zu schauen. »Was sagt Ihr da?«

»Das hat er mir erzählt. Und ich glaube ihm.«

»Ihr seid zu leichtgläubig, Hochwürden«, knurrte Hilpolt. »Was glaubt Ihr noch alles?«

»Dass Gott gütig ist, dass Ihr ein aufrechter Mann seid und dass der Kaiser zu den würdigsten Herrschern gehört, die je das Reich geleitet haben.«

Hilpolt räusperte sich. »Schön und gut«, sagte er. »Und wisst Ihr, was ich glaube?«

»Nein.«

»Dass Euer Glaube und die Güte des Kaisers und alle guten Absichten der Welt einen einzelnen Mann nicht aufhalten werden, der mit dem Teufel im Bund steht, aber der Überzeugung ist, dass er im göttlichen Auftrag handelt.«

13.

Philippa nickte, als Mathias überrascht fragte: »Ich habe *was*?«

»Du hast dich an die Heuschrecken im Heiligen Land erinnert und dass du dort warst.«

»Großer Gott«, sagte Mathias. »Ich erinnere mich tatsächlich!«

In den Gassen Sassenhusens standen blasse Menschen vor ihren Häusern. Die toten und sterbenden Insekten waren zu Haufen gekehrt und in Körbe geschaufelt worden, um sie in den Fluss zu werfen. Die Sasssenhusener starrten verängstigt in einen Nachmittagshimmel, der nach dem Überfall wie reingewaschen wirkte. Das verwaschene helle Blau, das die letzten Wochen bestimmt hatte, war einem tiefen Stahlblau gewichen, das auf den ersten Blick willkommen und auf den zweiten Blick unheimlich war in seiner Intensität.

Es war ein Himmel, aus dem jederzeit eine weitere Katastrophe auf die Häupter der Menschen herunterbrechen konnte. Philippa atmete unwillkürlich auf, als sie in die Gasse einbog, die entlang der Mauer zu ihrem Haus führte. Die Dächer vieler Häuser hier waren weit nach vorn gezogen, weil deren Besitzer –

Netzmacher wie Volrad, Ruderschnitzer, Seildreher und Pechstreicher – ihrem Gewerbe außerhalb ihrer Wohnräume nachgingen und die vorkragenden Dächer dafür sorgten, dass sie im Trockenen sitzen konnten und Werkstattfläche hatten, für die sie keine Grundsteuer bezahlen mussten.

Als sie merkte, dass Mathias nicht mit ihr um die Ecke gebogen war, kehrte sie zu ihm zurück. Mathias starrte gedankenverloren in die Ferne.

»Hast du dich an noch etwas erinnert?«, fragte sie, plötzlich atemlos.

»Nein, nein, ich ...« Er fokussierte seinen Blick auf sie. »Nein«, sagte er.

Jetzt lügst du, dachte Philippa und war selbst überrascht über die Klarheit dieser Erkenntnis. Enttäuschung und Ärger stiegen in ihr auf. Sie öffnete den Mund, um etwas zu sagen.

»Doch«, sagte Mathias.

»Und was?«

»Es ist wichtig, dass ich mit dem Kaiser zusammentreffe.«

»Wie bitte?«

»Ich weiß nicht, warum ich das muss, aber ich weiß, dass es wichtig ist.«

»Bist du verrückt geworden? Was glaubst du, wie schwer es ist, an den Kaiser heranzukommen? Mein Vater hat erzählt, dass er sich nicht ein einziges Mal im Rathaus hat blicken lassen, er hat immer nur seinen Gardehauptmann geschickt. Und was willst du als Grund angeben, weshalb du den Kaiser sprechen willst? *Ich weiß es leider nicht, aber vielleicht fällt's mir wieder ein, wenn ich vor ihm stehe?«*

»Würde nicht gut ankommen, oder?«, fragte Mathias und lächelte schief. »Übrigens gibt es keinen Grund, mich anzuschreien.«

»Entschuldige«, sagte Philippa, nachdem sie ihren Worten nachgehorcht und festgestellt hatte, dass sie tatsächlich laut geworden war. Sie legte die Hände an seine Wangen, so wie sie es bei ihrem Kuss getan hatte, und kümmerte sich nicht darum, ob jemand in der Gasse die zärtliche Berührung sah und missbilligte. Sie drehte seinen Kopf so, dass sie ihm in die Augen schauen konnte.

»Wer bist du, Mathias?«, fragte sie eindringlich. »Hast du denn noch nicht genügend Bruchstücke beisammen, um dir ein Bild zu machen? Ein Mann, der kämpfen kann wie kein zweiter und selbst gegen eine dreifache Übermacht keinen Kratzer davonträgt, der im Heiligen Land war und ...«, sie überlegte, ob sie ihre Idee aussprechen sollte, aber was konnte es schaden?, »den jemand mit einer wichtigen Botschaft zu Kaiser Ludwig gessandt hat? Bist du vielleicht ein Bote, Mathias? Wer könnte dich geschickt haben?«

Sie hatte den Eindruck, in seinen Augen ein kurzes Echo ihrer Worte gesehen zu haben – als hätten sich seine Pupillen kurz geweitet. Aber dann schüttelte er sanft den Kopf, so dass sie ihre Hände an seinen Wangen lassen konnte. Er hob seinerseits eine Hand und strich ihr über eine Wange.

»Gut gemeint, Philippa«, sagte er. »Und gut gemacht. Aber Tatsache ist: Ich weiß es nicht.«

Erneut meldete sich der misstrauische Gedanke in ihr; der Verdacht, dass Mathias nicht die Wahrheit sagte. Sie schaute ihm prüfend in die Augen, doch er gab den Blick offen zurück. Sie schüttelte sich, auf einmal unsicher geworden durch die Gefühle, die mit dem Verdacht in ihr aufgestiegen waren: so etwas wie Wut, auch Enttäuschung, aber vor allem eine große Traurigkeit. Lieber Gott, dachte sie, wie nahe ist dieser Mann an mich herangekommen?

»Komm«, sagte sie. »Ich weiß nicht, wie es dir geht, aber ich möchte wissen, wie die Lage drüben in Franchenfurt ist. Ich will nur meinem Vater eine Nachricht hinterlassen, falls er zurückkommt. Die Heuschrecken müssen auch über ihn und die anderen auf dem Fluss hinweggezogen sein.«

Er folgte ihr um die Ecke. Philippa sah zu ihrer Überraschung eine hünenhafte Gestalt vor der Tür zu ihrem Haus stehen: Albrecht. Ihr Verlobter – soweit man ihn noch als solchen bezeichnen konnte – schob ungeschickt mit den Füßen einen Haufen toter Insekten zusammen, die die Nachbarn übriggelassen hatten. Er kehrte ihnen den Rücken zu. Auf Philippa wirkte er wie ein Mann, der nicht so recht weiß, was er als Nächstes tun soll, und versucht, sicherheitshalber schon einmal einen guten Eindruck zu machen. Sie verdrehte die Augen. Wenn sie jetzt auf etwas keine Lust hatte, dann auf eine Begegnung mit Albrecht. Was sie wollte, war, dass Mathias an ihrer Seite blieb. Sie wollte mit ihm über die Brücke gehen, um sich zu vergewissern, dass das Leben in der Stadt langsam wieder in normale Bahnen zurückfand. Und wenn sie sich dessen sicher und die Beklommenheit von ihr abgefallen war, dann wollte sie …

… Mathias noch einmal küssen. Und nicht wieder damit aufhören.

Lieber Gott, dachte sie, ich muss vernünftig sein. Sie wusste gut genug über sich Bescheid, um zu ahnen, wie leicht ihre Leidenschaft entflammt werden konnte, aber dass sie einen Mann, den sie kaum kannte und von dem sie überhaupt nichts wusste – und den sie im hintersten Winkel ihres Verstandes verdächtigte, nicht ganz ehrlich mit ihr zu sein –, dass sie diesen Mann so weit in ihr Herz gelassen hatte, dass sich alles in ihr nach seiner Nähe sehnte?

Sie blieb unschlüssig. Albrecht kehrte ihnen noch immer den Rücken zu und fegte mit seinen großen Füßen die Heuschrecken zusammen. Das einzig Richtige wäre wohl gewesen, zu ihm zu gehen und zu versuchen, einiges von dem zurückzunehmen, was heute Morgen vor dem Rathaus gesagt worden war. Und ihm dann friedlich und in aller Freundschaft mitzuteilen, dass …

… dass sie sich wünschte, hinter der Flussbiegung möge das Abenteuer warten, und dass sie ahnte, dass er, Albrecht, nicht dieses Abenteuer war.

Albrecht drehte sich um, als hätte er ihre Gegenwart und vor allem ihren letzten Gedanken gespürt. Unwillkürlich trat Philippa einen Schritt zurück, näher an Mathias heran – und musste feststellen, dass Mathias nicht mehr hinter ihr war.

14.

Albrecht rief ihren Namen, noch während Philippa sich überrascht nach Mathias umsah. Er musste in dem Moment um die Gassenecke verschwunden sein, in dem Albrecht aufgeblickt hatte.

»Philippa?«

Irritiert trat Philippa um die Ecke herum und blickte die Gasse hinauf, die zu ihrem Standort führte.

»Philippa, warte doch!«

Ein halbes Dutzend Menschen standen in der Gasse und tauschten ihre Sorgen aus. Mathias war nicht darunter. Er war wie vom Erdboden verschluckt. Einen Augenblick dachte sie, er könne jener Mann sein, der als einziger noch mit einem Besen zugange war und Staub aufwirbelte. Aber dann fielen ihr die Unterschiede auf, und als der Mann aufblickte und wie nachdenklich die Gasse hinaufschaute, fragte sie sich, wie sie den bulligen Burschen überhaupt mit dem hageren Mathias hatte verwechseln können.

»Philippa.«

Albrecht stand neben ihr. Noch irritierter als zuvor wandte sich Philippa zu ihm um. Das ungnädige »Was denn?«, das sie hervorstieß, war heraus, bevor ihr einfiel, dass sie eigentlich vorgehabt hatte, in aller Ruhe mit ihm zu reden. Aber gleichzeitig erkannte sie auch, dass sie keine Lust dazu hatte. Es kam ihr so vor, als würde die Begegnung mit Albrecht sie aus einem Traum wecken, den sie weiterträumen wollte. Sie schmeckte Mathias' Kuss auf den Lippen. Albrecht blinzelte und wirkte einen Moment, als wolle er ihren patzigen Ton erwidern. Aber er beherrschte sich.

»Bist du allein, Philippa?«

»Vater ist mit den Booten weg«, sagte sie, bemüht darum, neutral zu klingen. Wieso war Mathias plötzlich umgedreht? Wegen Albrecht? Weil er nicht erneut Streit mit Philippas Verlobtem haben wollte? Und wie hatte er es geschafft, so schnell zu verschwinden? Aber was schaffte ein Mann nicht, der es selbst im unbewaffneten Zustand mühelos mit mehreren Gegnern aufnahm? Aus Angst vor Albrecht war er jedenfalls nicht verschwunden, das war nach dem Verlauf der letzten beiden Auseinandersetzungen ziemlich sicher.

»Nein, ich meine, wo ist …?« Albrecht machte ein finsteres Gesicht.

Philippa war so klar, wen Albrecht meinte, als wenn er seinen Namen ausgesprochen hätte. »Was geht dich das an?«, schnappte sie.

»Philippa, weißt du überhaupt, was für ein Kerl das ist? Und bevor du mich wieder anschreist: Mir geht es nicht darum, dass ich ihm heimzahlen möchte, dass er mich zweimal bezwungen hat.«

»Es würde dir auch nicht gelingen.«

Albrecht sah zu Boden und schob ein paar übriggebliebene Insekten zusammen. Schließlich blickte er wieder hoch. Sein Gesicht war dunkel angelaufen, seine Wangenmuskeln zuckten. »Also gut, Philippa. Ich wollte in aller Ruhe mit dir darüber reden, aber du forderst es ja heraus …«

»Was fordere ich heraus? Wenn du schon wieder über unsere Heirat reden willst, warum kommst du dann zu mir, statt gleich zu meinem Vater zu gehen? Ich habe ja bei der ganzen Angelegenheit nichts zu sagen, wie du bereits betont hast!«

»Ich will nicht über unsere Heirat reden!«, rief Albrecht so laut, dass sich weiter vorne ein paar Leute umdrehten.

»Gut! Du würdest nämlich keine andere Antwort bekommen als beim letzten Mal.«

»Verdammt nochmal, Philippa!«

»Wie schön, dass du mich nicht mehr ›Miststück‹ nennst!«

Albrecht warf die Arme in die Luft. »Was ist bloß los mit dir? Ich erkenne dich nicht wieder!«

»Warum muss das mein Fehler sein?«

Albrecht trat gegen den Boden. »Mathias ist ein Meuchelmörder«, stieß er dann hervor.

Der plötzliche Themenwechsel machte Philippa für ein paar Augenblicke sprachlos.

»Er ist ein Meuchelmörder, der ausgeschickt worden ist, um den Kaiser umzubringen!«

Endich fand Philippa ihre Worte wieder. »Das ist doch absurd …!«

»Philippa, es gibt ein Gerücht, dass ein gedungener Mörder dem Kaiser nach dem Leben trachtet. Wo ist Mathias? Du kannst doch nicht einem Meuchelmörder helfen! Du willst doch nicht, dass er den Kaiser ermordet? Wo ist er?«

»Du bist vollkommen verrückt, Albrecht. Wann hast du dir denn diesen Blödsinn ausgedacht?«

»Ich hab ihn mir gar nicht ausgedacht. Das Gerücht ist nicht in die Gassen der Stadt getragen worden, aber unter meinen Kameraden in den anderen Kaufmannsmilizen macht es seit Tagen die Runde. Man braucht nur eins und eins zusammenzuzählen. Und außerdem ist ein Deutschritter hinter ihm her. Das passt alles zusammen.«

»Und woher willst du das jetzt wissen? Kommt man darauf, wenn man zwei und zwei zusammenzählt?«

»Nein. Nessa hat es mir gesagt.«

»Ach! Nessa?«

»Ja, Nessa! Sie behandelt mich nämlich so, wie ich es verdient habe, und nicht wie du!«

»Vielleicht, weil sie keiner zwingen möchte, dich zu heiraten!«

»Sie würde mich mit Freuden heiraten!«, brüllte Albrecht. Philippa konnte förmlich sehen, wie die Wut in ihm hochkochte. »Wenn du es genau wissen willst: Ich hab sie geküsst!«

»Na und, ich habe Mathias auch geküsst!«, schrie Philippa zurück, nicht weniger von der eigenen Wut mitgerissen.

Albrecht machte den Mund auf und zu. »Ich bring ihn um«, flüsterte er.

»Mach dich nicht zum Narren, Albrecht«, zischte Philippa. »Du willst Mathias umbringen? Dass ich nicht lache! Du hast Nessa geküsst, also werde glücklich mit ihr! Mathias soll ein

Meuchelmörder sein? Das ist der größte Blödsinn, den ich je gehört habe!«

»Wo ist er?«

»Warum gehst du nicht zum Anführer der kaiserlichen Garde mit diesem Unsinn? Vielleicht gelangst du ja wieder in seine Gnade, wenn du ihm den Mann anbringst, der den Kaiser töten soll?« Philippa stutzte, weil ihr auf einmal klar war, wie die Sache lag. Und dass Albrecht es vollkommen ernst meinte. Ihre Wut fiel in sich zusammen und ließ eine kalte Berührung von Angst in ihr aufsteigen. Und die Erinnerung an den vorhergehenden Wortwechsel mit Mathias. Hatte sie nicht ein paar Momente lang gemeint, er würde sie anlügen? »Genau deshalb suchst du nach ihm«, sagte sie mehr zu sich als zu Albrecht.

Albrecht schien ihren Stimmungsumschwung zu spüren. »Komm schon, Philippa. Wo ist der Kerl? Er kann dir nichts bedeuten. Du und ich, wir gehören zusammen. Vielleicht ernennen sie mich zum Wachführer der Stadt! Er ist nur ein Fremder, der bald am Galgen hängt. Ich verzeihe dir.«

»Woher will Nessa denn wissen, dass Mathias gesucht wird …?«

»Ein Deutschritter, der anscheinend neu in der Stadt ist, war bei Baldmar, aber er hat nur Nessa angetroffen. Er hat gesagt, dass er Mathias auf der Fährte ist. Nessa hat es mir gesteckt, damit ich den Kerl vorher …« Albrecht unterbrach sich. »Jedenfalls sucht man nach ihm«, vollendete er lahm.

Philippa brauchte nicht zu fragen, wieso Nessa, ihre beste Freundin, mit dieser Neuigkeit zu Albrecht gegangen war statt zu ihr, obwohl Baldmar Hartrads Tochter wusste, dass Philippas Interesse an Mathias nicht nur reine Neugier war. Nessa war nicht mehr ihre beste Freundin, das wurde ihr jetzt klar, sondern eine Konkurrentin um Albrecht, den Philippa zwar gar nicht mehr wollte, der aber dennoch zwischen den beiden Frauen stand. Auf einmal wurde ihr bewusst, was es noch bedeutete, wenn man dem Fluss um die nächste Biegung folgte: Man ließ das Ufer zurück, das einem bisher eine Heimat gewesen war.

Albrecht strich ihr über die Wange. Der Jähzorn, immer Philippas naher Begleiter, erwachte aufs Neue, aber diesmal war er nicht heiß, sondern bitter, und er richtete sich nicht nur gegen Albrecht, sondern gegen sie selbst – und gegen Mathias. Wenn er sie wirklich angelogen hatte? Wenn seine Geschichte mit dem Gedächtnisverlust nur ein Märchen gewesen war, das er erzählt hatte, um seine Mission zu schützen? Und um sie, Philippa, zu benutzen, um Unterschlupf zu finden und in der Stadt unterzutauchen? Undeutlich wurde ihr bewusst, wie nahe ihr der hagere Fremde tatsächlich gekommen war. Sie spürte Zorn in sich aufwallen, ohne dass sie wirklich wusste, ob Albrechts Geschichte Hand und Fuß hatte. Und sie spürte, wie groß die Angst in ihr war, die Angst vor der Reise ins Unbekannte, der Reise hinter die Flussbiegung, von der sie immer gedacht hatte, sie sei ihre wahre Bestimmung.

Es war kein großes Risiko gewesen, Mathias, dem geheimnisvollen Fremden, zu folgen und ihm nach Kräften zu helfen. Das wahre Abenteuer bestand nicht darin, irgendwohin zu gehen – zu einem Menschen, zu einem anderen Ort –, sondern wegzugehen von dort, wo man sich sicher fühlte, ohne zu wissen, wohin die Reise führte. Es begann jetzt, nämlich bei den Fragen, wer der Mann, den sie unvermutet in ihr Herz gelassen hatte, wirklich war und was es sie kosten würde, wenn sie ihm half – oder ihn verriet. Das Risiko bestand darin, dass sie möglicherweise alles verlor. Sie begann innerlich zu zittern, als sie erkannte, dass das, was sie die ganze Zeit ersehnt hatte, sie zu ängstigen begann.

Innerhalb eines Herzschlags spielte sie die Möglichkeiten in ihrem Geist durch. Dass sie Albrecht half, Mathias zu finden, und dass sie sein Ende am Galgen miterleben würde, nur um später dahinterzukommen, dass alles ein Irrtum oder eine böswillige Intrige gewesen war. Oder dass sie sich für Mathias entschied, nur um festzustellen, dass sie damit dem Mörder von Kaiser Ludwig half. Es kam ihr vor, als würde sie sich in ihrem kleinen Boot in einem Strudel drehen, ohne zu wissen, wie sie die Ruder einsetzen sollte.

»Stell dir vor, du wirst die Frau des obersten städtischen Wachhauptmanns«, sagte Albrecht und beugte sich nach vorn, um sie zu küssen.

»Küsst sie gut? Nessa?«, hörte Philippa sich sagen.

Albrecht hielt inne. »Was?«, fragte er mit überraschter Miene.

»Stell dir vor, Nessa wird die Frau des obersten städtischen Wachhauptmanns«, sagte Philippa. »Das ist zwar nicht sehr wahrscheinlich, aber immerhin noch wahrscheinlicher, als dass ich es werde.«

Sie drehte sich um und ließ ihn stehen. Wohin auch immer Mathias verschwunden war, sie würde ihn finden und zur Rede stellen, um herauszufinden, was die Wahrheit war. Und wenn es auch nicht das wahre Abenteuer war, zuerst alle Eventualitäten zu prüfen, bevor man sich hineinstürzte – nun, dann war das eben Philippas Art, sich auf ein Abenteuer einzulassen. Wer es anders machen wollte, hatte ihren Segen und sollte sie in Ruhe lassen.

Philippa, Rupprechts Tochter, kam langsam aus dem Strudel heraus. Sie setzte die Ruder ein und bewegte ihr Boot mit kräftigen Schlägen, immer dem Strom folgend und die Richtung auf die nächste Flussbiegung nehmend, aber der Zweifel nagte weiterhin an ihr.

15.

Bernhard Ascanius verfluchte sich im Stillen. Dann verfluchte er sich dafür, dass das Selbstverfluchen in der letzten Zeit zu einer Dauerbeschäftigung geworden war. Es wurde Zeit, dass er seinen Halbbruder zur Strecke brachte. Diese Jagd dauerte einfach schon zu lange.

Er war Albrecht gefolgt, als dieser nach dem Treffen mit Nessa Hartrad aufgebrochen war. Doch das Chaos des Heuschreckenschwarms hatte dazu geführt, dass er ihn aus den Augen verloren hatte. Bernhard hatte schließlich im Torgang der Katharinenkapelle Schutz gesucht. Die unfreiwillige Pause hatte er damit verbracht, mit den Torwachen, die sich ebenso untergestellt hatten wie alle anderen, aber weniger verängstigt waren, zu sprechen und sich über Albrecht zu erkundigen. Daher hatte er sich nach Abklingen des Chaos bei einem ordentlichen kleinen Haus in der Gasse an der flussseitigen Sassenhusener Mauer eingefunden. Es gehörte dem Vater der Frau, mit der Albrecht angeblich verlobt war, der Tochter des in der Stadt überall bekannten Zunftmeisters der Fährleute. Nicht lange danach war Albrecht eingetroffen, hatte ordentlich an der Tür geklopft und war dann, nachdem er sich vergewissert hatte, dass sich niemand zu Hause aufhielt, wieder nach draußen getreten, um mit allen Anzeichen der Ratlosigkeit zu warten.

Bernhard hatte sich an der Kreuzung zur nächsten Gasse postiert, nahe genug, dass er mit wenigen Sätzen zu Albrecht gelangen konnte. Womit er nicht gerechnet hatte, war, dass plötzlich sein Halbbruder Christian die Gasse herabkam, in Begleitung einer jungen Frau. Er hätte ihn beinahe nicht wiedererkannt und merkte weniger an seiner äußeren Erscheinung als an seiner Haltung, wen er vor sich hatte. Blitzschnell hatte er sich in eine Brandgasse zwischen zwei Häusern zurückgezogen, aber er fürchtete, dass er zu langsam gewesen war. Einen Lidschlag lang hatte er das Gefühl gehabt, Christian habe ihn entdeckt. Er war sich sicher, dass sein Gefühl ihn nicht getrogen hatte, als er aus seinem Versteck hervorspähte und die junge Frau plötzlich ohne Christian dastand. Sie merkte es erst, nachdem sie einige Schritte allein gegangen war. Bernhard war rasch aus seinem Versteck geglitten, um sich an Christians Verfolgung zu machen. Doch sein Halbbruder war bereits verschwunden gewesen. Wütend war er in der Gasse gestanden, bis er den misstrauischen Blick von Christians Begleiterin auf sich gespürt hatte. Er hatte rasch so getan, als ob er zu den Bewohnern der Gasse gehöre, und hatte sich einen Besen geschnappt, der neben einer Haustür lehnte.

Danach war er ihr gefolgt und hatte sich während ihrer Auseinandersetzung mit Albrecht in der Lücke zwischen zwei anderen Häusern verborgen. Ihm war klargeworden, wer sie war und dass Albrecht sie aufgesucht hatte, um sie zur Rede zu stellen. Was hatte sie mit Christian zu schaffen? Und wieso war sein Halbbruder so gelassen und ohne jede Deckung neben ihr hergeschlendert, als sei niemand hinter ihm her? Hatte er schon versucht, zu Kaiser Ludwig vorzudringen?

Und hatte Bernhard den Überraschungseffekt, auf den er gehofft hatte, zunichtegemacht, indem er sich wie ein Anfänger von Christian hatte entdecken lassen? Hatte Christian ihn überhaupt entdeckt – oder hatte er nur vermeiden wollen, noch einmal mit Albrecht aneinanderzugeraten?

Vielleicht würde die junge Frau, die jetzt die Gasse hinaufeilte in die Richtung, aus der sie und Christian gekommen waren, ihm ja dabei helfen, all diese Fragen zu beantworten – indem sie ihn zu seinem Halbbruder führte? Ohne groß Vorsicht walten zu lassen, verfolgte er sie. Sie drehte sich nicht ein Mal um.

16.

Philippa merkte erst, wie selbstverständlich sie angenommen hatte, Mathias erneut auf dem Mühlberg zu finden, als sie ihn dort nicht antraf. Auch beim Wartturm hielt er sich nicht auf; tote Heuschrecken, die in Abständen herunterregneten, wiesen darauf hin, dass die Turmwächter oben auf der Plattform mit Aufräumarbeiten beschäftigt waren. Ratlos ging sie zurück in Richtung Sassenhusen.

Unter den letzten Bäumen stand ein Mann, der offensichtlich auf sie wartete.

Im ersten Moment dachte sie, es sei Mathias, und beschleunigte ihre Schritte. Dann erkannte sie, dass der Mann keineswegs Mathias war, ihr aber bekannt vorkam und dass er eine merkwürdige Ähnlichkeit mit ihrem neuen Begleiter aufwies – die sich allerdings immer mehr verflüchtigte, je länger sie ihn anblickte, bis sie sich schließlich fragte, wie sie ihn überhaupt hatte verwechseln können.

Der Mann lächelte und verneigte sich. »Entschuldigt, dass ich Euch gefolgt bin.«

»Ihr seid mir *gefolgt*?«

»Es ist wichtig, sonst hätte ich es nicht getan.«

Philippa wusste plötzlich, weshalb er ihr bekannt vorgekommen war. »Ich habe Euch in Sassenhusen gesehen, in der Gasse ... Ihr habt mit den anderen aufgeräumt, aber Ihr seid nicht von hier.«

Der Mann schüttelte den Kopf.

»Was wollt Ihr von mir?«, fragte Philippa.

»Ihr kennt jemanden, den ich unbedingt treffen muss.«

Philippa wusste augenblicklich, wen sie vor sich hatte – den Deutschritter, von dem Albrecht erzählt hatte und der hinter Mathias her war. Sie trat einen Schritt zurück.

Der Mann blieb stehen, wo er war, und seufzte. »Was hat man Euch erzählt?«

»Kompletten Unfug!«

Der Mann seufzte erneut. »Ihr kennt den Fremden unter dem Namen Mathias, nicht wahr?«

Philippa schüttelte den Kopf. »Ich weiß überhaupt nicht, wovon Ihr redet.«

»Mein Name ist Bernhard Ascanius. Seiner ist Christian Ascanius. Wenn Ihr wollt, könnt Ihr unserem Namen noch einen Zusatz hinzufügen: von Brendanburch. Wir sind Halbbrüder, beide Bastarde von Waldemar Ascanius, dem letzten seines Geschlechts.«

»Er ...«, begann Philippa und brach ab.

»Er hat sich Euch unter einem falschen Namen vorgestellt, ich weiß.«

»Er kennt seinen Namen nicht!«, stieß Philippa hervor, der inzwischen klargeworden war, dass es keinen Sinn hatte, Mathias' Existenz weiter zu leugnen. »Er hat kein Gedächtnis mehr.«

»Interessant«, bemerkte Bernhard Ascanius in einem Tonfall,

als würde ihm durch diese Antwort einiges klar, aber auch ein neues Rätsel aufgegeben. »Und wie ist das passiert?«

»Das müsst Ihr ihn schon selbst fragen.«

»Ich würde es gern, aber ich brauche Euch, um ihn zu finden.«

»Wie kommt Ihr denn darauf?«

Bernhard sagte: »Weil Ihr mit ihm in die Gasse gekommen seid, in der ein Mann namens Albrecht auf Euch gewartet hat.«

»Ihr habt uns beobachtet!«

»Ich habe Albrecht beobachtet, weil ich hoffte, dass er mich zu ihm führen würde. Er hat mich stattdessen zu Euch geführt. Was hat Albrecht mit Euch zu tun?«

»Was geht Euch das an?«, versetzte Philippa.

»Gar nichts«, erwiderte Bernhard. Philippa fühlte sich einen Moment lang taxiert von den ruhigen Augen des Mannes, dann sagte er: »Das Haus, in das er gegangen ist, gehört Rupprecht, dem Zunftmeister der Fährleute. Rupprecht hat eine Tochter namens Philippa, die wiederum mit einem Mann namens Albrecht, Hauptmann der Privatmiliz von Baldmar Hartrad, verlobt ist. Verzeiht, ich hab ein bisschen herumgefragt.« Bernhard lächelte und zuckte mit den Schultern.

Philippa versuchte, Zorn auf den muskulösen Mann mit dem freundlichen, offenen Gesicht zu empfinden, aber es gelang ihr nur unvollständig. Wenn man ihn näher betrachtete, sah man feine Linien von Müdigkeit und Erschöpfung in seine Züge gegraben. Sein Gewand war geflickt und voller Rostflecken; es wirkte wie eine Cotta, zu der noch eine Tunika gehört hätte, die er aus irgendwelchen Gründen nicht trug. Auf seine Weise wirkte er kaum weniger erschöpft als Mathias ... Mathias, der in Wahrheit Christian heißen sollte.

»Ich bin Philippa.«

Bernhard neigte erneut den Kopf, als ob er es nicht bereits gewusst hätte. »Philippa«, begann er, »bitte hört mir zu. Es ist wichtig. Ich würde auch sagen: Bitte glaubt mir, aber darum kann man nicht bitten. Ihr tut es entweder oder Ihr tut es nicht. Aber um ein offenes Ohr kann ich bitten.«

»Fangt an«, sagte Philippa ungeduldig. »Das, was Albrecht mir erzählt hat, ist Unsinn. Vielleicht hat er es sich ja falsch gemerkt.«

»Vielleicht war er von dem Kuss verwirrt, den Baldmar Hartrads Tochter ihm gegeben hat.«

Philippa lächelte. »Das war ebenso plump wie überflüssig, Herr von Brendanburch. Albrecht hat mir von dem Kuss erzählt.«

Bernhard gab das Lächeln zurück. »Ja, es war unter meiner Würde«, gestand er. »Ich wollte Euch aus dem Gleichgewicht bringen.«

»Wozu?«, fragte Philippa, die lieber gestorben wäre als zuzugeben, dass seine ruhige Bemerkung sie tatsächlich mehr aus dem Gleichgewicht gebracht hatte als Albrechts Geständnis.

»Um Euch darauf vorzubereiten, dass man sich oft mancher Dinge sicher ist, die dann ganz anders liegen als man dachte.«

»Ist Euch nicht gelungen«, erklärte Philippa. Sie zog die Schultern hoch, weil sie spürte, dass sie auf einmal fröstelte. Die Blätter an den Bäumen raschelten. Ein Windstoß war hindurchgefahren, und er hatte sich kühl angefühlt. Aber dann hingen die Blätter wieder still, der Harz- und Holzduft klebte nach wie vor in der stickig-heißen Nachmittagsluft, und ihr Frösteln verging.

»Gut, dann hört zu. Christian, den Ihr als Mathias kennt, ist nur aus einem einzigen Grund hier in Franchenfurt: um Kaiser Ludwig zu ermorden«, sagte Bernhard.

Philippa starrte ihn an. Das Gefühl, das sie vorhin gehabt hatte, als sie Albrecht hatte stehen lassen – das Gefühl, in einem kleinen Boot zu sitzen und in einem Strudel gefangen zu sein –, kehrte zurück. Sie erkannte, dass sie zwar aus dem Strudel davongepaddelt war, aber nicht weit genug. Er hatte sie zurückgeholt.

»Es tut mir leid«, sagte Bernhard. »Ich weiß, wie charmant er sein kann. Ich will sogar zugeben, dass er es in Eurem Fall ehrlicher meint als mit den meisten anderen. Aber das ändert nichts daran, dass er ein Meuchelmörder ist.«

»Er hat gesagt, er habe sein Gedächtnis verloren!«

Sie fragte sich, was Bernhard Ascanius an sich hatte, dass man ihm kaum eine Lüge zutrauen mochte. Etwas fiel ihr ein, ein Gerücht, von dem sie gehört hatte.

»Und was seid Ihr?«, hörte sie sich fragen.

»Ich bin derjenige, der versucht, ihn aufzuhalten.«

»Es heißt, der Kaiser habe einen geheimnisvollen Beschützer, der aus den Reihen der Deutschritter stammt.«

»Christian und ich sind beide Ordensleute«, erklärte Bernhard. »Ich weiß, dass dieser Umstand es Euch nicht leichter macht, mir zu glauben. Aber Verräter gibt es in jeder Organisation.«

»Dann seid Ihr der Deutschritter, der zum Schutz des Kaisers ...?«

Bernhard fuhr sich mit einer Hand über das Gesicht. »Ich verfolge ihn seit Prag«, sagte er. »Seit er seine Anweisungen von Karl von Luxemburg entgegengenommen hat.«

»Prag!« Philippa fröstelte erneut. Hatte Mathias nicht auch von Prag gesprochen, gleich nach seinem Zusammenbruch nach dem Erlebnis mit den toten Fischen im Deutschherrenteich? Ihr wurde dunkel bewusst, dass es noch ein Drittes geben konnte zwischen Unschuld und Schuld jenes Mannes, der ihr Herz berührt hatte.

Was, wenn es stimmte, was Bernhard erzählte, aber Mathias sich nicht mehr daran erinnerte? Wenn er seinen Auftrag vergessen hatte?

Lieber Himmel, dachte sie, und schon tust du so, als würdest du die Anschuldigung halbwegs glauben! Dann dachte sie: Warum auch nicht? Zweimal warst du schon sicher, dass Mathias dich belügt.

Sie hörte Bernhard leise sagen: »Er hat in einem Zisterzienserinnenkloster in der Nähe von Egra Unterschlupf gesucht. Als die Priorin ihm auf die Schliche kam, hat er sie ermordet und ist aus dem Kloster geflohen.«

»Habt Ihr für Eure Behauptungen irgendeinen Beweis?«, fragte sie.

»Für Christians Schuld? Nein, den habe ich nicht. Aber ich

kann Euch beweisen, dass ich derjenige bin, von dem ihr gesprochen habt.«

Er streckte ihr die linke Hand entgegen und drehte sie um, die Handfläche nach oben. Sie beugte sich darüber. Eine Narbe war darin zu sehen, die seltsam frisch wirkte und ein Kreuz darstellte.

»Im Deutschen Orden«, flüsterte Bernhard, »gibt es einige, die ihr ganzes Dasein dem Schutz des Reichs verschrieben haben, die durch eine spezielle Schule gegangen sind und sich ihrer Verantwortung in besonderer Weise bewusst sind. Zum Zeichen dieser Verantwortung tragen die wenigen, die es von uns gibt, irgendwo auf der linken Körperseite das Zeichen unseres Ordens als Narbe eingebrannt. Auch Christian ...«

»... trägt es auf der linken Seite des Halses«, murmelte Philippa, die den Blick nicht von der Narbe wenden konnte. In ihrem Bauch breitete sich ein hohles Gefühl aus. »Ich hab es gesehen.«

»Glaub ihm kein Wort, Philippa«, hörte sie plötzlich eine Stimme sagen. Es war Christian. Als sie überrascht aufblickte, stand er hinter Bernhard Ascanius, hatte einen Ast in der Hand und drückte dessen Spitze in den Nacken seines Halbbruders. »Sei gegrüßt, Bernhard. Hab ich dich nicht gewarnt, mir jemals den Rücken zuzuwenden? Beweg dich nicht – das ist ein Schwert, das du da spürst, und mir reicht eine Handbewegung, um es dir ins Gehirn zu rammen.«

17.

Zum gefühlt hundertsten Mal stapfte Hilpolt Meester über die Meynbrücke, trat gegen die gemauerte Brüstung, kickte lose Kopfsteine über das Pflaster und musterte den beschädigten Brückenpfeiler. Die Arbeiter, die sich an mehreren Seilen hinabgelassen und alle lockeren Steine herausgeklopft hatten, blickten schon nicht mehr zu ihm hinauf. Hilpolt wusste selbst, dass er den Männern den letzten Nerv raubte, wenn er sie dauernd antrieb, aber er konnte nicht anders. Er wusste auch, dass die oberflächlichen Reparaturarbeiten, die unter diesen Umständen möglich waren, nicht mehr darstellten als Kosmetik, doch ohne sie hätte er sich noch unsicherer gefühlt.

»Und?«, fragte er.

Der Vorarbeiter rief: »Wir können jetzt mit dem Mörteln beginnen, wenn Ihr wollt.«

»Mörteln?«

»Wir füllen die Risse auf, die entstanden sind, und ...«

»Risse!?«

»Wir verfestigen den Pfeiler«, erklärte der Vorarbeiter und rollte mit den Augen.

»Achtung!«, rief jemand in Hilpolts Rücken. Er drehte sich um. Weitere Arbeiter karrten einen hölzernen Bottich heran und transportierten ihn vor die Brüstung. Neben dem Bottich rollten mindestens ein Dutzend ineinandergesteckte Ledereimer hin und her. Die Handwerker ließen den Bottich von der Ladefläche auf den Boden gleiten. »Mörtel«, sagte einer und wies auf den graubraunen Inhalt des Bottichs.

Zwei weitere Männer kamen heran. Einer schleppte an einem Joch über den Schultern zwei Amphoren, einer hielt ein Fässchen umklammert. Die Arbeiter leerten die Inhalte der Behälter in den Bottich. Der Duft von Bier stieg vom Inhalt des Fässchens auf, der von Wein und Essig aus den Amphoren. Die Arbeiter rührten mit ernsten Gesichtern den Mörtel um.

»Das verbessert die Haltbarkeit«, meinte einer der Arbeiter.

»Na hoffentlich«, brummte Hilpolt.

Ein anderer erklärte: »Natürlich hilft nichts so sehr wie ...«, er schaute sich um, dann musterte er Hilpolt. »Wie schaut's mit Eurer Blase aus, Herr?«

»Was?«

»Wenn Ihr wirklich guten Mörtel haben wollt ...«

»Quatsch nicht lange, Hänni«, sagte einer der anderen Arbeiter. »Lass den Capitaneus in Ruhe. Alle anderen herkommen, solange keine Weiber auf der Brücke sind. Auf geht's!«

Die Männer stellten sich im Kreis um den Bottich, hoben ihre Tuniken hoch und kramten in ihren Bruchen. Hilpolt, der außerhalb des Kreises geblieben war, hörte es plätschern und den einen oder anderen wohligen Seufzer.

»Das hilft?«, fragte er fassungslos.

Der Arbeiter namens Hänni blickte über die Schulter. »Dem Mörtel, weil's ihn fester macht, und einem selbst, weil man's sich schon seit Stunden eigens zu diesem Zweck verkniffen hat.«

Hilpolt drängte sich wortlos dazwischen und fügte nach längerem Kramen unter dem Kettenhemd einen weiteren Strahl hinzu. Die Männer grinsten ihn an. Die Arbeiter unten auf dem Pfeilerfuß mochten ihn mittlerweile hassen, aber bei denen hier hatte er sich soeben einige Sympathien erworben.

Hilpolt vergewisserte sich, dass der angemischte Mörtel schleunigst in die Ledereimer geschaufelt und nach unten gereicht wurde, dann gesellte er sich zu den Gardisten bei der Katharinenkapelle. Die Mittagsstunde war mittlerweile überschritten. Er konnte nur hoffen, dass die Arbeiten bis zum Läuten der Non erledigt sein würden. Mehr als ein Notbehelf würden sie ohnehin nicht sein, und selbst dafür schienen drei Stunden nicht übermäßig viel Zeit zu sein. Hilpolt hatte dennoch allen klargemacht, dass er kein Versagen duldete. Die Männer würden jedoch nicht schneller arbeiten, wenn er sie dauernd aus dem Takt brachte. Daher war es besser, er ließ sie ab jetzt in Ruhe.

Während ein paar Gardisten, die seinen Beitrag zum Verbessern des Mörtels beobachtet hatten, ihm zuzwinkerten, stand der Wachführer bei der Brüstung und spähte sorgenvoll nach unten. Hilpolt ging zu ihm.

»Versteht Ihr was vom Mörteln?«, fragte er leutselig.

Der Wachführer schüttelte den Kopf. Er zeigte auf eines der Seile, an denen die Arbeiter nach unten geklettert waren. »Ich könnte schwören, dass es eine Handbreit über dem Wasserspiegel hing, als es über die Brüstung geworfen wurde«, sagte er.

Hilpolt betrachtete das Seil, das nun kleine Furchen in den Meyn zog, weil sein Ende die Wasseroberfläche immer wieder berührte und von den Berührungen langsam tanzte. Dann musterte er die anderen Brückenpfeiler und das Ufer. Er spürte, wie sich zu den Besorgnissen, die ihn ohnehin schon plagten, eine weitere dazugesellte.

»Ihr meint, der Meyn steigt?«, fragte er.

»Ich weiß es nicht. Ich werde ein Auge darauf haben.«

Hilpolt nickte und klopfte ihm auf die Schulter. Er marschierte von der Brücke herunter, zurück in Richtung Dom. Mittlerweile waren fast alle Heuschrecken beseitigt. Nur hier und dort lagen noch die Leiber toter Insekten. Hilpolt wunderte sich, dass er nicht schon lange Ratten an den Gassenrändern hocken sah, die sich an den plattgetretenen Tieren gütlich taten – oder die allgegenwärtigen Raben und Krähen, die sonst dreist hinter den Menschen herhüpften, um sich zu schnappen, was diese an Essbarem fallen ließen. Aber weder Nager noch Aasfresser ließen sich blicken.

Dieser Umstand war ihm bereits zuvor aufgefallen, doch erst jetzt erweckte er seinen Argwohn. War die Unruhe daran schuld, die der Gardist mit seiner Bemerkung über das Seil in ihm gesät hatte? Er blickte nach oben zu den Dachrändern. Normalerweise konnte man immer ein paar Vögel dort sitzen sehen. Doch heute – nichts. Dabei hätten die toten Insekten die Tiere in Scharen anlocken müssen.

Hilpolt machte kehrt und trat wieder auf die Brücke hinaus, um etwas mehr Überblick zu haben. Seine Blicke wanderten an der Stadtmauer entlang, auf deren überdachtem Wehrgang ebenfalls Vögel hätten sitzen müssen. Nichts. Es hockten auch keine auf dem Mast von Kaiser Ludwigs Schiff. Hilpolt spähte in den Himmel, als ob dort zu jeder Tageszeit Scharen von Vögeln hätten herumfliegen müssen. Auch der Himmel war leer, bis auf …

Er kniff die Augen zusammen. Wie konnte ihm das entgangen sein? Oder irgendjemand anderem?

Aber er wusste die Antwort auf diese Frage: weil keiner in den letzten ein, zwei Stunden den Blick nach oben gerichtet hatte, auch er nicht. Und nun …

Eine Bewegung auf dem Dachumgang der Katharinenkapelle

lenkte ihn ab. Einer der Wächter dort oben winkte. Als Hilpolt zurückwinkte, deutete der Wächter nach unten, auf den Tordurchgang. Im nächsten Moment erschien dort der Wachführer der Gardisten und winkte ebenfalls. Hilpolt eilte zu ihm, von einem immer stärker werdenden Gefühl der Bedrohung getrieben.

Der Wachführer zeigte auf das Seil. Es tanzte nicht mehr, weil es mittlerweile so weit im Wasser hing, dass das Ende sich vollgesaugt hatte. Er brauchte nicht zu fragen, ob jemand das Seil weiter nach unten gelassen hatte. Der Wasserspiegel war gestiegen.

Er zog den Wachführer am Arm mit sich, zurück durch den Tordurchgang, zum Ende der Brücke, wo der Blick nach Südosten nicht mehr durch die Bauten von Sassenhusen verstellt war.

»Ich weiß nicht, wo das Wasser herkommt«, sagte er grimmig und deutete, »aber was haltet Ihr davon?«

Der Gardist sog die Luft ein.

Im Südosten stand eine gewaltige bleifarbene Wand wie eine Verdichtung des Himmels, als hätte das Firmament die Faust geballt. Darüber hing, strahlend weiß von der Mittagssonne beleuchtet, ein ungeheurer Wolkenamboss.

»Grundgütiger!«, sagte der Gardist.

Ein sachter Windstoß strich Hilpolt übers Gesicht und legte sich sofort wieder. Hilpolts Mund wurde trocken. Der Windstoß war so heiß gewesen, als käme er direkt aus der Hölle.

Hilpolt rannte los, in Richtung Dom, um die Glocken erneut Alarm läuten zu lassen. In seinem Herzen wusste er, dass es schon zu spät war.

18.

Die Franchenfurter standen an der Ecke von Judengasse und Fahrgasse, ihr Spalier ging in Richtung Westen weiter, zur Heilig-Geist-Gasse. Hilpolt ahnte, dass sich ihre Reihen weiter bis zum Samstagsberg ziehen würden, die Schiedsgasse hinauf nach Norden und wieder zurück durch die Krämergasse nach Osten bis zum Ostportal des Doms. Es würde der Weg sein, den die Prozession des Stiftspropsts nahm – um den Kern der alten Stadt, um den Dombereich herum und dann zur Brücke. Sie standen in fünf, sechs oder sieben Reihen hintereinander. Es mussten wenigstens zweitausend Menschen sein, schätzte Hilpolt, während er zum Portal der Kirche rannte, und es würden noch mehr werden, wenn die Glocken läuteten und die Prozession begann. Er sah einige der Wartenden in den Himmel starren, wo der unnatürlich strahlende Wolkenamboss mittlerweile über den Giebeln sichtbar war. Die Versuchung, ihnen zuzubrüllen, sie sollten sich zerstreuen und die Gassen verlassen, war groß, aber die Warnung würde, wenn sie überhaupt gehört wurde, möglicherweise eine wilde Panik hervorrufen. Und Panik war das Letzte, was Hilpolt wollte.

Er platzte ins Kirchenschiff in genau jenem Moment, als der laute Klang des Nonläutens den Beginn der Prozession verkündete.

Gottfried von Eppstein stand mit seinen Ministranten und Diakonen beim Altar. Er trug seine prunkvollsten Gewänder und nahm eben ein Kruzifix an einer langen Stange entgegen. Kaiser Ludwig stand neben ihm. Gottfried nahm die Hand des Kaisers und legte sie an die Haltestange. Es war klar, dass er das Kruzifix mit dem Kaiser zusammen durch die Gassen tragen wollte. Dann sah er auf und nickte Hilpolt zu, der stehen geblieben war und sich keuchend bekreuzigte.

»Habt Ihr ihn gefunden?«, fragte der Stiftspropst.

Hilpolt holte Atem und schluckte, weil ihm aufging, dass er Christian Ascanius in den letzten Minuten ganz vergessen hatte. »Den Fremden nicht«, stieß er hervor. »Aber einen weiteren Grund, die Prozession abzusagen.«

»Mein lieber Freund, die Prozession wird stattfinden«, sagte Kaiser Ludwig und lächelte Hilpolt an. Das Glockengeläut hallte im leeren Kirchenschiff wider.

»Euer Majestät, bitte kommt mit raus und seht Euch das an«, bat Hilpolt.

»Wir gehen alle. Die Prozession beginnt«, erklärte Gottfried. Der Stiftspropst begann zu singen. Sein rauer Tenor klang gegen die Kirchenglocken an. Er nickte dem Kaiser zu. Die beiden Männer hoben das Kruzifix hoch und schritten los. Zwei Ministranten eilten ihnen voran und zerrten an den beiden Flügeln des Kirchenportals. Hilpolt folgte seinem Herrn und den Klerikern mit unterdrückten Flüchen. Ihm blieb nichts anderes übrig. Er hoffte, den Kaiser davon überzeugen zu können, die Prozession abzusagen, wenn er draußen die Unwetterwolke sah, die sich heranwälzte.

Sie traten ins Freie. Sofort begannen die langen Roben der Kirchenmänner und Kaiser Ludwigs Mantel zu flattern. Hilpolt blinzelte, weil ihm Staub ins Gesicht gepeitscht wurde. Die Wartenden vor dem Kirchenportal schwankten unter den plötzlichen Böen, dann sanken sie auf die Knie. Hilpolt sah Hauben, die sich lösten, bevor ihre Besitzerinnen danach greifen konnten, er sah langes Haar, das um Gesichter wehte, Tuniken, die sich blähten, Röcke, deren Säume tanzten. Es waren alles Eindrücke, die er innerhalb eines Herzschlags gewann. Erschreckte Rufe wurden hier und da laut. Das Glockenläuten hörte sich seltsam verzerrt an. Staubteufel sprangen an Hausecken auf. Schmucktücher wurden von den wenigen Häusern, deren Besitzer Zeit gefunden hatten, vor der Prozession noch rasch die Fenster zu behängen, heruntergerissen und wirbelten davon wie panische Vögel.

Hilpolt fing den überraschten Blick des Kaisers auf.

»Da oben!«, rief Hilpolt über den Lärm und deutete in den Himmel.

Der Kaiser folgte seinem Fingerzeig, doch wenn er etwas sagen wollte, ging es in dem Kreischen unter, das in den Reihen der Wartenden erklang. Zwischen ihren Beinen ergoss sich eine graue Welle auf den Platz, auf dem die Prozession beginnen sollte.

Die Ratten kamen.

19.

Bernhard Ascanius hatte die Augen nicht gesenkt. Sein Blick hielt immer noch den Philippas fest, aber er kehrte sich nach innen. Philippa kannte diesen Gesichtsausdruck. Sie hatte ihn auch bei Christian – es war seltsam, wie leicht es ihr fiel, den anderen Namen abzulegen – gesehen, als er sich in den furchterregenden Kämpfer verwandelt hatte, den anderen Part seiner Persönlichkeit. Der Blick schien zu bedeuten: Ich brauche nicht mehr mit den Augen zu sehen, was um mich herum vorgeht, ich kenne schon jede Bewegung, die mein Gegner vollführen wird. Ihr Mund wurde trocken, als ihr zu Bewusstsein kam, dass sich hier zwei gleichwertige Kämpfer gegenüberstanden. Und dass Christian bluffte und gänzlich unbewaffnet war, während sich unter Bernhards lose fallender Untertunika ein Schwert abzeichnete, das er sich um die Hüfte gegürtet hatte.

»Christian«, sagte Bernhard. Es klang vollkommen emotionslos.

»Warum hast du ihn hergeführt?«, fragte Christian.

»Er ist mir gefolgt«, hörte Philippa sich sagen.

»Und mit gutem Grund«, sagte Bernhard ruhig. »Philippa, er ist der Mann, der ausgeschickt wurde, um Kaiser Ludwig zu töten.«

Christian schnaubte. »Glaub ihm kein Wort«, sagte er. »Er lügt.«

»Woher willst du das wissen?«, fragte Philippa, in deren Kopf sich die Gedanken jagten. »Du hast doch dein Gedächtnis verloren. Du hast selbst gesagt, dass du nicht weißt, wer du bist«

»Mein Gedächtnis ist zurückgekehrt«, sagte Christian.

»Zum passenden Zeitpunkt«, bemerkte Bernhard.

Die Anmerkung erschütterte Philippas Sicherheit noch mehr als das vorhergehende Geplänkel der beiden Männer. Wem sollte sie glauben? Plötzlich klang Christians Geschichte absolut konstruiert, und alles, was er bislang gesagt und getan hatte, erschien ihr in einem zweifelhaften Licht. Bernhard hingegen wirkte wie jemand, der nichts als die Wahrheit sagte. Sie öffnete den Mund und schloss ihn wieder. Mit den immer stärkeren Zweifeln breitete sich in ihr Entsetzen über die Erkenntnis aus, dass sie dieser Situation in keinster Weise gewachsen war. Ihre Blicke zuckten zwischen den beiden Halbbrüdern hin und her.

»Das ist kein Schwert, was du da hast, Christian«, sagte Bernhard, ohne sich bewegt zu haben. »Nicht wahr, Philippa?«

Philippa starrte Christian an, dann Bernhard. Sie fühlte sich geradezu überwältigt vom Gefühl der eigenen Hilflosigkeit.

Hatte sie für einen Augenblick geblinzelt? Philippa hatte die Bewegungen kaum gesehen, aber plötzlich standen sich Bernhard und Christian Auge in Auge gegenüber, die Arme in einem komplizierten Griff ineinander verklammert. Der Ast, den Christian als vermeintliches Schwert benutzt hatte, fiel etwas weiter entfernt zu Boden. Sie starrten sich in die Augen. Eine weitere Bewegung, ein weiterer Blick. Philippa wusste nicht, wer angegriffen, wer verteidigt hatte. Scheinbar unverändert standen sich die beiden Männer wieder gegenüber, und nur die Röte, die langsam in beider Gesichter stieg, ließ ahnen, welche Kräfte hier gegeneinander wirkten, ohne dass diese sichtbar gewesen wären.

Philippa trat einen Schritt zur Seite, ohne zu wissen, was sie tun sollte. Den Ast holen und einem der beiden über den Kopf schlagen? Wem?

»Rühr dich nicht!«, sagten Bernhard und Christian fast gleichzeitig. Von wem war es als Warnung, von wem als Drohung gemeint gewesen?

»Du dienst dem falschen Herrn, Bruder«, hörte sie Christian sagen. Seine Stimme klang gepresst.

»Du dienst gar keinem Herrn, sondern einem unwürdigen Usurpator«, erwiderte Bernhard. »Bruder!«

Philippa tat einen Schritt auf die Kämpfenden zu. Sie wusste nicht, was sie tun wollte, nur, dass dieses stumme Kräftemessen ihr unheimlich war, dass sie es beenden wollte. Ein dumpfer Druck legte sich um ihren Kopf.

Sie hätte nicht sagen können, welcher der beiden auf ihre Bewegung reagiert und welcher den plötzlichen Vorteil genutzt hatte. Unvermittelt standen sie auf Schrittlänge voneinander entfernt. Schläge und Tritte zuckten und wurden abgewehrt, Körperdrehungen glichen sich anderen Körperdrehungen an in einem brutalen, gnadenlosen Tanz, der nur ein paar Herzschläge lang dauerte. Am Ende hatte Bernhard sein Schwert aus der versteckten Scheide gezogen und versucht, es Christian in die Kehle zu rammen, doch der hatte Bernhards Handgelenke in einem eisernen Griff gefangen und nach unten gezwungen. Mit weit nach hinten geneigten Oberkörpern und aneinandergepressten Knien standen sie sich erneut gegenüber, die Arme nach unten gestreckt, die Klinge ragte zwischen beiden Männern in die Höhe und pendelte langsam hin und her, je nachdem, wer gerade die Oberhand besaß. Wenn einen der beiden Kontrahenten seine Kräfte verließen, würde eine schnelle Bewegung nach oben reichen, um den Mord zu vollenden und zwei Handspannen schreiend scharf geschliffenen Stahl durch die Augenhöhle in ein Hirn zu treiben. Philippa hörte das Keuchen der beiden Halbbrüder.

Sie rannte los, um den Ast aufzuheben, immer noch ahnungslos, wem von beiden sie trauen sollte, und dennoch bereits entschlossen, Bernhard Ascanius außer Gefecht zu setzen.

Sie kam keine zwei Schritte weit, als sie den Befehl hörte: »Bleib stehen, Philippa!«

Sie fuhr herum. Albrecht war zwischen den Bäumen hervorgetreten, und noch während sie sich auf die neue Situation einzustellen versuchte, traten ein paar von seinen Untergebenen aus Baldmar Hartrads Privatmiliz ins Freie. Albrecht trug eine gespannte Armbrust und zielte damit auf Christian und Bernhard Ascanius, die die Neuankömmlinge gesehen haben mussten, aber ignorierten. Die Klinge zwischen ihnen zitterte, näherte sich einmal diesem, einmal jenem Gesicht.

»Auseinander!«, knurrte Albrecht. Und als die beiden Kämpfer nicht reagierten: »Auseinander, hab ich gesagt.« Er hob drohend die Armbrust.

»Misch dich nicht ein, du Narr!«, keuchte Christian, ohne den Milizführer anzusehen.

Albrecht blinzelte. Unwillkürlich ließ er die Armbrust eine Handbreit sinken, dann schien ihm wieder einzufallen, dass seine Männer und Philippa ihm zusahen. Seine Blicke irrten zu ihr ab.

»Albrecht«, stotterte Philippa beklommen. Sie schielte auf die Spitze des Armbrustbolzens. Albrecht hatte sich ihr zugewandt und die Waffe dabei unabsichtlich auf sie gerichtet. Ein plötzlicher Schreck verzerrte sein Gesicht, gefolgt von Zorn. Er riss die Armbrust herum.

»Dann eben so!«, rief er und drückte ab.

20.

Die Ratten kamen, und einen Moment lang sahen sie aus wie eine graue Flut, die sich auf den Platz ergoss. Hilpolt starrte sie mit offenem Mund an, während ein Gedanke in ihm aufblitzte, den er sofort wieder vergaß: Dies ist eine Warnung!

Dann waren die Ratten keine Warnung mehr, sondern ein Horror, der aus Kellerluken quoll und aus offenen Türen, der wie ein pelziger Wasserfall aus den Fenstern in den Erdgeschossen und den oberen Etagen strömte. Hilpolt sah Ratten in langen Linien auf den Dachrändern laufen, sah sie am rissigen Holz des Fachwerks herunterklettern, sah sie Brandlücken zwischen einzelnen Gebäuden mit weiten Sätzen überwinden. Sie kamen in hellen Scharen aus dem Kirchenportal, sie waren wie ein lebender Teppich, der zwischen den Beinen der Menschen hervorzappelte. Es sah aus, als wären die Kopfsteine auf dem Pflaster zum Leben erwacht und würden die Gesellschaft der Menschen fliehen. Tausende räudige, gesträubte Pelze, rasende Krallenpfoten, gebleckte Zähne, funkelnde Augen, zischende Mäuler. Der Strom von Tieren, der aus dem Portal kam, teilte sich vor der Spitze der Prozessionsgruppe. Hilpolt riss sein Schwert heraus, wissend, dass es sinnlos war. Er hörte die entsetzten Schreie der Gläubigen, die den Platz säumten, sah Menschen, die vor den Ratten zurückschreckten, die in ebenso albernen wie erschreckenden Tänzen die Beine hoben. Noch hielt sich die Panik in Grenzen, war der Schock größer als der Horror. Hilpolt trat zurück, bis er mit dem Rücken gegen Kaiser Ludwig stieß.

»Ich bin da, Euer Majestät«, sagte er über die Schulter und hob das Schwert. Ludwig erwiderte nichts, er schien genauso erschüttert wie alle anderen.

Gottfried von Eppstein machte ein paar Schritte vor. Der Kaiser hatte das Kruzifix, das sie gemeinsam gehalten hatten, inzwischen losgelassen. Der Stiftspropst hob es nun in die Höhe und rief laut: »Habt keine Furcht. Vertraut auf den Herrn!«

In diesem Moment rannte einer der Ministranten laut kreischend an Hilpolt vorbei, hinaus auf den Platz. Er bot einen Anblick wie aus einem Albtraum. Er wand sich, während er rannte, und schlug mit den Armen um sich wie ein Ertrinkender. Sein weißes Chorhemd war kaum noch zu sehen, ebenso wenig wie sein Gesicht. Er war über und über bedeckt mit grauen Pelzen, bleichen Krallen, zuckenden Schwänzen und den zischenden Mäulern Dutzender Ratten. Gottfried von Eppstein fuhr herum, die Augen vor Entsetzen weit aufgerissen. Hilpolt hörte den Kaiser erschrocken einatmen und wollte dem Ministranten zurufen: Bleib stehen, du Narr!, während er gleichzeitig dachte, dass auch die besten seiner Gardisten die Nerven verloren hätten, wenn eine Woge von Ratten über ihnen zusammengeschlagen wäre und Dutzende davon sie von Kopf bis Fuß bedeckten und in ihrer Panik kratzten und bissen. Wer von den Umstehenden den Ministranten sah, schrie auf. Dann rannte der vorwärtstaumelnde Junge in den Stiftspropst hinein, die Ratten sprangen auf Gottfried von Eppstein über, der Kleriker stolperte rückwärts und ließ das Kruzifix los …

Hilpolt sah vor seinem inneren Auge eine im Schlachtgetümmel stehende Standarte wanken und erinnerte sich, welche Panik unter den Soldaten ausbrach, wenn ihr Feldzeichen fiel.

Einer von den Diakonen sprang vorwärts, um das fallende Christussymbol aufzufangen, aber es war zu spät. Das Kruzifix schlug auf das Pflaster, ebenso wie der Stiftspropst und der kreischende Ministrant, die Seite an Seite zu Boden gingen. Ratten strömten um sie herum, über sie hinweg. Der Junge zappelte wie ein Wahnsinniger. Das goldüberzogene Kruzifix löste sich von der Haltestange, fiel auf die Kopfsteine und verschwand unter dem Strom der pelzigen Leiber.

Innerhalb eines Herzschlags sprang die Panik auf die Menge über.

Hilpolt packte den Kaiser und hob ihn hoch, als wäre der alte Mann ein Kind. Er wirbelte herum und rannte mit seiner Last auf das geöffnete Kirchenportal zu. Die Ministranten und Diakone stierten ihm nach. Hinter sich hörte der Capitaneus das Röhren einer Menschenmenge, die in panischem Entsetzen dem ersten Reflex folgt, der im Hirn aufzuckt: Flucht! Weg von diesem Ort, egal wohin! Zur Not über die Leiber aller Mitmenschen hinweg! Hilpolt hastete die Stufen hinauf und in die Düsternis des Doms hinein. Die Ministranten folgten ihm.

»Hochwürden Gottfried!«, keuchte der Kaiser.

Hilpolt setzte den Kaiser innerhalb des Doms ab. Die Ministranten hasteten an ihm vorbei in die Sicherheit des Kirchenschiffs. Hilpolt packte die Türflügel, um sie zuzuschlagen.

»Gottfried!«, sagte der Kaiser nochmals. Er fiel Hilpolt in den Arm. Für einen Moment begegneten sich die blauen Augen des Kaisers und die dunklen seines Gardekapitäns, tauschten eine Botschaft aus.

»Ich hole ihn«, sagte Hilpolt und rannte hinaus, sich fragend, was er tun sollte, wenn er den Stiftspropst nicht erreichte, bevor die Meute ihn überrannte. Ihn mit dem blanken Schwert freikämpfen?

Gottfried hatte sich vor dem Ministranten auf den Boden gekniet. Der Stiftspropst schüttelte den Jungen in dem Versuch, ihn wieder zur Besinnung zu bringen. Der Ministrant schlug noch immer wie ein Tobsüchtiger um sich. Beide schienen nicht gewahr zu sein, dass die Gläubigen, die sich zur Prozession eingefunden hatten, vor Entsetzen den Kopf verloren hatten. Alle rannten in unterschiedliche Richtungen, schreiend, diejenigen zu Boden stoßend, die ihnen im Weg waren. Die Fallenden gerieten unter die Füße der Flüchtenden und unter die ebenso panischen Ratten, die über sie hinwegrannten. Hilpolt sprang die Stufen hinab und schlang einen Arm um den Stiftspropst. Nach einem winzigen Moment des Zögerns schnappte er sich den Ministranten ebenfalls und zerrte beide mit sich. Der Stiftspropst protestierte, aber Hilpolts Griff war eisern.

»Tor zu!«, brüllte er, nachdem er beide ins Kircheninnere gebracht und einen Blick auf eine entfesselte Horde erhascht hatte, die dicht hinter ihm war und auf das Portal zurannte.

»Nein!«, schrie Gottfried und rappelte sich auf. Hilpolt hatte ihn einfach fallenlassen. Der Ministrant, den er mit hereingebracht hatte, kroch auf allen vieren in Richtung Altar. »Macht das Portal weit auf.«

Hilpolt ignorierte die Anweisung. Wenn man angegriffen wurde, schloss man als Erstes die Tore. Dann feuerte man vom Wehrgang aus, was das Zeug hielt, immer auf den Feind! Er stutzte. Auf den Feind? Dort draußen war nicht der Feind, sondern zu Tode erschreckte Bürger.

»Verdammt!«, knurrte er.

Im selben Moment sagte Ludwig mit schwacher Stimme: »Öffnet das Tor, mein Freund.«

Es war ohnehin zu spät. Die Meute war schon direkt vor den Stufen. Gleich würden sie in die Kirche strömen. Alles, was Hilpolt tun konnte, war, den Kaiser beiseitezuziehen und für seine Sicherheit zu sorgen.

»Sie suchen nur Schutz!«, rief Gottfried.

Doch die Menge teilte sich vor den Stufen, die zum Portal heraufführten, und rannte um den Dom herum. Niemand kam herein. Wenige Augenblicke später war der Platz leer bis auf eine Unzahl verletzter und totgetretener Ratten sowie einer Handvoll Menschen, die zu lädiert waren, um auf die Beine zu kommen.

Zwanzig Schritte vor den Stufen lag das vergoldete Kruzifix auf dem Boden. Die Haltestange daneben war unter den Füßen der kopflosen Menge zerbrochen.

Hilpolt trat nach draußen.

»Verdammt«, sagte er ein zweites Mal. Er ahnte, wohin die Franchenfurter geflohen waren – in ihre Häuser, zu den Familienmitgliedern, die sie dort zurückgelassen hatten. Wohin die Ratten flohen, konnte er sehen. Die letzten Scharen von ihnen liefen die Fahrgasse hinunter, zur Brücke.

Ein Mann kam um den Chorbau herumgerannt und hastete auf Hilpolt zu. Der Capitaneus konnte sein Gesicht nicht sehen, aber er wusste, wer er war: Baldmar Hartrad.

Um den Stadtrat herum war auf einmal eine Wolke, die hochstob wie ein Wirbel aus Staub und Dreck. Baldmars Kopfbedeckung wurde in die Höhe gerissen, die Schöße seiner Tunika flatterten auf. Baldmar stolperte und griff in die Luft, die sich um ihn herum erhob. Sein Gesicht verzerrte sich vor Schreck und weil Sand und Steinchen in seine Augen peitschten. Der Stadtrat stürzte und rollte über den Boden.

Eine Staubwolke raste auf Hilpolt zu. Ein heißer Windstoß, der sich anfühlte wie der Schlag einer Riesenfaust, traf ihn und trieb ihn zurück in die Kirche.

21.

Philippa konnte nicht erkennen, wer von den beiden Männern getroffen worden war. Beide wirbelten im selben Moment herum und stürzten dann zu Boden. Sie keuchte und wollte zu ihnen rennen, doch Albrecht fing sie ab.

»Mathias!«, schrie Philippa, und dann: »Christian …!«

Christian Ascanius sprang auf die Beine und trat einen Schritt zurück. In seiner Hand war jetzt das Schwert. Die Spitze zeigte auf seinen Halbbruder, der auf dem Rücken lag und zu ihm hochblickte. Dann hob er das Schwert und schlug so schnell zu, dass Philippa erst aufschrie, als das wuchtige Geräusch, mit dem die Klinge traf, schon verklungen war.

Sie wandte das Gesicht ab. Sie wollte weder den gespaltenen Schädel von Bernhard Ascanius sehen noch dass Christian zum Mörder an dem Deutschritter geworden war. Ihre Knie wurden weich. Ihr wurde übel.

»Das ist doch ...«, hörte sie Albrecht hervorstoßen.

Sie öffnete die Augen. Albrecht starrte ungläubig seine Armbrust an. Sie sah Bernhard und Christian einander gegenüberstehen, beinahe wieder wie vorher, zwei Schrittlängen voneinander getrennt. Keiner der beiden schien verletzt, beide duckten sich, erneut kampfbereit. Bernhard musste sich im letzten Moment herumgeworfen haben und dem Schwertstreich entkommen sein. Mit dem gleichen Schwung war er auf die Beine gekommen. Und was den Armbrustbolzen anging ...

»Ich werd verrückt«, flüsterte Albrecht. Philippa sah ihn ebenfalls. Er steckte harmlos in einem Baum. Obwohl sie einander umklammert hatten, waren Christian und Bernhard in der Lage gewesen, dem Schuss auszuweichen.

Albrechts Züge verzerrten sich vor Wut. Er stieß Philippa zur Seite. »Macht sie beide fertig!«, brüllte er seinen Männern zu und zog seinen Dolch.

Philippa versuchte ihn festzuhalten. Albrecht fuhr herum und riss gleichzeitig den Arm hoch, um sich aus Philippas Griff zu befreien. Sie sah seinen Ellbogen heranfliegen und spürte, wie er sie mit voller Wucht an der Schläfe traf.

Ihre Beine waren plötzlich aus Wasser, und ihr drehte sich der Magen um. Dass sie auf die Knie sank und zur Seite fiel, bekam sie nur noch vage mit, und dann waren da weit entfernt Schreie und Flüche und andere Geräusche, doch auch sie wurden immer leiser.

22.

»Philippa?«

Jemand tätschelte ihr Gesicht.

»Philippa!«

Jemand tätschelte ihr Gesicht härter. Sie schlug die Augen auf. Christian Ascanius sah auf sie herab.

»Gott sei Dank«, sagte er.

Christians Züge verschwammen. Philippa stieg der Magen in die Kehle. Sie wälzte sich herum und erbrach sich auf den Waldboden. Mit jedem Ausspeien schien ihr Schädel zu platzen. Stöhnend sank sie zurück und schloss die Augen. Etwas Kühles drückte sich auf eine schmerzglühende Stelle an ihrer Schläfe. Es verstärkte für einen Moment die Qual, dann linderte es sie. Mühsam richtete sie den Blick auf Christian.

»Was ist passiert?«, ächzte sie.

»Du hast eine Beule an der Schläfe, groß wie ein Ei«, sagte Christian. »Kannst du aufstehen?«

»Ich glaube nicht.«

»Versuch es. Ich kann dich hier nicht zurücklassen.«

»Wieso zurücklassen?« Langsam sickerte in ihr Bewusstsein, was vorher geschehen war. Sie packte ihn am Arm. Erneut drehte sich alles, aber sie konnte den Würgereflex beherrschen. »Was ist mit dir?«, brachte sie mühsam hervor. »Bist du verletzt?«

»Nein. Versuch aufzustehen, Philippa! Die Zeit drängt!«

»Warum ...?«

Sie spürte, wie Christian versuchte, sie aufzurichten, und erkannte, dass das Kühle, das sich so angenehm auf die Beule gelegt hatte, die Klinge von Bernhard Ascanius' Schwert gewesen war. Ein leiser Schauder lief ihr über den Rücken, als sie mit Christians Hilfe langsam auf die Beine kam. Erst überrascht, dann voller Entsetzen, betrachtete sie die Szene.

Zwei Männer lagen auf dem Boden. Einer krümmte sich und stöhnte leise, eingerollt wie ein Kind. Philippa kannte die Haltung – der arme Teufel hatte einen mächtigen Tritt zwischen die

Beine bekommen. Der andere lag auf dem Rücken. Aus einer Augenhöhle ragte ein Dolchgriff. Sein Gesicht war eine blutige Maske. Es war der Dolch, den Albrecht vorhin gezückt und mit dem er sich in den Kampf geworfen hatte. Philippa brauchte einen Augenblick, um zu begreifen, dass der Mann tot war, und ein paar längere Augenblicke, um zu realisieren, dass es sich nicht um Albrecht, sondern einen seiner Milizkumpane handelte. Fast wäre sie erneut auf die Knie gesunken, wenn Christian sie nicht gehalten hätte. Sie riss sich von ihm los und taumelte ein paar Schritte beiseite. Vage wurde ihr bewusst, dass die Bäume um sie herum sich schüttelten und ächzten unter Windstößen, dass eine heiße Brise ihr Haar zerzauste und dass Kiefernzapfen herunterfielen wie schuppige Geschosse.

»Warum hast du ...«, begann sie, konnte aber nicht weitersprechen.

Christian folgte ihrem Blick. Er schüttelte den Kopf. »Das war Bernhards Werk, nicht meines«, sagte er. Er wies auf den anderen Mann. »Den da habe ich zu verantworten.« Er trat zu ihr und sah ihr in die Augen. »Wenn wir auf der Jagd sind, töten wir nur die Beute, Philippa. Das ist unser Gesetz.«

»Wir?«, stöhnte Philippa.

Christian strich sich das Haar über dem linken Ohr zur Seite und zeigte auf die kreuzförmige Narbe.

»Die hat ... Bernhard auch!«, stieß sie hervor.

»Er hat sie sich selbst beigebracht, um leichter an den Kaiser heranzukommen. Philippa – meine Erinnerung ist zurückgekommen, als ich Bernhard in der Nähe deines Hauses sah, nach dem Heuschreckenschwarm. Bernhard ist der Meuchelmörder, den Karl von Luxemburg ausgeschickt hat, um den Kaiser zu ermorden.«

Philippa starrte ihn mit großen Augen an. Sie wollte ihm tausend Fragen stellen, aber nur eine war wichtig genug, um sich durch den Gefühlsaufruhr in ihrem Inneren hindurch auf ihre Zunge zu drängen. »Wie soll ich dir glauben?«

»Wenn du das nicht weißt, kann ich dir nicht helfen. Ich kann es nicht beweisen.«

Sie gab seinen Blick zurück. Langsam wurde ihr klar, dass der genesene Christian mit Mathias nur die ruhige Würde gemeinsam hatte, die ihr so imponiert hatte. Aber Mathias war unsicher und ratlos gewesen. Christian hingegen war die Selbstsicherheit in Person und schien genau zu wissen, was er tat.

Hinter der Flussbiegung wartete das Abenteuer. Und es war ganz anders, als Philippa es sich vorgestellt hatte. Sie wusste nicht, wie sie darauf reagieren sollte.

Christian seufzte. Er wies auf den stöhnenden Milizkumpan Albrechts. »Kümmere dich um ihn. Ich muss los. Es tut mir leid. Gib auf dich Acht, Philippa.«

Sie hielt ihn fest, zuckte aber bei der Berührung leise zusammen. Gott, hatte sie ihn wirklich im Haus Volrads so heftig geküsst wie zuvor nur Albrecht?

»Was ist geschehen?«, rief sie.

»Dein Verlobter und seine Freunde sind auf Bernhard und mich losgegangen.« Er zuckte mit den Schultern. »Welche Erklärung brauchst du? Bernhard und ich sind durch die gleichen Waffenübungen gegangen. Du weißt, wozu ich fähig war, ohne dass ich es gewusst habe. Dann kannst du dir denken, dass es ein ungleicher Kampf war. Bernhard hat den dort getötet. Darauf haben Albrechts Männer das Weite gesucht, und er ist ihnen hinterher. Als ich mich wieder Bernhard zuwenden wollte, war er ebenfalls verschwunden.« Christian drehte das Schwert in seiner Hand hin und her. »Er wusste, dass er waffenlos gegen mich keine Chance hat. Und jetzt muss ich ihn suchen, denn ihm läuft die Zeit davon. Er muss den Kaiser finden und ermorden, bevor ich ihn erneut stellen kann. Das heißt, ich muss den Kaiser vor ihm finden. Leb wohl, Philippa.«

»Warte! O Gott, wenn ich nur wüsste, wem von euch ich glauben soll.«

Christian hob das Schwert, bis die Spitze auf sie zeigte, und der Schock erfasste Philippa so heftig, dass sie keuchte. Furcht flackerte in ihr hoch. Sie verschluckte sich am nächsten Atemzug.

»Dem«, sagte Christian ruhig, »der dich als die einzige Mitwisserin nicht getötet hat, obwohl er jede Gelegenheit dazu hätte.« Er ließ die Klinge sinken. Dann wandte er sich abrupt ab und schritt davon.

Philippa stieß die Luft aus. Hatte sie tatsächlich einen Moment lang geglaubt, Christian würde ihr die Klinge in den Leib rammen? Schon konnte sie die Frage nicht mehr eindeutig beantworten. Erneut wurde ihr übel. Sie stützte die Hände auf die Knie und würgte trocken.

Hatte Christian sie deshalb nicht getötet, weil er die Wahrheit gesagt hatte? Oder hielt er sich einfach an das von ihm zitierte Gesetz, dass der Jäger nur die Beute tötet, auf die er angesetzt war?

Wer war der Jäger, wer war die Beute? War Bernhard auf dem besten Wege, genau jenes Verbrechen zu begehen, das er im Gespräch mit Philippa seinem Halbbruder in die Schuhe geschoben hatte? Wer hatte welchen der beiden Brüder auf den anderen angesetzt? Wer von beiden war hier, um Kaiser Ludwig zu ermorden?

»Philippa ...«, ächzte der Milizsoldat, der sich auf dem Boden krümmte.

Philippa stolperte zu ihm und kniete sich neben ihm nieder. Zu all den anderen Gefühlen durchfuhr sie nun auch noch heiße Scham. Sie hatte die Not des Mannes vollkommen vergessen, ebenso wie seinen Kameraden. Philippa erschauerte und wandte sich ab von dem blutüberströmten Gesicht des Toten mit dem obszön aus der Augenhöhle ragenden Dolch. Christian war losgegangen, ohne sich um eines der beiden Opfer zu kümmern. Hieß das, dass er schuldig war? Aber auch Albrecht und die anderen Milizsoldaten hatten die beiden im Stich gelassen. Was hieß das? Dass Männer kaltherzige Bastarde waren?

»Wie schlimm ist es?«, fragte Philippa.

Der Verletzte schielte zu ihr auf. »Die nächsten paar Tage«, stöhnte er, »sind die Weiber vor mir sicher.«

Philippa versuchte vergeblich, sich an seinen Namen zu erinnern. Auch den des Toten hatte sie vergessen. Sie kannte alle

Männer, die unter Albrechts Kommando standen, vom Sehen, aber sie hatte sich immer nur auf Albrecht konzentriert. Ganz kurz blitzte die Frage in ihr auf, ob Nessa alle Namen kannte. Nessa, die offensichtlich im Unterschied zu Philippa wirklich Anteil an allem genommen hatte, was Albrecht betraf?

»Wer hat dir das angetan?«, fragte Philippa.

»Der Fremde«, keuchte der Verletzte.

»Und ihm?« Philippa deutete auf den Toten, ohne ihn anzusehen.

»Keine Ahnung. Es ging alles so schnell.«

Philippas Schultern sanken herab. Sie blickte ins Leere, während sie dem stöhnenden Mann die Wange tätschelte, ohne es zu bemerken. Dann sagte ihr eine innere Stimme: Was fragst du ihn? Wenn du hier sitzen bleibst und mit einem Narren Mitleid hast, der vor ein paar Augenblicken noch im Vollgefühl der zahlenmäßigen Überlegenheit zwei Männer angegriffen hat, ohne einen Gedanken an Mitleid zu verschwenden ... dann wirst du nie herausfinden, ob Christian die Wahrheit gesagt hat oder Bernhard.

Was spricht gegen Christian? Die Aussage eines Mannes, den du vorher noch nie gesehen hast. Was spricht für Christian? Die Tatsache, dass er zwei Mitwisser geschont hat, nämlich dich selbst und ihn hier. Und außerdem spricht für ihn eine Stimme, der man immer folgen sollte, nämlich die deines Herzens.

Sie richtete sich auf. Der Kopf des Verletzten, den sie mit den Knien gestützt hatte, prallte unsanft auf den Boden. »Kommst du zurecht?«, fragte sie.

»Wo willst du hin?«

Philippa antwortete nicht. Nervös strich sie sich die Haare aus dem Gesicht. Der böige Wind, der die Bäume schüttelte, zerzauste sie sofort wieder.

»Philippa, nimm dich in Acht. Das sind zwei Wahnsinnige.«

»Wo ist Albrecht hin?«

»Verdammt will ich sein, wenn ich es weiß!«

»Ich gebe Bescheid, dass man nach dir und nach ihm dort sieht«, stieß Philippa hervor, dann stand sie abrupt auf und lief ohne ein weiteres Wort in die Richtung, in der Christian verschwunden war.

Sie holte ihn ein, als sie aus der Deckung der Bäume trat. Er war schon auf der Straße und blickte in den Himmel. Philippa taumelte unter den wütenden Windstößen, die über die offene Landschaft fegten. Sofort waren Staub und kleine Steinchen in ihrem Gesicht, in ihren Augen. Der Wind war heftig genug, um sie ein paar Schritte zurückzutreiben.

Bevor sie ihre Augen schließen musste, konnte sie noch sehen, wohin Christian starrte. Eine himmelhohe Wand rollte auf Franchenfurt zu, krankhaft gelb an ihren Außenrändern und dunkel wie die Nacht in ihrem Herzen. Blitze zuckten ihn ihr. Sie hatte das Gefühl, in den Mahlstrom gesaugt zu werden, und wäre unter den Windböen fast gefallen. Als sie gepackt wurde, schrie sie erschrocken auf, aber es war nur Christian, der ihre Schultern umfasste und ihr ins Ohr brüllte: »Staubsturm!«

23.

»Ich komme mit dir!«, rief Philippa. »Was sollen wir tun?«

»Zur Deutschordenskommende! Entweder ist der Kaiser dort, oder sie wissen, wo er ist!«

»Und das?« Philippa deutete zu der riesigen Walze, die alle Sicht jenseits von ein paar hundert Schritten verschluckte. Man konnte meinen, dass sie das Ende der Welt bedeute und dass hinter dieser brodelnden Mauer nichts mehr war. Das Geräusch war das von Kieselsteinen, wenn sie von den Wellen am Flussufer beständig aneinandergerieben wurden, nur hunderttausendmal stärker – ein Zischen und Prasseln, das in die Ohren schnitt. Jedes Wort wurde ihnen von den Windböen von den Lippen gerissen. Schon schmeckte Philippa Staub und Sand und feinst gemahlenen Straßendreck im Mund.

»Überstehen wir am besten im Inneren eines Gebäudes!«

Sie rannten durch die Röderpforte nach Sassenhusen, immer wieder ins Stolpern gebracht von den Windböen. Die Gassen waren leer, die Fensteröffnung verrammelt. Philippa kam sich in ihrer eigenen Heimatstadt wie ein Eindringling vor. Das Brausen des Staubsturms erfüllte die engen Häuserschluchten mit einem Laut, den man fast greifen konnte. Christian hielt sich den zerfransten Zipfel seiner Gugelkapuze vor den Mund, Philippa presste einen Arm vor ihr Gesicht. Sie war halb blind, ihre Augen brannten wie offene Wunden, und der Atem wurde ihr knapp. Als sie das Portal der Kommende erreichten, hatte der Staubsturm bereits die Türme des östlichen Mauerrings verschluckt.

Christian trommelte gegen die verschlossene Pforte. Ein Guckloch flog auf. »*Ich helfe, ich wehre, ich heile!*«, brüllte Christian dem Pförtner entgegen.

Die Riegel des Portals scharrten, dann öffnete es sich so weit, dass sie hindurchschlüpfen konnten. Christian packte Philippa und zog sie mit sich. Im Torbau standen mehrere schwerbewaffnete Männer im Ordenshabit.

»Du bist ein Ordensbruder?«, fragte einer, und Philippa ging mit Verspätung auf, dass Christian den Wappenspruch des Ordens gebrüllt hatte.

Zur Antwort entblößte Christian die Seite seines Halses mit dem Brandmal. Philippa, die mit verkrusteten Augen zu sehen versuchte, hatte den Eindruck, dass die Ordensritter weniger Respekt als plötzliche Ablehnung empfanden. »Ich muss zu Seiner Majestät, dem Kaiser!«, stieß Christian hervor. »Und wir brauchen Schutz vor dem Staubsturm.«

»Das Jüngste Gericht ist nahe«, sagte einer der Deutschherren. Die anderen wechselten Blicke.

»Du musst zum Ordenskomtur«, erwiderte der Mann, der als Erster gesprochen hatte. Philippa hielt ihn für den Wachhauptmann der Kommende. »Er wird alles Weitere entscheiden.«

Christian nickte.

Ein Finger deutete auf Philippa. »Was ist mit ihr?«

»Sie kommt mit.«

»Das wird der Komtur nicht zulassen.«

»Sie wird für mich Zeugnis ablegen.«

Die Ordensritter musterten Philippa mit neu erwachender Aufmerksamkeit. »Sie?«

Philippa, die von den Ereignissen erschüttert und von den Männern eingeschüchtert war, fuhr bei dieser Bemerkung dennoch auf. »Was habt Ihr an mir auszusetzen?«, schnappte sie. »Gebt lieber den Leuten in den Gassen Schutz, statt Euch hier einzusperren!« Im Inneren fragte sie sich: Zeugnis ablegen? Glaubt er, dass ich mir, was ihn betrifft, so sicher bin?

Sie sah die Deutschherren erneut Blicke wechseln. Plötzlich fiel ihr etwas auf, was sie zuerst nicht bemerkt hatte – vielleicht, weil sie sich nun erst den Sand aus den Augen gezwinkert hatte. Die Ritter hatten allesamt die Hände an den Schwertgriffen, obwohl Christian sich als einer der ihren zu erkennen gegeben hatte. Und sie wichen sowohl seinen als auch ihren Blicken aus.

»Dann kommt mit«, sagte der Wachhauptmann, und im nächsten Moment schlossen die Deutschherren einen Kreis um sie beide und setzten sich zum Innenhof der Komturei in Marsch. Philippa trat näher an Christian heran und versuchte seine Aufmerksamkeit zu erregen, doch Christian hatte den Kopf gesenkt und schaute nicht auf. Sie drehte sich im Gehen um. Der Pförtner und ein weiterer Ritter hoben einen Balken, der als Riegel gedient hatte, wieder zurück in seine Halterungen. Dann hängten sie auch noch eine Kette ein und zogen sie unterhalb des Riegels durch eiserne Ringe. Wollten sie so den Staubsturm draußen halten? Erwarteten sie eine Belagerung durch schutzsuchende Sassenhusener? Oder ging es darum, jemanden *drinnen* zu halten?

Der Innenhof war voller Menschen. Philippa riss die Augen auf. Es waren zu einem großen Teil Bürger Sassenhusens. Sie hatte den Deutschherren Unrecht getan. Die Ordensritter *boten* der Bevölkerung Unterschlupf. Aber wenn es so war, konnte das Verriegeln des Tors nur eines bedeuten, nämlich dass die gut zehn Ritter, die mitten im Hof den Ordenskomtur umringten, nicht zufällig mit gezogenen Schwertern auf sie warteten.

Sie wirbelte herum. »Christian!«, rief sie.

»Ja«, stieß Christian hervor. »Bernhard war vor mir da!«

»Ergebt Euch, und es wird kein Blut fließen«, befahl der Ordenskomtur und deutete mit der blanken Klinge auf Christian. »Und schafft das Weib weg.«

»Also gut«, sagte Christian langsam und blickte kurz über die Schulter in den Himmel. »Ich übergebe Euch meine Waffe.«

Er hob Bernhards Schwert so mit dem ausgestreckten Arm in die Höhe, dass die Klinge nach unten wies.

Und schleuderte es dann mit einer blitzschnellen Bewegung auf den Ordenskomtur. Der Deutschherr wehrte es mühelos mit der eigenen Klinge ab. Es wirbelte davon und schepperte über den Boden. Leute sprangen beiseite, aber auch die Ordensritter, die sich bereits auf den Weg zu ihnen herüber gemacht hatten, wichen aus.

Philippa fühlte sich gepackt und auf die Knie gerissen. Sie hörte, wie Christian schrie: »Luft anhalten!«

Der Staubsturm fiel in den Innenhof ein, und mit ihm alle heulenden Dämonen der Hölle.

24.

Zwei Mal hatte Philippa als unbeteiligte Beobachterin erlebt, wie Christian einen Kampf geführt hatte. Diesmal war sie mittendrin.

Der Staubsturm ließ es fast so finster werden wie in der Nacht. Wer sich im Innenhof befand, wurde sofort von den wirbelnden Massen verschluckt und hatte genug mit sich selbst zu tun. Philippa hörte erschreckte Schreie und das Kreischen der Flüchtlinge, die gedacht hatten, in der Komturei wären sie vor dem Sturm sicher. Christian sprang auf und rannte zurück in den Tunnel des Torgebäudes, in dem nur eine Handvoll der Männer zurückgeblieben war, die mit dem Wachhauptmann das Empfangskomitee gebildet hatten. Sie stolperte an seiner Hand hinter ihm her und versuchte, nicht zu fallen. Ihr wurde klar, dass man Christian bereits erwartet hatte; Bernhard Ascanius hatte genau gewusst, wohin sein Halbbruder sich als Nächstes wenden würde, und die Ordensritter auf seine Seite gebracht.

Die Deutschritter waren keine Dummköpfe. Hatte Bernhard sie überzeugt, weil seine Seite ... die richtige war?

Aber jetzt war nicht der Zeitpunkt, um zu zweifeln. Christian ließ sie los und stieß sie gleichzeitig zur Seite. Sie spuckte aus und schnappte dann mühsam nach Luft. Noch war der Tunnel geschützt vor dem Wüten des Sturms, aber ein paar Sandschleier peitschten bereits herein. Der erste Deutschritter, der Christian erreichte, überschlug sich in der Luft und blieb halb betäubt liegen, während Christian weiterrannte, das Schwert des Ordensmannes in der Faust. Erneut trug er es so wie vorhin, mit der Klinge nach unten, den Knauf vorgestreckt.

»Bleib dicht hinter mir!«, brüllte er. Philippa sprang über den gefällten Ordensritter und kreischte auf, als dieser nach ihrem Fußknöchel angelte. Ohne nachzudenken fuhr sie herum und trat ihm in den Leib. Er krümmte sich zusammen.

Christian duckte sich unter einem waagrechten Schwerthieb und rannte mit der Schulter in seinen Gegner hinein, der aus dem Gleichgewicht geriet. Christian richtete sich im Schwung auf, und der Ordensmann fiel hinter ihm auf den Boden, die Füße in die Luft gereckt. Sie sah Christian herumfahren und den gefallenen Deutschherrn in den Leib treten, so wie sie es vorhin getan hatte. Der dritte Gegner stach mit ausgestreckter Klinge auf Christian ein, erwischte aber nur den Stoff zwischen angewinkeltem Arm und Brust und bekam in der Vorwärtsbewegung den Knauf des erbeuteten Schwerts zwischen die Augen. Er sackte zusammen.

»Das Tor!«, brüllte Christian, während der Pförtner und der letzte Ordensritter gleichzeitig auf ihn eindrangen.

Philippa rannte an den Rittern vorbei und zerrte die Kette aus den Ringen. Als sie sich verfing, dachte sie einen Augenblick mit Grauen, der Pförtner habe sie mit einem Schloss gesichert, doch dann rasselte sie aus den Ringen und fiel schwer zu Boden. Mit Händen, die von der eingefetteten Kette schlüpfrig waren, mit fliegendem Atem und Sand in der Kehle stemmte Philippa sich unter den Balken, hob ihn aus den Angeln. Er polterte herab. Als sie sich umdrehte, lagen Christians Gegner bereits ächzend zu dessen Füßen.

Vom Innenhof her taumelte ein Ordenssergeant herein, halb blind und vor Atemnot keuchend, und hob eine gespannte Armbrust. Er drückte sofort ab. Philippa sah den Bolzen funkensprühend von der Mauer abprallen und hörte das trockene Knallen, mit dem er sich hinter ihr ins Holz des Portals bohrte. Der Sergeant sank auf ein Knie und tastete an seinem Gürtel nach dem Köcher mit den anderen Bolzen.

Christian war bei ihr und riss an den Torflügeln. Dann fasste er sie um die Mitte und sprang zurück.

Die Torflügel schlugen von der Wucht des Sturms auf, als hätte ein Riesenfuß dagegengetreten. Sie hätten Philippa erschlagen, wenn er sie nicht zurückgerissen hätte. Ein Höllenschauer aus Sand, Staub und kreischenden Windböen fuhr herein, nahm Philippa den Atem und machte sie blind.

Christian hob sie auf und trug sie in das Inferno hinaus.

25.

Mitten im Sandsturm war es dunkel und doch auch nicht; ein düsteres Glühen erfüllte die aufgepeitschte Luft. Dennoch konnten sie keine fünf Schritte weit sehen. Philippa hielt sich die Hände vors Gesicht und bekämpfte die aufsteigende Panik, als sich immer mehr Sand in ihrem Mund und in ihrer Nase sammelte und ihr das Gefühl gab, bald zu ersticken. Ihre Augen brannten und stachen, die Tränen verbuken den Sand und bildeten Krusten, die ihre Lider verklebten. Halb getragen von Christian, halb auf eigenen Füßen stolpernd, legte sie ein Dutzend

Schritte zurück, bis sie und Christian gegen eine Wand prallten. Sie bildete sich ein, Gebrüll und Gekreisch aus der Ordenskommende zu hören, doch in Wahrheit übertönte das Rauschen des Staubsturms alles. Ihre Instinkte stritten miteinander – sie wollte weiterlaufen, um etwaigen Verfolgern zu entkommen, und sich zugleich irgendwo niederkauern, um dem Wüten des Sturms zu entgehen. Sie holte Atem und begann zu husten und zu würgen.

Zusammen mit Christian rutschte sie an der Wand herunter. Christian zog sie an sich und beugte sich über sie, drückte ihren Kopf an seine Brust. Philippa fühlte die Panik über sich zusammenschlagen, als sie noch weniger Luft als zuvor bekam, als ihr Husten in einen gequälten Krampf überging. Sie wehrte sich, bis sie merkte, dass Christians feste Umarmung sie vor dem Staub schützte. Stöhnend hustete und spuckte sie aus. Als sie Christians Hand unter ihrem Rock fühlte, sträubte sie sich zunächst, doch er riss nur an ihrer Untertunika, bis sich ein Streifen löste, den sie aufgenäht hatte, um den abgestoßenen Saum des Hemds zu reparieren. Der Leinenstreifen war handspannenbreit. Christian band in ihr fest um Mund und Nase und knotete ihn in ihrem Nacken zusammen. Sie biss die Zähne zusammen, als er ihr dabei ein paar Haare ausriss. Christian ging rasch und ohne unnötige Vorsicht vor.

Dann zwang er ihren Kopf nach oben und legte die Hände links und rechts an ihre Schläfen, um den wirbelnden Staub von ihren Augen fernzuhalten.

»In den Sturm werden sie nicht rauslaufen!«, brüllte er über das Toben. Seine Augen glühten in seinem von Sand und Staub grau verklebten Gesicht. »Wir haben eine Chance. Wo müssen wir hin?«

»Wir können zu meinem Haus ...«

»Nein, da wird Albrecht warten. Und ich habe keine Zeit, mich zu verstecken. Ich muss nach Franchenfurt hinüber! Aber ich hab keine Orientierung mehr. *Wo müssen wir hin?*«

»Nach Franchenfurt?«

»Entweder in den Dom oder ins Rathaus!«, brüllte Christian

und schüttelte sie. »Der Kaiser wird in einem der beiden Gebäude sein. Zum Glück! Denn wenn er in der Kommende gewesen wäre, dann wäre er jetzt bereits tot.«

»Wieso?«

»Weil Bernhard vor uns dort war. Philippa«, er schüttelte sie erneut, »ich muss zur anderen Seite. Womöglich hat der Komtur Bernhard verraten, wo er den Kaiser finden kann. Es geht um Minuten. *Wo geht es lang!?*«

Philippa kämpfte erneut mit sich. Sie war mit Christian aus der Kommende geflohen, aber konnten sich die Ordensritter so irren? Und konnte sie selbst sich so sehr in Bernhard Ascanius getäuscht haben?

Christian musste ihre Gedanken gelesen zu haben. Zum ersten Mal sah sie eine so mörderische Wut in seinen Augen aufblitzen, wie sie sie an ihm noch nie wahrgenommen hatte. Sie machte ihr klar, wie wenig sie diesen Mann kannte, dem sie so blind gefolgt war. Sie duckte sich, als er die Hand hob, und erwartete einen Schlag, doch er zog nur seinen Mund- und Nasenschutz wieder hoch.

»Glaub mir oder glaub mir nicht!«, hörte sie ihn gedämpft sagen. »Aber du bringst mich runter zum Fluss und zur Brücke, und wenn ich dich die ganze Strecke tragen muss.«

»Christian, bitte sag mir, wer du bist!« Philippa hörte das Schluchzen in ihrer Stimme und merkte erst jetzt, dass sie zu weinen angefangen hatte.

»Ich bin, der ich bin!«, versetzte Christian. »Los jetzt. Muss ich dich tragen?«

Philippas Gedanken flogen, während ihr Herz dagegen rebellierte, wie Christian sie behandelte. Sie waren aus dem Tor der Kommende geflohen und mehr oder weniger gerade hinausgerannt. Vor der Kommende lag ein Platz mit einer Wasserstelle. Sie waren nicht auf den Brunnen getroffen, aber sie waren weit genug vorwärtsgestolpert, um die andere Seite des Platzes zu erreichen. Wenn das stimmte, dann mussten sie bei einem der Häuser kauern, deren Fronten sich bis zur Mauer zogen. Dort führte eine

Gasse direkt an der Mauer entlang zum Sassenhusener Torturm der Brücke.

Sie deutete nach links. »Dort entlang.«

Der Sturm fiel wieder über sie her, als Christian sie aus dem Schutz seiner Arme entließ. Sie drehte sich um und spürte, wie er ihre Hand mit einem Griff umklammerte, der wehgetan hätte, wenn er nur ein winziges bisschen mehr zugedrückt hätte. Philippa wusste, dass er es diesmal nicht tat, weil er ihre Hand gerne spürte oder um ihr Kraft zu geben. Er hatte begonnen, ihr zu misstrauen und wollte verhindern, dass sie sich losriss und ihn orientierungslos im Sturm zurückließ. Auf Philippa wirkte diese Erkenntnis fast noch schmerzlicher als ihr eigenes Misstrauen.

Philippa hatte die Lage richtig eingeschätzt. Sie erreichten die Mauer und taumelten in ihrem Schutz nach links in Richtung Brücke. Die enge Gasse war wie eine Röhre, in der sich der Sturm noch verstärkte. Er blies ihnen in den Rücken. Es fühlte sich an, als würden sie rücksichtslos vorwärtsgestoßen. Aber es war nun leichter, zu atmen und die Augen offenzuhalten. Sand und Staub bedeckten den Gassenboden, aber sie blieben nicht liegen, sondern bildeten Schlieren und Schleier und Wirbel. Es fühlte sich fast so an, als würden sie über Wasser zu laufen versuchten. Als Philippa zu stürzen drohte, obwohl sie an kein Hindernis gestoßen war, hob sie den Blick vom Boden und starrte mit zusammengekniffenen Augen in die Düsternis, die vor ihr lag. Der Wind heulte wie das Geschrei der Verdammten in der Gasse, der Sand prasselte an die Mauer. Philippa fühlte jeden Quadratzoll ihrer Haut, der ungeschützt war, wund werden.

Als die Ostflanke des Torturms sichtbar wurde, führte sie Christian den Weg entlang, der hinten um das Zöllnerhäuschen herumführte. Sie wäre fast weiter auf die große Gasse hinausgelaufen, wenn Christian sie nicht festgehalten und hinter die Häuserecke zurückgezerrt hätte.

»Was machst du!?«

»Sieh selbst!« Christian riss sie an der Schulter zurück, als sie den Kopf zu weit nach draußen streckte. Es grenzte beinahe an Grobheit und machte sie noch unsicherer. »Sei vorsichtig!«

Der Staubsturm flaute ab, so abrupt, wie er begonnen hatte. Es war nicht mehr so düster wie zuvor. Das mörderische Heulen und das Prasseln erstarben und machten einer betäubenden Stille Platz. Im trüben Licht erkannte Philippa die Brückenwächter, die sich neben einem geschlossenen Torflügel in die Deckung des Durchgangs kauerten. Bei ihnen befanden sich mehrere kaiserliche Gardisten – und Albrecht mit seinen Milizsoldaten. Es konnte kein Zweifel bestehen, auf wen sie warteten.

Wenige Augenblicke später fielen schwere schmutzige Regentropfen zu Boden.

26.

Schluchzen und Weinen erfüllten den Dom. Hilpolt Meester wurde plötzlich klar, dass der Sturm draußen nachgelassen haben musste, wenn er es hören konnte. Bis eben noch hatten das Brausen des Winds und das Prasseln des Sandes gegen die Fenster alle anderen Geräusche übertönt. Er saß an den Altar gelehnt und hörte zu, wie Gottfried von Eppstein und Kaiser Ludwig die etwa einhundert Kinder beruhigten, indem sie abwechselnd die Geschichte von Jesus und den Aposteln im Boot erzählten. Die nuschelige Stimme Gottfrieds und die tiefe des Kaisers hätten keinen stärkeren Kontrast bilden können, dennoch hatten sie die Kinder nach und nach in ihren Bann gezogen. Einer der Kleinen hielt sogar den Mantelzipfel des Kaisers fest und starrte den Herrn des Heiligen Römischen Reichs mit offenem Mund und laufender Nase an. Etwa ein Dutzend Frauen unterschiedlichen Alters, die mit den Kindern gekommen waren, knieten hinter der auf dem Boden sitzenden Schar und beteten.

Baldmar Hartrad hatte die Kinder und Frauen in den Schutz dieses Ortes geführt. Sie hätten eigentlich den Kaiser und den

Stiftspropst während der Prozession begleiten sollen; sie waren Baldmar Hartrad zum Dom gefolgt, wo dieser sie in einer Gasse zurückgelassen hatte, als er das Gekreisch wegen des Rattenangriffs vernommen hatte. Der Stadtrat war alleine vorgelaufen, um nachzusehen, was los war, und war dabei in die Windhose geraten. Nachdem Hilpolt ihm aufgeholfen hatte und ihn über die Lage informiert hatte, war Baldmar zurückgehastet und hatte seine Schützlinge zum Dom gelotst. Sie hatten ihn erreicht, als der Staubsturm losschlug, und waren völlig kopflos, verängstigt und weinend ins Kirchenschiff gestürmt oder vielmehr geweht worden, zusammen mit Sandschleiern und Staubfahnen, gegen die Baldmar, Hilpolt und zwei Diakone sich mit aller Kraft hatten stemmen müssen, um die Portale zu schließen. Diesmal hatten weder der Kaiser noch der Stiftspropst dagegen Einspruch erhoben. Der Staubsturm hatte das Sonnenlicht ausgelöscht und das Innere des Doms in eine dunkle Höhle verwandelt, in der die Kinder vor Angst heulten. Die schweren Flügel des Portals hatten gerappelt, als würde sich draußen ein riesiges Ungeheuer dagegenwerfen, und die Riegel hatten geknarrt, als wollten sie zerspringen. Bis der Stiftspropst und der Kaiser Ordnung in das Chaos gebracht hatten – Hilpolt musste zugeben, dass seine gebrüllten Befehle rein gar nichts bewirkt hatten –, hatte Baldmar Hartrad atemlos und mit vor Schreck geweiteten Augen berichtet, dass er mit einer Stiftung ein ziviles Findelhaus unterhielt und dass die Kinder aus dieser Einrichtung stammten.

»Ich hab das vor Jahren in Florenz gesehen«, hatte er hervorgestoßen, »und für ein gutes Werk gehalten, gottesfürchtig, versteht Ihr. Als Kaufmann begeht man täglich so viele Sünden, dass man ein Gleichgewicht schaffen muss. Wer weiß schon, wie viele Tagelöhner mit ihren Familien auf der Straße landen, nur weil man einen Geschäftskonkurrenten ruiniert. Heilige Mutter Gottes, was passiert hier? Glaubt Ihr, dass der Jüngste Tag gekommen ist …?«

Hilpolt hatte nicht geantwortet, während er durch die finstere Kirche gestapft war, den schmalen Stadtrat hinter sich herziehend wie ein großes Schiff eine kleine Barkasse, und besorgt die Sandansammlungen inspiziert hatte, die sich unter den Kirchenfenstern und in einigen Ecken gebildet hatten.

»Ich wollte, dass die Findelkinder an der Prozession teilnehmen«, hatte Baldmar wie unter Schock weitergeredet, »damit den Franchenfurtern klar wird, wie viele dieser armen Kreaturen es gibt, und damit weitere Stiftungen erwachsen, und auch, weil doch die Fürsorge für die Findelkinder eine der heiligen Pflichten von Kaiser und König sind ...«

»Ja, ja«, hatte Hilpolt geknurrt und das große Kruzifix über dem Altar gemustert, das in der Dunkelheit kaum auszumachen war. Es schwang knarzend hin und her, wie ein gespenstischer Schatten, in Gang gesetzt von dem unfühlbar sich unter der Wucht des Sturms windenden Kirchenbau. Die Talglichter, die die Ministranten auf Geheiß Gottfrieds entzündet hatten, flackerten in den Luftzügen, die die Kirche durchwehten. Von den Fenstern rieselte der Sand herunter wie die Schlieren eines Regenschauers. Manchmal klang das unmelodisch erstickte Geläut einer Kirchenglocke, die von den Böen und dem Schwanken des Turms ebenfalls in Bewegung geraten war, durch das Prasseln hindurch.

Schließlich hatte sich Hilpolt zum Altar gesetzt und darauf gewartet, dass er wieder etwas tun konnte. Er hatte geahnt, dass keine Ruhe einkehren würde, solange er durch die Düsternis strich wie ein Raubtier im Käfig. Baldmar Hartrad kniete abseits und schien zu beten.

Kaiser Ludwig und Gottfried von Eppstein wandten sich nun von den Kindern ab und traten zu Hilpolt. Die Pflegerinnen des Findelhauses versammelten ihre Schützlinge um sich. Hilpolt kam auf die Beine und trat an Kaiser Ludwig heran. Nach einigen Anläufen begannen die Findelkinder zu singen. Die vom Weinen und von der überstandenen Angst belegten Kinderstimmen klangen falsch und doch zugleich irgendwie ermutigend.

Trotzig, dachte Hilpolt. Trotz war eine Eigenschaft, die ihm sympathisch war.

»Es lässt nach«, sagte Gottfried von Eppstein.

Hilpolt nickte. »Jeder Sturm lässt einmal nach.«

»Gut«, sagte der Kaiser. Er winkte Baldmar Hartrad heran, der zu beten aufgehört hatte und sich respektvoll abseits hielt. Als der Kaufmann herankam, legte der Kaiser ihm die Hand auf die Schulter. Baldmar straffte sich unwillkürlich, neue Zuversicht erhellte sein Gesicht.

Der Kaiser wandte sich an Hilpolt: »Sind Eure Männer noch auf dem Posten, mein Freund?«

Hilpolt zögerte keine Sekunde. »Selbstverständlich, Euer Majestät. Vielleicht stehen sie bis zum Bauch in Sandverwehungen, aber sie *stehen*.«

»Sehr gut. Dann können wir die Prozession doch noch beginnen.«

Gottfried begann zu strahlen, während Hilpolt meinte, sich verhört zu haben. Gerade noch hatte er darüber nachgegrübelt, ob das kaiserliche Schiff beschädigt worden war und wie man schnellstens all den angewehten Sand und Staub herunterkehren konnte, damit es wieder flott wurde – und damit er den Kaiser schnellstmöglich von hier wegbringen konnte!

»Die Prozession? Mit wem, Euer Majestät?«, fragte er, weil es ihm in seiner momentanen Fassungslosigkeit als das beste Argument erschien. »Die Franchenfurter haben sich in ihre Häuser verkrochen!«

»Sie werden hervorkommen, wenn sie hören und sehen, wie wir singend durch die Gassen ziehen und uns für das Ende dieses erschreckenden Phänomens bei Gott dem Herrn bedanken!«, erklärte Gottfried begeistert. »Die Kinderstimmen werden sie herauslocken!«

»Ich dachte eigentlich, die Kinder wieder zurück ins Findelhaus zu führen, sobald es sicher genug ist«, wandte Baldmar Hartrad ein. »Ich habe ohnehin ein schlechtes Gefühl, weil ich sie der Gefahr ausgesetzt habe.«

»Aber die Gefahr ist jetzt vorüber, Herr Hartrad!«, rief Gottfried. »Und was sollte ihnen zustoßen in Gegenwart Seiner Majestät des Kaisers und bei einem Anlass, der Gottes Gefallen finden wird, weil er für die Versöhnung zwischen dem Schwert und dem Glauben steht? Die Kinderstimmen werden die gute Absicht in die Ohren der Engel und bis nach Avignon tragen!«

»Ich habe die Verantwortung für die armen Seelen übernommen.«

»Und ich für den Kaiser«, brummte Hilpolt.

Kaiser Ludwig lächelte. »Im Unterschied zu den Kindern kann ich die Verantwortung für mich selbst tragen, mein lieber Capitaneus. Und Ihr, Freund Baldmar: Euer Verantwortungsbewusstsein ehrt Euch ebenso sehr wie die Stiftung, die Ihr zum Wohl der Kinder ins Leben gerufen habt. Ich werde Euch zu nichts zwingen. Ich jedenfalls werde mit Hochwürden Gottfried die Prozession durch die Gassen führen und dann der Messe auf der Brücke beiwohnen. Es würde mich freuen, dabei die Hände von zweien Eurer Findelkinder zu halten, aber ich mache Euch keinerlei Vorschriften. Entscheidet nach Eurem eigenen Gewissen.«

Baldmar wand sich, sichtlich hin- und hergerissen zwischen dem Bedürfnis, den Wunsch des Kaisers zu erfüllen – und damit gleichzeitig ein Zeichen für alle Franchenfurter zu setzen, dass seine sicherlich von manchen Zunftkollegen stirnrunzelnd betrachtete Tat der Nächstenliebe Ludwigs Beifall fand – und seiner Verantwortung für die Findelkinder.

»Euer Majestät, ich spreche mich ausdrücklich gegen die Prozession, gegen die Messe auf der Brücke und gegen alles andere aus, was Euer Majestät noch länger als nötig hier in Franchenfurt festhält«, sagte Hilpolt, wissend, dass er genauso gut gegen eine Wand hätte reden können.

»Wie kann ich Euch Eure Fürsorge und Treue jemals entgelten, mein Lieber?«, fragte Ludwig und lächelte Hilpolt an.

Indem du auf mich hörst und mir ermöglichst, dich am Leben zu halten, erwiderte Hilpolt in Gedanken. Laut sagte er nichts. Er beobachtete Baldmar Hartrad, dessen Blicke von den Kindern zu Kaiser Ludwig und zurück zuckten und über dessen Gesicht sich die Gefühle jagten. Seine Schultern sanken herab. Er ahnte, dass erneut niemand auf seine Argumente hören würde.

Einer der Diakone öffnete ungefragt einen Flügel des Kirchenportals. Das düstere Licht draußen schien in der Dunkelheit des Kirchenschiffs geradezu taghell. Staubschleier wirbelten herein, der plötzliche Luftzug löschte die Hälfte der Kerzen aus, der Torflügel wurde dem jungen Mann fast aus der Hand gerissen. Aber der Diakon hielt ihn fest und rief: »Der Sturm hat nachgelassen. Und es beginnt zu regnen.«

27.

Philippa spähte immer noch zu den Gardisten und Albrecht und seiner Miliz beim Sassenhusener Torturm hinüber. Sie spürte, wie Christian sich neben sie schob und ebenfalls spähte.

»Wir brauchen ein Boot!«, sagte er »Schnell, bevor die Luft so klar ist, dass uns der Staub keine Deckung mehr gibt.« Sein Gesicht wurde noch finsterer. »Und bevor das Unwetter, das den Staubsturm vor sich hergetrieben hat, losbricht.«

»Die Brücke …«

»Du hast doch gesehen, dass die Brücke abgeriegelt ist.«

»Christian, dort sind doch auch kaiserliche Gardisten. Du brauchst dich ihnen nur zu erkennen zu geben.«

»Ich gehe jede Wette ein, dass Bernhard sie schon auf seine Seite gebracht hat.«

»Dann lass dich festnehmen und zum Kaiser bringen! Wenn du sein heimlicher Schutzengel bist, wird sich alles aufklären.«

»Nein! Meine Aufgabe ist, den Kaiser zu retten. Ich kann nicht warten, bis ich vielleicht irgendwann zu ihm gebracht werde!«

»Aber wenn sie dich vor ihn bringen, bist du doch in seiner Nähe …«

»Falls sie mich nicht in der Wachstube anketten oder mir die Kehle durchschneiden. Ich kann es nicht riskieren, Philippa! Wir brauchen ein Boot!«

Warum weigerte er sich, den in Philippas Augen guten Rat anzunehmen? Und warum war er nicht selbst darauf gekommen? Hätte er nicht schon in der Deutschordenskommende alle Missverständnisse auflösen können, wenn er mit dem Komtur gesprochen hätte, statt aus der Festung der Ordensritter zu fliehen? Was waren Christians Beweggründe? Lag es daran, dass sein Kampf auch eine Familienangelegenheit war, zwischen ihm und seinem Halbbruder, den beiden letzten der Askanier? Oder, dachte sie mit einem leisen Schaudern, lag es daran, dass er log? So wie er argumentierte, würde doch auch der Meuchelmörder argumentieren. Oder nicht? Philippa fühlte sich innerlich ganz zerissen von Zweifeln.

»Vater und die anderen sind mit allen Booten weg!«, hörte sie sich sagen.

»Was ist mit deinem Boot? Mit dem du gestern auf dem Meyn unterwegs warst?«

»Das müsste noch da sein«, sagte sie und wünschte sich auf einmal, dass Rupprecht auch ihre kleine Nussschale mitgenommen hätte.

Immer mehr Regentropfen fielen jetzt vom Himmel. Es schien, als ob mit jedem von ihnen ein Teil der Hitze aus der Luft gesogen würde. Philippa fühlte es mit jedem Atemzug kühler werden. Der Wind war in den letzten Augenblicken schwächer geworden, das Peitschen des Staubes war nur noch unangenehm, nicht mehr schmerzhaft. Schon begann der Sand, sich in Ecken und an Häuserwänden in Haufen zu sammeln, ohne ständig neu aufgewirbelt zu werden. Die Sicht würde bald besser werden. Wenn sie über den Meyn setzen wollten, ohne dass sie von der Brücke aus gesehen wurden, mussten sie sich beeilen.

Philippa huschte hinter Christian her, der sich dicht an die Hausfassaden hielt. Er eilte die Brückengasse hinauf, bis der Torturm so weit hinter ihnen lag, dass er nichts weiter als ein Schemen im dumpfen Glühen des Lichts darstellte. Christian spähte nach links und rechts in die Ungewissheit, dann deutete er über die Quergasse hinweg auf eine vage sichtbare Gassenmündung gegenüber.

»Diesen Weg sind wir vorhin entlanggelaufen, während des Heuschreckenschwarms, oder? Er führt zu deinem Haus und zu dem Tor, das zum Fähranleger hinausgeht.«

Philippa nickte widerwillig. »Es ist die Dreikönigsgasse, die zum Fischertor führt. Christian, du solltest dich wirklich ...«

»Komm mit.«

Er nahm sie wieder an der Hand und huschte mit ihr über die Gasse, aber diesmal sträubte sich Philippa innerlich gegen seinen Händedruck. Ein kalter Windstoß traf sie im Rücken, als sie neben Christian den Weg entlanghastete. Erneut wirbelte Staub auf, und sie begann zu husten. Die Regentropfen, die ihre Haut trafen, waren ebenfalls eiskalt.

Das Fischertor war nur mit zwei Sassenhusener Stadtwächtern besetzt, die Philippa und Christian mit weit aufgerissenen Augen anstarrten. Philippa kannte beide vom Sehen, sie taten fast ausschließlich hier Dienst.

»Was treibt ihr euch hier draußen herum?«, fragte der eine, aber es klang nicht verärgert, sondern eher ängstlich und besorgt. »Man könnte fast meinen, die Welt geht unter.«

»Wir wollen ...«, begann Philippa, bevor Christian ihr das Wort abschnitt.

»... nach den Booten sehen«, sagte er rasch. Sie spürte seinen Händedruck fester werden, fast schmerzhaft. Es war eine Warnung, seiner Lüge nicht zu widersprechen.

Die Wächter starrten erst auf die ineinander verschränkten Hände und dann auf das Schwert in Christians anderer Hand. Christian reichte es einem der beiden. »Hier, das lag mitten auf der Gasse. Jemand muss es eilig gehabt und es verloren haben.« Er zog sich den Mundschutz herunter und grinste. »*Sehr* eilig, wenn er gleich sein Schwert verliert. Bewahrt es auf, der Gravur im Knauf nach gehört es einem der Deutschherrn.«

Die Wachen grinsten ebenfalls. Zwischen den Zeilen hatte Christian ihnen zu verstehen gegeben, dass einer der Deutschritter durch den Staubsturm so in Panik geraten sein musste, dass er auf der Flucht seine Waffe verloren hatte. Die eingebildeten

Kerle, was? Wenn unsereinem das passieren würde, so schnell davonzurennen, dass uns das Schwert aus dem Gürtel fällt, haha!

Sichtlich belustigt nahm einer der Wächter das Schwert entgegen. »Wir werden's zurückgeben, wenn danach gefragt wird«, meinte er mit einem maliziösen Lächeln. Er sah noch einmal auf ihre verschränkten Hände und zwinkerte Philippa freundlich zu.

Sollte sie rufen: Ihr zieht die falschen Schlüsse! Eigentlich bin ich seine Gefangene?

Sie holte Luft, atmete Staub ein und beugte sich hustend nach vorn. Der Augenblick war vorüber. *War* sie Christians Gefangene? Was würde er tun, wenn sie sich einfach weigerte, weiter mitzukommen?

Die Wächter stemmten die Mannpforte auf. Eine Sandwehe, die sich davor abgesetzt hatte, behinderte sie, deshalb schoben sie die Pforte nur so weit auf, dass Philippa und Christian eben hindurchschlüpfen konnten. Ein kurzer Hohlweg führte vom Fischertor zum Meyn hinunter. Der Regen fiel weiter in einzelnen schweren Tropfen, die in den Sand auf dem Boden kleine dunkle Krater schlugen. Der Wind blies nicht mehr stetig, sondern in Böen, die Philippa erschauern ließen.

War es ein gutes Zeichen, dass Christian das Schwert abgegeben hatte? Sie wusste, dass die beiden Wachen keine Chance gegen ihn gehabt hätten, wenn sie versucht hätten, es ihm mit Gewalt wegzunehmen. Konnte sie daraus schließen, dass er die Wahrheit sagte? Oder hatte er die Wachen nur deshalb geschont, weil etwaige Verfolger ihnen noch schneller auf die Spur gekommen wären, wenn sie beim Fischertor zwei bewusstlose Wächter gefunden hätten?

Christian rannte die Böschung hoch und zog Philippa mit sich hinauf, dann ließ er ihre Hand los, um auf der anderen Seite hinunterzulaufen. Sie gelangten an den kurzen Kiesstrand, an dem an normalen Tagen immer die Fährboote lagen. Philippa sah den Meyn durch das immer lichter werdende Glühen. Sie blieb unwillkürlich stehen.

»Beeil dich!«, rief Christian und eilte zu ihr zurück. Erneut griff er nach ihrer Hand.

Philippa schüttelte den Kopf. »O Gott«, flüsterte sie.

Der Fluss, der immer ihr Freund, ihr Vertrauter, ihre Heimat gewesen war, hatte sich in ein Monster verwandelt. Das Wasser war rotbraun, als wäre es von Hunderttausend Litern Blut besudelt. Es schäumte und spritzte auf, als würden die Wellen versuchen, sich gegenseitig zu überholen, es wirbelte und tobte. Treibgut schwamm darin, Stämme bäumten sich auf, halbe Bäume, an deren Ästen noch Blätter hingen, drehten sich in Strudeln und rollten in der Strömung. Der Kiesstrand war fast zur Gänze überflutet. Rechter Hand lag das Badehaus, auf Stelzen hatte man es in den sonst immer friedlichen Fluss gebaut. Noch während Philippa es anstarrte, erzitterte es plötzlich, ein Teil davon knickte ein, Gischt spritzte auf, dann brachen eine Wand und das Dach ab und rutschten in den Fluss, während ein gigantischer Baum, den die Strömung angetrieben hatte, sich über die Trümmer wälzte. Philippa hielt sich eine Hand vor den Mund. Sie merkte nicht, dass Tränen des Entsetzens in ihren Augen standen.

Christian schnaubte, dann zerrte er sie mit sich. Sie folgte ihm, ohne darauf zu achten, wohin sie ihre Füße setzte. Ihr Blick war auf den Meyn gerichtet, den Fluss, den sie nicht wiedererkannte. Das gegenüberliegende Ufer war nicht zu sehen, das Toben des Wassers verlor sich in der Düsternis des noch immer herabsinkenden Staubs. Es sah aus, als gäbe es das gegenüberliegende Ufer gar nicht mehr, als sei Franchenfurt verschwunden, ausgelöscht von diesem zu wildem Leben erwachten Fluss, ertränkt, zermalmt, fortgeschwemmt. Philippa fühlte, wie ihr schwindlig wurde, wie sich in ihrem Inneren ein Loch auftat und dann mit Furcht erfüllte, Furcht vor dem Fluss, den sie seit ihrer Kindheit kannte und stets geliebt hatte.

Es kam ihr so vor, als würden ihre Empfindungen zu Christian eine ähnliche Entwicklung nehmen: Ihre anfängliche Faszination wich allmählich einer diffusen Entfremdung und Scheu.

Das kleine Bootshäuschen stand bereits an den Rändern im Wasser, das sich an seinen Seiten brach, aufspritzte und die ganze niedrige Konstruktion zum Wackeln brachte. Dahinter ragte die Brücke auf, an schönen Tagen wie zum Greifen nahe, jetzt noch immer nicht mehr als ein Schatten, der über dem Fluss lag und sich im Ungewissen verlor. Vorher hatten das Pfeifen der Windböen und das laute Prasseln des Sands gegen die Stadtmauer alle Geräusche beherrscht. Jetzt war es das Röhren des Flusses, der gegen die Brücke brandete.

Christian watete ohne zu zögern auf der strömungsabgewandten Seite in das Wasser hinein. Philippa folgte ihm und keuchte, als sie dessen Eiseskälte spürte. Es ging ihnen bis zu den Knien.

»Gib mir den Schlüssel!«, befahl Christian, der das Schloss der Kette ergriffen hatte. Philippa leistete keinen Widerstand. Christian schloss die Kette auf und ließ sie einfach fallen. Dann zog er die Türen auf. Die stromabwärts gewandte Tür wurde sofort aus den Angeln gerissen und trieb davon. Philippa griff ohne nachzudenken danach und verfehlte sie. Als sie aufblickte, sah sie in Christians Gesicht. Das aufspritzende Wasser hatte ihn bereits völlig durchnässt, sein Haar hing ihm wild in die Augen. Seine Miene verzog sich, als ob die Beschädigung des Bootshauses ihm plötzlich klargemacht hätte, wie er sich benahm.

»Bernhard und ich haben verschiedene Mütter, aber wir sind zusammen erzogen und ausgebildet worden und sind auch gemeinsam in den Deutschen Orden eingetreten«, erklärte Christian und musste gegen das Toben des Flusses anschreien. »Wir verpflichteten uns dem Kaiser. *Ich* fühle mich ihm immer noch verpflichtet. Aber Bernhards Treue gilt mehr dem Namen unseres Hauses. Ihm ist es wichtig, dass er die Zeit überdauert. Für Bernhard veränderte sich alles, als der Kaiser nach dem Tod unseres Vaters unser Lehen an seinen Sohn übergab. Der Kaiser hatte alles Recht dazu, doch Bernhard hat es immer als Unrecht empfunden. Er verließ den Orden. Ich sah ihn lange Zeit nicht wieder – eine Zeit, in der ich den Schwur ablegte, einer von Kaiser Ludwigs geheimen Schutzengeln zu werden.« Christian berührte die Narbe unter seinem Ohr. »Im Januar diesen Jahres erhielt ich endlich eine Nachricht von Bernhard. Er bat mich, ihn in Prag zu treffen. Dort teilte er mir mit, dass sich Karl von Luxemburg erboten habe, für die Wiederauferstehung unseres Geschlechts zu sorgen. Er würde ihm und mir die alten Besitzungen zurückgeben und uns als Herzöge einsetzen. Die Askanier würden damit zurückkehren! Verjüngt, neu, kraftvoll ... besser als je zuvor.«

»Was wollte Karl von Luxemburg dafür?«, fragte Philippa.

Sie sah den Schatten eines bösen Lächelns über Christians Züge huschen, bevor er antwortete. »Wir sollten dafür sorgen, dass Kaiser Ludwig einem Anschlag zum Opfer fallen würde. Ich weigerte mich und erklärte, dass ich dem Kaiser von diesem Komplott berichten würde. Bernhard versuchte mich gefangenzunehmen, aber ich konnte fliehen. Es gelang mir, eine kurze Warnung an Kaiser Ludwig abzusenden und ihm mitzuteilen, dass ich ihn hier in Franchenfurt aufsuchen würde, sobald ich genügend Beweise für die Pläne gesammelt hätte – nicht nur die Aussage meines Halbbruders, für die ich nicht einmal Zeugen hatte. Wozu glaubst du dient dieser heimliche Reichstag hier in Wahrheit? Um diese Beweise den Kurfürsten vorzulegen und ein für alle Mal mit dem schmutzigen Spiel Schluss zu machen, das Karl von Luxemburg betreibt! Wenn seine Mordpläne offensichtlich werden, erlischt jede Sympathie, die die Kurfürsten vielleicht für ihn hegen, und die Kaiserkrone ist wieder sicher.«

Christian bückte sich und zerrte das Boot aus dem Schuppen. Als er einen Schritt rückwärtsgehen wollte, stolperte er auf dem unebenen Kiesuntergrund und stürzte ins Wasser. Das Boot trieb nun ganz heraus und wendete sich sofort in den Strom. Philippa, in der Strömung bedeutend sicherer als Christian, setzte sofort nach, um den Kahn aufzuhalten, aber auch sie stolperte ins Wasser, als die Strömung ihr die Füße wegzog. Prustend tauchte sie ein paar Meter weiter flussabwärts wieder auf, das Tau des Boots fest in der Hand. Sie trieb noch ein paar Schritte weiter, bis ihre

Füße auf dem Kiesboden wieder Halt fanden und sie sich aufrichten konnte. Christian platschte heran und half ihr, das Boot zum Bootsschuppen zurückzuziehen, wo die wilde Unterströmung des Flusses gebrochen wurde.

Philippa begann mit den Zähnen zu klappern. Das Wasser war so kalt, als käme es aus den höchsten Höhen des Himmels und sei kurz zuvor noch Eis gewesen. An der Art und Weise, wie der Bootschuppen wackelte und die Wellen sich an ihm brachen, erkannte sie, dass der Pegel noch weiter gestiegen war.

Hatte sie das Richtige getan? Hätte sie das Boot nicht vielmehr treiben lassen sollen, um zu verhindern, dass Christian auf die andere Seite gelangte? Zitternd musterte sie den Fluss. Erst in diesem Moment wurde ihr wirklich bewusst, was es bedeutete, mit dem Boot überzusetzen.

Es bedeutete, auf diesen kochenden, strudelnden Mahlstrom hinauszurudern, von dem Philippa geglaubt hatte, sie kenne ihn so wie gut wie kein zweiter. Ihre Zähne begannen noch stärker zu klappern, aber jetzt mischte sich Entsetzen in ihr Frieren. Die Furcht, die sie vorhin vor dem Fluss empfunden hatte, kam erneut und presste ihr Herz zusammen.

Ich kann das nicht, wollte sie sagen. Ich kann nicht auf den Fluss hinaus. O Gott, dachte sie dann. Der Fluss war mein *Leben*!

Christian beugte sich triefend in das Boot und griff nach den Rudern. »Bernhard stöberte mich viel zu schnell auf. Ich versuchte aus Prag zu fliehen. Aber dann ...«

Er hielt inne, und sein Gesicht verzerrte sich. Als er den Blick auf Philippa richtete, konnte sie den Horror, der die zurückgekehrte Erinnerung begleitete, in seinen Augen lesen. Sie schluckte.

»Ich habe das alles schon einmal erlebt, Philippa! Ich habe gesehen, wie die Moldau über Prag hergefallen ist und Hunderte von Menschen in den Tod gerissen hat. Ich war einer dieser Menschen, aber mich hat der Tod noch einmal laufen lassen. Philippa, ich muss so schnell wie möglich zu Kaiser Ludwig! Nicht nur, um ihn vor Bernhard zu schützen, sondern auch, um zu verhindern, dass er sich den Plänen Gottfried von Eppsteins anschließt. Der Stiftspropst meint es gut, aber er hat keine Ahnung, was auf uns zukommt, wenn das Wasser weiter so ansteigt. Was er vorhat, wird den Kaiser töten und alle, die bei ihm sind!«

Philippa starrte ihn an. Sie schüttelte den Kopf. »Der Fluss ...«

»Bring mich hinüber, Philippa! Ich habe keine Ahnung, was ich mit einem Boot anstellen soll bei diesem Wellengang!«

Philippa spürte, wie es sie schüttelte. Sie versuchte, die Angst zu bekämpfen, aber sie hatte Besitz von ihr ergriffen. Fast sank sie gegen Christian. »Ich kann nicht«, stieß sie fast flehentlich hervor.

Ohne ihren Einwand zu beachten, hob Christian sie hoch und setzte sie in das Boot. Im nächsten Moment lag er selbst darin, brachte die kleine Nussschale zum Schaukeln. Das Boot trieb vom Ufer weg, die Strömung erfasste es, drehte es um sich selbst, ließ es tanzen und bocken. Philippa klammerte sich am Dollbord fest. Christian, der in dem Wasser lag, das in der Bilge schwappte, warf sich herum und starrte sie an. Er war blass geworden, aber seine Augen funkelten.

»Rudere!«, brüllte er. »Du musst rudern, oder wir gehen gemeinsam unter!«

Das Boot drehte sich rasend schnell um sich selbst. Schon passierten sie den Turm des Fischertors, noch immer so nahe am Ufer, dass in einem friedlichen Gewässer zwei, drei Ruderschläge genügt hätten, sie an Land zu bringen. Ein paar Gestalten zeigten sich plötzlich auf der Böschung, winkten, schrien. Philippa hörte den Knall nicht, aber sie spürte den Aufschlag. Christian rappelte sich auf und fasste über die Bordwand, brach einen Armbrustbolzen ab, der den Rumpf getroffen hatte. Weitere Armbrustbolzen sirrten an ihnen vorbei. Sie sah einen hünenhaften Mann auf der Böschung, der fäusteschüttelnd hinter dem Boot herbrüllte, ohne dass sie seine Worte hören oder seine Gesichtszüge hätte sehen können. Sie wusste auch so, wer er war: Albrecht. Ihr Verlobter hatte offensichtlich den Weg zum Fischertor gefunden und musste dort gehört haben, dass Philippa mit einem Mann hinausgelaufen war – einem Mann, dessen Hand sie gehalten hatte. Sie konnte den eifersüchtigen Hass, den Albrecht spüren musste, in seinen Bewegungen erkennen.

Ein Armbrustbolzen blieb eine Handbreit neben ihrem Bein auf der Innenseite des gegenüberliegenden Dollbords stecken.

Das Boot drehte sich erneut um seine Längsachse.

Die Männer am Ufer rannten nun mit dem Boot mit, begleiteten es. Immer wieder blieb einer zurück, um den Fuß in den Bügel zu stemmen und seine Armbrust zu spannen, bevor er aufschloss. Doch die Geschosse verfehlten sie.

»Es liegt jetzt an dir«, sagte Christian ganz ruhig. Er hielt immer noch den abgebrochenen Armbrustbolzen in der Hand.

Nicht wissend, welche Furcht am größten war – die vor dem Fluss, die vor den Männern am Ufer oder die, eine falsche Entscheidung zu treffen –, legte Philippa die Riemen ein und begann, gegen den Fluss zu kämpfen.

28.

Sie hatten nur eine Chance – den schäumenden Meyn schräg gegen die Fließrichtung zu überqueren, so dass die Strömung sie in das Hafenbecken vor dem Saalhof spülte. Die Mole würde die Gewalt des Wassers brechen und es außen herumleiten. Gerieten sie jedoch in den dadurch verursachten Strudel, würde der tobende Fluss sie am Hafen vorbeitragen und erst Hunderte von Schritten später in die Nähe des Ufers führen, irgendwo jenseits des Galgenfelds. Kurz dachte Philippa an ihren Vater und die anderen Bootsführer, die sich wahrscheinlich bei Gelsterbach versammelt hatten. Der Staubsturm musste auch dort getobt haben, und dass sich der Fluss in ein Monster verwandelt hatte, mussten sie ebenfalls bemerkt haben. Was taten die Männer wohl im Augenblick? Versuchten Sie nach Franchenfurt zurückzukehren, um ihrer Stadt beizustehen? Philippa ertappte sich bei dem innigen Wunsch, die grimmige Entschlossenheit ihres Vaters an ihrer Seite zu spüren.

Das Boot tanzte auf den Wellen, dass es einem den Magen hob. Philippa stemmte sich in die Riemen. Es kam nicht darauf an, blindlings gegen die Strömung zu kämpfen, sondern zu spüren, wo Strudel und Kehrwasser den Druck gegen den Bug verminderten und es ihr ermöglichten, ein, zwei Bootslängen gutzumachen. Die vielen Windungen des Meyn verhinderten, dass der Fluss allzu rasend floss. Zu ihrer Erleichterung bemerkte sie, dass es auch jetzt noch durchaus möglich war, gegen den Strom zu rudern. Aber sein Schäumen und seine Wildheit, nicht zuletzt hervorgerufen durch die Brückenpfeiler, die ihn aufrührten, und das rollende und stampfende Treibgut machten es schwierig, ihn zu spüren.

Zäh kamen sie voran, aber sie kamen voran. Das Franchenfurter Ufer war nun schemenhaft sichtbar, während sich die Sassenhusener Seite immer mehr entfernte; Philippa hatte das Boot schon weit in den Fluss hineingetrieben. Albrecht und seine Männer waren verschwunden. Der Fluss hatte nun schon den Kiesstrand mit ihrem Bootshaus darauf geschluckt und gischtete an der Mauer in die Höhe. Die Gärten, die am Fuß der Mauer angelegt worden waren, waren dem Wasser zum Opfer gefallen, der rotbraune Schaum spritzte auf und durchnässte die Mauer bereits bis zur halben Höhe. Noch nie zu Philippas Lebzeiten war der Meyn so hoch gestanden. Sie erkannte jetzt, dass sie gut daran getan hatte, das Boot weiter in den Fluss hinauszutreiben: Auf der flacheren Seite nahe der Sassenhusener Mauer strudelte der Meyn besonders schnell, nicht zuletzt durch die Kanalwirkung der Brückenbogen. Halb entastete Baumstämme erhoben sich aus dem Wasser, wenn sie sich in den Flussboden bohrten, richteten sich auf und fielen wieder zurück, Schlamm und Wasser aufwühlend, wurden weitergetragen. Der Regen hatte jetzt heftiger eingesetzt und begann den letzten Staub aus der Luft zu waschen. Auf der Mauerkrone Sassenhusens wurden einzelne

Menschen sichtbar, die wild gestikulierten. Meinten sie die zwei Insassen des auf den Wellen schlingernden Kahns? Philippa glaubte, Rufe zu hören.

Etwas stieß gegen das Boot und brachte es vom Kurs. Sofort fiel es eine oder zwei Rumpflängen ab. Philippa spürte, wie das Gefährt unsteuerbar wurde, als hielte sich etwas daran fest.

»Mach uns frei!«, schrie sie Christian zu und lehnte sich zur Seite, damit er an ihr vorbei in den Bug klettern konnte. Er hielt sich an ihr fest, als er es tat. In seinem Gesicht stand die gleiche Furcht, die auch sie verspürte, aber er schien sie im Griff zu haben. Auch für Philippa war die Angst mittlerweile ein Antrieb geworden, das andere Ufer zu erreichen.

Christian beugte sich über das Dollbord und griff ins Wasser, um das Hindernis loszumachen. Philippa beobachtete ihn über die Schulter, während sie mit weißen Knöcheln und blau gefrorenen Händen an den Riemen zog. Das Boot bewegte sich plötzlich leichter. Etwas trieb unter Philippas Riemen hindurch und rollte einmal herum. Ein graues Gesicht starrte mit offenem Mund und blicklosen Augen aus dem Wasser. Philippa schrie auf. Im gleichen Moment sah sie in einiger Entfernung einen Arm aus einer Treibgutansammlung ragen, die sich träge um sich selbst drehte. Nun wusste sie, weshalb die Leute auf der Mauerkrone gestikuliert hatten. Ertrunkene Menschen kamen den Fluss herunter, schwammen auf der gigantischen Welle, die den Meyn immer höher und höher steigen ließ. Wo sie herkamen, mussten bereits Tod und Vernichtung herrschen. Sie waren die Vorboten, die diese jetzt nach Franchenfurt brachten.

»Heiliger Christophorus«, keuchte Philippa, ohne sich ganz dessen bewusst zu sein. »Heiliger Christophorus.«

»Weiter!«, brüllte Christian, der im Bug geblieben war und nun mit seinen Bewegungen das Boot zum Schlingern brachte. Er war bemüht, weitere Hindernisse aus dem Weg zu räumen, noch bevor sie mit dem Boot kollidierten. Philippa versuchte sich nicht vorzustellen, was diese Hindernisse sein konnten. »Nach links, nach links!«, kommandierte er.

Philippa reagierte instinktiv und stemmte das Boot mit einem Riemenzug auf ihre rechte Seite.

»Gut! Und nochmal!«

Eine Treibgutinsel, aus der die Überreste eines geflochtenen Weidenzauns senkrecht in die Höhe ragten wie der borstige Rückenkamm eines Wassermonsters, schwamm an ihnen vorbei, dann ein fast entrindeter Baumstamm.

»Weiter, Philippa! Weiter! Es kommt nur auf dich an. Du schaffst es!«

Der Regen wurde immer dichter, aber es gab nichts mehr, was an Philippa noch mehr hätte durchnässt werden können. Über das Röhren des Flusses vernahm sie ein neues Geräusch, das über den Himmel zu rollen schien und ihren Körper vibrieren ließ: Donner.

»Weiter! Nach rechts! Und jetzt nach links!«

Die Spitze der Mole kam plötzlich in Philippas Blickfeld. Um den zwei Mann hohen gemörtelten Steinkegel, auf dessen Spitze an Nebeltagen ein Feuer brannte, um Schiffsbesatzungen das Hindernis anzuzeigen, brandete der Fluss auf. Philippa war überrascht – sie hatten den Fluss inzwischen fast überquert. Nun spürte sie den Zug, den das an der Mole vorbeirauschende Wasser verursachte, doppelt stark. Doch weil hier zugleich die Fahrrinne am tiefsten war, schien die Wasseroberfläche ruhiger. Sie hängte sich in die Riemen mit neu erwachender Kraft, die nicht nur von der Nähe des anderen Ufers kam, sondern auch, weil ihr eine Lösung ihres Dilemmas eingefallen war. Der Geistesblitz war ihr gekommen, während Christian sie angefeuert hatte.

Die Spitze der Mole war so nahe, dass Philippa einen ihrer Riemen auf den Steinkegel hätte schleudern können, aber das Boot schob sich unbeschädigt um sie herum und kam sofort in ruppiges Gewässer. Die Mole und die Hafenmauer vor dem Saalhof fingen die Strömung wie mit zwei Armen. Das Wasser, das davon zurückschlug, war wie ein flüssiger Damm, der die Wassermassen um den Hafen lenkte, aber es brodelte auch in Hunderten von kleinen und großen Strudeln und Kehrwassern, die nach Philippas Boot griffen. Die beiden Schiffe, die im Hafenbecken lagen, der Weinhändler und das kaiserliche Schiff, tanzten hin und her, ihre Masten fegten durch den Regenschauer. Am Kai rannten Matrosen und Dockarbeiter durcheinander und versuchten, die Schiffe mit zusätzlichen Tauen zu stabilisieren.

Philippa stemmte sich erneut in die Riemen, um eine Anlegestelle zu finden, an der niemand sie in Empfang nehmen konnte – auch wenn es nicht den Anschein machte, dass die Männer bei den Schiffen auf irgendetwas anderes achteten als darauf, die beiden Fahrzeuge zu vertäuen. Normalerweise lag die Wasseroberfläche des Meyn fast zwei Mannslängen tiefer als der Kai, aber jetzt schwappten hochspritzende Gischtwellen bereits über die massiven Holzbalken, die den Kai einfassten, und überspülten das Pflaster. Von der Treppe aus wuchtigen Holzbohlen, die zur Wasseroberfläche herunterführte, waren nur noch die oberen zwei oder drei Stufen sichtbar.

Mit einem letzten Ruderschlag trieb Philippa das schaukelnde Boot an die Hafenmauer heran und griff nach einem der eisernen Halteringe, die in großer Zahl links und rechts der Treppe eingemauert waren. Sie hatte das Gefühl, dass ihr der Arm halb aus dem Schultergelenk gerissen wurde, aber sie ließ nicht los. Das Heck des Boots schwang herum und knallte gegen die Treppenstufen. Philippa schwang sich heraus. Sie stand bis zu den Knien im Wasser auf einer der Holzbohlen. Das Boot hob sich, doch nun hatte sie beide Hände auf dem Dollbord und lehnte sich mit allem Gewicht nach hinten.

»Wirf die Riemen heraus!«, keuchte sie.

Christian zog die Riemen aus den Lederschlaufen und schleuderte sie an Land. Sie sah ihm ins Gesicht. Seine Augen weiteten sich, als er ihre Absicht erkannte.

»Du hast recht!«, schrie sie gegen das Toben des Wassers und das Rollen des Donners, während sie das Dollbord losließ und dem Boot mit dem darin kauernden Christian einen mächtigen Stoß versetzte. »Es kommt nur auf mich an!«

Christian warf sich nach vorn, um nach ihr zu greifen, aber es war zu spät. Das Boot glitt sofort aus dem Bereich der Treppe hinaus ins Hafenbecken und war zwei, drei Mannslängen von der Kaimauer entfernt, noch bevor Philippa ihr Gleichgewicht wiedergefunden hatte. Dieses eine Mal war er nicht schnell genug gewesen.

»Philippa!«, brüllte er. Sie konnte nicht unterscheiden, ob aus Entsetzen oder aus Wut. Im herabrauschenden Regen löste sich sein Gesicht vor ihren Augen in eine amorphe Fläche auf.

»Was ist mit der Priorin geschehen?«, brüllte sie zurück. »Die Priorin des Klosters in Egra?«

Sie hörte keine Antwort und wandte sich ab. Sie hoffte, dass er nicht kenterte. Ansonsten war er zunächst in Sicherheit – und ohne eine Möglichkeit zur Flucht. Die kleinen Kreiselströmungen im Hafenbecken würden ihn einfach treiben lassen, bis jemand das Boot in Schlepp nahm.

Philippa hatte Christian Ascanius aus dem Spiel genommen – den Spielstein, von dem sie immer noch nicht wusste, welche Rolle er spielte. Es kam nur noch auf sie an. Ihr war, als sei sie der einzige Mensch, auf dessen Motive sie sich verlassen konnte. Sie musste unbedingt selbst zu Kaiser Ludwig vordringen und ihn vor den beiden Brüdern warnen. Der Kaiser würde ihr sagen können, ob sie mit ihrem Entschluss einen Meuchelmörder unschädlich gemacht oder einen Schutzengel verraten hatte. Sie wusste es nicht mehr.

Sie rannte über den Kai und durch die Leonhardspforte in die Stadt hinein. Einer von den Torwächtern versuchte halbherzig, sich ihr in den Weg zu stellen, aber er war zu langsam und folgte ihr nicht in den prasselnden Regen hinaus. Sie lief die Sankt-Georgs-Gasse entlang in Richtung Schiedsgasse, hoffend darauf, dass eine gewesene Freundin noch immer eine Verbündete sein würde. Die vertrauten Gebäude links und rechts der Gasse verschwammen im Regen, der ihr ins Gesicht peitschte, und den Tränen, die aus ihren Augen liefen.

29.

Fassungslos wurde Hilpolt Meester Zeuge, wie die Prozession sich völlig durchnässt vorwärtskämpfte. Der Wind schien aus allen Richtungen zugleich zu kommen und ließ den Mantel des Kaisers schlagen wie Vogelflügel. Der hagere Ludwig taumelte; der Mantel war mit Wasser vollgesogen und schwer, dennoch blähten ihn die Böen. Es schien, als müsse sich Ludwig an dem Kruzifix, das der Stiftspropst auf eine andere Tragestange hatte montieren lassen, festhalten, statt es in die Höhe zu recken. Doch als Hilpolt versuchte, den Kaiser zu stützen, schüttelte der ihn ab.

Der Stiftspropst stolperte an Ludwigs anderer Seite voran und hielt das Kruzifix mit ihm hoch. Hinter ihnen folgten hundert Findelkinder mit ihren Betreuerinnen. Sie sangen, doch der Wind riss ihnen die Worte von den Lippen und der Regen ertränkte den Rest. Das Wasser lief von den Hauswänden, spritzte von den Dächern, ergoss sich in weiten Bögen von den Dachrinnen auf die Gassen. Das Mauerwerk der Häuser färbte sich dunkel. Über den Boden lief ihnen ein Sturzbach in Richtung Meyn entgegen und schwoll zum Teil knöchelhoch an. Das Wasser war braun verfärbt, teils von dem herangewehten Staub, den es mit sich führte, und teils vom Gassenboden, den es zunehmend löste. Sie stapften die Fahrgasse hinauf, an dem Häuserblock entlang, der die Judengasse von der Kannengießergasse trennte – Gottfrieds Ziel, wenn er seinem Plan folgen und den Dom umrunden wollte. Das Wasser spritzte bei ihren Schritten auf und schäumte ihnen um ihre Knöchel. Es war so kalt, dass selbst der abgehärtete Hilpolt fröstelte. Sein vor Nässe glänzendes Kettenhemd leitete die Kälte des Regens und der Windstöße durch seinen triefenden Gambeson direkt auf die Haut. Schon war es ihm schwer vorstellbar, dass er in dieser Montur am Morgen noch geschwitzt hatte.

Über ihnen rollte der Donner. Der Sturzregen hatte die Überreste des Staubsturms aus der Luft gewaschen, aber nun lag die Dunkelheit einer Unwetterwolke über Franchenfurt, die von der Erde bis in den Himmel zu reichen und das gesamte Umland zu bedecken schien. Der Donner grollte unablässig. Als Hilpolt sich umdrehte, sah er eines der Kinder stürzen und vor Angst um sich schlagen. Das Wasser, das die Gasse herabrauschte, schäumte um es herum auf. Hilpolt wollte ihm beispringen, da zerrte eine der Betreuerinnen es auf die Füße. Das Kind begann zu weinen. Einige seiner Kameraden weinten nun ebenfalls.

Hilpolt wandte sich um und begegnete dem Blick des Kaisers. »Es ist genug, Euer Majestät!«, brüllte er. »Die Prozession muss enden!«

Ludwig nickte resigniert. Er öffnete und schloss den Mund, ohne dass ein Wort herausgekommen wäre. Er sah alt und verängstigt aus.

Der Vormarsch war zum Stocken gekommen, weil der Kaiser stehengeblieben war. Gottfried von Eppstein wischte sich das Wasser aus dem Gesicht. Seine Augen waren gerötet. Hilpolt wurde klar, dass der Stiftspropst vor Frustration weinte. »Der Gottesdienst auf der Brücke!«, heulte er. »Wenigstens der Gottesdienst!«

»Ihr seid ein Narr, Hochwürden!«, schrie Hilpolt. »Bringt die Kinder zurück in den Dom! Ich sehe nach, ob ...«

Er sprach nicht weiter, weil es für einen Lidschlag lang so blendend hell um ihn herum wurde, dass er verstummte. Der Donnerschlag, der daraufhin folgte, war wie ein Schlag mit einer gewaltigen unsichtbaren Faust in den Magen. Hilpolt taumelte, der Kaiser ging auf ein Knie. Die Kinder kreischten und hielten sich die Ohren zu. Der Boden vibrierte. Hilpolt gaukelten Irrbilder vor den Augen, die ihn für einen Moment an seinem Verstand zweifeln ließen – das Gesicht des Kaisers in falschen Farben, die Umrisse der Giebel, die geduckten Gestalten der Kinder tanzten um ihn herum. Er half dem Kaiser auf die Füße. Ein zweiter Blitz folgte. Die Kinder schrien aus Leibeskräften, aber der Donner war diesmal weniger grausam.

Wir müssen in Deckung gehen, dachte Hilpolt. Dies ist wie eine Schlacht, die der Himmel gegen uns führt.

Er ignorierte den Stiftspropst und brachte seinen Mund an

Ludwigs Ohr. Beinahe zärtlich zog er den Kaiser zu sich heran. Er spürte den mageren Körper Ludwigs vor Kälte und Schock zittern. »Ich sehe nach, ob die Brücke passierbar ist!«, rief er. »Geht mit dem Stiftspropst zurück in den Dom. Meine Männer und ich holen Euch und bringen Euch in der Deutschritterkommende in Sicherheit.«

Ludwig nickte. Aus seinem Gesicht war jede Farbe gewichen. Die Anstrengung, mit der er sich zusammenriss, teilte sich Hilpolt körperlich mit.

Der Kaiser wandte sich an den Stiftspropst. »Bringen wir die Kinder in den Dom!«, schrie er. »Es tut mir leid, Hochwürden.«

Gottfrieds Miene war die eines Mannes, der zusehen muss, wie die größte Chance seines Lebens zwischen seinen Fingern zerrinnt. Hilpolt konnte nicht länger warten. Der Kaiser hatte Gottfried eine Anweisung gegeben. Auf wen, wenn nicht auf den Herrn des Heiligen Römischen Reichs, würde der Stiftspropst hören? Der Capitaneus warf sich herum und rannte die Fahrgasse hinunter in Richtung Brücke.

Um Franchenfurt herum züngelten jetzt die Blitze im Takt der Donnerschläge. In Hilpolts Augen brannten sich die grell beleuchteten Regenmassen ein, die aus dem Himmel stürzten, die Türme der Kirchen und die Wachtürme, die in den schwarzen brodelnden Himmel ragten und sich bei jedem Donner zu schütteln schienen, die Wasserfälle, die von den Dächern tosten, die Dachfirste, um die der Regen aufstob wie dichter Nebel ... Er drehte sich im Laufen um und sah, dass der Kaiser eines der Kinder trug und eines an der Hand hinter sich herzerrte. Die hundertköpfige Waisenschar torkelte ihm nach, mühsam zusammengehalten von den Betreuerinnen, die kaum weniger hysterisch wirkten als die Kinder. Gottfried von Eppstein bildete den Abschluss, das Kruzifix immer noch hoch erhoben; er lief stolpernd wie ein Schlafwandler.

Hilpolt senkte den Kopf und rannte noch schneller. Er fühlte keine Erschöpfung mehr, auch das Gewicht seiner durchnässten Kleidung und des Kettenhemds spürte er nicht. Endlich konnte er wieder etwas unternehmen – den Kaiser über die Brücke und in die Ordenskommende bringen! Er musste nur noch sicherstellen, ob die Brücke überhaupt noch gefahrlos passierbar war.

Erst als er durch den Torduchgang des Franchenfurter Brückenturms gelaufen war, ohne auf die Rufe der dort postierten Gardisten zu achten, und auf der Brücke wieder aus dem dunklen Gang herauskam, ahnte er, welche Katastrophe sich wirklich ereignete.

Die Brücke bebte und zitterte wie ein Glockenturm, in dem alle Glocken schwingen. Gischt schäumte mannshoch auf, spritzte über die Brüstung, fiel in Sturzseen auf den Brückenbelag. Der Boden bockte und ächzte. Im abgehackten Licht der Blitze sah Hilpolt den Meyn heranrollen wie ein Meer im Sturm. Brecher rollten übereinander, das Wasser brodelte, als würde es kochen, bizarre Formen von mitgerissenen Bäumen, Scheunen, Stallungen wirbelten und trudelten heran, wurden unter die Wasseroberfläche gerissen und tauchten wieder auf. Der Pegelstand musste fast die Brückenbogen erreicht haben. Wenn der Fluss noch weiter stieg, würde er mit all seiner Gewalt gegen die Längsseite der Brücke drücken. Wie lange konnte das Bauwerk das aushalten – den Druck des Wassers und den Einschlag der riesigen Trümmer, die es mit sich schwemmte?

Entsetzt sah Hilpolt eine monströse Treibgutinsel heranrauschen wie einen Rammbock. Im nächsten Moment traf sie die Brücke. Hilpolt wurde von den Füßen gerissen und duckte sich, als Holzsplitter und alle möglichen Trümmerteile von der Bugwelle über die Brücke geschwemmt, gerissen, gewirbelt wurden. Das Wasser schlug über ihm zusammen und riss ihn mit sich, schleuderte ihn gegen die Brüstung auf der stromabgewandten Seite. Er spürte, wie sich etwas in seine Tunika krallte, und wehrte sich dagegen, bis ihm klarwurde, dass es seine Gardisten waren, die ihn auf die Beine zerrten. Spuckend und hustend kam er hoch, starrte in die Augen seiner Männer, las die beginnende Panik und wusste, dass er selbst nicht besser aussah.

Über die gesamte Länge der Brücke bis zur Katharinenkapelle lagen Äste, geborstene Bretter, Teile von Zäunen verstreut. Das Wasser spritzte und gischtete auf der linken Seite hoch. Brecher, die bei einer Sturmflut über Klippen zusammenbrachen, konnten nicht wütender auf das Land einhämmern. Die linksseitige Brüstung war an mehreren Stellen eingebrochen, das Wasser rann dort in mehreren schlammigen Wasserfällen zurück in den Fluss und wurde sofort wieder nach oben gepeitscht. Rechts war die Brüstung noch intakt, aber auch dort sprudelte und schäumte das Wasser und stieg hoch, weil es unter den Brückenbogen herausschoss wie aus zu engen Kanälen. Stromabwärts bot sich ein Bild, das einen schwindlig werden ließ. Die Blitze erleuchteten eine brodelnde Ebene aus tobendem Wasser, die zwischen der Sassenhusener und der Franchenfurter Stadtmauer dahinrollte, braun und schlammig und voller dunkler Schatten. Der Kai vor dem Saalhof stand bereits unter Wasser. Hilflos und ungläubig sah Hilpolt, dass das Schiff des Kaisers von den Wellen immer wieder gegen das westliche Bollwerk der Mole geschmettert wurde. Der Weinhändler hatte sich bereits von den Tauen losgerissen, er trieb gekentert und auf der Seite liegend im ebenfalls tobenden Wasser des Hafenbeckens. Längst hatte die Flut den weitausgreifenden Arm der Mole überschwemmt oder weggerissen. Das Hafenbecken bot keinen Schutz mehr.

»Herr!«, schrie einer der Gardisten schrill und packte Hilpolt am Arm.

Hilpolt sah es auch so. Auf eine Strecke von mehreren Dutzend Mannslängen kamen plötzlich die Häuser und Städel, die an den Saalhof angebaut waren, ins Wanken. Es war, als gerieten die Bauklötze eines Kindes in Bewegung. Der Meyn musste die Kaimauer unterspült oder mit seinen Rammböcken aus Treibgut zerschmettert haben. Im tosenden Regen und zuckend erhellt neigte sich das erste Haus plötzlich nach vorn, als würde es auf seine Fassade fallen wie ein tödlich verwundeter Mann aufs Gesicht, dann sackte es zusammen und rutschte als Lawine aus Dachziegeln und Balken und berstenden Wänden in die vorbeirollende Flut. Nacheinander folgten ihm die anderen Häuser. Wasser spritzte auf, höher, als die Dachfirste der Häuser aufgeragt hatten, schlug über dem Dach des Bergfrieds zusammen, der als vorgeschobenes Bollwerk des Saalhofs im Meyn stand. Hilpolt hielt den Atem an. Wenn der Bergfried zusammenbrach, würde der Meyn den gesamten Hafen wegreißen. Doch der Bergfried stand. Das Wasser strömte in Kaskaden von seinen Flanken, alle Fensterläden waren heruntergerissen und die bronzene Wetterfahne auf seinem Dach verschwunden, doch er stand.

Dort hingegen, wo sich die Häuser befunden hatten, war jetzt eine Bresche, in die sofort die Wellen schwappten und sie noch weiter aushöhlten. Das Wasser schäumte, brach sich an den Trümmern, riss sie mit sich fort und bahnte dadurch einen Weg für die nachströmenden Fluten. Hilpolt und seine Männer taumelten, als erneut Trümmer gegen die Brücke stießen und das gesamte Bauwerk erbeben ließen.

Der Capitaneus riss sich vom Anblick der Katastrophe los. Er brauchte nicht länger zu warten, um zu wissen, dass er den Kaiser sofort über die Brücke bringen musste, wenn er noch eine Chance haben wollte.

»Die Mannschaft in der Katharinenkapelle soll sich bereitmachen, sich aufs Sassenhusener Ufer zurückzuziehen!«, brüllte er einem seiner Gardisten zu. »Bringt ihnen den Befehl und bleibt dann bei ihnen. Beide Tortürme sind ebenfalls zu räumen, sobald der Kaiser die Brücke passiert hat. Wenn das Ding einstürzt, will ich keinen der Männer darauf haben.«

»Ja, Capitaneus! Und Ihr?«

»Ich hole den Kaiser!«, brüllte Hilpolt und rannte wieder zurück nach Franchenfurt.

30.

Der Blitz war so grell und der Donnerschlag so gewaltig, dass Philippa aufschrie. Es war, als würde die Luft um sie herum erzittern, als hätte eine Faust ihr in den Leib geschlagen. Für einen Augenblick wie geblendet und nach Luft schnappend, stolperte sie weiter. Sie schrie erneut auf, als sie sich gepackt fühlte. Vor ihren Augen flackerten farbige Fehlbilder, sie konnte nicht erkennen, wer sie festhielt. Sie versuchte sich nach Kräften zu wehren, doch ihre Arme wurden ihr an den Leib gepresst.

»Beruhigt Euch!«, schrie eine kräftige Stimme sie an. »Was tut Ihr hier? Warum seid Ihr nicht in Sicherheit? Und wo ist Christian?«

Philippa wurde in die fragwürdige Deckung einer Hausfassade gezogen und an die Mauer gedrückt. Als sich die Trugbilder klärten, erkannte sie voller Schreck, dass sie in Bernhard Ascanius hineingelaufen war. Sie befanden sich an der Ecke, an der die Sankt-Georgs- auf die Schiedsgasse traf, der wuchtige Torbau der Fahrpforte und der burgartige Saalhof lagen zur Rechten. Bernhard hatte sie in die schmale Gasse gezerrt, die von der Fahrpforte aus in die Stadt führte. Der Saalhof fing einen Teil des wütend peitschenden Regens ab, aber von seinen Dächern und vom Bergfried strömten Kaskaden herunter wie Dutzende Wasserfälle. Der Donner grollte hier noch lauter und dumpfer und drehte ihr fast den Magen um.

Bernhard musterte sie, dann zog er sie zu sich heran. »Lieber Himmel, Philippa!«, sagte er. Einen Herzschlag lang ließ sie sich kraftlos vor Angst, Kälte und Erschöpfung in die Umarmung sinken, dann erwachten ihre Lebensgeister wieder, und sie stieß Christians Halbbruder zurück.

»Lasst mich in Ruhe!«, zischte sie. »Ihr seid nicht besser als Euer Bruder.«

Bernhard erwiderte nichts darauf, aber er ließ die Arme sinken und gab ihr Raum. Von seinem Gesicht lief das Wasser, seine Kleidung klebte ihm am Leib. Philippa begann zu frösteln. Sie konnte nicht verhindern, dass ihre Zähne klapperten. Sie wollte sich von der Hausmauer abstoßen und weiterlaufen, doch ihre Beine zitterten so sehr, dass sie froh war um den Halt.

»Wo ist Christian?«, fragte Bernhard ruhig. Nur seine flackernden Augen und die Hände, die er zu Fäusten ballte, verrieten seine Ungeduld.

Wie seid Ihr auf dem Mühlberg davongekommen?, wollte Philippa fragen, und: Habt Ihr Albrechts Milizkumpan den Dolch ins Hirn gerammt?

Was sie eigentlich fragen wollte, war: Seid Ihr der Mörder oder der Schutzengel des Kaisers?

Sie fragte es nicht. Erneut hörte sie die drängende Stimme Christians, die rief: Es kommt nur auf dich an!

»Ich weiß es nicht«, stieß sie hervor. »Ich bin weggelaufen.«

»Und wo wollt Ihr hin?«

»Zu Nessa Hartrad«, sagte sie, bevor sie ihre klappernden Zähne zusammenbeißen konnte, damit ihr der Rest nicht herausrutschte: Zu Nessa Hartrad und ihrem Vater, um sie um Verzeihung und Beistand zu bitten, damit ich zu Kaiser Ludwig vordringen kann! »Zu Nessa Hartrad«, sagte sie stattdessen nochmals.

»Ich bringe Euch hin.«

»Ich will Eure Hilfe nicht!«

»Los, kommt. Laufen wir. Ich weiß auch, wo das Haus liegt.«

Er umfasste ihren Oberarm und schob sie vor sich her, hinaus aus der Gassenschlucht in die Schiedsgasse hinein.

»Ich dachte, Eure Aufgabe wäre es, den Kaiser zu schützen!«, schrie Philippa über die Schulter und versuchte vergeblich, sich freizumachen.

»Wenn ich wüßte, wo er ist!«

Deshalb willst du mit zu Nessa, dachte Philippa. Weil du ahnst, was mich zu ihr treibt, und weil du hoffst, über sie und mich zum Kaiser zu gelangen.

Weil du ihn ermorden willst.

Weil du ihn vor Christian schützen willst.

Warum nur, warum hatte sie ihm ausgerechnet jetzt begegnen

müssen? Nahm er sich nur deshalb ihrer an, weil sie eine wertvolle Geisel werden konnte? Oder weil er ein aufrechter Mann und um sie besorgt war?

In diesem Augenblick bockte der Boden und warf sie beide der Länge nach in den Bach, in den die Schiedsgasse sich inzwischen verwandelt hatte. Direkt hinter ihnen ragte der Saalhof auf. Der Boden zitterte und bebte. Über das Rollen des Donners hörte Philippa ein Reißen und Krachen, das sie nicht zuordnen konnte. Der Gassenboden bebte so stark, dass das Wasser zu schäumen begann. Dann spritzte rund um den Bergfried eine Gischtfontäne auf, die höher war als sein Dach, überschüttete den Turm und fiel wieder in sich zusammen.

Bernhard zog sie in die Höhe.

»Was war das?«, keuchte sie.

»Ich fürchte, die Flut hat den Kai unterspült.«

»Dann sind das ...«

»... Häuser, die zusammengebrochen sind.«

»O Gott«, stöhnte Philippa, die daran dachte, dass sie etliche Familien kannte, die in den Häusern zwischen dem Saalhof und der Heilig-Geist-Pforte gelebt hatten. Trauer, Angst und Wut erfüllten sie. Sie starrte in das Chaos ringsherum. In die Heilig-Geist-Gasse ergoss sich auf einmal eine Sturzwelle, die Trümmerstücke mit sich führte und sofort in ihre Richtung rollte. Fachwerksbalken, Mauerteile, geborstene Möbelstücke und Treibgut, das der Fluss mitgeführt hatte, wurden abgelagert und bildeten Hindernisse, um die herum das Wasser aufspritzte. Anderes Treibgut wurde mitgerollt, durch die Gassen geschleift, wieder fortgeschwemmt.

»Verdammt!«, fluchte Bernhard und machte Anstalten, Philippa mit sich zu ziehen. Hastig sah er sich um. Es gab nur einen Weg – die Schiedsgasse hinauf zum Samstagsberg. Philippa fing an zu rennen, ohne seine Aufforderung abzuwarten. Bernhard hielt sie auf, kaum dass sie den ersten Schritt getan hatte.

Sie sah ihn die Heilig-Geist-Gasse entlangstarren. Eine Flutwelle, gespeist vom tosenden Meyn, rollte auf sie zu, aber er schien sie gar nicht richtig zu beachten. Seine ganze Aufmerksamkeit war auf eine Gruppe von Menschen gerichtet, die – kaum sichtbar im Platzregen – in diesem Moment von der Fahrgasse her auf den Platz vor dem Dom eilte. Man konnte nicht genau erkennen, wer die Leute waren. Nur ein Farbtupfer stach heraus: ein roter Mantel.

Philippa wusste im selben Moment, in dem Bernhard herumfuhr und sie zum Samstagberg zog, wessen Mantel dies war. Nur einem Mann war es erlaubt, ein so sattes Rot zu tragen. Die Flutwelle schwemmte heran und lief in die Sankt-Georgs-Gasse hinein, doch sie hatten bereits genug Höhe erklommen, um dem Ansturm des Wassers und der mitgeschwemmten Trümmer zu entkommen.

Ein Blitz schlug in den Torturm der Fahrpforte ein und sprengte einen Teil des Dachs ab. Der hölzerne Wehrgang auf seinem Mauerkranz flammte kurz auf, erlosch aber wieder; verkohlte, glimmende Balken wirbelten durch die Luft. Halb fühlte sich Philippa von Bernhard zu Boden gerissen, halb warfen der monströse Donnerschlag und der Krach des Einschlags sie der Länge nach nieder. Sie landeten in knöcheltiefem Wasser. Philippa schluckte und bekam keine Luft mehr. Bernhard rollte sich herum und zog Philippa mit sich. Dachziegel krachten dort aufspritzend auf den Boden, wo Philippa eben noch hustend und spuckend gekauert war. Sie hätten sie erschlagen, wenn Bernhard sie nicht gerettet hätte.

Der Ordensritter achtete nicht darauf. Er kam triefend aus dem Wasser hoch und zerrte Philippa auf die Beine. Seine Blicke waren auf den Domplatz gerichtet, von dem sie nur noch die zu einem reißenden Fluss gewordene Heilig-Geist-Gasse trennte. Der rote Mantel leuchtete.

»Der Kaiser!«, keuchte Bernhard. Seine Hand umklammerte Philippas Handgelenk. Er rannte mit ihr im Schlepptau um die Nordflanke der Nikolaikirche herum und in die Bendergasse hinein.

31.

Für ein paar Momente hatte die Panik ihn wieder in ihrem Würgegriff gehabt. Christian hatte sich hilflos ans Dollbord von Philippas Boot geklammert, voller Angst und unfähig, etwas Sinnvolles zu tun. Doch etwas war anders gewesen. Er wusste wieder, woher die Panik stammte, wann er sie zum ersten Mal gespürt hatte. Die ganze Zeit über hatte er sie als eine mehr oder minder natürliche Begleiterscheinung seines Gedächtnisverlustes betrachtet, als Symptom der Angst, sich selbst verloren zu haben. Dabei war sie das Einzige gewesen, das er von seinem Leben noch behalten hatte: die Todesangst, als die Brücke in Prag plötzlich nachgegeben hatte, die langen, langen Sekunden, in denen ihm klargeworden war, dass alles Training und Kampfgeschick der Welt ihn nicht davor bewahren würden, zermalmt unter Trümmern und begraben unter Eis zu sterben.

Er sah Welle um Welle heranrollen, den Pulsschlag des Ungeheuers, zu dem der Meyn geworden war. Blitze züngelten rund um die Türme und Dachfirste der Stadt, rissen den Regenvorhang aus dem Dunkel des Unwetters, froren die aufspritzende Gischt bei der Brücke vor den Augen ein, trafen die Dächer hoch aufragender Gebäude, sprengten Dachziegel ab, ebenso wie Dachreiter und Wetterfahnen. Er sah, wie einzelne Stücke der Kaimauer östlich des Saalhofs herausbrachen, wie die schweren Holzbalken, die den Kai fassten, von den Wellen emporgehoben und herabgerissen wurden. Das Schicksal der Stadt war besiegelt. Und das des Kaisers auch. Christian zweifelte nicht daran, dass Bernhard längst in den Gassen Franchenfurts nach Ludwig suchte. Wie sein Halbbruder an den Kaiser herankommen wollte, wusste Christian nicht, und auch nicht, wie er den Anschlag selbst überleben wollte. Es gab nur eine Gewissheit: Wenn Christian ihn nicht daran hinderte, würde Bernhard den Kaiser finden. Und bis Ludwig klar wurde, wer sich ihm näherte, und er einen Warnruf ausstoßen konnte, würde es zu spät sein.

Das Boot würde er ohne die Riemen niemals bis zum Kai bringen, das war klar. Es gab nur eine Chance. Christian wand sich aus der triefenden Gugel und der Tunika, dann streifte er sich die Schuhe von den Füßen. Nur noch mit dem Hemd und den Beinlingen über der Bruche bekleidet und erschauernd vor Kälte, ließ er sich über Bord fallen. Einen Lidschlag lang fühlte er wieder die Panik, fühlte er sich fallen zwischen schreienden Menschen und Trümmern, dann schlug das Wasser des Meyns über ihm zusammen.

Er kämpfte sich an die Oberfläche und begann zu schwimmen.

32.

Zu Hilpolts Entsetzen lag der untere Teil der Fahrgasse bereits unter Wasser. In die Bresche zwischen Heilig-Geist-Pforte und Fahrpforte ergoss sich das Wasser ungehindert, aber auch durch die Metzger- und die Fischerpforte drang der Meyn nun in die Stadt ein. Längst hatte der Pegel des Flusses die Höhe des Kais überwunden, standen die Häuser am Ufer bereits hüfttief unter Wasser. Fensterscheiben barsten, Fensterläden wurden vom Wasserdruck und vom mitgeschwemmten Treibgut heruntergerissen. Gruppen von Flüchtlingen kämpften sich durch die Fluten, schreiende Kinder, die auf den Schultern von Erwachsenen saßen, panisch durch das Wasser platschende Menschen, denen die Strömungen die Füße wegzogen oder die von treibenden Trümmern zu Fall gebracht wurden. Es waren so wenige, viel zu wenige. Hilpolt ahnte, was geschehen war. Viele Franchenfurter hatten sich vor dem Staubsturm in ihren Kellern und unterirdischen Vorratsräumen in Sicherheit gebracht. Andere, die vor den Ratten geflohen waren, hatten die Obergeschosse ihrer Häuser aufgesucht. Nun waren die in den Kellern ertrunken, und die in den Obergeschossen saßen in der Falle.

Die Flüchtenden strebten zur Brücke, ohne dabei auf Hilpolt zu achten, der sich in der Gegenrichtung voranarbeitete. Sie wollten nach Sassenhusen hinüber, weil dort mit dem Mühlberg die höchste Erhebung weit und breit Rettung vor den Fluten verhieß. Der Capitaneus dachte erneut an die Ratten. Auf einmal verstand er, warum auch sie in diese Richtung geflohen waren.

Die Brücke war eine ausgestreckte Hand, die man nur ergreifen musste, damit sie einen in Sicherheit brachte. Die Brücke, gegen die der Meyn mit Rammböcken aus Treibgut und seinen schlammigen Fluten anrannte. Die Brücke mit ihrem beschädigten Pfeiler. Die Brücke, über die er den Kaiser bringen musste, damit auch er in Sicherheit war.

Fluchend watete Hilpolt durch das Wasser. Ein Entsetzen wie nie zuvor hatte Besitz von ihm ergriffen. Es war Angst um sein eigenes Leben, aber weit mehr noch die brennende Sorge, in seiner Funktion als Hüter der Kaisers zu versagen und den Mann zu verlieren, den er wie einen Vater liebte und für den er sich gleichzeitig verantwortlich fühlte wie für ein Kind.

Der Wind heulte, der Donner machte ihn fast taub. Vom Kai her drang das Heulen von Wachhunden, die in Lagerhäusern angekettet waren und hilflos ertranken. Ganze Ladungen Dachziegel rutschten von den Dächern, gelöst vom Wind, der unter sie fuhr und sie aufstellte wie ein gegen den Strich gebürstetes Fell, bevor er sie losriss. Hilpolt sah Flüchtlinge, die sich zu nahe an den Hauswänden hielten, unter ihnen verschwinden, sah das Entsetzen ihrer Lieben, die im Wasser nach ihnen tasteten, während weitere Ziegel niedergingen. Er brüllte, dass die Leute sich in der Mitte der Gasse halten sollten, während er an ihnen vorbeieilte. Niemand achtete auf ihn. Er sah eine Mutter mit einem Kind auf dem Arm allein und verloren im Wasser stehen. Blut lief ihr aus einer klaffenden Kopfwunde übers Gesicht und wurde vom Regen weggewaschen. Das Kind hing schlaff in ihrem Griff, die Schädeldecke eingeschlagen. Noch während er hinsah, knickte die Schwerverletzte ein und versank mit ihrem toten Kind in der braunen Flut. Unweit davon schlug ein Mann panisch um sich, weil sein Kopf immer wieder unter Wasser geriet; offenbar hatte er sich in irgendeinem Treibgut verfangen, das ihn ständig unter die Oberfläche zog. Ein anderer Mann watete aus einem Haus, die Augen weit aufgerissen, lief geradewegs in Hilpolt hinein, stierte ihn an und drückte ihm einen kleinen alten Wappenschild in die Hand, der noch vom Urgroßvater des Hausbesitzers stammen musste und dessen Farben zerkratzt und verblichen waren. Hilpolt wollte ihn fallenlassen, doch da schlugen Ziegel rund um ihn herum ins Wasser, Möbel und Trümmer rollten, schwammen und polterten an ihm vorbei. Es gab keine Chance, ihnen auszuweichen. Er musste sich auf sein Glück verlassen. Er hielt sich den verbeulten alten Turnierschild über den Kopf und kämpfte sich weiter voran. Ob der Mann, dem der Schild gehört hatte, ihn mit Hilfe Hilpolts hatte retten wollen oder ob er einfach nur vor Angst vollkommen verwirrt gewesen war, würde der Capitaneus wahrscheinlich nie erfahren.

Die Prozession hatte sich während seiner Abwesenheit in die Kirche geflüchtet. Als Hilpolt das Gotteshaus betrat, sah er schluchzende Kinder, hysterische Betreuerinnen, einen vor Niedergeschlagenheit wie gelähmten Stiftspropst und Baldmar Hartrad, den das Entsetzen fast ebenso paralysierte wie Gottfried von Eppstein. Der Kaiser war der Einzige, der Ruhe und einen klaren Kopf bewahrte. Hilpolt meldete ihm keuchend die neuesten Entwicklungen.

Ludwig nickte. »Der Meyn wird die Stadt überschwemmen.«

»Wenn er weiter so steigt, mindestens so hoch.« Hilpolt deutete einen Pegelstand über seinem Kopf an. »Draußen flieht, wer fliehen kann, zur Brücke und nach Sassenhusen.«

»Zum Mühlberg.« Ludwig warf einen Seitenblick auf die Kinder. »Wir können sie nicht zurücklassen.«

»Euer Majestät«, stöhnte Hilpolt, »ich bin gekommen, um Euch in Sicherheit zu bringen, nicht hundert Findelkinder!« Er dachte an den Spießrutenlauf, den er hinter sich hatte, an die herabfallenden Trümmer und die schrecklichen Szenen, die er beobachtet hatte, schluckte aber die Bemerkung hinunter, dass es schon ein Wunder wäre, wenn er den Kaiser unbeschadet hinüberbrächte.

»Das ist sehr schade, mein Lieber«, erklärte der Kaiser und schaffte es, Hilpolt zuzulächeln, »weil ich nicht ohne die Kinder gehen werde. Und wenn ich Euch in all den Jahren auch nur zu einem Tausendstel kennengelernt habe, wäret Ihr selbst nicht in der Lage, die Kleinen schutzlos ihrem Schicksal und einer Flut von dieser Höhe«, auch er deutete den Pegelstand an, »zu überlassen.«

Hilpolt knurrte etwas, weil der Kaiser recht hatte und weil ihm dies auf seinem mühsamen Weg zum Dom selbst klargeworden war. Es würde die Fortsetzung der Prozession unter anderen Vorzeichen sein, und diesmal würde er den Tross anführen. Beim Gedanken daran, wie er die völlig verängstigten Kinder zusammenhalten und mit Ludwig rechtzeitig über die Brücke bringen sollte, bevor der Meyn sie mit sich riss, drehte sich ihm der Magen um.

Baldmar Hartrad sagte: »Meine Familie!«

»Wird schon zurechtkommen!«, versetzte Hilpolt. »Euer Haus hat ja wohl ein paar Obergeschosse!«

»Lasst mich sie holen. Bitte!«

»Wir können nicht länger warten!«

»Mein Haus ist nicht weit!«, rief Baldmar, dessen Stimme schrill geworden war.

»Wir warten nicht auf Euch!«, schrie Hilpolt.

»Wir warten«, sagte der Kaiser. »So lange wir können.« Er legte Baldmar die Hand auf die Schulter. »Beeilt Euch, mein Freund.«

Baldmar hastete davon, in den Platzregen hinaus. Hilpolt musterte den Kaiser. Ludwig zuckte mit den Schultern. »Ich weiß, mein lieber Capitaneus. Ich verlasse mich trotzdem auf Euch.«

»Ihr seid zu gut!«, stieß Hilpolt hervor.

»Wenn nicht der Kaiser, wer dann?«

33.

Zu Philippas Überraschung stürzte Bernhard in eine der vielen Schänken, die sich auf die Seiler-, Leinweber-, Schwertfeger-, Schuhmacher- und Löhergasse verteilten. Um in den Schankraum zu gelangen, mussten sie mehrere Treppenstufen nach unten nehmen. Das Wasser schwamm knöcheltief darin. Der Regen musste es durch die Fensteröffnungen hineingedrückt haben. Sobald der Meyn diese Gasse erreichte, würde der Raum bis unter die Decke unter Wasser stehen. Der Wirt und seine Familie polterten mit Bänken, Tischplatten, Herdutensilien und anderen Gegenständen die schmale Treppe hinauf, um ihre Habseligkeiten im Obergeschoss in Sicherheit zu bringen. Die Schänke war so dunkel wie ein Kellergewölbe, nur erleuchtet vom Flackerlicht der Blitze. Der Donner klang gedämpft, aber immer noch überlaut. Was lauter zu vernehmen war, war das Stöhnen eines alten, schlecht gebauten Hauses, das mehr Wasser und Wind verkraften musste, als ihm guttat.

Bernhard griff sich den Wirt, der ihn mit weit aufgerissenen Augen anstarrte. »Wo ist er?«, brüllte er.

Der Wirt wand sich in Bernhards Griff und schien nicht zu verstehen, was der Ordensritter meinte. Die Panik beherrschte ihn. Bernhard schüttelte ihn. »Ich hab ihn dir anvertraut. Wo ist er?«

Der Wirt zuckte und kehrte dann langsam in die Gegenwart zurück. »In ... in meiner Schlafkammer. Herr, die Welt geht unter!«

»Nein, nur Franchenfurt«, knurrte Bernhard. »Und du samt deiner Familie, wenn du nicht zusiehst, dass du aus dieser Bruchbude herauskommst. Pass auf das Mädchen auf.« Er schob Philippa dem panischen Wirt in die Arme und rannte die Treppe hinauf, dabei dessen Frau vor sich hertreibend, die gleichzeitig kreischte und schluchzte. Noch bevor Philippa sich besinnen konnte, war Bernhard wieder zurück. In einer Hand trug er einen kleinen, stark geschwungenen Bogen, in der anderen Hand einen

Lederköcher, aus dem die gefiederten Schäfte von Pfeilen ragten. Er blieb so lange stehen, dass er den Bogen mit einer Sehne spannen konnte, die er aus dem Lederköcher herauszog. Dann packte er den Wirt und zog ihn zu sich heran.

»Nun vertraue ich dir diese Frau an!«, sagte er. »Nimm sie und deine Familie und flüchte aus der Stadt. Wenn ihr was passiert, bist du dran. Wenn sie dir entkommt, auch.« Er wandte sich an Philippa. »Ihr habt dem Reich einen Dienst getan«, sagte er beinahe förmlich, »und dem Haus Ascanius. Auch wenn es nicht Eure Absicht war.« Im nächsten Moment rannte er die Stufen zur Straße hinauf. Braunes Wasser sickerte bereits von dort in den Schankraum. Der Meyn hatte nun auch die Bendergasse erreicht, um sich zu holen, was in ihr war.

Philippa verstand zweierlei. Sie verstand, dass Bernhard sich hier einen Schlafplatz gemietet hatte, mitten im Herzen der Stadt, von wo aus er alle wichtigen Plätze, an denen sich jemand wie der Kaiser oder die Kurfürsten zeigen würden, mit wenigen Schritten erreichen konnte.

Und sie verstand, dass Christian die Wahrheit gesagt hatte. Sie hatte die falsche Entscheidung getroffen.

Der Wirt stöhnte verwirrt. »Was?«, rief er. »Was soll ich tun?«

Philippa wollte sich am liebsten die Haare raufen und mit den Fäusten gegen die Wand trommeln. Bernhard Ascanius würde mit seiner Waffe zum Domplatz vordringen. Selbst wenn der Kaiser nicht mehr dort war, konnte er nicht weit sein. Inmitten der Flut und des Unwetters würde niemand auf einen einzelnen Mann mit einem Bogen achten. Er würde nahe genug an den Kaiser herankommen, um schießen zu können. Sie zweifelte nicht daran, dass er mit dem ersten Pfeil treffen würde. Und sie, Philippa, war daran schuld, weil sie den einzigen Menschen, der Bernhard Ascanius hätte aufhalten können, im Hafenbecken ausgesetzt hatte.

In ihrer Verzweiflung schoss eine grelle Feuerzunge aus Wut in ihr empor. Der altbekannte Jähzorn ihrer Familie wurde ihr plötzlich zum Ansporn, weil eine innere Stimme ihr sagte, dass sie jetzt nicht verzagen, sondern gefälligst dafür sorgen sollte, ihren Fehler wiedergutzumachen.

Aber wie?

Sie wusste es nicht. Sie wusste nur, dass es ihr hier, in dieser Schänke, in der das Wasser schon knietief schwappte, nicht gelingen würde.

Sie setzte sich in Bewegung. Der Wirt griff nach ihrem Arm. »Nein, bleibt«, sagte er fast bittend.

Philippas Zorn zeigte ihr ein Bild: Christian, der die Hand eines Angreifers packte, der es bis auf Tuchfühlung zu ihm geschafft hatte, sie umdrehte und mit der anderen Hand nachhalf und den Gegner innerhalb eines Herzschlags vor sich auf den Knien liegen hatte. Es schien so einfach, diese Griffe nachzumachen.

Der Wirt jaulte. Das Jaulen ging in ein Blubbern über, als Philippa das Handgelenk noch stärker herumdrehte und der sich auf seinen Knien krümmende Wirt mit dem Kopf ins Wasser tauchte.

Die Wirtin watete auf Philippa zu, einen Schürhaken erhoben, das Gesicht verzerrt. »Aufhören!«, kreischte sie. »Aufhören!«

Philippa ließ den Wirt los. Für das Entsetzen, das in ihr hochstieg, als sie erkannte, dass sie in ihrer Wut nicht nur einen viel größeren und schwereren Kontrahenten bezwungen hatte, sondern ihn auch noch mit grimmiger Befriedigung untergetaucht hatte, hatte sie kaum Zeit. Der Wirt schnellte hoch, krampfhaft nach Luft schnappend.

»Es tut mir leid!«, rief sie, dann hastete sie die Treppenstufen hinauf.

Bernhard hatte einen Vorsprung. Wenig genug. Viel zu viel. Philippa stürzte auf der obersten Stufe und fiel der Länge nach in die Gasse hinaus. Triefend rappelte sie sich auf. Das Chaos um sie herum war noch schlimmer geworden – Blitze, Donnergrollen, das Prasseln des eiskalten Regens, der Sturm. Aus der Richtung des Mains wurde erneut ein markerschütterndes Reißen und Krachen herangeweht, das den Einsturz weiterer Häuser entlang des Kais begleitete. Auf den Windböen wehte der Gestank von Fäkalien heran. Die Flut hatte die ersten öffentlichen Latrinen erreicht, die so geräumig angelegt waren, dass sie nur alle zwanzig Jahre geräumt werden mussten, und viele Fuß tiefe Schichten von jahrzehntealtem Kot herausgeschwemmt.

Ein Blitz traf den kleinen Glockenturm der Nikolauskapelle, ließ die Glocke schrill erklingen und schleuderte Mauersteine, Dachziegel und geschmolzenes Blei herum. Glühende Tropfen verzischten im fußspannentiefen, reißenden Bach, zu dem die Bendergasse geworden war. Philippa kämpfte sich erneut auf die Beine. Ihre Ohren sangen von dem Donnerknall, das Rauschen des Regens und das Heulen des Windes hörte sie nur wie durch eine dicke Decke. Hastig tastete sie sich ab. Keines der umherfliegenden Trümmerteile schien sie getroffen zu haben. Sie hastete die menschenleere Gasse entlang, den Schmerz in ihren überanstrengten Beinen spürend, vor allem aber immer noch ohne die geringste Ahnung, was sie tun konnte, um Bernhard aufzuhalten, aber deshalb nicht weniger entschlossen, es zu tun.

Die Stimme wäre nicht durch ihre taub gewordenen Ohren und die Erschöpfung und den Lärm gedrungen, wenn sie nicht ihren Namen gerufen hätte. »Philippa!«

Sie fuhr herum. Vom Samstagsberg her kämpfte sich eine Gruppe Menschen in die Bendergasse herein. Sie erkannte Baldmar Hartrad mit seiner Familie und dem größten Teil seines Gesindes, begleitet von Albrecht und den Milizsoldaten, die ihm noch geblieben waren.

Philippa stolperte beim Laufen und fiel erneut ins Wasser. Ihr Körper fühlte sich an wie aus Blei, das innerlich zu Eis gefroren war. Bis sie wieder schwankend stand, das Wasser nun schon deutlich oberhalb ihrer Fußknöchel, war die Gruppe bei ihr.

Albrecht schien die Jagd auf Christian aufgegeben und sich seiner eigentlichen Pflicht erinnert zu haben, die darin bestand, die Familie und den Besitz Baldmar Hartrads zu schützen. Er hielt das Schwert, das Baldmar ihm bei seiner Suspendierung abgenommen hatte, in der Rechten und Nessas Hand in der Linken. In Philippas vor Erschöpfung taubem Körper regte sich ein Stich.

»Philippa, was tust du hier?«, rief Nessa.

Philippa wollte erklären, was geschehen war, aber sie keuchte zu stark, und ihre Zähne klapperten zu heftig. »Der Kaiser ...«, brachte sie nur hervor.

Baldmar Hartrad, von dessen üblicher Selbstsicherheit nichts mehr zu sehen war und der wie ein Mann aussah, dessen Vertrauen zu allem, woran er bislang geglaubt hatte, zusammengebrochen war, stieß hervor: »Komm mit! Wir gehen mit dem Kaiser über die Brücke nach Sassenhusen. Franchenfurt ist verloren.«

»Das ist das Ende!«, schluchzte Nessa. »Philippa – die Welt geht unter ...!«

»Nicht, solange ich da bin!«, grollte Albrecht. Er warf Philippa ein verzerrtes Lächeln zu, in dem neben trotziger Entschlossenheit auch so etwas wie ein Abschied lag, dann schob er sein Schwert in den Gürtel und hob Nessa wie ein Kind hoch. Sie klammerte sich an ihn. Einer seiner Männer kümmerte sich in gleicher Weise um Nessas Tante und schwankte unter seiner deutlich schwereren Last weiter voran.

»Bernhard Ascanius will den Kaiser umbringen«, stöhnte Philippa. Sie fühlte die überraschten Blicke von Albrecht, Nessa und Baldmar auf sich. »Er hat einen Bogen!« stieß sie hervor. »Ich hab ihn gesehen. Er wird ihn erschießen.«

»*Christian* ist der Attentäter!«, sagte Albrecht.

Baldmar Hartrad rief: »Das ist alles Unsinn! Wir müssen zusehen, dass wir mit dem Kaiser und seiner Gruppe über die Brücke kommen!«

Sie stolperten weiter. Niemand bot Philippa an, sie zu tragen. Noch immer wusste sie nicht, wie sie Bernhard aufhalten sollte.

Sie gelangten dort, wo die Bendergasse auf die Judengasse traf, auf den Domplatz. Das Wasser strömte hier kniehoch. Einer von Baldmars Knechten stieß plötzlich einen Schrei aus und stürzte ins Wasser, gefällt von einem in der schlammbraunen Brühe treibenden Trümmerteil. Seine Kameraden halfen ihm auf, und er hinkte stöhnend weiter. Linkerhand ragte die Südflanke des

Doms mächtig auf. Durch die Regenschleier sahen sie, wie Böen am Gerüst um den neuen Chorbau rüttelten. Etliche Gerüstbretter waren bereits heruntergefallen, gerissene Seile peitschten wie Schlangen um die Wände. Das Südportal stand offen. Um die mannshohe Mauer des Kirchhofs schwappte das Wasser und spritzte hoch. Ein Teil der Umfriedung war zusammengebrochen, Holzkreuze und welke Blumen trieben in den Wellen.

Im offenen Portal erblickte Philippa zwei Männer. Einer war in das Prachtgewand der Heiligen Messe gekleidet, der andere trug den Ornat des Kaisers. Sie standen bis zu den Knöcheln im Wasser. Der Dom stand auf einer flachen Aufschüttung, aber auch das würde ihn nicht lange vor den Wassermassen schützen. Baldmar hastete platschend voran und winkte.

»Hier!«, schrie er. »Wir sind da!«

Einer der beiden Männer verschwand im Kircheninneren. Der andere blieb stehen. Er stützte sich auf eine lange Stange, an deren Spitze ein goldenes Kruzifix befestigt war. Der Wind peitschte sein nasses Haar um seinen Kopf und ließ sein durchnässtes, verdrecktes liturgisches Gewand flattern. Erst jetzt erkannte Philippa den Stiftspropst. Selbst aus der Distanz wirkte Gottfried von Eppstein nicht weniger in seinen Grundfesten erschüttert als Baldmar Hartrad.

Dutzende von Kindern strömten aus der offenen Kirche und um den schwankenden Stiftspropst herum. Zwischen ihnen leuchtete der rote Mantel des Kaisers. Ludwig schien eifrig darum besorgt, dass die Kinder zusammenblieben.

Philippa und ihre Gruppe kämpften sich quer über den Platz, immer dem Treibgut ausweichend, das in rauen Mengen im trüben Wasser trieb. Philippa blickte wild um sich. Wo war Bernhard?

34.

Christian Ascanius watete vorwärts. Sein Atem flog, jeder einzelne Muskel zitterte. Gegen den Widerstand des Wassers ein Bein vor das andere zu stellen, gelang ihm nur durch eisernen Willen und seine Entschlossenheit, den Schmerz zu ignorieren. Das vom Meyn durch die ufernahen Gassen schäumende Wasser umkreiste ihn, schob ihn vorwärts und stemmte sich ihm gleichzeitig entgegen, während tückische Unterströmungen ihm mehr als einmal die Füße wegzuziehen drohten. Hatte er gedacht, die hundert Mannslängen vom Boot zum Kai im aufgewühlten Hafenbecken zu schwimmen wäre die Hölle gewesen? Die Hölle war es, von dem immensen Wasserschwall, den die zusammenbrechenden Häuser neben dem Saalhof auslösten, mitgeschwemmt, mitgerollt zu werden, gerade als er den Kai erklommen hatte – zusammen mit jeder Menge Gerümpel, nach Luft schnappend, Wasser schluckend, hilflos, halb blind und lahm vor Anstrengung und Kälte. Wieder musste er gegen Panik ankämpfen, aber nicht gegen die altbekannte, wesenlose Panik, wie sie ihn bis vor Kurzem überfallen hatte, sondern gegen die klare, kalte Furcht, erschlagen, ertränkt, zerschmettert zu enden.

Nicht besser war es, sich an der Hausecke, an der die schwächer gewordene Welle sich brach, aufzurichten, zwar festzustellen, dass man unversehrt war, aber sich dann dazu zu zwingen, in das anfangs noch knietiefe Wasser zu waten, das brodelte wie in einem Kessel. Die Flut, die durch die Bresche schwemmte, traf sich genau hier mit dem Wasser, das der über das Nivau der Kaimauer gestiegene Meyn nachdrückte, zwei Flutwellen, die kurzzeitig gegeneinander kämpften, bevor sie sich vereinigten, um weiteres Terrain zu überschwemmen.

Er ignorierte Hilferufe von Menschen, die aus Fenstern in Obergeschossen winkten, weil er ihnen nicht helfen konnte; er hatte keine Zeit dazu. Er würgte, als er an der ehemaligen großen Latrine in der Fischergasse vorbeikam und der Gestank von Fäkalien ihn einhüllte. Er fiel immer wieder, wenn Gegenstände, die das

Wasser unter der Oberfläche herumstrudelte, gegen seine Beine stießen, und jedes Mal, wenn er wieder stand, hatte er das Gefühl, dass das Wasser gestiegen war, obwohl der Boden, dem er folgte, eigentlich sanft anstieg. Er starrte in die Augen eines Mannes, der sich an irgendetwas auf dem Gassenboden festzuhalten schien und den Kopf schwankend über Wasser hielt; erst, als er schon einen mühsamen Schritt in seine Richtung gemacht hatte, stellte er fest, dass der Mann tot war, der Körper in irgendeinem Schwemmgut verkeilt, das die Strömung nicht weiter fortbewegen konnte. Er sah Kleiderbündel sich in Strudeln langsam um sich selbst drehen und erkannte mit Grauen, dass es ertrunkene Menschen waren. Er beobachtete eine hölzerne Waschbütte aus einem der hafennahen Badehäuser, die wie ein Boot auf dem Wasser trieb und an ihm vorbeischwamm; in der Bütte saß ein nackter älterer Mann, der seinen Blick stumm erwiderte. Nur seine Augen schrien, während das Wasser ihn weiter mit sich nahm durch die Gassen seiner Stadt, die plötzlich zu einer Todesfalle geworden war.

Als er den Rand des Domplatzes erreichte, ging ihm das Wasser fast bis zur Hüfte. Er war nahe daran, vor Erschöpfung stehenzubleiben. Aber der Anblick der Kinder beim Dom und des Kaisers, der zu seiner Erleichterung mitten unter ihnen stand, verlieh ihm neue Kräfte. Die Gruppe, die sich aus der Seitengasse ebenfalls dem Dom näherte, beachtete er nicht. Doch die plötzliche Bewegung auf der Kirchhofmauer erfasste er sofort; es waren solche Bewegungen, die schnell zu erfassen er geschult war. Er erkannte seinen Halbbruder und den Bogen in seiner Hand.

35.

Philippa sah Bernhard, als es schon zu spät war. Eine Bewegung, aus dem Augenwinkel erahnt, ließ sie herumfahren. Bernhard hatte sich auf die Kirchhofmauer geschwungen, spannte den Bogen und schoss sofort. Als sei die Zeit eingefroren, sah Philippa einen Sprühnebel von Wasser um die vorschnellende Bogensehne und die wippenden Bogenenden aufstäuben, sah den Pfeil wie einen dünnen schwarzen Schatten davonschwänzeln. Bernhard musste innerhalb eines Herzschlags Windböen und Regen eingeschätzt haben, bevor er gezielt hatte. Er hatte die perfekte Arbeit des perfekt ausgebildeten Kämpfers geleistet. Der Pfeil senkte sich in einem flachen Bogen auf die Gruppe, die aus dem Südportal kam, und fällte die Gestalt im roten Mantel so zielsicher, als wäre Bernhard direkt vor dem Kaiser gestanden.

Philippa blieb das Herz stehen. Sie hörte zwei Stimmen gleichzeitig »Nein!« brüllen. Eine davon gehörte Hilpolt Meester, dem Anführer der kaiserlichen Garde, die andere Christian Ascanius, der just in diesem Augenblick wie ein Geist von der Fischergasse her auf den Domplatz eilte.

36.

Hilpolt Meester hatte gewusst, dass er sich auf den Stiftspropst nicht mehr verlassen konnte, während er, in der offenen Kirchenpforte stehend, mit ihm Ausschau nach Baldmar Hartrad gehalten hatte. Innerlich hatte er sich schon längst dafür verflucht, dass er die Anordnung des Kaisers nicht einfach ignoriert und den Stadtrat seinen eigenen Problemen überlassen hatte. In den wenigen Minuten des Wartens war das Wasser gestiegen und gestiegen. Eine strudelnde braune Masse, deren Oberfläche brodelte, hatte langsam die Stufen zur Kirche geschluckt, war dann in das Gotteshaus geströmt und hatte die Kinder erneut in Angst und Schrecken versetzt. Gottfried hatte mit offenem Mund zugesehen, ohne ein Wort zu sagen, die Augen glühende Kohlen in einem totenbleichen Gesicht. Hilpolt hatte eine der Betreuerinnen, eine schlanke junge Frau, die in ihrer hysterischen Angst auf den Platz hinaus hatte flüchten wollen, abgefangen und geschüttelt, bis sie wieder zur Besinnung gekommen war. Gottfried hatte nicht den

Eindruck gemacht, dass ihm der Vorfall überhaupt zu Bewusstsein gekommen war. Kaiser Ludwig hatte Hilpolt die junge Frau abgenommen und sie behutsam zurück in die Kirche geführt.

Dann war der verfluchte Stadtrat endlich wieder aufgetaucht, mit seinem gesamten Haushalt und dem Rest seiner Privatmiliz, einschließlich dieses Esels von Hauptmann. Hilpolts Missvergnügen über dessen Auftauchen hielt sich allerdings in Grenzen; zum einen, weil er zu erleichtert war, dass sie endlich aufbrechen konnten, und zum anderen, weil jeder, der helfen konnte, einhundert panisch verängstigte Kinder durch das Chaos dieser Sintflut zu führen, willkommen war. Auf Gottfried konnte er nicht mehr zählen; er hatte kaum reagiert, als Hilpolt die Kinder aus der Kirche scheuchte.

Der Stiftspropst war erst zu sich gekommen, als Hilpolt ihm einen Stoß gegeben und ins Ohr gebrüllt hatte: »Kommt mit, Hochwürden, oder bleibt hier! Mir ist es egal. Wir verlassen den Dom!«

Gottfried war herumgewirbelt und hatte gestöhnt: »Der Dom! Der Dom!«

Wie ein Idiot hatte er versucht, die Portale zu schließen, aber der Druck des hereinströmenden Wassers hatte es unmöglich gemacht. Hilpolt hatte einen Blick des Kaisers aufgefangen, einen so schrecklichen Fluch ausgestoßen, dass ihn eigentlich der nächste Blitz hätte erschlagen müssen, und den Stiftspropst kurzerhand mit Gewalt weggezerrt.

Seine angespannten Sinne verrieten ihm die Bewegung, die er eigentlich gar nicht sehen konnte. Er sah den Mann mit der weißen Tunika auf der Kirchhofsmauer, identifizierte ihn als Bernhard Ascanius und erkannte im gleichen Moment, wie grauenhaft er sich in ihm geirrt hatte. Der Pfeil zischte an Hilpolt vorbei und stieß die Gestalt im roten Kaisermantel einen Schritt zurück, bevor sie aufspritzend und mit ausgebreiteten Armen ins Wasser fiel, den Pfeil bis zur halben Länge im Brustkorb steckend, das lange blonde Haar für einen Augenblick auf dem schmutzigen Wasser einen schimmernden Fächer bildend.

Hilpolt brüllte »Nein!« und rannte auf den barhäuptigen und in seiner einfachen Tunika inmitten der Kinder stehenden Kaiser zu, während die junge hysterische Betreuerin, der Kaiser Ludwig zur Beruhigung seinen Mantel umgehängt hatte, sich vor dem Portal noch einmal aufbäumte und gurgelte und starb. Er hörte ein zweites »Nein!« und kümmerte sich nicht darum, weil er wusste, dass der Attentäter seinen Irrtum ebenso bemerken musste.

Er wusste, dass Bernhard bereits einen zweiten Pfeil auf der Sehne haben und ohne Zögern abfeuern würde, weil er mit der durchweichten Sehne vielleicht keinen dritten Schuss mehr haben würde. Er wusste auch, dass der zweite Pfeil das Ziel treffen würde, für das schon der erste ausersehen war.

Er machte einen gewaltigen Satz, weil er den Kaiser nicht mehr anders erreichen konnte – ein bulliger Mann, der durch die Luft flog, seinem Tod entgegen und von der einzigen Furcht beseelt, dass dieser ihn verfehlen würde.

Er spürte den Pfeil einschlagen, noch während er in der Luft hing. Der Aufprall nahm ihm den Atem. Der Schmerz der Pfeilspitze, die in seinen Körper drang, war dagegen nebensächlich.

Er sah Wasser um sich herum aufspritzen und spürte, wie der harte Boden darunter ihm die Luft nochmals aus den Lungen trieb. Um die Stelle in seiner Brust, in der der Pfeil steckte, breitete sich eine eisige Taubheit aus.

Er blickte in das schockierte Gesicht des Kaisers, zu dessen Füßen er gelandet war. Zum ersten Mal seit Tagen wusste er, dass er seine Arbeit gut gemacht hatte. Er lächelte.

»Hier bin ich, Euer Majestät«, flüsterte er.

37.

Philippa kniete neben dem Capitaneus, dessen Lider flatterten. Sie hielt seinen Kopf, damit er nicht im knöcheltiefen Wasser versank. Der Pfeil steckte in seinem Körper wie eine Obszönität.

Keuchend fiel auch Christian neben Hilpolt Meester auf die Knie, aber er beachtete weder sie noch den Gardehauptmann. Mühsam nach Luft ringend, hob er den Kopf und stieß hervor: »Verzeiht, Euer Majestät!« Offensichtlich reichte sein Atem nicht für mehr. Philippa fühlte den Drang, die Hand auszustrecken und sie ihm auf die Schulter zu legen, aber sie wagte es nicht. Nicht nach dem, was sie ihm angetan hatte.

Ludwig kniete ebenfalls neben dem Capitaneus nieder. Das Haar hing dem Kaiser wirr ins Gesicht, der Regen lief über seine Wangen, aber an seinen Augen konnte Philippa erkennen, dass auch Tränen dabei sein mussten. Es war seltsam. Der mächtigste Mann im Reich war nur durch den Leib eines sterbenden Soldaten von Philippa getrennt, aber alle Hochachtung, die sie aufbringen konnte, konzentrierte sich auf Hilpolt Meester und nicht auf Ludwig. Sie hatte den Capitaneus nicht gut genug kennengelernt, um ihn zu mögen oder zu hassen, auch das Geschimpfe ihres Vaters hatte ihr den Mann weder nachhaltig verleidet noch sympathisch gemacht. Doch vor ihrem geistigen Auge sah sie ihn wieder und wieder, diesen einen, unmöglichen Sprung, der so wirkte, als habe der Capitaneus Flügel bekommen. Furchtlos hatte er diesen Flug angetreten, der nur ein Ziel hatte: den Tod des Fliegers. Und sie wusste, dass die Welt ärmer sein würde ohne einen Mann wie Hilpolt Meester.

»Ach, mein treuer Hilpolt«, murmelte der Kaiser und schob die Hand unter seinen Kopf, um ihn zu stützen. Philippa spürte die kalten Finger des Kaisers kurz an den ihren, dann zog sie ihre Hand zurück. Die andere Hand legte Ludwig auf den Kopf Christians, der neben ihm in sich zusammengesunken war und die Schultern hängen ließ. »Und Ihr, mein wackerer Ritter. Was habe ich getan, so viel Treue zu verdienen? Und was tue ich Euch an, indem ich die Bürde meines wertlosen Lebens auf Eure Schultern lege?«

»Ich bin zu spät gekommen, Euer Majestät«, wisperte Christian.

»Nein, mein Junge. Ihr seid gekommen. Das ist es, was zählt.«

»Es tut mir so leid, dass Ihr auf mich warten musstet. Und dass der Capitaneus ...« Er deutete auf Hilpolt und räusperte sich. »Und dass es ausgerechnet Bernhard sein muss, der sich dem falschen Mann verschrieben hat.«

Der Capitaneus würde noch leben, wenn ich Christian nicht mit dem Boot ausgesetzt hätte, dachte Philippa. Dann wäre Christian rechtzeitig bei Ludwig angekommen. Und dann hätte möglicherweise *er* ihn mit seinem Körper geschützt, und wir würden jetzt um ihn herumknien und nicht um Hilpolt Meester. Sie fühlte, wie auch in ihre Augen Tränen traten. Ich habe Christian vielleicht das Leben gerettet, dachte sie weiter. Aber er wird es mir nie verzeihen.

In diesem Augenblick kam Albrecht herbeigeeilt. Er kniete schwungvoll vor dem Kaiser nieder. »Keine Spur von dem Schuft, Euer Majestät«, sagte er.

Ludwig nickte ihm geistesabwesend zu. Albrecht erhob sich wieder und wechselte einen kurzen, verlegenen Blick mit Philippa, dann stapfte er zu Baldmar Hartrad hinüber, der sich mit Familie und Gesinde abseitshielt. Er stellte sich neben Nessa, und sie strich ihm das nasse Haar aus dem Gesicht und nahm erneut seine Hand. Philippa senkte die Augen.

»Ihr müsst weg von hier, Euer Majestät«, sagte Christian. »Bitte! Ich werde mich auf die Suche nach Bernhard machen, aber Ihr dürft nicht hierbleiben. Seinetwegen nicht und wegen ...« Sein Arm beschrieb eine resignierte Geste, die den prasselnden Regen, die immer weiter steigende Flut und die Zerstörungen umfasste. Das Gewitter war inzwischen schwächer geworden, aber Philippa war klar, dass die Flutwelle ihre Kraft noch lange nicht erschöpft hatte.

Hilpolt hustete und stöhnte. Eine Hand tastete auf seinem Leib herum und sank wieder kraftlos zurück. Erst jetzt fiel Philippa auf, wie wenig Blut zu sehen war. Unwillkürlich legte sie ihre Hand dorthin, wo der Pfeil eingedrungen war.

»Was hat er denn da?«, fragte sie überrascht.

Sie zogen Hilpolts Tunika beiseite. Über seinem Kettenhemd,

halb unter seinen Gürtel geschoben, steckte ein lädiertes Metallteil mit verblichener, zerkratzter Bemalung.

»Das ist ein alter Turnierschild«, sagte Christian.

Der Schild war gerade groß genug, um die Vorderseite von Hilpolts Oberkörper zu bedecken. In einem Turnier hatte ein Ritter nicht genügend Hände frei, um einen schweren großen Schild zu führen. Der Pfeil hatte den Schild getroffen und durchschlagen und auf Hilpolts Körper genagelt.

Philippa sah sich selbst dabei zu, wie sie ihr kleines Messer aus dem Gürtel zog, Hilpolts klatschnasse Tunika um den Pfeil herum aufschnitt und vorsichtig beiseite schob. Dann packte sie den Schild, bevor jemand sie daran hindern konnte, und riss ihn mit einem kräftigen Ruck an sich.

Hilpolt fuhr in die Höhe und riss die Augen auf. »Verdammt!«, rief er. »Das tut *weh*!«

Philippa drehte den Schild um. Der Pfeil ragte auf der anderen Seite einen guten halben Finger lang heraus und war an der Spitze rot von Blut, das sofort vom Regen weggewaschen wurde. Dort, wo er gesteckt hatte, waren ein paar Ringe von Hilpolts Kettenhemd verbogen, im darunterliegenden Gambeson war ein Loch, um das herum weiteres Blut austrat. Es war nicht viel und sickerte in die Füllung des Steppwamses.

Der Schild hatte die Kraft des Pfeils, die ohnehin durch die nasse Sehne geschwächt war, weiter abgemildert. Das Kettenhemd hatte er noch durchdrungen, aber im Gambeson hatte sich seine Kraft endgültig erschöpft. Dennoch wäre die Verletzung an einer anderen Stelle ernsthafter gewesen. Hilpolts mächtige Brustmuskulatur jedoch hatte verhindert, dass Knochen oder Organe auch nur geritzt worden wären.

»Was ist passiert?«, fragte Hilpolt, dann schien er sich zu erinnern, denn er warf seinen Kopf herum. »Euer Majestät!?«

»Ich bin wohlauf, mein Lieber«, sagte der Kaiser, in dessen Gesicht ein ungläubiges Lächeln lag. »Gott hat in all dem Chaos ein Wunder gewirkt.«

Hilpolt ließ sich halb zurücksinken. Seine Blicke trafen Christian. Noch bevor ihn jemand daran hindern konnte, schoss seine Hand vor und krallte sich in Christians Kehle – oder wollte sich dort festkrallen, doch Christian war noch schneller gewesen. Er hielt Hilpolts Handgelenk fest, dessen Finger sich ein paar Zoll von Christians Hals entfernt über der leeren Luft schlossen.

»Macht den Kerl sofort unschädlich!«, brüllte Hilpolt und bäumte sich auf.

»Er ist mein Schutzengel«, sagte der Kaiser schlicht.

»Was?«, brach es aus Hilpolt hervor. »Aber ich ...«

»Ihr habt dem falschen Mann Euer Vertrauen geschenkt, Capitaneus«, sagte Christian und zuckte mit den Schultern. Er ließ Hilpolts Hand los. »Ich bedaure, dass ich nicht in der Lage war, Euch das nötige Vertrauen in *mich* zu vermitteln.«

Philippa zuckte zusammen und sah auf. Christian hatte sie bei seinen letzten Worten direkt angesehen. Seiner Miene war nicht zu entnehmen, was er dachte. Er wandte sich ab. Philippa fühlte sich erbärmlich.

Der Capitaneus rappelte sich auf. Er nahm Philippa den Schild ab und betrachtete den darin steckenden Pfeil. Dann küsste er seinen Lebensretter und grinste. Schließlich sah er sich um, dann reichte er Christian die Hand und zog ihn auf die Beine. Die beiden Männer wechselten einen Blick, der kurz, aber intensiv war.

»Na gut, Schutzengel«, sagte Hilpolt. Philippa war beeindruckt, wie schnell der Capitaneus sich auf die Situation einstellte – und wie vorbehaltlos er das Vertrauen, das der Kaiser in Christian hatte, akzeptierte. Auch ungeachtet seiner vorherigen Heldentat hätte spätestens diese Haltung bewiesen, wie sehr Hilpolt Meester den Kaiser verehrte. »Bringen wir Seine Majestät und die anderen über die Brücke.«

Christian schüttelte den Kopf. »Ich mache mich auf die Suche nach Bernhard. Er wird nicht aufgeben.«

»Ich dachte, Ihr schützt den Kaiser?«

»Ihr habt bewiesen, dass Ihr das besser könnt als ich«, sagte Christian und lächelte verzerrt. »Ihr stellt Euch vor ihn, und ich sorge dafür, dass es keinen Grund gibt, Euch vor ihn zu stellen.«

Der Capitaneus musterte Christian. Philippa, die ebenfalls aufgestanden war und auf die keiner achtete, konnte nicht länger an sich halten. »Christian, komm mit uns. Bitte! Ich habe ... Bitte verzeih mir, ich habe alles falsch gemacht.« Die Worte gingen ihr beinahe nicht über die Lippen. Philippa hatte sie noch nicht oft in ihrem Leben geäußert.

»Das spielt keine Rolle«, sagte Christian, ohne sie anzusehen. Sie krümmte sich innerlich.

Hilpolt Meester wies auf die Kinder und die Betreuerinnen, die sich um ihre ermordete Kameradin geschart hatten. Kaiser Ludwig war ebenfalls hinzugetreten. Einige Kinder weinten, andere starrten schockiert, die Frauen schluchzten. Sie hatten die Tote halb aufgerichtet. Kaiser Ludwig legte ihr seinen roten Mantel wieder über die Schultern und zog die Tasselschnur enger. Philippa ahnte, dass die Tote im Mantel des Kaisers beerdigt werden würde.

Wenn es je wieder irgendwo ein trockenes Stückchen Erde gibt, dachte sie verzagt.

»Ein paar von den Kindern werden mit dem Kopf kaum übers Wasser hinausragen«, machte sich nun Hilpolt mit lauter Stimme bemerkbar. »Was die betrifft, die aus eigenen Kräften gehen müssen – das Wasser drückt vom Meyn her in die Stadt hinein. Das heißt, wir müssen gegen die Strömung waten, durch eiskaltes Wasser voller treibender und auf dem Boden liegender Hindernisse, und das so schnell wie möglich. Und was ihn betrifft«, Hilpolt wies auf den Stiftspropst, der regungslos beim Kirchenportal stand und ins Leere starrte, »auf ihn können wir uns nicht mehr verlassen. Deshalb brauchen wir jetzt jeden verfügbaren Mann.«

Christian deutete zwischen Philippa und Hilpolt hindurch. Sein Lächeln war nun etwas weniger angespannt. »Irrtum. Ihr braucht das dort.«

Von der Heilig-Geist-Gasse her, getrieben von den unberechenbaren Strömungen eines Wassers, das sich durch Breschen und Lücken in die Gassen der Stadt ergoss, schwamm eine Waschbütte heran, aus der mit großen Augen und offenem Mund ein alter Mann herausschaute.

38.

Der Weg zur Brücke war für alle ein Albtraum, aber besonders für Philippa. In dem kurzen Blick, den Christian ihr nach seiner Verabschiedung von Kaiser Ludwig zugeworfen hatte, bevor er in den Kirchhof hineingewatet war, hatte sie so viel hineininterpretiert, dass sie sich fragte, ob er nicht in Wahrheit völlig ausdruckslos war. Sie half, schreiende oder stocksteife Kleinkinder in die Bütte zu heben, aus der Hilpolt vorher den protestierenden Alten – der keinen Faden Kleidung am Leib trug und ganz blau war vor Kälte – herausgehoben hatte. Baldmar Hartrad schlüpfte aus seiner knielangen Tunika und reichte sie dem alten Mann, der seine Dankbarkeit dadurch ausdrückte, dass er wortlos in die Kirche hineinplatschte und nicht mehr herauskam. Hilpolt winkte ab, als Albrecht ihm nachsetzen wollte.

Die Bütte hätte drei oder vier Erwachsenen Platz geboten, war aus einzelnen Dauben zusammengesetzt wie ein Weinfass und ebenso wasserdicht. Sie setzten die sechs kleinsten Kinder hinein. Dann stießen sie sie vor sich her und kämpften sich durch das Wasser, das Philippa mittlerweile bis weit über die Knie ging, vorwärts in Richtung Brücke. Ihr war übel vor Angst und Kälte, und gleichzeitig war ihr ganz elend zumute, sooft sie daran dachte, wie sie Christian mit dem Boot ausgesetzt hatte.

Die Heilig-Geist-Gasse, die Judengasse, der gesamte Domplatz und was sie von der Fahrgasse sehen konnten – alles stand unter Wasser. Treibgut schwamm darin, und Kleiderbündel, die genauer anzusehen Philippa vermied. Eine von vielen kleinen Wirbeln unterbrochene Kreisströmung bewegte die vom Regen aufgeraute, dreckig-braune Oberfläche. Der Meyn schob das Wasser durch alle Pforten entlang des Kais und durch die riesige Bresche beim Saalhof in die Stadt hinein. Die Gassen, die allesamt in schrägem Winkel von West nach Ost vom Kai wegführten, verursachten eine Strömung, die sich an den Gebäuden entlang des Domplatzes brach und eine Kreisbewegung erfuhr, als wäre der gesamte Bereich ein einziger, riesiger, träger Strudel. Philippa, die sich von allen Beteiligten am besten mit Strudeln und Wasserbewegungen auskannte, ahnte, dass diese Bewegung ihnen dabei half, vorwärtszukommen – die meisten Trümmerstücke wurden dadurch im Zentrum des Strudels festgehalten, und sie wurden zusätzlich leicht von hinten angeschoben.

In der Fahrgasse schwappte das Wasser von einer Seite zur anderen. Hier kämpfte das Wasser, das vom Domplatz her in die Gasse schoss, mit der Flut, die vom Meyn her in die Gegenrichtung drängte. Der Franchenfurter Torturm stand aufrecht und regenumpeitscht über der überschwemmten Gasse, aber ein Teil seines Dachs fehlte. Die Steine um den fehlenden Teil herum waren schwarz, ein Blitz musste dort eingeschlagen haben. Sie schoben die Bütte weiter. Nun half ihnen keine Strömung mehr, und alle paar Schritte stolperte jemand über Trümmerteile auf dem Gassenboden und tauchte unter Wasser oder fiel gegen die anderen.

Die Betreuerinnen halfen den Strauchelnden ebenso wie die älteren Kinder, wie Baldmar Hartrads Familie, sein Gesinde und wie Albrechts Männer. Albrecht selbst, der Kaiser und Hilpolt Meester wateten voran und versuchten, den besten Weg zu finden. Sie schoben Treibgut beiseite und wuchteten Hindernisse weg, die über die Wasseroberfläche ragten. Der Kaiser trug einen der Helme von Albrechts Männern und Hilpolts beschädigte Tunika; der Capitaneus hatte ihm die Sachen aufgezwungen. Hilpolt achtete streng darauf, dass er, Albrecht und der Kaiser dauernd in Bewegung blieben und ständig miteinander die Plätze tauschten. Wenn Bernhard Ascanius von irgendwo her versuchte, einen weiteren Pfeil abzuschießen, würde er sich schwertun, Ludwig zu treffen. Aber Philippa ahnte ohnehin, dass Christians Halbbruder seine Strategie ändern würde. Bei seinem zweiten Anschlag würde er sein eigenes Leben wagen und mit dem Schwert in der Hand plötzlich vor dem Kaiser stehen. Sie war sich dessen ziemlich sicher, weil sie wusste, was Christian getan haben würde, wenn er an Bernhards Stelle gewesen wäre.

Sie schluckte. Christian. Standen er und Bernharnd sich bereits irgendwo gegenüber, in einer überfluteten Gasse, in einem zusammenbrechenden Haus, auf einem Dach, von Wind und Regen gepeitscht?

Bei dem kräfteraubenden Versuch, die Bütte heil durch das aufgewühlte Wasser zu manövrieren, wechselten sie sich ab. Die Kräftigeren stemmten sich gegen das glattpolierte Holz, die Erschöpften ließen sich ein paar Schritte zurückfallen und schwankten dann hinterher, bibbernd, keuchend, am Ende ihrer Kräfte, aber längst noch nicht am Ende ihres Weges. Die Kinderpflegerinnen versuchten zu singen, um die Kinder abzulenken und aufzumuntern. Eines der kleineren Kinder in der Bütte lachte plötzlich. Einen Augenblick lang fühlte Philippa fast so etwas wie Wut auf das Gör, das der Situation etwas Komisches abgewinnen konnte – dann spürte sie, dass das Lachen die Klammern, die um ihr Herz lagen, ein wenig lockerte. Wenn etwas die Strapazen wert war, denen sie alle sich aussetzten, dann die Hoffnung, dass die Stadt und sie selbst überleben würden und dass irgendwann wieder aus allen Kehlen Kinderlachen zu hören sein würde.

Irgendwer löste sie ab. Sie blieb einen Moment schwankend stehen und setzte sich dann wieder in Bewegung. Das Wasser ging ihr jetzt bis zur Hüfte, obwohl die Fahrgasse zur Brücke hin anstieg. Niemand musste ihr erklären, was das bedeutete. Die Flut stieg und stieg. Viele Kinder wurden nun getragen, klammerten sich an den Rücken der halbwüchsigen Kameraden oder an den von Erwachsenen fest. Ein gewaltiges Rauschen und Dröhnen erfüllte die Gassenschlucht. Es kam nicht nur vom Regen und dem deutlich leiser gewordenen Donnergrollen, es kam von vorne, von dort, wohin der Brückenturm die Sicht versperrte.

Als sie sich der Gestalt zuwandte, die sich an ihrer Seite durch das Wasser schleppte, erkannte sie Nessa. Ihre Freundin weinte stumm und atmete keuchend durch den offenen Mund. Noch während Philippa hinsah, verzerrte sich Nessas Gesicht plötzlich, sie krümmte sich, dann spie sie einen dünnen Strahl Flüssigkeit vor sich ins Wasser. Sie blieb stehen. Philippa hielt sie am Arm fest.

»Ich kann nicht mehr«, wisperte die Kaufmannstochter.

Albrecht war auf einmal an ihrer beider Seite. Hilpolt musste ihn zurückgeschickt und einen seiner eigenen Männer nach vorn beordert haben. Ohne ein Wort zu sagen, hob Albrecht Nessa hoch und setzte sie auf seinen Arm wie ein Kind. Dann spürte Philippa, wie seine große Hand sich in ihren Rücken legte und wie er sie sachte vorwärtsschob. Die Berührung war tröstlich.

Einige Menschen hatten sich auf Hausdächer geflüchtet. Manche riefen ihnen etwas zu, was sie nicht verstanden. Die meisten starrten stumm in die Gasse hinunter. Ihre Gesichter waren bleiche Flecken vor einem finsteren Wolkenhimmel. Philippa senkte den Blick und kämpfte sich voran. Die Unglücklichen länger anzusehen hätte ihr alle Kraft genommen.

Der Tordurchgang des Brückenturms war ein schwarzer Schlund. Auf einmal weigerte sich alles in Philippa, weiter in seine Richtung zu gehen. Sie war sich sicher, dass sie alle in dem finsteren Gang ertrinken würden. Ihre Knie wurden weich. Sie merkte, dass sie begonnen hatte, den Kopf zu schütteln. Die Panik zurückzudrängen und sich einzureden, dass dieser Schlund in Wahrheit die Rettung war, weil sich hinter ihm die Brücke über das Gassenniveau erhob und sie endlich aus dem eiskalten Wasser herauskommen würden, brauchte fast all ihre Kraft. Ihr wurde ebenso übel wie Nessa vor lauter Erschöpfung und Angst. Sie schluckte die Galle hinunter, verbissen auf den Wunsch konzentriert, dass sie sich vor Albrecht und Nessa diese Blöße nicht geben würde. Wieder spürte sie Albrechts Hand im Rücken, die sie weiterschob, und trotz ihres Unwillens, ausgerechnet seine Hilfe in Anspruch zu nehmen, überwog in ihr die Dankbarkeit.

Aus dem Tordurchgang kamen zwei Männer in den Tuniken der kaiserlichen Garde. Der Capitaneus ließ halten. Die Gardisten meldeten Hilpolt etwas, das Philippa nicht verstehen konnte. Das Röhren und Grollen war jetzt so laut, dass man sich gegenseitig ins Ohr schreien musste, um sich zu verständigen. An einem Lagerhaus zu ihrer Linken, dessen Portal das Wasser halb aufgedrückt hatte, schlug der letzte verbliebene Fensterladen im Obergeschoss gegen seinen Rahmen. Es war bizarr, es zu sehen, ohne das Knallen hören zu können.

Hilpolt musterte seine Gruppe. Philippa fühlte seinen Blick über sich gleiten und weiterwandern. Es war wie ein Schlag in die Magengrube. So kurz sich ihre Blicke auch begegnet waren, Philippa spürte die Verzweiflung des Gardehauptmanns. Einen Moment lang dachte sie, dass der Weg über die Brücke versperrt wäre, dass sie umkehren und sich zu den Gestrandeten auf den Hausdächern würden flüchten müssen. Dann brüllte Hilpolt einen Befehl, und der war fast noch schlimmer als die Anweisung, kehrtzumachen, denn er gab ihnen Hoffnung und drohte sie ihnen gleichzeitig wieder wegzunehmen.

»Beeilung!«, brüllte Hilpolt. »Wir können es schaffen, bevor die Brücke einstürzt!«

Sie hasteten durch den nachtdunklen Torgang. Die beiden Gardisten legten mit Hand an, schoben die Bütte und nahmen zwei Kinder auf den Rücken. Sie räumten ihren Posten. Es war klar, dass sie nur auf Hilpolt und den Kaiser gewartet hatten; zu bewachen gab es hier nichts mehr. Die Garde gab Franchenfurt auf.

Dann waren sie aus dem Torchurchgang draußen und sahen vor sich die Brücke – ihren einzigen Weg in die Sicherheit.

Er sah aus wie der Weg in den sicheren Tod.

»Großer Gott«, sagte jemand neben Philippa. »Es ist alles meine Schuld.«

39.

Christian Ascanius beobachtete Hilpolts Gruppe, versteckt hinter dem halb offenen Tor des Lagerhauses.

Er hatte erwartet, dass Bernhard versuchen würde, den Kaiser hier vor der Brücke ein zweites Mal zu überfallen. Als er sich von der Gruppe getrennt hatte, war er so schnell wie möglich hierhergekommen. Es war ihm klar gewesen, dass Bernhard den Bogen nicht mehr einsetzen würde. Den nächsten Anschlag auf Ludwigs Leben würde er aus nächster Nähe begehen, und hier war die Gelegenheit am günstigsten.

Er sah Philippas gehetzten Blick immer wieder zu dem schlagenden Fensterladen im Obergeschoss zurückkehren und zwang sich, an den Kaiser zu denken und nicht an sie, doch seine Gedanken hatten die Tendenz, zu ihr zurückzukehren. Den Verrat, den sie an ihm begangen hatte, konnte er nicht verwinden. Dabei hatte sie klug gehandelt. Er selbst hätte es nicht anders gemacht, wäre er an ihrer Stelle gewesen. Und dennoch: Er hatte gedacht, dass sie ihm vertraute, hatte es gehofft, weil sie begonnen hatte, etwas Besonderes für ihn zu sein, ein Anker, der ihn stabilisiert hatte, als er ohne Erinnerung gewesen war, und der in ihm, nachdem das Wissen um seine Mission zurückgekommen war, die Vorstellung erweckt hatte, dass es ein Dasein nach diesem Auftrag gab; eines, in dem er sich sagen konnte, seine Aufgabe erfüllt zu haben und sich nun um sein eigenes Leben kümmern zu dürfen.

Sie hatte ihm nicht vertraut.

Als die Gruppe vom Torgang verschluckt worden war, wartete er ab, um sicherzugehen, dass Bernhard nicht von irgendwoher auftauchte und ihnen nachsetzte. Sein Halbbruder ließ sich nirgends blicken. Christian schob sich aus der Deckung hervor und bewegte sich auf den Torgang zu, an den Hauswänden entlang, damit er von niemandem gesehen werden konnte, der am Ende der Gruppe ging und sich zufällig umdrehte.

Er brauchte das Überraschungsmoment. Da Bernhard nicht hier zugeschlagen hatte, gab es nur noch einen Ort für seinen Handstreich. Bernhard würde dort warten, und er durfte nicht merken, dass er, Christian, der Gruppe um den Kaiser folgte. Bernhard musste glauben, dass Christian ihn immer noch in den überfluteten Gassen Franchenfurts suchte. Wenn er Ludwig angriff, würde Hilpolt Meester ihn lange genug abwehren können, bis Christian heran war.

Dann würden sie beide den Kampf beenden können, der auf der Judithbrücke in Prag begonnen hatte und in den das Schicksal eingegriffen hatte.

Er schwang sich um die Ecke des Torgangs herum und drückte sich sofort an die Wand. Die Gruppe war am anderen Ende des Durchgangs stehengeblieben. Christian spürte das Beben und Zittern der Brücke wie das eines Lebewesens. Die Judithbrücke hatte ebenso gezittert unter Christians Füßen, während er sich mit Bernhard im rhythmischen, tödlichen Paartanz über sie bewegt hatte.

Es war das Zittern und Wanken des vermeintlich unerschütterlichen Bodens gewesen, das ihn damals mit Furcht erfüllt hatte – das ihn hatte zögern lassen, über die Brücke zu eilen, so dass der winzige Vorsprung, den er vor Bernhard gehabt hatte, verloren gegangen war.

Er spannte alle Muskeln an, weil er die Furcht erneut fühlte und weil sie ihm diesmal nicht in die Quere kommen durfte. Sein Magen war hart wie ein Stein, als im Dunkel des Torgangs vor seinem geistigen Auge die Bilder aufglommen.

Er sah die Schmelzwasserflutwelle, die auf der vereisten Moldau heranrollte, und die Eisschollen, die sich unter der Flut aufbäumten, mächtige scharfkantige Blöcke, zur Dicke eines Männerleibs gefroren in den außergewöhnlich kalten Winterwochen, die Prag erduldet hatte, die sich aufbäumten, übereinanderschoben und zersplitterten. Er hörte das Reißen, Knallen und Krachen des berstenden Eises, das die Kirchenglocken übertönte, die den Tag der Begegnung des Herrn feierten, ohne dass die Männer an den Glockenstricken ahnen konnten, dass für Hunderte Prager dieser 3. Februar 1342 tatsächlich der Tag der Konfrontation mit ihrem Schöpfer sein würde. Er hörte das entsetzte Kreischen der Menge, als sie plötzlich erkannte, dass das, was sich da auf die Judithbrücke zuwälzte, in Wahrheit ein Monster aus Wasser und Eis und Schlamm war, das sie alle verschlingen würde. Er sah die Panik, die ausbrach, als alle versuchten, sich von der hunderte Fuß langen Todesfalle zu retten, zu der die Brücke geworden war, und er sah Menschen, die über die Brüstung gestoßen wurden, Menschen, die im Gedränge fielen und über die die Meute hinwegtrampelte. Den Erzbischof hatten mehrere Diakone auf ihren Schultern in Sicherheit getragen, ohne Tiara, ohne Krummstab, ein alter Mann hoch über den Köpfen der Menge, die von der bischöflichen Leibgarde rücksichtslos beiseitegeprügelt wurde. Und dazwischen sah er zwei Männer, die gegeneinander kämpften – keuchend, schwertschwingend, schlagend, tretend, ausweichend. Christian Ascanius, auf der Flucht mit dem Wissen, dass sein Herr, Kaiser Ludwig, ermordet werden sollte, und Bernhard Ascanius, der versuchte, diese Flucht zu verhindern, damit ein sterbendes Geschlecht zu neuer Blüte kam, auch wenn der Preis ein Mord war. Zwei Halbbrüder, die gemeinsam aufgebrochen waren, deren Wege sich aber getrennt hatten.

Christian schob die Erinnerungen beiseite. Sich an der Wand des Torgangs entlangtastend, schlich er hinter der Gruppe her. Er wollte nicht sehen, was geschehen war, als sich der Kampf auf dem Höhepunkt befunden hatte. Seit seine Erinnerung zurückgekehrt war, war ihm klar gewesen, warum er sie hauptsächlich verloren hatte – nicht wegen seiner Verletzungen, nicht weil er beinahe ertrunken, beinahe erfroren war. Auch nicht wegen der Leichen im Schnee, an denen er vorbeigetaumelt war, ohne zu verstehen, was seine Augen sahen; jenen Hunderten von nackten, zerschundenen, bleichen Leibern, die in den Mahlstrom geraten waren, denen die Flut und die Eisschollen die Kleider heruntergerissen hatten, nachdem sie mit den Trümmern der Brücke in die Moldau gestürzt waren. Er war selbst durchnässt und mehr als halb erfroren gewesen. Er hatte nicht gewusst, wie und wo er der Flutwelle entkommen war, die ihn mitgenommen hatte, nicht einmal, dass es nur eine Handvoll Überlebende gab, zu denen er gehörte.

Er hatte das Gedächtnis verloren, weil er etwas getan hatte, an das er sich nicht erinnern wollte.

Er hatte seinen Schwur gebrochen.

Er hatte Unschuldige getötet. Oder nicht verhindert, dass sie getötet wurden. Es kam auf dasselbe heraus.

Er sah die beiden Kinder, die sich auf die Brüstung gerettet hatten, das eine von ihnen vielleicht neun, das andere zwölf Jahre alt. Ein kleiner Junge und ein etwas älteres Mädchen – Bruder und Schwester wahrscheinlich. Sie standen auf der fußbreiten Mauer, die die Judithbrücke in Hüfthöhe einfasste, schwankend, stumm vor Furcht, die Augen aufgerissen. Auf dem Brückenpflaster traten sich die panisch Flüchtenden gegenseitig zu Tode. Sie dagegen waren in Sicherheit. So schien es jedenfalls. Bis zwei Männer mit den weißen Tuniken der Deutschordensritter und in die Haut eingebrannten Kreuzsymbolen in ihrem verbissenen Zweikampf dort vorbeikamen, wo sie standen ...

Christian beugte sich nach vorn und übergab sich. Niemand dort vorne hörte es. Was er ausspie, war so bitter, dass ihm die Tränen in die Augen traten.

Er erinnnerte sich daran, wie er die Kinder gesehen hatte; wie er trotzdem weitergekämpft hatte, wie er das Schwert geschwungen und geblockt und zugestoßen hatte, wie er angegriffen hatte und ausgewichen war, in jenem Stadium des Kampfes, in dem der Körper von allein handelte und die Vernunft nur noch Zuschauer war.

Er erinnerte sich daran, wie ihm plötzlich etwas Heißes ins Gesicht gespritzt und alles hinter einem roten Schleier versteckt hatte.

Er wischte das Blut weg. Er fühlte keinen Schmerz.

Er erinnerte sich daran, wie er Bernhard angestarrt hatte, über dessen Gesicht sich ebenfalls ein roter Streifen zog, wie Jubel und zugleich Bedauern in ihm aufstieg.

Er hatte getroffen. Das Blut stammte von Bernhard!

Er erinnerte sich, wie Bernhard sich ebenfalls das Blut aus dem Gesicht gewischt hatte, wie ihm klargeworden war, dass sein Halbbruder ebenfalls unverletzt war.

Wie auf Befehl wandten sich beide der Brüstung zu. Die Kinder waren weg. Sie stierten gleichzeitig hinunter. Christian bildete sich ein, einen hellroten Fleck im Eisstrom zu sehen, doch die Schollen wälzten sich zu schnell übereinander, als dass er hätte sicher sein können.

Er erinnerte sich daran, wie er gestoßen und getreten worden war von den Flüchtenden, die versuchten, von der Brücke zu kommen. Er erinnerte sich, wie sich seine und Bernhards Blicke getroffen und wie sie beide auf ihre Klingen gestarrt hatten. Sie waren sauber. Blut haftete nicht so leicht an Stahl, besonders, wenn er mit tödlichem Schwung durch die Kehle eines Kindes fuhr, das im Weg stand, ohne etwas dafür zu können.

Ihre Blicke begegneten sich erneut. Bernhards Züge verzerrten sich, dann hob er das Schwert mit einem Aufbrüllen und drang erneut auf Christian ein.

Und Christian Ascanius, der Schutzengel des Kaisers – floh.
Er kam nicht weit.

40.

»Es ist alles meine Schuld«, sagte Gottfried von Eppstein. Seine Augen waren weit und sein Gesicht kalkweiß. »Herr im Himmel. Die Brücke. Wie in Prag. Die Judithbrücke!«

»Judithbrücke?« rief Philippa. Das Tosen des Wassers war so laut, dass sie den Stiftspropst kaum verstanden hatte. Doch der Name hatte sie aufhorchen lassen.

Die Meynbrücke war eine Klippe in der Brandung. Der Fluss rannte so wütend dagegen an, dass man das Mauerwerk bis in seinen tiefsten Kern erbeben spürte. Er hatte sich endgültig in ein Ungeheuer verwandelt.

Er kam wie eine braune, von Regen und Wind aufgeraute Masse von Osten, mit einem Tempo, das einen ganz schwindlig machte, weil es aussah, als sei das ganze Land in Bewegung geraten. Es gab keine Ufer mehr, es gab nur das Tosen und Heranbrodeln einer Wassermasse, die beinahe das gesamte Sichtfeld überschwemmt hatte. Meilen und Meilen flussauf- und flussabwärts gab es nichts, was den Fluss hätte aufhalten können, was das Wasser hätte ableiten können – die Auwälder waren dem

Städtebau zum Opfer gefallen, und das Erdreich war von der langen Dürre so steinhart, das es das Wasser abprallen ließ, statt es aufzunehmen. Philippas Welt hatte sich in ein Meer aus Schlammwasser und Trümmerteilen verwandelt, das von Wind und Regen aufgepeitscht wurde. Einzelne Inseln ragten aus diesem Meer – die Stadtmauern und Türme Franchenfurts und Sassenhusens, auch der Mühlberg. Doch gegen alle Bauwerke und Gemäuer tobte der hoch aufspritzende Fluss. So weit Philippa sehen konnte, waren sämtliche Wehrgänge auf der Franchenfurter Mauer heruntergerissen, den Türmen entlang des früheren Ufers fehlten die Hurden. Auf der Sassenhusener Seite war die Mauer noch intakt. Philippa meinte, Gaffer zu erkennen, die sich dort drängten. Auf der Franchenfurter Mauer hätte sich niemand mehr aufhalten können. Die Brecher hätten jeden Neugierigen sofort heruntergerissen. Doch auf Dutzenden Häusern auf der Franchenfurter Seite klammerten sich Menschen fest. Noch während Philippa hinsah, rutschte ein Abschnitt des südöstlichen Mauerwerks plötzlich in sich zusammen. Lautlos – weil das Tosen hier auf der Brücke das Bersten dort übertönte – ergoss sich eine Lawine aus Ziegelsteinen und Balken in den Fluss, dem eine weitere Lawine folgte, weil zwei Häuser, die direkt hinter der Mauer gestanden hatten, ebenfalls zusammensackten, als habe der Meyn ihnen den Boden unter den Fundamenten weggeschwemmt. Hilflos und mit revoltierendem Magen sah Philippa zu, wie nicht nur Stein und Holz in den Fluten verschwanden, sondern auch rund ein Dutzend Menschen, die sich auf die Dächer der beiden Häuser geflüchtet hatten.

Noch war der Pegel des Meyn nicht über die Mauerkränze gestiegen, was bedeutete, dass die beiden Stadtteile wie ein Kanal wirkten, in den das Wasser hineinschoss, von den mächtigen Kehrwassern links und rechts eingeengt und aufgewühlt. Dort, wo früher die alte Furt gewesen war, bildete der Druck des mit hoher Geschwindigkeit herandrängenden Stroms einen mächtigen Strudel, aus dem schäumendes Wasser emporschoss wie aus einem Rohr.

Die gesamte Ostflanke der Brücke entlang spritzte das Wasser hoch auf und klatschte in heftigen Güssen oben auf den Fußübergang. Von der Brüstung waren nur noch Reststücke übrig. Auf die ganze Länge von ihrem Standort bis zur Katharinenkapelle wurde die Brücke von Flusswasser überströmt. Es schien unmöglich, heil hinüberzugelangen. Es *war* unmöglich.

»Wir werden alle umkommen!«, stöhnte Gottfried. Philippa konnte die Worte kaum verstehen, aber von seinen Lippen ablesen; vielleicht, weil derselbe Gedanke auch ihr durch den Kopf schoss. »Die Kinder, der Kaiser, wir alle werden ...«

»Was war mit der Judithbrücke?«, schrie Philippa und dachte daran, dass Christian sich an diesen Namen erinnert hatte: Judith.

Gottfried konnte seinen Blick nicht von der Brücke abwenden, während er stockend hervorstieß, was für ihn vermutlich wie eine Beichte war. Dass im Februar diesen Jahres, am Tag der Begegnung des Herrn, die Judithbrücke in Prag von einer Eisflut eingerissen worden war. Dass weit über einhundert Menschen dabei den Tod gefunden hatten. Dass sich jede Menge Leute auf der Brücke befunden hatten, um das Schauspiel des berstenden Eises zu betrachten. Dass die meisten von ihnen aber noch einen zweiten Grund für ihren Aufenthalt gehabt hatten: den Gottesdienst, den der greise Erzbischof von Prag auf der Brücke abgehalten hatte zur Feier des Tags der Begegnung des Herrn. Erzbischof Johann hatte den Gottesdienst symbolisch verstanden: das Bersten des Eises sollte auch den Beginn eines Tauwetters zwischen Reich und Papsttum einläuten. Der alte Johann von Draschitz war ein glühender Anhänger des Luxemburger Königsgeschlechts und überzeugt davon, dass das Reich nur geheilt werden würde, wenn Karl von Luxemburg die Kaiserkrone überreicht bekäme.

»Das hat mich auf den Gedanken gebracht!«, jammerte Gottfried. »Ich dachte doch nicht, dass so eine Katastrophe auch hier passieren würde! Es ist ein Fluch! Ich bin verflucht!«

»Reißt Euch zusammen, Hochwürden!«, schrie Philippa und schüttelte ihn. Einige Kinder waren inzwischen auf den Ausbruch des Stiftspropstes aufmerksam geworden. Philippa spürte, dass die Panik des Gottesmannes auf die Kleinen überzuspringen drohte, zumal sie die Angst auch in sich selbst aufsteigen spürte. Sie erblickte Nessa, die sich an Albrecht festhielt, sah die blinde Todesfurcht in den Augen ihrer Freundin. Verzweifelt beschwor sie den Jähzorn herauf, der immer ihr treuer Begleiter gewesen war, und er erfüllte sie mit der altbekannten Wut wie ein zuverlässiger Freund. »Wie konntet Ihr die Prozession beginnen, wenn Ihr das gewusst habt!«

»Ich dachte doch nicht, dass das auch hier passieren würde!«, rief der Stiftspropst und wiederholte es noch einmal wie ein Stoßgebet. »Ich dachte doch nicht, dass das ...«

Hilpolt stand plötzlich neben Philippa und brüllte: »Jetzt oder nie! Wir gehen hinüber! Wenn das Wasser noch weiter steigt, reißt es uns entweder mit, oder die Brücke bricht ein. Wir müssen eine Kette bilden. Alle Erwachsenen und die Halbwüchsigen fassen sich an den Händen! Die kleinen Kinder müssen sich im Schutz der Kette bewegen. Wenn sie das Ende erreicht haben, müssen sie erst warten, bis wir eine neue Kette gebildet haben. Verstanden?«

»Die ganz kleinen Kinder!«, keuchte Philippa. Sie deutete auf die Bütte. »Sie haben keine Chance!«

»Albrecht und ich schleifen die Bütte mit!«

»Und ich!« erklärte eine ruhige Stimme. Kaiser Ludwig schüttelte den Kopf, als Hilpolt Atem holte. »Keine Widerrede.«

Philippa wies mit dem Kopf auf Gottfried, der das Gesicht in den Händen vergraben hatte. »Er muss sehen, wo er bleibt«, knurrte der Capitaneus.

Sie stellten sich in aller Hast auf, mit den Rücken nach Osten, breitbeinig, damit sie den Brechern nicht ihre Gesichter zuwandten. Der sanft zur Kapelle hin ansteigende Brückenbogen summte und ächzte, erbebte unter jedem Wellenschlag. Mit Albrechts Männern, Baldmar Hartrad und seinen Knechten und den paar halbwüchsigen Jungen reichte die Kette für gut ein Drittel der Strecke zur Katharinenkapelle. Die Kinder und die Frauen hangelten sich daran entlang. Albrecht, Hilpolt und der Kaiser stemmten sich gegen die Bütte, die auf dem Boden zu schleifen begann, je weiter sie sie dem sanft ansteigenden Brückenbogen folgend aus dem tieferen Wasser zogen. Philippa wollte ihnen helfen, doch der Kaiser legte ihr die Hand auf die Schulter und rief ihr ins Ohr: »Kümmert Euch um Hochwürden Gottfried, meine Liebe!«

Philippa starrte den mächtigsten Mann des Reichs an. Das faltige Gesicht mit den strahlend blauen Augen lächelte ihr ermutigend zu. Philippa riss sich los, obwohl sie am liebsten in der Nähe Ludwigs geblieben wäre. Die Kraft, die seine Berührung ihr gegeben hatte, hätte sie gern noch weiter gespürt. Sie fragte sich, woher diese Kraft kam – von Ludwig, der allem Verständnis nach der von Gott selbst eingesetzte weltliche Vertreter des Herrn Jesus Christus war, oder aus ihr selbst, weil der Kaiser mit ihr gesprochen hatte wie zu seinesgleichen?

Gottfried von Eppstein war stehengeblieben. Niemand hatte ihn aufgefordert, sich in die Kette einzureihen. Sein Gesicht war das eines Mannes, den alle Dämonen der Hölle jagten. Philippa zerrte ihn mit sich. Er folgte stolpernd.

Von der Katharinenkapelle her eilte einer der Gardisten auf sie zu, seine goldfarbene Tunika flatterte wie ein Mantel um ihn herum.

»Gott, vergib mir! Gott, vergib mir!«, keuchte der Stiftspropst ohne Unterlass.

Philippa sah die Welle kommen. Es war, als ob sich die gesamte heranrollende Wassermasse langsam aufbäumte, wie der Rücken eines unermesslich riesigen Tiers. Sie sah, wie die Welle sich an den östlichen Mauerringen Franchenfurts und Sassenhusens brach, wie das Wasser aufspritzte, mehr als doppelt so hoch wie die Mauern, gegen die es anrannte. Die Ecktürme auf beiden Seiten waren eingehüllt von weißer Gischt. Die Welle rollte weiter, nahm den oberen Teil des Sassenhusener Eckturms einfach mit. Für einen Augenblick blieb die hölzerne Hurde mit ihrem vierkantigen Dach intakt, dann löste sie sich in ihre Einzelteile auf. Die Welle samt den Trümmerstücken hüllte den Kranz der Stadtmauer ein, erhob sich einfach über ihn, verschluckte ihn, zerschlug, was ihr im Weg stand. Die Balken und Bretter des Wehrgangs, auf dem sich die Gaffer eben noch sicher gewähnt hatten, wirbelten durch die Luft, als wären sie von Kriegsmaschinen davongeschleudert worden. Die Welle rollte weiter auf die Brücke zu, aus dem ihr nachfolgenden Tal ragten der steinerne Kegel des Eckturms und die von allen Aufbauten blankgefegte Stadtmauer. Von beiden ergossen sich schäumende Wasserfälle.

»Hinlegen!«, schrie Philippa. »Hinlegen und festhalten!«

Die Brücke brach den Vormarsch der Welle, aber der Ruck, den sie erhielt, ließ das Gestein aufstöhnen. Es wurde noch dunkler, als das schlammige Wasser hoch aufgischtete und dann mit der Gewalt von Hammerschlägen auf die Gruppe herunterbrach. Philippa hörte die Entsetzensschreie und schrie selbst, als das Wasser sie hochhob und zum flussabwärts gewandten Rand der Brücke schwemmte. Wenn es sie mitnahm, war sie verloren! Sie ließ Gottfrieds Hand los und versuchte, auf den buckligen Pflastersteinen des Brückenbelags Halt zu finden. Etwas stieß gegen sie und hielt sie auf – ein letzter intakter Rest der einstigen Brüstung. Sie schluckte Wasser und bekam keine Luft mehr, sie krümmte sich zusammen, um keine Angriffsfläche zu bieten, fühlte, wie ein menschlicher Körper gegen sie prallte, krallte die Finger in ein Kleidungsstück, sowohl um den Körper auf- als auch um sich daran festzuhalten ... dann war die Gewalt der Welle vorüber. Nach Luft schnappend sah sie auf.

Die Menschenkette war zerrissen. Sie hatten sich alle zu Boden geworfen, aber nicht jeden hatte Philippas Warnung gerettet. Lücken zwischen den hustenden und langsam sich aufrichtenden Männern zeigten, wo das Wasser einen Unglücklichen fortgeschleppt hatte. Einige von ihnen waren wie Philippa von den Resten der Brüstung aufgehalten worden, andere hatte der Fluss verschluckt. Die ganze Länge der Kette entlang lagen Menschen übereinander, ineinander verkeilt, gegen die Brüstung gedrückt. Es waren weniger als zuvor – so viel weniger. Philippa stieg der Magen erneut in die Kehle, die Tränen schossen ihr in die Augen, als sie erkannte, wie viele von den Findelkindern sie verloren hatten. Eines von denen, die gerettet worden waren, ein Mädchen, lag spuckend und weinend neben Philippa, Philippas Hand in ihren Kittel gekrallt. Stiftspropst Gottfried richtete sich weiter vorn auf, Nessa krümmte sich nicht weit davon entfernt. Und Baldmar Hartrad …?

Schockiert erkannte Philippa, dass der in seiner weißen Untertunika auffällige Stadtrat nirgends zu sehen war. Sie stierte Nessa an, die blind versuchte, auf die Beine zu kommen, und bemühte sich zu verstehen, dass der Vater ihrer Freundin von der Welle mitgenommen worden war. Dann wurde ihr bewusst, dass sich just in diesem Moment vor ihren Augen eine weitere Tragödie anbahnte.

Die Bütte mit den Kleinkindern war von der Welle mitgetragen worden. Sie stand schräg auf der Brüstung, ein Teil von ihr ragte ins Freie hinaus. Albrecht und Kaiser Ludwig zerrten an ihr, aber es war Wasser in sie hineingeschlagen. Sie war zu schwer. Die Kinder darin schrien und versuchten herauszuklettern, aber die beiden Männer stießen sie wieder zurück. Die beiden …? Wo war Hilpolt Meester?

»O mein Gott«, flüsterte Philippa. Auch der Capitaneus war nicht mehr auf der Brücke.

Das Mädchen neben Philippa kreischte und deutete flussaufwärts.

Eine neue Welle hob sich weit draußen, aber sie würde ebenso schnell heran sein wie die erste.

Philippa sprang auf und zerrte das Kind mit sich in die Höhe. Sie taumelte auf Albrecht und den Kaiser zu. »Lasst die Bütte!«, schrie sie. »Holt die Kinder raus!«

Wenn die zweite Welle über sie herfiel, würde sie fast alle in den Tod reißen. Sie hatten jetzt nur noch eine Chance: den Tordurchgang der Katharinenkapelle. Im Loslaufen begann sie zu schreien: »Zur Kapelle!«

Wer auf die zweite Welle aufmerksam geworden war, zögerte nicht lange, sondern begann zu rennen. Die anderen rannten aus purem Selbsterhaltungstrieb mit. Philippa hielt die Hand des

Mädchens umklammert und zerrte es hinter sich her. Mit Erleichterung sah sie, dass der Gardist von der Katharinenkapelle ebenfalls überlebt hatte und auf die Beine kam. Er würde ihnen helfen. Seine Tunika hatte sich um ihn gewickelt. Er riss sie mit einem kräftigen Ruck entzwei und warf sie weg. Er zog ein Schwert. Erst jetzt erkannte sie ihn.

Der Gardist war Bernhard Ascanius.

41.

Christian war voller Entsetzen Zeuge geworden, wie die Monsterwelle über die Gruppe hergefallen war und sie dezimiert hatte. Das Wasser, das danach in den Tordurchgang strömte, drängte ihn zurück, ließ ihn den Boden unter den Füßen verlieren. Mühsam kam er auf die Beine und kämpfte sich nach draußen. Er sah Philippa, sah die Bütte, sah den Kaiser.

Er hörte das Mädchen kreischen und folgte mit den Blicken ihrem Fingerzeig.

Er sah die nächste Welle.

Er sah etwas vor seinem inneren Auge, das er in Wirklichkeit nie gesehen hatte – das Geschwisterpaar auf der Judithbrücke, wie es nach unten fiel, auf den mahlenden Eisstrom, auf den sicheren Tod zu; er sah das Blut, das aus einer Ader pumpte und das ihren Fall wie ein flatterndes Band begleitete. Wer von ihnen beiden – Bernhard oder er – hatte welches der Kinder aus Versehen getroffen? Er wusste es nicht. Er würde es nie erfahren.

Aber er wusste, dass er jetzt eine Gelegenheit bekam, die Tat zu sühnen. Er musste die Kinder retten.

Was von der Gruppe übrig war, rannte jetzt auf die Katharinenkapelle zu. Viele von den Kleinen würden es alleine nicht schaffen. Sie hätten nur eine Chance, wenn jemand sie tragen würde – wenn er, Christian, sie trug. Doch wenn er das tat, würde er den Kaiser nicht schützen können.

Um eine schreckliche Tat zu sühnen, würde er eine andere schreckliche Tat begehen müssen – seinen Schwur verraten, den Kaiser verraten.

In diesem Moment richtete sich weiter vorn ein kaiserlicher Gardist auf. Christian erkannte seinen Halbbruder sofort. Er hatte es nicht anders erwartet. Bernhard hatte den nächstbesten Gardisten unschädlich gemacht, sich dessen Tunika übergeworfen und dann genau dort gewartet, wie Christian es vorausgesehen hatte.

Die Welle kam heran. Christian musste sich entscheiden.

Er sah vor seinem geistigen Auge die Kinder in Prag. Die ganze Zeit über schauten sie ihn an. Rette uns, sagte ihr Blick. Dann verschlang sie der donnernde Mahlstrom aus Eis, Schlamm und Wasser.

Er ließ sein Schwert fallen und begann zu rennen. Im Laufen bückte er sich und hob erst eines, dann ein zweites Kind auf, die weinend auf der Brücke kauerten. Ein drittes stand in seinem Weg, und er fand die Kraft, auch dieses noch hochzureißen und an sich zu drücken. Er brüllte wie ein Wahnsinniger, ohne es zu wissen. Es war die ganze Zeit derselbe Satz: »Herr, vergib mir! Herr, vergib mir!«

42.

Bernhard Ascanius sah die Welle ebenfalls. Er wusste, dass sie für die Menschen, die jetzt auf ihn zurannten, den Tod bedeutete. Er sah einzelne Gesichter, die ihm bekannt waren. Nessa, die Tochter des Stadtrats und Albrecht, der Milizhauptmann; Albrecht trug zwei Kinder und zerrte die schluchzende Nessa hinter sich her. Philippa, die ein Mädchen an der Hand führte und laut schreiend all diejenigen anstachelte, die zu erschöpft zum Laufen waren und dabei die ganze Zeit den Blick auf ihn, Bernhard gerichtet hatte. Gottfried von Eppstein, der nicht lief, sondern wie ein Verurteilter am Galgen mitten auf der Brücke stand und der Welle entgegenstarrte. All diese Menschen kannte Bernhard, aber sie spielten jetzt keine Rolle.

Zwei Männer waren es, auf die er sich konzentrierte: Kaiser Ludwig, der wie alle anderen Männer zwei Kinder schleppte und noch nicht erkannt zu haben schien, dass er auf seinen Tod zustolperte – und Christian Ascanius, der, so viel war sicher, eher ein paar Flüchtende von der Brücke stoßen würde, wenn sie ihm in den Weg gerieten, als zu spät an der Seite Ludwigs bei Bernhard einzutreffen. Christian, der mit gezogenem Schwert an der hochstäubenden Mauer aus Gischt entlangrannte, die die Brücke einrahmte.

Dann schaute er genauer hin und sah, dass er sich das Schwert nur eingebildet hatte. Christian trug zwei Kinder – nein, drei! Er musste sein Schwert weggeworfen haben. Er hatte aufgegeben. Er hatte *den Kaiser* aufgegeben.

Nein, sagte eine Stimme in Bernhard. Es war die Stimme, die ihn beim Kloster Walberhusen dazu gebracht hatte, den Krüppel aus dem umgestürzten Gauklerwagen retten zu wollen, die ihn veranlasst hatte, helfend einzugreifen, als das Gerüst des Brückenpfeilers eingestürzt war. Es war die Stimme, die nachts zu ihm sprach und sagte: Es war dein Schwert, das eines der Kinder in Prag getroffen hat. Du hast den kurzen Widerstand wahrgenommen. Du weißt, wie es sich anfühlt, wenn die Klinge durch Fleisch und Knochen fährt. Du hast deine Klinge angestarrt in der Hoffnung, kein Blut darauf zu sehen, aber du wusstest von vornherein, dass die Hoffnung eitel war, denn du hast es *gespürt*. Du hast sie auf dem Gewissen. War es nicht das, was du an Christians Schwur immer beneidet und was du dir selbst geschworen hast, als du dir das Kreuz in die Hand gebrannt hast, ohne die Weihen empfangen zu haben: dass nie ein Unschuldiger bei einer Mission zu Tode kommen würde?

Die Kinder auf der Brücke ...

Und die Priorin in dem Kloster, das er ausfindig gemacht hatte, nachdem Christian aufgebrochen war, und die zuerst nicht hatte verraten wollen, dass sein Halbbruder dort gesundgepflegt worden war. Bernhard hatte sofort gewusst, dass die Priorin sich in Christian verliebt hatte und dass sie seine Bettgefährtin gewesen war. Er hatte geahnt, dass Christian die alternde Frau fast genauso zurückgelassen hatte wie er selbst – im Bett liegend, die Augen geschlossen, das Gesicht bleich. Doch in Christians Fall war sie lediglich bleich gewesen, weil die Trauer des Abschieds ihr das Herz abdrückte, und sie hatte die Augen geschlossen, weil sie ihn nicht mehr ansehen konnte, weil sie sonst auf die Knie gesunken wäre und ihn angefleht hätte, nicht die Sonne aus ihrem Leben zu nehmen. In Bernhards Fall dagegen war sie tot gewesen. Er hatte ihr ein schnelles Ende bereitet; er war es ihr schuldig gewesen nach all den Schmerzen, die er ihr während der langen Befragung zugefügt hatte.

Und die anderen Unschuldigen? Der Milizsoldat des Stadtrats auf dem Mühlberg, die beiden Gardisten, die als letzte das Tor der Katharinenkapelle bewacht hatten – auch sie waren Opfer eines Mannes, der seinen Schwur von Anfang an nicht hatte einhalten können. Er hatte sie alle umgebracht, doch verfolgt hatten ihn immer nur die beiden Kinder.

Er hörte die kühle Stimme Karls von Luxemburg sagen, dass das Erreichen eines großen Zieles die Mittel heilige, die man zu seiner Erreichung verwenden müsse.

Er sah Kaiser Ludwig, durchnässt, erschöpft, ein alter Mann, der durch das Chaos einer Flutkatastrophe torkelte, zwei Findelkinder auf dem Arm, die ihren Eltern so wenig wert gewesen waren, dass sie sie ausgesetzt hatten, und die der Herr des Heiligen Römischen Reichs nun zu retten versuchte.

Er hörte jemanden sagen: »O mein Gott!« – in der Stimme eines Mannes, der plötzlich verstand. Es war seine Stimme.

Zwei Kinder standen in der Mitte der Brücke – ein Mädchen und ein Junge. Das Mädchen hielt den Jungen fest. Sie starrten ihn beide an. Er kannte ihre Gesichter. Er hatte sie viele Nächte im Traum gesehen seit dem Tag, als in Prag die Brücke einstürzte.

Er wusste, dass sie nicht wirklich dort standen. Dennoch steckte er das Schwert in die Scheide und lief los. Er passierte den

Kaiser, der nicht auf ihn achtete. Er passierte andere Menschen, ohne auf sie zu achten. Die Kinder aus Prag waren plötzlich verschwunden. Wo sie gestanden hatten, kniete ein kleiner Junge auf dem Boden, das Gesicht seltsam ernst. Ein Unterarm stand in groteskem Winkel ab – gebrochen. Der Junge konnte nicht mehr weiter.

Sie trafen bei dem verletzten Kind zusammen: Christian, dessen Atem flog und der mit seiner Last durch das abfließende Wasser herangehastet kam, und er. Ihre Blicke trafen sich. Christian rannte weiter. Bernhard hob den verletzten Jungen auf, der plötzlich vor Schmerz aufschrie, und machte kehrt. Er holte Christian ein und keuchte: »Gib mir eins!«

Nebeneinander sprinteten sie auf die Kapelle zu. Aus dem Augenwinkel sah er die Welle direkt vor der Brücke in die Höhe wachsen, eine monumentale Masse, auf deren Grat sich Treibgut aufbäumte. Genauso erschreckend und doch ganz anders hatte die Eisflut ausgesehen, die die Judithbrücke überrollt hatte. Das Wasser war ebenso schlammig-dunkel gewesen, doch statt ausgerissener Bäume und Trümmerstücken hatten sich wagengroße graue Eisschollen mitgewälzt. Aber der Eindruck, dass das ganze Land sich plötzlich erhob, um die Stadt und alle Menschen darin zu verschlucken, war der gleiche. Er hatte Christian fliehen sehen. Der Gedanke an die Kinder, denen er den Tod gebracht hatte, hatte ihn einen Moment lang erstarren lassen. Dieser Moment hatte ihm das Leben gerettet. Die Eiswelle war auf die Judithbrücke getroffen, hatte ihr einen Stoß versetzt, der jeden, der darauf stand, zu Boden warf. Eissplitter, Bruchstücke von Schollen waren umhergeflogen und hatten Menschen die Schädel eingeschlagen. Wasser war über die Brücke geflutet, als stünde die Welt senkrecht und die Brücke unter einem Wasserfall, und hatte verstummte Opfer mit sich gerissen, deren Entsetzen zu groß war, um noch zu schreien. Die Brücke hatte gebockt, sich geschüttelt. Krachen und Bersten hatte das Universum gefüllt, das Universum, das für alle auf der Judithbrücke auf das Chaos aus Eis und Wasser reduziert war, in dem sie sich befanden.

Als das Wasser abgeflossen und Bernhard wieder mühsam auf die Beine gekommen war, hatte er vor dem Nichts gestanden. Eine Mannslänge vor ihm war die Brücke zu Ende. Die Welle hatte den größten Teil mitgerissen, alle, die darauf gewesen waren, verschlungen, auch Christian. Hätte er ihm sofort nachgesetzt, wäre er ebenfalls unter denen gewesen, deren zermalmte Körper von der Eisflut fortgeschwemmt wurden ...

Inzwischen war die rettende Kapelle ganz nahe. Er hätte schneller laufen können als der ausgepumpte Christian, aber irgendwie schien es ihm richtig, an seiner Seite zu bleiben. Erneut sahen sie sich an.

In diesem Moment traf die zweite Woge auf die Brücke.

43.

Hilpolt Meester hing an einem der eisernen Ringe, die an der flussabwärts gewandten Flanke der Brücke in engen Abständen in den Stein geschlagen waren. An ihnen konnten Ketten eingehängt werden, die dann wie ein dichter Vorhang bis zum Fluss hinunterreichten und die Durchfahrt unter den Bögen versperrten, wenn es nötig war. Die erste Welle hatte ihn über den Rand gespült, aber er hatte den Ring zu fassen bekommen und sich verbissen daran festgeklammert. Unter ihm schoss der Fluss aus dem Brückenbogen heraus, über ihm kam das Wasser in Kaskaden von der Brücke. Als sich die Lage beruhigte, versuchte er sich hochzuziehen. Seine Muskeln waren steif vor Kälte, das schwere Kettenhemd und die triefnassen Sachen zerrten ihn nach unten, und die Wunde, die der Pfeil ihm beigebracht hatte, schmerzte wie die Hölle – er hatte das Gefühl, ein alter, verbrauchter Mann zu sein. Er schaffte es, eine Hand nach oben zu bringen und sich am Rand der weitgehend verwüsteten Brüstung festzuhalten, über die der Brecher ihn hinweggerollt hatte. Dann hörte er das Geschrei und die neu einsetzende Panik oben und die Stimme der Tochter des

Fährmeisters, die schrie: »Zur Kapelle!«, und er ahnte, dass eine zweite Welle auf die Brücke zukam.

Um sich über die Brüstung zu ziehen, würde er keine Zeit haben. Und wenn doch, würde ihn die Welle nur erneut mit sich nehmen. Die beste Chance bestand darin, ein zweites Mal dem Eisenring und seinen erlahmenden Muskeln zu vertrauen. Er schlang einen Arm in den Ring und umklammerte ihn mit seinen Pranken, so gut er konnte. Er schloss die Augen und flüsterte ein Stoßgebet für den Kaiser, von dem er nur hoffen konnte, dass er überlebt hatte. Dann flüsterte er auch eines für sich. Danach ging die Welt um ihn herum aufs Neue unter in einem weiteren Chaos aus bebendem Stein, fliegenden Trümmerstücken, Wasser und Schlamm. Ein Krachen und Bersten übertönte das Brüllen des Wassers. Irgendwelche Teile trafen ihn, ohne ihn ernsthaft zu verletzen.

Hilpolt Meester hielt sich an dem eisernen Ring fest und schwor sich, ein besserer Mensch zu werden, wenn er und der Kaiser diesen Tag überlebten.

44.

Dann war das Chaos vorüber, und Hilpolt stellte fest, dass er immer noch nicht tot war. Er nahm seine letzten Kräfte zusammen und kämpfte sich auf die Brücke zurück. Keine Menschenseele stand mehr auf ihr. In der Dunkelheit des Torbogens sah er sich drängende Leiber. Der Regen wurde wieder stärker. Dafür hatte der Ansturm des Flusses auf die Brücke etwas nachgelassen, als ob sich mit den beiden Wellen seine Kraft fürs Erste erschöpft hätte. Die Gischt spritzte immer noch auf, aber nicht mehr über die ganze Länge der Brücke und nicht mehr so hoch wie zuvor.

Wenn Kaiser Ludwig nicht unter den Menschen war, die sich in den Torgang geflüchtet hatten, würde Hilpolt wissen, dass er versagt hatte. Einen Augenblick lang wallte eine Angst in ihm auf, die größer war als während der langen Minuten, in denen er an dem eisernen Ring gehangen war. Er straffte sich und patschte durch das strömende Wasser auf die Kapelle zu, während er versuchte, die Düsternis des Torgangs mit Blicken zu durchdringen.

Niemand achtete auf sein Herankommen. Alle starrten auf eine kleine Gruppe, die gleich hinter dem Eingang zum Torbogen stand. Hilpolt atmete erleichtert auf, als er Kaiser Ludwig erkannte. Doch dann sah er, wer ihm gegenüber stand, mit einem Schwert in der Hand.

Er begann zu rennen. Der Mann mit dem Schwert war Bernhard Ascanius. Sein seltsamer Halbbruder stand an der Seite des Kaisers, aber er machte keine Anstalten, Bernhard zu entwaffnen. Hilpolt sprintete.

Bernhard ließ das Schwert sinken. Er nickte dem Kaiser zu.

Hilpolt war nicht nahe genug heran, um zu hören, was der Kaiser sagte, aber er konnte es ahnen.

Ludwig fragte: »Und nun?«

Noch fünf Schritte. Die Ersten blickten überrascht auf, als sie ihn heranstürmen sahen.

Er hörte Bernhard Ascanius sagen: »Wir treffen uns wieder – an einem anderen Ort und zu einer anderen Zeit, Euer Majestät. Es tut mir leid. Ich habe Eurem Gegner meinen Eid geleistet.«

Hilpolt dachte bei sich: An *genau diesem* Ort, Freundchen! Auch ich habe einen Eid geleistet.

Er hatte keine Waffe mehr. Aber er kannte ebenfalls ein paar Tricks, wenn auch nicht so gute wie die beiden verdammten Ordensritter. Dafür war die Überraschung auf seiner Seite. Noch zwei Schritte.

Bernhard Ascanius drehte sich um, genau als Hilpolt ihn erreichte. Mit dem ganzen Schwung seines Sprints krachte der Capitaneus in seinen Gegner hinein. Bernhard flog nach hinten und prallte auf den Boden, dass das Wasser um ihn herum aufspritzte. Er verlor sein Schwert, Kinder und Frauen kreischten auf. Hilpolt setzte dem Ordensritter nach und schlug ihm mit aller Kraft auf die Nase, als er wieder auf die Beine kam. Er fühlte mit Genugtuung das Nasenbein brechen. Sein zweiter Schlag krachte gegen das Jochbein und brach es ebenfalls. Bernhard taumelte rückwärts, auf den Ausgang des Tortunnels zu. Hilpolts dritter Schlag grub sich in Bernhards Solarplexus, so dass der Ordensritter sich krümmte. Der vierte Schlag traf das Kinn und warf ihn nochmals nach hinten. Er war noch ein paar Schritte vom Ausgang entfernt. Hilpolt spannte alle Muskeln und trat zu. Der Fußtritt, in dem das ganze Körpergewicht des Capitaneus lag, traf Bernhard vor die Brust. Der Ordensritter stolperte nach hinten, ins Freie hinaus und ... trat ins Leere.

Die Brücke ist weg, dachte Hilpolt seltsam klar. Zwischen der Katharinenkapelle und dem Sassenhusener Torturm war – nichts. Die zweite Welle hatte ganze Arbeit geleistet.

Er starrte in das blutverschmierte Gesicht seines taumelnden Kontrahenten, dann war Bernhard Ascanius verschwunden. Als Hilpolt an den Rand des Abbruchs trat und nach unten schaute, konnte er nicht einmal mehr sehen, wo der Ordensritter ins Wasser gefallen war – der Fluss schoss durch die Engstelle wie ein gewaltiger, sprudelnder, schäumender Strahl. Kein Mensch, der dort hineingefallen war, würde je wieder lebend die Welt erblicken.

Jemand trat neben ihn. Er wandte den Kopf und sah Kaiser Ludwig in die Augen. Ludwig wirkte erschüttert. Hilpolt wollte etwas sagen, aber Ludwig schüttelte nur den Kopf und legte ihm die Hand auf die Schulter. »Gott sei seiner Seele gnädig«, sagte er.

Christian Ascanius trat an Hilpolts andere Seite. Er trug das Schwert, das sein Halbbruder hatte sinken lassen, als er den Kaiser für diese eine Begegnung verschont hatte – aus Ehrgefühl und aus Beweggründen, die Hilpolt nicht kannte, die ihn aber plötzlich wünschen ließen, er hätte einen Augenblick gezögert. Sein Verstand sagte ihm, dass er richtig gehandelt hatte, weil Bernhard angekündigt hatte, dass er weiter versuchen würde, den Kaiser zu ermorden. Sein Herz sagte ihm, dass er einem anständigen Gegner einen anständigeren Tod hätte gönnen sollen als vom Mahlstrom verschlungen zu werden.

Christian warf Hilpolt einen Blick zu, den dieser nicht deuten konnte, dann warf er das Schwert in den Fluss. »Halt es fest, Bruder«, murmelte er.

45.

Philippa drängte sich zu den Männern vor, die am Rand des Abbruchs standen. In ihrem Kopf tanzten die Bilder von den dramatischen Szenen, die sich innerhalb weniger Sekunden vor ihren Augen abgespielt hatten.

Die Kinder und Erwachsenen waren vor der Welle davongerannt und hatten sich im Torgang in Sicherheit gebracht. Diesmal hatten sie niemanden verloren, weil Philippas Warnung rechtzeitig gekommen war.

Nur der Stiftspropst war einfach stehengeblieben, erstarrt vor Angst und krank vor Gewissensbissen; im einen Augenblick noch eine verkrampfte Gestalt im wild um ihn herum aufspritzenden Wasser, im nächsten Augenblick spurlos verschwunden, mitgerissen, davongewirbelt von der Gewalt des Elements.

Sie hatte Nessa gesehen, wie sie am Eingang des Tortunnels kniete und nach ihrem Vater schrie, weil sie endlich verstanden hatte, dass sie ihn nie wiedersehen würde; und Albrecht, der ihr unbeholfen den Rücken gestreichelt hatte.

Dann waren Bernhard und Christian Seite an Seite als Letzte in den Torgang geeilt. Bernhard war vor den Kaiser getreten, hatte das Schwert gezogen und es Ludwig mit dem Knauf voran gereicht, doch der hatte nur den Kopf geschüttelt und es zurückgewiesen. Die beiden Halbbrüder hatten einen Blick gewechselt, der einen Abgrund aus Eifersucht, unterschiedlichen Lebenseinstellungen und einander widersprechenden Schwüren überbrückte.

Und dann war Hilpolt Meester herangestürmt wie ein triefender Rachegeist und hatte zum zweiten Mal die Aufgabe erfüllt, das Leben des Kaisers zu retten, auch wenn es in diesem Moment nicht in Gefahr gewesen war.

Sie war zu erschöpft, um irgendetwas zu empfinden außer dem Bedauern, dass scheinbar alles umsonst gewesen war. Die Brückenbögen, die von der Katharinenkapelle nach Sassenhusen führten, hatte die zweite Flutwelle weggerissen. Es gab keine Möglichkeit mehr, auf die andere Seite zu gelangen. Selbst wenn man Seile herübergeschleudert hätte, an denen man sich hätte hinüberhangeln können, wäre kaum jemand mehr imstande gewesen, die nötige Kraft aufzubringen – geschweige denn die Kinder mit sich zu schleppen. Über den Abgrund, durch den der Fluss brodelte, starrten ein paar kaiserliche Gardisten und die städtischen Torwachen herüber. Gaffer waren keine mehr zu sehen. Nachdem die erste Welle den Wehrgang herunter- und Dutzende in den Tod gerissen hatte, schienen alle außer der Garde und der Torwache geflüchtet zu sein. Aus dem erneut heftig prasselnden Regen erhob sich der Schatten des Mühlbergs hinter den großteils abgedeckten und von Blitzschlägen zerschmetterten Dächern Sassenhusens – unerreichbar.

»Und nun?«, fragte sie.

Christian sah vom Fluss auf und musterte sie. Plötzlich wünschte sie sich, dass er sie trösten würde, so wie Albrecht die weinende Nessa tröstete, so wie die Betreuerinnen die überlebenden Kinder trösteten, so wie das Gesinde Baldmar Hartrads sich gegenseitig tröstete und so wie Hilpolt Meester Trost aus der Hand des Kaisers zu ziehen schien, die dieser immer noch auf die Schulter seines Capitaneus gelegt hatte. Inmitten der schockierten, schluchzenden oder vor sich hin starrenden Gruppe waren Christian und sie die Einzigen, die ihren Trost aus dem Rest an Kraft beziehen mussten, der noch in ihnen steckte.

»Wir müssen so schnell wie möglich zurück nach Franchenfurt«, sagte Christian. »Wer weiß, wie lange der Rest der Brücke noch steht.«

»In Franchenfurt erwartet uns nur der Tod durch Ertrinken.«

»Wir können uns auf die Dächer flüchten. Viele andere haben es auch getan.«

Philippa trat nahe an ihn heran. Sie hatte gehofft, dass er sie in den Arm nehmen würde, aber er blieb reglos stehen. »Wie lange sollen wir auf den Dächern ausharren? Bis wir vor Erschöpfung herunterfallen, oder vor Hunger? Oder bis wir uns in der Nässe den Tod geholt haben?«

Zu ihrer totalen Überraschung erwiderte er mit leisem Lächeln: »Gibst du etwa auf? Ich dachte, du willst immer sehen, was hinter der Flussbiegung liegt? Von einem Dach hast du bestimmt einen guten Ausblick.« Es klang nicht spöttisch, sondern freundlich. Es klang freundlich, aber nicht liebevoll.

Philippa starrte ihn an. Wann hatte sie ihm davon erzählt? Hatte sie es überhaupt? Ihr Herz versetzte ihr einen Stich, den weder Müdigkeit noch Verzweiflung dämpfen konnten, weil eine innere Stimme ihr sagte, dass sie ihn verloren hatte.

Sie führten die Gruppe wieder zurück. Hilpolt Meester und Christian gingen voran. Hilpolt hatte sich aus seinem Kettenhemd gewunden und es einfach fallen lassen. Der durchweichte Gambeson war dem Kettenhemd gefolgt. Nur im Hemd sah der Capitaneus plötzlich schmal aus und viel jünger, als er war. Die Wunde in seiner Brust hatte erneut zu bluten begonnen, schien ihn aber kaum zu behindern. Es gab keine Proteste. Das Wasser spritzte immer noch entlang der Brücke auf, das Gemäuer bebte und schüttelte sich, aber verglichen mit dem, was sie bereits durchgestanden hatten, schien es auf einmal leicht zu sein.

Im Torgang des Franchenfurter Brückenturms, dessen Boden sich zur Stadt hin senkte, blieben sie stehen, weil den meisten von ihnen das Wasser bis zur Brust ging. Die Bütte war mit der zweiten Welle davongerissen worden; die kleinen Kinder hatten sie jetzt auf die Schultern der Männer verteilt. Philippa versuchte nicht daran zu denken, dass dies nur möglich war, weil so viele von ihnen den Versuch, über die Brücke zu gelangen, nicht überlebt hatten. Hätten sie es besser nicht wagen sollen? Wären dann alle noch am Leben – auch Baldmar Hartrad und

Gottfried von Eppstein? Wäre es richtiger gewesen, aufzugeben, statt zu kämpfen, und sich gleich auf ein Dach zu flüchten? Was hatten sie gewonnen, außer dass sie so viele verloren hatten?

Hilpolt und Christian schoben sich weiter voran. Als sie aus dem Tortunnel hinaustraten, waren nur noch ihre Köpfe über dem Wasser zu sehen. Beide blieben stehen und schienen Ausschau zu halten. Philippa sah sich im Torgang um. Sie begegnete Blicken, die gesenkt wurden, und absoluter Hoffnungslosigkeit. Nessa schüttelte den Kopf. Albrecht, auf dessen breiten Schultern zwei Kinder saßen, verzog das Gesicht. Wenn das Wasser den beiden Männern dort schon bis zum Hals ging, wie würde es ein paar Dutzend Schritte weiter in der Fahrgasse sein? Die meisten der Gruppe waren deutlich kleiner als der Deutschordensritter und der Gardehauptmann. Sie saßen in der Falle.

»Ich könnte einen nach dem anderen hinübertragen«, schlug Albrecht vor.

»Wie lange würde es dauern, bis deine Kräfte erlahmen?«, fragte Philippa.

»Die erlahmen nie«, erklärte Albrecht, aber er sah Philippa dabei nicht in die Augen. Sie konnte ihm ansehen, dass selbst er zu Tode erschöpft war.

»Ich wollte nicht, dass alles so kommt«, sagte Nessa auf einmal. »Verzeih mir, Philippa.«

»So etwas redet man, wenn das Ende unausweichlich ist«, erwiderte Philippa mit einem Kloß im Hals.

»Ich weiß«, sagte Nessa.

Christian kam wieder herein. Er sprach kurz mit dem Kaiser, dann arbeitete er sich zu Philippa vor. »Komm schnell mit«, sagte er.

»Wohin?«

»Komm mit.«

Sie folgte ihm. Als das Wasser ihr bis zum Hals ging, hob er sie hoch und trug sie weiter. Sie widerstand dem Impuls, ihre Wange an seine zu schmiegen. Es dauerte, bis sie aus dem Tortunnel hinaus waren. Neben Hilpolt blieb Christian stehen. Philippas

Zähne klapperten vor Kälte. Unwillkürlich schloss sie die Arme enger um Christians Nacken.

Das Wasser schwappte wie zuvor in dem Kanal, zu dem die Fahrgasse geworden war, hin und her, kabbelte und raute sich unter den Regenschauern auf. Doch verglichen mit dem Wildwasser, zu dem der Fluss in seinem engen Bett zwischen den beiden Stadtteilen geworden war, schien der Strom hier fast ruhig. Sie sah, dass das Wasser nun höher stand als alle Türschwellen. Aber sie sah auch etwas anderes.

»Das sind sie, oder?«, fragte Hilpolt.

Philippa nickte. »Ja, das sind sie.« Zuversicht keimte in ihr und wärmte ihren durchfrorenen Körper plötzlich von innen her auf.

Die Fahrgasse herunter näherte sich etwa ein halbes Dutzend der langgezogenen Plätten, mit denen normalerweise kleinere Gütermengen auf dem Meyn transportiert wurden und die manövrierfähiger und schneller waren, als sie aussahen. Im vordersten der Boote stand ein Mann aufrecht und drehte den Kopf unablässig hin und her, als könnte er nicht fassen, wozu sich die Stadt verwandelt hatte. Philippa hätte ihn auf eine Meile Entfernung erkannt.

»Ich wette, Euer Vater wird sich wie üblich weigern, den Kaiser als Ersten in Sicherheit zu bringen«, knurrte Hilpolt.

»Ja«, entgegnete Philippa lächelnd, »darauf würde ich auch wetten.«

22. Juli 1342

1.

Am Magdalenentag standen auf dem Mühlberg, unter den Bäumen des Wildbanns, die ersten Zelte. Bei manchen handelte es sich um vergleichsweise komfortable Unterkünfte, die von den Deutschrittern zur Verfügung gestellt worden waren, andere waren kaum mehr als Planen, die zwischen Baumstämmen aufgehängt waren. Das Unwetter hatte viele Bäume entwurzelt, so dass, nachdem die Stämme beiseitegeschafft worden waren, genügend Platz für die Flüchtlinge zur Verfügung stand. Die heil gebliebenen Stämme würde man als Bauholz für den Wiederaufbau der Stadt verwenden können. Kaiser Ludwig hatte höchstselbst die Anordnung gegeben, dass im Wildbann sowohl weitere Bäume geschlagen als auch Wild gejagt werden durfte.

Die Fährleute und Fischer waren die Helden der Stadt. Als sie an ihrem Liegeplatz erkannt hatten, dass eine Flutwelle heranrollt, hatten sie versucht, mit so vielen Wasserfahrzeugen wie möglich in die Stadt zurückzukehren. Sie waren gegen die Hauptströmung nicht angekommen; aber mit den flachgängigen Plätten hatten sie es vermocht, in die überfluteten Felder hineinzurudern, bis der Sog so schwach geworden war, dass sie sich stromaufwärts kämpfen konnten. Im Laufe der Zeit waren es immer weniger Boote geworden, weil sie in einigen kleinen Dörfern und Weilern Leute von den Dächern geholt und zu Hügeln und Geländeerhebungen gebracht hatten, wo es noch trockenen Boden gab. Mit sechs Plätten hatten sie schließlich Franchenfurt von Norden her erreicht und hatten ihre Heimatstadt mehr als mannshoch unter Wasser vorgefunden.

Nachdem sie die Gruppe um den Kaiser und Philippa in Sicherheit gebracht hatten, hatten sie begonnen, die Einwohner Franchenfurts überzusetzen. Eine gute Meile östlich der Stadt floss der Meyn noch ruhig dahin – dort war alles jetzt Meyn, so weit das Auge reichte. Aus dem Fluss war ein See geworden, aus dem nur hier und dort Kirchtürme, Wehrtürme, Hausdächer und Hügelkuppen ragten, während alles andere unter schlammbraunem Wasser verborgen lag. In der Enge zwischen den Stadtteilen schäumte er zwar immer noch wie Wildwasser, auch westlich der Stadt war er auf eine lange Strecke noch unruhig, aber an der Stelle, die die Fährleute gefunden hatten, war das Übersetzen gefahrlos. Es war ein weiter Umweg, der unendlich viel Zeit verschlang, doch im Lauf des ersten Tages waren mehr und mehr Boote eingetroffen, und da die Bootsbesitzer unermüdlich unterwegs waren, leerten sich nach und nach die Hausdächer in Franchenfurt und Sassenhusen, und die Zelte auf dem Mühlberg füllten sich.

Erleichterung über die Rettung war in den ersten beiden Tagen bei kaum jemandem zu spüren. Es gab niemanden, der nicht Freunde und Angehörige verloren hatte. Überdies standen die meisten von ihnen vor dem Ruin, weil sie Hab und Gut, oft sogar ihre ganzen Häuser verloren hatten. Am Tag nach dem Brückeneinsturz hatten die Priester beider Stadtteile zu einer Prozession durch die oberen Gassen Sassenhusens aufgerufen, aber niemand hatte so richtig gewusst, ob es sich um eine Dankesprozession der Überlebenden oder um eine Arme-Seelen-Prozession für die vielen Opfer gehandelt hatte. Statt von Gesängen wurde der Umgang von Schluchzen und Wehklagen begleitet.

Von der Meynbrücke standen jetzt nur noch sechs Bögen. Im Lauf des Jakobstages war auch der Pfeiler zusammengesackt, der die Katharinenkapelle getragen hatte. Philippa und die anderen waren vom Mühlberg aus Zeugen ihres Untergangs geworden. Niemand hatte den Umstand angesprochen, dass sie alle, wären sie nicht so entschlossen wieder von der Brücke geflohen, mit in den Tod gerissen worden wären.

Wie üblich gab es Plünderer. Die Garde machte Jagd auf sie, und wer gefangen wurde, erlebte den Schultheiß, der sich die Rückendeckung von Kaiser Ludwig geholt hatte, von seiner erbarmungslosen Seite. Da das Galgenfeld überschwemmt und es auch sonst keinen Ort gab, wo man einen Galgen hätte aufstellen können – außer auf dem Mühlberg, auf dem niemand einen errichten wollte –, wurden die Verurteilten ertränkt. Anders als sonst hatte niemand Lust, den Hinrichtungen beizuwohnen; der Tod war noch allzu gegenwärtig in den Köpfen der Franchenfurter. Der Scharfrichter und seine Gehilfen erledigten ihre Aufgabe in abgelegenen Gassen und ließen die Leichen dann den Meyn hinuntertreiben.

Philippa gehörte zu denen, die halfen, den Fährverkehr aufrechtzuerhalten. Wenn sie abgelöst wurde, saß sie in einem Zelt auf dem Mühlberg und starrte ins Leere. Albrecht war zu den Überlebenden von Nessas Haushalt in das Zelt gezogen, das Gesinde und Herrschaft gleichermaßen bewohnten. Rupprecht war nun einer der Vertrauten des Kaisers und hielt sich die meiste Zeit in dessen Zelt auf, wo er half, die Rettungsmaßnahmen zu koordinieren und – da die Sicherheit des Kaisers nun nicht mehr unmittelbar bedroht war – neue Themen fand, über die er mit Hilpolt Meester streiten konnte. Christian wich nicht von Ludwigs Seite. Philippa fühlte sich nutzlos, allein und müde.

2.

Schließlich kam einer der Fährleute zu ihr und erklärte, dass er eine Überraschung für sie habe. Die Überraschung entpuppte sich als ihr kleines Boot. Die Wracks des Weinhändlers und des kaiserlichen Schiffs waren von der Flut aus dem Hafenbecken geschwemmt worden und weit flussabwärts auf einem überschwemmten Acker liegengeblieben. Das kleine Boot hatte sich in den Trümmern verfangen. Es war zerschunden, das Innere war voller Schlamm, aber ansonsten war die Nussschale intakt. Philippa säuberte sie notdürftig, nahm die Ersatzriemen von einer der Plätten und machte Anstalten, hineinzusteigen.

»Wohin?«, fragte eine Stimme. Sie drehte sich um. Vor ihr stand Christian. Er hatte aus dem Fundus der Deutschritter Kleidung und eine weiße Tunika erhalten, die ihm, obwohl sie vom allgegenwärtigen Schlamm schon wieder verschmutzt war, ein fremdartig-würdevolles Aussehen verlieh. Philippa hatte ihn vorher nie anders als in verschmutzte, zerschlissene Lumpen gekleidet gesehen.

Philippa deutete vage hinaus. Sie wusste nicht recht, was sie sagen sollte.

»Auf den Fluss?«

Sie schüttelte den Kopf. Das Vertrauen in den Fluss hatte sie verloren. Es würde einige Zeit dauern, bis es wiederkam. Ihn oberhalb der Stadt zu überqueren, wenn ihre Schicht für den Fährdienst begann, war in Ordnung; sich zum Spaß auf ihm herumzutreiben, dafür war die Zeit noch nicht reif.

»Ich wollte schauen, was von unserem Haus noch steht«, sagte sie.

»Nimmst du mich mit?«

»Steig ein.«

Philippa stieß ab und legte die Riemen ein. Sie erwartete, dass Christian eine Bemerkung machen würde, ob er wieder damit rechnen müsse, von ihr mit dem Boot ausgesetzt zu werden. Sie erwartete sogar, dass er ihr die Riemen wegnehmen und selbst rudern würde. Aber er tat nichts dergleichen, sondern betrachtete abwechselnd die Umgebung und sie. Die tieferliegenden Gassen Sassenhusens waren noch immer Kanäle, in denen schlammiges Wasser schwappte. Es war unwirklich und wurde noch unwirklicher, als sich für ein paar Minuten in einem Wolkenloch eine blasse Sonne zeigte und das Wasser Lichtreflexe warf.

»Ich werde gehen«, sagte Christian.

Philippas Rudern stockte für einen Moment, dann zog sie die Riemen weiter. »Warum?«

»Ich habe meine Aufgabe nicht erfüllt. Ich habe die Beweise für den Anschlag nicht präsentieren können, ich habe den Kaiser nicht schützen können, ich habe meinen Halbbruder nicht zur Strecke gebracht.«

»Aber der Kaiser lebt, und Bernhard ist tot.«

»Beides geschah ohne mein Zutun.«

Sie schwiegen eine Weile. Das Wasser plätscherte leise von den Ruderschlägen, der Widerhall zwischen den Hauswänden verstärkte das Geräusch.

»Als ich dich mit dem Boot ausgesetzt habe, dachte ich ...«, begann Philippa, brach aber ab. »Nein, ich dachte eigentlich nicht, ich wollte nur nicht ... Ich weiß nicht, was ich wollte. Ich hatte nur ...«

»Du hattest nur das Vertrauen in mich verloren«, führte er ihren Satz zu Ende

»Nein, so war es nicht!«

»Doch, so war es. Unabhängig davon war es richtig, was du getan hast.«

»Aber du kannst es mir nicht verzeihen, nicht wahr?«

»Es spielt keine Rolle, Philippa.«

»Du spielst eine Rolle – für mich!«, stieß Philippa hervor. Ihre Kehle tat so weh, als drücke sie jemand zu.

»Ich werde gehen, Philippa. Mein Auftrag hat sich erledigt. Jetzt möchte mich Hilpolt in die Garde aufnehmen, der Ordenskomtur hier hat mir einen Platz in seiner Kommende angeboten, der Kaiser will, dass ich weiterhin sein heimlicher Schutzengel bleibe ...«

»... und ich will, dass du hierbleibst«, fiel Philippa ihm ins Wort.

»Aber ich kann all das nicht annehmen, solange ich nicht weiß, wer ich selbst bin. Das schließt dein Angebot ein, Philippa. Ich habe mein verlorenes Gedächtnis wiedergefunden, aber noch nicht mich selbst.«

»Bitte bleib«, sagte Philippa leise. Tränen liefen jetzt über ihre Wangen.

Christian beugte sich nach vorn und wischte sie ihr ab. Neue rannen hinterher. Er betrachtete seine nasse Hand, dann sah er sich um.

»Du suchst nicht einen Mann wie mich«, sagte er. »Du suchst auch nicht einen Hafen. Was du suchst, ist die Suche selbst – den Weg, der vor dir liegt, den Ausblick vom nächsten Berg, das Glitzern des Flusses hinter der Biegung. Vielleicht führen uns unsere Pfade irgendwann wieder zusammen, aber vielleicht sehen wir uns auch nie mehr. Sicher ist nur eines ...«

»Was denn?«, fragte Philippa tränenblind und halb erstickt vor Schmerz.

»Dass du eben an deinem Haus vorbeigerudert bist. Nein, halt nicht an. Rudere weiter. Unter dem Bogen des Fischertors müssten wir gerade durchpassen.«

Sie folgte seiner Anweisung, obwohl sie Angst davor hatte, mit dem Boot die Sicherheit der überfluteten Stadt zu verlassen und ins Freie hinauszurudern. Die Flügel des Fischertors waren von der Flut abgerissen und davongeschwemmt worden. Niemand bewachte es. Sie zogen die Köpfe ein und ließen sich durch das kurze Stück Dunkelheit treiben. Als Philippa sich danach wieder in die Riemen legen wollte, hielt Christian sie mit sanftem Armdruck auf. Das Boot trieb langsam hinaus, geriet in die Strömung des Flusses, kam träge in Fahrt. In Philippas Magen bildete sich ein Knoten.

»Kannst du uns auf der Stelle halten?«, fragte Christian.

Sie nickte und wendete das Boot, um gegen den Sog zu rudern. Dann verstand sie, worauf es Christian angekommen war. Sie konnte die weite Wasserfläche sehen, die sich nach Westen erstreckte – ein unendlich erscheinender See, wo einmal ein Fluss friedlich in seinem Bett geflossen war. Das Wolkenloch war weitergezogen, das Sonnenlicht schimmerte nun auf der Oberfläche des Sees, ungefähr dort, wo im alten Verlauf des Meyns die erste Flussbiegung gewesen war.

Sie musste unter Tränen lächeln. Christian sagte nichts. Philippa hob die Riemen aus dem Wasser und ließ das Boot treiben, auf den Sonnenfleck zu. Das Wolkenloch wanderte in der gleichen Geschwindigkeit, wie das Boot sich bewegte. Sie würde das Licht nie erreichen, wenn sie nicht die Riemen einsetzte.

Wenn man sehen wollte, was hinter der Flussbiegung lag, konnte man auch nicht darauf warten, dass einen das Leben dorthin trieb. Man musste die Riemen einlegen und paddeln, um dorthin zu gelangen. Es war, als ob Christian das alles so eingefädelt hatte, damit sie verstand, was ihn antrieb.

Damit sie verstand, was sie selbst antrieb.

Mehr Tränen liefen über ihr Gesicht, doch auch ihr Lächeln war breiter geworden. Sie tauchte die Riemen ins Wasser und wendete das Boot, um es in Richtung des Sonnenflecks zu rudern, doch dann hielt sie inne und hörte mit dem Rudern auf.

»Geht das nicht schneller?«, fragte Christian.

»Hast du es eilig?«

»Heute nicht.«

»Versprichst du mir was?«

»Kommt darauf an.«

»Wenn du gehst«, sagte Philippa, »verabschiede dich nicht von mir. Dann weiß ich, dass du eines Tages hinter irgendeiner Flussbiegung auf mich wartest.«

»Brauchst du das?«

»Nur so lange, bis ich es nicht mehr brauche.«

Sie trieben weiter. Das Wolkenloch und der Lichtfleck wanderten voran. Das Boot hüpfte und tanzte in der Strömung. Philippa glich die Bewegungen aus, ohne sich darauf konzentrieren zu müssen.

»Wenn ich mich nicht verabschieden darf, kann ich dir keinen Abschiedskuss geben«, sagte Christian.

»Dann gibst du mir eben keinen.«

»Vielleicht möchte ich dir einen geben.«

»Vielleicht möchte ich keinen *Abschieds*kuss.«

Christian sah sich um. »Wir sind ganz allein hier auf dem Fluss, oder?«

»Im Moment schon.«

Das Boot schaukelte, der Lichtfleck glitt ihm voraus. Der Meyn, auch wenn er ein Monster geworden war, würde wieder zu sich zurückfinden; vielleicht nicht mehr im alten Bett, aber er würde wieder der Meyn sein.

»Das ist ganz schön wacklig hier«, sagte Christian.

»Halt die Klappe«, sagte Philippa. »Küss mich nochmal.«

EPILOG

Als das Wasser zurückging, fanden die zurückkehrenden Menschen die Toten, die der Fluss mitgenommen hatte. Sie hatten sich in Hecken und Baumkronen verfangen oder waren von der Flut in Schuppen und Ställe geschwemmt worden. Viele waren halbnackt, weil die Gewalt des Wassers ihnen die Kleidung vom Leib gerissen hatte. In manchen Orten wurden die Leichen verbrannt, in anderen hoben die Menschen Massengräber aus und beerdigten sie, während ein Priester die Totenmesse las.

Einer der Toten war ein Mann, in dessen linker Handfläche ein Kreuz eingebrannt war. Auch er war nackt. Das Wasser hatte seinen Leib aufgeschwemmt, aber trotzdem konnte man sehen, dass er außergewöhnlich muskulös und trainiert gewesen war. Der Priester, der über ihm das Kreuzzeichen machte, bevor der Leichnam in ein Tuch eingeschlagen wurde, selbst von eher schmächtiger Statur, dachte flüchtig daran, dass auch der beeindruckende Körperbau den Mann nicht gerettet hatte. Das Wasser hatte ihn trotzdem geholt.

So vergeht der Ruhm der Welt, dachte er. Dann schlug er das Kreuz über den nächsten Leichnam und vergaß den Mann wieder. Es gab noch so viele Unglückliche unter die Erde zu bringen.

NACHWORT

Kein anderes Witterungsereignis in Mitteleuropa hatte derart einschneidende Folgen wie das Magdalenenhochwasser im Juli des Jahres 1342. Es gilt als die verheerendste Überschwemmungskatastrophe aller Zeiten im mitteleuropäischen Binnenland.

Allein das in den sechs Tagen der Katastrophe (19. – 25. Juli 1342) erodierte Bodenmaterial entspricht der Menge, die bei normalen Wetterbedingungen in 2000 Jahren davongeschwemmt wird. Es veränderte die Topografie Deutschlands bis zum heutigen Tag, schwemmte Täler aus und grub neue Flussläufe und verwüstete in manchen Gegenden die ehemals fruchtbaren Ackerflächen so sehr, dass dort noch in Jahrtausenden keine landwirtschaftliche Nutzung möglich sein wird. Da sein monströser Verlauf nicht möglich gewesen wäre ohne die exzessive Landnutzung und den vom Städtebau hervorgerufenen Kahlschlag des 14. Jahrhunderts, handelt es sich dabei streng genommen nicht um eine Natur-, sondern um eine Umweltkatastrophe.

Den vorhandenen Schriftquellen zufolge strömte eine warme, feuchte Luftmasse aus dem östlichen Mediterranraum in das westliche Mitteleuropa und schob sich dabei über eine kühlere, schwerere Luftmasse im Nordwesten. Dabei kam es zu starker Kondensation, massiver Wolkenbildung und zu außergewöhnlich ergiebigen Niederschlägen. Eine derartige Wetterlage – wissenschaftlich als Vb-Zugbahn bezeichnet – kommt relativ häufig vor und war auch in den Jahren 1997 und 2002 verantwortlich für die Oder- und Elbflut. Das Magdalenenhochwasser allerdings weist bis zum Hundertfachen der Abflussmengen dieser beiden Überschwemmungskatastrophen auf.

Das Magdalenenhochwasser war nicht das erste mitteleuropäische Hochwasser des Jahres 1342. Bereits im Februar hatte die Schneeschmelze nach dem sehr kalten, sehr schneereichen Winter eine Eisflut bewirkt, die in Prag die Judithbrücke, die Vorgängerin der Karlsbrücke, zerstörte. Im Juli 1342 trafen dann heftige Starkregenfälle auf eine Landschaft, deren Boden nach einem nassen Frühjahr und einer Hitzeperiode im Frühsommer so hart wie Stein war und das Wasser nicht halten konnte. Es schien, so zeitgenössische Quellen, dass »das Wasser von überall hervorsprudelte, sogar aus den Gipfeln der Berge« (Cuert Weikinn). Die Auwälder entlang der Flüsse hatten unter den Einschlägen für den Städtebau zu stark gelitten, als dass sie als Flutpuffer hätten dienen können.

Die Flut kam so schnell, dass das Wasser »vielen Leuten in die Häuser und Stuben gelaufen und alte Leute sampt den Kindern ertränckt« (Meiningen, Werra); sie kam mit solcher Gewalt, dass »Türme, feste Stadtmauern, Brücken, Häuser und Bollwerke davongetragen« wurden, und sie erreichte eine Höhe, dass man »über die Mauern der Stadt Köln (...) mit Kähnen« fahren konnte (Curt Weikinn). Die Chroniken von Städten wie Würzburg, Frankfurt, Mainz, Köln, Regensburg, Passau und Wien erwähnen die Jahrtausendflut. Schätzungen der Todesopfer gehen in die Zehntausende.

Ich habe mich bei der Schilderung des Ablaufs der Katastrophe so weit wie möglich an die vorhandenen Quellen gehalten und höchstens die Zeitdauer ein wenig komprimiert. Den Abschriften der Rheinischen Naturforschenden Gesellschaft aus dem 19. Jahrhundert über das Magdalenenhochwasser lässt sich entnehmen, dass die Flut am dritten Tag vor Maria Magdalena mit aller Wucht über Frankfurt herfiel, also am 19. Juli. In Frankfurt und Sachsenhausen standen alle Gassen unter Wasser, in den zwölf großen Kirchen der Stadt wurden Pegelstände zwischen 1 m und 4 m gemessen. Das Wasser riss den Sachsenhausener Teil der Brücke mit der neu erbauten Katharinenkapelle weg, in Sachsenhausen selbst unterspülte es die Uferbefestigung auf einer Länge von fünfzig und einer Breite von dreizehn Metern; die dabei entstandene Furche war fünf Meter tief. Die überlebenden Frankfurter flüchteten auf den Mühlberg und kamen dort in Zelten unter.

Teile meiner Schilderung haben sich an den Chroniken anderer Städte orientiert und die Geschehnisse dem geplagten Frankfurt aufgebürdet. So habe ich den Zusammenbruch von Teilen der Stadtmauer, Kaianlagen und ufernahen Häusern in den Schilderungen aus Würzburg gefunden. Die verheerende Wirkung des Treibguts, das aus Baumstämmen, Holz, Gerätschaften, Viehkadavern und Leichen bestand, habe ich Chroniken aus dem Untermaingebiet entnommen.

Noch mehr als diese mittelalterlichen Quellen habe ich aber die Berichte aus der katastrophalen Überflutung von Florenz im Jahr 1966 genutzt sowie die Reportagen aus dem Tsunami vom Dezember 2004 in Südostasien. Weitere Berichte über tödliche Überschwemmungskatastrophen in den USA in den Sechziger- und Siebzigerjahren haben das Bild abgerundet, das ich zu zeichnen versucht habe.

DANKE

Ich wollte diesen Roman schreiben, seit ich vor Jahren in einer historischen Fernsehsendung in einer eher beiläufigen Bemerkung vom Magdalenenhochwasser hörte, nachrecherchierte und feststellte, dass es sich dabei um die größte Flutkatastrophe der gesamten europäischen Geschichtsschreibung handelte. Wie immer überwiegt bei den Menschen die Neugier an Meldungen aus entfernten Teilen der Welt das Interesse an den Dingen, die direkt vor unserer Haustür geschehen. So stellte ich fest, dass es zwar dramaturgisch aufbereitete Nacherzählungen des Vulkanausbruchs von Pompeji, des Erdbebens von Lissabon oder des großen Feuers von London gibt, um nur einige Katastrophen zu nennen. Über das Magdalenenhochwasser jedoch gab es – nichts. Ungefähr zehn von zehn Menschen, die ich dazu befragte, hatten noch nie etwas davon gehört. Das gibt einem schon zu denken: ein Naturereignis, das das heutige Bild Mitteleuropas geformt hat, und keiner kennt es.

Dass aus der Idee, die Geschichte des Magdalenenhochwassers zu erzählen, dieser Roman entstanden ist, verdanke ich vor allem der Hartnäckigkeit meines Agenten Bastian Schlück und seinem Glauben an diese Story. Auf Seiten meines Verlegers haben sich Friederike Achilles und Anne Rudolph darum verdient gemacht sowie mein sehr geschätzter Außenlektor Kai Lückemeier, dessen sorgfältigem Verständnis für die Geschichte ich viele gute Wendungen und Einsichten verdanke. Ebenso viele wertvolle Verbesserungsvorschläge stammen von meinen Probelesern Angela Seidl, Sabine Stangl, Toni Greim und Thomas Schuster.

Meine Familie und meine Freunde haben wie üblich nicht so viel von mir gesehen in den letzten, fieberhaften Wochen der Manuskript-Fertigstellung. Für die Geduld, die sie dabei aufbrachten, nicht zuletzt wenn ich geistesabwesend am Tisch saß und mit dem Herzen bei Philippa und Hilpolt Meester war statt im Hier und Jetzt, möchte ich mich ebenfalls bedanken.

Und wie immer und weil es mich – auch wie immer! – mit großem Stolz erfüllt, das schreiben zu können, sage ich am Ende dieser Zeilen Danke zu Ihnen, liebe Leserinnen und Leser. Ich hoffe, dass ich Sie auch mit dieser Geschichte an den Ort und in die Zeit meiner Erzählung habe mitnehmen können. Danke, dass Sie mich begleitet haben. Mit Ihnen reise ich am liebsten.

BONUSMATERIAL

Hintergrundinformationen zur Entstehung von »Zorn des Himmels«

GELÖSCHTE SZENEN

SZENE 1

Noch in der Exposé-Phase schrieb ich einen Entwurf für den Anfang des Romans. Er hat nicht lange überlebt. Ich stelle ihn hier trotzdem vor, als eines der vielen Beispiele für die Pflicht des Autors, sich manchmal von Textpassagen und Story-Ideen zu trennen, auch wenn sie eigentlich vielversprechend wären:

Wochen, nachdem die Gauklertruppe wieder aus Prag abgezogen war, kreisten Lenas Gedanken immer noch um sie.

Doch es waren nicht die Gaukler an sich, die sie nicht zur Ruhe kommen und ihr Herz schneller schlagen ließen – es war der stille junge Mann mit dem Körper eines griechischen Gottes, der zu ihnen gehörte. Eigentlich schien er gar nicht wirklich ein Mitglied der schrillen Gruppe gewesen zu sein. Statt akrobatische Kunststückchen darzubieten, brachte er seinen interessierten Kunden bei, mit Tinte und Gänsekiel Bilder auf altes Pergament zu zeichnen. Lena war eine von ihnen gewesen, jeden Tag. Was sie an Ersparnissen besessen hatte, hatte sie für die Unterrichtsstunden ausgegeben, und wenn sie einen Wunsch zu äußern gewagt hätte, hätte sie darum gebeten, ihren Lehrer zeichnen zu dürfen – Benedikt, den jungen Mann mit dem melancholischen Gesicht, den breiten Schultern, den schmalen Hüften ... und dem schiefen Bein, mit dem er nur hinken konnte und das offenbar nach einer Verletzung nicht mehr richtig zusammengewachsen war.

Der Aufenthalt der Gaukler in Prag war nicht von Erfolg gekrönt gewesen. Sie hatten ihr Publikum überschätzt. Womöglich hatte man anderswo die Geschichte spannend gefunden, die im Zentrum ihrer Auftritte stand: dass sie in den Besitz eines alten Dokuments gelangt seien, in dem von einem gefährlichen Geheimnis die Rede war. Das Geheimnis hatte mit der Judithbrücke zu tun, die die Prager Altstadt mit der Kleinseite verband.

Beim Bau dieser Brücke habe sich ein Baumeister um sein Geld betrogen gefühlt und einen wichtigen Stein wieder aus dem Fundament entnommen – genau diesen Stein, verehrtes Publikum! Diesen Stein hier in meiner Hand! An ihn zu gelangen, hatte die Gaukler angeblich ein Vermögen gekostet. Doch sie waren bereit, ihn den Pragern zu überlassen, gegen einen Bruchteil des Preises, den er gekostet hatte. Das Motiv für ihre Großzügigkeit: reine Menschenfreundlichkeit und die Furcht, den Pragern möge ihre schöne Brücke einstürzen.

Die Prager hatten abgewinkt. Um sie über den Tisch zu ziehen, musste man schon eine bessere Geschichte präsentieren. Die Gaukler machten sich beim ersten Tauwetter wieder auf den Weg, wahrscheinlich, um eine Stadt mit dümmeren Bürgern heimzusuchen ...

... und seitdem verbrachte Lena ihre Tage in hoffnungsloser Sehnsucht nach Benedikt, von dem sie überzeugt war, er sei der Mann ihres Lebens.

Das Exposé, zu dem dieser Anfang gehört, erzählte eine ganz andere Geschichte als die Endfassung von ZORN DES HIMMELS. Es ging um die Gaukler, auf die die Prager nach einem Unglück Jagd machten, um Lena, die Benedikt vor der Vergeltung warnen wollte und den Gauklern quer durch das Reich hinterhereilte, und um den großen Showdown in Frankfurt, wo Benedikt sich an den Männern rächen will, die für seine Verkrüppelungen verantwortlich sind – zufällig Kaiser Ludwig und König Karl von Böhmen. Sie geraten alle miteinander in die Katastrophe des Magdalenenhochwassers ...

SZENE 2

Manchmal fällt eine Szene nicht ganz weg, sondern wird komplett umgeschrieben, weil einem noch eine Verbesserung eingefallen ist. Mir ging es so mit der Story von Bernhard Ascanius und dem in seinem Käfig gefangenen Krüppel, der dem Ertrinkungstod ins Auge sieht. Die ursprüngliche Fassung dieser Szene liest sich so:

Der Bär mit seiner Last näherte sich, brüllend und um sich schnappend; plötzlich verlor er den Boden unter den Füßen, stürzte und wälzte sich durch die Flut. Als er wieder auf die Beine kam, war das Geschirr gerissen, der Käfig lag auf der Seite, ein von spritzendem, aufschäumendem Wasser umspültes Hindernis, das sich ruckend fortbewegte und von der Strömung zum Meynufer gespült wurde. Der Bär floh in die fallende Wasserwand hinein und war schon nach einem Dutzend Sprünge nicht mehr zu sehen.

Bernhard Ascanius riss sich den Mantel von den Schultern und rannte in die brüllenden Elemente hinaus. Schon nach ein paar Schritten wurden seine Füße weggerissen. Schwer stürzte er ins Wasser und kämpfte sich zurück auf die Beine. Der Regen war so heftig, dass er kaum Luft holen konnte. Das Tuch, das er um sein Gesicht gewickelt hatte, riss sich im Sturm los und flog davon, obwohl es mit Wasser vollgesaugt war wie ein Schwamm. Der auf der Seite liegende Käfig bewegte sich immer schneller mit der Flut, drehte sich um sich selbst, schien nicht mehr über den Boden zu schleifen, sondern bereits zu schwimmen. Der Krüppel klammerte sich an die Käfigstangen und brüllte. Bernhard sah seine großen Hände wie weiße Krabben um die Holzstangen gekrallt.

Der Käfig war kein Gefängnis, sondern diente dem Schaueffekt. Der Krüppel konnte jederzeit heraus, wenn er wollte. Aber das Behältnis war auf die Seite gefallen, in der die Käfigtür war. Selbst wenn der Mann es mit seinen fehlenden Beinen und seinen kurzen Armen geschafft hätte, die Tür zu öffnen, hätte er es nicht gekonnt. Er war tatsächlich ein Gefangener seiner Behausung und trieb mit ihr auf den Meyn zu. Er war nicht dumm. Er wusste, dass er dem Ertrinkungstod in die Augen sah. Bernhard hörte ihn schreien; er brüllte ein ums andere Mal »Heilige Maria Mutter Gottes, heilige Maria Mutter Gottes ...!«.

Bernhard erreichte den Käfig, aber er hatte keine Chance, ihn zu stoppen. Die Flut reichte bereits an seine Knie. Erneut fiel er und kämpfte sich wieder aus der brodelnden Wasser- und Schlammflut. Im zuckenden Blitzlicht sah er die aufgerissenen Augen des Krüppels und wie er nach Luft schnappte.

»Lass los!«, brüllte er.

Der Krüppel schüttelte voller Panik den Kopf. Der Käfig drehte sich halb herum mit einer so raschen Bewegung, dass Bernhard ins Wasser geschleudert wurde. Der Käfig stieß an ihn und schob ihn vor sich her. Prustend zog er sich daran noch. Das Meynufer war so nahe, dass ein Pfeilschuss von dort ihn erreicht hätte. Er schwang sich auf den Käfig.

»Lass los!«, schrie er erneut.

Der Krüppel klammerte sich umso stärker fest. Er spuckte und keuchte das Wasser aus, das ihm der Regen in seinen aufgerissenen Mund schüttete. Bernhard drosch ihm mit der Faust auf die Finger. Der Mann kreischte auf, sein Griff löste sich, sein missgestalteter kleiner Körper fiel wie ein Sack in das schäumende Wasser, das seinen Käfig zur Hälfte füllte. Er kam nicht wieder an die Oberfläche. Bernhard richtete sich auf, kämpfte um sein Gleichgewicht und zerbrach dann mit einem Tritt die hölzernen Gitterstäbe. Er fiel in den Käfig und steckte bis zur Brust darin. Etwas krallte sich um seine Beine. Mit wütenden Faustschlägen zertrümmerte er weitere Gitterstäbe. Der Krüppel kam zum Vorschein, zog sich an Bernhards Beinen in die Höhe, erbrach schlammiges Wasser. Bernhard bückte sich und hob ihn hoch. Er sah sich um.

Das Ufer des Meyn war nun so nahe, dass ein geschleuderter Stein den Käfig getroffen hätte. Erneut drehte die rollende, brodelnde Flut den Käfig herum. Bernhard fiel halb in das Behältnis, der schwere Körper des Krüppels glitt aus seinen Armen, prallte auf den Rand des Käfigs, stürzte von ihm herunter. Bernhard streckte blitzschnell die Hand aus und bekam eine andere, eiskalte Hand zu fassen. Er schüttelte das Wasser aus seinen Augen, seinen Haaren, starrte in das Gesicht des Krüppels, hinter dem das Ufer immer näher heranrückte. Das grobe, finstere Gesicht war eine Maske der Angst.

Bernhard grinste. »Ich hab dich«, sagte er in normaler Laut-

stärke, und seine Worte waren so zwingend, dass der Krüppel sie verstand. Ein Teil der Panik verschwand aus seinen unfertigen Zügen.

»Wollen wir sehen, dass wir von hier abhauen?«, fragte Bernhard. Der Krüppel nickte.

Bernhard schwang sich aus dem Käfiginneren und zerrte den Krüppel in die Höhe. Er umarmte ihn, wie man ein Kind umarmt, und spürte, wie der verängstigte Mann sich an ihm festkrallte. Dann rollte er sich über die dem Ufer abgewandte Seite des Käfigs und fiel mit seiner Last ins Wasser. Torkelnd kam auf die Beine, einen Moment orientierungslos. Er fühlte den Aufprall eines anderen Körpers und wäre beinahe wieder gefallen, aber jemand hielt ihn fest.

Der Sohn des Wirts und einer der Gaukler hatten sich lange Seile um die Hüften gebunden und waren Bernhard in den Strom, in den sich das Gelände vor dem Kloster verwandelt hatte, gefolgt. Andere Männer sicherten sie an den Seilen. Zusammen kämpften sie sich zurück in die Sicherheit des Torbogens, Bernhard mit dem Krüppel im Arm, der zu schluchzen begonnen hatte wie ein kleiner Junge. Hinter ihnen wurde der Käfig über die Uferböschung und in den Meyn gespült. Das Splittern und Krachen, mit dem er das bunte Boot der Herberge traf und zerschmetterte und von seiner Kette losriss, hörte keiner von ihnen.

Also – in der Ursprungsfassung gelang es Bernhard, den Krüppel zu retten. Doch mit der Zeit wurde mir klar, dass das eigentlich eine schwache Szene war. Sie sagte nicht wirklich etwas über Bernhards Charakter aus.

Die neue Fassung tut das sehr wohl. Wir erkennen Bernhards im Grunde anständige, ritterliche Gesinnung, denn er versucht den verkrüppelten Mann zu retten. Doch dann geht ihm auf, dass er, wenn er sein eigenes Leben in Gefahr bringt, auch seine Mission gefährdet. Ginge es nur um seine Haut, würde er diese riskieren, würde er sich vielleicht sogar mit dem Krüppel in den Main schwemmen lassen und versuchen, ihn schwimmend zu retten. Die Mission aber – die Mission darf nicht scheitern. Daher lässt er den Krüppel im Stich. Er handelt nicht mehr ritterlich, sondern pragmatisch, obwohl ihn dies in einen seelischen Konflikt stürzt. Bernhard, das erklärt uns diese Szene, wäre eigentlich ein hochanständiger Mann, wenn er seine Treue nicht dem falschen Herrn geschworen hätte.

Natürlich versucht die neue Fassung der Szene auch, die Leser unsicher zu machen. Anfangs nimmt man Bernhard mit seiner launigen Art, seiner Ritterlichkeit gegenüber der Kaufmannsfrau und den Gauklern und seiner lakonischen Hilfsbereitschaft als äußerst positive Figur wahr. Aber würde ein durch und durch positiver Held den Krüppel im Stich lassen? Wie kann es überhaupt sein, dass ein so anständig scheinender Mann wie Bernhard eine so pragmatisch-kaltherzige Tat verübt?

INTERVIEW MIT DEM AUTOR

Hieß der Roman schon von Anfang an ZORN DES HIMMELS?

Der allererste Arbeitstitel lautete DER ZORN DER MAGDALENA – was beweist, dass die Anfangs- und die End-Idee manchmal gar nicht so weit auseinanderliegen und dass nur die Ideen dazwischen einen ein bisschen vom Weg abbringen. Diese irreführenden Ideen brachten Titelvorschläge wie SINTFLUT, DIE FLUT, UNTERGANG, KATHARSIS, DER MAHLSTROM hervor – allesamt Vorschläge, von denen ich froh bin, dass sie das Rennen nicht gemacht haben, denn ZORN DES HIMMELS finde ich klasse. Der letztlich genommene Titelvorschlag stammt aus einem Brainstorming im Hause Lübbe – danke dafür!

Wie sind Sie auf die Idee gekommen?

Ich stieß durch Zufall auf das Magdalenenhochwasser, und als ich recherchierte, fand ich einen Chronikeintrag über die Auswirkungen der Flut auf Köln. Dort hieß es, man habe mit Booten über die Stadtmauern hinwegfahren können. Dieses Bild bekam ich nicht mehr aus dem Kopf. Eine zwischen sechs und acht Meter hohe Stadtmauer, die so weit unter Wasser stand, dass Boote darübergleiten konnten. Die damals größte Stadt Deutschlands acht Meter tief unter Schlammwasser versunken! Für mich war klar, dass es einen Roman über das Magdalenenhochwasser geben und dass er in Köln spielen musste.

Tatsächlich spielt er jetzt in Frankfurt. Das hat dramaturgische Gründe, die ich hier nicht allzu sehr ausführen möchte, damit ich nicht für diejenigen, die das Zusatzmaterial zuerst lesen, einen Spoiler produziere. Ich sage nur: Wenn man die Möglichkeit hat, mit einer Geschichte einen spannenden Kreis zu schließen und auf diese Weise Zeit, Orte, die Motivationen der

Charaktere und zwei dramatische historische Ereignisse miteinander zu verknüpfen, sollte man es tun. Und ich sage nur: Brücke ...

Ist die Änderung des Handlungsortes auch der Grund, dass Sie den Rest der Handlung um die Gauklertruppe verworfen haben?

Nein, das liegt eher daran, dass mir bei der Gaukler-Version ein dramatischer innerer Konflikt fehlte. Außerdem habe ich es gern, wenn die Entwicklungsbögen der Charaktere die äußere Handlung widerspiegeln. Das Magdalenenhochwasser hat das Antlitz Deutschlands geändert. Das Land war nachher buchstäblich nicht mehr dasselbe. Deshalb wollte ich, dass auch für die Figuren nachher alles anders wäre und dass ihre Gefühle dem gleichen, alles umstürzenden Mahlstrom unterworfen wären wie das Land. Gaukler aber wären es gewohnt gewesen, dass man sie mit Steinen aus der Stadt jagt oder sie für Unglücke verantwortlich macht – ihre innere Welt wäre davon nicht auf den Kopf gestellt worden. Daher dachte ich mir die neue Version aus, in der die Charaktere all ihre alten Überzeugungen und Loyalitäten auf den Prüfstand stellen und davon Abschied nehmen müssen. In der sie sich von ihrer alten Welt komplett verabschieden müssen und einen Neubeginn wagen, von dem sie nicht wissen, wohin er sie führt – aber auf jeden Fall in das unbekannte Land hinter der Flussbiegung.

Wie haben Sie für ZORN DES HIMMELS recherchiert?

Eigentlich so wie für all meine anderen Romane. Ich habe zuerst alle Informationen über das Hochwasser und seine zeitliche Einordnung in die politischen Geschehnisse gesammelt. Mit diesen Informationen war ich in der Lage, ein erstes Konzept zu entwickeln und dieses meinem Agenten und meiner Lektorin vorzustellen. Die Konzeptarbeit führte zu weiteren, diesmal schon detaillierteren Fragen, deren Beantwortung zum Teil Änderungen an der Story notwendig machten.

Diese Phase der Recherche findet bei mir im Wesentlichen im Internet, am heimischen Bücherschrank und in Bibliotheken statt. ZORN DES HIMMELS macht da keine Ausnahme. Als dann die eigentliche Romanhandlung so ziemlich feststand, nahm ich Kontakt mit befreundeten Historikern und Spezialisten auf, holte mir Detailinformationen aus Archivmaterial und begab mich schließlich vor Ort, in diesem Fall hauptsächlich Frankfurt, um auch die Begebenheiten vor Ort kennenzulernen.

Wie lange haben Sie gebraucht, um den Roman zu schreiben?

Das erste Konzept (das mit Lena und den Gauklern) zu diesem Roman stammt aus dem November 2010. Danach ruhte die Geschichte aufgrund meiner Arbeit an anderen Projekten.

Im Juli 2011 nahm ich das Konzept wieder auf und stellte es vollkommen um; meine Notizen aus dieser Zeit zeigen eine Geschichte, die schon recht nahe an der Endfassung dran ist. Das endgültige Konzept stand im August 2011.

Zunächst blieb es in der Schublade, weil ich in Abstimmung mit dem Lübbe Verlag ein Romanprojekt über Karl den Großen vorzog. Das Ergebnis dessen ist DER LETZTE PALADIN, der im Frühjahr 2013 erschien. Gleich danach machte ich mich jedoch endlich an die Geschichte über das Magdalenenhochwasser. Die ersten Zeilen des Manuskripts wurden im Januar 2013 geschrieben, die letzten im Juni 2013.

Glauben Sie, dass historische Romane auch einen Bezug zu unserer Zeit haben?

Ich denke, sie sollten auf jeden Fall einen haben. Entweder lässt er sich über die Charaktere herstellen, in deren Gefühlen, Konflikten und Zielen wir heutige Menschen uns wiederfinden; oder über die Schilderung von gesellschaftspolitischen und humanistischen Herausforderungen, denen wir heute in ähnlicher Form wieder ausgesetzt sind. Geschichte wiederholt sich nämlich ständig ...

ZORN DES HIMMELS ist ein Katastrophenthriller. Während er entstand und auch in der Folge bemühte sich das Leben, die schrecklichen Geschehnisse darin noch zu übertreffen. Insofern hat der Roman sogar einen ganz handfesten Bezug zur Gegenwart. Hier folgt eine kleine Liste aller eingetretenen und gerade noch überstandenen Naturkatastrophen, die sich zur Zeit der Entstehung des Romans bis heute ereigneten:

15.02.13 Knapp daneben: Der Asteroid »Duende« verfehlt die Erde um 28.000 Kilometer; der Meteor von Tscheljabinsk trifft etwas besser, richtet viele Sachschäden an und bringt 1.500 Menschen in ärztliche Behandlung

20.04.13 In der chinesischen Provinz Sichuan tötet ein Erdbeben 100 Menschen

20.05.13 Einem Tornado in Moore, Oklahoma (USA) fallen 24 Menschen zum Opfer

Mai bis Juni 2013 Schwere Überflutungen in Deutschland und anderen Ländern Mitteleuropas

21.06.13 Monsunbedingte Erdrutsche und Überschwemmungen im indischen Teil des Himalaya: 6.000 Tote

24.09.13 Erdbeben in der pakistanischen Provinz Belutschistan: 500 Tote

07.11.13 Der Supertaifun Haiyan tötet auf den Philippinen 5.500 Menschen, vier Millionen werden obdachlos

Februar 2014 Schwere Überschwemmungen in England

02.05.14 2.100 Menschen sterben in Bergrutschen und Schlammlawinen in Afghanistan

11. – 19.05.14 Das Balkantief Yvette fordert mehrere Menschenleben

09.06.14 Ein Pfingstunwetter tötet mehrere Menschen in Deutschland und richtet besonders in Nordrhein-Westfalen schwere Sachschäden an

03.08.14 400 Tote bei einem Erdbeben in der südchinesischen Provinz Yunnan

14.–15.03.15 Einer der stärksten jemals gemessenen Zyklone verwüstet den pazifischen Inselstaat Vanatu

31.03.15 Sturmtief Niklas tötet mehrere Menschen in Deutschland und führt zu vielen Unfällen

25.04.15 In Nepal bebt die Erde und fordert fast 9.000 Todesopfer. Über acht Millionen Menschen sind betroffen. Viele von ihnen leben auch heute, zur Drucklegung dieses Buches, noch in Zelten

Mai bis Juni 2015 In Pakistan und Indien fallen über 3.000 Menschen einer extremen Hitzewelle zum Opfer

26.10.15 Erdbeben im Hindukusch – 350 Tote und Tausende von Verletzten

19.–20.02.16 Der stärkste jemals auf der Südhalbkugel gemessene Zyklon verwüstet die Fidschi-Inseln

14.–16.04.16 Erdbeben in Japan und Ecuador fordern knapp 1.000 Tote und fast 30.000 Verletzte

Angesichts des Leids, das diese Katastrophen hervorgerufen haben, ist es geradezu anmaßend zu schildern, dass auch ich von einer betroffen war. Während der Überflutungen im Mai und Juni 2013 stand ich mehrmals bis zu den Knien im Wasser in den Kellern meiner Eltern, von Verwandten und Freunden und half mit ausschöpfen. Niemand wurde verletzt, die Sachbeschädigungen hielten sich in Grenzen, im Grunde durften wir alle dankbar sein, dass nicht mehr geschehen war – aber dennoch erinnere ich mich an das Gefühl der Hilflosigkeit und des Ausgeliefertseins, als ich zum Teil erneut in vor kurzem leergeschöpften Kellern stand und den Eimer schwang.

Haben Sie eine Lieblingsfigur im Buch?

Irgendwie sind alle Figuren in einem Roman die Lieblingsfiguren des Autors. Auch die Bösewichter, weil nur ein richtig guter Bösewicht das Beste in den Helden zutage treten lässt. Ich würde aber sagen, dass am meisten von allen Charakteren mein Herz an Hilpolt Meester hängt.

Ist es einfacher oder schwieriger, über reale historische Figuren als über fiktive zu schreiben?

Reale Figuren sind schwieriger, denn man sollte sich als Autor bemühen, sie so wirklichkeitsnah zu schildern, wie es nur geht – man muss quasi herausfinden, wie sie sich, wären sie in Wirklichkeit mit den fiktiven Geschehnissen der Romanhandlung konfrontiert worden, verhalten hätten. Reale historische Personen mitspielen zu lassen, nur weil ihr Name vielleicht einen guten Klang hat, und sie dann nicht ihrem tatsächlichen Charakter entsprechend agieren zu lassen, ergibt für mich keinen Sinn – dann kann ich gleich eine neue Figur erfinden.

Ihre Romane spielen meist in unterschiedlichen Zeiten. DIE PFORTEN DES HIMMELS bringen uns das 13. Jahrhundert näher, die Handlung von DER LETZTE PALADIN ist im 8. Jahrhundert angesiedelt, und dieses Buch spielt im 14. Jahrhundert. Ist die Handlungszeit für Sie wichtig oder steht bei der Auswahl Ihrer Themen etwas Anderes im Vordergrund?

Für mich ist das Wichtigste, dass ich eine gute Story erzählen kann, die in den Kontext ihrer Zeit passt. Handlungsort, Epoche, Story, Plot und Charaktere müssen eine Einheit geben. Nur dann ist ein historischer Roman auch ein wirklicher historischer Roman und nicht nur eine beliebige Geschichte vor historischem

Hintergrund. Wenn ich diese Einheit mit dem Roman erzeugen kann, den ich erzählen möchte, ist mir die Handlungszeit relativ egal.

Natürlich ist man immer auf der Suche nach besonderen Geschehnissen, interessanten Eigenheiten einer Epoche oder spannenden Artefakten. Stoße ich als Autor auf so etwas, steht die Handlungszeit als Erstes fest, die Entwicklung einer dazu passenden Geschichte und entsprechender Figuren orientiert sich dann daran. Es kann aber auch sein, dass ich ein ganz bestimmtes Thema aufgreifen will, dann steht die Plot-Idee als Erstes da, und ich mache mich auf die Suche nach einer Epoche, in der ich die geplante Geschichte glaubwürdig entwickeln kann.

Was davon gilt für Ihren nächsten historischen Roman? Und worum geht es darin?

Bei ihm habe ich das Glück, dass sich aus einem spannenden Artefakt die Handlungszeit und die Hauptfiguren quasi von allein ergeben. Ich musste nur noch die passende Story finden.

Der Roman handelt vom berühmtesten Juwel der deutschen Geschichte, dem sogenannten Karfunkelstein. Er war der wichtigste Edelstein in der Reichskrone, entstanden angeblich aus einer Träne, die die Gottesmutter Maria um ihren toten Sohn Jesus weinte. Der Kaiser, der würdig war, ihn in der Krone zu tragen, konnte sich darauf verlassen, dass die Fürsten der Welt ihm folgten. Seiner Einzigartigkeit wegen wurde der Stein auch »Orphanus« genannt – der Waise. Berühmte Dichter wie Walther von der Vogelweide und Otto von Botenlauben sangen Lieder über ihn; berühmte Herrscher wie Friedrich II. von Hohenstaufen betrachteten ihn als ihre Legitimation.

In meiner Story geht der Stein (der im 14. Jahrhundert tatsächlich spurlos verschwand und nie mehr wieder aufgetaucht ist) verloren. Derjenige, der ihn zuletzt gesehen hat und der immer überzeugt war, dass der Stein nur Unglück über seinen Besitzer brächte, ist Walther von der Vogelweide. Deshalb erhält der in Ungnade gefallene Walther den Auftrag, nach dem Stein zu suchen und ihn Kaiser Friedrich II. auszuhändigen. Aber Walthers letzter Kontakt mit dem Waisen ist zwanzig Jahre her, endete für ihn im schlimmsten Desaster seines Lebens und verwandelte ihn vom gefeierten Popstar seiner Zeit in einen resignierten, traurigen alten Mann. Widerstrebend und voll dunkler Vorahnung macht der Sänger sich noch einmal auf eine letzte Ritterfahrt auf, begleitet von seinen damals besten Freunden, die alle ebenso im Alter gescheitert sind wie er. Ohne dass sie es ahnen, liefern sie sich dabei mit einem Gegner ein Rennen, der ihnen immer einen Schritt voraus ist – einer Frau, die einst für Walther ihr Leben gegeben hätte, hätte er ihre Liebe nur erwidert …

LESEPROBE AUS
»KRONE DES SCHICKSALS«

Vorbemerkung: Wir befinden uns im Jahr 1227. Kaiser Friedrich II. ist in Schwierigkeiten. Er hat der Kirche versprochen, die von Moslems eroberte Stadt Jerusalem zurückzugewinnen. Sein Plan ist, dies auf dem Verhandlungsweg zu erreichen. Der neu gewählte Papst, ein Feind des Kaisers, will ihn hingegen dazu drängen, sein im Überschwang gemachtes Kreuzzugsversprechen zu halten. Die Kirche will Blut sehen.

Der Gegenspieler des Kaisers auf moslemischer Seite, Sultan al-Kamil, strebt ebenfalls eine Verhandlungslösung an, wird aber von den Falken in seinem Lager genauso unter Druck gesetzt wie Friedrich vom Papst. Al-Kamil kann nur dann darauf hoffen, dass eine friedliche Lösung von seinen innenpolitischen Gegnern mitgetragen wird, wenn Kaiser Friedrich, dem der Sultan sich damit quasi unterwerfen würde, über jeden Zweifel erhaben ist. Beweisen kann Friedrich dies, indem er zeigt, dass er den Waisen in der Reichskrone tragen kann.

Aber der Stein ist seit zwanzig Jahren verschollen. Friedrich fällt nur ein Mann ein, der wissen könnte, wo er ist – ein Mann, der einmal ein Freund war und jetzt nur noch ein bitterer, alt gewordener Poet, dem Friedrichs engste Berater zutiefst misstrauen.

Friedrichs engster Freund und Berater ist der Hochmeister des Deutschritterordens, Hermann von Salza. Ihn und Walther von der Vogelweide verbinden langjährige gegenseitige Abneigung und Argwohn. Hermann und etliche seiner Ritter suchen Walther auf seinem Gut in der Nähe von Feuchtwangen auf, wo dieser recht und schlecht von den Erzeugnissen seines Obstgartens und von in Auftrag gegebenen politischen Polemiken lebt.

Walther hat erst vor kurzem den jungen Laurin bei sich aufgenommen, den Ziehsohn befreundeter Kaufleute aus Würzburg. Er fühlt sich dem jungen Mann verbunden, denn er kennt ein Geheimnis um dessen Herkunft, über das nicht einmal Laurin selbst Bescheid weiß.

An einem anderen Ort treffen wir im zweiten Kapitel der Leseprobe auf eine der beiden weiblichen Hauptpersonen des Romans. Wir lernen sie in einer nicht unbedingt typisch fraulichen Situation kennen.

Hermann von Salza postierte je einen seiner Männer an den beiden Türen von Walthers Haus und kam dann mit den restlichen dreien herein. Er schenkte Walther einen langen, kalten Blick, stapfte durch das Haus, rüttelte an Truhen und schaute hinter Wandteppiche und fühlte sich nach Kräften wie zu Hause.
»Mein Heim ist Euer Heim«, sagte Walther sarkastisch.
»Etwas zu trinken wäre nicht schlecht«, sagte Hermann.
»Der Brunnen ist draußen.«
Die beiden ungleichen Männer maßen sich mit Blicken. Hermann von Salza war für Kaiser Friedrich so etwas Ähnliches, was Heinrich von Kalden für König Philipp gewesen war. Dass der Deutschordensmeister jedoch kein Freund von Walther war, sondern ihn vom ersten Moment an seine Feindseligkeit hatte spüren lassen, verlieh ihrem Treffen eine zusätzliche Schärfe. Das Blickduell wäre endlos so weitergegangen, wenn Laurin nicht hereingekommen wäre mit einem Weinkrug und vier Tonbechern, in die er vier Finger gesteckt hatte, um sie alle gleichzeitig tragen zu können. Er stellte seine Last ab, grinste in die Runde, verschwand in dem Nebenraum, der zugleich als Lager und Küche diente, kam mit zwei weiteren Bechern wieder, setzte sich an die Tafel, schenkte mit selbstverständlicher Miene ein, hob seinen Becher und sagte: »Schön, mal Besuch zu haben. Gesundheit!«

Walther war bemüht, sich die Erleichterung nicht anmerken zu lassen, dass Laurin die unerträglich gewordene Spannung durchbrochen hatte. Der Junge hatte kein Gespür, wie man einen Satz richtig an den anderen reihte, aber er besaß ein Gefühl für den richtigen Augenblick. Hermann von Salza sah sich gezwungen, den Blickkontakt zu unterbrechen, um nach einem Becher zu greifen. Seine Ritter taten es ihm nach. Walther nippte am Wein und stellte das Gefäß wieder ab. Die fragenden Blicke Laurins ignorierte er.

»Setzt Euch«, grummelte er schließlich.

Hermann von Salza deutete auf Laurin. »Wer ist er?«

»Mein Knecht«, sagte Walther.

»Er hat ziemlich saubere Fingernägel für einen Knecht.«

»Meine Hilfe ist mehr geistiger Natur«, erklärte Laurin.

»Lasst es uns kurz machen, Sänger«, knurrte Hermann und schob den Weinbecher beiseite. »Wo ist das Ding?«

»Ich habe keine Ahnung, was Ihr meint«, erwiderte Walther, aber die Pause, die er davor gemacht hatte, war zu lang gewesen. Alles, was er hatte tun können, um seinen Schreck zu verbergen, war, ein unbewegtes Gesicht zu machen. Er wusste genau, wovon Hermann sprach. So wie kein Tag in den letzten zwanzig Jahren vergangen war, ohne dass er an Eirene gedacht hatte, so war auch keiner vergangen, ohne dass er an den Waisen gedacht hatte. Es war immer die gleiche Gedankenkette gewesen: Hätten er und Otto nicht das Lied gesungen, dann wäre alles anders gekommen ...

»Ihr wisst wahrscheinlich wirklich nicht viel, das aber schon«, sagte Hermann angewidert.

Walther betrachtete die Tischplatte. Er kämpfte mit sich. »Lass uns allein, Laurin«, sagte er schließlich. »Bitte.«

»Aber ...«

»Ich habe mir damals geschworen, dich nicht in diese Geschichte hineinzuziehen.«

»Was für eine Geschichte?«

»Bitte«, sagte Walther.

Laurin holte Luft, um erneut zu widersprechen, aber dann senkte er den Kopf, erhob sich und marschierte hinaus. Er ließ die rückwärtige Tür knallen.

»Wer ist er?«, fragte Hermann.

»Mein Schützling.«

»Und was hat er mit dem Waisen zu tun?«

Walther verfluchte sich im Stillen. »Wie kommt Ihr darauf, dass er was damit zu tun haben könnte?«

Hermann von Salza sah ihn an wie jemanden, der in der Speisekammer mit fettverschmiertem Mund vor einem angebissenen Schinken erwischt worden ist und mit vollem Mund sagt: »Wer, ich?«

»Es geht Euch überhaupt nichts an«, sagte Walther steif.

»Alles, was mit dem Stein zu tun hat, geht mich was an.«

»Ihr werdet Euch noch wünschen, dass es nicht so wäre«, murmelte Walther.

»Was habt Ihr gesagt?«

»Ich sagte: Seit wann, wenn man fragen darf?«

Hermann von Salza ballte die Faust. »Seit der Kaiser ein Interesse daran hat.«

Die rückwärtige Tür öffnete sich, und einer der beiden Ritter, die Hermann als Wächter draußen postiert hatte, schlenderte herein. Er hatte die Kapuze seines Mantels über den Kopf gezogen und streckte sich gemütlich. Hermann blickte auf.

»Warum bleibst du nicht auf deinem Posten?«

»Der Junge ist draußen und schmollt. Außerdem, wer soll uns vom Garten her schon angreifen? Die Steckrüben wirken ganz friedlich.«

Walther war beim ersten Klang der Stimme herumgefahren. Der Ritter schlug seine Kapuze zurück und musterte Walther aus klaren blauen Augen. Sein Mund zeigte kein Lächeln.

»Wo ist der Stein der Fürsten, Walther?«, fragte Friedrich von Stoufen, Kaiser des Heiligen Römischen Reichs. »Gebt ihn mir, und ich will glauben, dass nichts zwischen uns steht als ein großes Missverständnis.«

»Wie kommt Ihr darauf, dass ich den Stein haben könnte?«, fragte Walther nach einer gefühlten Ewigkeit des Schweigens. Er spürte, wie Hermann ihn unterm Tisch anstieß, und fügte hinzu: »Majestät.«

»Philipp hat ihn Euch gegeben an jenem verhängnisvollen Tag in Papinberc. Als Ihr und Graf Otto ihn besungen habt.«

»Er hat ihn mir nicht gegeben.«

»Wollt Ihr mir erzählen, Ihr hättet das Lied einfach so gedichtet? Ihr, dessen Poesie so unter die Haut geht, weil Ihr der Dichtung stets die Praxis vorausgestellt habt, besonders was Eure Liebesdichtung betrifft?« Friedrich sah sich neugierig im Raum um und trat schließlich zu dem Schreibpult, auf dem der Entwurf von Walthers Kreuzzugsaufruf lag. Er musterte ihn.

»Ich war noch nie auf einem Kreuzzug und schreibe dennoch darüber«, sagte Walther patzig.

»Aber nicht besonders gut«, erwiderte Friedrich und lächelte.

»Selbst wenn ich den Stein hätte, würde ich ihn Euch nicht geben«, sagte Walther, der bleich geworden war.

Hermann räusperte sich drohend, aber Friedrich winkte ab. Er trat vor Walther und blickte zu ihm hoch. »Ich wollte nie Euer Feind sein«, sagte er leise. »Aber Ihr habt mir keine Chance gegeben, Euer Freund zu werden.«

»Ihr kommt hierher in mein Haus, verkleidet und in Begleitung eines halben Dutzend Totschläger, und redet von Freundschaft?«

»Wo ist der Stein, Walther?«

»Ich habe ihn nicht!«

Friedrich wandte sich ab. Sein Gesicht verriet nichts, nur seine blauen Augen waren starr geworden. Walther kannte diesen besonderen Blick; er musste ein Teil des Familienerbes sein, auch Philipp hatte ihn besessen, wenn er sich von blanker Unvernunft behindert gefühlt hatte.

Friedrich deutete auf eine Laute, die an der Wand hing und deren Holz viel zu wenig abgegriffen war unter einer viel zu dicken Staubschicht. Das Wappen, das daraufgemalt war, war ein Kunstwerk, wo es nur der Kunst der Musik bedurft hätte, um Aufmerksamkeit zu erregen. »Ist sie das?«, fragte der Kaiser.

»Was?«

»Die einzigartige Laute des Walther von der Vogelweide?«

Walther zuckte mit den Schultern.

Friedrich schritt zu der Laute hinüber und musterte sie. »Darf ich?«

»Bitte.«

Der Kaiser nahm das Musikinstrument vom Haken, stellte einen Fuß auf die Bank neben Hermann von Salza, stupste die an einem Lederbändchen vom Hals baumelnde kleine Laute aus Ton an und schlug einen Akkord. »Verstimmt«, sagte er.

Walther zuckte erneut mit den Schultern. Friedrich hängte die Laute wieder zurück. Wo er sie angefasst hatte, waren Spuren in der Staubschicht zu erkennen. »Das ist nicht Eure Laute«, sagte er nüchtern.

»Es ist eine Laute, oder?«

Friedrich fuhr plötzlich herum. »Aber es ist nicht Eure!«, rief er. »Vielleicht ist es eine Laute. Vielleicht spielt Ihr sogar ab und zu darauf. Aber es nicht Eure – es ist nicht jenes einzigartige Musikinstrument, von dem man sagt, der Musiker gehöre eher ihm als umgekehrt! Habt Ihr sie versteckt, Walther, weil Ihr Euch schämt, dass die Musik, die Ihr ihr entlockt, ihrer nicht mehr würdig ist? Wo ist sie, Walther? Habt Ihr sie zerstört, weil Ihr ihr nicht mehr gewachsen wart? Ihr seid nur noch ein Schatten Eurer selbst, Walther. Warum gebt Ihr den Waisen nicht heraus? Ist es aus Eifersucht, weil Ihr es nicht ertragt zu wissen, dass er ebenso einzigartig ist wie Eure Laute, die Ihr verloren habt?«

»Stellen wir ihm die Bude auf den Kopf, Majestät«, sagte Hermann.

Friedrich reagierte nicht darauf. Walther fühlte erneut seinen musternden Blick. Alles, was er tun konnte, war, gerade stehen zu bleiben, obwohl seine Welt unter den Vorwürfen des Kaisers schwankte.

»Und wieder sagt Ihr nichts. Der Mann, der ein Frauenherz mit zwei Sätzen erobern konnte, schweigt, wenn es darum geht, sein eigenes Herz zu offenbaren.«

»Meinetwegen durchsucht das Haus«, sagte Walther mit rauer Kehle. »Es ist ohnehin Eures.«

»Wo ist der Stein?«

Walther schüttelte den Kopf. »Ich sagte bereits: Ich weiß es nicht!«

Friedrich riss die Laute wieder herunter, hob sie über seinen

Kopf und zerschmetterte sie an der Tischkante. Die Saiten rissen mit einem Peitschenknall, der Walther ins Herz schnitt. Holztrümmer wirbelten herum, der Korpus krachte auf den Boden. Friedrich trat auf ihn ein, bis er nur noch ein kleiner Haufen bemalter Brettchen war. Laurin stürzte zur Tür herein, einen erschrockenen Ausdruck im Gesicht. Zwei Deutschordensritter fingen ihn ab.

»Raus mit ihm!«, stieß Friedrich hervor. Der Kaiser atmete schwer. Laurin versuchte sich freizukämpfen. »Bringt ihn raus!«

Die Ritter schoben Laurin zur Tür.

»Walther?«, schrie der Junge. »Was ist hier los? Soll ich die Nachbarn holen? Lasst mich los, ihr verdammten ...«

»Bringt ihn raus«, sagte Walther tonlos. Seine Blicke fielen in Friedrichs gerötete Augen. Auf Latein fügte er hinzu: »Niemand soll den Kaiser so sehen.« Er spürte den überraschten Blick Hermanns und ignorierte ihn.

»Was hast du zu ihnen gesagt, Walther?«, rief Laurin. Die Ordensritter zerrten ihn nach draußen. Die Tür fiel ins Schloss.

Friedrich trat mit den Füßen den Trümmerhaufen auseinander.

»Der Stein ist nicht hier«, sagte Walther ruhig.

Friedrich bückte sich und hob die tönerne Lautennachbildung auf. Seine Augen verengten sich, als er bemerkte, mit welchem Blick Walther das Teil ansah. Mit einem Ruck drehte er den Hals der Nachbildung ab, dann warf er sie zu Boden und trat darauf ein, bis sie nur noch roter Staub und zerriebene Bruchstücke war. Seine Schultern sanken herab.

»Warum, Walther?«, flüsterte er. »Wodurch habe ich mir Euch zum Feind gemacht? Ich habe Euch die Hand gereicht, nachdem Ihr meine Familie an Otto von Braunschweig verraten hattet, und ich habe sie Euch heute erneut hingestreckt. Warum schlagt Ihr sie aus?«

»Ich schlage sie nicht aus! Ich könnte Euch den Stein nicht geben, selbst wenn ich ihn hätte, weil er Verderben bringt!«, flüsterte Walther zurück. »Lasst ihn ruhen, wo immer er ist. Philipp hat auch an die Legende geglaubt, und er hat sich schrecklich geirrt. Es sind nicht die Fürsten, die dem Waisen folgen, sondern Tod, Unheil und Schmerz.«

»Ich brauche ihn, Walther. Was immer Ihr von ihm zu wissen glaubt – andere glauben, er ist die Rettung.«

»Und was glaubt Ihr, Majestät?«

Der Kaiser ließ sich auf die Bank neben Hermann von Salza plumpsen. Seine Wangen waren noch immer gerötet, aber der starre Ausdruck war aus seinen Augen gewichen. »Ich glaube, dass ich erledigt bin ohne ihn. Und dass Zehntausende den Tod finden werden im Heiligen Land und dass Jerusalem auf ewig verloren sein wird.«

Er nahm Walthers Becher, den dieser nicht mehr angerührt hatte, und trank ihn auf einen Schluck leer. Dann stand er auf. Die verbliebenen Deutschordensritter, die so getan hatten, als wären sie gar nicht hier, strafften sich. Hermann von Salza kam langsam in die Höhe. Sein Gesichtsausdruck, als er Walther ansah, war noch immer genauso missbilligend wie zuvor, doch in seinen Augen war nun zusätzlich Sorge zu lesen – Sorge um Friedrich, seinen Kaiser.

»Ich brauche ihn«, sagte Friedrich noch einmal statt eines Abschieds. Seine Männer folgten ihm zur Vordertür hinaus, wo die Pferde angebunden waren. Hermann von Salza bellte einen Befehl zur hinteren Tür hinaus. Die beiden Ritter, die Laurin festgehalten hatten, kamen herein, gefolgt von einem ziemlich zerzausten Laurin, dessen Augen vor Wut und Triumph funkelten. Einer der beiden Deutschordensritter hatte eine blutige Nase.

»Ha!«, schrie Laurin, der seine Füße nicht stillhalten konnte und auf der Stelle tanzte wie ein Derwisch. »Wenn dein Kumpan mich nicht festgehalten hätte, könntest du jetzt nicht mehr aus den Augen schauen, du Hampelmann! Komm allein her, wenn du Mut hast, dann bekommst du so was auf die Glocke, dass du denkst, deine Ordensburg ist dir um die Ohren geflogen. Na, was ist? Kommst du jetzt oder nicht …?«

Die beiden Ritter ignorierten ihn. Walther packte ihn am Arm und schüttelte ihn, bis Laurin blinzelte und in sich zusammenfiel. Sein Blick fiel auf die zerstörte Laute.

»Oh Mann, Walther, was soll denn das alles?«, stöhnte er.

Walther begegnete Hermann von Salzas Blick. »Ich würde mich für ihn häuten lassen«, grollte dieser. »Das heißt nicht, dass ich alles gut finde, was er tut. Aber wenn Ihr versucht, ihn zu hintergehen, Sänger, dann finde ich Euch, wo immer Ihr Euch versteckt, und weder die Gnade Gottes noch die der Heiligen Jungfrau werden Euch dann vor meiner Rache schützen können. Und sie wird grausam sein, das schwöre ich Euch.«

Walther seufzte. »Viel zu viele Worte«, sagte er. »Spart Euch Euren Atem für den Ritt.«

Hermann von Salza schnaubte und stapfte hinaus. Walther stellte sich in die Tür und sah ihnen zu, wie sie davonritten. So viele Gefühle stritten sich in ihm, dass er sich wie betäubt fühlte.

»Walther, wenn du mir nicht endlich sagst …«, begann Laurin.

»Schschsch«, machte Walther.

Einer der Reiter wendete plötzlich sein Pferd und jagte in wildem Galopp zurück. Walther sah Laurin die Fäuste ballen und unwillkürlich einen Schritt zurücktreten. Er straffte sich. Kaiser Friedrich brachte sein Pferd in einer Staubwolke zum Stehen.

»Könnt Ihr mir das mit der Laute verzeihen?«, rief er vom Rücken des Pferdes herab.

»Dass Ihr sie zerschmettert habt?«

»Nein«, sagte Friedrich. »Das, was ich darüber gesagt habe.«

»Ich weiß es nicht«, erwiderte Walther ehrlich.

»Bringt mir den Stein bis zum Pfingstfest nach Stoufen«, sagte Friedrich, und in seiner Stimme lag ebenso viel Drohung wie flehentliche Bitte. Er riss seinen Gaul herum und sprengte davon.

Laurin stand der Mund offen. »Das war ja … das war …«, stotterte er.

»Schschsch«, machte Walther erneut. In seinem Inneren hörte

er eine Stimme. Es war seine eigene, und sie sagte: Zwanzig Jahre hast du dich vor dem Stein versteckt, und nun hat er dich wieder eingeholt.

***

Überall im Reich war der Frühling angebrochen, nur die Berge ignorierten ihn und hüllten sich weiterhin in Schnee und Eis. Einem kleinen Warentreck, der über den Brennerpass in Richtung Norden unterwegs gewesen war, waren die schlechten Wetterverhältnisse zum Verhängnis geworden. Die Wagen waren nur noch mühsam durch die Schneewehen vorwärtsgekommen, man hatte die Zugtiere prügeln müssen, damit sie weitermachten, und schließlich war es einfacher gewesen, anzuhalten und zu hoffen, dass sich das Wetter besserte. Die Männer, die die Wagen lenkten, und die Bewaffneten, die sie begleiteten, waren abgestiegen und hatten sich in den Windschatten ihrer Karren gestellt. Nach einiger Zeit waren sie so steifgefroren, dass sie sich gegen die Banditen auch dann nicht hätten wehren können, wenn sie sie früher bemerkt hätten.

Der Besitzer der Waren und damit der Hauptleidtragende des Überfalls hieß Francesco di Datino und stammte aus Prato. Er hatte es für eine gute Idee gehalten, den Treck mit kostbarer Wolle aus seiner für Tucherzeugnisse berühmten Heimatstadt selbst über die Alpen zu begleiten; immerhin steckte so gut wie sein ganzes Vermögen darin. Nun war er sich nur zu bewusst, dass zu dem immensen Schaden wegen der geraubten Waren ein weiterer Verlust entstehen konnte, nämlich wenn die Banditen herausfanden, dass er einer der wohlhabendsten Händler in Prato war. Dann würden sie ein fettes Lösegeld für ihn verlangen. Freilich konnte er auch ohne finanzielle Einbußen durch das Messer eines der heruntergekommenen Burschen sterben. In seiner nüchternen Art bewertete er das letztgenannte Risiko hinsichtlich seiner Schadenshöhe als schlimmstenfalls drittrangig. Er hatte vor der Abreise all seinen Besitz an seine Frau Margherita überschrieben, die zwar ein Drachen war, aber auch eine äußerst fähige Nachfolgerin abgeben würde.

Vorerst war Francesco bemüht, sich nicht anmerken zu lassen, wer er war und dass er mit zweien seiner Leibwächter auf dem Deckel eines Geheimfachs saß, in dem die besonders teuren Stoffe versteckt waren. Die Banditen würden die Wagen zurücklassen, weil sie sie im bergigen Gelände nicht brauchen konnten. Mit etwas Glück blieb Francesco der wertvollste Teil seiner Lieferung erhalten. Derweil tobten die Banditen lachend und grölend wie Kinder durch Francescos Besitz, wickelten sich in teures Tuch ein, soffen die Weinschläuche leer, fraßen den Räucherspeck und benahmen sich wie Kardinäle nach der Papstwahl. Francesco versuchte nicht daran zu denken, dass zwei seiner Männer, die versucht hatten, sich den Räubern zu widersetzen, jetzt tot unter dem Wagen lagen. Er hörte, wie die Banditen Lieder sangen, und keiner von ihnen war ein Sangesgenie.

Dumm waren die Gesetzlosen jedoch nicht – sie hatten Wachposten ober- und unterhalb des Straßenabschnitts postiert, auf dem der Überfall stattgefunden hatte. Der Wachposten vom südlichen Straßenabschnitt keuchte heran und flüsterte dem Anführer der Banditen etwas ins Ohr. Der Anführer spuckte einen Knorpel aus und grinste.

»Allein?«, rief er.

Der Wachposten nickte.

»Und mit Gepäck auf dem Pferd?«

Der Wachposten nickte erneut.

Der Anführer der Banditen grinste noch breiter. »Entweder er ist ein Trottel, der gern sein Hab und Gut loswird – dann machen wir ihn fertig. Oder er ist ein Idiot, der meint, hier auf der Straße für Ordnung sorgen zu müssen – dann machen wir ihn auch fertig. Los, Männer, tut so, als seid ihr respektable Leute.«

Er schlenderte zu dem Wagen, in dem Francesco und seine Begleiter saßen, die Hände mit Stricken gefesselt. »Von euch keinen Mucks«, grollte er, nahm Francesco die teure Pelzmütze ab, setzte sie sich auf den Kopf und zerrte die Plane des Wagens so zurecht, dass man seine Insassen nicht gleich sehen konnte. Francesco rutschte so lange herum, bis er durch die Öffnung im Heck wenigstens einen Teil der Straße überblicken konnte. Das Auftauchen eines einzelnen Reiters konnte die Situation umkippen lassen. Im Augenblick waren die Banditen noch gut gelaunt. Wenn es aber zu einem Kampf käme, dann konnten sie ärgerlich werden, besonders wenn ein paar von ihnen Blessuren davontrugen. Francesco schickte ein Stoßgebet zum Himmel, dass der einsame Reiter sich ohne Schwierigkeiten würde fertigmachen lassen, um ihm und seinen Leuten weiteren Kummer zu ersparen.

Nach ein paar Herzschlägen sah Francesco den Reiter herankommen. Der Wind, der über die Straße pfiff, ließ dessen Mantel flattern, die Mähne und der Schweif seines Pferdes wehten. Er sah weniger wie ein einsamer Reisender aus als vielmehr wie eine Erscheinung, von der sich nur nicht sagen ließ, ob sie vom Himmel oder aus der Hölle stammte. Das Pfeifen des Windes ließ kein Stampfen oder Hufgetrappel hören, als ob sich der Reiter völlig lautlos nähere. Das Flattern von Mantel und Pferdehaar und der hochgewirbelte Pulverschnee verstärkten die Illusion, dass er über den Boden schwebe. Was er trug, war schwarz – der Mantel, die Kapuze, das Tuch, das er sich zum Schutz vor dem Wetter vor das Gesicht gebunden hatte, die Tunika, die unter dem Mantel sichtbar war, auch die Stiefel ... aber es war nicht das übliche Stoffschwarz, das sich kaum einer leisten konnte und das schon nach kurzem Tragen so aussah, als hätte sein Träger sich in grauer Herdasche gewälzt. Dieses Schwarz schien vielmehr das Fehlen jeglicher anderen Farbe zu sein, es leuchtete förmlich aus dem Schneegestöber heraus, wie es nur eine Farbe kann, die das absolute Gegenteil der Umgebung ist. Das Pferd hingegen war ein Schimmel. Plötzlich fiel Francesco ein, was er als Kind von einer Amme gelernt hatte: dass der Tod ein schwarzer Reiter auf weißem Pferd war. Er schluckte.

Der Reiter hielt an. Francesco sah durch den Ausschnitt der Hecköffnung, wie der Anführer der Banditen auf ihn zutrat und sich dabei so benahm, als sei er der Treckführer. Mit übertriebenen Gesten schien er den Reiter einzuladen, sich zu ihnen zu gesellen und das Ende des schlechten Wetters abzuwarten. Plötzlich hoffte Francesco nicht mehr, dass der Neuankömmling möglichst problemfrei um die Ecke gebracht würde; plötzlich hoffte er, der Reiter würde ablehnen, davongaloppieren und er, Francesco, würde eine Gestalt wie ihn nie wieder zu Gesicht bekommen.

Der Reiter nickte, trieb sein Pferd an und verschwand aus Francescos Blickfeld. Der Anführer der Banditen folgte ihm langsam. Auch er schien plötzlich Zweifel zu haben, aber er überwand sie. Francesco sah ihn ein Zeichen machen – sicherlich der Befehl an seine Leute, sich auf den Reiter zu stürzen. Dann war auch er aus Francescos Blickfeld verschwunden.

Danach folgte etwas, von dem Francesco sich zeit seines Lebens fragen würde, ob es wirklich stattgefunden hatte. Zu sehen war nichts mehr außer dem Ausschnitt einer menschenleeren Landschaft in der Hecköffnung des Wagens. Aber zu hören war etwas: Geräusche, die gedämpft durch das Heulen des Windes zu ihnen drangen. Geräusche, die wie dumpfe Schläge und Tritte klangen, andere hörten sich metallisch an. Dazwischen meinte er Keuchen und Stöhnen zu hören. Francesco und die neben ihm sitzenden Männer wechselten mit weit aufgerissenen Augen Blicke. Dann schreckten sie auf, weil außen etwas gegen den Wagen prallte und dann daran herunterrutschte. Der Lärm verdoppelte seine Intensität. Schließlich wurde es beinahe still – ein letztes, feuchtes Geräusch noch. Francescos Fellkappe flog ins Blickfeld, wurde vom Wind noch ein paar Schritte über den Boden getrieben und blieb schließlich im Schnee stecken. Dann war nur noch das Heulen des Windes zu hören.

Plötzlich das Geräusch von Hufschlägen, die sich langsam dem Wagen näherten. Francescos Lider begannen zu zucken, als er erkannte, dass der eigene Tod, wenn man ihn förmlich herannähern hörte, plötzlich doch nicht drittrangig war. Die Huftritte kamen direkt vor dem Wagen zum Halten.

Ein von schwarzen Tüchern umhüllter Kopf tauchte in der Hecköffnung auf. Die Männer im Wagen schrien unisono auf.

»Alles in Ordnung bei Euch da drin?«, fragte der schwarze Reiter mit dumpfer Stimme. Er führte sein Pferd am Zügel mit.

»Äh ...«, sagte Francesco, weil sonst auch niemand etwas sagte und ihm wieder einfiel, dass er der Treckführer war.

»Das waren Banditen«, sprudelte einer der Wagenlenker hervor. »Wir dachten, sie töten Euch!«

»Das dachten sie auch«, sagte der Reiter. Er entriegelte die niedrige Klappe am Heck des Wagens und warf sie beiseite. »Kommt raus.«

Sie folgten dem Befehl zögernd. Als der Wind ihn erfasste, merkte Francesco, dass er schweißgebadet war. Er erschauerte. Die Wagen standen noch so da wie vorhin. Lange Bahnen von weggeworfenen Tuchballen flatterten wie Banner. Über den Bock eines der Wagen ragte ein bestiefeltes Bein in die Höhe; sein Besitzer schien im Innenraum zu liegen. Im Holz eines anderen Wagens steckten zwei Armbrustbolzen dicht beieinander. Neben den Wagen lagen dunkle Formen, auf die sich bereits erste Schneeflocken senkten. Das Schwert des Reiters steckte in der Scheide. Es sah nicht aus, als sei es jemals gezogen worden, aber Francesco bildete sich ein, dass auf dem schwarzen Gewand des Reiters ein paar nasse Flecken zu sehen waren, als sei etwas daraufgespritzt.

»Seid Ihr der Besitzer dieses Warentrecks?«, fragte der Reiter.

»Äh ...«, wiederholte Francesco, weil sich die Antwort vorhin schon bewährt hatte.

Der Reiter zog sich die Handschuhe aus und begann, die Knoten an Francescos Fesseln zu lockern. Er hatte schmale Hände mit dunklem Teint. »Wenn Ihr Eure Tuche aus dem Schnee holt und beim nächsten Halt gut durchtrocknet, solltet Ihr ohne größeren Schaden davonkommen. Ich muss weiter. Ich würde Euch um Proviant bitten, weil mir das Dörrobst zum Hals heraushängt, aber ich sehe, dass die Banditen Euch nicht viel übrig gelassen haben.« Die Fesseln waren auf; der Reiter zog sich die Handschuhe wieder an. Dann schwang er sich auf sein Pferd, beugte sich herab und hielt Francesco eine behandschuhte Hand hin. »Gott mit Euch«, sagte er. »Mir war klar, dass etwas faul war, als ich sah, dass Eure Wagen hielten. Kein Händler mit mehr als Vogeldreck im Hirn hält bei so einem Wetter mitten auf der Straße an.«

Francesco starrte in die kohlumrandeten Augen, die ihn über die Tuchverhüllung hinweg anblickten und ihm freundlich-spöttisch zuzwinkerten. Etwas in seinem Gehirn, das schon vorher einen leichten Stups erhalten hatte, erwachte plötzlich zum Leben und überwand seine Erschütterung.

»Ihr seid ja ... eine Frau«, stieß er hervor.

»Wie kommt Ihr denn darauf?«, fragte der Reiter, ohne mit der Wimper zu zucken.

Francesco versuchte dem Blick des Reiters standzuhalten. Zwei Stimmen stritten sich in ihm. Die eine war die des einflussreichen Ratsherrn und Fernhändlers, der nicht oft Widerspruch erfuhr, und sie sagte: Also, was soll denn das, ich bin doch nicht von gestern, ich erkenne doch die Augen einer Frau, wenn ich sie sehe! Überdies hätte ein Mann die Fesseln einfach durchgeschnitten! Die andere war die des gewieften Verhandlers, der aus langer Erfahrung wusste, wann ein Gespräch mehr unbekannte Risiken in sich barg als es Nutzen brachte. Sie sagte: »Verzeihung, ich bin noch ein bisschen wirr im Kopf. Wo habe ich bloß hingesehen.« Er hörte sich selbst reden und erkannte, dass die zweite Stimme sich durchgesetzt hatte.

»Kein Problem«, sagte der Reiter. »Gute Reise.«

»Äh ...«, sagte Francesco zum dritten Mal.

Der Reiter verschwand so, wie er gekommen war – eine Erscheinung in flatterndem Mantel in einem Schwarz, das aussah, als hätte jemand ein Loch in die Welt gestanzt.

Lesen – vor fünfhundert Jahren ein tödliches Verbrechen

Jeremiah Pearson
DIE TÄUFERIN
Der Bund der Freiheit
Historischer Roman
Aus dem amerikanischen
Englisch von
Axel Merz
608 Seiten
ISBN 978-3-404-17352-5

Böhmen, 1517. Kristina ist noch ein Kind, als ihre Eltern auf dem Scheiterhaufen verbrannt werden. Sie seien Ketzer, so das Urteil, Feinde der katholischen Kirche. Weil sie daran glaubten, dass jeder Mensch das Recht hat, lesen zu lernen. Jahre später will Kristina ihr Werk fortführen. Mit einer kleinen Gruppe Gleichgesinnter macht sie sich auf die gefährliche Reise nach Deutschland, um Verbündete in Mainz und Würzburg zu unterstützen. Doch unterwegs lauern nicht nur Ketzerjäger, sondern auch der Krieg. Bald liegt Kristinas Schicksal in der Hand eines einzigen Mannes: des hitzköpfigen Bauernkriegers Lud.

Bastei Lübbe

Sie rauben den wertvollsten Schatz Chinas. Um zu entkommen, bleibt ihnen nur eins: die Flucht über die Seidenstraße ...

Dirk Husemann
DIE SEIDENDIEBE
Historischer Roman
432 Seiten
ISBN 978-3-404-17381-5

Byzanz, A.D. 552: Im Auftrag des Kaisers reisen die Spione Taurus und Olympiodorus ins ferne Asien, um das Geheimnis der Seidenproduktion zu lüften. Tatsächlich gelingt es ihnen, Seidenraupen zu stehlen und in hohlen Wanderstäben zu verstecken. Als buddhistische Mönche verkleidet, versuchen sie, die Beute unbeschadet nach Byzanz zu bringen – achttausend Meilen die Seidenstraße entlang. Doch das Wissen um den kostbaren Stoff hält ganze Völker am Leben, deren Herrscher in Windeseile die Verfolgung aufnehmen. Bald hängt das Leben der beiden Byzantiner und ihrer geheimnisvollen Begleiterin Helian Cui am seidenen Faden ...

Bastei Lübbe

Die Community für alle, die Bücher lieben

Das Gefühl, wenn man ein Buch in einer einzigen Nacht verschlingt – teile es mit der Community

In der Lesejury kannst du
- ★ Bücher lesen und rezensieren, die noch nicht erschienen sind
- ★ Gemeinsam mit anderen buchbegeisterten Menschen in Leserunden diskutieren
- ★ Autoren persönlich kennenlernen
- ★ An exklusiven Gewinnspielen und Aktionen teilnehmen
- ★ Bonuspunkte sammeln und diese gegen tolle Prämien eintauschen

Jetzt kostenlos registrieren: www.lesejury.de
Folge uns auf Facebook:
www.facebook.com/lesejury